DE ERFENIS VAN HET WEESMEISJE

Ook verschenen van Anne Jacobs bij Xander Uitgevers

*Het weesmeisje* (2019)

*De moed van het weesmeisje* (2019)

Anne Jacobs

# De erfenis van het weesmeisje

XANDER

Uitgegeven door Xander Uitgevers BV
Hamerstraat 3, 1021 JT Amsterdam

www.xanderuitgevers.nl

Oorspronkelijke titel: *Das Erbe der Tuchvilla*
Oorspronkelijke uitgever: Blanvalet Verlag
Vertaling: Sylvia Wevers
Omslagontwerp: Sander Patelski
Auteursfoto: Marlies GbR
Zetwerk: ZetSpiegel, Best



Eerste druk 2020
Zevende druk 2021

ISBN 978 94 0161 326 2 | NUR 302

# 1

*September 1923*

LEO HAD HAAST. HIJ duwde de eersteklassers op de trap opzij en drong langs een groepje kletsende meisjes, maar moest plotseling blijven staan. Iemand hield hem van achteren aan zijn schooltas vast.

'Ieder op zijn beurt,' zei Willi Abele boosaardig. 'Gierige honden en Jodenvrienden achteraan.'

Dat was tegen zijn vader. En tegen Walter, zijn beste en enige vriend. Die was vandaag ziek en kon zich niet verdedigen.

'Laat los, anders vallen er klappen.'

'Kom op dan, slapjanus... Kom maar op als je durft...'

Leo probeerde zich te bevrijden, maar Willi hield hem stevig vast. Rechts en links van hem stroomden de schoolkinderen langs hem heen de trap af naar het schoolplein en van daaruit de straat bij de Rote Torwall op. Het lukte Leo om zijn vijand tot aan het schoolplein mee te sleuren, maar toen brak er een riempje van zijn schooltas af. Hij moest zich snel omdraaien en ingrijpen, anders zou Willi de schooltas met boeken en schriften en al afpakken.

'Pezewever!' riep Willi honend en hij probeerde het gespje van Leo's schooltas open te maken.

Leo kreeg een rood hoofd. Hij kende dat scheldwoord, vooral de kinderen uit de arbeiderswijken riepen vaak dat soort gemene dingen naar hem. Omdat hij beter gekleed was en Julius hem soms met de automobiel van school ophaalde. Willi Abele was ruim een kop groter dan Leo en twee jaar ouder. Maar dat deed er nu niet toe. Leo gaf een harde trap tegen Willi's knie. Willi gilde van de pijn en liet de tas los. Leo kon zijn terugveroverde schooltas nog net op de grond zetten voordat zijn belager zich op hem stortte. Ze vielen allebei op de grond. Leo incasseerde de klappen en de stof van zijn jas scheurde. Hij hoorde zijn tegenstander hijgen en vocht verbeten tegen de sterkere Willi.

'Wat is hier aan de hand? Abele! Melzer! Uit elkaar!'

Het spreekwoord dat de laatsten de eersten zullen zijn, bleek waar, want Willi, die als de superieure vechter bovenop lag, kreeg de straffende hand van meester Urban als eerste te voelen. Leo werd alleen bij zijn kraag gepakt en op zijn voeten gezet – dankzij zijn bloedneus kreeg hij geen oorvijg. Zwijgend en met een vertrokken gezicht luisterden de twee jongens naar de strafpreek van de leraar. Maar wat erger was, was het leedvermaak van de grijnzende en fluisterende klasgenoten, die een dichte toeschouwerskring rond de kemphanen hadden gevormd, vooral van de meisjes.

'Zo, die heeft 'm er goed van langs gegeven…'

'Het is laf om kleintjes te slaan…'

'Eigen schuld, dikke bult. Leo is zo verwaand…'

'Willi Abele is een schurk…'

De preek van meester Urban ging bij hen het ene oor in en het andere uit. Hij zei toch steeds hetzelfde. Leo pakte zijn zakdoek en snoot zijn neus. Hij zag dat de zoom van zijn mouw een stukje gescheurd was. Terwijl hij zijn gezicht afveegde, keken de meisjes hem zowel meelevend als bewonderend aan, wat hij vreselijk gênant vond. Willi beweerde dat Melzer zich 'aanstelde' en kreeg daarvoor nog een oorvijg van meester Urban. Net goed.

'En nu geven jullie elkaar de hand…'

Ze kenden het ritueel dat na elke vechtpartij plaatsvond en volkomen zinloos was. Toch knikten ze bij de vermaningen en beloofden ze geen ruzie meer te maken. Het zo vreselijk geteisterde Duitse thuisland had nadenkende en vlijtige jonge mensen nodig en geen vechtersbazen.

'En nu naar huis!'

Dat was de verlossende zin. Leo deed de gehavende schooltas op zijn rug en was het liefst weggerend, maar hij mocht in geen geval de indruk wekken dat hij voor zijn vijand vluchtte. Daarom liep hij met afgemeten passen naar het schoolhek. Daarna begon hij pas te rennen. In de Remboldstraat bleef hij even staan en keek hij met een van haat vervulde blik achterom naar het grote bakstenen gebouw. Waarom moest hij naar die stomme basisschool op de Rote Torwall? Zijn vader had verteld dat hijzelf meteen naar het gymnasium St. Stephan was gegaan. In een voorschoolse klas. Op die school hadden alleen jongens uit gegoede families gezeten, die gekleurde petten mochten dragen. En er zaten ook geen meisjes op die school. Maar de Republiek wilde dat alle kinderen eerst naar een basisschool gingen. De Republiek was een grote ellende. Iedereen schold erop, vooral zijn grootmoeder. Die zei altijd dat toen de keizer er nog was alles beter was.

Hij snoot zijn neus nog een keer in zijn zakdoek. Gelukkig bloedde zijn neus niet meer. Maar nu moest hij opschieten, ze stonden vast al op hem te wachten. Langs de St. Ulrich en Afra heuvelopwaarts, door een paar steegjes naar de Milchberg en dan de Maximilianstra...

Als vastgenageld aan de grond bleef hij staan. Pianomuziek. Iemand speelde een stuk dat hij kende. Leo keek langs de grijs gestucte muren van de rijtjeshuizen omhoog. De melodie klonk vanaf de tweede verdieping, waar een raam openstond. Hij kon niets zien want er was een witte vitrage voor getrokken, maar wie het ook was die daar pianospeelde, het klonk prachtig. Waar had hij die muziek eerder gehoord? Misschien bij een concert van het kunstgenootschap, waar zijn moeder hem vaak mee naartoe had genomen. Het was prachtig en tegelijk ook droevig. En ineens was het alsof er een schok door hem heen ging toen de akkoorden hard aangeslagen werden. Hij had hier urenlang kunnen blijven staan om te luisteren, maar de pianist onderbrak zijn spel om een passage nog eens goed door te nemen. Die herhaalde hij telkens opnieuw, om suf van te worden.

'Daar is-ie!'

Leo kromp ineen. Dat was onmiskenbaar Henni's heldere, doordringende stem. Aha, ze waren hem tegemoetgekomen. Nou, dan hadden ze geluk gehad, want hij had net zo goed een ander steegje kunnen nemen. Hand in hand renden de meisjes over de stoep naar hem toe, Dodo met wapperende blonde vlechten, Henni in een roze overgooiertje dat zijn moeder voor haar had genaaid. Aan haar schooltas bengelde een sponsje; Henni ging dit jaar pas voor het eerst naar school en leerde het schrijven nog op de lei.

'Waarom staar je naar de lucht?' wilde Dodo weten toen ze hijgend voor hem stonden.

'We hebben honderd jaar op je gewacht!' riep Henni verwijtend.

'Honderd jaar? Dan zou je allang dood zijn!'

Henni deed alsof ze het niet hoorde. Ze hoorde altijd alleen wat haar van pas kwam. 'De volgende keer gaan we zonder jou...'

Leo haalde zijn schouders op en keek tersluiks naar Dodo, maar die had geen zin om hem te verdedigen. Bovendien wisten ze alle drie dat hij hen alleen ophaalde omdat hun grootmoeder dat wilde. Volgens haar hoorde het niet dat twee zevenjarige meisjes zonder begeleiding door de stad liepen, vooral niet in deze roerige tijden. Daarom moest Leo meteen na school naar het St. Anna lopen om zijn zusje en nichtje veilig terug te brengen naar de villa.

'Wat zie je eruit?' Dodo had de scheur in zijn mouw ontdekt. En ook het bloed dat op zijn kraag was gedruppeld.

'Ik? Hoezo?'

'Je hebt weer gevochten, Leo!'

'Jakkes! Is dat bloed?' Henni raakte met een uitgestrekte wijsvinger de kraag van zijn overhemd aan. Het was niet helemaal duidelijk of ze de rode stippen walgelijk of spannend vond. Leo schoof haar hand weg.

'Laat dat. We moeten nu gaan.'

Dodo nam hem nog steeds onderzoekend op, waarbij ze haar ogen tot spleetjes kneep en haar lippen tuitte.

'Zeker weer Willi Abele, hè?'

Hij knikte lusteloos.

'Was ik er maar bij geweest. Ik zou aan zijn haren getrokken hebben en... op hem gespuwd hebben!'

Ze zei het heel ernstig en knikte twee keer. Leo was ontroerd maar vond het tegelijk ook pijnlijk. Dodo was zijn zus, ze was dapper en steunde hem altijd. Maar ze was natuurlijk maar een meisje.

'Schiet nu eens op,' riep Henni, die allang niet meer in de vechtpartij geïnteresseerd was. 'Ik moet nog naar Merkle.'

Dat was een omweg, daar hadden ze nu echt geen tijd meer voor.

'Niet vandaag. We zijn al laat...'

'Mama heeft me speciaal geld gegeven omdat ik koffie moet kopen.'

Henni liep altijd te commanderen. Leo had zich voorgenomen om goed op te letten, zodat hij er niet meer in trapte. Maar het was niet makkelijk, want Henni vond altijd een logisch klinkende reden. Zoals nu: koffie kopen!

'Mama kan niet zonder koffie leven. Dat zei ze!'

'Wil je dat we te laat komen voor het middageten?'

'Wil je dat mijn mama doodgaat?' reageerde Henni verontwaardigd.

Ze had het weer voor elkaar. Ze liepen in de richting van de Karolinenstraat, waar mevrouw Merkle een winkeltje had met 'koffie, confituren en thee'. Dat soort lekkernijen kon niet iedereen zich permitteren. Leo wist dat veel van zijn klasgenoten tussen de middag alleen een bord gerstesoep kregen en ook geen brood meekregen naar school. Hij had vaak medelijden met hen en had zijn boterham met leverworst al een paar keer met anderen gedeeld. Meestal met Walter Ginsberg, zijn beste vriend. Walters moeder had een winkel, aan het eind van de Karlstraat, waar ze bladmuziek en muziekinstrumenten verkocht. Maar het ging niet goed met de zaak. Walters vader was in Rusland gesneuveld. Bovendien hadden ze last van de inflatie. Alles werd steeds duurder en het geld was niets meer waard, had mama gezegd. Gisteren had de kokkin, mevrouw Brunnenmayer, geklaagd dat ze voor een half brood dertigduizend mark had moeten betalen. Leo kon al tot duizend tellen. Dat was dertig keer duizend. Goed dat er sinds de oorlog nauwelijks nog munten, maar haast alleen nog biljetten waren, anders had mevrouw Brunnenmayer een paard-en-wagen moeten huren.

'Moet je kijken, de porseleinwinkel van Müller is gesloten,' zei Dodo en ze wees naar de ramen die met kranten dichtgeplakt waren. 'Dat zal grootmoeder niet leuk vinden. Ze koopt hier altijd nieuwe koffiekopjes als er eentje breekt.'

Dit was inmiddels niets ongewoons meer. Veel winkels in Augsburg waren gesloten en de winkels die nog open waren, zetten alleen oude waren in de etalage. Papa had onlangs bij het middageten gezegd dat die bedriegers de goede spullen achterhielden om op betere tijden te wachten.

'Kijk, Dodo. Er zijn gummibeertjes...'

Leo keek minachtend toe terwijl de meisjes hun neus tegen de etalageruit van de bakkerswinkel drukten. Plakkerige gummibeertjes van rode en groene vruchtengelei waren niks voor hem.

'Koop nu eindelijk die koffie, Henni,' mopperde hij. 'Merkle is aan de overkant.'

# 2

MARIE KEEK VAN HAAR tekening op toen de deur openging.

'Paul! O, hemel, is het al middag? Ik ben helemaal de tijd vergeten!'

Hij kwam achter haar staan, gaf haar een vluchtige kus op haar hoofd en wierp een nieuwsgierige blik op haar schetsblok. Ze ontwierp avondjurken. Heel romantisch. Droomjurken van zijde en tule. En dat in deze tijden…

'Je mag niet over mijn schouder meekijken,' klaagde ze en ze legde haar handen op haar tekenblad.

'Waarom niet, schat? Het is prachtig wat je tekent. Een beetje… speels misschien.'

Ze legde haar hoofd in haar nek en hij raakte met zijn lippen teder haar voorhoofd aan. Ook na drie jaar vond ze het nog altijd een groot geschenk dat ze weer bij elkaar konden zijn. Soms werd ze 's nachts wakker, geplaagd door het afschuwelijke idee dat Paul nog aan het front was. Dan vlijde ze zich tegen zijn slapende lichaam aan, voelde ze zijn adem en zijn warmte, en viel ze gerustgesteld weer in slaap. Ze wist dat hij hetzelfde voelde, want vaak pakte hij haar hand voordat ze in slaap vielen, alsof hij zich ervan wilde verzekeren dat ze ook in zijn dromen bij hem was.

'Dit zijn baljurken. Die mogen speels zijn. Wil je de kostuums en rokken zien die ik heb ontworpen? Kijk…' Ze trok een map uit de stapel. Sinds Elisabeth naar Pommeren was verhuisd had Marie haar voormalige kamer als werkkamer tot haar beschikking, waarin ze kleding ontwierp en af en toe ook een kledingstuk naaide. Maar meestal gebruikte ze de naaimachine alleen voor herstelwerk of om kleding te veranderen.

Paul bewonderde de ontwerpen en beweerde dat ze ongelofelijk creatief en zeer gedurfd waren. Het verbaasde hem alleen dat alles zo lang en smal was. Maakte ze haar kostuums alleen voor dames met een bonenstaakfiguur?

Marie giechelde. Ze was het gewend dat Paul grapjes over haar werk maakte en wist dat hij eigenlijk trots op haar was. 'De nieuwe vrouw, mijn liefste, is extreem slank. Ze draagt het haar kort, heeft een platte boezem en smalle heupen. Ze maakt zich onopvallend op en rookt met een sigarettenpijpje.'

'Afgrijselijk!' kreunde hij. 'Ik hoop dat jij die mode nooit zult volgen, Marie. Echt, het is al erg genoeg dat Kitty met een pagekopje rondloopt.'

'O, kort haar zou me vast goed staan.'

'Alsjeblieft niet...'

Hij zei het zo smekend dat ze bijna in de lach schoot. Nee, zij droeg haar haar lang en stak het overdag op. Maar 's avonds, als ze naar bed gingen, ging Marie voor de spiegel zitten om haar kapsel los te maken en keek Paul toe. Haar geliefde was in sommige dingen nogal ouderwets.

'Zijn de kinderen er nog niet?' vroeg Marie. Ze wierp een blik op de slingerklok aan de muur. Een van de weinige dingen die Elisabeth had achtergelaten, de overige meubels had ze tot op de bank en twee kleine vloerkleedjes na meegenomen.

'Nee, ze zijn er nog niet. En Kitty is er ook niet,' zei Paul verwijtend. 'Mama zit moederziel alleen beneden in de eetkamer.'

'O jee!'

Marie sloeg de map dicht en stond snel op. Alicia, Pauls moeder, was de afgelopen tijd vaak ziekelijk en klaagde regelmatig dat niemand tijd voor haar had. Zelfs de kinderen niet, die speelden liever in het park met Augustes kinderen. Niemand zou zich om hun opvoeding bekommeren. Vooral de meisjes zouden al helemaal 'verwilderd' zijn. In haar tijd werd er een juffrouw aangesteld die de meisjes binnenhield, hun nuttige dingen leerde en op de ontwikkeling van hun karakter lette.

'Wacht even, Marie!'

Paul belemmerde haar de weg naar de deur en grijnsde schalks, alsof hij van plan was een kwajongensstreek uit te halen. Ze moest lachen. O, wat was ze gek op die blik van hem!

'Ik wilde je iets vertellen, schat,' zei hij. 'Onder vier ogen.'

'O ja? Onder vier ogen? Een geheim?'

'Geen geheim, Marie. Maar een verrassing. Iets wat je al heel lang hebt gewenst...'

Mijn hemel, dacht ze. Wat zou ik gewenst hebben? Eigenlijk ben ik helemaal gelukkig. Ik heb alles wat ik nodig heb. Vooral hem. Paul. En de kinderen. Goed, we hadden op een derde kind gehoopt, maar dat zal zich vast nog wel aandienen...

Hij keek haar gespannen aan en was een beetje teleurgesteld toen ze alleen haar schouders ophaalde. 'Kun je het je niet herinneren? Let op, ik geef je een hint: naald.'

'Naald. Naaien. Draad. Vingerhoed...'

'Koud,' riep hij. 'Heel koud. Etalages.'

Ze vond het spel wel grappig, maar was onrustig omdat mama beneden op hen zat te wachten. Bovendien hoorde ze nu de stemmen van de kinderen.

'Etalages. Winkelprijzen. Broodjes. Worsten...'

'Mijn hemel!' riep hij lachend. 'Nu zit je er helemaal naast. Ik geef je nog één hint: atelier.'

Atelier! Nu begreep ze het. O, zou dat waar zijn?

'Een atelier?' fluisterde ze. 'Een... modeatelier?'

Hij knikte en trok haar tegen zich aan. 'Jawel, mijn schat. Een echt modeateliertje voor jou alleen. "Maries modeatelier" zal boven de deur staan. Ik weet hoe lang je daar al van hebt gedroomd.'

Hij had gelijk, het was haar grote droom geweest. Maar door alle veranderingen die Pauls terugkeer van het front met zich had meegebracht, was ze die droom bijna vergeten. Ze was blij en opgelucht geweest dat ze de verantwoordelijkheid voor de fabriek weer over kon dragen en zich helemaal aan het gezin en Paul kon wijden. Goed, in het begin was ze aan de zakelijke besprekingen blijven deelnemen, dat was noodzakelijk geweest om Paul van alles op de hoogte te brengen. Maar daarna had Paul haar liefdevol maar indringend duidelijk gemaakt dat de textielfabriek van Melzer voortaan weer door hem, en door zijn partner Ernst von Klippstein, geleid zou worden. Dat was ook goed en juist, zeker omdat de tijd drong en er belangrijke beslissingen genomen moesten worden, wat Paul met een goede vooruitziende blik had gedaan. Zijn vader zou trots op hem zijn geweest. Ze hadden de machines vernieuwd en alle selfactoren door ringspinmachines vervangen, die volgens de constructietekeningen van haar vader waren gebouwd. Van de rest van het kapitaal dat Von Klippstein in de fabriek had geïnvesteerd, had Paul een paar kavels en twee huizen in de Karolinenstraat gekocht.

'Maar hoe kan dat nu ineens?'

'De porseleinwinkel van de Müllers is gesloten.' Paul zuchtte, hij had medelijden met de twee oude mensen.

Marie wist dat de sluiting niet onverwacht kwam. De winkel had al jaren nauwelijks nog iets verkocht en de voorthollende inflatie had de genadeslag geleverd.

'En hoe moet het nu verder met die twee?'

Paul tilde zijn armen op en liet ze berustend weer vallen. Hij zou het echtpaar boven in het huis laten wonen. Maar ze zouden het evengoed moeilijk hebben, want ook de koopsom voor het huis zou door de inflatie snel verdampen.

'We zullen hen af en toe ondersteunen, Marie. Maar de winkelruimtes en de kamers op de eerste verdieping zullen van jou zijn. Daar zul jij al je dromen verwezenlijken.'

Ze was zo ontroerd dat ze amper een woord kon zeggen. Ach, het was weer eens een bewijs van zijn liefde voor haar. Toch had ze er een slecht gevoel bij. Het voelde alsof ze haar zakelijke toekomst op het faillissement van het oude echtpaar bouwde. Maar toen bedacht ze weer dat ze zich om hen beiden zou bekommeren, dat dit voor de oude mensen misschien zelfs een geluk was dat veel anderen die in dezelfde situatie zaten, niet beschoren was.

'Ben je nu helemaal niet blij?' Hij pakte haar bij haar schouders en bekeek licht teleurgesteld haar gezichtsuitdrukking.

Ach, hij kende haar toch. Ze was niet iemand die haar gevoelens zo snel tentoonspreidde.

'Jawel,' zei ze glimlachend en ze leunde tegen hem aan. 'Ik heb alleen even tijd nodig… Ik kan het nog amper geloven. Is het echt waar?'

'Zo waar ik hier sta.'

Hij wilde haar kussen, maar op dat moment werd de deur opengetrokken. Ze stoven uit elkaar alsof ze op een zonde waren betrapt.

'Mama!' riep Dodo verwijtend. 'Wat doen jullie hier? Grootmoeder is heel boos en Julius zegt dat hij de soep niet langer warm kan houden!'

Leo wierp slechts een korte blik op zijn ouders en liep meteen door naar de badkamer. Henni trok aan een van Dodo's vlechten. 'Domkop,' fluisterde ze. 'Ze wilden elkaar kussen.'

'Daar heb jij niets mee te maken,' snauwde Dodo tegen haar. 'Het zijn míjn ouders!'

Marie pakte haar dochter en nichtje bij de schouders en duwde hen door de gang naar de badkamer. Ze hoorde de gong voor het eten, die Julius volhardend liet luiden.

Kitty kwam uit haar kamer en kreunde luid dat je in dit huis nog geen vijf minuten creatief kon werken, zonder door dat belachelijke 'bim, bam, bom' gestoord te worden. 'Hennilief, laat je handjes eens zien! Ze zijn plakkerig. Wat is dat voor spul? Gummibeertjes? Hup, snel naar de badkamer en was je handen… Waar is Else? Waarom bekommert zij zich niet om de kinderen? Ach, Paultje, je glundert helemaal. Laat me je een knuffel geven, broertje.'

Marie liet Paul en Kitty voorgaan en liep snel met Henni en Dodo naar de badkamer, waar Leo met een kritische blik voor de spiegel stond en met een washandje over zijn gezicht ging. Met haar geoefende moederblik zag ze meteen dat hij de kraag van zijn overhemd naar achteren had getrokken.

'Laat eens zien, Leo. Aha. Ga gauw een ander overhemd aantrekken. Snel. Henni, je moet niet de hele badkamer natspetteren. Dodo, dat is mijn handdoek, die van jou hangt daarginds.'

Zojuist had ze nog over de geraffineerde sleep van een zwarte, zijden avondjurk nagedacht, nu was ze weer helemaal in haar moederrol. Leo had alweer gevochten! Ze wilde er in het bijzijn van Dodo en Henni niet op ingaan en ook aan tafel zou ze er niet over beginnen. Maar ze zou er wel met hem over praten. Ze wist van haar eigen jeugd in het weeshuis hoe gemeen kinderen met elkaar konden omgaan. Zelf was ze toen moederziel alleen geweest. Dat zou haar kinderen nooit gebeuren.

Toen ze de eetkamer in liepen, zaten Paul en Kitty al op hun plek. Het was Paul gelukt de ergernis van zijn moeder weg te nemen. Daar was niet veel voor nodig, een grapje, een liefdevolle opmerking – Alicia smolt zodra haar zoon haar aandacht gaf. Kitty had vroeger hetzelfde effect bij haar vader gehad, ze was zijn lievelingskind geweest, zijn oogappel, zijn prinsesje, maar Johann Melzer was nu al vier jaar niet meer in hun midden. Marie had af en toe het gevoel dat die te grote vaderlijke liefde en toegevendheid Kitty niet goed op het leven hadden voorbereid. Ze hield veel van Kitty, maar haar schoonzus zou waarschijnlijk altijd het verwende, wispelturige prinsesje blijven.

'Laat ons bidden,' zei Alicia plechtig, en zoals het betaamde vouwden ze allemaal hun handen in hun schoot. Alleen Kitty draaide haar ogen naar het met stucwerk versierde plafond, wat Marie in aanwezigheid van de kinderen niet erg slim vond.

'Heer, wij danken U voor de gaven die we vandaag hebben ontvangen. Laten we blij ons middagmaal nuttigen en ook de armen niet vergeten. Amen.'

'Amen!' herhaalde iedereen in koor, waarbij Pauls stem de andere overstemde.

'Eet smakelijk, lieverds...'

'Jij ook, mama...'

Vroeger, toen Johann Melzer nog leefde, hadden ze dit dagelijkse ritueel niet uitgevoerd, maar nu hechtte Alicia veel waarde aan het tafelgebed. Zogenaamd vanwege de kinderen die rust en regelmaat nodig hadden, maar Marie wist net als Kitty en Paul dat het er vooral mee te maken had dat Alicia het uit haar jeugd kende en dat het haar nu als weduwe troost gaf. Sinds het overlijden van haar echtgenoot droeg ze zwart, ze kon niet meer genieten van mooie kleren, sieraden en bonte kleuren. Gelukkig leek ze – afgezien van de gebruikelijke migraineaanvallen – gezond te zijn, maar Marie had zich voorgenomen op haar schoonmoeder te letten.

Julius verscheen met de grote soepterrine. Hij zette hem op tafel en begon de soep op te scheppen. Hij werkte sinds drie jaar als huisknecht in de villa, maar was onder de familieleden en het personeel van de villa nooit zo geliefd geworden als Humbert. Voordat hij in de villa was aangesteld, had hij in een adellijk huishouden in München gewerkt en hij keek een beetje op de personeelsleden van de villa neer, waarmee hij niet veel sympathie oogstte.

'Alweer grutten? En dan ook nog met peentjes...' mopperde Henni.

Toen ze de bestraffende blikken van haar grootmoeder en oom Paul zag, reageerde ze met een onschuldige glimlach, maar toen Kitty haar voorhoofd fronste, stak ze de lepel in de soep en begon ze te eten.

'Nou ja,' zei ze, 'ik bedoel, de peentjes smaken altijd zo... zo... zacht.'

Marie wist dat ze eigenlijk 'papperig' had willen zeggen, maar zich uit voorzorg inhield. Hoe ruimdenkend en onbezonnen Kitty als moeder vaak ook was – als ze boos werd, dan wist Hennilief dat het beter was om te gehoorzamen. Leo lepelde de grutten naar binnen en leek in gedachten verzonken. Dodo keek telkens naar hem alsof ze iets tegen hem wilde zeggen, maar ze zweeg en kauwde aandachtig op een stukje gerookt spek dat in haar soep had gedreven.

'Waarom komt Klippi niet meer voor het middageten, Paultje?' informeerde Kitty toen Julius de borden afruimde. 'Vindt hij het eten niet lekker bij ons?'

Ernst von Klippstein was sinds een paar jaar Pauls zakenpartner. De twee mannen, die elkaar al lang kenden, konden het goed met elkaar vinden. Paul bekommerde zich om de zakelijke kant, terwijl Ernst von Klippstein de administratie en personeelszaken op zich had genomen. Marie had Paul nooit verteld dat Von Klippstein destijds, toen hij zwaar gewond in het lazaret van de villa had gelegen, had geprobeerd zijn liefde aan haar te verklaren. Het had inmiddels geen betekenis meer, en als Paul het wist, zou dat de goede verstandhouding tussen de twee mannen alleen maar hebben verstoord.

'Ernst en ik hebben afgesproken dat hij tijdens mijn middagpauze in de fabriek blijft. Hij gaat later in de middag even weg om te eten. Dat is handiger voor het arbeidsproces.'

Marie zei er niets over, Kitty schudde haar hoofd en merkte op dat de arme Klippi steeds dunner werd en dat Paultje moest oppassen dat zijn partner niet op een dag wegwaaide. Alicia vond het een persoonlijke belediging dat de heer Von Klippstein niet op zijn minst in de middag voor een hapje naar de villa kwam.

'Wel, hij is een volwassen man en gaat zijn eigen weg, mama,' zei Paul glimlachend. 'We praten er niet over, maar ik denk dat Ernst erover denkt weer een gezin te stichten.'

'O, echt?' riep Kitty opgewonden. Het kostte haar duidelijk moeite om haar mond te houden terwijl Julius de hoofdmaaltijd serveerde. Dikke noedels met zuurkool, het lievelingsgerecht van de kinderen. Ook Paul keek zeer tevreden naar zijn bord en merkte op dat mevrouw Brunnenmayer een meesteres was in het klaarmaken van zuurkool.

'Als ik iets mag zeggen, meneer Melzer,' zei Julius en zoals zijn gewoonte was zoog hij de lucht scherp door zijn neus naar binnen.

'De kool heb ik helemaal alleen geschaafd. Mevrouw Brunnenmayer heeft het daarna in de potten ingemaakt…'

'Dat waarderen we enorm, Julius,' zei Marie glimlachend.

'Dank u wel, mevrouw Melzer!'

Julius had veel genegenheid voor Marie opgevat, misschien omdat ze altijd met succes probeerde de opvlammende ruzies onder de personeelsleden te beslechten. Alicia liet dat maar al te graag aan haar over, zij vond het vermoeiend om zich met die dingen bezig te houden. Vroeger had haar lieve Eleonore Schmalzler, de voormalige huisdame, voor een soepele samenwerking onder het personeel gezorgd, maar mevrouw Schmalzler was welverdiend met pensioen gegaan en woonde nu in haar geboortestreek Pommeren. Er vond een regelmatige briefwisseling plaats tussen Alicia en de vrouw die jarenlang voor haar had gewerkt, waar ze de familie echter niet veel over vertelde.

'Ik plof bijna uit elkaar,' zei Dodo en ze stopte de laatste noedels in haar mond.

'En ik ben al uit elkaar geploft,' overtroefde Henni haar. 'Maar dat geeft niets. Mama, mag ik nog meer noedels?'

Dat mocht niet van Kitty. Henni moest eerst het hoopje zuurkool opeten dat nog op haar bord lag.

'Maar dat lust ik niet. Ik lust alleen de noedels.'

Kitty schudde haar hoofd en vroeg zich zuchtend af waar haar kind de gewoonte vandaan had om zo te mekkeren, terwijl ze toch echt heel streng was voor Henni.

'Zeker,' bevestigde Marie zacht. 'Tenminste… vaak.'

'Mijn hemel, Marie! Ik ben geen ontaarde moeder. Ze heeft zeker een bepaalde mate van vrijheid. Vooral 's avonds, als ze niet kan slapen, dan laat ik haar gewoon rondlopen tot ze moe wordt. Of als het gaat om zoetigheden, dan ben ik ook mild. Maar wat het eten betreft ben ik erg streng voor haar.'

'Dat is waar,' bevestigde Alicia. 'Overigens is dat het enige gebied waarin je je als een verstandige moeder gedraagt, Kitty.'

'Mama,' zei Paul sussend en hij pakte snel Kitty's hand, aangezien ze alweer in de verdediging wilde schieten. 'Laten we hier niet alweer over ruziën. Zeker vandaag niet. Alsjeblieft!'

'Vandaag niet?' vroeg Kitty verbaasd. 'En waarom juist vandaag niet, Paultje? Is het vandaag soms een bijzondere dag? Heb ik iets gemist? Is het jullie trouwdag? O nee, die is in mei.'

'Het is het begin van een nieuw zakelijk tijdperk, mijn liefsten...' zei Paul plechtig en hij glimlachte naar Marie.

Marie was er niet blij mee dat Paul hun plan op die manier aan de familie verkondigde, maar ze begreep dat hij het uit liefde voor haar deed en beantwoordde zijn glimlach.

'We staan voor de oprichting van een modeatelier, mijn liefsten,' zei Paul en hij genoot van de verbaasde blikken.

'Nee!' riep Kitty. 'Marie krijgt een atelier. Wat geweldig! Ach, Marie, mijn lieve Marie, dat heb je al zo lang verdiend. Je zult fantastische creaties maken en alle mensen in Augsburg zullen jouw ontwerpen dragen...'

Ze was van haar stoel opgesprongen en Marie om de nek gevallen. Ach, zo was Kitty! Zo spontaan, zo uitbundig van vreugde. Ze nam nooit een blad voor de mond, alles wat ze dacht en voelde, flapte ze eruit. Marie liet de omhelzing over zich heen komen en glimlachte omdat Kitty zo opgewonden was. Ze was ontroerd toen Kitty zelfs tranen van blijdschap vergoot.

'O, ik ga alle muren in jouw atelier beschilderen, Marie. Het zal eruitzien als in het oude Rome. Of wil je liever Griekse jongemannen? Bij de Olympische Spelen traden ze helemaal zonder gewaden tegen elkaar aan...'

'Ik denk niet dat dat gepast zou zijn, Kitty,' zei Paul fronsend. 'Maar verder vind ik je idee heel goed, zusje. We zouden in elk geval een paar muren moeten beschilderen, nietwaar, Marie?'

Marie knikte. Hemel, ze had de ruimtes nog niet eens gezien, alleen de volgepropte winkel van de Müllers op de parterre. De kamers op de eerste verdieping kende ze helemaal niet. Het ging haar allemaal veel te snel. Ze werd bijna bang voor deze grote taak die

Paul haar zo onbevangen toeschoof. Wat als haar ontwerpen niet bevielen? Als ze dag in, dag uit alleen in haar atelier zat en er geen enkele klant binnenkwam?

De kinderen begonnen nu ook mee te praten.

'Wat is een atelier, mama?' wilde Leo weten.

'Verdien je dan echt geld, mama?' vroeg Dodo.

'Wil jij misschien mijn zuurkool, oom Paul?' maakte Henni gebruik van de situatie.

'Nou, vooruit, kleine bengel. Kom maar hier ermee!'

Terwijl Paul uitlegde dat hij al mensen had aangenomen om de winkel te ontruimen en hij binnenkort met Marie langs Finkbeiner wilde gaan om verf en behang uit te zoeken, smulde Henni tevreden van de laatste noedels die nog in de schaal lagen. Vijf noedels maar liefst. Maar het toetje, dat uit een kleine portie vanillecrème met een beetje ingemaakte kersenjam bestond, kon ze nauwelijks op.

'Ik ben misselijk,' kreunde ze toen haar grootmoeder het teken gaf dat ze van tafel mochten.

'Nou, lekker dan,' bromde Leo. 'Jij vreet je vol tot je misselijk wordt en andere kinderen hebben niet eens iets te eten 's middags.'

'Nou en?' reageerde Henni schouderophalend.

'We hebben toch gebeden dat we de armen niet mogen vergeten?' steunde Dodo haar broer.

Henni keek haar met grote ogen aan. Ze zag er naïef en een beetje hulpeloos uit, maar in werkelijkheid testte ze alleen de situatie om op haar voordeel bedacht te blijven. Ze had al jong geleerd dat de tweeling elkaar altijd steunde, ook als dat ten koste van haar ging.

'Ik heb ook de hele tijd aan de arme kinderen gedacht en voor hen een paar noedels extra gegeten.'

Paul vond dit antwoord grappig en ook Kitty glimlachte, maar Alicia fronste haar voorhoofd.

'Ik vind dat Leo niet helemaal ongelijk heeft,' zei Marie vriendelijk maar beslist. 'We zouden wat het eten betreft heel goed op de kosten kunnen besparen. En we hoeven ook niet elke dag een dessert.'

'Ach, Marie!' riep Kitty en ze haakte overmoedig bij haar in. 'Je bent zo'n lief mens, waarschijnlijk zou je het liefst nog honger lijden en je toetje aan de armen geven. Ik vrees alleen dat we daarmee nog niet eens één persoon zouden kunnen voeden. Kom, lieverd, ik wil je laten zien hoe ik de wandschilderingen voor me zie. Paultje? Wanneer kunnen we het pand voor het eerst bezichtigen? Vandaag al? Nee? Wanneer dan wel?'

'In de komende dagen, Kitty... Wat ben je ongeduldig, zusje!'

Marie volgde Kitty de gang in, waar Else al klaarstond. Het was Elses taak om na het eten voor de kinderen te zorgen, die hun huiswerk moesten maken. Daarna hadden ze een paar uur de tijd om te spelen. Als ze met klasgenootjes wilden afspreken, moesten ze van tevoren aan hun moeder vragen of het mocht.

'Ik wil graag bij Walter op bezoek, mama,' zei Leo. 'Hij is ziek en was niet op school.'

Marie bleef staan en keek naar de openstaande deur van de eetkamer. Paul zou zo meteen weer naar de fabriek gaan, maar was nog in gesprek met zijn moeder. Ze zou hier zelf over moeten beslissen.

'Nou, heel kort dan, Leo. Na het huiswerk moet Hanna met je meegaan.'

'Kan ik niet alleen gaan?'

Marie schudde haar hoofd. Ze wist dat Paul en Alicia het niet met deze beslissing eens zouden zijn, ze waren allebei niet erg blij dat Leo met Walter Ginsberg bevriend was. Niet omdat de Ginsbergs Joden waren, daar had Paul geen problemen mee. Maar de twee jongens deelden een grote passie voor muziek en Paul vreesde – wat in Maries ogen belachelijk was – dat zijn zoon op het idee zou kunnen komen musicus te worden.

'Kom nu eindelijk, Marie, een paar minuutjes maar... Ik moet toch zo naar de lieve Ertmute, vanwege mijn tentoonstelling in het kunstgenootschap. Julius? Is de auto rijklaar? Ik heb hem zo nodig.'

'Jazeker, mevrouw. Zal ik u brengen?'

'Bedankt, Julius. Ik rijd zelf.'

Marie volgde Kitty de trap op naar haar kamer, die ze nu als schildersatelier had ingericht. Bovendien had ze de voormalige slaapkamer van haar vader geannexeerd, wat Alicia pas na lang aarzelen had goedgevonden. Maar natuurlijk kon de arme Kitty niet tussen al die half afgemaakte schilderijen slapen en 's nachts de giftige verflucht inademen.

'Kijk eens, ik zou een Engels landschap voor je kunnen maken. Of hier, Moskou in de sneeuw. Nee? Nou ja. Maar Parijs, dat is het. De Notre-Dame en de bruggen over de Seine, de Eiffeltoren... Ach, nee, dat ding is foeilelijk.'

Marie luisterde een poosje naar de producten van Kitty's overlopende fantasie en zei toen dat het allemaal fantastische ideeën waren, maar dat ze er wel aan moest denken dat ze haar kleding wilde presenteren en dat de achtergrond dus niet al te aanwezig mocht zijn.

'Ja, dat is zo... Wat vind je ervan als ik een sterrenhemel schilder? En op de muren een landschap in de mist, heel geheimzinnig in pasteltinten.'

'Laten we de ruimte eerst maar eens bekijken, Kitty.'

'Goed dan... Ik moet nu toch gaan. Heb je mijn blauwe rok korter gemaakt? Ja? Ach, Marie, je bent een schat. Mijn geweldige Marie.'

Kusjes, een omhelzing, en toen was Marie van de liefdevolle aandacht van haar schoonzus verlost en stond ze weer in de gang. Ze spitste haar oren. Paul was nog in de eetkamer, ze hoorde hem praten. Wat fijn, ze zou met hem door de hal meelopen naar de voordeur en hem nog een keer zeggen hoe blij hij haar had gemaakt. Hij was een beetje teleurgesteld geweest omdat ze niet meteen had gejubeld en ze wilde niet dat hij met die indruk weer terugging naar zijn werk.

Ze knikte vriendelijk naar Julius, die zich naar de personeelstrap haastte om de automobiel uit de garage te rijden. Ze wilde de deur naar de eetkamer, die op een kier stond, openduwen, maar bleef toen stilstaan.

'Nee, mama, ik begrijp niet wat je erop tegen hebt,' hoorde ze Paul zeggen. 'Marie geniet mijn volste vertrouwen.'

'Lieve Paul, je weet dat ik Marie ook waardeer, maar helaas – en daar kan zij niets aan doen – is ze niet als een jongedame van onze stand opgevoed.'

'Ik vind deze opmerking behoorlijk smakeloos, mama!'

'Alsjeblieft, Paul. Ik zeg het alleen omdat ik me zorgen maak om jouw geluk. Toen jij aan het front was, heeft Marie fantastisch werk verricht. Dat moet echt gezegd worden. Maar juist daarom vrees ik dat ze door dit modeatelier de verkeerde kant op zal gaan. Marie is ambitieus, ze is getalenteerd en... Vergeet alsjeblieft niet wie haar moeder was.'

'Nu is het genoeg. Sorry, mama, ik heb je bezwaren aangehoord, ik deel ze niet en wil er verder ook niet over discussiëren. Bovendien hebben ze me nu in de fabriek nodig.'

Marie hoorde zijn voetstappen en deed iets waarvoor ze zich erg schaamde, maar wat op dit moment de beste oplossing was. Zonder geluid te maken opende ze de deur van de werkkamer en glipte ze naar binnen. Paul en Alicia hoefden niet te weten dat ze hun gesprek had gehoord.

# 3

KITTY STOPTE DE BRIEF in haar handtas, ze zou hem later lezen. Gérard schreef uiteindelijk altijd hetzelfde: hij had het druk in de zijdefabriek, zijn moeder was ziek en zijn vader deed moeilijk. Zijn zus zou in de komende weken voor de tweede keer moeder worden. Wat fijn voor haar. Daarbij de gebruikelijke liefdesbetuigingen, hij dacht dag en nacht aan zijn betoverende 'Cathérine' en was vastbesloten om haar in het komende jaar ten huwelijk te vragen.

Maar dat had hij het jaar daarvoor ook aangekondigd. Nee, de grote hartstocht die ze ooit voor elkaar hadden gevoeld, was intussen behoorlijk afgezwakt. Kitty rekende niet meer op Gérard Duchamps.

Trouwens, het ongebonden leven dat ze nu leidde, beviel haar wel. Niemand had iets over haar te zeggen, geen echtgenoot, geen vader, hooguit haar broer Paul probeerde zich af en toe met haar te bemoeien. Of mama. Maar daar hechtte ze geen waarde aan – ze deed wat ze zelf wilde. En ze was vastberaden om ook haar lieve schoonzus Marie te stimuleren wat zelfstandiger te worden. Volgens haar was Marie een echte huismus geworden sinds Paul het weer voor het zeggen had in de fabriek. Natuurlijk waren ze allemaal blij en gelukkig dat lieve Paultje gezond en – afgezien van een vervelende blessure aan zijn schouder – ongedeerd uit die verschrikkelijke oorlog was teruggekomen. Maar daarom hoefde haar lieve schoonzus toch niet al haar talenten onbenut te laten? In de periode dat het zo vreselijk slecht was gegaan met Kitty, toen ze had gehoord dat Alfons gesneuveld was en ze uit wanhoop niet meer wilde leven, had Marie Kitty nadrukkelijk aan haar talent herinnerd.

'Je hebt niet het recht deze gave, die God je gegeven heeft, te verachten, Kitty,' had Marie destijds tegen haar gezegd.

En dat gold ook voor Marie. Ze was de dochter van een schilderes, ze maakte prachtige tekeningen en ontwierp schitterende droomjurken. Elegant, extravagant, gedurfd of juist sober. Kitty kreeg vaak de vraag waar ze haar kleding liet maken.

'Onze Marie is een kunstenares, Paul! Je kunt haar op den duur niet hier in de villa opsluiten. Ze zal als een ziek vogeltje wegkwijnen.'

Aanvankelijk had Paul het afgehouden en gezegd dat Marie helemaal gelukkig was in haar rol als moeder en echtgenote. Maar Kitty had het niet laten rusten en – o, wonder – nu hadden haar inspanningen vruchten afgeworpen. Ach, ze had het wel geweten. Marie kreeg haar atelier! Haar Paultje was zo'n fantastische echtgenoot, het was bijna jammer dat ze niet zelf met hem had kunnen trouwen.

Voorlopig maakte het huis in de Karolinenstraat echter een nogal troosteloze indruk. Ze had Marie meteen na het ontbijt overgehaald om met haar naar de stad te rijden om het pand te bezichtigen. Het had haar een geweldig idee geleken, maar nu ze de geblindeerde ramen en de verweerde winkeldeur zag, had ze spijt van haar overhaaste beslissing. Ze probeerde er het beste van te maken.

'Wat een mooi huis!' riep ze en ze haakte haar arm door die van Marie. 'Kijk, het zijn zelfs drie etages als je de zolderverdieping meerekent. En die puntgeveltjes die tegen de blauwe lucht afsteken, zijn die niet grappig? De twee etalages moeten natuurlijk vergroot worden. En in de winkeldeur in het midden moet ook een ruit komen. En daarop komt dan in gouden letters: Maries modeatelier.'

Marie leek veel minder ontsteld dan Kitty had gevreesd. Ze lachte zachtjes om het opgewonden gepraat van haar schoonzus en zei dat er nog veel te doen was, maar dat ze vol goede moed was en dat het moest lukken om nog voor de kerst open te gaan.

'Natuurlijk... in elk geval. Begin december zou het beste zijn. Zodat jouw creaties nog als cadeautjes onder de kerstboom kunnen liggen.'

Ze wist net zo goed als Marie dat het erg moeilijk zou worden – als het zo doorging met de inflatie zouden er niet veel cadeautjes onder de kerstboom liggen. En dan hadden zij het nog goed. Henni vertelde over klasgenootjes die amper een warme maaltijd kregen en alleen verstelde kleren droegen. Kitty had de kleren die Henni niet meer paste bij elkaar gezocht en Hanna de opdracht gegeven ze naar de zusters van St. Anna te brengen, die ze onder de arme families zouden verdelen.

'Laten we naar binnen gaan,' zei Marie, die van Paul de sleutel had gekregen. 'Maar wees voorzichtig. Het is er vast heel vuil.'

Ze had gelijk. Het zag er vreselijk uit in de voormalige porseleinwinkel. Een muffe geur van lijm, karton en oude boenwas sloeg hun tegemoet. Marie wilde het elektrische licht aandoen, maar de plafondlamp bleef uit.

'O jee,' zei Marie terwijl ze om zich heen keek. 'Hier moet eerst eens flink puingeruimd worden.'

Kitty ging met haar vinger over een van de oude tafels en schreef de woorden 'Maries modeatelier' in het stof. Ze giechelde. 'Poeh! Dit is allemaal brandhout, Marie. Moet je kijken, wat een gammel spul... Maar daarachter, die zijkamer, die zou je bij de winkel moeten trekken. Zijn daar nog meer ruimtes?'

Marie had een deur opengemaakt en ze zagen een afgedankt bureau, stoelen en donkere wandkasten waarin nog ordners en kartonnen dozen stonden.

'Ze hebben een kantoortje gehad. Kijk, daar is een telefoonaansluiting. Wat handig, die zul je nodig hebben, Marie... Oeh, er hangen spinnenwebben aan het plafond. Die hangen er vast al jaren. Zouden hier ook muizen zijn?'

'Vast wel.'

Kitty beet op haar lip. Wat liep ze nou dom te kletsen? Muizen! Natuurlijk zaten hier muizen, maar daar hoefde ze Marie toch niet op te attenderen!

'Het is veel groter dan ik dacht,' riep Marie, die intussen nog meer ruimtes had ontdekt.

Helemaal achterin, aan de achterkant van het huis, was zelfs een wintertuin, een prachtige constructie van krullerige metalen steunstangen en glas. Helaas brokkelde de stopverf op verschillende plekken af, twee ruitjes waren uit hun raamwerk gegleden en lagen in scherven op de grond.

'Hier moet snel iets gebeuren,' zei Marie. 'Het zou echt zonde zijn als dit mooie bouwwerk nog verder in verval raakt.'

Kitty veegde met een stuk krant een rond kijkgaatje op een ruit die zwart was van het vuil en gluurde erdoorheen. De kleine tuin was helemaal overwoekerd. 'Wat een wildernis, hier moeten we Gustav eens...'

Kitty onderbrak zichzelf omdat ze voetstappen hoorde. De twee vrouwen keken elkaar verschrikt aan.

'Had je de deur niet achter ons op slot gedaan, Marie?' vroeg Kitty fluisterend.

'Daar heb ik niet aan gedacht...'

Ze bleven roerloos staan en luisterden met bonkend hart. De voetstappen kwamen dichterbij. De ongevraagde bezoeker moest niezen en bleef staan om zijn neus te snuiten.

'Mevrouw Melzer? Marie? Zijn jullie daar achterin? Ik ben het...'

'Klippi!' riep Kitty verwijtend. 'Wat hebt u ons laten schrikken. We waren al bang dat er een sluipmoordenaar rondliep.'

Ernst von Klippstein leek oprecht geschrokken en zei dat hij niet van plan was geweest ze angst aan te jagen.

'Ik kwam toevallig langs en zag de dames het gebouw binnengaan. Ik dacht dat u misschien hulp zou kunnen gebruiken.'

Hij maakte een lichte buiging, die nog steeds een beetje militaristisch overkwam. Hoewel hij al een paar jaar in Augsburg woonde, was Ernst von Klippstein in veel gebaren nog steeds de Pruisische officier gebleven.

'Wel,' zei Marie meesmuilend. 'Nu u hier toch bent, kunt u met ons meelopen naar de bovenste verdieping. Maar ik waarschuw u. Zodra Kitty een spin ontdekt, valt ze ter plekke flauw.'

'Ik?' riep Kitty verontwaardigd. 'Wat een onzin, Marie! Ik ben niet bang voor spinnen, en ook niet voor hommels, wespen of mieren. Niet eens voor muggen. Hooguit voor muizen. Maar alleen als ze zo snel langs flitsen...'

Ernst von Klippstein verzekerde hun dat als een van de dames mocht flauwvallen, hij haar in zijn armen zou opvangen en persoonlijk naar de villa zou dragen.

'Dan kunnen we het wel wagen om naar boven te gaan,' zei Marie.

Op de eerste verdieping hadden de Müllers vroeger goederen opgeslagen, er stonden nog lege kisten en dozen. Twee van de kamers waren tijdelijk aan studenten verhuurd geweest, daar stonden nog bedden en een paar oude meubels. Alles maakte een beklemmende en droevige indruk. Op de tweede verdieping waren twee kleine woningen, in een ervan woonde het oude echtpaar Müller, de andere stond leeg. Daar had een gezin gewoond dat inmiddels was verhuisd.

'Een arts,' vertelde Von Klippstein. 'Hij werkte voor de oorlog in het stadsziekenhuis. In de oorlog was hij hospitaalsoldaat en hij is in Rusland gestorven. De vrouw houdt het hoofd boven water met naaiwerk en zorgt voor haar twee zoontjes. Ze kon de huur niet meer betalen en woont nu ergens in het oude centrum.'

'Die stomme, zinloze oorlog,' mompelde Marie en ze schudde haar hoofd. 'Heeft Paul haar de huur soms opgezegd?'

Von Klippstein zei van niet. Dat hadden de Müllers nog voordat ze het huis verkochten gedaan.

Marie liep peinzend de trappen weer af. Kitty probeerde haar een beetje op te vrolijken.

'Mijn hemel, Marie! Kijk nu niet zo sip. Zo gaat het nu eenmaal in het leven, soms gaat het beter, dan weer slechter... Misschien kun je die vrouw als naaister aanstellen? Daar zou iedereen mee geholpen zijn, toch?'

Maries sombere gezicht klaarde een beetje op.

'Dat zou een goed idee zijn, Kitty... Ja, dat zou ik kunnen doen. Mits ze echt goed kan naaien, natuurlijk.'

'Vast net zo goed als Hanna.'

'Hanna wordt door mij opgeleid, Kitty. Ik ben ervan overtuigd dat ze meer kan dan alleen borden afwassen en deeg kneden. Als ze een goede naaister wordt, kan ze zelf in haar levensonderhoud voorzien.'

'Het is al goed, mijn lieve, zorgzame, altijd om het welzijn van alle mensen bezorgde Marie. Voor mijn part wordt Hanna naaister. Waarom hang je niet een gouden ketting om haar nek en schenk je haar een kasteel... Prinses Hanna van de snelle naald.'

'Ach, Kitty!'

Ondanks alles moest Marie lachen en Kitty en Ernst von Klippstein lachten mee. Het deed hun alle drie goed, de sombere stemming die hen had overvallen toen ze de verwaarloosde kamers zagen, was verdreven. Kitty stelde voor de twee versleten houten tafels met de gedraaide poten die beneden in de winkel stonden wit te lakken. Dan zouden ze een mooie blikvanger vormen.

'We moeten de muren niet krijtwit maar zacht crèmewit verven. Begrijp je, Marie? Dat oogt eleganter. Crèmekleurige tinten met goud, dat is koninklijk. Dan kun je voor jouw creaties meteen de dubbele prijs vragen.'

'Ach, Kitty,' zuchtte Marie, en ze keek een beetje hulpeloos in de lege winkel om zich heen. 'Wie zou er in deze slechte tijden nu een couturejurk willen kopen?'

'Ik kan heel wat dames opnoemen die zich hele kasten vol couturejurken kunnen veroorloven,' weersprak Ernst von Klippstein haar tactvol. 'U moet in uw project geloven, Marie. Ik weet zeker dat u succesvol zult zijn.'

Zei hij dat alleen om Marie moed in te praten? Kitty wist heel goed dat de arme Klippi nog steeds verliefd was op haar schoonzus, ook al wist hij dat er geen hoop voor hem was.

'Het is alleen... Paul steekt zo veel geld in dit atelier. De renovatiewerkzaamheden. De inrichting. En dan de stoffen. De salarissen voor de naaisters... Soms duizelt het me als ik eraan denk.'

Kitty rolde met haar ogen. Hoe was het mogelijk? Marie had de textielfabriek van Melzer door de oorlog geloodst, had onderhandelingen gevoerd, contracten afgesloten, de vervaardiging van papieren stoffen doorgezet... En nu was ze bang om dit piepkleine modeatelier te openen!

'Geloof me, Marie,' zei Von Klippstein terwijl hij haar doordringend aankeek. 'Deze investering is het beste wat Paul met het geld kan doen. Investeren is het toverwoord in de huidige tijd. Wie zijn geld oppot, heeft bij voorbaat verloren.'

Marie schonk hem een dankbare blik, die Ernst von Klippstein met een blije glimlach beantwoordde. Kitty vermoedde dat de goede Klippi waarschijnlijk maandenlang op dit moment zou teren.

'Mag ik de dames met de automobiel terug naar de villa brengen? Of wilt u nog ergens anders heen? Mijn automobiel staat direct voor de winkel.'

Von Klippstein bezat sinds enige tijd een Opel Torpedo, een limousine, die hij tweedehands had aangeschaft. Hij had de auto vooral uit praktische overwegingen gekocht, want in tegenstelling tot Paul was hij niet bezeten van automobielen. Hij was op het landgoed van zijn ouders opgegroeid en voordat hij in de oorlog gewond was geraakt, was hij een uitstekende ruiter geweest. Daarna had hij zijn rijlaarzen aan de wilgen moeten hangen. Tijdens het lopen en zitten had hij nog steeds pijn, maar daar sprak hij zelden over. De auto was voor hem de meest comfortabele manier om zich in Augsburg te verplaatsen.

Marie wees het af. Ze moesten nog een paar boodschappen doen en zouden later de tram nemen.

'Dan wens ik u nog een aangename dag.'

Terwijl Marie dit keer zorgvuldig de winkeldeur op slot deed, keek Kitty Ernst von Klippstein na die in zijn automobiel wegreed. Eigenlijk zag hij er best goed uit. Hij was ongehuwd, compagnon van een inmiddels weer florerende textielfabriek en bovendien eigenaar van een automobiel. Precies wat men verstaat onder een 'goede partij'.

'Wat doet Klippi eigenlijk op dit tijdstip in de stad?' vroeg ze zich af. 'Moet hij niet in zijn lelijke kantoor in de fabriek zitten?'

Marie rammelde even aan de winkeldeur – hij zat goed dicht. 'Het zou kunnen dat hij een cadeau voor zijn zoon wil kopen,' zei ze. 'Volgens mij is die binnenkort jarig. Ik geloof dat hij negen wordt.'

'Ja, hij heeft met zijn ex-vrouw – hoe heet ze ook alweer… Nou ja, maakt niet uit. Ze hebben een zoon, die zal het landgoed erven. Arme Klippi. Ik geloof dat hij zijn zoon graag zou zien opgroeien.'

'Adele,' zei Marie. 'Ze heet Adele.'

'Juist, Adele. Een afgrijselijk mens. Goed dat hij van haar af is… Mijn hemel, het begint te regenen. En ik heb geen paraplu.'

Marie had er wel een meegenomen. Onder de zwarte paraplu die ooit van Johann Melzer was geweest, liepen ze samen naar de koffie- en confiturenwinkel waar ze een pond koffie en een zak suikerklontjes kochten. Daarna liepen ze naar de tramhalte.

'Het was toch wat aangenamer geweest in Klippi's limousine…' zei Kitty geërgerd terwijl ze naar haar natte schoenen keek.

'En in elk geval droog,' zei Marie ook spijtig.

Ze wachtten een poos, maar toen de tram waar ze op wachtten nog steeds niet kwam, besloten ze een van de paardenkoetsen te nemen die in de stad nog steeds veel klandizie hadden. Tenslotte was niemand erbij gebaat als ze in het kille weer een verkoudheid opliepen.

In de entreehal van de villa kwam de heerlijke geur van gebraden vlees met marjolein en uitjes hun tegemoet – mevrouw Brunnenmayer had het middagmaal op het vuur staan. Julius was op zijn post. Hij nam hun vochtige jassen en hoeden aan en had al droog schoeisel voor hen neergezet. De doorweekte straatschoenen bracht hij naar de waskeuken, waar ze op een laagje krantenpapier konden drogen. Later zou hij ze met allerlei smeersels behandelen, waarvan alleen hij de samenstelling kende, en zou het leer er weer soepel en als nieuw uitzien.

'Mevrouw wacht in de rode salon op u.'

Hij had het tegen Marie gezegd, maar Kitty, die al een vermoeden had waar dit gesprek over ging, wilde er per se bij zijn. Haar moeder gedroeg zich naarmate ze ouder werd steeds vreemder, vond ze. De nieuwe tijd was volkomen aan haar voorbijgegaan, wat geen wonder was als je bedacht dat haar lieve mama al halverwege de zestig was.

Alicia Melzer stond bij het raam op haar schoondochter te wachten, vanwaar ze de brede oprijlaan en het grootste deel van het park kon overzien. Toen Kitty samen met Marie de salon binnenkwam, fronste Alicia haar voorhoofd. 'Henni heeft zojuist naar je gevraagd, Kitty. Misschien kun je beter even naar boven gaan...'

'O, ik denk dat Hanna zich om haar bekommert.'

Alicia zuchtte ontstemd. Ze wilde niet boos worden en dat zou ook niet veel nut hebben gehad bij de eigenwijze Kitty. 'Ik heb een paar dingen met Marie te bespreken.'

Kitty nam plaats in een fauteuil en glimlachte naar haar moeder, terwijl Marie rustig naast haar ging zitten. Alicia koos de bank.

'Mij is vandaag ter ore gekomen dat Leo al twee keer bij de Ginsbergs op bezoek is geweest. Een goede bekende van me, mevrouw Von Sontheim, heeft Hanna daar met de jongen gezien. Ik heb Hanna vandaag bij me geroepen en zij heeft bevestigd dat ze Leo erheen had gebracht. Bovendien – en dat vind ik helemaal zorgelijk – heeft Leo daar pianoles gehad.'

Ze moest even pauzeren om op adem te komen, de kwestie leek haar nogal op te winden. Alicia had de afgelopen tijd steeds vaker last van kortademigheid.

'Hanna heeft dit op mijn instructie gedaan, mama,' zei Marie vriendelijk maar beslist. 'Dat Leo pianoles krijgt, wist ik overigens niet. Het is jammer dat de jongen het achter onze rug om doet, maar verder kan ik geen reden bedenken wat er mis mee zou zijn als een kind wil leren pianospelen.'

'Je weet heel goed, Marie,' zei Alicia snel, 'dat Paul niet blij is met die voorliefde van hem. Wat jammer dat je je echtgenoot op dit punt niet steunt.'

'Dat is dan toch iets tussen Paultje en zijn Marie, nietwaar, mama?' mengde Kitty zich in het gesprek. 'En mocht iemand geïnteresseerd zijn in mijn mening, hoe harder jullie proberen de jongen van het pianospelen af te houden, hoe meer hij zich erin zal vastbijten.'

Alicia's blik liet er geen twijfel over bestaan dat ze niet geïnteresseerd was in Kitty's kijk op dit probleem. Aangezien Marie echter bleef zwijgen, ging ze over op haar volgende punt.

'Het schijnt een beklonken zaak te zijn dat Hanna binnenkort buitenshuis gaat werken. Helaas heeft niemand mijn mening gevraagd, maar ik wil niet pietluttig overkomen. Hanna heeft na wat problemen in het begin laten zien dat ze een prima keukenmeisje is en ze is ook zeer geschikt voor andere taken, vooral wat de kinderen betreft. Als ze ons verlaat, missen we een belangrijke kracht.'

'Je hebt helemaal gelijk, mama,' zei Marie snel. 'Ik vind dat we niet alleen iemand voor de keuken moeten aanstellen, maar ook een betrouwbare persoon die voor de kinderen kan zorgen...'

'Ik ben heel blij dat we het wat dat betreft eens zijn, Marie!' onderbrak Alicia Marie opgelucht. De opgekropte ontevredenheid viel van haar af, ze kon nu zelfs een beetje glimlachen. Sinds de kinderjuffrouw in het voorjaar ontslag had genomen, probeerde Alicia Marie ervan te overtuigen dat de kinderen een betrouwbare opvoedster nodig hadden, maar tot nu toe had Marie zich ertegen verzet. Dodo, Leo en Henni hadden een hekel aan de strenge kinderjuffrouw gehad en toen ze vertrok, hadden ze alle drie het gevoel gehad dat ze bevrijd waren.

'Voor de keuken kan ik me Gertie voorstellen,' bedacht Kitty. 'Zij was vroeger bij Lisa in de Bismarckstraat in dienst, het is een slimme meid. Ik geloof dat ze een poosje bij de Kochendorfs heeft gewerkt, maar daar vond ze het niet fijn.'

'Wel,' zei Alicia geduldig. 'We zullen contact opnemen met het agentschap, gelukkig is er momenteel geen tekort aan jonge vrouwen die willen werken.'

Kitty knikte vriendelijk en nam zich voor om eens na te gaan waar Gertie was gebleven. Je hoefde immers niet alles aan het toeval over te laten.

De gong voor het middageten klonk in de hal, wat betekende dat Paul uit de fabriek was teruggekeerd en Julius bij de etenslift klaarstond om de maaltijd te serveren. Ze hoorden haastige voetstappen in de gang – dat was Hanna die naar boven rende om de kinderen te halen.

'En wat betreft de zorg voor de kinderen,' zei Alicia terwijl Marie al opstond om Hanna te gaan helpen. 'Ik heb een jonge vrouw uit een zeer gegoede familie op het oog, die naast haar uitstekende opvoeding ook veel verstand heeft van jonge mensen.'

Kitty vreesde het ergste, want haar moeders ideeën van een goede opvoeding waren volkomen verouderd. 'En wie is die fameuze dame?'

'O, jullie kennen haar goed,' zei Alicia vrolijk. 'Het is Serafina von Dobern, haar meisjesnaam is Von Sontheim. Lisa's beste vriendin.' Alicia keek erbij alsof ze hun een fantastisch kerstcadeau overhandigde.

Kitty was verbijsterd. Lisa's vriendinnen waren allemaal arrogante intrigantes en Serafina was een héél gemeen kreng. Ze had vroeger een oogje op Paultje gehad en was later met majoor Von Dobern getrouwd om – zoals het heette – onder de pannen te zijn. De arme Von Dobern was in Verdun gesneuveld.

'Dat is geen goed idee, mama!'

Alicia verklaarde dat de arme Serafina na de heldendood van haar man met financiële problemen kampte en dat haar moeder helaas ook niet kon bijspringen. Lisa had haar in een van haar brieven op de droevige situatie van haar vriendin geattendeerd.

Lisa natuurlijk, dacht Kitty geërgerd. Echt wat voor haar. Stuurt haar irritante vriendin op ons af.

'Nee, mama!' zei ze vastberaden. 'Ik zou mijn Henni nog geen seconde aan dat mens toevertrouwen!'

Alicia zweeg. Het was duidelijk dat ze daar heel anders over dacht.

# 4

*November 1923, Pommeren, regio Kolberg-Körlin*

ELISABETH TROK BIBBEREND HAAR schouders op en probeerde de bontkraag van haar mantel van voren dicht te houden. Had ze nu maar haar bontjas aangetrokken, op de bok van dit ouderwetse voertuig was je onbeschermd overgeleverd aan de ijzige wind. Ze was veel liever achter in de wagen tussen de boodschappen gaan zitten, maar tante Elvira had gezegd dat ze zich dan belachelijk zou maken. Het was ongelofelijk dat haar tante zo ontspannen naast haar zat te kletsen en te lachen. Ze dreef de knol Jossi met een paar klappen van de zweep aan, hield de teugels zonder handschoenen vast en leek niet eens stijve vingers te krijgen.

'Kijk, meid,' zei tante Elvira, en ze hief haar kin op om aan te duiden dat Elisabeth naar voren moest kijken.

'Daarginds in Gervin bij de oude houten kerk, daar hebben ze een paar jaar geleden in de nieuwjaarsnacht de duivel gezien. Hij is om de kerk geslopen, die booswicht. Hij was zwart en zijn gezicht was een afgrijselijke tronie!'

Elisabeth kneep haar ogen tot spleetjes en zag in de verte wazig de huisjes en het oude vakwerkkerkje van het dorp Gervin. Ze kwamen uit Kolberg en gelukkig was het niet ver meer naar het landgoed Maydorn. Het was pas even na vijven 's middags, maar de lucht hing zwaar boven het land – een teken dat de duisternis snel zou invallen.

'Helemaal zwart? Hoe hebben ze hem dan in het donker kunnen zien?'

Elvira snoof minachtend. Ze hield er niet van als haar spookverhalen in twijfel werden getrokken. Het haalde haar uit haar doen als ze dingen moest uitleggen, dan kon ze heel chagrijnig worden. Elisabeth wist nog steeds niet goed of tante Elvira deze verhalen verzon om haar toehoorders te verbluffen, of dat ze er misschien zelf in geloofde.

'Het was vollemaan, Lisa. Daarom hebben ze hem allemaal goed kunnen zien, die griezelige gast. Hij hinkte, zijn linkervoet was niet menselijk. Dat was een paardenhoef...'

Elisabeth had graag tegengeworpen dat de duivel eigenlijk een bokkenpoot had, maar hield haar mond. Ze trok zwijgend haar hoofddoek strakker en vervloekte de hobbelige weg. De koets schudde heen en weer en de flessen in de wagen rinkelden. Ze had haar koude handen het liefst in haar jaszakken gestoken, maar moest zich met beide handen vasthouden om niet van de bok te vallen.

'We zijn de lucifers vergeten, tante!'

'Verdorie!' schold Elvira. 'Ik heb vanochtend nog zo gezegd dat we aan lucifers moesten denken. We hebben nog maar drie doosjes, die zullen gauw op zijn.'

Elvira trok aan de teugels want de knol dacht al aan zijn goedgevulde ruif en liep steeds harder.

'Het zou lang niet zo erg zijn als meneer Winkler niet zo veel lucifers en lampenolie zou verbruiken. Is het normaal dat een gezonde man de halve nacht in de bibliotheek zit en boeken leest? Hij is ziek. Niet lichamelijk, maar in zijn hoofd. En hij is altijd zo gladjes en beleefd. Wat je ook zegt, hij glimlacht altijd gelukzalig.'

'Hij heeft nu eenmaal goede manieren.'

'Het is een achterbakse vent. Hij zegt niet wat hij denkt en houdt zijn ware aard verborgen, maar ik weet heel goed wat in hem broeit.'

'Zo is het wel genoeg, tante...'

'Wil je het niet horen? Nou, ik zeg het je toch, Lisa. Hij zit achter jou aan, die keurige boekenwurm met zijn goede manieren. Ik wil niet weten wat hij 's nachts droomt, dat zou weleens iets heel bizars kunnen zijn.'

Elisabeth ergerde zich. Het landgoed liep mijlenver achter op elke technische vooruitgang, er was geen elektriciteit en geen gasaansluiting, 's avonds zat je bij de goede oude petroleumlamp en in de winter ging je gewoon met de kippen op stok. Voor de arme Sebastian, die meestal aan een of ander traktaat werkte, waren het geen fijne omstandigheden om te werken, zeker omdat hij slechte ogen had. Ach, hij had zulke mooie en nuttige werken geschreven, vooral over het landschap en de mensen hier in Achter-Pommeren. Evenals een boekje over de oude gebruiken en sagen, waarin hij over paaswater, schimmelruiters en beren van erwtenstro had geschreven. En over de Wilde Jacht die in de koude novembernachten spookachtig door de wouden ging en waar je maar beter voor uit kon kijken. Elisabeth had al zijn geschriften doorgekeken, kleine foutjes of ongerijmdheden met potlood in de kantlijn aangegeven en hem later geholpen de teksten keurig over te schrijven. Ze was een onontbeerlijke steun voor hem, had hij tegen haar gezegd. Hij had ook gezegd dat ze zijn muze was. Een lichtende verschijning die hem op donkere dagen verder hielp. Een engel. Ja, dat zei hij zelfs vaker. 'U bent een engel, mevrouw Von Hagemann. Een goede engel, die de hemel mij gezonden heeft.'

Nou ja, tante had niet helemaal ongelijk. Erg moedig was hij niet, die meneer de bibliothecaris. Hij sprong niet over zijn eigen schaduw. Hij glimlachte, poetste zijn bril en zag eruit als een droevig hondje.

Elisabeth was blij dat aan het eind van de hobbelige weg het landgoed in zicht kwam. Het was een mooi landgoed, waartoe een paar honderd hectare akkers, weiden en bossen behoorden. De gebouwen werden in de zomer door beuken en eiken aan het gezicht onttrokken, maar nu, nu de bomen nog nauwelijks bladeren hadden, schemerden de daken en de bakstenen muren erdoorheen. De hoge schuren werden zichtbaar, evenals de wagenloodsen, het langgerekte stalgebouw en het gebouw met rieten dak waarin de dagloners en de personeelsleden woonden. Een eind verderop doemde het landhuis op, twee verdiepingen met een puntgevel in het midden. Aan het onderste gedeelte woekerde klimop langs de muren omhoog. Rechts en links van de voordeur waren klimrozen geplant, die nu allang uitgebloeid waren.

'Ze heeft nog eens flink gestookt, die Riccarda. Sinds jullie op het landgoed zijn, heb ik twee keer zo veel hout nodig. Maar het zij zo. Ik ben blij dat ik niet meer alleen ben.'

Er kwam inderdaad een grijze rookwolk uit de schoorsteen van het landhuis, die waarschijnlijk van de tegelkachel in de woonkamer op de benedenverdieping afkomstig was. Riccarda von Hagemann had het gauw koud, in de winter moest het dienstmeisje een paar warme kruiken in haar bed leggen, anders kon ze absoluut niet slapen. Elisabeth had destijds gevreesd dat er fikse ruzies zouden ontstaan tussen haar schoonmoeder en tante Elvira, aangezien ze allebei een eigenzinnig karakter hadden. Maar tot haar grote verbazing konden ze het prima vinden. Misschien kwam het door tante Elvira's onverschrokken open aard die Riccarda bij voorbaat de wind uit de zeilen nam. In elk geval hadden ze allebei algauw hun eigen machtsterrein afgebakend. Riccarda bekommerde zich om het personeel en de keuken, terwijl Elvira de inkopen op zich nam en zich bovendien overgaf aan haar passie voor paarden en honden. Elisabeth had duidelijk gemaakt dat zij bepaalde taken, zoals het huishoudbudget en de organisatie van grotere feesten waarbij ook gasten uitgenodigd werden, voor zich opeiste. Ook de bibliotheek viel onder haar verantwoordelijkheid, evenals de bibliothecaris in de persoon van Sebastian Winkler, die daar sinds drie jaar werkte en wiens loon tante Elvira al meer dan eens een 'overbodige uitgave' had genoemd.

Toen ze eindelijk het brede erf op reden en de scherpe stank van de dampende koeienmest weer eens in Elisabeths neus opsteeg, kwam Leschik ijverig aangelopen om de knol uit te spannen. De Poolse paardenknecht liep sinds zijn kindertijd mank, een landbouwpaard had tegen zijn heup getrapt en vermoedelijk zijn bekken gebroken. In die tijd werd er niet veel ophef over dat soort dingen gemaakt, de heup genas weer, maar de man liep nog steeds mank.

'Is meneer al terug?' vroeg Elisabeth, die moeizaam en met stijf bevroren ledematen van de wagen klom.

'Nee, mevrouw. Hij is nog in het bos. Het is houtverkoop, het zal laat worden.'

Tante Elvira liet zich door Leschik helpen om van de wagen te stappen, daarna instrueerde ze hem Jossi geen haver te geven omdat hij anders te dik werd. Tante Elvira reed sinds haar jeugd, paarden en honden betekenden alles voor haar. Boze tongen beweerden zelfs dat ze destijds alleen het huwelijksaanzoek van Rudolf von Maydorn had aangenomen omdat hij op zijn landgoed meer dan twintig Trakehners had. Maar dat was alleen maar dom geklets, Elisabeth wist dat oom Rudolf en tante Elvira veel van elkaar gehouden hadden. Ieder op hun eigen manier.

'Die man van jou is een vrek,' zei ze meesmuilend tegen Elisabeth. 'Als ik aan mijn goede Rudolf denk. Die stuurde altijd een personeelslid om het hout te verkopen...'

Die het meeste in zijn eigen zak stak, vulde Elisabeth in gedachten aan. Daarom was er ook nooit geld geweest om nieuwe dingen aan te schaffen. En als er toch eens een paar centen beschikbaar waren, kocht oom Rudolf er meteen port of bourgognewijn van.

Elisabeth haastte zich naar de woonkamer, naar de warme tegelkachel en een kopje hete thee. In de leunstoel naast de kachel zat Christian von Hagemann in een wollen huisjas en met vilten pantoffels aan. Er lag een krant op zijn schoot, maar hij was tijdens het lezen ingedut. Elisabeth pakte zachtjes de theekan van het stoofje en schonk voor zichzelf een kopje in. Ze deed er suiker bij en roerde. Christian von Hagemann liet zich niet storen in zijn slaap. Elisabeths schoonvader was in de afgelopen drie jaar heel wat kilo's aangekomen, wat te danken was aan zijn liefde voor voedzame gerechten en goede wijn. Zijn geldzorgen waren voorbij, hij genoot van het landleven, liet alle verantwoordelijkheden aan zijn zoon en de dames van het huis over en bekommerde zich uitsluitend om zijn eigen welzijn.

Terwijl Elisabeth haar rug bij de groen betegelde kachel verwarmde en van de hete thee nipte, bedacht ze dat ze voor het diner nog wel even tijd had voor een kort bezoekje aan de bibliotheek. Riccarda was waarschijnlijk in de keuken, waar ze samen met tante Elvira en de kokkin de boodschappen uitpakte. Diverse kruiden, een zak zout, suiker, soda, glycerine, schoenpoets en azijn. Bovendien een zak rijst, droge erwten, chocola, marsepein, twee flessen rum en een paar flessen rode wijn. Het kleine lichtblauwe parfumflesje had Elisabeth in de kapperswinkel gekocht en in haar handtas laten verdwijnen terwijl tante Elvira met een buurvrouw stond te kletsen. De geur was heel sterk en rook naar bloesem, een klein druppeltje achter haar oren zou voldoende zijn. Vervelend dat Serafina helemaal geen geld had en haar niet eens een mooie lippenstift, wat poeder of opwindend parfum uit Augsburg kon sturen. Dat soort dingen wilde ze niet graag aan Kitty of Marie vragen, die wisten maar al te goed wie ze daarmee wilde verleiden. En haar moeder wilde ze het al helemaal niet vragen.

Het spul uit het flesje rook zo sterk, dat ze zichzelf gewoon ordinair vond. Ze zou boven in de badkamer proberen de geur weer weg te wassen, anders zou Sebastian nog weet niet wat van haar denken. Stilletjes, om haar nog slapende schoonvader niet te wekken, zette ze haar lege kopje neer en verliet ze de kamer. In het trappenhuis was het ijskoud, ze had haar omslagdoek mee moeten nemen. Natuurlijk kraakten de oude houten treden vreselijk, wat dat betreft hielp de traploper, die ze twee jaar geleden had laten leggen, maar weinig. Geërgerd dacht ze eraan dat haar oom en tante dit mooie oude huis uit onverschilligheid en verspilling zo hadden laten vervallen. Er waren niet eens dubbele ramen, in de winter moesten ze dikke vilten rollen op de vensterbanken leggen tegen de tocht en keken ze naar de ijsbloemen die op de ruiten bloeiden.

De enige luxe was de badkamer, daar had oom Rudolf destijds veel waarde aan gehecht. Wit betegelde muren, een badkuip op vier gebogen leeuwenpoten, een wastafel met een spiegel en een toiletpot van echt porselein met een afneembare, wit gelakte toiletbril. Elisabeth maakte een washandje nat en probeerde het effect van het parfum te verminderen. Vergeefs. Het spul rook alleen maar sterker. Ze had zich het geld voor het stinkwatertje kunnen besparen. Zuchtend fatsoeneerde ze haar haar. Ze had het weer lang laten groeien en stak het op de traditionele manier op – hier op het platteland droegen zelfs de dochters van de landheren geen pagekopje. En Sebastian leek ook niet van de nieuwe mode te houden. Voor een aanhanger van de socialisten was hij in veel dingen uitgesproken ouderwets.

Ze klopte uit voorzorg aan. Hij mocht nooit het gevoel hebben als een ondergeschikte behandeld te worden.

'Sebastian?'

'Mevrouw, komt u toch binnen. Ik zag u met uw tante het erf op rijden. Hebt u goed boodschappen kunnen doen in Kolberg?'

Natuurlijk had hij de kachel niet aangestoken. Hij zat aan zijn bureau in een trui en een dikke huisjas, met een sjaal om zijn nek gewikkeld. Hij durfde de kachel niet aan te steken omdat tante Elvira onlangs over het hoge houtverbruik had geklaagd. Straks trok hij nog handschoenen aan zodat zijn potlood niet uit zijn stijf bevroren vingers viel.

'De boodschappen? O ja, behalve lucifers, die zijn we helaas vergeten. Maar dat is niet zo erg, die zijn ook in Groot-Jestin te koop.'

Ze deed de deur achter zich dicht, liep met langzame passen naar zijn bureau en keek over zijn schouder mee. Hij rechtte zijn rug en keek op, alsof hij een schooljongen was die de beurt kreeg van de leraar. Ze had in het verleden een paar keer haar hand op zijn schouder gelegd, heel onschuldig en zogenaamd toevallig, maar had gevoeld dat zijn lijf bij de aanraking was verkrampt. Sindsdien had ze het niet meer gedaan.

'Nog steeds de kroniek van Groot-Jestin?'

'Jazeker, voor zover het me lukt zonder inzage in de archieven van Von Manteuffel. Ik heb met de dominee gesproken en hij was zo goed me de kerkboeken in te laten zien.'

Sebastian werkte sinds ruim een jaar als oproepleerkracht op de basisschool van Groot-Jestin. Elisabeth had die baan voor hem geregeld. Hij verdiende er niet veel mee, maar hij vond het erg leuk om met kinderen te werken. Het was hard nodig geweest om de bibliothecaris ook elders werk te verschaffen, want de boeken van Von Maydorn waren al na een paar maanden uitvoerig bekeken, gerepareerd en opnieuw geordend. Elisabeth had gevreesd dat Sebastian de baan op het landgoed, die hem niet volledig in beslag nam, zou opzeggen en het landgoed zou verlaten, maar nu hij het beroep kon uitoefenen waarvoor hij was opgeleid, hoopte ze hem in haar nabijheid te kunnen houden.

Zeker, de hoop die ze heimelijk koesterde, dat er een nauwere relatie tussen hen zou ontstaan, was niet in vervulling gegaan. Sebastian meed nauwer contact, hij was zelfs al bang om haar hand of schouder aan te raken. Hij stelde zich soms als een dwaas meisje aan, ontweek haar, keek weg en kreeg een rood hoofd. Een tijdlang had ze gedacht dat hij haar gewoon niet leuk vond. Ze was niet als Kitty, die iedere man om haar vinger bond. Ze was geen verleidster en er waren maar heel weinig mannen verliefd op haar geweest, waarbij de te verwachten erfenis van de Melzers mogelijk ook geen onbeduidende rol had gespeeld. Misschien ook vanwege haar weelderige boezem, maar aan dat soort vereerders had ze geen behoefte. Alhoewel, als Sebastian haar lijf leuk had gevonden, dan was dat iets heel anders geweest. Maar helaas was in de afgelopen drie jaar gebleken dat hij haar weliswaar buitengewoon waardeerde, maar blijkbaar niet begeerde. Dat hij haar in die zin negeerde, was voor haar dubbel zo zwaar te verdragen, aangezien haar echtgenoot Klaus vrijwel nooit aanspraak op zijn echtelijke rechten maakte.

'Ik probeer,' zei Sebastian met zijn trage manier van spreken, 'om datgene wat ik uit de kerkboeken heb overgeschreven, in een enigszins vloeiende tekst te...'

Ze draaide zich ongeduldig om en liep naar de kachel, hurkte ervoor en maakte het deurtje open. Sinds gistermiddag had hier zeker geen vuur meer gebrand.

'Wat bent u van plan, Elisabeth? Ik heb het niet koud. Alstublieft, voor mij hoeft u de kachel niet aan te steken...'

'Maar ik heb het koud. Heel erg zelfs. Ik bevries hier!'

Het klonk boos en wat onvriendelijker dan haar bedoeling was. Maar het had wel effect, ze hoorde dat hij zijn stoel naar achteren schoof. Hij stond op, wachtte even besluiteloos af wat ze zou doen, maar toen hij zag dat ze wat brandhout in de kachel begon te leggen, liep hij snel naar haar toe.

'Laat mij dat doen, Elisabeth.'

Ze keek naar hem op en merkte dat hij oprecht bezorgd en een beetje verlegen leek. Mooi zo. De hoop stierf als laatste, was de uitdrukking.

'Denkt u dat ik geen vuur kan aanleggen?'

Hij snoof. Nee, zo had hij het niet bedoeld. 'Maar u zult uw handen bevuilen.'

'Wat verschrikkelijk!' riep ze ironisch uit. 'De dame van het landgoed met vuile handen. Vindt u het gepaster om zelf zwarte vingers te krijgen? Dat zou toch niet erg praktisch zijn bij het schrijven, of wel soms?'

Ze bleef in de kachel porren terwijl hij haar met een kritische blik gadesloeg. Ten slotte vroeg ze om lucifers.

'Wacht even.'

Het doosje lag in een houten kistje op zijn bureau, blijkbaar hoedde hij ze als een schat, want hij had de houtjes nodig om de lampen aan te steken. Zou ze hem de aansteker van oom Rudolf moeten schenken? Maar dat zou tante Elvira haar waarschijnlijk kwalijk nemen.

'Ik zou dit werk echt graag van u overnemen, Elisabeth. Zeker omdat we nog maar weinig lucifers hebben.'

Geweldig hoe hij op haar praktische vaardigheden vertrouwde. Geïrriteerd stak ze haar hand naar het doosje uit. Tegelijkertijd schoof ze een van de blokken hout verder naar achteren in de kachel. En daarbij gebeurde het.

'Au! Verdorie!'

Er had zich iets scherps in het topje van haar wijsvinger geboord. Ze stak haar bloedende vinger in haar mond en ergerde zich mateloos. Waarom moest dit uitgerekend nu gebeuren?

'Een splinter?'

'Ik weet het niet… Het voelde aan als een scherpe spijker.' Ze bekeek haar vingertopje en zag inderdaad een zwart stipje. Ze ging er voorzichtig met haar andere vinger overheen. Dat deed pijn. Er zat iets in haar vinger.

'Laat u mij eens kijken, Elisabeth…' Hij boog naar voren, pakte haar hand en draaide hem zo dat hij het vingertopje goed kon zien. Hij trok haar hand dichter naar zich toe en zette zijn bril af. Nou, kijk eens aan, dacht ze. Als ik mijn hand op zijn schouder leg, stelt hij zich aan alsof ik iets onzedelijks van hem wil. Nu pakt hij gewoon mijn hand en betast hij die, voelt hij aan mijn vinger als iemand die er verstand van heeft…

'Het lijkt erop dat er een splinter in zit die behoorlijk diep zit,' zei hij deskundig. Zijn ogen waren zonder bril veel helderder. In zijn blik lag een ongewone vastberadenheid.

Elisabeth beantwoordde zijn blik. Hij hield nog steeds haar hand vast. Hoewel de aanleiding absoluut niet romantisch was, genoot ze ervan door hem aangeraakt te worden.

'We moeten de splinter eruit halen, Elisabeth. Anders kan er een etterende wond ontstaan. Laten we naar het bureau lopen. Ik zal de lamp aansteken om het beter te kunnen zien…'

Wat heerlijk. Ze had het gevoel dat ze droomde. Was dit echt Sebastian die zo zelfverzekerd aanwijzingen gaf? Dat beviel haar. Hoe had ze kunnen denken dat hij een slappeling was? Als het nodig was, stond hij zijn mannetje.

'Als u denkt dat het nodig is,' zei ze gehoorzaam. 'Maar het is toch maar een piepkleine splinter?'

Hij leidde haar naar zijn stoel en vroeg haar te gaan zitten, terwijl hij de lamp aanstak en op zoek ging naar een naald.

'Een... naald?'

Hij had de glazen kap al van de lamp getild. Hij keek haar aan en glimlachte geruststellend naar haar. 'Ik zal zo voorzichtig mogelijk zijn.'

O god, dacht ze ontzet. Hij wil met een naald in mijn vinger gaan peuteren. Ze moest denken aan haar kinderjuffrouw die ooit hetzelfde had gedaan. Toen had ze de hele boel bij elkaar gekrijst. Haar moeder was komen aansnellen omdat ze dacht dat er iets verschrikkelijks met haar kind gebeurde. Toen ze had gezien dat het maar een splinter in haar duim was, had ze gevoelloos gelachen.

Sebastian richtte de lamp en rommelde in het laatje van het bureau. Hij vond een speld die hier op de een of andere manier terecht was gekomen.

'Klaar?' vroeg hij.

Het liefst was ze nu weggerend. Ze kon tegen hem zeggen dat ze het liever zelf deed. Of dat ze nog een poosje wilde wachten. Of het aan de helende kracht van de natuur wilde overlaten... Maar dan had ze nu niet van zijn mannelijke vastberadenheid kunnen genieten en van het feit dat hij haar aanraakte. Daarom knikte ze braaf en hield ze dapper haar wijsvinger voor hem op.

'Iets meer naar het licht... Ja, zo. Probeer hem stil te houden. Wacht, ik help u... U bent te nerveus.'

Hij pakte haar hand met zijn linkerhand, pakte hem stevig vast en strekte haar wijsvinger. Toen begon hij aan het lastige klusje.

Eerst kietelde het alleen een beetje. Maar toen prikte hij haar en ze perste haar lippen op elkaar om vooral geen geluid te maken. Ze voelde dat hij haar vinger steviger vasthield, hij trok een schone zakdoek uit zijn jas en veegde een druppel bloed van haar vinger.

'Bijna klaar... U bent erg dapper, Elisabeth.'

Nu praatte hij tegen haar alsof ze een schoolkind was, dacht ze, maar ergens vond ze het toch heerlijk. Als hij nu maar eindelijk zou stoppen met in haar vinger prikken. Voor de rest was het heerlijk om hem in deze nieuwe rol van zorgzame helper mee te maken.

'Gelukt!'

Hij hield de speld op, waarop een heel klein en dun, zwart stukje hout te zien was. Daarna wikkelde hij zorgvuldig de zakdoek om haar vinger en liet hij haar hand weer los.

'Godzijdank!' zuchtte ze en ze raakte haar verbonden vinger aan. Wat jammer. Nu was het voorbij. Misschien moest ze bij de volgende gelegenheid haar been breken?

'Ik hoop dat ik u niet al te erg gekweld heb.'

'O nee hoor, helemaal niet...'

Hij legde de speld in het laatje terug en keek haar meesmuilend aan. Was ze soms bleek geworden? 'Er zijn kinderen die vreselijk in paniek raken als je probeert een splinter uit hun vinger te trekken.'

'O, echt?'

'Ja, ik had onlangs een jongetje op school, die wilde van angst wegrennen.'

Ze kreeg het voor elkaar een zwakke glimlach te produceren en wikkelde de zakdoek van haar vinger. Hij bloedde niet meer. Ze kwam weer langzaam bij, haar hoofd werd helder.

'Ik dank u zeer, Sebastian,' zei ze hartelijk. 'En nu steken we de kachel aan.'

'Als u daarop staat.'

'Daar sta ik zeker op. Niemand heeft er baat bij als u hierboven een longontsteking oploopt.'

Hij schudde onwillig zijn hoofd, maar liep braaf naar de kachel. Hij trok een dun takje uit het brandhout om het in de lamp aan te steken. Zo bespaarden ze een lucifer. Terwijl het vuur in de kachel opflakkerde en het blok hout begon te branden, zei hij dat een longontsteking onzin was. Hij had tot nu toe niet eens een lichte verkoudheid opgelopen.

'En dat moet ook zo blijven, Sebastian. Daar zal ik voor zorgen!'

Hij schikte zich en ging aan zijn bureau zitten terwijl Elisabeth bij de kachel stond en haar handen warmde. Toen ze zich naar hem omdraaide, had hij zijn bril opgezet en was hij weer in zijn werk verdiept.

Ze bekeek hem peinzend. Hij was stevig van postuur, maar nog altijd een beetje stijf. Hij had een breed gezicht en vioolblauwe ogen. Ze hield van hem. Hij was al drie jaar zo dichtbij en toch onbereikbaar. Om gek van te worden. Maar vandaag had ze iets over hem geleerd wat ze niet had geweten. Hij was sterk als zij zwak was. Daar moest ze gebruik van maken.

# 5

Leo had nog nooit zo veel licht zien weerkaatsen. Het verblindde hem en hij moest met zijn ogen knipperen. Fonkelende glazen, gouden letters, reukflesjes en dan de broches en de ringen aan de handen van de vele dames.

'Gaan jullie eens even naar achteren, stelletje lawaaimakers! Sta niet zo in de weg!'

Julius en Hanna droegen zilveren dienbladen met gevulde glazen en boden de dames en heren champagne en wijn aan. Zijn moeders atelier was bomvol mensen. De heren droegen een grijs of zwart pak, de dames waren in bonte kleuren gekleed, droegen schoenen met hakken en zijden kousen die glansden in het licht.

'Dat heeft mijn mama geschilderd,' zei Henni en ze wees met haar vinger naar een winterlandschap waarop behalve een paar huisjes en een uientorentje alleen sneeuw te zien was. Op de tegenoverliggende muur had tante Kitty Amerika geschilderd: wolkenkrabbers, een indianenstamhoofd met veren en het beroemde Vrijheidsbeeld van New York.

Op de achtergrond klonk pianomuziek. Leo drong langs een groepje champagne drinkende dames, want mevrouw Ginsberg zat achter de piano en Leo wilde kijken hoe ze speelde. Mama had de moeder van zijn vriend voor deze avond geëngageerd, maar helaas had Walter niet mee mogen komen. Er kwamen alleen genodigden naar de opening van mama's atelier, had zijn vader gezegd.

Mevrouw Ginsberg zat met haar rug naar de gasten, de piano stond tegen de muur. Ze speelde een etude van Chopin, een erg moeilijk stuk, waarvoor Leo's vingers helaas nog te klein en niet soepel genoeg waren. Als je het goed kon spelen, zoals mevrouw Ginsberg, dan klonk het zo licht en mooi als een nazomerse dag.

'Mag ik de bladzijden omslaan?'

'Als je wilt... graag!'

Hij ging links van haar staan, zoals ze het hem had geleerd. Als hij de bladzijde moest omslaan, ging hij op zijn tenen staan, pakte het bovenste hoekje van het rechternotenblad, wachtte tot mevrouw Ginsberg knikte en dan sloeg hij de bladzijde voorzichtig om. Hij moest er vooral op letten dat hij zijn arm heel hoog hield, zodat hij de noten niet bedekte. Maar mevrouw Ginsberg speelde het meeste toch wel uit haar hoofd, eigenlijk had ze de bladmuziek nauwelijks nodig.

'Waarom maken de mensen zo'n lawaai?' vroeg hij geïrriteerd en hij draaide zich naar de gasten om.

'Sst, Leo. Wij vormen slechts de achtergrond. De mensen willen met elkaar praten. Over het mooie, nieuwe atelier van jouw mama...'

Leo schoof zijn onderlip naar voren en draaide zich weer naar de piano. Als ze alleen maar wilden praten, hadden ze ook geen muziek nodig, vond hij. Het was zonde van het pianospel van mevrouw Ginsberg. Hij was nog net op tijd om de bladzijde om te slaan. Het was gemakkelijk om de noten te volgen, want terwijl hij zijn ogen eroverheen liet glijden, hoorde hij de tonen al. Noten en tonen waren één ding. Hij wist ook precies hoe elke toon klonk. Mevrouw Ginsberg had gezegd dat hij een absoluut gehoor had. Dat had hem verbaasd, hij dacht dat iedereen tonen kon onthouden.

'Wil je even het boekje met de sonates van Schubert aangeven?'

Hij zocht de bladmuziek met de dikke kartonnen kaft uit de stapel die naast de piano op een krukje lag. Hij hield veel van Schubert. Twee van de impromptu's kon hij al echt goed spelen. Hij zou willen dat hij langer mocht oefenen, maar van zijn moeder mocht het maar een half uur per dag. En als zijn vader thuiskwam, moest hij er meteen mee ophouden. Hij luisterde opgewonden toen mevrouw Ginsberg een van de sonates begon te spelen, dit stuk kende hij nog niet. Het eerste deel klonk als een vrolijke wandeling over weiden en velden. Het was niet erg moeilijk, dit zou hem misschien wel lukken. Het probleem was dat zijn vingers te kort waren, hij kon nog niet eens één octaaf grijpen. Soms trok hij aan zijn vingers zodat ze sneller groeiden, maar het had helaas nog niet geholpen.

'Leo, kleintje! Wat sta je daar nu bij de piano? Je stoort mevrouw Ginsberg bij het spelen.'

Hij vertrok zijn gezicht, wat Serafina von Dobern gelukkig niet kon zien aangezien hij met zijn rug naar haar toe stond. Hij haatte dat mens als de pest. Ze deed altijd zo poeslief maar ze was achterbaks. Of ze nu in de villa op bezoek kwam of je haar in de stad tegenkwam, ze deed altijd alsof ze Dodo en hem moest opvoeden. Terwijl ze niets over hen te zeggen had, ze was gewoon een vriendin van tante Lisa.

'Ik stoor niet, ik sla de bladzijden om,' corrigeerde hij haar nadrukkelijk.

Helaas trok Serafina zich weinig van zijn verklaring aan. Ze pakte hem gewoon bij zijn schouders en duwde hem langs de muur naar een stoel, waar hij op moest gaan zitten.

'Jouw papa wil niet dat de kinderen zich onder de volwassenen mengen,' zei Serafina met een vals lachje. 'Kinderen dienen zich bij dit soort aangelegenheden stil en onopvallend te gedragen.'

Serafina was erg dun en haar huid spierwit. Op haar wangen had ze rood poeder aangebracht, waarschijnlijk dacht ze dat ze dan knapper was. Maar door de bril en haar spitse kin zag ze eruit als een sneeuwuil. Ze beval hem op de stoel te blijven zitten en ging op zoek naar Dodo en Henni. Bij Henni had ze pech, die stond bij haar moeder. Serafina wist heel goed dat ze bij tante Kitty weinig kans had. Maar de arme Dodo hing aan oom Klippi's benen en hij vond het niet erg dat Serafina haar meenam.

'Nu gaan jullie braaf zitten, knapperds. Leo, maak eens plek voor je zus, jullie passen samen op de stoel, jullie hebben nog kleine billetjes.'

Wat giechelde ze dom. Dodo was echt boos, ze ging op de rand van de stoel zitten en trok haar neus op alsof ze verkouden was.

Terwijl Serafina Hanna met de belegde boterhammen wenkte, fluisterde Dodo haar broer toe: 'Wat gaat haar onze billetjes aan? Ze moet voor haar eigen billetjes zorgen, dat zeurmens...'

'Als ze die had,' zei Leo boosaardig.

Ze grijnsden allebei en pakten elkaars hand vast. Dodo was een deel van hem. Ze kon goed grapjes maken, steunde hem altijd en was slim en dapper. Zonder Dodo miste hij iets. Zijn tweede helft.

'Neem een boterham, kinders. Jullie hebben vast trek.'

Wat deed Serafina gul. Alsof het haar boterhammen waren. Leo ving een medelijdende blik van Hanna op. Ze glimlachte naar hem en hield het dienblad zo dat hij beter kon zien wat voor beleg erop zat. Hanna was lief. Ze bewonderde hem omdat hij piano kon spelen. Wat een ellende dat zij naaister werd. Waarom kon Serafina niet naaien?

'Dank je wel, ik hoef geen boterham,' zei Dodo gemelijk. 'Ik heb dorst.'

Serafina negeerde Dodo's wens, stuurde Hanna weer weg en zei dat ze hier moesten blijven zitten omdat er zo meteen een modeshow was. Dan zouden alle mensen gaan zitten om naar de mooie kleren te kijken die mama had ontworpen en genaaid.

Ze liep weg om zelf een boterham te nemen en met grootmoeder Alicia en mevrouw Wiesler te praten. Een eindje verderop, bij de muurschildering van het Russische winterlandschap, stond tante Kitty omringd door een hele schare mensen. Dat waren haar vrienden van het kunstgenootschap, Leo kende een paar van hen, twee schilders en een dikke man die viool kon spelen. Ze dronken champagne en lachten nogal hard, waardoor de andere gasten zich omdraaiden.

‘Dat zijn allemaal zakenrelaties van Paul,’ hoorde hij tante Kitty zeggen. ‘Bankdirecteuren, advocaten, fabrikanten, heren van het stadsbestuur… ik weet niet wie nog meer. De notabelen van Augsburg zijn hier bijeen, samen met hun echtgenotes en dochters.’

‘Moet je Henni zien,’ zei Dodo en ze wees met haar kin in haar richting. ‘Ze heeft al minstens tien boterhammen op. Ze neemt steeds die met ei en kaviaar.’

Leo knipperde met zijn ogen, hij kon beter zien als hij zijn ogen tot spleetjes kneep. Henni stond bij de deur naar de naaikamer en dronk uit een halfvol champagneglas dat iemand had neergezet. Als haar moeder dat zag, moest ze onmiddellijk naar huis. Alcohol was streng verboden voor kinderen.

‘Stomme opening!’ mopperde Dodo. ‘Het is zo saai. En het is zo’n lawaai. Mijn oren doen pijn.’

Leo dacht er net zo over. Thuis zou hij piano kunnen spelen, nu zou niemand hem storen. Hij slaakte een diepe zucht.

‘Zo, kinders. Is het saai? Straks is er wat te zien, Leo. En later laat ik je de nieuwe naaimachines zien. Met voetaandrijving, echt heel bijzonder!’

Papa aaide zijn tweeling over het hoofd, keek ze bemoedigend aan en wendde zich weer tot zijn gasten. Leo hoorde hem met meneer Manzinger over de rentenmark praten. Een biljoen papiermark was die waard. Misschien ging het nu wel bergopwaarts en bleven de prijzen stabiel. Ach, onzin, zei meneer Manzinger. Hij geloofde er niet in. Zolang Duitsland zuchtte onder die herstelbetalingen, kon de economie niet opkrabbelen. Deze Republiek was onbekwaam, er werd alleen maar gepraat en om de paar maanden was er weer een nieuwe regering. Een man als Bismarck hadden ze nodig. Een ijzeren kanselier…

‘Wat is dat… een ijzeren kanselier?’ vroeg Dodo.

‘Ik denk zoiets als een tinnen soldaat.’

Wat was dit saai. Leo probeerde het bovenste knoopje van zijn overhemd open te maken. Hij stikte bijna in dit nauwe pak waar mama hem in gestoken had. Het was allang te klein geworden, maar mama had gezegd: 'Alleen vandaag nog. Om mij een plezier te doen.' Als er zo meteen een harde knal klonk, dan was hij uit elkaar gespat.

'Papa laat de nieuwe naaimachines aan jou zien,' zei Dodo verwijtend. 'Alleen aan jou. Maar ik wil ze ook graag zien.'

Leo snoof minachtend. Machines interesseerden hem niet. En naaimachines al helemaal niet, dat was wat voor vrouwen. Het binnenwerk van een piano was veel opwindender, dat had hij een keer gezien toen de stemmer de kap aan de voorkant van het instrument eraf had gehaald. Toen kon hij de snaren zien, die binnenin op een metalen frame waren gespannen. Ze waren heel hard en stevig aangespannen. Als je een toets indrukte, sloeg een met vilt overtrokken houten hamertje tegen de snaren. Een piano was een ingewikkelde machine en tegelijk net een mens. Hij kon grappig of droevig zijn, als je goed speelde, was hij blij en soms, als alles klopte, kon je met hem wegvliegen. Walter zei dat zoiets ook met een viool kon. Eigenlijk met alle muziekinstrumenten. Zelfs met pauken. Maar dat laatste kon Leo niet geloven.

'Waarom zitten jullie hier?' Henni stond plotseling naast hen, ze was helemaal rood in haar gezicht en haar ogen glommen.

'Vanwege Serafina!'

'Die kijkt toch helemaal niet naar jullie.'

Inderdaad, Serafina stond helemaal achteraan bij de Amerikaanse wolkenkrabbers. Ze had een champagneglas in haar hand en praatte met dr. Grünling. Daarbij giechelde ze telkens heel kinderachtig.

'Ik zal jullie wat laten zien...' Henni trok aan Dodo's jurk en liep tussen de gasten door.

Leo had geen zin om achter Henni aan te lopen. Waarschijnlijk wilde ze alleen maar interessant doen, dat wilde ze altijd. Aan de andere kant gingen ze hier allebei dood van verveling. Dodo ging ten slotte achter haar aan en Leo volgde haar met tegenzin.

Henni was de naaikamer in geglipt. De naaimachines, waar papa over gesproken had, stonden op een rij voor de muur, afgesloten met houten kofferdeksels. Naast de deur had mama twee grote spiegels opgehangen, daaronder stonden tafeltjes met allerlei vrouwenspullen, haarborstels, haarspelden, make-up, enzovoorts. Aan de andere kant stonden kledingrekken met lange stangen, daar hingen vast mama's creaties aan. Ze konden ze niet zien, want ze waren met grijze doeken afgedekt.

'Daaronder zit een zilveren vogel,' fluisterde Henni.

'Daar zitten mama's kleren onder, domoor,' zei Dodo. 'Laat dat, daar mogen we niet aankomen!'

Henni was al onder de doek gekropen en zocht tussen de kleren naar haar zilveren vogel. De standaard begon te wankelen en zag er nu uit als een grijs monster dat stond te dansen.

'Ik heb hem,' klonk haar piepstemmetje onder het monster vandaan. 'Het is een… een… glinsterende vogel.'

Leo en Dodo kropen nu ook onder de doek. Stiekem wilden ze de vogel ook zien, maar ze wilden vooral mama's creaties voor Henni's plakkerige handjes behoeden.

'Waar?'

'Daar! Helemaal zilver…'

Inderdaad. Op een blauw glanzende stof waren piepkleine zilveren glimmertjes genaaid, die samen een vogel met wijd gespreide vleugels voorstelden.

Leo wilde Henni net bij haar arm grijpen om haar met geweld onder het kledingrek uit te trekken, toen er mensen de naaikamer binnenkwamen.

'Snel. De volgorde is zoals ik de kleren heb opgehangen. Eerst de namiddagkostuums… Hanna, jij geeft de spullen aan. Gertie helpt bij het aankleden, Kitty doet de eindcontrole. Niemand gaat de kamer uit voor ik het zeg.'

Dat was mama. O, wat was ze opgewonden. Wat waren ze aan het doen? Zou dit de modeshow zijn waar Serafina het over had?

Dodo klampte zich aan de grijze doek vast, Henni hurkte op de grond, waarschijnlijk dacht dat domme kind dat niemand haar zou zien als ze zich heel klein maakte. Het zou niet helpen, mama zou hen zo alle drie ontdekken en dan kregen ze een standje.

Maar het liep anders. Iemand tilde de grijze doek van de kleding en wierp hem met een snelle beweging achter het kledingrek. Dodo, Henni en Leo verdwenen er half onder. Niemand zag hen, het was alsof ze onder een mantel zaten die hen onzichtbaar maakte.

Ze bleven een poosje stokstijf op de grond zitten, toen moest Dodo niezen en Leo dacht dat het over en uit was. Maar de vrouwen in de kamer waren veel te opgewonden, ze merkten niets.

'Draai je naar me om,' hoorde hij tante Kitty zeggen. 'Goed, neem de cape, maar laat hem open. Aan het eind van de catwalk doe je hem af zodat iedereen het badpak kan zien. Klaar... Nu!'

Er kwam nog een jonge vrouw binnen, ze was helemaal verhit. Toen ze binnen was, stopte ze met glimlachen en trok ze de groene jurk uit. Ze droeg jarretels van groene zijde.

'De blauwe?'

'Nee, eerst de paarse...'

Iemand pakte een jurk van het rek en plotseling keek Leo in Hanna's wijd opengesperde, geschrokken ogen. Hij had er niet aan gedacht dat de jurken een voor een weggehaald en aangetrokken werden en ze dan geen dekking meer zouden hebben.

'Wat is er, Hanna?'

'Niets... helemaal niets... Ik was een beetje duizelig, dat gebeurt soms als ik buk.'

Hanna kon niet goed liegen. Iedereen zag het aan haar. En tante Kitty al helemaal, die was in dat soort dingen nog beter dan mama.

'Nee! Dit kan niet waar zijn!' Tante Kitty schoof de kleren met beide armen uit elkaar en staarde in Leo's gezicht, dat bleek was van de schrik.

'Dodo? Henni?' klonk haar onheilspellende stem. Dodo pelde zich uit de grijze berg stof.

Henni bleef roerloos op de grond hurken.

'Wie heeft jullie hier binnengelaten?'

Dodo nam het woord. Leo was te verward, Henni deed alsof ze er niet was.

'We wilden alleen de mooie kleren bekijken.'

Tante Kitty had geen tijd en geen geduld om naar verklaringen te luisteren, achter haar wachtte de jonge vrouw in badkleding op haar hoed. Gertie pakte een wirwar van zwart kant en doorzichtige spinnenwebstof van een kleerhangertje.

'Geef me die avondjurk, Gertie,' zei tante Kitty. 'Ga met de kinderen naar achteren, naar Julius. Hij moet ze meteen terugbrengen naar de villa. Henni! Kom tevoorschijn. Ik weet dat je daarbeneden zit!'

Ineens ging alles heel snel. Gertie trok ze achter het kledingrek vandaan, ze trokken de grijze stof van zich af, en toen waren ze al in het kantoor en even later in de wintertuin, waar Julius genoot van een glaasje wijn en een sigaar.

'Je moet de kinderen naar huis brengen...'

Julius keek korzelig naar de drie kinderen, die duidelijk een slecht geweten hadden. Hij was niet blij met deze opdracht want hij had het zichzelf net gemakkelijk gemaakt.

'Voor jou is het nog altijd "meneer Kronberger",' bromde hij tegen Gertie. Die trok zich er weinig van aan. 'Je zult er heus niet minder van worden.'

'Vanwege jou zeker niet.'

Gertie liet de kinderen staan en haastte zich terug naar de naaikamer. De modeshow naderde het hoogtepunt, ze hadden haar dringend nodig.

Julius dronk zijn glas in één lange teug leeg, de sigaar nam hij mee.

'Nou, vooruit, jongelui. Door de achteringang, niet door de winkel. Jas aan.'

Hij bracht hun jassen en zette Henni haar wollen muts op. Bij wijze van uitzondering protesteerde ze niet. Normaal zou ze gezeurd hebben. Dit keer leek ze echt berouw te hebben.

Ze liepen door de tuin en kwamen in een smal, pikdonker steegje dat op de Karolinenstraat uitkwam. Daar moesten ze even in de kou wachten omdat Julius de auto moest halen.

'Het is ook wel de hoogste tijd voor jullie dikkoppen, nietwaar?' zei hij toen ze alle drie stil en braaf op de achterbank zaten.

'Daar hebt u gelijk in,' antwoordde Dodo.

Leo zweeg. Hij was nog steeds onder de indruk van de gebeurtenissen en voelde zich heel schuldig. Henni maakte vreemde, hikkende geluiden.

'Nee!' brulde Julius. 'Niet op de kussens. Verdorie, niet op de kussens!'

Hij stoof de auto uit en trok de achterdeur open om snel een krant op de met leer beklede kussens te leggen. Maar het was al te laat.

'Gatsie,' zei Dodo walgend en ze schoof opzij.

'Nu voel ik me beter,' zuchtte Henni.

# 6

HET GING BERGOPWAARTS. Paul Melzer voelde het, ook al bleef bijna iedereen in zijn directe omgeving sceptisch. Maar hij was ervan overtuigd dat hij er een zesde zintuig voor had, net zoals zijn vader dat had gehad. Het dieptepunt van de economische recessie na de verloren oorlog was voorbij.

Hij sloot de map waarin hij had zitten werken en rekte zich uit. Het was niet goed voor zijn schouder om zo lang achter zijn bureau te zitten; als hij niet constant in beweging bleef werd die helemaal stijf. Het was vervelend, maar al met al had hij veel geluk gehad - anderen waren veel erger gewond geraakt in de oorlog. Om nog maar te zwijgen van de duizenden die helemaal niet meer teruggekomen waren, die ergens anoniem in vreemde aarde lagen. Ja, hij was een geluksvogel. Hij had het niet alleen overleefd, hij had ook zijn geliefde Marie weer in zijn armen kunnen sluiten, en zijn kinderen, moeder, zussen... Niet alle teruggekeerde soldaten was het zo goed vergaan, sommige ongelukkigere soldaten hadden moeten vaststellen dat hun echtgenote of bruid tijdens hun afwezigheid een ander had gevonden.

Het was al donker buiten. Door het raam van zijn kantoor was een deel van de verlichte hallen van de textielfabriek van Melzer te zien, met de puntige glazen driehoeken van de sheddaken, met daarachter, iets verder weg, het gebouw van de kamgarenspinnerij en andere industriële gebouwen. Helemaal in de verte glinsterden de lichten van de stad in de nachtelijke duisternis. Het was een mooie, vredige en hoopvolle aanblik. Zijn geboortestad Augsburg – hij had er tijdens de donkere oorlogsdagen in Rusland vaak naar verlangd. Maar het was beter om daar verder niet meer aan te denken. Om vooral geen herinneringen op te roepen. Wat hij tijdens de veldmarsen en later in het gevangenenkamp had gezien, was zo onvoorstelbaar gruwelijk geweest, dat hij het heel ver weg moest stoppen. Hij had een paar keer geprobeerd Marie er iets over te vertellen. Maar daar had hij later spijt van gehad, want de spookbeelden die hij had opgeroepen, kwelden hem nachtenlang en lieten zich zelfs niet met alcohol verdoven. Je moest ze in de kelder van de vergetelheid begraven, die boze schaduwen, de deur met zevenenzeventig sloten achter ze op slot doen en er nooit meer aankomen. Alleen zo kon je verder leven en een toekomst opbouwen.

Hij schoof de map terug en ordende de stapels rechts en links op zijn bureau. Links de dingen die nog niet afgehandeld waren, geordend naar urgentie, rechts de ordners en mappen die hij vandaag ter inzage nodig had gehad. In het midden het schrijfgerei van groen steen dat ooit van zijn vader was geweest. Hij zat nu al drie jaar hier in het kantoor van zijn vader, aan zijn bureau, zelfs op zijn stoel. Het was nog niet zo heel erg lang geleden dat directeur Johann Melzer hier in deze kamer zijn zoon Paul een enorme uitbrander had gegeven – voor de ogen van een aantal personeelsleden! Paul was van woede meteen naar München vertrokken, waar hij toen nog rechten studeerde...

Verleden tijd. De tijd had de generaties verschoven. Johann Melzer rustte bij God op de Hermanbegraafplaats, Paul Melzer was in zijn plaats gekomen en zijn zoon Leo, die zijn vader en grootvader moest opvolgen, vocht op de basisschool met zijn klasgenoten.

Er werd op de deur geklopt.

Henriette Hoffmann, een van de twee secretaresses, keek door de kier naar binnen. Haar brillenglazen fonkelden in het schijnsel van de plafondlamp. 'We zijn klaar, meneer de directeur.'

'Dat is goed, juffrouw Hoffmann. Dan gaan we afsluiten. Wilt u juffrouw Lüders vragen of ze deze twee dossiermappen terug wil zetten in het kantoor van de heer Von Klippstein?'

Het was weer eens laat geworden, zijn horloge gaf zeven uur aan, hij zou weer een aantal verwijten van zijn moeder over zich heen krijgen. Zijn moeder zorgde al jaren voor een strikte dagindeling in de villa en hechtte er veel belang aan dat er stipt op tijd werd gegeten. Ze had het niet gemakkelijk, met name Kitty was niet erg punctueel. En daar kwam nu ook nog bij dat Marie vaak tot in de avond in het atelier aan het werk was. Een ontwikkeling die hemzelf ook niet erg beviel, maar die hij zonder te mopperen had geaccepteerd.

'Zoals u wenst, meneer de directeur.'

'Dat was het voor vandaag, juffrouw Hoffmann. Is meneer Von Klippstein al vertrokken?'

Henriette Hoffmann toonde een geforceerde glimlach. Zeker, de heer Von Klippstein had zijn kantoor een kwartier geleden verlaten. 'Hij laat u zeggen dat hij nog langs de Karolinenstraat rijdt om uw vrouw op te halen.'

'Dank u, juffrouw Hoffmann. Vergeet u niet de deur naar het trappenhuis op slot te doen als u vertrekt?'

Terwijl hij via de Haagstraat naar de villa reed, vroeg hij zich af wat voor Ernst de aanleiding was om Marie van het atelier op te halen. Zijn vriend had dit al een paar keer gedaan, waarbij hij als argument had aangevoerd dat Marie gedurende het donkere jaargetijde niet zonder begeleiding naar huis zou moeten gaan. Marie had hem uitgelachen en beweerd dat ze niet de enige was die met de tram ging. En ze had gevraagd of hij voortaan ook de dames Hoffmann en Lüders naar huis wilde brengen, die eveneens rond dat tijdstip alleen onderweg waren. Ernst had zich achter Alicia geschaard en had verklaard dat hij er op deze manier voor zorgde dat het diner in huize Melzer op tijd genuttigd kon worden. En bovendien hoopte hij er vanzelfsprekend op als cavalier en helper aan tafel gevraagd te worden. Wat Alicia maar al te graag deed. Wel, daar had Paul niets op tegen. Klippi, zoals Kitty hem noemde, was een sympathieke man en een aangename tafelgenoot.

Bij het hek van het park viel hem weer op dat de linkerpoortvleugel scheef in de scharnieren hing. Ze zouden de gemetselde pilaar moeten vernieuwen. Gelukkig waren de grote smeedijzeren poortvleugels wel intact. Paul nam zich voor om dit bij de eerste de beste gelegenheid met zijn moeder te bespreken en richtte zijn blik op de villa, die fel verlicht werd door een aantal buitenlampen. Direct voor de entreetrap stond een paard-en-wagen. Waarschijnlijk de wijnhandelaar bij wie hij talloze kisten rode en witte wijn had besteld. Paul ergerde zich. Een paardenkar had niets te zoeken voor de hoofdingang, de boeren en handelaren die levensmiddelen aan de villa leverden, deden er beter aan om voor de dienstbodeningang te stoppen, want daar moesten de goederen ook naartoe worden gebracht. Naarmate hij dichterbij kwam, stelde hij echter tot zijn grote verbazing vast dat er geen wijnkisten uitgeladen werden. Er werden koffers en meubelstukken uit de villa naar buiten gedragen en in de wagen gezet.

Hij parkeerde direct achter de paard-en-wagen en was nog net op tijd om te voorkomen dat Julius een lichtblauwe, met zijde beklede kruk in de wagen zette.

'Wat moet dit, Julius? Dit is toch een kruk uit de kamer van mijn zus!'

Julius had hem niet zien aankomen en schrok toen hij zo onverwacht en nors werd aangesproken. Hij zette het krukje op de grond en ademde eerst een keer diep in en uit. Paul zag aan zijn huisknecht dat hij de hele kwestie erg ongemakkelijk vond.

'Het gebeurt op orders van uw zus, meneer Melzer,' zei hij benepen. 'Ik voer alleen uit wat mij opgedragen wordt.'

Paul staarde Julius aan en keek daarna naar het mooie krukje dat was afgezet met een volant van fijne zijde. Had die niet altijd voor Kitty's spiegel gestaan?

'Brengt u alles weer terug in de villa!' instrueerde hij de verblufte huisknecht. Vervolgens stormde hij de treden op om Kitty de mantel uit te vegen. In de hal botste hij tegen een bureautje aan dat twee jongens naar de uitgang droegen.

'Neerzetten! Hier wordt niets meer naar buiten gedragen!' beval hij boos.

Een van de jongens gehoorzaamde, de andere keek hem brutaal aan. 'We doen alleen ons werk, meneer. Het is beter als u ons niet in de weg staat.'

Paul dwong zichzelf rustig te blijven. Hij kende deze jonge jongens, hij had er een paar in de fabriek aangesteld en veel gedoe met ze gehad. Ze waren op hun zeventiende naar het oorlogsfront gestuurd, waar ze verruwd waren en geleerd hadden zonder berouw te doden, te vernielen en te vernietigen. Nu vonden ze thuis hun draai niet meer.

'Ik ben de heer des huizes,' zei hij op een rustige, maar niet mis te verstane toon. 'Daarom raad ik u aan niets tegen mijn wil naar buiten te dragen. Anders zou het u duur kunnen komen te staan!'

Bij de deur naar de werkruimtes van het personeel stond mevrouw Brunnenmayer met de hoogzwangere Auguste. Ze keken allebei met een geschrokken blik naar het gebeuren. Paul knikte slechts kort naar hen en haastte zich vervolgens door de hal naar de eerste verdieping.

'Kitty! Waar ben je?'

Geen antwoord. Boven, op de tweede verdieping waar de slaapvertrekken van de familie waren, werden meubels verschoven en hij hoorde Henni hard huilen. Hij stond al met één voet op de trap toen hij zijn moeder uit de rode salon zag komen.

'Paul! Wat een geluk dat je eindelijk komt.'

Ze zag er aangedaan uit. Had ze soms gehuild? O jee, een familiedrama. Eigenlijk bemoeide hij zich liever niet met de geschillen tussen de dames van de villa.

'Wat is er gebeurd?'

Inderdaad, ze had gehuild. Ze had haar zakdoek nog in haar hand en depte haar ogen. 'Kitty is haar verstand verloren. Ze wil de villa verlaten en met Henni in de Frauentorstraat gaan wonen.'

Alicia moest opnieuw haar tranen deppen en Paul begreep dat het haar niet zozeer om Kitty ging, maar om haar kleindochter. Alicia hing enorm aan de drie kleintjes.

'En waarom?'

Eigenlijk had hij de vraag niet hoeven stellen, hij kende het antwoord al. De nieuwe gouvernante, Serafina von Dobern. Waarom had zijn moeder die vrouw ook aangesteld, zonder het van tevoren met Kitty en Marie te bespreken? In feite had zijn moeder dit verdriet aan zichzelf te danken.

'Alsjeblieft, Paul,' zei ze. 'Ga alsjeblieft naar boven en praat het je zus uit haar hoofd. Naar mij luistert ze niet.'

Daar had hij nu even helemaal geen zin in. Zeker omdat hij zijn zusje kende – als ze een plan had opgevat, liet ze zich door niets en niemand tegenhouden. Hij slaakte een diepe zucht. Waarom bekommerde Marie zich er niet om? En waar was Ernst, die lafaard?

'Als Johann nog had geleefd,' fluisterde zijn moeder in haar zakdoek, 'dan had Kitty het niet gewaagd!'

Paul deed alsof hij dat niet had gehoord en liep de trap naar de tweede verdieping op. Papa! Die had die Serafina niet eens het huis binnengelaten. Zijn vader had Lisa's vriendinnen nooit gemogen en daar had hij goede redenen voor gehad.

Boven was het in de gang een chaos van koffers en kisten. Henni's kinderbed was uit elkaar gehaald en stond tegen de commode geleund, met het matras en het beddengoed ernaast, evenals de po, haar poppen en het grote schommelpaard...

'Kitty! Ben je gek geworden?'

In plaats van zijn zus verscheen Marie in de gang met een stapel kinderkleren in haar armen. Achter haar bewoog nog een grote stapel kleren, daaronder herkende Paul nu de kleine Gertie, die Kitty's kleding naar een grote koffer droeg.

'Ach, Paul!' riep Marie en ze legde de kleren in een openstaande koffer. 'Het spijt me zo... Vandaag loopt alles uit de hand.'

Hij stapte hoofdschuddend langs de kisten en dozen om naar Kitty's kamer te gaan. 'Ik begrijp niet dat je nog meehelpt met dit idiote gedoe ook, Marie,' zei hij terwijl hij langs haar heen liep. 'Waarom probeer je niet te bemiddelen? Mama is helemaal van slag.'

Marie keek hem onthutst aan en hij had meteen spijt van zijn woorden. Wat dom van hem om Marie te beschuldigen. Zij kon er natuurlijk ook niets aan doen.

Maar Maries antwoord maakte hem duidelijk dat hij zich had vergist. 'Het spijt me het je te moeten zeggen, Paul,' antwoordde ze rustig. 'Maar het is mama's eigen schuld. Ze kent Kitty tenslotte al sinds haar geboorte en had kunnen weten dat ze niet op deze manier met haar om kan gaan.'

Paul nam het verwijt aan het adres van zijn moeder zwijgend voor kennisgeving aan. Zijn moeder had gezegd dat de zorg voor de kinderen op haar neerkwam, aangezien Marie de hele dag in haar atelier was. En daarom had ze een gouvernante uitgekozen die haar volste vertrouwen genoot. Hij kon dat argument voor een deel wel volgen, maar dat zei hij maar niet tegen Marie.

Kitty zat op haar bed met de snikkende Henni op haar schoot en sprak sussend op haar in. 'Een poppenkamer...'

'Neeeee! Ik wil hier blijven!'

'Maar, liefje. Grootmoeder Gertrude verheugt zich erop dat je komt.'

'Houd niet... Oooma... Truuude...'

Kitty keek geïrriteerd op en zag dat Paul in de deuropening stond. Anders dan anders leek ze dit keer niet erg blij hem te zien.

'Ach, Paultje,' riep Kitty gemaakt vrolijk. 'Stel je voor, dit domme, domme, kind wil niet naar de Frauentorstraat verhuizen. Terwijl ze daar nog wel een tuin helemaal voor zichzelf heeft. En we al haar speelgoed meenemen.' Nu sprak ze meer tegen de snikkende Henni dan tegen haar broer. 'En terwijl ik een hele, hele mooie poppenkamer voor je ga kopen. Met echte meubeltjes erin. En met verlichting...'

Paul schraapte zijn keel en besloot een poging te wagen. Ook al had hij weinig hoop op succes.

'Wil je dit mama echt aandoen, Kitty?'

Kitty rolde met haar ogen en wierp met een felle hoofdbeweging haar kortgeknipte donkere haar naar achteren. 'Mama is een egoïstisch mens, dat haar kleinkinderen met een kille glimlach aan een heks uitlevert. Geen woord meer over mama, Paultje. Ik weet waar ik het over heb. Tenslotte ken ik Serafina goed genoeg. Nooit en te nimmer zal ik mijn schattige kleine Henni aan haar toevertrouwen.'

Paul zuchtte. Hij streed voor een verloren zaak, dat besefte hij wel. Maar hij deed het uit liefde voor zijn moeder. En natuurlijk om de familievrede te bewaren. 'Waarom gaan jullie vrouwen niet bij elkaar zitten en de kwestie bespreken? Als iedereen van goede wil is, moet het toch mogelijk zijn om een oplossing te vinden. Mevrouw Von Dobern is tenslotte niet de enige gouvernante in Augsburg.'

Henni had duidelijk gemerkt dat de aandacht van haar moeder van haar was afgeleid. Ze haalde diep adem en begon opnieuw te brullen.

'Henni, schatje. Nu is het genoeg... Je hoeft toch niet zo te huilen.'

Maar Henni liet zich niet kalmeren en bleef uit koppigheid huilen. Kitty hield haar oren dicht terwijl Paul zich omdraaide en de gang in vluchtte. Daar was Marie bezig om een hele lading handtassen en riemen in een tas te stoppen.

'We hebben geprobeerd erover te praten, Paul,' zei ze bezorgd. 'Maar het was al te laat. Mama was absoluut niet bereid om mevrouw Von Sontheim weer te ontslaan. Ach, Paul, ik vrees dat het allemaal mijn schuld is. Ik breng veel te veel tijd in mijn atelier door en verwaarloos mijn andere taken.'

'Nee, nee, Marie. Dat mag je niet denken. Het is puur een kwestie van organisatie. We vinden wel een oplossing, schat.'

Ze keek naar hem op en glimlachte opgelucht. Heel even keken ze elkaar diep in de ogen en hij kwam in de verleiding haar in zijn armen te nemen. Zijn Marie. De vrouw aan zijn zijde, op wie hij zo trots was. Niets mocht tussen hen in staan.

'Het spijt me dat ik zojuist...' begon hij, maar hij werd onderbroken. Vanuit Kitty's kamer klonk Henni's doordringende stemmetje.

'En Dodo... en Leo... en... en... oma... en mijn schommel... en Liesl met Maxl en Hansl...'

'In het nieuwe huis heb je grootmoeder Gertrude en met kerst komt tante Tilly. En mama's vrienden komen bij ons op bezoek...'

'Ga je een poppenhuis voor me kopen?'

'Een poppenkamer heb ik gezegd, Henni.'

'Een poppenhuis. Met bovenin de kamers voor de bedienden. En in de salon rode stoelen. En een automobiel.'

'Een poppenka...' Henni huilde weer, maar Kitty bleef hard: 'En als je blijft huilen, komt er helemaal niets!'

Even later verscheen Kitty in de gang met haar snikkende dochter op haar arm. Blijkbaar was de onderhandeling afgesloten. Er kwam een poppenkamer en geen poppenhuis.

'Marie, mijn lieve Marie. Ik rijd nu met deze huilebalk naar de Frauentorstraat. Vanavond moet ik naar een tentoonstelling in het kunstgenootschap, daar moet ik echt naartoe want ik houd de laudatio. Wees zo lief en zorg dat alles goed verpakt en verhuisd wordt, ja? Ach, Paultje, het is vreselijk verdrietig. We zullen elkaar nu niet meer zo vaak zien, maar ik beloof je dat ik zo vaak mogelijk op bezoek zal komen. En doe de groeten aan mama. Ze moet kalmeren en vooral geen migraine krijgen. Met Henni gaat het goed, mijn kleine schat zal in de Frauentorstraat heel gelukkig zijn. En... Gertie, vergeet de hoeden die in de garderobekamer liggen niet! Als je niet genoeg hoedendozen hebt, stop je ze gewoon in een koffer. Ach, Paultje, laat me je een knuffel geven. Je bent mijn allerliefste, enige Paultje, we zullen altijd onafscheidelijk zijn. Marie, mijn lieve vriendin, ik kom meteen morgenochtend naar je atelier. Ook voor jou een knuffel, liefste. Paultje, neem Henni even van me over als je wilt, dan kan ik Marie omhelzen. Vaarwel, lieverds... vaarwel... vergeet me niet. Gertie, denk aan de blauwe pantoffeltjes in de commode.'

Kitty's woordenstroom was net een beschermlaagje. Het lukte Paul niet om er ook maar met één woord tussen te komen. Hij keek haar met een sombere blik na. Hij hoorde haar beneden in de hal met Auguste kletsen en hoorde even later de voordeur achter haar in het slot vallen. Meteen daarop werd een auto gestart.

'Ze gaat toch zeker niet met mijn auto naar de Frauentorstraat?'

Hij haastte zich naar Maries kamer, waar de ramen op het voorplein uitkeken, en staarde naar beneden. Er reed inderdaad een auto over de oprijlaan in de richting van het hek van het park.

'Kalmeer je, Paul,' zei Marie, die hem gevolgd was. 'Het is Klippi's oude auto. Hij heeft hem haar cadeau gedaan.'

'Zo, zo,' bromde Paul. 'Daarmee zal hij wel mama's genegenheid hebben verspeeld.'

Marie lachte zacht en zei dat Klippi zo goed aangeschreven stond bij mama dat hij zich wel een kleine uitglijder kon veroorloven. 'Hij is zo'n sympathieke, hulpvaardige man...'

'Zeker,' bromde Paul. Opnieuw tegen beter weten in voelde hij een heftige toorn tegen zijn vriend en compagnon opkomen. Waarom bemoeide Ernst von Klippstein zich eigenlijk constant met zijn gezinsleven? Niet alleen haalde hij Marie van het atelier op, waarmee hij hem, Paul, min of meer verweet dat hij zijn jonge vrouw onvoldoende beschermde. Nu koos hij ook nog partij voor Kitty en keerde hij zich tegen Alicia. Paul had medelijden met zijn moeder, die het immers vast alleen maar goed bedoeld had. Hoe kon hij het haar kwalijk nemen dat ze een ander idee over de opvoeding van de kinderen had dan haar dochters?

Op dat moment klonk de gong voor het eten.

'Laten we op zijn minst samen de avondmaaltijd nuttigen, Marie!'

Ze knikte en gaf Gertie snel nog een paar instructies over wat ze met de koffers moest doen. Toen pakte ze Pauls hand en samen liepen ze door de gang naar de trap. Voordat ze naar beneden gingen, hield Paul haar even vast en kuste haar snel op haar mond. Ze moesten allebei giechelen, alsof Marie nog steeds de kamenierster was die de jongeheer Melzer stiekem in de gang kuste.

In de eetkamer hadden de anderen al plaatsgenomen. De glimlach van Ernst von Klippstein leek Paul een beetje schuldbewust. Alicia was zeer ernstig, maar zat met een kaarsrechte rug aan tafel. Kitty's stoel was door Serafina von Dobern in beslag genomen, rechts en links van de nieuwe gouvernante waren de plekken van de tweeling. Leo keek niet eens op toen zijn ouders binnenkwamen, Dodo's gezicht was rood en gezwollen, waarschijnlijk was er narigheid geweest.

'Wat is er aan de hand, Dodo?' vroeg Marie, die haar dochter met een bezorgde blik aankeek.

'Ze heeft me een oorvijg gegeven!'

Marie bleef ogenschijnlijk gelaten, maar ze vertrok een spiertje bij haar mond. Paul kende dat teken, ze was boos.

'Mevrouw Von Dobern,' zei Marie langzaam en met vaste stem. 'Het is tot nu toe nooit nodig geweest mijn kinderen te slaan. En ik wens dat u zich daaraan houdt!'

Serafina von Dobern zat net zo kaarsrecht als mama op haar stoel, waarschijnlijk behoorde die zithouding tot de opvoeding in adellijke kringen. De gouvernante glimlachte begrijpend.

'Vanzelfsprekend, mevrouw Melzer. Klappen zijn geen adequaat opvoedmiddel in onze kringen. Hoewel een kleine oorvijg beslist nog geen kind heeft geschaad.'

'Dat vind ik ook, Marie!' was Alicia het met haar eens.

'Ik denk daar anders over,' zei Marie en haar stem klonk buitengewoon hard.

Paul voelde zich erg ongemakkelijk bij dit tafelgesprek. Zijn vader zou nu waarschijnlijk zijn macht hebben doen gelden en het geschil op zijn manier hebben beslist. Paul zat anders in elkaar, hij wilde bemiddelen. Maar wat hem in de fabriek zonder enige moeite lukte, leek hier in de familie vrijwel onmogelijk.

'De kinderen zijn vast levendig, maar nooit stout, mevrouw Von Dobern,' zei hij vriendelijk. 'Drastische maatregelen zijn daarom totaal niet nodig.'

Serafina zei dat dat vanzelfsprekend was. 'Dorothea en Leopold zijn zulke fantastische kinderen,' zei ze op poeslieve toon. 'We zullen het uitstekend met elkaar kunnen vinden. Nietwaar, kleine Dorothea?'

Dodo trok haar neus op en keek Serafina vijandig aan. 'Ik heet Dodo!'

# 7

OVER TWEE WEKEN WAS het al kerst. Leo drukte zijn voorhoofd tegen de ruit en staarde naar het winterse park van de villa. Wat was de oprijlaan modderig. Er waren een hoop plassen en er lagen zelfs paardenvijgen die niemand wegveegde. De kale bomen rekten hun takken naar de grijze lucht, je moest goed kijken om de brutale raven die erop zaten te herkennen. Als ze niet bewogen, zagen ze eruit als de zwarte knoestige takken waar ze op zaten.

'Leopold? Wel vlijtig zijn, hè? Ik ben over vijf minuten terug.'

Hij vertrok zijn gezicht en schrok omdat de ruit zijn grimas weerspiegelde. 'Ja, mevrouw Von Dobern...'

Op de achtergrond klonk de C-majeurtoonladder op de piano. Bij de 'f' aarzelde Dodo elke keer, omdat ze haar duim eronder moest zetten, daarna ging het snel door naar de 'c'. Op de terugweg struikelde ze voor de 'e', soms gleed ze weg en hield ze op. Ze speelde de tonen zo hard ze kon, het klonk echt woedend. Leo wist dat Dodo een hekel had aan pianospelen, maar mevrouw Von Dobern was van mening dat een jongedame uit een gegoede familie het instrument tot op zekere hoogte moest beheersen.

Hij verheugde zich helemaal niet op de kerst, ook al had papa verteld dat er binnenkort in de entreehal weer een grote dennenboom zou staan. Opgetuigd met gekleurde ballen en sterren van stro. Dit jaar mochten ze ook hun zelfgeknutselde sterren van glanspapier ophangen. Maar Leo gaf er niets om, hij kon sowieso niet knutselen, zijn sterren waren altijd scheef en zaten onder de lijm.

Hij had Walter al een paar weken alleen op school gezien. De clandestiene bezoekjes aan de Ginsbergs, de pianoles – dat was allemaal voorbij. Walter had twee keer bladmuziek van zijn moeder voor hem meegebracht, die had hij in zijn schooltas verstopt en 's avonds in bed bekeken. Hij had zich voorgesteld hoe de muziek zou klinken. Dat ging heel goed, maar het zou veel, veel mooier zijn geweest om de stukken op de piano te spelen. Maar dat was verboden. Mevrouw Von Dobern gaf de pianolessen zelf en liet hem toonladders en cadensen spelen, de kwintencirkel leren en – zoals ze beweerde – zijn vingers sterker maken. Cadensen speelde hij heel graag en de kwintencirkel was ook niet verkeerd. Het was alleen zo gemeen dat ze al zijn bladmuziek achter slot en grendel had gelegd – volgens haar waren die noten te moeilijk voor zijn vingertjes.

Dodo had gelijk: mevrouw Von Dobern was een gemeen mens. Ze vond het leuk om kleine kinderen te kwellen. En ze had grootmoeder helemaal in haar macht. Omdat mevrouw Von Dobern zo'n achterbakse leugenaarster was en grootmoeder dat niet doorhad.

Beneden was nu papa's auto te zien, die de villa langzaam naderde. Als de auto door een plas reed, spatte het water hoog op tegen het spatbord. Het regende alweer, de bijrijder hanteerde de ruitenwisser. Heen en weer. Heen en weer.

De auto reed het voorplein op, langs het ronde bloemperk dat in de zomer vol stond met bloeiende planten. Leo kon de auto nu niet meer zien. Dat kon alleen als hij het raam opende en naar buiten leunde.

Wat nou vijf minuten. Dat mens bleef bijna altijd langer weg. Omdat ze in haar kamer stiekem bij het raam sigaretten rookte. Leo hanneste een tijdje met de hendel van het raam, die lastig te draaien was, maar uiteindelijk lukte het en hij ging over de vensterbank hangen. Aha. Ze waren voor de personeelsingang gestopt en nu stapten er twee mensen uit. De ene was Julius, de andere persoon was in een deken gehuld waardoor ze onherkenbaar was. Maar het was in elk geval een vrouw, want onder de deken stak een stukje rok uit. Zou dat Else zijn? Ze was in het ziekenhuis geweest. Gertie had verteld dat het 'kantje boord' was geweest met haar. Dan was ze nu zeker weer beter. Ze had ook dood kunnen gaan, net als opa. Leo kon zich hem nog maar vaag herinneren, maar de begrafenis herinnerde hij zich nog wel, omdat het heel erg geonweerd had. Hij had toen geloofd dat het de lieve Heer was die zijn opa tot zich haalde. Wat was hij toen dom geweest. Nou ja, het was ook al lang geleden. Minstens drie jaar…

'Wie heeft dit goed gevonden? Naar binnen jij! En wel onmiddellijk!'

Leo schrok zo erg dat hij bijna uit het raam viel. Mevrouw Von Dobern pakte hem bij de band van zijn broek en trok hem de kamer weer in. Daarna pakte ze zijn rechteroor en gebruikte ze die als het ware als handvat om de jongen naar zich toe te trekken. Leo brulde. Het deed vreselijk pijn.

'Dit doe je nooit meer!' snauwde de gouvernante tegen hem. 'Herhaal die zin!'

Leo knarste met zijn tanden, maar ze liet zijn oor niet los. 'Ik wilde… ik wilde alleen…'

Ze liet kinderen nooit uitpraten. 'Ik wacht, Leopold!'

Waarschijnlijk wilde ze zijn oor eraf trekken, Leo werd helemaal naar van de pijn.

'Nou?'

'Ik zal het nooit meer doen,' bracht hij met moeite uit.

'Ik wil een echte zin horen.'

Ze trok nog harder, zijn oorschelp begon gevoelloos te worden, maar zijn hoofd deed zeer alsof iemand met een lange naald van zijn ene oor naar zijn andere stak.

'Ik zal nooit meer uit het raam leunen.'

De brillenheks was nog niet tevreden. 'Waarom niet?'

'Omdat ik er dan uit kan vallen.'

Ze liet zijn oor pas los nadat ze er nog een keer stevig aan had getrokken. Hij voelde de oorschelp niet meer, het was alsof er aan de rechterkant van zijn hoofd een hete bal hing die minstens zo groot was als een pompoen.

'Doe het raam dicht, Leopold!'

Haar adem rook naar koude sigaretten. Ooit zou hij zijn grootmoeder bewijzen dat ze stiekem rookte. Ooit, als ze een keer onvoorzichtig was en hij haar kon betrappen. Hij sloot het raam en draaide zich om. Mevrouw Von Dobern stond bij zijn lessenaar en las zijn rekensommen door. Nou, dan kon ze nog lang lezen, ze waren allemaal goed.

'Dit moet je nog een keer overschrijven, je handschrift is verschrikkelijk!'

Daar had hij niet aan gedacht. Ze was dom. Ze had bij Dodo al twee keer rekenfoutjes over het hoofd gezien, het ging er alleen maar om dat je de cijfers en letters netjes schreef. Toch was het waarschijnlijk beter om er niet over te klagen, anders ontzegde ze hem het halve uur achter de piano.

'Daarna moet je vijftig keer de zin opschrijven: "Ik zal nooit meer uit het raam hangen want dan kan ik naar beneden vallen."'

Hij kon het pianospelen dus wel vergeten. Met dat strafwerk was hij zeker de rest van de middag zoet. Hij was kwaad. Op de gouvernante. Op grootmoeder, die zich zo gemakkelijk om de tuin liet leiden. Op mama, die alleen maar in dat stomme atelier van haar zat en zich niet meer om Dodo en hem bekommerde. Op tante Kitty die gewoon samen met Henni was verhuisd. Op papa, die dat afschuwelijke mens Von Dobern niet kon uitstaan, maar haar ook niet wegjaagde...

'Je kunt meteen beginnen!'

Hij nam plaats aan zijn lessenaar die naast die van Dodo stond. Papa had de twee lessenaars gekocht toen ze naar school gingen, omdat het voor kinderen naar verluidt gezonder was om aan een lessenaar te schrijven. De zitbank was aan de tafel vastgeschroefd, zodat je niet heen en weer kon glijden. Aan de bovenkant zat een bakje voor de pennen, daarnaast zat een bakje waar het inktpotje in stond. Het schrijfplateau was scheef en je kon het omhoogklappen, eronder zat een vak voor boeken en schriften. Alles was precies zoals op school, alleen controleerde de gouvernante elke dag het boekenvak, waardoor het onmogelijk was om er iets in te verstoppen. Bladmuziek bijvoorbeeld. Of koekjes. Een keer had ze er koekjes in gevonden en die meteen weggehaald. Hij ging er nog eens een muizenval in leggen, dan zou ze gaan gillen als ze erin greep en haar vingers bekneld raakten. Daarvoor nam hij dan graag voor lief dat hij honderd keer zou moeten schrijven: 'Ik mag geen muizenval in de lessenaar verstoppen omdat mijn gouvernante haar vingers kan bezeren.' Hij zou mevrouw Brunnenmayer er morgen om eentje vragen. Of Gertie. Auguste kon hij het niet meer vragen, want die was nu te dik geworden met de baby in haar buik. Ze konden de gouvernante allemaal niet uitstaan. Vooral Brunnenmayer had een enorme hekel aan haar. Die had een keer gezegd dat dat loeder nog veel onheil over de villa zou brengen.

'Wat dacht je ervan als je eens begint met schrijven in plaats van voor je uit te staren?' vroeg mevrouw Von Dobern met kille ironie.

Hij klapte het plateau omhoog en zocht het 'strafwerkschrift' op. Het stond al halfvol met stomme zinnen als 'Ik mag niet met mijn zus fluisteren omdat dat onbeleefd is', en 'Ik mag geen noten in mijn schrijfschrift tekenen want daarin wordt geschreven en niet getekend'. Alles was rijkelijk met inktvlekken versierd, net als zijn vingers. In het begin van het tweede schooljaar waren ze trots geweest dat ze al met potlood en zelfs met pen en inkt mochten schrijven. Nu had hij graag van dat geklieder met die stomme inkt afgezien.

'Je hebt een half uur de tijd, Leopold. Ik zal nu je zus pianoles geven, daarna gaan we de frisse lucht in.'

Hij stak de pen in de inkt en veegde de stalen punt zorgvuldig aan de rand van het glazen potje af. Lusteloos begon hij de eerste woorden te schrijven, waarbij er meteen een dikke, blauw glanzende inktvlek op het witte papier kwam. Hij kon doen wat hij wilde, met die stomme pen kon je gewoon niet netjes schrijven. Klippi had laatst tijdens het avondeten een vulpen laten zien, een 'Waterman'. Die kwam uit Amerika en had een punt van echt goud. Je kon ermee schrijven zonder de punt in de inkt te dopen en met de vulpen knoeide je ook niet. Maar papa had gezegd dat zo'n ding verschrikkelijk duur was en veel te dik en zwaar voor zijn kleine vingers. Altijd die vingers! Waarom wilden die nu ook niet groeien!

Na twee zinnen slaakte hij een diepe zucht en stak hij de pennenhouder in het inktpotje. Zijn hele hand was al verkrampt van de onzin die hij hier moest schrijven. Van beneden hoorde hij nu weer het geluid van toonladders komen, eerst C-majeur, dan a-mineur, G-majeur… Dodo struikelde natuurlijk meteen over de zwarte toets, de 'fis'. Arme Dodo, ze zou waarschijnlijk nooit goed piano kunnen spelen en dat wilde ze ook helemaal niet. Dodo wilde vliegenierster worden. Maar dat wisten alleen mama en hij.

Hij veegde zijn met inkt besmeurde hand aan een lapje af en stond op. Eigenlijk maakte het niet uit of hij deze onzin nu of na het avondeten opschreef – zijn half uurtje achter de piano was toch al geschrapt. Hij kon net zo goed naar beneden naar de keuken gaan en kijken of mevrouw Brunnenmayer koekjes had gebakken. Hij deed de deur zachtjes open en liep door de gang naar de personeelstrap. Daar was hij veilig, de gouvernante gebruikte die trap nooit, ze hechtte er veel waarde aan als een volwaardig lid van de familie de hoofdtrap te nemen. Ook in de keuken was je veilig voor haar, daar liet ze zich maar zelden zien.

'Ah, Leo!' zei mevrouw Brunnenmayer toen hij beneden kwam. 'Ben je ontsnapt aan je oppasser, jongen? Nou, kom snel hier…'

Wat rook het hier heerlijk! Hij liep blij naar de lange tafel, waar ze een koolsalade met spek en uien aan het mengen was. Gertie stond er ook, zij sneed gekookte aardappels in blokjes, en naast haar zat Else. Inderdaad, het was Else, hij had het goed gezien. Ze was erg bleek, maar ze kon in elk geval al uien snijden.

'Gaat het weer goed, Else?' vroeg hij beleefd.

'Ja, best. Dank je wel dat je het vraagt, Leo. Het gaat wel weer...'

Hij keek haar onderzoekend aan, want omdat ze erg sliste verstond hij het niet meteen. Dat kwam vast omdat ze een paar tanden miste. Nou ja, die zouden wel weer gauw aangroeien. Bij hem waren ook al twee melktandjes weg en daaronder kwamen nu de nieuwe tevoorschijn.

'En we zijn allemaal blij dat je weer bij ons bent, Else!' zei de kokkin en ze knikte naar haar. Else hakte de uien en het lukte haar een klein lachje te produceren zonder haar mond te openen.

'Lust je peperkoek, jongen?' vroeg Gertie glimlachend. 'We hebben gisteren gebakken. Voor Kerstmis.'

Ze legde het mes neer en veegde haar handen aan haar schort af. Daarna liep ze naar de voorraadkamer. Gertie was slank en zo vlug als water. Vlugger zelfs dan Hanna en ze was ook slimmer.

'Neem ook het blik met de notenkransjes mee,' riep mevrouw Brunnenmayer haar na. 'Je mag er ook een paar voor je zus meenemen, Leo.'

Gertie kwam terug met twee grote blikken. Ze zette ze op de tafel en klapte ze open. De geur van de uien werd meteen verdreven door een heerlijke geur van kerstkruiden en Leo slikte want het water liep hem in de mond. Hij koos twee grote peperkoeken, een ster en een paardje, plus vier notenkransjes. Daar zaten hazelnoten en amandelen in. En karamel. Als je er een stukje van afbeet, kraakte de knapperige korst tussen je tanden. En binnenin was het kransje zacht en kleverig zoet. Leo at zijn portie op. Snel zijn maag in, daar kon niemand het meer van hem afpakken, ook mevrouw Von Dobern niet. Met Dodo's deel was het lastiger, hij wikkelde de peperkoekster met de twee notenkransjes in zijn zakdoek, maar de ster was te groot waardoor het pakketje niet in zijn broekzak paste.

'Dan moeten we de ster doorsnijden,' stelde Gertie voor. 'Het zou jammer zijn als ze door de verkeerde persoon opgegeten worden.'

De kokkin zei er niets over, ze zette de koolsalade apart en pakte de schaal met de aardappelsalade, die ze met twee grote houten lepels doorroerde. Als je haar kende kon je aan haar bewegingen zien dat ze boos was. Leo stopte zijn goed gevulde zakdoek weg en vroeg zich af of hij eens voorzichtig naar een muizenval moest vragen. Maar omdat Else er nu bij zat, deed hij het maar niet. Else was niet te vertrouwen, die koos altijd voor de sterkere, en mevrouw Von Dobern had helaas een wit voetje bij grootmoeder.

'Eten we vanavond worstjes?'

'Zou kunnen,' zei Gertie geheimzinnig.

'Ik kan ze al ruiken!' fantaseerde Leo.

'Als jij je maar niet vergist, jongen!'

Achter hem kwam Julius de keuken in, hij keek verbaasd op toen hij Leo zag. 'Er loopt boven een spitsmuis door de gang, jongen,' zei hij. 'Kijk uit dat ze je niet bijt.'

Leo begreep het meteen. De gouvernante had Dodo in de rode salon alleen door laten oefenen en was naar boven gelopen om snel in haar kamer een sigaret te roken. Nu was het oppassen geblazen als hij niet regelrecht in haar armen wilde lopen.

'Dan ga ik maar. Bedankt voor de koekjes.'

Hij keek grijnzend naar de anderen, voelde nog snel aan zijn dik gevulde broekzak en sloop toen de personeelstrap op.

'Het is een schande,' hoorde hij mevrouw Brunnenmayer nog zeggen. 'Vroeger zaten ze met zijn allen in de keuken en hadden ze plezier samen. Liesl en de twee jongens en Henni en ook de tweeling. En nu...'

'De kinderen van de familie horen nu eenmaal niet in de keuken,' weersprak Julius haar.

Meer kreeg Leo niet mee. Hij was intussen bij de deur naar de tweede verdieping aangekomen en keek door het glazen ruitje de gang in. De kust was veilig, ze moest in haar kamer zijn. Eigenlijk was het tante Kitty's kamer, maar die was immers helaas verhuisd en grootmoeder had de kamer aan mevrouw Von Dobern gegeven. Zodat de gouvernante altijd in de buurt van de kinderen kon zijn.

Hij deed de deur voorzichtig open en sloop de gang in. Als hij nu pech had, dan had mevrouw Von Dobern gemerkt dat hij niet in de kinderkamer was en stond ze hem daar op te wachten. Zoiets deed ze graag. Ze vond het leuk om juist dan op te duiken als je niet op haar rekende. Ze vond zichzelf verschrikkelijk slim.

Hij besloot toch naar de kinderkamer terug te gaan en in geval van nood te jokken dat hij even weg moest. Hij zette zijn voeten zo behendig neer dat zijn voetstappen nauwelijks hoorbaar waren, alleen kon hij niet voorkomen dat de houten vloerplanken kraakten. Het was hem bijna gelukt, zijn hand lag al op de deurklink, toen hij achter zich het schurende geluid hoorde van een deur die openging.

Pech. Grote pech. Hij draaide zich om en deed zijn best niet betrapt te kijken. Maar hij verstarde en stond perplex. Mevrouw Von Dobern kwam niet uit haar eigen kamer. Ze was in de slaapkamer van zijn ouders geweest.

Heel even voelde Leo een pijnlijke steek in zijn borst. Daar mocht ze niet komen. Ze had er niets te zoeken, die kamer was inmiddels zelfs verboden terrein voor Dodo en hem. Die kamer was van zijn ouders.

'Wat doe jij in de gang, Leopold?' vroeg de gouvernante streng.

Ze kon nog zo straffend kijken, hij had allang gezien dat haar hals helemaal rood was geworden. Haar oren vast ook, maar die kon hij niet zien omdat haar haar eroverheen zat. Mevrouw Von Dobern wist heel goed dat ze betrapt was. Dat gemene kreng spioneerde in de slaapkamer van zijn ouders!

'Ik moest even naar het toilet.'

'Kleed je dan nu snel om,' zei ze. 'Ik roep Dodo, we gaan voor het avondeten een mooi winterwandelingetje door het park maken.'

Hij stond nog steeds in de gang en staarde haar aan. Boos. Gekwetst. Verwijtend.

'Is er nog iets?' vroeg ze en ze trok haar dunne wenkbrauwen op.

'Wat hebt u daarbinnen gedaan?'

'Je moeder belde en vroeg me om even te kijken of ze misschien haar rode broche op haar nachtkastje had laten liggen.'

Zo gemakkelijk was dat. Volwassenen waren minstens zulke goede leugenaars als kinderen. Waarschijnlijk zelfs betere.

'We zullen je moeder maar niet ongerust maken vanwege dat domme gedoe met het raam, nietwaar, Leopold?'

Ze keek hem glimlachend aan. Hij moest nog veel leren. Volwassenen waren niet alleen betere leugenaars, ze waren ook gemene chanteurs.

Hij liet haar in het ongewisse. Hij gaf geen antwoord en liep naar de trap. Beneden in de hal stond Gertie al met zijn bruine leren laarzen en zijn winterjas te wachten. Dodo plukte weerspannig aan de wollen muts die Gertie tot over haar oren had getrokken. 'Ik haat wandelen,' zei ze tegen Leo. 'Ik haat het, ik haat het, ik...'

'Hier, pak aan!' Hij wriemelde de gevulde zakdoek uit zijn broekzak en gaf hem aan haar.

Ze straalde. Ze stopte een notenkransje in haar mond en kauwde met volle wangen. 'Komt ze er al aan?' fluisterde ze haast onverstaanbaar en ze trok een stukje van de peperkoekster uit de zakdoek.

'Nee. Ze staat voor de spiegel en maakt zich mooi.'

'Nou, dan is ze nog wel even bezig.'

# 8

ELISABETHS WANGEN GLOEIDEN. Het was onverdraaglijk heet aan de feestelijk gedekte kersttafel in de eetkamer. Misschien kwam het mede door de vele borrels die de mensen hier op het platteland voor, tijdens en na het eten dronken. Tante Elvira had haar uitgelegd dat dit nodig was vanwege de vette gerechten.

'Op het heilige kindje Jezus in de kribbe!' riep buurman Otto von Trantow en hij hief het glas Franse rode wijn.

'Op het kindje Jezus...'

'Op de verlosser, die vandaag is geboren...'

Elisabeth proostte met Klaus, mevrouw Von Trantow, tante Elvira, mevrouw Von Kunkel en ten slotte ook met Riccarda von Hagemann. De donkerrode vloeistof fonkelde in het kaarslicht en tante Elvira's geslepen wijnglazen gaven een melodieuze klank.

'Op het kerstfeest!' riep Klaus von Hagemann luid en hij hief zijn wodkaglas.

'Op ons vaderland!'

'Op de keizer!'

'Ja! Op onze goede keizer Wilhelm. Hij leve hoog. Hoog. Hoog!'

Klaus had zich verbazingwekkend snel aan de omstandigheden van deze omgeving aangepast. Hij was wat gezetter geworden, droeg meestal hoge laarzen en een rijbroek met een wollen jas. Dankzij twee operaties in het Charité-ziekenhuis in Berlijn, door de beroemde arts Jacques 'Nasenjacques' Joseph, had zijn gehavende gezicht weer een menselijk aanzien gekregen. Op zijn wangen en voorhoofd zaten nog wel littekens als gevolg van de brandwonden, maar hij had het geluk gehad dat hij zijn gezichtsvermogen niet was kwijtgeraakt. Ook het haar op zijn hoofdhuid begon langzaam weer te groeien. En hij ging helemaal op in zijn taak als rentmeester. Deze taak was hem nog meer op het lijf geschreven dan het beroep van officier. Hij was de hele dag op pad, bekommerde zich om de akkers, de weiden en het vee, onderhandelde met boeren, buren, houthandelaren en de gemeente en kreeg het zelfs voor elkaar om 's avonds nog de boekhouding te doen.

Elisabeth wist dat ze zijn leven had gered door naar Pommeren te verhuizen. Een leven als misvormde oorlogskreupele, onbemiddeld en zonder vooruitzicht op werk, zou Klaus von Hagemann niet hebben kunnen verdragen, dan had hij vroeg of laat een kogel door zijn hoofd gejaagd. Elisabeth had dat aangevoeld en om die reden had ze hem dit aanbod gedaan. Haar liefde voor Sebastian Winkler had Klaus snel doorzien, wat dat soort dingen betrof had hij een zesde zintuig. Maar hij gedroeg zich keurig en had geen enkele keer iets over haar bezoekjes aan de bibliotheek gezegd. Het echtpaar Von Hagemann nam de conventies in acht. Ze sliepen in het oude, met houtsnijwerk versierde echtelijke bed waar ooit haar oom en tante in hadden gelegen. Nadat Klaus voor de tweede keer was geopereerd en zijn nieuwe neus enigszins was geheeld, had hij af en toe zijn echtelijke rechten opgeëist. Elisabeth had zich er niet tegen verzet – waarom zou ze? Hij was nog altijd haar echtgenoot en bovendien een goede en ervaren minnaar. De man naar wie ze eigenlijk verlangde, maakte helaas geen aanstalten haar te verleiden. Sebastian Winkler zat boven in de bibliotheek en schreef aan zijn kroniek.

'Een knapperige bout, Lisa? Neem er maar meteen twee knoedels bij. De rodekool is met appeltjes en rookspek...'

De rest hoorde ze niet meer. Toen ze het gevulde bord zag dat tante Elvira voor haar neus zette, werd Elisabeth ineens misselijk. O jee, ze had het borrelglas niet leeg moeten drinken. Ze keek op en de feestelijk gedekte tafel met de brandende kaarsen en fonkelende glazen begon voor haar ogen te draaien. Ineens zag ze alleen nog de bruine gebraden gans waar Klaus met het trancheermes en een spitse vork mee bezig was. Wanhopig klampte ze haar vingers aan het afhangende witte tafelkleed vast. Ze mocht niet flauwvallen. Of, nog erger, op het volle bord overgeven.

'Voel je je niet goed, Elisabeth?' hoorde ze de stem van haar schoonmoeder zeggen.

'Ik... ik geloof dat ik even frisse lucht nodig heb.' Haar handen waren ijskoud, maar ze voelde zich iets minder duizelig. Eén ding was duidelijk: als ze nog langer die gebraden gans moest zien en ruiken, zou er iets verschrikkelijks met haar maag gebeuren.

'O... Zal ik even met je meegaan, lieverd?' vroeg mevrouw Von Trantow, die naast haar zat.

Aan haar stem was te horen dat ze haar bord echter liever niet in de steek liet. Elisabeth maakte een afwijzend gebaar.

'Nee, nee. Eet u maar. Ik ben zo weer terug.'

'Neemt u nog een wodka of een slivovitsj, dat versterkt de maag.'

'Dank u,' fluisterde Elisabeth, en ze maakte dat ze de eetkamer uit kwam.

In de tochtige gang ging het al meteen beter met haar. Wat fijn om even te kunnen bewegen in plaats van ingeklemd tussen de etende, alcohol drinkende mensen aan de feesttafel te zitten. Maar de walm uit de keuken die ze hier rook, was ook niet prettig. Ze deed de voordeur open en liep naar buiten, het met sneeuw bedekte voorplein op. Een van de honden werd wakker en begon te blaffen, de ganzen in de stal snaterden een poos, daarna werden de beesten weer rustig. Elisabeth zoog de koude, schone winterlucht in haar longen en voelde haar hart kloppen. In het schijnsel van de twee lantaarns, die rechts en links van de ingang hingen, kon ze de sneeuwjacht zien. De wind dreef de sneeuw naar het landhuis, ze zag wit glinsterende sneeuwflarden van het dak van de schuur vallen en over het plein dwarrelen.

De koude vlokken plakten op haar verhitte gezicht, kietelden in haar nek en decolleté en bleven op haar opgestoken haar liggen. Het was een zeldzaam fijn en bevrijdend gevoel. Haar maag kwam tot rust, de aanval van misselijkheid was over.

Uiteindelijk kwam het alleen omdat deze mensen haar zo vreselijk op de zenuwen werkten. Het was hier op het platteland gebruikelijk om tijdens de feestdagen de buren uit te nodigen en bij elkaar op bezoek te gaan. De enkele landeigenaren in de omgeving leidden gedurende het jaar een nogal eenzaam bestaan op het platteland, daarom moesten de feestdagen in elk geval een sociale en culinaire gebeurtenis worden.

'Je went er wel aan,' had tante Elvira troostend tegen haar gezegd.

Maar inmiddels vond Elisabeth de overvloedig gedekte tafels, de gesprekken die altijd over de dienstboden en dorpelingen gingen en vooral de ellenlange jachtverhalen elk jaar afstotelijker. Het was niet haar wereld. Aan de andere kant – wat was haar wereld dan wel? De plek waar zij in dit leven voor bestemd was?

Ze leunde met haar rug tegen een houten paal van het afdak en sloeg haar armen over elkaar. Kerst in de villa van de Melzers, was dat het? Ach, zonder haar vader zou het nooit meer zo zijn als in haar jeugd. Vandaag, op eerste kerstdag, zaten ze ongetwijfeld met zijn allen bij elkaar in de eetkamer. Ernst von Klippstein was er vast ook bij, evenals Gertrude Bräuer, Kitty's schoonmoeder. Misschien ook haar schoonzus Tilly. Mama had geschreven dat Tilly in München al het tentamen na het vierde semester had gehaald, een belangrijke tussentijdse test en stap naar het artsexamen. Tilly was een van de weinige vrouwelijke studenten aan de medische faculteit. Ze was ambitieus en vastbesloten om arts te worden. Elisabeth slaakte een diepe zucht. Arme Tilly. Waarschijnlijk hoopte ze stiekem nog steeds dat haar dokter Moebius ooit uit Rusland terugkwam. Misschien studeerde ze wel alleen maar zo ijverig omdat de arts haar daar destijds toe had gemotiveerd. Hij was een aardige man geweest, die dokter Ulrich Moebius. Een goede arts en een sympathiek mens.

Destijds, toen ze in het lazaret kerst hadden gevierd, had hij zo mooi pianogespeeld...

Marie was de enige die je echt gelukkig kon noemen, bedacht Elisabeth bedroefd. Zij had haar geliefde Paul, haar schattige kinderen en nu ook nog een atelier waar ze kleren ontwierp en verkocht. Eigenlijk was het oneerlijk dat een persoon zo veel had, terwijl de anderen met lege handen stonden. Maar Tilly had in elk geval haar medicijnenstudie. En Kitty haar dochtertje en haar schilderkunst. Maar wat had zij?

Als ze nu tenminste zwanger was geworden – maar ook dat geluk was haar niet gegund. Lisa merkte dat het bekende, nare gevoel dat ze tekort was gekomen weer in haar opkwam en deed haar best het te negeren. Het leidde tot niets, het trok haar alleen maar nog verder naar beneden. Bovendien kreeg je er rimpels van en een sombere blik...

Plotseling schrok ze omdat achter haar de voordeur openging.

'U vat zo kou, Elisabeth.'

Sebastian! Hij stond op de drempel en hield haar mantel voor haar op. Haar sombere stemming was direct verdwenen. Hij zorgde voor haar. Hij was speciaal van zijn plek naast Jette von Kunkel opgestaan, had zijn aanhankelijke tafeldame laten zitten om haar, Elisabeth, een warme mantel te brengen.

'O, wat aardig van u,' zei ze terwijl ze hem het warme kledingstuk om haar schouders liet leggen.

'Nou, ik moest even naar achteren en toen ik door de gang liep, zag ik u voor de deur in de sneeuw staan.'

Aha. Nou ja, zo romantisch als ze had gedacht, was hij blijkbaar toch niet. Maar toch. Het was fijn zijn handen op haar schouders te voelen. Al was het maar heel even, want hij deed meteen weer een stap naar achteren nadat hij de mantel om haar schouders had gelegd. Het was om wanhopig van te worden – had ze lepra? De pest? Hij had toch op zijn minst heel even bij haar kunnen blijven staan, zich over haar nek kunnen buigen en heel vluchtig een kus op haar blote huid kunnen geven... Maar zoiets deed Sebastian Winkler alleen in haar fantasie. Helaas.

'Het is erg ondoordacht van u, Elisabeth. U kunt een longontsteking oplopen als u zo verhit uit de warme kamer de kou in gaat.'

Nu hield hij ook nog een preek. Alsof ze dat zelf niet wist! 'Ik had even frisse lucht nodig... Ik voelde me niet lekker.'

Ze trok de mantel voor haar borst samen en deed alsof ze nog steeds duizelig was. Inderdaad, het werkte. Sebastian keek meteen meelevend en bezorgd.

'Dit gevreet wat ze hier doen, is ontzettend ongezond. En al die drank, vooral die Russische sterkedrank die ze als water drinken. U kunt het beste even gaan liggen, Elisabeth. Als u wilt, loop ik even met u mee de trap op.'

Als Klaus een vrouw dit aanbod had gedaan, zou van begin af aan duidelijk zijn geweest waar het in zou eindigen. Maar Sebastian zou haar braaf de trap op begeleiden, haar voor haar slaapkamerdeur veel beterschap wensen en afscheid van haar nemen. Dat zou hij toch doen, of niet? Nou ja, ze kon een poging wagen.

'Tja, ik geloof dat dat een goed idee is.'

Ze werd onderbroken doordat de deur van de eetkamer openging en Jette von Kunkel samen met de twee Trantow-meisjes de gang in kwam.

'O, het sneeuwt!' riep Jette uit. 'Is het niet betoverend zoals de wind de witte vlokken voor zich uit drijft?'

'De wind in het winterwoud drijft de kudde vlokken als een herbergier...' reciteerde de elfjarige Gudrun.

'Het is herder, niet herbergier,' verbeterde Sebastian haar glimlachend. 'De wind drijft immers de kudde. Daarom moet het een herder zijn.'

Hij was echt met hart en ziel leraar en liet zelden een kans voorbijgaan om iemand iets te leren. Maar hij deed het op een sympathieke manier, vond Elisabeth.

'Ja, klopt, een herder. Een vlokkenherder,' zei Gudrun en ze giechelde. 'Zullen we naar buiten gaan? Het is nu zo mooi in de sneeuw.'

Er kwamen nog meer gasten de gang in, die ook mee naar buiten wilden. De ijzige wind maakte het best pittig voor de wandelaars, ze zetten de kraag van hun mantel op. Georg von Kunkel had spijt dat hij zijn bontmuts niet had opgezet. Maar de koude lucht werkte ontnuchterend, het gekrijs en gelach nam af. Ze moesten in de diepe sneeuw oppassen waar ze hun voeten neerzetten. Als schimmen doemden de contouren van de gebouwen op, de sparren waarvan de takken laag hingen door de zware sneeuw leken vreemd gevormde spoken, een nachtvogel die door het lawaai was opgeschrikt, zweefde een poosje boven hen, en Jette von Kunkel meende dat het de Heilige Geest van de kerstnacht was. Corinna von Trantow zei dat de Heilige Familie het in die stal waarschijnlijk heel erg koud moest hebben gehad.

'Bij sneeuw en ijs, stel je voor!'

'En niet eens een vuurtje. Hun vingers zullen bevroren zijn geweest!'

'Zo armoedig kwam Jezus Christus ter wereld.'

Elisabeth kon Sebastians gezicht niet zien in het halfdonker, maar ze wist dat hij nu enorm zijn best moest doen om zich in te houden. De opmerking dat sneeuwstormen en temperaturen onder het vriespunt een onbekend verschijnsel waren in Bethlehem, zou het romantische beeld van de dames te wreed verstoord hebben.

'Gaat het goed met u, Elisabeth?' vroeg hij zacht.

'Ik ben nog een beetje wankel, maar het gaat wel.'

O, ze was inmiddels gehaaid. Hij bood haar zijn arm aan en ze haakte bij hem in, en liet zich door hem voorzichtig om een ondergesneeuwde kruiwagen heen leiden die iemand had laten staan. Wat was hij behoedzaam. En wat was hij nu vrolijk aan het kletsen, heel anders dan boven in de bibliotheek waar hij meestal over elk woord nadacht. Dit nachtelijke wandelingetje opende sluizen die hij anders angstig gesloten hield.

'Als jongetje heb ik vaak in het donker door ondergesneeuwde bossen gelopen... Het was een lange weg van ons dorpje naar het gymnasium in de stad. Twee uur heen, en de terugweg ging bergopwaarts waardoor die een half uur langer duurde.'

'Dat was echt zwaar. Dan had u amper de tijd om uw huiswerk te maken.'

Hij liep flink door en ze kon nu zien dat hij in gedachten verzonken glimlachte. Waarschijnlijk dacht hij aan gelukkige kindertijden, die echter vol ontberingen waren.

'In de winter hadden we vaak geen licht. Kaarsen waren duur en we hadden geen gasaansluiting. Ik zat meestal dicht bij het keukenvuur en probeerde bij het rode schijnsel van de gloed de cijfers en letters in mijn schrift te herkennen.'

Voorin zette Georg von Kunkel met volle tenorstem het kerstlied 'Oh du Fröhliche' in. Sommigen vielen in. Bij het tweede couplet werd het gezang dunner, de meesten waren de tekst vergeten. Mevrouw Von Trantow klaagde kreunend dat ze haar wollen sokken niet had aangetrokken en dat haar tenen bevroren.

'In de zomer ging het veldwerk voor,' vertelde Sebastian zonder op de anderen te letten. 'Onkruid wieden, maaien, hooien, dorsen, vee hoeden... Op mijn tiende sjouwde ik graanzakken naar de graanschuur, op mijn twaalfde kon ik ploegen en eggen. Dat ging bij ons met koeien, een paard was alleen voor de rijken betaalbaar.'

Hij had zijn grote droom missionaris te worden na de zesde klas van het gymnasium moeten opgeven omdat zijn ouders het schoolgeld niet meer konden betalen. Daarom was hij een lerarenopleiding gaan volgen. Tien jaar lang had hij de schoolkinderen in Finsterbach bij Neurenberg lesgegeven, toen was de oorlog uitgebroken. Sebastian Winkler behoorde tot de eerste lichting mannen die waren opgeroepen.

'De oorlog, Elisabeth, die had niet mogen uitbreken... Ik heb ze opgevoed, heb ze leren schrijven en rekenen, heb er alles aan gedaan om fatsoenlijke en eerlijke mensen van ze te maken. Maar samen met mij hebben ze ook zeven van mijn voormalige leerlingen opgeroepen. Zeventien, amper achttien jaar waren ze, drie hadden in de beddenfabriek werk gevonden, twee werkten op het land van hun ouders, een was het zelfs gelukt om op het gymnasium in Neurenberg te komen. Hij had priester willen worden, hij was een intelligente en brave jongen...'

Hij bleef staan om zijn zakdoek te pakken. Lisa was diep geraakt. Tegelijkertijd voelde ze een groot verlangen om hem troostend in haar armen te sluiten. Waarom eigenlijk niet? Ze waren een stukje achtergebleven, het was donker om hen heen – niemand zou hen zien.

'Niemand is teruggekomen,' mompelde Sebastian en hij veegde over zijn gezicht. 'Helemaal niemand... Ook niemand van de jongeren.'

Ze hield het niet meer uit. Met een impulsieve beweging sloeg ze haar armen om zijn nek en leunde ze haar hoofd tegen zijn met sneeuw bedekte borst. 'Ik vind het zo erg voor je, Sebastian.'

Als hij verrast was, liet hij het niet merken. Hij stond rustig midden in de nachtelijke sneeuwjacht. Na een paar angstige seconden voelde Lisa zijn hand, die zacht en teder over haar rug streek. Ze verroerde zich niet, beefde bij elke hartslag, hoopte dat dit fantastische ogenblik eeuwig zou blijven duren.

'Het is niet mogelijk, Elisabeth,' hoorde ze zijn zachte stem. 'Ik ben niet de man die een huwelijk kapotmaakt.'

Eindelijk! Drie jaar lang was er geen woord over gezegd. Noch hij, noch zij had het gewaagd om dit gevaarlijke onderwerp aan te spreken.

'Het is geen huwelijk meer, Sebastian...'

Hij streek met zijn hand, die in een handschoen zat, over haar wang toen ze naar hem opkeek. Vanwege de sneeuwjacht had hij zijn bril afgezet, zonder de beschermende glazen waren zijn ogen kinderlijker, helderder en dromeriger.

'Je bent zijn vrouw,' fluisterde hij.

'Ik houd niet van hem. Ik houd van jou, Sebastian...'

Toen konden ze zich niet meer inhouden. Hun eerste kus was een schuchtere, nauwelijks waarneembare aanraking van hun lippen. Ze rook de geur van zijn scheerzeep en van zijn huid, vermengd met prikkelende sneeuwvlokjes. De magie van deze onschuldige aanraking was echter verraderlijk, hij brak alle dijken door en de hartstocht die ze zo lang hadden ingehouden baande zich een weg naar buiten.

Sebastian maakte zich als eerste los uit de vervoering. Hij legde beide handen op Lisa's wangen en schoof haar zacht van zich af. 'Sorry!'

Ze gaf geen antwoord, maar wachtte met gesloten ogen en wilde niet dat het al voorbij was.

'Ik zal je bekentenis voor altijd in mijn hart bewaren, Elisabeth,' zei hij zacht en nog buiten adem. 'Daarmee heb je een heel gelukkig mens van me gemaakt. Hoe het er in mijn hart uitziet, weet je.'

Ze kwam langzaam weer bij. Hij had haar echt gekust. Het was geen droom geweest. En tjonge, wat kon hij kussen – daar kon Klaus nog wat van leren.

'Wat weet ik? Ik weet niets, Sebastian. Zeg het me!'

Hij draaide zich om. Hij frunnikte aan zijn handschoenen, keek naar voren waar de nachtelijke wandelaars inmiddels waren gestopt en over de terugweg overlegden. Ze hoorden tante Elvira's energieke bevelstem, die Erwin von Kunkel probeerde te overtuigen die luidkeels in de nacht brulde: 'We willen onze goede keizer Wilhelm weer terug...'

'Stil nu!' riep Elvira. 'We gaan langs het tuinhek. Denk aan de pudding en de kwarkbolletjes die op ons wachten.'

'De bolletjes en de goede bollo... bosso... beaujolais!'

Het was duidelijk dat de groep omkeerde en over dezelfde weg terug naar het landhuis zou lopen – iets anders zou niet handig zijn geweest aangezien ze hier al een pad door de hoge sneeuw hadden gemaakt.

'We kunnen ons beter wat verder van het pad verstoppen en dan ongemerkt weer aansluiten,' zei Sebastian verlegen. 'Zodat we niet in de problemen komen.'

'Je hebt me nog geen antwoord gegeven.'

'Je kent het antwoord al, Elisabeth.'

'Ik ken helemaal niets.'

Het was te laat. Hij was zo laf om te zorgen dat hij onder de bekentenis uit kwam die ze zo graag wilde horen. De flakkerende lichten van de lantaarns naderden, ze konden al een paar gezichten herkennen en hoorden de bulderende lach van Otto von Trantow. Nog luider klonk het mooie lied dat de mensen vroeger zo graag op de melodie van 'Üb immer Treu und Redlichkeit' hadden gezongen:

'De keizer is een lieve man, hij woont in Berlijn... En als dat niet zo vreselijk ver was, zou ik er vandaag al zijn...'

'Mijn god!' kreunde Sebastian zacht. 'Komt u, Elisabeth. We moeten opzijgaan.'

Ze wachtten achter een met sneeuw bedekte jeneverstruik tot de nachtwandelaars langsgelopen waren. Van de aanvankelijke euforie was weinig meer over, ze hadden het nu allemaal verschrikkelijk koud en de twee meisjes waren zo uitgeput dat ze amper nog op hun voeten konden staan. Georg von Kukel had zich bereid verklaard de zesjarige Mariella op zijn rug te dragen. Tante Elvira hield nog steeds haar inmiddels bijna uitgedoofde lantaarn omhoog, ook de andere twee lantaarns gaven nog maar een zwak, bibberig schijnsel.

'Mijn knieën zijn bevroren.'

'Mijn voeten, mijn arme voeten.'

'Ik kan in bijzijn van de dames niet zeggen wat er bij mij allemaal bevroren is.'

Het was voor Sebastian en Elisabeth niet moeilijk om ongemerkt aan te sluiten, niemand lette op hen. Ze verlangden allemaal naar de weldadige warmte van de woonkamer. Vooral de dames vroegen zich inmiddels af wie in godsnaam op het idiote idee was gekomen om midden in de nacht door de sneeuwstorm te lopen. Ze waren inmiddels vlak bij het landhuis, de honden blaften en door het raam konden ze de verlichte eetkamer in kijken.

Voor het flakkerende haardvuur stond Klaus von Hagemann, met in zijn armen de jonge dienstmeid die haar blouse en korset had uitgetrokken en de vurige liefkozingen van haar werkgever niet bepaald leek te verafschuwen.

Elisabeths adem stokte. Ze voelde dat Sebastian zijn arm om haar schouder legde, maar dat was slechts een schrale troost. Ze kon niet geloven wat zich voor haar ogen afspeelde. En ze was niet de enige.

'Wel alle donders!' riep Erwin von Kunkel.

'Zo, die weet van aanpakken, zeg!' mompelde Otto von Trantow met bewondering in zijn stem.

'Wat doet oom Klaus daar?' piepte Mariella, die vanaf Georgs rug het beste zicht op de eetkamer had.

De dames zwegen gegeneerd, alleen mevrouw Von Trantow fluisterde: 'Ongelofelijk. En dat op het heilige feest van Christus!'

Toen het stel dat helemaal in elkaar opging eindelijk de aanwezigheid van de toeschouwers op het voorplein opmerkte, maakte de dienstmeid zich met een geschrokken gilletje van Von Hagemann los, hield haar blouse voor haar borst en rende weg.

Niemand noemde het voorval in de verdere loop van de avond, maar Elisabeth leed onnoemelijk onder de nieuwsgierige en medelijdende blikken. Ze had beslist niet het recht Klaus iets te verwijten. En toch, hij had haar in het openbaar bedrogen en zich belachelijk gemaakt. Erger nog, hij leek er niet eens spijt van te hebben.

Laat in de nacht, toen alle bezoekers zich in de logeerkamers hadden teruggetrokken en Elisabeth met tante Elvira de trap op liep om ook te gaan slapen, meende Elvira haar nicht te moeten troosten.

'Weet je, meisje,' zei ze met een glimlach. 'Zoiets is nu eenmaal de aard van een landheer. Het valt onder "psychische gezondheid" en "lichaamsoefeningen".'

# 9

HET NIEUWE JAAR WAS in Augsburg met sneeuw begonnen, die al in de eerste dagen van januari wegsmolt. Het was nat weer, de beken traden buiten hun oevers en de weiden in de industriewijk kwamen onder water te staan. Ook op de wegen zag je grote plassen, waar 's nachts een verraderlijk laagje ijs op verscheen. Boven de grijze troosteloosheid hing de zwaar bedekte winterse lucht die nog meer regen beloofde.

Paul had zijn gebruikelijke ronde door de hallen gemaakt, her en der een hartig woordje met een van de voormannen gesproken en was blij geweest met de nieuwe ringspinmachines die uitstekende resultaten leverden. Hij maakte zich alleen zorgen om het aantal orders, tot nu toe werd de volledige capaciteit van de machines nog niet benut. De Duitse economie herstelde maar heel langzaam en er waren veel tegenslagen. In elk geval had de rentenmark zich tot nu toe wel bewezen. Maar de extreem hoge herstelbetalingen die Duitsland moest ophoesten, moesten elk succes vernietigen. Het Ruhrgebied werd nog steeds door de Franse soldaten bezet. Wanneer zouden de Fransen eindelijk inzien dat ze geen baat hadden bij een Duitsland dat economisch aan de grond zat, dat het hun ook alleen maar grote economische schade zou toebrengen?

Met een somber gevoel liep hij de trap van het administratiekantoor op. Waarom was hij eigenlijk zo chagrijnig? De zaken gingen helemaal niet slecht, de inflatie leek aan banden gelegd te zijn en het contract met Amerika was in kannen en kruiken. Het moest het slechte weer zijn. Of die vervelende keelpijn die hij hardnekkig negeerde. Hij kon nu echt geen verkoudheid gebruiken en al helemaal geen koorts.

Hij bleef even bij de deur van de voorkamer staan om zijn schoenen af te vegen. Het was beslist niet zijn gewoonte om de gesprekken van zijn secretaresses af te luisteren, maar juffrouw Hoffmanns stem was niet te missen.

'Ze schijnt heel charmant te zijn en op speciale wensen in te gaan... Mijn buurvrouw kent mevrouw Von Oppermann, die heeft twee japonnen en een mantel bij haar laten maken.'

'Tja, als je voldoende centen hebt.'

'Ze schijnt ook voor Menotti een paar jurken te hebben ontworpen.'

'Voor de zangeres? O, echt? Die jurken heeft haar huidige minnaar dan zeker betaald... De jonge Riedelmeyer, nietwaar?'

'Natuurlijk. Hij was erbij toen ze de japonnen ging passen, zei mijn buurvrouw.'

'Zo, zo.'

Paul drukte de deurklink krachtig naar beneden en liep door de voorkamer. In de kamer van de secretaresses verstomde het gesprek en in plaats daarvan klonk nu het geratel van de typemachines. Ongelofelijk, zijn personeel kletste met elkaar in plaats van te werken.

'Goedemorgen, dames.'

Ze keken hem allebei met een onschuldige glimlach aan. Henriette Hoffmann stond op om zijn mantel en hoed aan te nemen, Ottilie Lüders meldde dat de post zoals altijd op zijn bureau lag en dat de heer Von Klippstein even met hem wilde praten.

'Bedankt. Ik geef een seintje als ik zover ben.'

Juffrouw Hoffmann bracht alvast een dienblad naar zijn kantoor met een kopje koffie en een bordje met zelfgebakken koekjes, die waarschijnlijk over waren van Kerstmis. De kachel was gestookt.

Zijn dames hadden het allemaal op orde, eigenlijk had hij geen reden tot klagen.

Waarom zouden juffrouw Lüders en juffrouw Hoffmann niet over Maries modeatelier mogen praten? Hij wist uiteraard dat Marie erg succesvol was en inmiddels een groot klantenbestand had. Hij was er blij mee, het bevestigde immers zijn voorspelling. Hij was trots op zijn vrouw. Ja, dat was hij echt. Alleen had hij tot nu toe niet geweten dat er ook heren bij waren als de kleding gepast moest worden. Dat leek hem in elk geval ongebruikelijk. Waarschijnlijk was dit een uitzondering, maar hij zou Marie er toch eens naar vragen.

Paul ging zitten en nam de stapel post mee. Hij trok de belangrijkste brieven eruit en gebruikte de briefopener van groene jade. Voordat hij zich in de eerste brief – een bericht van het belastingkantoor – verdiepte, nam hij een slok koffie en een kaneelster. Het slikken deed pijn, hij had vast keelontsteking. Maar het koekje smaakte niet verkeerd. Zou juffrouw Hoffmann het echt zelf gebakken hebben? De kaneelsmaak deed hem denken aan het afgelopen kerstfeest en zijn gedachten dwaalden af.

Eigenlijk was alles zoals altijd geweest. De grote dennenboom had hij dit jaar samen met Gustav omgehakt. Julius had erbij geholpen en Leo had in de weg gestaan. Met dit soort dingen was de jongen helaas vreselijk onhandig. Dodo had samen met Gertie de takken opgeraapt waarmee later de kamers versierd zouden worden. De kleine Gertie was een bekwame meid, het was goed dat hij haar had aangesteld. Wat helaas niet gezegd kon worden van Serafina von Dobern. Ze had het moeilijk, de kinderen waren recalcitrant, gehoorzaamden niet en benutten elke kans om haar om de tuin te leiden. De kwestie was vooral lastig omdat Serafina een hechte vriendin van Lisa was en ze haar daarom niet als personeelslid konden behandelen. Hij had er al een paar keer met Marie over gepraat, maar dat had tot niets geleid. Integendeel, ze hadden er nodeloos ruzie over gemaakt, want Marie was van mening dat Serafina zo snel mogelijk weggestuurd moest worden.

'Dat mens is zo kil als ijs. En ze heeft een hekel aan kinderen. Ik wil niet dat ze Dodo en Leo nog langer kwelt!'

Dat Marie daarmee zijn moeder voor het hoofd stootte en haar toch al zwakke gezondheid aantastte, wilde ze niet inzien. Het baarde hem zorgen dat zijn vrouw zo gevoelloos kon zijn. Hij was er al een paar keer door kennissen op aangesproken dat zijn moeder er zo slecht uitzag. Mevrouw Manzinger had zelfs voorgesteld om samen met de lieve Alicia voor een kuur naar Bad Wildungen te gaan. Wat zijn moeder uiteraard had afgewezen.

'Een kuur? Maar, Paul, ik kan toch niet zomaar wekenlang van de villa wegblijven? Wie zorgt er dan voor het huishouden? En de kinderen? Nee, nee, mijn plek is hier. Ook al wordt het me niet altijd gemakkelijk gemaakt!'

Hij had voor het kerstfeest flink zijn best gedaan om te zorgen dat de dames zich met elkaar verzoenden. Hij had zijn moeder vriendelijk toegesproken, Serafina vrolijk en voorkomend behandeld en liefdevol voor Marie gezorgd. Hij had met de kinderen in het park sneeuwpoppen gemaakt en hun toegestaan om in de oude bomen te klimmen. Waarbij hij had vastgesteld dat zijn dochter Dodo veel handiger en vooral minder bang was dan haar broer. Leo had niet veel zin gehad in het spannende geklauter en was ongemerkt naar de villa teruggegaan waar hij weer eens op de piano was gaan tingelen. Paul kon niet begrijpen dat Marie deze bovenmatige passie voor de muziek als iets onschuldigs afdeed.

'Maar, Paul, hij is pas zeven. Bovendien heeft het nog niemand geschaad om goed te kunnen pianospelen.'

Paul nam nog een slok koffie, vertrok zijn gezicht vanwege de keelpijn en verdiepte zich in de post. Twee orders, een grote en een kleine. Aanvragen voor stofpatronen, aanbiedingen voor ruwe katoen. Verdomd duur – wanneer gingen de prijzen eindelijk dalen? Toch zou hij een bestelling plaatsen, de klanten moesten hun bestellingen ontvangen, ook al was de winstmarge voorlopig erg klein. Er waren zelfs gevallen waarbij hij niet eens kostendekkend werkte.

Maar de productie moest op gang blijven, de arbeiders en personeelsleden moesten betaald worden. Met Gods hulp zou het snel beter gaan.

Hij gunde zichzelf nog een kaneelster en dronk de inmiddels koud geworden koffie op. Kerstmis. Nee, het was niet zoals altijd geweest. Het was hem ondanks al zijn inspanningen niet gelukt om de spanningen in de familie te sussen en daardoor was het feest minder leuk geweest. Ook had hij Kitty op kerstavond erg gemist, die het feest samen met Gertrude en Tilly in haar huis in de Frauentorstraat had gevierd. Op eerste kerstdag waren ze in de villa van de Melzers bijeengekomen, maar door de aanhoudende spitse opmerkingen van Kitty was dat ook niet echt leuk geweest. En tot overmaat van ramp had hij 's nachts ook nog ruzie gehad met Marie – hij wist niet eens meer waarom. Feit was echter dat de aanleiding een futiliteit was geweest, maar toch had het hem ertoe aangezet om dingen te zeggen die hij beter voor zich had kunnen houden. Het was alleen maar begrijpelijk dat Marie 's avonds moe was, ze werkte tenslotte hard. Nee, hij was geen echtgenoot die zijn vrouw daarom iets verweet, hij had begrip en kon zich beheersen. Toch had hij die avond zijn teleurstelling geuit. Hij had beweerd dat ze minder van hem hield dan vroeger, dat ze zich voor hem afsloot en zijn liefdevolle toenaderingspogingen afwees. Dat vond Marie heel erg. Ze had hem aangeboden het atelier te sluiten, wat natuurlijk de grootst mogelijke onzin zou zijn geweest. En, om het nog erger te maken, zei hij toen ook nog wat hem al jaren op het hart lag en wat in die situatie meer dan onhandig was geweest.

'Ik vraag me echt af waarom we niet meer kinderen hebben, Marie.'

'Die vraag kan ik niet beantwoorden.'

'Misschien moet je een keer naar de dokter gaan.'

'Ik?'

'Wie anders?'

En toen had zijn lieve echtgenote hem toch warempel verweten dat hij blijkbaar aan één oog blind was. 'De oorzaak kan net zo goed bij jou liggen!'

Hij had haar geen antwoord gegeven, maar zijn rug naar haar gekeerd, de gewatteerde deken tot aan zijn schouders opgetrokken en zijn nachtlampje uitgedaan. Marie had hetzelfde gedaan. Ze lagen stil in hun kussens en durfden nauwelijks te ademen. Allebei hoopten ze dat de ander een paar woorden zou zeggen om de afschuwelijke spanning te doorbreken. Maar er gebeurde niets. Geen woord, ook geen voorzichtige aanraking met de hand om blijk te geven van de wil om vrede te sluiten. Pas 's ochtends vroeg, toen hij zijn slapende vrouw vlak naast zich voelde, was zijn verlangen zo groot geweest dat hij haar met een tedere kus had gewekt. De verzoening was fantastisch geweest en daarna hadden ze elkaar bij hoog en laag beloofd nooit meer zo'n domme, zinloze ruzie te maken.

De keelpijn was inmiddels niet meer te ontkennen en hij kreeg ook een vervelend gevoel in zijn bronchiën. Hij had iets onder de leden. Verdorie.

Hij keek de rest van de post door en riep daarna juffrouw Hoffmann bij zich.

'Zegt u tegen meneer Von Klippstein dat ik nu tijd voor hem heb.'

Hij had ook gewoon naar hem toe kunnen gaan, zoals hij meestal deed, maar vandaag had hij daar om de een of andere reden geen zin in.

'En brengt u me nog een kopje koffie. De kaneelsterren zijn overigens heerlijk.'

Ze bloosde van plezier vanwege het compliment en zei dat ze het recept van een goede kennis had gekregen, van mevrouw Von Oppermann. 'Overigens een enthousiaste klant van uw vrouw.'

Ja, dat wist hij al, maar hij knikte vriendelijk zodat ze niet het idee kreeg dat hij zijn vrouw om haar succes benijdde. Maar hij wilde dat ze hem met rust liet met dat soort geklets.

Ernst von Klippstein was zoals altijd piekfijn gekleed in een grijs pak met bijpassend vestje, hij wisselde in het koude jaargetijde zelfs zijn schoenen omdat hij op kantoor niet graag zijn winterlaarzen droeg. Hij kon het uitstekend vinden met de twee secretaresses, wat zonder twijfel kwam doordat hij moederlijke gevoelens in hen opwekte. Ernst was destijds met een aantal granaatsplinters in zijn buik naar het lazaret van de villa gebracht en had het maar ternauwernood overleefd. Hij had nog steeds last van de littekens.

'Je ziet er nogal witjes uit vandaag, maat,' zei Ernst toen hij binnenkwam. 'Ben je ook aangestoken door het heersende verkoudheidsvirus?'

'Ik? Ach... Ik ben alleen een beetje vermoeid.'

Ernst knikte begrijpend en nam in een van de leren fauteuils plaats. Het kostte hem moeite omdat de zitting nogal laag was, maar hij liet het nauwelijks merken. Ernst was een Pruisisch soldaat gebleven, hij hechtte waarde aan discipline, vooral wat hemzelf betrof.

'Ja, het weer...' zei hij en hij keek uit het raam naar de laaghangende bewolking. 'Januari en februari zijn ontzettend koude maanden.'

'Zeker.'

'Ik wilde even met je praten over een paar uitgaven waar we volgens mij op zouden kunnen bezuinigen. Bijvoorbeeld het eten in de kantine...'

'Het is nu niet de tijd om te bezuinigen, Ernst. Het is de tijd om te investeren en de mensen te motiveren om optimaal te presteren. We moeten er vaart achter zetten, zodat de stoffen en garens van Melzer niet alleen eersteklas, maar ook voordelig zijn...'

Ze raakten in een korte discussie verwikkeld. Ernst was van mening dat voordelige waren alleen mogelijk waren door een krappe calculatie en een verlaging van de kosten. Paul wees hem erop dat er een verschil was tussen kostenverlaging en gierigheid. De argumenten vlogen een poosje over en weer, tot Ernst zich ten slotte gewonnen gaf, wat hij meestal deed.

'We zullen zien,' zei hij korzelig. Toen greep hij in de binnenzak van zijn jasje en haalde hij een envelop tevoorschijn.

'O ja, dit was ik bijna vergeten. Een bestelling...'

Zijn verlegen grijns maakte Paul achterdochtig. In de envelop, waar niets op stond, zat een handgeschreven blad papier, waarop Marie haar stofbestelling had genoteerd. Waarom gaf ze haar bestelling aan Ernst? Waarom niet aan hem, haar echtgenoot? Bijvoorbeeld vanochtend bij het ontbijt?

'Wanneer heeft Marie je dit gegeven?'

'Gisteravond, toen ik haar van het atelier ophaalde.'

'Aha,' zei Paul en hij legde het blad bij de overige bestellingen. 'Dank je wel.'

Ernst knikte tevreden en had nu eigenlijk kunnen opstaan en naar zijn eigen kamer kunnen gaan, maar hij bleef zitten.

'Een verbazingwekkende vrouw, jouw Marie. Ik heb haar destijds al bewonderd, toen ze samen met je vader in de oorlog de fabriek heeft gered.'

Paul gaf geen antwoord. Hij leunde op zijn stoel naar achteren en trommelde zachtjes met zijn vingers op het met leer overtrokken bureaublad. Maar het had niet het effect op Ernst waar Paul op had gehoopt.

'Het is zo'n geluk dat jullie elkaar hebben gevonden, Marie en jij. Zo'n vrouw heeft een echtgenoot nodig die haar de ruimte geeft die ze nodig heeft zodat ze zich kan ontplooien. Een bekrompen geest zou haar waarschijnlijk opsluiten, haar vleugels kortwieken, haar in een vorm dwingen die niet bij haar past.'

Waar wilde hij eigenlijk naartoe? Paul bleef trommelen, er kriebelde iets in zijn keel en hij moest weer hoesten. Hij voelde ook hoofdpijn opkomen, maar dat was de schuld van die vervelende kletskous. Hadden ze vandaag soms met zijn allen afgesproken om hem te irriteren?

'Ach, wat ik nog wilde zeggen,' onderbrak hij Klippsteins enthousiaste gepraat. 'Ik zal mijn vrouw vanavond zelf van het atelier ophalen. Ik moet toevallig in de buurt zijn, dus het ligt op de route.'

'O ja? Goed, ik hoop alleen dat ik desondanks vanavond wel mee mag eten?'

'Maar natuurlijk. Dat vinden we altijd fijn...'

Von Klippstein was duidelijk teleurgesteld. Paul verkneukelde zich bij de gedachte maar verachtte zichzelf daar direct om. Waarom pakte hij dit onschuldige genoegen van Ernst af? Hij hoefde vanavond helemaal niet in de Karolinenstraat te zijn. Hij kon beter meteen naar huis gaan en iets tegen die vervelende verkoudheid doen. Thee met rum en dan meteen naar bed. Mevrouw Brunnenmayer gaf hem in zo'n situatie graag vlierbloesemthee en plakkerige, met reuzel ingesmeerde lappen die hij op zijn borst moest leggen, maar daar had hij geen behoefte aan. Niet zolang hij nog rechtop kon staan.

'Dan zal ik je niet langer bij je werk storen.'

Paul keek toe terwijl Von Klippstein moeizaam opstond en had ineens veel medelijden met hem. Ernst liet zich niet helpen, hij kon dan echt narrig worden. Het waren niet alleen de littekens op zijn buik die zeer deden, waarschijnlijk zaten er ook nog splinters in zijn lijf die ze niet hadden kunnen verwijderen. Hij had het overleefd, maar de verwonding had hem voor het leven getekend.

Voordat Ernst de kamer verliet, dronk hij zijn kopje leeg en zette het terug op het dienblad. Paul was opgelucht toen hij weer alleen was. Hij stond op om zijn koude handen bij de kachel te verwarmen, legde nieuwe kolen op het vuur, maar hij bleef bibberen. Met een slecht geweten maakte hij de kastdeur open en schonk zichzelf een glas whisky in. Zijn vader had tegen het einde van zijn leven flink wat van dit spul gedronken, hoewel hij wist dat het niet goed voor hem was. Paul hield over het algemeen niet van dit soort gewoontes, de kleine verzameling van diverse soorten sterkedrank was bedoeld voor gesprekken met zakenrelaties waarbij een glaasje vaak meer effect had dan een hele zak vol argumenten.

Hij nam het spul nu ook alleen om medische redenen, dacht hij terwijl hij een flinke slok nam. Hij moest zichzelf meteen inhouden om niet hard te kreunen, want de whisky brandde in zijn ontstoken keel als het hellevuur. Dit was kwaad met kwaad bestrijden. Hij dronk het glas leeg, waardoor hij tranen in zijn ogen kreeg en borg de fles en het glas weer in de kast op.

Maar hij bleef zich ellendig voelen. Tijdens het middagmaal kon hij zich slechts met veel moeite overeind houden. Hij luisterde geduldig naar de klachten van de gouvernante en kalmeerde zijn moeder toen Marie de kinderen fel in bescherming nam. Het gezamenlijke middagmaal, dat vroeger midden op de dag een rustpunt was, was in de afgelopen maanden een gespannen samenkomst van verschillende partijen geworden. Ook de kinderen leden eronder, ze zaten stilzwijgend achter hun bord en zeiden alleen iets als hun iets werd gevraagd. Zodra het dessert genuttigd was, wachtten ze ongeduldig tot mama hun toestond om van tafel te gaan.

Vandaag bracht Alicia Tilly Bräuer ter sprake. De jonge studente medicijnen was met kerst in Augsburg geweest en ze hadden tijdens de feestdagen weer uitgebreid bijgepraat.

'Ze is zo mager geworden, het arme ding,' zei Alicia spijtig. 'En zo bleek. Vroeger noemden we zo'n meisje een "blauwkous". Geen wonder dat de arme Klippi haar geen aanzoek heeft gedaan. Ja, ik weet het, Marie. De tijden zijn veranderd, tegenwoordig oefenen jonge meisjes een beroep uit en sommigen van hen menen zelfs dat ze aan een universiteit moeten studeren.'

'Ze is een dappere en intelligente jonge vrouw,' zei Marie beslist. 'Ik bewonder haar enorm. Wat is er mis mee als een vrouw medicijnen studeert en arts wordt?'

Ze hadden al vaak over dit onderwerp geruzied. Daarom slaakte Alicia nu alleen een ontevreden zucht. Maar Serafina vond het nodig haar te steunen.

'Hoe moet zo iemand ooit een echtgenoot vinden?' vroeg ze. 'Welke eega zou het leuk vinden dat zijn vrouw dagelijks het hele lichaam van vreemde mannen onderzoekt? U weet wat ik bedoel...'

Als ze dacht dat de tweeling niet begrepen had wat ze bedoelde, vergiste ze zich. Dodo kreeg grote ogen en Leo rode oortjes.

'Moeten de mannen zich tot in hun blootje uitkleden?' fluisterde Dodo.

Leo gaf geen antwoord. Het was duidelijk dat hij het erg gênant vond.

'Dat een vrouw door een mannelijke arts wordt onderzocht, stoort de echtgenoot toch ook niet,' diende Marie haar van repliek. 'Het is allemaal een kwestie van gewenning.'

Alicia schraapte haar keel. 'Ik wil dit soort onappetijtelijke onderwerpen niet aan de eettafel bespreken. En vooral niet in bijzijn van de kinderen!'

Ze aten stilzwijgend verder. Marie keek telkens op de klok, Serafina maande Dodo dat ze rechtop moest zitten, Alicia keek bezorgd naar Paul die af en toe moest hoesten.

'Je kunt vanmiddag beter even gaan liggen, Paul.'

'Onzin!' bromde hij.

Alicia zuchtte en verklaarde dat hij in alles de zoon van zijn vader was. Johann ontzag zichzelf ook nooit.

Marie was de eerste die van tafel opstond, want ze had al om twee uur een afspraak met een klant. Ze gaf de tweeling snel een knuffel, beloofde hun 's avonds een verhaaltje voor te lezen, en weg was ze.

'Zal ik je niet brengen, schat?' riep Paul haar na.

'Is niet nodig, lieverd. Ik neem de tram.'

Paul voelde zich na het eten wel moe, maar de keelpijn was een stuk minder dan die ochtend. Even gaan liggen, dat ontbrak er nog maar aan. Hij zou het gewillige slachtoffer van de zorg van zijn moeder zijn. Warme kompressen om zijn nek en op zijn borst, kamillethee, het hele arsenaal. In het ergste geval zou ze dokter Stromberger of de oude dokter Greiner laten komen. Nee, hij zou zelf wel zorgen dat hij beter werd.

Maar eenmaal terug op kantoor merkte hij algauw dat een zacht bed en wat verzorging niet van de hand te wijzen waren. Hij kreeg koude rillingen die afgewisseld werden met beangstigend heftige hitteaanvallen. Koorts. Hij kende het afschuwelijke, holle gevoel nog uit zijn jeugd. Later had hij in Rusland in het gevangenenkamp lange tijd wondkoorts gehad. Hij was maar ternauwernood aan de dood ontsnapt. Daarentegen was dit een onschuldig kwaaltje.

Hij dwong zichzelf tot half zeven vol te houden, toen wenste hij zijn secretaresses een aangename avond. Ze zeiden dat meneer Von Klippstein al onderweg was naar de villa.

Buiten werd hij begroet door een koude motregen en hij was blij toen hij in de auto zat. Hij groette de portier en reed in de richting van de stad. Het was bijna zeven uur, hopelijk had Marie nog niet de tram genomen. Toen hij aan de rand van de straat voor het atelier stopte, zag hij tot zijn opluchting dat er blijkbaar nog klanten binnen waren. In de felverlichte ruimte zag hij een elegant gekleed paar, dat aan een tafeltje zat en de catalogus doorbladerde. Dat was toch... Natuurlijk, het waren meneer en mevrouw Neff, de eigenaren van de grote bioscoop bij de Backofenwall. Zij konden zich Maries dure ontwerpen uiteraard wel permitteren. Wat waren ze druk in de catalogus aan het bladeren. Nou ja, Marie had alle tekeningen ook zelf gemaakt en gekleurd.

Paul besloot in de auto te blijven wachten om Marie niet te storen. Hij wist immers uit eigen ervaring hoe vervelend dat bij een zakelijke onderhandeling kon zijn. Hij leunde naar achteren, trok zijn mantel strakker om zich heen en keek als een ongevraagde toeschouwer door de etalageruit naar binnen. Daar was ze, zijn Marie. Ze was mooi, haar klokkende rok en het soepele jasje oogden modern en nonchalant, en dan dat donkere, weelderige haar. Ze zag eruit als een tenger jong meisje. En toch was ze zo'n bekwame zakenvrouw...

Ze praatte nu met de Neffs. Ze lachte, gesticuleerde. Ze was betoverend, zijn Marie. Die bioscoopeigenaar leek helemaal weg van haar, zo aanstellerig als hij zich gedroeg. Hij schoof een stoel voor haar bij en struikelde daarbij bijna over zijn eigen voeten. En Marie schonk hem een dankbare glimlach voordat ze ging zitten. Dankbaar was waarschijnlijk de juiste uitdrukking. Of misschien eerder hartelijk? Voorkomend. Ja, dat was het. Maar ergens ook... liefdevol.

Dat verbeeld je je, dacht hij. Je kunt van hieruit helemaal niet precies zien op wat voor manier ze naar die man glimlacht. Tenslotte gaat het om een zakelijke bespreking, dan was het goed om voorkomend te zijn tegen de klanten. Toch merkte hij dat hij zich eraan ergerde. Waarom moest ze zo naar die man glimlachen? Het was goed mogelijk dat hij haar vriendelijkheid verkeerd interpreteerde en haar later lastigviel.

Hij kreeg een nieuwe koortsstuip en veegde met zijn zakdoek het zweet van zijn voorhoofd. Hoe lang duurde het daarbinnen nog? Het was al half acht, in de villa wachtte zijn moeder met het avondeten.

Toen de aanval weer afnam, stapte hij uit en liep hij vastberaden naar het atelier. De bel van de voordeur rinkelde toen hij de deur openmaakte en Marie en de Neffs keken hem verbaasd aan.

'Ik wens u een goede avond. Neemt u me niet kwalijk dat ik zo binnenval, ik kwam toevallig langs en dacht dat de winkel ging sluiten.'

Marie fronste even haar voorhoofd, de Neffs begroetten hem uitbundig en begonnen enthousiast en vol lof over Maries nieuwe collectie te praten.

'Dat wij hier in Augsburg zo'n geweldige modeontwerpster hebben. Deze modellen zouden net zo goed in Parijs gecreëerd kunnen zijn.'

'Laat u zich door mij niet storen… Ik ga in de wintertuin een sigaartje roken en het me aangenaam maken.'

'O, het zal niet meer lang duren.'

In de naaikamer zat Hanna nog te werken. Het arme meisje keek niet erg gelukkig. Hij had nooit begrepen waarom Marie haar per se wilde opleiden tot naaister. Maar dat waren beslissingen waar hij zich niet mee bemoeide.

'Meneer… Wat een verrassing. O jee, u ziet eruit alsof u ziek bent.' Ze liet haar naaimachine in de steek en liep naar het fornuis waarop een waterketel stond te pruttelen. 'Ik zal een kopje thee voor u zetten, dat zal u goeddoen.'

Hij stribbelde niet tegen. Het ging inmiddels zo slecht met hem dat hij zelfs bereid was thee te drinken. Bibberend ging hij naast het fornuis zitten met het kopje hete drank in zijn hand.

'U hebt het flink te pakken, meneer. En dan rijdt u nog hierheen om uw vrouw op te halen. U had beter meneer Von Klippstein kunnen sturen.'

Marie verscheen een kwartiertje later. Ze wierp een vol geschreven blocnote op haar bureau en trok snel haar mantel aan.

'Verdorie,' zuchtte ze. 'Weer eens veel te laat. Arme mama. Laten we snel gaan rijden, Paul... Hanna, doe alsjeblieft het licht uit, de etalageverlichting blijft aan.'

Ze zette voor de spiegel haar hoed op, streek haar haar glad en draaide zich naar Paul om. Nu zag ze pas hoe slecht het met hem ging.

'In godsnaam, Paul! Je had vanmiddag echt naar mama moeten luisteren. Straks steek je ons nog allemaal aan!'

Hij zette de beker neer en stond moeizaam op. Nee, hij was niet kleinzerig. Maar hij vond dat Marie vroeger meelevender was geweest.

# 10

*Maart 1924*

WAT GING DE ZONDAG toch snel voorbij. Terwijl het in de hectische week een dag van bezinning moest zijn. Tijd voor het gezin, kostbare uren van ontspanning en innerlijke rust. Maar na een gehaast ontbijt waren ze naar de kerk gegaan, hadden ze naar de mis geluisterd en vervolgens met een paar kennissen gepraat. Daarna moesten ze zich voor het middageten omkleden, daar hechtte haar schoonmoeder veel waarde aan. Op zondag, zo had ze onlangs weer benadrukt, wilde ze een feestelijk geklede familie om zich heen zien. Met als gevolg dat de maaltijd een stijve en deftige bedoening was waarbij vooral de tweeling, die bijna uit elkaar spatte omdat de kinderen van alles wilden vertellen, niet tot hun recht kwam. Kinderen dienden aan tafel te zwijgen, dat behoorde tot de bon ton.

Marie voelde zich moe en opgebrand. Ze was na het eten dolgraag even gaan liggen, maar daar was geen tijd voor. Dodo en Leo waren haar kamer binnengeslopen en ze kreeg het niet over haar hart om ze weg te sturen. Ze zaten met zijn drietjes op de bank en Marie luisterde geduldig naar alle kommer en kwel die ze die week hadden meegemaakt.

'Ik moest die stomme getallen drie keer opschrijven, mama. Terwijl ik alles goed had uitgerekend.'

'Waarom moet ik altijd die bloemetjesjurk aantrekken, mama? Hij is te klein, ik kan mijn armen niet omhoogdoen.'

'Ze heeft gezegd dat we geen paasvakantie krijgen. Omdat we zo stout zijn.'

'En ik moet elke keer pianospelen... Mijn oren doen er pijn van.'

Marie verweet zichzelf in stilte dat ze niet fel genoeg eiste dat de gouvernante werd ontslagen. Maar dat zou op een machtsstrijd met haar schoonmoeder uitdraaien en dat wilde ze Paul niet aandoen. Ze troostte, probeerde dingen uit te leggen, deed vage beloftes. Ze nam Dodo in haar armen en streek Leo over zijn bol. Sinds de achtste verjaardag van de tweeling, vier weken geleden, mocht ze haar zoon niet meer knuffelen en ook niet kussen. Hij had tegen haar gezegd dat hij dat kinderachtig vond. Hij was immers een jongen en geen baby meer.

'Strakjes komt tante Kitty een kopje koffie drinken, ze neemt vast Henni mee. Dan kunnen jullie samen in het park spelen.'

Dat nieuws wekte noch bij Dodo, noch bij Leo veel enthousiasme op.

'Henni loopt toch alleen maar te commanderen.'

'Als mevrouw Von Dobern meegaat, moeten we op de paden blijven en mogen we ook geen stokken of stenen gooien.'

'En Liesl en Maxl mogen niet meespelen, dat wil mevrouw Von Dobern niet.'

Marie beloofde om met de gouvernante te gaan praten. Ze moest de kinderen wel wat plezier gunnen, ook al leden de schoenen en jassen eronder. Het was maart, maar het wilde niet echt voorjaar worden. Twee dagen geleden had het zelfs nog gesneeuwd.

'Ga je een keertje met ons naar het vliegveld, mama?'

Dodo zeurde hier al maanden over. Ze wilde de vliegtuigen zien. Rumpler Flugzeugwerke was in de buurt van de Haunstetterstraat gevestigd, ten zuiden van de stad.

'Ik weet niet, Dodo... Ik heb gehoord dat de luchtvaartmaatschappij in problemen verkeert. En motorvliegtuigen mogen sowieso niet meer vliegen.'

Tot de vele bevelen van de geallieerden behoorde een vliegverbod voor Duitse motorvliegtuigen. Bovendien mochten er geen vliegtuigen meer worden gebouwd.

Dodo's mondhoeken zakten omlaag en Marie besefte dat het een hartenwens van haar dochter was. Hoe kwam ze in hemelsnaam op zo'n raar idee?

'We zullen zien, schat. Misschien in de zomer. Momenteel kunnen ze toch niet opstijgen vanwege het weer.'

Dodo's gezicht klaarde meteen op. 'Goed dan, in de zomer! Beloofd?' probeerde ze haar moeder vast te pinnen.

'Als het te regelen valt...'

Ze hoorden het geronk van de motor van een automobiel en Leo haastte zich naar het raam.

'Tante Kitty is er!' meldde hij. 'Poeh, die slingert over de weg, zeg! Straks botst ze nog tegen een boom op... Nou, dat ging maar net goed.'

Dodo gleed van Maries schoot. Ze schoof haar broer opzij.

'Ze heeft grootmoeder Gertrude meegenomen. En Henni. Die helaas ook...'

Marie slaakte een zucht. Nou, nu kon ze het helemaal vergeten om even te gaan liggen. Ze stond op om de bedienden instructies te geven, want Alicia was sinds ze zware bronchitis had gehad ziekelijk en had verkondigd dat ze op zondag een klein middagdutje wilde doen, aangezien door de week al het gehele huishouden op haar neerkwam.

Vanuit de hal beneden klonk Kitty's heldere stem, zoals altijd sprak ze opgewonden en aan één stuk door. Soms maakten mensen zich zorgen dat ze vergat te ademen. Marie klopte in het voorbijgaan op de deur van de gouvernante. Mevrouw Von Dobern moest zich nu om de kinderen bekommeren. Daarna liep ze snel de trap af.

Julius stond al bij de deur van de eetkamer klaar. Hij zag er nog steeds afgemat uit want ook hij was verkouden geweest, evenals Hanna en Else en de arme Klippi. Paul had twee dagen in bed moeten blijven en was inmiddels weer beter, maar Von Klippstein was nog steeds niet hersteld.

Marie had een week lang het middagmaal naar zijn huis laten brengen en had ten slotte dokter Stromberger gestuurd. Von Klippstein was zo ontroerd geweest dat ze zo goed voor hem zorgde dat hij haar midden in februari een bos witte rozen had laten brengen. Hij moest er een vermogen voor hebben uitgegeven en Paul had Marie dagenlang met haar '*Rosenkavalier*' geplaagd. Ja, Paul leek echt een beetje jaloers te zijn. Trouwens, in sommige dingen vond ze hem toch al erg veranderd. Hij was gevoeliger en prikkelbaarder dan vroeger en maakte haar vaak zomaar allerlei verwijten. Maar misschien kwam het doordat ze elkaar nu pas echt leerden kennen. Paul had immers ruim een jaar na hun bruiloft naar het front gemoeten en ze waren vier jaar lang gescheiden geweest. In die tijd hadden ze alleen van brieven en van hun verlangen naar elkaar geleefd, geen wonder dat ze elkaar in een gouden licht hadden gezien. Maar nu was het dagelijks leven weer begonnen, de fabriek, de kinderen, haar atelier, de familie, dat alles eiste zijn tol. Misschien was een stukje van hun liefde daar het slachtoffer van geworden.

'Zegt u tegen de kokkin dat ze nu koffie kan zetten. Voor de kinderen warme chocolademelk. De taart serveert u pas als iedereen aan tafel zit.'

Ze liep naar beneden, de hal in, waar Hanna de mantels en hoeden van de gasten aannam. Gertie droeg een in pakpapier gehuld pakket waarin ongetwijfeld een van Kitty's schilderijen zat.

'Ach, mijn lieve Marie!' riep Kitty luid toen ze haar schoonzus de trap af zag komen. 'Wat fijn je te zien. Ik heb groot nieuws voor je, liefste. Je zult verbaasd zijn. Voorzichtig met dat schilderij, Gertie. Het is een cadeau voor mijn broer en moet in zijn kantoor opgehangen worden. Bah, wat een afschuwelijk weer, je voeten bevriezen gewoon. Marie, mijn liefste. Kom hier zodat ik je een stevige knuffel kan geven.'

Ach, die Kitty! Ze was zo overdonderend, zo uitbundig, zo enorm hartelijk. Marie vergat al haar vermoeidheid en ademde even Kitty's dure parfum in. Waar haalde ze het geld vandaan voor dat soort dingen? Nou ja, waarschijnlijk kreeg ze die spullen cadeau van haar diverse aanbidders.

'Hoe gaat het met mamaatje? Nog steeds bronchitis? De arme ziel. Sinds papa niet meer onder ons is heeft ze nog geen goed uur gehad. Dat is ware liefde, Marie. Daar kunnen wij niet aan tippen. Trouw tot aan de dood... O ja, ik heb de lieve Gertrude meegenomen. Heb je haar eigenlijk al begroet, Marie?'

'Als je me loslaat, zal ik het meteen doen.'

Gertrude Bräuer, Kitty's schoonmoeder, was totaal niet beledigd dat ze op de tweede plaats kwam. Ze kende Kitty's opgewonden manier van doen en tot Alicia's grote verbazing kon ze daar prima mee overweg. Hanna hielp Henni uit haar jas en trok haar muts van haar hoofd, terwijl Henni voorzichtig om zich heen keek of Leo niet ergens verstopt zat. De vorige keer dat ze op bezoek was geweest, had hij zich achter het ladekastje verborgen en als een muis gepiept omdat hij wist dat Henni doodsbang was voor muizen.

'Laten we naar boven gaan,' zei Marie. 'Gertie, ga naar de tweede verdieping en wek mevrouw. Maar doe het heel voorzichtig, je weet immers dat ze snel schrikt.'

Kitty bood Gertrude haar arm aan en zei dat ze in geen geval alleen de trap op mocht lopen, aangezien ze gisteren nog met keelpijn en een vervelende hoest op bed had gelegen.

'Laat me alsjeblieft los, Kitty! Dat zou je wel willen, mij als een gebrekkige oude tante bestempelen.'

'Ach, Trudi!' giechelde Kitty. 'Ik ben gewoon zo blij dat je bij me bent en wil je zo lang mogelijk houden. Minstens honderd jaar, daar moet je je helaas op instellen. Waar is mijn Paultje, Marie? Waar heb je je echtgenoot gelaten? O, daar is hij!'

Paul was bovenaan de trap verschenen en spreidde glimlachend zijn armen uit. Kitty liet Gertrude los, slaakte een gilletje en rende de trap op om zich tegen Pauls borst te werpen.

'Paultje! Daar ben je! Ach, mijn lieve, allerliefste, enige broer.'

'Kitty,' zei hij en hij hield haar stevig vast. 'Het is zo fijn om je hier in de villa te hebben. Ook al heb je me net bij mijn werk gestoord.'

'Werk? Het is zondag, Paultje. Wie op zondag werkt, krijgt een verdorde rechterhand. Dat zei de kapelaan vroeger altijd, weet je dat niet meer?'

'Het verbaast me dat uitgerekend jij die zin zo goed hebt onthouden, Kitty!'

Het was een vrolijke bedoening in de hal. Marie liep opgewekt naast Kitty. Ze lachten en maakten spottende opmerkingen. Paul verdedigde zich zo goed mogelijk, maar Marie zag aan hem dat hij van de vrolijke woordenwisseling genoot. Ineens was hij weer de jongeheer, die ooit vanaf een afstandje met het jonge keukenmeisje Marie had gedweept. Paul Melzer, de eigenzinnige zoon van de familie, die de kleine Marie Hofgartner zo vaak met tedere blikken had nagekeken. Die haar in het oude centrum van de stad tegen een woedende schurk had beschermd en haar bezorgd tot aan de Jakoberpoort had begeleid tot ze in veiligheid was… Ach, waarom kon die fantastische eerste verliefdheid niet eeuwig duren?

In de eetkamer had Julius de tafel zorgvuldig gedekt en zelfs met de eerste viooltjes gedecoreerd. De gouvernante had de tweeling in hun zondagse kleren gestoken en hun ook hun lakschoenen aan laten trekken, die eigenlijk te klein waren. Het viel zelfs Kitty op dat Leo's gezicht van pijn vertrokken was.

'O god, Leo! Wat is er gebeurd? Heeft iemand je gebeten?'

Voordat Leo antwoord kon geven, wees Paul hem terecht. 'Houd op met dat theater, Leo! Je moet hier niet de clown uithangen!'

Leo werd rood. Marie wist dat de jongen wanhopig zijn best deed om het zijn vader naar de zin te maken, maar helaas lukte hem dat niet altijd. Dat was iets wat haar aan Paul stoorde. Waarom toonde hij niet wat meer begrip voor zijn zoon? Merkte hij dan niet hoe erg Leo daarnaar verlangde? Maar Paul leek van mening te zijn dat complimentjes eerder schadelijk waren voor de kinderen, daarom gaf hij die zelden.

'Je mag de schoenen straks uittrekken,' zei Marie. 'Nu houd je ze aan, want dat vindt grootmoeder zo fijn. Zij heeft ze immers voor jullie gekocht.'

'Ja, mama.'

De gouvernante glimlachte mild en verklaarde dat je best wat van kinderen mocht verlangen. 'Het leven is niet altijd een pretje, mevrouw Melzer. Het is goed als de kinderen al jong leren om zonder klagen pijn te verdragen.'

'Als u zo verder praat, beste Serafina, dan spring ik uit het raam,' tetterde Kitty erdoorheen. 'Wilt u de arme kinderen tot martelaars opvoeden? We hebben geen heiligen nodig, mevrouw Von Dobern. We hebben eerlijke mensen nodig met gezonde voeten!'

Het bleef Serafina bespaard om antwoord te geven, want op dat moment kwam Alicia de eetkamer binnen.

'Kitty!' zei ze en ze legde haar hand op haar voorhoofd. 'Wat ben je toch luidruchtig. Denk er alsjeblieft aan dat ik hoofdpijn heb.'

'O, mamaatje,' riep Kitty en ze omhelsde haar stormachtig. 'Pijn moet zonder te klagen verdragen worden, dat wordt hier in huis de kinderen al geleerd.'

Toen Alicia haar verward aankeek, begon ze schelms te lachen en zei ze dat het een grapje was. 'Mijn arme, arme mama! Ik vind het zo erg voor je dat je telkens weer door die ellendige hoofdpijn wordt geplaagd. Ik zou willen dat ik iets kon doen zodat het beter met je gaat...'

Alicia schoof haar glimlachend van zich af en zei dat het al zou helpen als ze iets zachter sprak en nu aan de koffietafel plaats zou nemen. 'Waar is mijn kleine Henni? Mijn lievelingetje...'

Het lievelingetje was naar beneden gelopen, naar de keuken, en kwam met wangen die onder de chocola zaten terug. Mevrouw Brunnenmayer was voor de charme van de kleine vleister bezweken en had haar drie versgebakken koekjes met chocoladeglazuur gegeven.

'Grootmoeder... ik heb de hele tijd aan je moeten denken,' riep Henni en ze strekte haar armen naar Alicia uit. 'Het is zo verdrietig dat ik hier niet meer mag wonen.'

Alicia was meteen gekalmeerd en Henni kreeg de plek direct naast haar lieve grootmoeder. Marie wisselde een blik met Paul en wist dat hij hetzelfde dacht. Henni zou het waarschijnlijk ver schoppen in het leven.

Ze gingen aan tafel. Julius schonk koffie en thee in, sneed een slagroomtaart en een tulband aan en zette een schaal koekjes neer. Kitty babbelde over de tentoonstelling in München die binnenkort plaats zou vinden en waar ze samen met twee collega-kunstenaars exposeerde. Gertrude vertelde dat Tilly zich al op het examen voorbereidde en Alicia informeerde naar de heer Von Klippstein.

'Hij belde me gisteren op,' zei Paul. 'Hij hoopt morgen weer op kantoor te zijn.'

'We hadden hem voor de koffie moeten uitnodigen,' zei Alicia spijtig. 'Hij is zo'n sympathieke man!'

Serafina lette er streng op dat Dodo en Leo niet op het tafelkleed kruimelden, terwijl Henni het kleed rond haar gebaksbordje vrolijk met slagroom- en chocoladevlekken garneerde.

'Is er nieuws van Elisabeth?' informeerde de gouvernante. 'Helaas schrijft ze me maar zelden, wat mij veel zorgen baart. Lisa is mijn beste vriendin.'

'Waarom schrijft ze u dan zo zelden?' vroeg Kitty gemeen.

'Ze zal u vast vaker schrijven, lieve mevrouw Bräuer.'

Alicia dronk haar koffie op en vroeg Julius om haar bril en de stapel brieven te halen die op haar bureau lagen.

O jee, dacht Marie. Ze gaat Lisa's laatste brief voorlezen, die we allemaal allang kennen. En daarna gaat ze ongetwijfeld over haar jeugd op het landgoed vertellen. Arme Leo, als ik hem nu toesta om andere schoenen te gaan aantrekken, zal Alicia me dat zeer kwalijk nemen.

'Lieve mensen,' riep Kitty. 'Voordat we naar Lisa's landelijke ontboezemingen gaan luisteren, wil ik graag fantastisch nieuws vertellen. Ik heb namelijk een brief gekregen... uit Frankrijk!'

'O god!' zuchtte Alicia. 'Toch niet uit Lyon?'

'Uit Parijs, mama!'

'Uit Parijs? Nou ja, het belangrijkste is dat die... die... Fransoos niet heeft geschreven!'

Kitty woelde in haar tasje. Ze legde een paar parfumflesjes, twee zilveren poederdoosjes, een sleutelhanger met een bos sleutels, gebruikte kanten zakdoekjes en een hele verzameling lippenstiften naast haar gebaksbordje en jammerde dat haar buidel blijkbaar alle belangrijke dingen voorgoed opslokte.

'Hier! Hè, hè. Een brief van Gérard Duchamps, die ik gisterochtend heb ontvangen.'

'Dus toch...' fluisterde Alicia.

Ook Paul fronste zijn voorhoofd en de gouvernante keek zeer bezorgd, alsof zij verantwoordelijk was voor de eer van de familie Melzer. Het viel Marie op dat Gertrude als enige gelaten bleef en nog een derde stuk slagroomtaart nam. Blijkbaar kende ze de inhoud van de brief al.

'"Mijn lieve, betoverende Kitty, mijn lieftallige engel, aan wie ik dag en nacht denk..."' begon Kitty ongegeneerd en ze keek stralend rond.

'Alsjeblieft niet in bijzijn van de kinderen!' zei Alicia geërgerd.

'Mama heeft gelijk,' zei Paul. 'Het is meer dan ongepast, Kitty!'

Kitty schudde wrevelig haar hoofd en beduidde dat iedereen stil moest zijn zodat ze verder kon lezen.

'Ik sla het eerste deel over en ga meteen naar de belangrijke dingen. Dus: "Tot mijn grote vreugde heb ik in de nalatenschap van de overleden kunstverzamelaar Samuel Cohn-d'Oré een groot aantal schilderijen van de Duitse kunstenares Luise Hofgartner ontdekt..."'

Marie kromp ineen en dacht het niet goed gehoord te hebben. Had Kitty zojuist echt de naam Luise Hofgartner genoemd?

'Ja, Marie,' zei Kitty, die zag hoe perplex haar schoonzus keek.

'Het gaat om meer dan dertig schilderijen die jouw moeder heeft gemaakt. Deze Cohn-d'Oré was onvoorstelbaar rijk en verzamelde kunst van allerlei stromingen. Het schijnt dat hij een zwak voor Luise Hofgartner had, om wat voor reden dan ook...'

Marie keek naar Paul. Hij was net zo verrast als zij en glimlachte enthousiast naar haar. Ze kreeg een warm gevoel. Paul was blij voor haar.

'Dat... dat is echt geweldig nieuws,' zei hij tegen haar.

'Wel,' zei Alicia. 'Dat hangt ervan af. Wat gaat er met deze... werken gebeuren?'

'Ze worden verkocht,' zei Kitty. 'De erfgenamen van de heer Cohn-d'Oré zijn minder in kunst geïnteresseerd dan in klinkende munt. Ze zullen wel geveild worden.'

'Komen de schilderijen onder de hamer?' riep Marie opgewonden. 'Wanneer? Waar?'

Kitty maakte een sussend gebaar in haar richting en pakte de brief weer op. '"... aangezien ik aanneem dat je schoonzus interesse heeft om de werken van haar moeder te verwerven, heb ik al een eerste gesprek met de erfgenamen gevoerd. Ze zouden bereid zijn om de verzameling Hofgartner voor een redelijke prijs af te staan."'

'Wat bedoelen ze met een "redelijke prijs"?' wilde Paul weten.

Kitty haalde haar schouders op. Cijfers kwamen in Gérards brief niet voor, in dat soort dingen was hij discreet. 'Maar hij is even goed een sluwe vos. Hij wil me nog extra laten betalen voor de verpakking en het transport, die schurk. Eerst noemt hij me zijn betoverende Kitty en schrijft hij dat hij dag en nacht over me droomt, om vervolgens zijn hand op te houden. Zo'n fantast heb ik niet nodig.'

'Je had je van begin af aan niet met hem in moeten laten, lieve Kitty,' zei Alicia droog. 'Ik denk dat we deze man in elk geval niet moeten aanmoedigen contact met ons te onderhouden. Daarom ben ik er strikt op tegen om welke attenties van zijn zijde dan ook aan te nemen.'

Marie wilde ertegen inbrengen dat ze monsieur Duchamps zeer

dankbaar was dat hij haar dit bericht had gestuurd, maar Paul was haar voor.

'Ik denk daar anders over, mama. Gérard Duchamps stelt ons simpelweg iets zakelijks voor. Daarbij is het vanzelfsprekend dat we zijn onkosten vergoeden en eventueel ook een bemiddelingsprovisie betalen.'

Alicia zuchtte en legde haar hand weer op haar voorhoofd. 'Julius! Zegt u tegen Else dat ze me een poedertje tegen hoofdpijn moet brengen. De zakjes liggen in mijn nachtkastje.'

Marie voelde dat Paul haar onderzoekend aankeek, maar ze kon onmogelijk in woorden omschrijven wat er in haar omging. Ze wist vrijwel niets over het leven en het kunstzinnige werk van haar moeder. Ze had alleen wat te horen gekregen over het laatste levensjaar en de tragische dood van Luise Hofgartner. Haar moeder had de geniale constructeur Jakob Burkard in Parijs leren kennen, het stel was in Augsburg voor de kerk getrouwd en vlak daarna was Burkard overleden. Luise bleef arm achter. Een tijdlang kon ze zichzelf en haar pasgeboren dochtertje Marie met kleine opdrachten in leven houden, maar in de winter kreeg ze in de ijskoude woning longontsteking en ze overleed binnen enkele dagen. De kleine Marie werd naar het weeshuis gebracht.

'Overigens denk ik niet dat deze schilderijen ons iets aangaan,' zei Alicia. 'Marie is nu een Melzer...'

'Wat wil je daarmee zeggen, mama?' Kitty wierp de brief op de spullen die ze uit haar handtasje had gehaald en staarde haar moeder verbijsterd aan.

Alicia bracht haar koffiekopje rustig naar haar mond en nam doodgemoedereerd een slokje voordat ze antwoordde. 'Wind je toch niet altijd zo op, Kitty... Ik heb alleen gezegd dat Marie tot de familie behoort.'

'Alsjeblieft, Kitty,' mengde Paul zich in het gesprek. 'Laten we kalm blijven, het is het niet waard om hierover te ruziën.'

'Paul heeft gelijk,' zei Gertrude nu ook.

Marie voelde zich hulpeloos. Natuurlijk wilde ze geen ruzie, alleen al vanwege Leo en Dodo, die het gesprek met angstige gezichtjes volgden. Aan de andere kant was ze helemaal van slag door dit nieuws. De schilderijen die haar moeder had gemaakt – waren dat geen boodschappen uit haar verleden? Zouden die niet oneindig meer over haar moeder vertellen? Alle dingen die Luise Hofgartner haar dochter niet meer had kunnen meegeven, de dingen waar ze op hoopte, waar ze van overtuigd was, waar ze naar verlangde, dat alles zat in haar werken. Zeker, Marie was nu een Melzer. Maar ze was vooral de dochter van Luise Hofgartner.

'Wat vind je ervan, Marie?' riep Kitty. 'Je hebt nog helemaal niets gezegd. O, ik begrijp je zo goed. Je bent nog helemaal overdonderd van dit nieuws, nietwaar? Mijn arme Marie! Ik sta aan jouw kant. Ik zal nooit toelaten dat deze schilderijen in verkeerde handen komen.'

'Ach, Kitty,' zei Marie zacht. 'Laat het maar even rusten. Paul heeft gelijk, we moeten weloverwogen te werk gaan.'

Maar iets laten rusten paste niet in Kitty's aard. Geïrriteerd gooide ze haar spullen weer in haar tasje, stopte de brief erbij en verklaarde dat ze wel wist wat ze moest doen.

'Ik smeek je, Kitty,' zei Alicia terwijl ze Paul een bezorgde blik toewierp. 'Doe in hemelsnaam niets ondoordachts. Deze mensen zijn alleen maar uit op geld, dat blijkt immers duidelijk uit deze brief.'

'Geld!' riep Kitty boos. 'Dat is natuurlijk het eerste waar in dit huis aan wordt gedacht. Dat er geen geld wordt verspild. Vooral niet aan kunst. Beseffen jullie eigenlijk wel dat de textielfabriek van Melzer niet meer had bestaan als Marie zich er niet zo enorm voor had ingezet?'

Dit was ook Paul te gortig. Hij smeet zijn servet op zijn lege bordje en keek Kitty kwaad aan. 'Wat bedoel je daarmee, Kitty? Je weet heel goed dat dat onzin is!'

'Onzin?' wond Kitty zich op. 'O, als papa hier nu bij ons zat, zou hij je wel even op je nummer zetten, Paultje. Marie was degene die erop aandrong dat we papieren stoffen gingen produceren. Alleen daardoor heeft de fabriek het overleefd, dat heeft papa uiteindelijk ook ingezien. Maar natuurlijk, de verdiensten van intelligente vrouwen worden alweer gauw vergeten. Dat is zo typerend voor een man. Arrogant en ondankbaar!'

'Zo is het wel welletjes, Kitty!' zei Alicia op scherpe toon. 'Ik wil hier geen woord meer over horen. En overigens getuigt het niet van enige piëteit om je overleden vader aan te halen. Laten we mijn arme Johann in zijn graf laten rusten.'

Het werd stil in de eetkamer. Gertrude schonk nog een kopje koffie in; Paul staarde boos voor zich uit; Kitty had haar ogen half dichtgeknepen, knabbelde aan een koekje en deed alsof dit alles haar niets aanging. Marie voelde zich hulpeloos. Als Kitty nu maar niet zo beledigend was geworden. Marie was het in veel dingen met haar eens, maar nu was de situatie helemaal uit de hand gelopen.

'Mogen we opstaan?' vroeg Dodo met een benepen stemmetje.

'Vraag maar aan je grootmoeder,' zei de gouvernante. Serafina had zwijgend naar de familieruzie geluisterd. Natuurlijk stond het haar niet toe zich ermee te bemoeien of zelfs maar haar mening te uiten. Maar ze dacht er ongetwijfeld het hare van.

'Jij gaat zo een stukje op de piano voorspelen, Dodo,' bepaalde Alicia. 'En hoe zit het met mijn kleine Henni? Kun jij ook iets voordragen?'

'Ik ken een gedicht,' zei Henni trots.

'Goed, laten we dan naar de salon gaan. Julius, u kunt de likeur serveren en daarna hier afruimen. Kom, kinders. Ik ben heel benieuwd naar jouw gedicht, Henni.'

Marie kon niet anders dan Alicia om haar houding bewonderen. Wat kon zij gemakkelijk weer overgaan tot de orde van de dag en zich wijden aan de gebruiken van de zondagmiddag. Ze dronken een likeurtje, kletsten over onbelangrijke familiezaken en de kinderen moesten wat voordragen. Arme Dodo. Ze haatte de piano uit de grond van haar hart.

In de gang legde Paul even zijn arm om Maries schouders. 'We praten straks, Marie. Kop op, we vinden wel een oplossing.'

Het deed haar goed. Ze keek naar hem op en glimlachte dankbaar naar hem. 'Natuurlijk, liefste. Het is allemaal een beetje hectisch.'

Hij kuste haar snel op haar wang voordat ze bij de deur naar de rode salon waren. Marie ging naast Kitty op de bank zitten.

'Maak je geen zorgen,' fluisterde Kitty tegen haar en ze gaf haar een kneepje in de hand. 'Ik ben bij je, Marie.'

Toen luisterde Kitty naar haar dochter, die zonder stotteren een gedicht voordroeg dat ze nog nooit had gehoord. Gertrude had het gedicht aan het meisje geleerd.

'En dreigt de winter nog zo met tartende gebaar...'

'Gebaren,' verbeterde Gertrude geduldig.

'En strooit hij met ijs en sneeuw... Het moet toch lente worden...'

Henni had veel acteertalent. Ze begeleidde haar voordracht met energieke bewegingen. Bij het woord 'toch' spande ze zich zo erg in dat haar stem oversloeg en ze moest hoesten. Maar ondanks dit schoonheidsfoutje oogstte ze een groot applaus. Ze boog naar alle kanten als een ervaren podiumkunstenares. Dodo stampte met doodsverachting naar het gehate instrument, ging op het krukje zitten en ramde op de toetsen. Ook zij werd geprezen, evenals de gouvernante, die haar les gaf. Tot slot speelde Leo een preludium van Bach. Hij speelde het zonder bladmuziek en hield zijn ogen dicht. Hij ging helemaal op in de wereld van de klanken. Marie was enorm geraakt, net als Kitty en Gertrude.

'Dat was fantastisch, Leo!' riep Kitty. 'Wie heeft je dat geleerd? Zeker niet mevrouw Von Dobern...'

Leo kreeg rode oren, keek onzeker naar de gouvernante en verklaarde toen dat hij de bladmuziek van de heer Urban had gekregen, zijn leraar.

Marie wist dat het een leugen was. Het boekje met de preludiums en fuga's kwam vast van mevrouw Ginsberg, de moeder van zijn vriend Walter.

'Als je net zo ijverig op school was als achter de piano, Leo, zouden we heel tevreden met je zijn,' zei Paul.

Marie zag dat Leo een stukje kleiner werd en het deed haar ongelofelijk veel pijn.

'Ja, papa.'

'Jullie mogen nog een wandelingetje maken,' zei Marie snel en ze wendde zich tot Serafina. 'Trekt u ze oude kleren aan en laat u ze een beetje rondrennen.'

Henni mocht tot haar grote verdriet niet meedoen, want Kitty had besloten naar huis te gaan. Ze leek de ruzie helemaal vergeten te zijn, omhelsde Alicia en Paul teder en kletste honderduit. Ook van Marie nam ze uitermate liefdevol afscheid, ze kuste haar op beide wangen – zoals de Fransen altijd deden – en fluisterde tegen haar: 'Het komt goed, mijn lieve Marie. Ik vecht voor je, jij dom, mak lammetje. Ik vecht voor je als een leeuwin die haar welpjes verdedigt.'

Later, toen Alicia en de kinderen allang naar bed waren gegaan, zat Marie in haar kamer. Ze werkte aan een ontwerp dat morgen af moest zijn. Het kostte haar moeite want in haar hoofd buitelden de gedachten over elkaar. Dertig schilderijen. Een hele wereld. De wereld van haar moeder. Ze moest die schilderijen zien. Ze op zich in laten werken. De boodschap ontrafelen die erin besloten lag.

Ze was zo in haar gedachten verdiept dat ze bijna niet had gehoord dat Paul de kamer in kwam. Hij zag er moe uit, hij had nog een paar uur in zijn werkkamer gezeten en calculaties uitgewerkt. Hij glimlachte naar haar.

'Nog wakker, mijn schat? Weet je wat, ik heb een beslissing genomen. We zullen drie van die schilderijen kopen en hier in de villa ophangen. Waar, dat mag jij bepalen.' Hij leek enorm trots op zijn besluit.

'Drie schilderijen?' vroeg ze onzeker. Had ze hem goed verstaan?

Hij haalde zijn schouders op en zei dat het er voor zijn part ook vier mochten zijn. Maar niet meer. De keuze zouden ze aan Gérard Duchamps over moeten laten, want die was ter plekke en bovendien een kunstkenner. 'Kom nu, mijn schat,' zei hij en hij streelde haar nek. 'Laten we deze zondag op aangename wijze afsluiten. Ik verlang enorm naar je...'

Ze wilde niet alweer ruziemaken. Ze was te moe. Te teleurgesteld. Ze volgde hem en gaf zich over aan de zoete verleiding van hun lichamen. Maar toen Paul direct daarna diep in slaap viel, voelde ze zich naast hem zo eenzaam als ze zich zelden in haar leven had gevoeld.

# 11

*Mei 1924*

*Mijn lieve Lisa, die zo ver van ons vandaan in het mooie Pommeren van het heerlijke landleven geniet, mijn in- en ingoede zusje, die ik zo vreselijk mis...*

Elisabeth legde de brief die ze zojuist had geopend met een geïrriteerde zucht op haar schoot. Niemand behalve haar zus Kitty kon zo'n overdreven aanhef bedenken. Er zat vast wat achter, daar kende ze Kitty goed genoeg voor.

*Hoe gaat het met je? Je schrijft zo vreselijk zelden. En als je schrijft, dan hooguit aan mama. Ook Paul heeft zich daar al zorgen om gemaakt en natuurlijk ook mijn allerliefste Marie. Het is zo jammer dat Pommeren zo ver van Augsburg ligt, anders was ik al honderd keer bij je langsgekomen voor een kopje koffie of om samen te ontbijten...*

Dat ontbrak er nog maar aan, dacht Lisa. Alsof ik niet al genoeg zorgen aan mijn hoofd heb. Lang leve de geografische afstand tussen Augsburg en het landgoed Maydorn in Pommeren!

*Hier in Augsburg zijn inmiddels grote dingen gebeurd. Stel je voor, mijn lieve Gérard heeft maar liefst dertig schilderijen van Maries moeder opgerakeld. Je weet wel dat Luise Hofgartner een bekende kunstenares is geweest. Ze heeft in Parijs gewoond, waar ze een enthousiast aanhanger had, ene Samuel Cohn-d'Oré, die haar werken heeft verzameld. Na zijn dood stonden deze fantastische schilderijen te koop en je kunt je voorstellen dat ik niet heb geaarzeld om ze allemaal te kopen. Zo'n verzameling komt maar zelden op de markt. Het kostte een aardige duit, maar ik denk dat het een goede investering is.*

*Aangezien mijn middelen beperkt zijn, heb ik de lieve Gérard gevraagd om het geld voor te schieten, wat hij ook heeft gedaan. Nu bied ik mijn familie en een paar van mijn beste vrienden de kans om een aandeel in de verzameling te verwerven. Dat zal zeker lonend zijn, aangezien de schilderijen ongetwijfeld in waarde zullen stijgen. We hebben tentoonstellingen in Augsburg, München en Parijs gepland, de inkomsten zullen uiteraard de investeerders ten goede komen.*

*Al met een bedrag van vijfhonderd rentenmark kun je deelnemen. Naar boven toe zijn er uiteraard geen grenzen gesteld. Wees zo lief en laat deze brief ook aan tante Elvira lezen, ook zij behoort tot de groep uitverkorenen die ik dit aanbod doe – onder het zegel van geheimhouding.*

Lisa las de alinea twee keer, maar werd er niet goed wijs uit. Eén ding was in elk geval zeker: Kitty had geld nodig. Vijfhonderd rentenmark – dat was een behoorlijke som. En waarvoor? Het leek erop dat ze schilderijen van ene Luise Hofgartner had gekocht, Maries overleden moeder.

Onaangename herinneringen kwamen in Lisa boven. Hadden ze niet verteld dat papa die vrouw destijds in de oude binnenstad van Augsburg had opgezocht? Erger nog, haar vader was ervan beschuldigd dat hij voor de voortijdige dood van Luise Hofgartner verantwoordelijk was geweest. Hij had de constructietekeningen van de overleden Jakob Burkard van haar willen hebben. Toen ze had geweigerd om die aan hem te geven, had hij ervoor gezorgd dat ze geen geld meer kon verdienen. Ze was aan een of andere ziekte overleden omdat ze in de winter haar kamer niet meer had kunnen verwarmen... Arme papa, hij moest gebukt zijn gegaan onder de schuldgevoelens, waarschijnlijk had hij daarom een hartinfarct gekregen. Nee, Lisa had geen zin om een werk van die vrouw te kopen. Al helemaal niet voor vijfhonderd rentenmark. Wat dacht Kitty nu? Dat de ganzen hier in Pommeren gouden eieren legden?

Ze las de rest van de brief snel door, waar verder alleen nog maar onbelangrijke mededelingen in stonden. Mama had vaak migraine, Paul had het druk op zijn werk, met de fabriek ging het bergopwaarts. Marie had al klanten op een wachtlijst moeten plaatsen. Henni kreeg nu pianoles van ene mevrouw Ginsberg... Wie interesseerde dat nu? Lisa vouwde de brief op en stopte hem weer terug in de envelop. Het voorjaarszonnetje scheen de woonkamer in en creëerde lichtflitsen op de blank gepoetste koperen ketel die op de schoorsteenmantel stond, en op het donkere behang dansten fonkelende stipjes.

Er heerste een broze wapenstilstand op het landgoed Maydorn. Klaus had haar na zijn faux pas met kerst om vergeving gevraagd. Hij had echt spijt en had beweerd dat het iets puur lichamelijks was geweest. Hij had haar bij hoog en laag gezworen dat hij nu geen affaires meer zou hebben. Om zijn berouw te bewijzen werd het dienstmeisje Pauline op staande voet ontslagen en werd er iemand anders aangenomen. Tante Elvira had erop gelet dat haar opvolgster vrijwel geen lichamelijke aantrekkingskracht bezat. Volgens haar tante was daarmee voldaan aan de gerechtigheid en de echtelijke vrede weer hersteld.

Elisabeth had Sebastian een paar keer hints gegeven over hoe ongelukkig ze was en hoezeer ze zijn troost nodig had. Hij was wel verbaal op haar wensen ingegaan, had uitgelegd dat hij met haar meeleefde en dat hij niet kon begrijpen dat iemand zich zo slecht kon gedragen. Na alles wat zij voor haar echtgenoot had gedaan, was dit bedrog het toppunt van ondankbaarheid.

'Waarom accepteert u dit allemaal, Elisabeth?'

'Wat moet ik volgens u dan doen?'

Hij slaakte een diepe zucht en zei dat het niet aan hem was om haar advies te geven. Haar pogingen om ook lichamelijk door Sebastian getroost te worden, waren allemaal op niets uitgelopen. Hoewel ze ervan overtuigd was dat Sebastian Winkler haar als een gek begeerde, was hij toch in staat zich te beheersen. Zelfs toen ze een keer 's avonds laat in negligé verscheen, was deze kuise jozef niet in actie gekomen.

Wat wilde hij bereiken? Dat ze ging scheiden? Om daarna zijn vrouw te worden? En waar moesten ze dan van leven? Van zijn miezerige lerarensalaris – als hij überhaupt zijn baan kon behouden? O, ze had ooit grote plannen gehad, toen leefde papa nog. Toen wilde ze een opleiding tot lerares gaan volgen, dorpskinderen lesgeven en een bescheiden leven in armoede leiden. Maar dat soort dromen had ze inmiddels laten varen. Hier op het landgoed was ze de bazin, dat beviel haar goed. En Klaus von Hagemann was een uitstekend rentmeester. Het enige wat ze miste was... Sebastian. Zijn liefde. Niet alleen in woorden en in blikken. Ze wilde hem voelen. Met haar hele lijf. En ze was ervan overtuigd dat hij het ook wilde.

Ze keek peinzend naar de brief en bedacht dat er een hoop onduidelijkheden in stonden. Waarom, bijvoorbeeld, had Marie de schilderijen van haar moeder niet zelf gekocht? Ze zou met haar atelier immers vast een hoop geld verdienen. Maar zonder toestemming van haar man mocht ze geen grote uitgaven doen. Ze kon dus niet naar eigen inzicht over het geld dat ze verdiende beschikken – ze moest het haar echtgenoot vragen. Dat was het probleem. Had Paul geweigerd die schilderijen te kopen? Dat was goed mogelijk. Mama had het onderwerp in haar brieven slechts kort aangeduid, maar het leek erop dat er enige onmin was tussen haar broer en Marie. Vooral sinds Marie dat atelier had geopend.

Elisabeth moest voor zichzelf toegeven dat ze er niet heel rouwig om was. Integendeel. Ze vond het eigenlijk wel leuk. Waarom moest zij de enige zijn die ongelukkig was in de liefde? Nee, ook Paul en

Marie, van wie ze tot nu toe had gedacht dat hun liefde volmaakt was, waren niet gevrijwaard van het noodlot. Blijkbaar was er toch nog gerechtigheid op de wereld.

Ze voelde zich een stuk opgewekter. Misschien moest ze volhardender zijn, vroeg of laat zou ze haar doel wel bereiken. Het was middag en prachtig weer. De fruitbomen bloeiden in witte en roze tinten, de bossen zagen er fris groen uit en het zaaigoed stond al hoog. Op de weiden kwam het gras al tot aan haar heupen, ze zouden uiterlijk begin juni gaan hooien.

Tante Elvira was met Riccarda von Hagemann naar Groot-Jestin gereden om boodschappen te doen. Ze wilden daar Eleonore Schmalzler opzoeken, die bij de familie van haar broer woonde, en zouden pas tegen de avond weer terugkomen. Christian von Hagemann was gewapend met de krant naar de tuin gegaan, waar hij waarschijnlijk in de ligstoel in slaap was gevallen. Waarom zou ze niet even snel naar de bibliotheek lopen om Sebastian over te halen een wandelingetje te maken? Langs de beek tot aan de rand van het bos, dan over het pad door de wei en langs de oude hut, waar ze even konden uitrusten en op het bankje in de zon konden zitten, en dan via de weg terug naar het landgoed. Het gras stond echt heel hoog, stel dat ze op het idee kwamen om ergens te gaan zitten of misschien zelfs in het gras te gaan liggen, dan zou niemand hen zien.

'Een wandeling?' vroeg hij terwijl hij van zijn boek opkeek.

Vergiste ze zich of keek hij haar verwijtend aan? Ze begon te twijfelen.

'Het is prachtig weer... U zou niet de hele tijd hierboven tussen al die boeken moeten zitten, Sebastian.'

Hij zag er inderdaad witjes uit. Was hij afgevallen? Of leek het maar zo omdat hij haar zo vreemd aankeek?

'U hebt gelijk, Elisabeth. Ik zou niet de hele tijd tussen al deze boeken moeten zitten.'

Hij sprak nog langzamer dan hij anders deed. Ze had het gevoel dat ze het nu energieker moest aanpakken. Hij leek weer in een sombere stemming te verkeren, daar had hij de laatste tijd vaker last van.

'Trekt u stevige schoenen aan, het pad langs het bos is nog een beetje nat. Ik wacht bij het hek van het erf op u.' Ze glimlachte uitnodigend naar hem en was al bij de deur toen hij haar naam riep.

'Elisabeth! Wacht u... alstublieft.'

Met een naar voorgevoel draaide ze zich naar hem om. Hij was opgestaan en trok zijn huisjasje glad. Het zag eruit alsof hij een belangrijke toespraak wilde houden.

'Wat... wat is er?'

'Ik heb besloten deze baan op te zeggen.'

Ze wilde haar oren niet geloven. Ze bleef staan en staarde hem aan, wachtend op een verklaring. Maar hij zweeg.

'Dat is... zeer verrassend.'

Meer kon ze in eerste instantie niet uitbrengen. Heel langzaam drong het tot haar door dat hij zou vertrekken. Ze was hem verloren. Sebastian Winkler was geen man met wie ze dit spelletje op den duur kon blijven spelen. Hij wilde haar helemaal of helemaal niet.

'Ik vond het geen gemakkelijke beslissing,' zei hij. 'Ik verzoek u me een week de tijd te geven. Ik heb nog werk dat ik moet afronden, bovendien wacht ik op bericht uit Neurenberg, waar ik me bij familie heb gemeld.'

Nu hij zijn besluit had verkondigd, leek het wel alsof het beter met hem ging. Hij werd zelfs een beetje praatlustig.

'Ik kon mezelf niet meer in de spiegel aankijken, Elisabeth. Degene die me daarin aanstaarde, was ik zelf niet meer. Het was een afhankelijk persoon, een leugenaar, een achterbakse vent. Hoe kon ik in deze toestand de hoop koesteren door u gerespecteerd te worden? O nee. Dit besluit redt niet alleen mijn leven, het redt ook mijn liefde.'

Wat bazelde hij nu? Elisabeth stond tegen de deurpost geleund en had het gevoel naar een zwarte afgrond te kijken. Leegte. Eenzaamheid. Nu pas besefte ze dat zijn aanwezigheid hier op landgoed Maydorn haar levenselixer was geweest. De prikkelende opwinding als ze naar boven naar de bibliotheek liep en naar hem toe ging. De gedachte in de nacht dat hij ook wakker lag en haar begeerde. Aan haar dacht. De vele gesprekken, de blikken, de voorzichtige aanrakingen… Eén keer, één enkele keer had hij haar in zijn armen genomen en haar gekust. Dat was met kerst geweest. En nu zou hij gaan. Volgende week zou ze hier in deze kamer staan en naar een lege stoel staren. Naar de ongebruikte tafel waar het stof op bleef liggen.

Ze vermande zich. Als hij wilde bereiken dat ze hem zou smeken om te blijven, dan had hij zich vergist. Ook zij had zelfrespect.

'Wel,' zei ze en ze moest haar keel schrapen. 'Als u vastbesloten bent, kan ik u niet tegenhouden. Hoewel ik…' Ze stopte omdat hij haar nu doordringend aankeek. Hoopte hij op een liefdesverklaring? Juist nu, nu hij ervandoor wilde gaan? Was zijn vertrek een soort chantagemiddel? 'Hoewel ik het zeer spijtig vind u te verliezen.'

Ze zwegen een moment. De onuitgesproken woorden hingen in de lucht, ze voelden het allebei en verlangden er allebei naar. Maar er gebeurde niets.

'Het spijt mij ook,' zei hij zacht. 'Maar mijn werk hier is allang gedaan. En het staat me tegen om geld te incasseren zonder er iets voor te doen.'

Ze knikte. Natuurlijk, hij had gelijk. In feite was er hier niets voor hem te doen.

'De schoolkinderen zullen u missen.'

'Ja, ik vind het jammer voor de kinderen.'

Aha, dacht ze verbitterd. Hij treurt om die snotjongens op school, die hij af en toe als vervangend docent mag onderwijzen. Het afscheid van mij lijkt hem minder te doen. Goed om te weten. Dan hoef ik ook geen traan om hem te laten…

Het was pure zelfverdediging, dat wist ze. Natuurlijk zou ze om hem treuren. Ze zou als een gek huilen.

'Dan… dan zal ik u verder niet storen. U zei immers dat u nog werk te doen hebt.'

Hij maakte een gebaar om aan te duiden dat dat nu niet belangrijk was, maar daar ging ze niet op in.

'Ik zal vanavond uw salarisafrekening opstellen.' Ze sloot de deur achter zich en leunde er even met haar rug tegenaan. Nu moest ze sterk blijven. Dus niet teruglopen en hem vertellen dat ze niet kon leven zonder hem. Nee, ze moest langzaam, met vaste stappen de trap af lopen en een poosje beneden in de woonkamer gaan zitten tot ze de eerste schrik te boven was gekomen.

Terwijl ze de trap af liep, wist ze dat hij naar haar voetstappen luisterde. Toen ze beneden in de gang aankwam, trilden haar benen. Een kopje koffie, dacht ze. Ik heb nu dringend iets versterkends nodig.

Ze deed de deur van de keuken open en stelde vast dat noch de kokkin, noch de keukenmeiden er waren. Natuurlijk, zodra Riccarda von Hagemann de deur uit was, dansten de muizen op tafel. Waarschijnlijk hadden de meisjes een afspraakje in de schuur met de Poolse seizoenarbeiders. Ze konden niet wachten tot er gehooid werd, die wijven.

Gelukkig stond er nog een blikken kan met een restje lauwwarme koffie op het fornuis. Ze schonk er wat van in een beker, voegde melk toe en vond eindelijk het suikerpotje. Pff, zo veel koffiedik, je kon het drankje letterlijk kauwen. Toch pepte het haar op. Ze ging met een zucht aan de keukentafel zitten en dacht erover na dat ze altijd nog het landgoed had. En haar echtgenoot, die sinds kerst een attente en aangename levenspartner was. Sinds zijn faux pas had ze geweigerd met hem te slapen, maar hij deed toch heel erg zijn best. Ja, ze moest toegeven dat Klaus zelfs tijdens hun verlovingstijd niet zo voorkomend was geweest. Was het een speling van het lot? Zou ze niet als trouwe echtgenote aan zijn zijde moeten staan en vergeten dat ze ooit in de grote liefde had geloofd?

Ze keek peinzend uit het raam. Van hieruit keek je op de kruidentuin, die Riccarda's grote trots was. De bieslook en het komkommerkruid stonden er al welig bij, de peterselie was nog een beetje armetierig, maar de aalbesstruiken die langs het hek groeiden, bloeiden volop.

'En of ik dat weet,' zei een vrouwenstem niet ver bij haar vandaan. 'Mijn broer heeft immers de boerderij daarnaast…'

'Je broer?'

Dat was Leschik. De vrouw moest de kokkin zijn. Waarschijnlijk stonden ze naast het tuinhek en hadden ze geen idee dat er iemand in de keuken zat. Elisabeth was niet erg nieuwsgierig naar de dorpsroddels, maar het leidde haar tenminste van haar zorgen af.

'De oudere, die Martin. Die is drie jaar geleden getrouwd en woont nu in Malzow... Die heeft het me verteld. Hij is er om de dag. Neemt geschenken mee, ook voor haar ouders. Hij heeft haar parfum gegeven. En nieuwe schoenen. En een zijden hemdje.'

'Dat liegt hij...'

'Die Martin liegt niet. En Else, zijn vrouw, die zegt het zoals het is. Ze heeft het hemdje aan de waslijn zien hangen.'

'Als je je mond maar houdt.'

'Denk je dat ik gek ben? Maar het komt toch wel een keer uit. Zeker als het kindje is geboren.'

Elisabeth voelde haar hart tekeergaan. Had ze een dergelijk gesprek niet al eens eerder afgeluisterd? Niet hier, in Pommeren, maar in Augsburg, in de villa.

Ze hoorde een godslasterlijke vloek. Dat was Leschik.

'Een kind, zeg je? Maar dat komt toch zeker uit...'

'Wat wind je je nu op? Zijn vrouw krijgt ze immers niet, dan is het toch heel natuurlijk dat hij elders voor nakomelingen zorgt. Het zou niet de eerste keer zijn dat zo eentje later landheer wordt.'

'Zo'n bastaardkind.'

Ze moesten allebei grinniken en Leschik voegde eraan toe dat die Pauline een stevige tante was en veel geschikter als moeder van een landheer dan de fijne dame uit Augsburg. Die zat toch alleen maar boven bij die leraar Winkler en had net zo veel verstand van landbouw als een koe van een rekenliniaal.

'Het is wel een merkwaardig huishouden op dit landgoed...' zuchtte de kokkin. 'Maar het gaat mij niets aan. Ik doe mijn werk en daarmee uit!'

Vlak naast Elisabeth viel iets op de betegelde keukenvloer, iets van aardewerk barstte in scherven, lichtbruine koffie spatte op haar schoenen en rok. Slechts vaag nam ze waar dat haar beker uit haar handen was gevallen. Ze had plotseling het gevoel haar houvast te verliezen. Haar brein was leeg, alles voelde koud aan. IJskoud, alsof de winter was teruggekeerd. Haar lichaam was licht. Ze vloog.

Daar was de keukendeur die schijnbaar vanzelf openging, de gang, de voordeur. Drie treden naar beneden het erf op, de verbaasde blikken van twee mensen die bij het tuinhekje stonden. Mussen gingen op het dak tekeer, een vink klapwiekte, bij de ingang van de schuur lag een grijsgevlekte kater in de zon die trok met zijn rechteroor.

'Mevrouw, gaat het wel goed met u?'

Ze had inderdaad nog steeds het gevoel dat ze boven de grond zweefde. Ook was haar hoofd vreemd versuft, wat de kokkin echter nog niet het recht gaf domme vragen te stellen.

'Wat sta je hier te lummelen? Heb je niets in de keuken te doen?'

De vrouw maakte een onhandige buiging en mompelde iets wat klonk als 'een luchtje scheppen'.

'Leschik! Zadel de merrie voor me op!'

'Maar Sojanka is met de dames onderweg...'

'Dan een andere. Hup, schiet op!'

Hij stelde geen vragen meer maar liep naar de stalweide om een merrie te halen. Elisabeth maakte niet vaak een buitenrit en als ze het wel deed, reed ze het liefst op een van de rustigere paarden.

Ze stond tegen het tuinhek aan geleund en wachtte. Er was een gedachte in haar brein opgekomen die haar niet meer losliet.

*Ik wil het met eigen ogen zien. En als het waar is, dan krab ik dat wijf de ogen uit.*

Het zijden hemdje aan de waslijn. Wapperend boven de mesthoop en allerlei vuile rommel op de boerderij. Malzow had de kokkin gezegd. Dat was niet ver van hier. Met paard-en-wagen nog geen half uur. Een ruiter was er in tien minuten en Klaus was een goede ruiter... Ze merkte dat ze giechelde en vermande zich. Was ze haar verstand aan het verliezen?

'Ze is een beetje onrustig,' zei Leschik. 'Dat komt doordat het voorjaar is. Maar voor de rest is Cora heel braaf.'

Hij wilde haar helpen met opstijgen, maar ze schudde haar hoofd en hij deed een stap naar achteren. De roodbruine Cora was niet zo hoog als de andere paarden, maar het kostte haar toch moeite om zich in het zadel te hijsen. Maar dat kon haar vandaag niets schelen en ze negeerde de sceptische blik van de stalknecht. Hij lachte maar, wat maakte het uit?

De merrie was gewend aan een strakke teugelvoering, ze moest haar streng leiden om te voorkomen dat ze rechts en links van het pad aan de verse takken ging knabbelen. Elisabeth dreef haar paard in een lichte draf aan en nam de weg richting Gervin. Pas na een tijdje, toen ze niet meer elke stap van het dier hoefde te controleren, keerden haar gedachten terug.

Hij bedroog haar dus nog steeds. Hij keek haar met een glimlach recht in het gezicht aan, vroeg hoe ze zich voelde, of hij iets voor haar kon doen, en reed vervolgens weg om zich met een boerenmeid in bed te vermaken. Wat zei tante Elvira ook alweer altijd? Psychische gezondheid en lichaamsoefeningen. Ze giechelde alweer. Lichaamsoefeningen. Wat raar dat andere vrouwen daar zwanger van werden. Alleen zij niet.

Ze deugde niet als echtgenote. Omdat ze geen kinderen kreeg. Ze deugde ook niet als geliefde. Omdat ze geen man kon verleiden. Ze zou hen allebei verliezen. Klaus en Sebastian. Ach, ze had hen allang verloren. Misschien had ze hen nooit bezeten. Ze was dik en niet bekoorlijk, de lelijke oudere zus van de betoverende Kitty. Waarom was Klaus destijds met haar getrouwd? Alleen omdat hij Kitty niet kon krijgen. Waarom was Sebastian naar landgoed Maydorn gegaan? Alleen omdat ze hem op listige wijze hiernaartoe had gelokt. Ach, een paar uur geleden had ze genoegdoening gevoeld dat Paul en Marie meningsverschillen hadden. Dat was gemeen van haar geweest en het lot had haar er prompt voor gestraft.

De merrie Cora was allang weer in stap overgegaan en aangezien

Elisabeth verdiept was in haar gedachten, knabbelde ze van de lichtgroene bosjes gras aan de rand van de weg. Elisabeth dwong haar weer naar het midden van de weg en bedacht dat het wellicht slimmer was om door het bos te gaan om de weg af te snijden. Dan kwam ze niet over de weg maar over de weiden in het dorp Malzow aan en was het gemakkelijk om Klaus te overvallen. Het zou niet moeilijk zijn om de boerderij te vinden, ze hoefde alleen maar naar zijn paard uit te kijken.

De merrie was maar al te graag bereid om het pad door de wei te nemen, ze besloot zelfs te gaan draven en ging pas weer stappen toen ze bij de rand van het bos waren gekomen. Daar weigerde ze echter koppig verder te gaan, blijkbaar vond ze het smalle bospad griezelig.

'Nou, vooruit... Er gebeurt niks met je. Wees toch niet zo koppig.'

Ze dreef het dier twee keer het pad op, twee keer werd het dier schichtig en sprong het opzij, waardoor het Elisabeth moeite kostte om in het zadel te blijven. Toen gebeurde er iets wat ze later pas kon verklaren. Er schoot een roodbruine pijl over de weg, de merrie steigerde in paniek en Elisabeth verloor haar evenwicht. Ze zag de wortels van een eik met een razende snelheid op zich afkomen. Ze voelde geen pijn, alleen een schok en daarna voelde ze helemaal niets meer en was alles donker.

Toen ze weer helder kon kijken, lag ze op de grond. Boven haar zag ze de groene takken van de eik, waar de blauwe lucht doorheen schemerde. Een eekhoorntje dat naast haar in het voorjaarsloof had gewoeld, rende snel de stam op en verdween tussen de takken.

Mijn paard, schoot er door haar heen.

Haastig kwam ze overeind en keek ze om zich heen. De roodbruine merrie was nergens te zien.

Ineens begonnen de takken, de lucht en de boomstammen met een waanzinnige snelheid om haar heen te draaien en ze moest gauw gaan liggen om niet bewusteloos te raken. Het is niets, dacht ze. Ik ben alleen geschrokken. Het is zo voorbij, dan kan ik opstaan en Cora gaan zoeken. Waarschijnlijk staat ze ergens in de wei en vult ze haar buik met onkruid...

De aanval ging inderdaad over. Dit keer ging ze heel langzaam en voorzichtig zitten. Ze schudde een brutale zwarte kever van haar mouw en wilde opstaan, maar zakte kreunend weer op de grond toen ze een stekende pijn in haar linkerenkel voelde. Ze zag dat haar enkel gezwollen was, waarschijnlijk had ze hem verstuikt. Of misschien wel gebroken. Help, wat moest ze nu doen?

'Cora! Cora!'

Waar was dat stomme dier? Waarom was het niet bij haar blijven staan? Ach, de goede, oude Sojanka, die was zeker niet van haar zijde geweken. Ze probeerde opnieuw op te staan, steunend op een eikenstam, maar zodra ze op haar linkervoet leunde, deed het verschrikkelijk zeer. En wat zwol die enkel op! Ze kon hem letterlijk dikker zien worden. Waarschijnlijk zou ze haar schoen nooit meer uitkrijgen. Ondanks de pijn strompelde ze een paar passen naar de weide om te kijken of ze het paard zag. Het was vergeefs.

Plotseling werd ze zich ervan bewust in wat voor een penibele situatie ze zich bevond. De kans dat hier toevallig iemand voorbijkwam, was uiterst klein. Als ze pech had, zat ze hier tot vanavond, in het ergste geval zelfs de hele nacht. Nee, dat wilde ze niet. Op een gegeven moment zouden ze haar gaan zoeken. Overigens… ze moest er niet aan denken dat ze hier door Leschik of zelfs door Klaus gevonden zou worden. Het was beter als ze ondanks haar zere enkel terug ging lopen. De gewonde soldaten in het vijandige land hadden zichzelf tenslotte ook ondanks pijn en ernstige verwondingen voortgesleept.

Het was geen goed idee. Ze kwam nog geen vijftig meter vooruit, toen was de pijn zo hevig dat de weiden en bosjes om haar heen vervaagden en ze zich kreunend op het pad in de wei liet vallen. Het ging gewoon niet. Nu deed haar enkel pas echt pijn, er bonkte iets vanbinnen alsof er een ijverige specht in haar dik opgezwollen voet zat.

Ze begon van de pijn en wanhoop te huilen. Waarom had zij, alleen zij altijd zo veel pech? Was het niet voldoende dat niemand haar leuk vond, dat haar echtgenoot haar bedroog en dat degene van wie ze hield wegliep? Nee, ze moest ook nog van die stomme knol vallen en gewond raken. Ze had zichzelf belachelijk gemaakt. Ze kon de mensen haast horen roddelen: de fijne dame uit Augsburg, die niet eens kon paardrijden. Ze was van haar hoge ros gevallen. Had haar echtgenoot willen bespioneren en was daarbij in de modder gevallen…

Bij de gedachte aan de hatelijke opmerkingen van de personeelsleden werd ze helemaal overvallen door verdriet. Alles wat ze op deze ongelukkige middag over zich heen had gekregen, haar hoop die vernietigd was, de teleurstellingen, de vernederingen, het zocht een weg naar buiten, deed haar lichaam schokken en liet haar luid en wanhopig snikken. Het maakte niet uit, niemand hoorde haar hier.

'Elisabeth! Waar bent u? Elisabeth!'

Er gleed een grote schaduw door het hoge gras, insecten zoemden, een paard snoof. Ze had amper de tijd om met haar mouw over haar natte gezicht te vegen, want vlak bij haar doemde het hoofd van een paard op en ze gilde van schrik. Meteen daarna sprong de ruiter uit het zadel en knielde naast haar.

'Mijn hemel, wat ben ik blij! Bent u gewond? Hebt u iets gebroken?'

'Het… het gaat wel. Alleen mijn voet,' kreunde ze.

Ze was hees van het huilen, haar neus en ogen waren bijna helemaal dichtgezwollen. O god, ze moest er verschrikkelijk uitzien. Wat deed Sebastian hier?

'Uw voet? O, ik zie het al. Hopelijk is hij niet gebroken…'

Hij betastte haar enkel, die zo dik was als een middelgrote pompoen. 'Voelt u iets?'

'Nee. Hij is helemaal gevoelloos, alleen als ik erop ga staan…'

Ze had hem nog nooit zo opgewonden meegemaakt. Er stonden zweetpareltjes op zijn voorhoofd en hij hijgde, maar nu ze naar hem keek, glimlachte hij blij en opgelucht.

'De merrie keerde met een leeg zadel naar het landgoed terug… Ik dacht dat ik gek werd van angst. Het is mijn schuld, Elisabeth. Ik heb mijn besluit meedogenloos naar uw hoofd geslingerd. Dat was egoïstisch en ongevoelig. Ik heb niet beseft hoe erg ik u daarmee kwets.'

Ze hoorde zijn gestamel en veegde een paar keer met haar mouw over haar gezicht. Stom gehuil. Ze wilde dat haar gezicht niet zo gezwollen was. Vooral omdat hij de hele tijd naar haar keek.

'Ik... ik wist helemaal niet dat u kon paardrijden,' mompelde ze.

'Ik ook niet. Ik heb in mijn jeugd een paar keer op een paard gezeten, maar dat kon je geen rijden noemen. Steunt u op mij, ik help u in het zadel.'

'Ik... ik ben geen licht meisje,' grapte ze benauwd.

'Dat weet ik,' antwoordde hij ernstig.

Hij was veel sterker dan ze had gedacht. Ondanks zijn oorlogsverwonding kostte het hem geen moeite haar omhoog te trekken. Toen ze haar gezonde voet in de stijgbeugel zette, pakte hij haar stevig bij haar taille beet en hielp hij haar zodat ze zich in het zadel kon hijsen. Daarbij raakte hij een lichaamsdeel aan dat hij onder normale omstandigheden nooit zou hebben durven aanraken. Verward ging ze goed in het zadel zitten en ze mompelde schuchter 'dank je wel'.

Hij liep voor haar uit en leidde de merrie aan de teugel. Af en toe draaide hij zich naar haar om, vroeg of alles in orde was, of ze pijn had, of ze het tot aan het landgoed kon volhouden.

'Het gaat wel...'

'U bent erg dapper, Elisabeth. Ik zal het mezelf nooit vergeven.'

Ze moest bijna om hem lachen. Hij was zo rechtschapen, zo eerlijk, zo hulpvaardig. Waarom zou ze hem moeten vertellen dat ze niet weg was gereden vanwege hem, maar om de minnares van haar man de ogen uit te krabben? Het zou hem teleurgesteld hebben. Sebastian geloofde onwrikbaar in het goede in de mens. Misschien hield ze daarom zo veel van hem.

Op het landgoed stond Leschik klaar om de mevrouw te helpen van het paard af te stijgen. De keukenmeiden verdrongen elkaar bij de voordeur, Elisabeth kon ze horen giechelen.

'We zetten mevrouw op een stoeltje, dan dragen we haar de treden op. Eén man aan elke zijde, dan moet het lukken,' stelde Leschik voor.

Had ze Sebastian hulpvragend aangekeken? Of had hij impulsief gehandeld? Toen ze uit het zadel was, kwam hij naar haar toe en tilde hij haar op. Hij droeg haar in zijn armen zonder het te vragen, alsof het iets vanzelfsprekends was.

'Ik hoop dat het niet onaangenaam is voor u,' zei hij met een enigszins gesmoorde stem toen ze in de gang voor de trap stonden.

'Het is heerlijk... Ik hoop alleen dat ik niet te zwaar ben.' Door de goede landelijke maaltijden was ze niet bepaald afgevallen.

'Helemaal niet...'

Hij liep langzaam met haar de trap op, stopte af en toe om zijn balans te zoeken en adem te halen, en liep dan door. Hij ademde wel zwaar maar glimlachte erbij en fluisterde tegen haar dat ze niet bang hoefde te zijn. Hij was het van jongs af aan gewend om zware dingen te dragen.

Waarschijnlijk had hij toen aardappelzakken naar de kelder gesjouwd. Maar ze zweeg en genoot ervan door hem gedragen te worden. Wat was hij sterk. Wat was hij hard voor zichzelf. En hij wist van aanpakken.

Ze maakte de deur van haar kamer open. Niet de echtelijke slaapkamer, die ze al maandenlang meed, maar de kleine kamer die vroeger als logeerkamer had gediend. Hij droeg haar naar haar bed en liet haar voorzichtig op haar donzen deken zakken.

'Gaat u zitten,' verzocht ze hem. 'U moet helemaal uitgeput zijn.'

Hij deed het. Hij ging op de rand van haar bed zitten, haalde een zakdoek tevoorschijn, nam zijn bril af en veegde over zijn gezicht.

'Ik had niet gedacht dat u zo sterk bent.'

'Er zijn een paar dingen die u niet van mij weet, Elisabeth.'

'Wel,' ging ze verder. 'Ik heb vandaag veel over u geleerd.'

Hij voelde zich meteen weer schuldig. 'U hebt geleerd dat ik een meedogenloos mens ben,' zei hij berouwvol. 'Maar ik zweer u, Elisabeth...'

Ze schudde haar hoofd. 'Ik vind eerder dat u zich als een lafaard hebt gedragen.'

Dat raakte hem. Hij staarde haar verbijsterd aan en wilde ertegenin gaan. Maar ze liet hem niet aan het woord.

'U bent bang om u belachelijk te maken, Sebastian. Bang om regels te overtreden die geen zin meer hebben. U loopt liever weg en laat mij in mijn wanhoop alleen.' Ze werd boos. Ze keek in zijn opengesperde ogen, voelde dat haar woorden hem raakten en liet haar gevoelens de vrije loop.

'Bent u eigenlijk wel een man? Kunt u in vuur en vlam raken? Hebt u de moed om grote daden te verrichten? Ach... u waagt het niet eens om mij te... te...'

Ze slikte. O god, wat stelde ze zich aan! Maar ze wist zich geen raad meer, zo erg verlangde ze naar hem.

'En of ik een man ben,' fluisterde hij en hij boog zich naar haar toe. 'Dat vraag je aan mij?'

Ze gaf geen antwoord. Ze zag dat hij opstond en naar de deur liep en ze dacht al dat hij de kamer wilde verlaten, verontwaardigd over haar niet mis te verstane aanbod. Maar hij draaide de sleutel in het slot om.

'Je hebt gewonnen, Elisabeth... Ik ben een man en aangezien je het van me verlangt, zal ik het je bewijzen.'

Het was blijkbaar een dag van buitengewone daden en gebeurtenissen. Een dag van wonderen. Elisabeth, die had gedacht dat ze elke keer benadeeld werd door het lot, kreeg vandaag wat ze had gewenst. Ze kreeg zelfs meer dan waar ze op had gehoopt, want hij was ontstemd over haar zege en liet haar zijn woede voelen. Maar ook dat was prachtig, want het kwam over haar heen als een onweersbui in de lente.

Het nare ontwaken gebeurde pas de volgende dag.

# 12

*Juli 1924*

'NATUURLIJK IS HET MET mevrouw Melzer afgesproken!' zei Kitty verontwaardigd.

Serafina von Dobern stond in de entreehal voor de trapopgang en keek haar kil en wantrouwend aan. Ze had iets weg van een sneeuwkoningin, vond Kitty. Dat harteloze mens dat het jongetje niet wilde afstaan. Wie had dat verhaal geschreven? Hans Christian Andersen.

'Dan vraag ik me af waarom ik daarvan niet op de hoogte ben gesteld.'

'Dat weet ik ook niet,' antwoordde Kitty ongeduldig. 'Gertie, haal de kinderen naar beneden, ze zijn vanmiddag bij mij. Ik geef ze tekenles.'

Gertie stond gedienstig voor de keukendeur te wachten. Ze knikte en wilde de trap op lopen, maar de stem van de gouvernante hield haar tegen.

'Wacht, Gertie. De kinderen maken hun huiswerk. Als ze daar niet mee klaar zijn, kan ik ze nog geen vrij geven.'

Kitty staarde in het bleke gezicht van Serafina von Dobern. Ongelofelijk, dat mens weersprak haar gewoon. Hier in de villa, in haar ouderlijk huis, meende ze haar de wet voor te kunnen schrijven.

'Wat u kunt of niet kunt, daar heb ik totaal geen boodschap aan, beste mevrouw Von Dobern,' zei ze. Ze moest moeite doen zich te beheersen. 'Ik neem Leo en Dodo nu mee naar de Frauentorstraat. Gertie, ga de kinderen halen!'

Gertie taxeerde even wie hier de sterkere was en koos mevrouw Kitty Bräuer. Alleen al omdat ze de gouvernante uit de grond van haar hart haatte. Ze haastte zich naar boven.

'Het spijt me, maar in dit geval moet ik het zekere voor het onzekere nemen.' Mevrouw Von Dobern liep eveneens de trap op.

Kitty wachtte tot ze halverwege de trap was, voordat ze haar aansprak. 'Het lijkt me geen goed idee om het middagdutje van mijn moeder om zo'n kleinigheid te verstoren!'

De gouvernante bleef staan en draaide zich half naar haar om. Uit haar glimlach was op te maken dat ze een troef achter de hand had.

'Maakt u zich geen zorgen, mevrouw Bräuer. Ik zal uw moeder niet wekken. Ik ben van plan de heer Melzer in de fabriek op te bellen.'

Ze wilde Paul bellen, dat gemene mens. Natuurlijk zou ze hem eraan herinneren dat mevrouw Ginsberg in de Frauentorstraat pianoles gaf. De rest zou Paul zelf kunnen bedenken. Paultje was niet dom.

'Doet u wat u niet laten kunt,' zei ze, waarbij ze haar best deed onverschillig te kijken. 'Hé, Leo! Dodo! Waar blijven jullie nu? Henni zit in de auto op jullie te wachten!'

'We komen al!'

O, die Leo! Hij rende met zijn muziekboeken onder zijn arm langs de gouvernante de trap af. Het was puur aan Dodo's tegenwoordigheid van geest te danken dat de gouvernante de kostbare bladmuziek niet in beslag nam. Dodo schoof zichzelf snel tussen mevrouw Von Dobern en haar broer, die vervolgens met een dappere sprong de rest van de treden oversloeg en snel naar Kitty toe liep.

'Ik ben niet bereid om in uw intriges mee te gaan, mevrouw Bräuer!' zei de gouvernante woedend. 'De heer Melzer wenst niet dat zijn zoon les krijgt van mevrouw Ginsberg. Dat weet u. Door uw gedrag brengt u niet alleen mij in de problemen, u zet ook Leo aan om tegen de wil van zijn vader te handelen. Wat denkt u daarmee te bereiken?'

Kitty moest toegeven dat Serafina niet helemaal ongelijk had. Maar dat wilde niet zeggen dat ze gelijk had. 'De kinderen krijgen tekenles van mij,' antwoordde ze geërgerd. 'Dat kunt u mijn broer vertellen als u dat nodig vindt.'

De gouvernante had van opwinding rode wangen gekregen, wat haar veel beter stond dan haar natuurlijke lijkbleke gelaatskleur. Ze stak haar kin in de lucht en verklaarde dat ze de kinderen over exact twee uur in de Frauentorstraat zou ophalen.

'Dat is niet nodig. Ze worden gebracht.'

'Door wie?'

Nu was het genoeg. Kitty had veel zin om een van de mooie Meissner-bloemenvazen die op de commode voor de spiegel stonden naar dit irritante mens te smijten. Maar dat zou jammer geweest zijn van de vaas, haar moeder was er erg aan gehecht.

'Dat gaat u niets aan!' zei ze kortaf. Ze pakte Dodo en Leo bij de hand en verliet de entreehal.

'Dit blijft niet zonder gevolgen!' riep de gouvernante haar na.

Kitty zweeg om de kinderen niet aan het twijfelen te brengen, maar vanbinnen kookte ze van woede. Wat een arrogante trut! Het was weer zo typerend, Lisa had een bijzondere aantrekkingskracht op dit soort bekrompen types. Al haar vriendinnen waren zo. Vroeger was het nog niet zo erg geweest, toen hadden ze elkaar zelfs met jij en jou aangesproken. Maar dat was lang geleden.

'Mama, je hobbelt heel erg,' klaagde Henni.

De kinderen zaten alle drie op de achterbank, met Henni in het midden. In de achteruitkijkspiegel kon Kitty het verontwaardigde gezicht van haar dochter zien, dat omlijst werd door goudblonde lokken. Ze was een engeltje. Op school lagen alle jongens aan haar voeten. Waar ze gretig gebruik van maakte, die schattige kleine Henni. Mama had een keer gezegd dat zij, Kitty, vroeger net zo was geweest. Ach, moeders!

'Ze is een heks,' hoorde ze haar dochter fluisteren.

'Ja, dat is ze. Echt een gemene heks. Ze vindt het leuk om kinderen te straffen.'

Dat was Dodo. Zij nam zelden een blad voor de mond. Ze was een wilde meid, die in bomen klauterde alsof ze een jongetje was.

'Bij mij heeft ze gisteren weer aan mijn oor getrokken,' meldde Leo.

'Laat zien!'

'Je kunt het niet meer zien.'

'Ze slaat ook met de houten liniaal,' fluisterde Dodo.

'En ze sluit ons in de bergkast op als we stout zijn geweest.'

'Mag ze dat?' vroeg Henni verbaasd.

Dat vond Kitty ook nogal ver gaan. Zij hadden vroeger ook af en toe een oorvijg of met de liniaal een tikje op hun vingers gekregen, maar mama zou het nooit goed hebben gevonden dat een van haar kinderen in de bergkast opgesloten zou worden.

'Dat doet ze gewoon.'

'Ze is nu eenmaal een heks.'

'Kan ze ook toveren?'

'Toveren? Nee.'

'Jammer,' zei Henni teleurgesteld. 'De heks in de opera, die kon kinderen stokstijf laten stilstaan. En dan maakte ze er koek van.'

'Ik zou ook graag een keer een opera willen horen,' zei Leo. 'Maar mama en papa nemen ons niet mee. Klopt het dat daar heel veel instrumenten zijn? En dat ze op het podium zingen?'

Henni had vast geknikt, want Kitty hoorde geen antwoord. Ze remde en stopte, het verkeer in de binnenstad van Augsburg stond alweer vast met paard-en-wagens en automobielen. Tot overmaat van ramp rinkelde er ook nog een tram achter haar. Nou, die kon rinkelen wat hij wilde, hij moest toch wachten. Ze kon geen kant op. Bij de fruitmarkt stond een vrachtkar voor een winkel, twee mannen laadden in alle rust kisten en vaten uit. Geen wonder dat het verkeer verstopt raakte. Kitty stak haar hoofd uit het raampje en begon hard te schelden, maar oogstte slechts een vriendelijke grijns van een van de sjouwers.

'Grootmoeder Gertrude zei dat je een heks in de oven moet stoppen,' zei Henni op de achterbank.

'Dat heeft mevrouw Brunnenmayer ook gezegd. Maar helaas past de gouvernante niet in de oven in de keuken,' zei Dodo.

'Ze is toch niet zo dik. Als je een beetje propt, lukt het wel.'

Kitty draaide zich verontwaardigd om en keek haar dochter streng aan. 'Dit gaat echt te ver, Henni.'

'Het was maar een grapje, mama,' mokte het meisje.

Dodo grijnsde ondeugend, Leo had een van zijn muziekboeken opengeslagen en staarde erin. Hij keek nu naar Kitty op en ze begreep dat hij in een andere wereld was gedoken. Nee, ze deed het juiste. Deze jongen was een groot muzikaal talent, dat had mevrouw Ginsberg ook gezegd. Paultje zou haar op een dag dankbaar zijn.

Eindelijk sukkelde de kar weg en kon ze doorrijden naar de Frauentorstraat. De motor tufte braaf, in de zomer deed de auto echt zijn best. Ze had hem van Klippi gekregen. Alleen in de herfst en de winter, dan sputterde hij tegen. Hij had moeite met de kou en vochtigheid, het was nu eenmaal een oude bak. Kitty sprak hem dan goed toe en klopte zacht op het houten stuur. Als ze moest uitstappen en de motorkap moest openklappen, was ze binnen de kortste keren omringd door behulpzame jongeheren. Ach, ze hield van deze rammelkast.

Ze liet de kinderen voor de voordeur uitstappen en reed de auto de garage in, die eigenlijk een omgebouwde tuinschuur was. Toen ze de motor had uitgezet, hoorde ze pianomuziek. Aha, mevrouw Ginsberg was er al. Leo wachtte ongeduldig voor de deur, Dodo was met Henni de tuin in gerend. Voor zover je de ongerepte wildernis die haar huis in de zomer omgaf een tuin kon noemen.

'Rustig aan, Leo,' waarschuwde ze terwijl ze de deur openmaakte. 'In de gang staan schilderijen, kijk uit dat je er niet tegenaan stoot.'

'Ja, ja.'

Hij was niet te stoppen. Hij had zijn vriend bijna omvergerend.

Wat een beeld: de lange, blonde Leo en de dunne Walter die een hoofd vol zwarte krullen had en altijd zo ernstig keek. Kitty kreeg vochtige ogen van ontroering toen ze zag hoe goed die twee het met elkaar konden vinden. Ze liepen samen naar de woonkamer, gingen op de bank zitten en klapten hun muziekboeken open. Met hun wijsvinger wezen ze de noten aan. Ze lachten. Ze waren geestdriftig. Ze discussieerden en werden het met elkaar eens. En ze hadden allebei een glimmend gezicht van geluk.

'Mag ik erheen?' vroeg Leo.

Het klonk alsof zijn leven ervan afhing. Kitty knikte glimlachend en de jongen liep naar de aangrenzende kamer, waar de piano stond. Walter liep er langzaam achteraan. Kitty hoorde mevrouw Ginsbergs zachte, rustige stem. Even later hoorde ze iemand een preludium van Bach spelen. Gelijkmatig en met een krachtige aanslag. Je kon elke partij volgen, elke lijn horen, elke toon. Wanneer had de jongen dat ingestudeerd? Thuis mocht hij immers hooguit een half uur per dag pianospelen.

'Het klinkt hier veel harder dan bij ons.'

Geen wonder. Alicia had de pianobouwer gevraagd om de tonen te dempen. Vanwege haar hoofdpijn. Ach, haar arme moeder. Toen Paul, Lisa en zijzelf nog kinderen waren, had haar moeder een beter stel zenuwen gehad.

'Klimmen jullie eens even heel gauw naar beneden! Henni! Dodo! Jullie staan binnen vijf minuten hier bij mij in de keuken. Anders eten we de taart alleen op!'

Dat was Gertrude. Kitty liep naar het raam en ontdekte haar dochter op het dak van het tuinhuisje. Naast haar balanceerde Dodo op de dakgoot, ze had geprobeerd via een lange tak naar de eik die ernaast stond te klauteren.

'Altijd als Dodo hier is!' mopperde Gertrude. 'Henni is zo'n braaf kind als ik haar alleen heb.'

'Zeker, ze is een lammetje,' bevestigde Kitty met ironie in haar stem.

Gertrude had haar armen in haar zij gezet en volgde de acties van de meisjes door het open raam. Aan de toestand van haar schort te zien was er kersentaart met slagroom en geraspte chocola. Toen haar man nog leefde, had Gertrude een groot huishouden geleid en, zoals gebruikelijk, de keuken aan de kokkin overgelaten. Maar nu ze zich geen personeel meer konden veroorloven, had ze haar passie voor koken en bakken ontdekt. Met wisselend succes.

'Wat zien jullie eruit!' schold ze toen de meisjes met verhitte gezichten en verwarde haren in de gang stonden. 'Hoe is het mogelijk dat in deze familie de meisjes in de bomen klimmen en de jongens braaf in de woonkamer zitten? Jeminee, bij mijn Tilly en de arme Alfons was het precies zo.'

Kitty gaf geen antwoord, maar dirigeerde de meisjes naar de badkamer en zei dat ze hun handen, knieën, armen en gezicht moesten wassen en hun haar moesten kammen.

'Hoor je dat, Henni?' zei Dodo trots. 'Dat is mijn broer Leo achter de piano. Hij wil later pianist worden!'

Henni draaide de kraan open en hield haar handen eronder, waarbij ze flink wat water door de betegelde badkamer spetterde.

'Ik kan ook heel goed pianospelen,' zei ze en ze trok minachtend haar neus op. 'Mevrouw Ginsberg zegt dat ik talent heb.'

Dodo schoof het jongere meisje opzij om bij de kraan te kunnen en zeepte haar handen in.

'Talent, poeh! Leo is een genie. Dat is heel wat anders dan alleen maar talent.'

'Wat is een genie?'

Dat wist Dodo ook niet zo goed. Het was iets heel groots, iets onbereikbaars. 'Zoiets als een keizer.'

Kitty gaf ze allebei een handdoek en instrueerde ze om voorzichtig te zijn in de gang, omdat daar ingepakte schilderijen tegen de muur stonden. Daarna liep ze de trap op naar haar kleine atelier om nog even door te werken. Ze wilde een serie landschappen maken, niets bijzonders, bloemen, kleuren, glinsterende zonneschijn, prille takjes. Groepjes wandelaars, kleine verhaaltjes die de welwillende toeschouwer kon ontdekken. Dit soort schilderijen verkochten goed, de mensen verlangden naar de idylle, naar vrolijke gebeurtenissen in zomers licht. Kitty maakte de schilderijen niet met tegenzin, maar voelde er ook geen enthousiasme bij. Ze moest het doen om geld te verdienen. Ze moest tenslotte niet alleen voor Henni zorgen, ook Gertrude en Tilly leefden van het geld dat Kitty verdiende. En daar was ze trots op.

De pianoklanken mengden zich met de stemmen van de twee meisjes, en tussendoor hoorde ze Gertrude mopperen en het water uit de badkamerkraan ruisen. Kitty voelde zich prettig bij dit lawaai. Ze perste verf uit de tubes op het palet, bekeek het schilderij waar ze aan was begonnen met een kritische blik en mengde de juiste kleurtint. Een paar stippen, toen deed ze een stap naar achteren om het effect te bekijken.

Plotseling moest ze weer denken aan wat Gertrude zojuist had gezegd: 'Bij mijn Tilly en de arme Alfons.' Wat raar, de afgelopen tijd had ze vaak aan hem moeten denken. Misschien kwam het doordat ze allang niet meer in Gérards beloftes geloofde. Ook de andere jongeheren die ze bij allerlei gelegenheden leerde kennen en die haar met duidelijke of ook eerzame bedoelingen bejegenden, betekenden niets meer voor haar. Ze ging af en toe naar tentoonstellingen, ging naar de opera, sprak met vrienden bij mevrouw Wiesler of andere kunstminnende begunstigers af. Toch merkte ze dat ze zich steeds meer begon te vervelen. Er was niemand die haar hart kon raken, zoals Alfons ooit had gedaan. Terwijl hij slechts een noodoplossing was geweest. De sympathieke, enigszins onbeholpen jongen die ondanks het schandaal – ze was immers met Gérard naar Parijs gevlucht – met haar was getrouwd. Deze bijzondere persoon, een handige bankier, keiharde zakenman en tegelijkertijd zo'n schuchtere en verliefde echtgenoot. Wat was hij onhandig geweest in de huwelijksnacht, ze had hem bijna uitgelachen. Maar toen zei hij fantastische dingen. Dat hij al zo veel jaar verliefd op haar was, dat hij nauwelijks kon geloven dat hij het geluk had haar nu zijn vrouw te mogen noemen. Dat hij zo nerveus en daarom zo vreselijk onhandig was…

Ze slaakte een diepe zucht. Nee, ze zou in dit leven echt nooit meer iemand ontmoeten die zo intens en oprecht van haar hield. En wat was hij blij geweest met zijn dochtertje. Hij was helemaal gek geweest van geluk. Waarom was het lot zo gemeen? Alfons had de oorlog van begin af aan veroordeeld. Maar wie maalde daar om? Hij moest naar het front, net als alle anderen, en ze wist niet eens waar hij overleden was. Misschien was het beter zo. Het was alleen erg dat Henni zich haar vader niet meer kon herinneren.

'Kitty!' riep Gertrude onderaan de trap. 'Koffiepauze met taart. Kom beneden, we wachten.'

'Heel even nog.'

Het was altijd hetzelfde. Ze had de kleuren nog niet gemengd of ze werd alweer in haar werk gestoord. Maar ach, het was fijn als het huis vol mensen was. Alleen moesten ze haar verdorie rustig laten schilderen. En trouwens, in de muziekkamer werd ook nog gemusiceerd.

Ze zette een paar stippen op het doek, schilderde met een fijn penseel de contouren, deed een stap achteruit. Ze was niet tevreden. Ze moest aan de schilderijen denken die overal verpakt in haar huis stonden. De schilderijen van Luise Hofgartner. Gérard had ze braaf naar haar gestuurd nadat hij het geld had ontvangen. Ze had in haar eerste enthousiasme alle twintig schilderijen en tien roodkrijttekeningen in huis opgehangen. De hele woonkamer was vol geweest, evenals de muziekkamer, de gang en de wintertuin. Er was geen plekje meer vrij op de muren. Een paar avonden en twee hele zondagen was ze samen met Marie met de werken bezig geweest. Ze hadden ze bekeken, zich er helemaal in verdiept, erover gefilosofeerd waarom en met welke achtergrond ze waren ontstaan. Haar lieve Marie was helemaal van slag geweest, ze had gehuild omdat ze geloofde dat haar moeder alles in zich had gehad om een groot kunstenares te zijn. Echt, de arme Marie was helemaal overweldigd geweest door deze schilderijen, en als Kitty eerlijk was, gold voor haar hetzelfde. Maar langer dan drie weken verdroeg ze de enorme overmacht van Luise Hofgartner in haar huis niet. Ze haalde de schilderijen van de muren en pakte ze weer in. Nu stonden ze in de gang omdat Marie ze niet naar de villa liet transporteren.

Ach ja, dat was wel erg teleurstellend. Paultje, van wie ze had gedacht dat hij de meest fantastische en beste echtgenoot van de wereld was, haar allerliefste broer, had geweigerd om meer dan drie schilderijen te kopen. Eén keer was hij een half uurtje hier in de Frauentorstraat geweest om een blik op de verzameling te werpen. Hij had toen besloten dat hij de schilderijen in geen geval in zijn huis wilde zien. Vooral niet de provocerende naaktstudies, ze moesten immers rekening houden met de kinderen. Om nog maar te zwijgen van zijn moeder en de gasten. Paultje was die middag nogal kort aangebonden geweest. Ook voor de rest had Kitty de indruk dat Paul zich steeds vreemder gedroeg. Zou het aan de constante zorgen om de fabriek liggen? Of hadden de oorlog en de lange krijgsgevangenschap in Rusland hem veranderd? Maar nee, toen hij uit Rusland was teruggekeerd, was hij net zo hartelijk als altijd geweest. Het kwam gewoon door het feit dat hij nu vaders positie had ingenomen, hij was het hoofd van het gezin, directeur Melzer. Waarschijnlijk was dat hem naar het hoofd gestegen en begon hij dezelfde allures als papaatje te krijgen. Ach, wat was dat stom. En wat vond ze het zielig voor de arme Marie.

'Mama, kom nu. Grootmoeder Gertrude wil de taart niet aansnijden omdat jij er nog niet bent!'

'Ja, ik kom al!' mopperde ze en ze zette het penseel in het glas water.

In de woonkamer zaten Leo en Walter al aan tafel, die niets anders van plan waren dan snel een stuk taart naar binnen te proppen om daarna meteen weer naar de piano te lopen. Bovendien had Walter zijn viool meegenomen, natuurlijk wilde Leo proberen om daarop te spelen… Nou, dat kon hij gerust doen, hoe meer instrumenten hij leerde kennen, hoe beter. Kitty was ervan overtuigd dat Leo op een dag symfonieën en opera's zou componeren. Leo Melzer, de bekende componist uit Augsburg. Nee, beter nog, Leopold Melzer. Of nog beter, Leopold von Melzer. Dat klonk goed. Bij een artiestennaam kon je gerust een beetje fantasie gebruiken. Misschien werd hij ook wel dirigent? Paul Leopold von Melzer.

'De taart smaakt naar... naar...' Henni fronste peinzend haar voorhoofd en keek naar het plafond. Dodo was minder diplomatiek.

'Naar sterkedrank.'

Mevrouw Ginsberg, die tussen de twee jongens in zat, schudde heftig haar hoofd. 'De taart smaakt heerlijk, mevrouw Bräuer. Hebt u er vanillesuiker in gedaan?'

'Een beetje. En een flinke scheut kersenlikeur. Voor de vertering.'

'O.'

De jongens vonden het geweldig. Walter deed meteen alsof hij dronken was. Leo probeerde het ook, maar met minder succes.

Dodo kon het het beste, het lukte haar om echt te hikken. 'Ik wil... hik... ik wil graag... hik... nog een... hik... stuk. Hik.'

Alleen Henni vond dit theater maar stom. Ze keek Kitty verwijtend aan en rolde met haar ogen. Op dat moment werd er aangebeld en Dodo verstomde.

'Zeker een van jouw kennissen, Kitty,' zei Gertrude. 'Ze komen en gaan wanneer ze maar willen, die kunstenaars.'

'Henni, doe de deur even open.'

Maar het was niet een van de verliefde kunstenaars die Kitty af en toe opzocht. Marie stond op de stoep.

'Mijn hemel, wat kun jij ons verrassen.' Kitty sprong op om Marie te omhelzen. Ze kuste haar op beide wangen en leidde haar naar een stoel. 'Je komt precies op het juiste moment, mijn lieve Marie. Gertrude heeft slagroomtaart gebakken. Tast maar flink toe, je bent de afgelopen tijd zo vreselijk mager geworden.'

Als Kitty opgewonden was, borrelden de woorden uit haar zonder dat ze wist wat ze allemaal zei. In haar hoofd was het dan één grote chaos, als vogels in een volière die van schrik opstoven en door elkaar heen fladderden. Eigenlijk was ze helemaal niet blij met dit onverwachte bezoek. Natuurlijk had ze Marie verteld dat ze de tweeling tekenles wilde geven. En natuurlijk wist de lieve Marie ook dat Henni pianoles kreeg van mevrouw Ginsberg. Maar dat die twee dingen tegelijkertijd plaatsvonden, dat had ze Marie niet aan haar neus gehangen.

'Wat fijn u te zien, mevrouw Ginsberg,' zei Marie en ze stak haar hand naar haar uit. 'Ik hoop dat het goed met u gaat. Hallo, Walter. Wat leuk dat jullie elkaar ook een keer buiten school kunnen zien.'

Met Maries binnenkomst was het gedaan met de uitbundige vrolijkheid aan de koffietafel. De kinderen zaten rechtop, zoals ze het hadden geleerd, gebruikten een gebaksvorkje en servetten en letten erop dat ze niets naast hun bordje lieten vallen. Ze spraken over de zomerse hitte en de bouwwerkzaamheden voor de nieuwe markthallen tussen de Fugger- en de Annastraat. Marie informeerde naar de pianoleerlingen die ze voor mevrouw Ginsberg had bemiddeld en Kitty vertelde over een tentoonstelling van het kunstgenootschap, waarin schilderijen van Slevogt en Schmidt-Rottluff te zien waren. Ten slotte merkte mevrouw Ginsberg op dat het tijd was voor Henni's pianoles.

Het was de perfecte theatervoorstelling. Henni ging braaf met mevrouw Ginsberg naar de muziekkamer. Dodo zei dat ze grootmoeder Gertrude bij het afwassen wilde helpen en de jongens vroegen beleefd of ze nog even in de tuin mochten spelen. Wat Marie goed vond.

'Kitty!' zei Marie met een diepe zucht toen ze met zijn tweeën waren. 'Wat heb je in hemelsnaam gedaan? Paul zal boos worden.'

Ongelofelijk. In plaats van dankbaar te zijn dat ze het grote talent van haar zoon stimuleerde, kreeg ze verwijten te horen. 'Mijn lieve Marie,' begon ze. 'Ik maak me een beetje zorgen om je. Vroeger was je een slimme meid die wist wat ze wilde. Ik heb je vaak bewonderd. Maar sinds Paultje weer bij ons is, word je steeds stiller en bedeesder.'

Ze had te veel gezegd. Natuurlijk weersprak Marie haar fel. Ze was een zakenvrouw, leidde een atelier, had een hoop belangrijke klanten.

'En wie bepaalt wat je met het geld doet dat je zelf hebt verdiend?' onderbrak Kitty haar. 'Paultje. En daar heeft hij het recht niet toe, vind ik. Hij mag over de fabriek regeren, maar niet over jou.'

Marie liet haar hoofd hangen. Daar hadden ze al uitgebreid over gesproken, maar zo was de wet nu eenmaal. Paul was ook financieel aansprakelijk als zij in de schulden kwam.

'Het is niet eerlijk,' mopperde Kitty.

Toch liet ze het onderwerp voorlopig rusten. Marie had er met pijn in haar hart van afgezien de schilderijen van haar moeder te kopen, omdat Paul het niet wilde. Kitty wist heel goed hoe moeilijk Marie dat vond en daarom was ze bijgesprongen. Overigens had ze nog niet aan Marie onthuld dat Ernst von Klippstein een aanzienlijke som had bijgedragen. Ze had alleen over een paar goede vrienden verteld. En Lisa had ook wat bijgedragen. Het was voor Kitty een enorme verrassing geweest dat haar zus weliswaar laat, maar nog net op tijd een kleine som had gegeven. Lieve Lisa! Ze mocht zich gelukkig prijzen dat ze zo genereus was.

'Waarom vind je dat je je ermee moet bemoeien, Kitty?' zei Marie. 'Leo krijgt tenslotte pianoles van mevrouw Von Dobern, dat moet voldoende zijn. Het is voor mij al moeilijk genoeg om alles op elkaar af te stemmen. De kinderen. Paul. Jullie moeder. En dan ook nog het atelier. Soms ben ik aan het eind van mijn Latijn. Ik heb er al serieus over nagedacht of het niet beter zou zijn om het atelier op te geven.'

'In geen geval!' riep Kitty verbijsterd. 'Na alles wat je daar voor elkaar hebt gekregen, Marie. Jouw mooie ontwerpen. Je tekeningen.'

Marie schudde droevig haar hoofd. Ach, de tekeningen. Ze was toch geen kunstenares, zoals haar moeder was geweest. Ze had een gezin. Twee prachtige kinderen. En Paul. 'Ik houd van hem, Kitty. Het doet me pijn hem te kwetsen.'

Maar Kitty dacht daar anders over. Marie hield zichzelf voor de gek. Het was Paul die háár kwetste. En Marie had moeite om aan zichzelf toe te geven dat haar geliefde man geen heilige was. Paultje was een in- en ingoede man, maar hij kon ook behoorlijk koppig zijn.

'Je bent overbelast, Marie,' zei Kitty sussend. 'Over een paar dagen is het schoolvakantie. Waarom sluit je je atelier niet voor een paar weken en ga je naar een vakantieoord? Paul zou jullie in de weekenden kunnen bezoeken.'

'Nee, nee. Maar ik zal minder gaan werken. Ik blijf voortaan drie middagen per week thuis.'

Kitty haalde haar schouders op. Dat beviel haar helemaal niet, het klonk haast als een voorbereiding tot opheffing van de zaak. En nu wilde Marie ook nog dat ze haar beloofde om Leo niet meer stiekem les te laten krijgen.

'Ik wil het niet, Kitty. Alsjeblieft, begrijp het nu!'

'Op een dag zal je zoon het je verwijten!'

Ze glimlachte. Haar domme, lieve Marie. Omdat ze niet in haar zoon geloofde. Hemel, ze zou de arme jongen nog dwingen om ooit de fabriek over te nemen. Wat een verspilling van zijn hemelse talent.

Ze beloofde het evengoed. Ook al vond ze het verschrikkelijk moeilijk. Ze bleef zo mak als een lammetje, ook toen Marie zei dat ze nu met de tweeling naar huis wilde gaan.

'Als je nog een half uurtje tijd hebt, want Klippi heeft beloofd de kinderen terug naar de villa te brengen.'

'In geen geval. Paul en Ernst hebben momenteel helaas een paar meningsverschillen, ik wil Paul niet voor het hoofd stoten.'

Ze schikte zich alweer. Maakte zich klein. Deed onzinnige dingen, alleen om Paul niet tegen zich in het harnas te jagen. Nu sprong Kitty haast uit haar vel.

'O ja, wat ik nog wilde zeggen, het kunstgenootschap zal in de herfst een grote tentoonstelling met schilderijen van jouw moeder houden. Heel Augsburg zal ze zien, is dat niet geweldig?'

Marie werd bleek, maar ze zei niets.

# 13

OTTILIE LÜDERS DROEG ZO'N moderne reformjurk, die losjes als een zak om haar lichaam hing. Paul hield niet van die mode. Hij vond dat de vrouwen er voor de oorlog mooier hadden uitgezien. Hij hield vooral van lang haar, maar vond ook de strak gesnoerde taille en de elegante jurken en rokken tot op de grond mooi. Ach ja, waarschijnlijk was hij hopeloos ouderwets.

'Wat is er, juffrouw Lüders?' Hij keek haar glimlachend aan om haar niet te laten merken hoe lelijk hij haar jurk vond. Maar ze had het toch gemerkt. Voor dat soort dingen hadden vrouwen een zesde zintuig.

'Er is een dame die u wil spreken. Onder vier ogen.'

Hij fronste zijn voorhoofd. Alweer iemand die om geld kwam bedelen. Ze kwamen bij hem om geld in te zamelen voor goede doelen, smeekten hem om een goed woordje te doen voor hun werkloze echtgenoot of kwamen posters brengen van een of andere kunstmanifestatie en hoopten op een donatie.

'Is ze knap?' grapte hij.

Juffrouw Lüders werd rood, zoals te verwachten was. 'Dat is een kwestie van smaak. Hier is haar kaartje.'

Hij keek op het kleine vergeelde kaartje, waarop in ouderwetse, krullerige letters een naam stond. Het adres klopte allang niet meer. Hij zuchtte. Hier had hij nu echt geen zin in. Waarom kwam ze hier eigenlijk?

'Stuurt u haar naar binnen.'

'Zoals u wenst, meneer de directeur.'

Serafina von Dobern bewoog een beetje stijfjes, maar wel met de nonchalance van een jonge vrouw uit adellijke kringen. Knap was ze nooit geweest, in elk geval niet naar zijn smaak. Ze was onopvallend. Een grijze muis. Een muurbloempje. Maar ze had haar principes. De kinderen mochten haar niet, maar zijn moeder vond dat ze een uitstekende pedagoge was.

'Neemt u me niet kwalijk dat ik u hier in de fabriek opzoek, beste meneer Melzer. Ik doe dat niet graag. U hebt het erg druk.'

Ze bleef voor zijn bureau staan en hij voelde zich genoodzaakt haar een van de kleine leren fauteuils aan te bieden.

'O, ik wil uw tijd niet lang in beslag nemen. Het gaat om een kwestie die we beter onder vier ogen kunnen bespreken. Het betreft de kinderen. U begrijpt wat ik bedoel.'

Hij begreep helemaal niets maar vermoedde dat er weer eens problemen in de familie waren. Waarom bekommerde Marie zich er niet om? Ach, het antwoord op die vraag was niet moeilijk te raden. Omdat zijn vrouw bezig was met het atelier. Helaas was zijn moeders waarschuwing, die hij destijds in de wind had geslagen, uitgekomen. Het atelier bracht onvrede in zijn huwelijk.

Hij wachtte tot ze plaats had genomen, maar bleef zelf achter zijn bureau zitten.

'Wel, steekt u van wal, mevrouw Von Dobern. Ik luister.'

Hij probeerde het opgewekt te laten klinken, wat echter niet goed lukte. Misschien kwam het door haar ernstige gezichtsuitdrukking, maar misschien lag het eraan dat hij de ongedwongen manier die hem destijds zo aangenaam van zijn vader had onderscheiden, steeds meer kwijtraakte. Werd hij op zijn zesendertigste al een oude brompot?

Ze aarzelde. Het was duidelijk dat ze de kwestie erg ongemakkelijk vond. Plotseling had hij medelijden met haar. Vroeger hadden ze jij en jou tegen elkaar gezegd en waren ze elkaar af en toe op feesten of in de opera tegengekomen. De oorlog en de jaren van inflatie hadden velen die ooit welvarend waren geweest en aanzien hadden genoten, van alles beroofd.

'Het gaat om uw zus Katharina. Ik klaag niet graag, meneer Melzer. Maar ik voel me in de eerste plaats aan u persoonlijk verplicht. Uw zus heeft de kinderen gisteren tegen mijn uitdrukkelijke wil meegenomen naar de Frauentorstraat, waar Leo pianoles heeft gekregen van mevrouw Ginsberg.'

Kitty! Die eigenwijze meid. Hij voelde boosheid opkomen. Achter zijn rug om zorgde ze ervoor dat Leo zich steeds intensiever ging bezighouden met die onzalige passie.

Serafina observeerde hem nauwlettend om het effect van haar woorden te kunnen inschatten. Waarschijnlijk had de arme meid een slecht geweten.

'Begrijpt u mij alstublieft niet verkeerd, beste meneer Melzer. Ik weet hoezeer u uw zus waardeert. Maar ze heeft me daarmee in een erg moeilijke positie gebracht.'

Dat begreep hij goed. Kitty kon dat echt niet maken.

'Het is helemaal in orde dat u me dit mededeelt, mevrouw Von Dobern. Ik ben u daar zelfs zeer erkentelijk voor.'

Ze leek opgelucht en glimlachte zelfs. Als ze een beetje kleur kreeg, was ze bijna knap. Of in elk geval niet lelijk.

'Ik heb geweigerd om de kinderen vrij te geven. Maar uw zus luisterde niet naar mijn protest.'

Natuurlijk niet. Als Kitty zich iets in haar hoofd had gezet, kon alleen een stoomwals haar dwingen om haar plan op te geven.

'Ik had gehoopt dat uw vrouw me zou steunen, maar helaas was zij tijdens dit voorval niet in de villa.'

Hij zweeg. Marie was in het atelier geweest. Hoewel ze hem onlangs nog had verteld dat ze minder wilde gaan werken en drie middagen per week thuis wilde blijven.

'Uw vrouw heeft de kinderen tegen de avond thuisgebracht. Ze waren heel moe en hebben helaas hun huiswerk niet afgemaakt.'

Hij had Marie er eigenlijk buiten willen laten. Maar nu stelde hij er toch een vraag over. 'Mijn vrouw heeft de kinderen opgehaald, zei u? 's Avonds?'

Serafina leek oprecht geschrokken. Nee, ze had zich verkeerd uitgedrukt. Mevrouw Melzer had beslist niets van deze afspraak geweten.

'Uw vrouw heeft de middag bij uw zus doorgebracht. Dat doet ze immers af en toe. Ook in het weekend is ze vaak in de Frauentorstraat. Het is fijn dat uw vrouw en haar schoonzus het zo goed met elkaar kunnen vinden. Ze zijn nu eenmaal allebei kunstenares.'

'Zeker,' zei hij kortaangebonden.

Hij had in de afgelopen weken heftig ruzie gehad met Marie vanwege die rampzalige schilderijen. Het speet hem echt wel voor Marie, maar die dingen waren verschrikkelijk lelijk. Althans in zijn ogen. Hij wilde noch in de eetkamer, noch in de rode salon zo'n prutswerk aan de muur zien. Ook niet in de herenkamer, maar daar was sowieso nauwelijks plek aan de muren vanwege de hoge boekenkasten. En al helemaal niet in de entreehal. Wat zouden de gasten wel niet van hen denken? Hij had weliswaar beloofd drie schilderijen te kopen en was bereid zich aan zijn belofte te houden. Maar geen enkel schilderij meer! Bovendien vond hij het maar niks dat Marie constant in de Frauentorstraat vertoefde. Zeker omdat ze er ook de kinderen mee naartoe had genomen.

'Zoals ik intussen van uw moeder heb gehoord, wilde meneer Von Klippstein de kinderen in de Frauentorstraat ophalen. Dat nieuws stelde mij gerust, aangezien ik me eerst zorgen maakte hoe de kinderen thuis moesten komen. Helaas mocht ik ze niet ophalen.'

Paul voelde een steek bij de naam 'Von Klippstein'. Zijn vriend Ernst had zich in de afgelopen maanden als een halsstarrige duitendief ontpopt. God, wat hadden ze geruzied. Over de investeringen bij de bedrukkingsafdeling. Over de werktijden. Over de lonen. Hij, Paul Melzer, had uiteindelijk gelijk gekregen want ze haalden opdrachten binnen en bleven de concurrentie voor. Omdat ze kwaliteit aanboden tegen een goede prijs. Maar Ernst, die prutser, was verschrikkelijk bang om zijn geld te verliezen. Paul was inmiddels vastbesloten om zijn partner, zodra het maar enigszins mogelijk was, uit te kopen en dan afscheid van hem te nemen. Natuurlijk zou hij hem een gepaste som aanbieden. Hij was tenslotte geen oplichter.

Maar er was nog iets wat hem aan zijn oude vriend Ernst stoorde. De manier waarop hij het leven van de Melzers binnendrong. Wat grotendeels mama's schuld was. Maar ook Marie was wat dat betreft veel te voorkomend. Ze liet zich door hem met de automobiel van het atelier ophalen. En naar de Frauentorstraat rijden. Had hij het goed verstaan? Gisteren had Ernst Marie en de kinderen daar opgehaald. Waarschijnlijk had hij Marie ook gebracht en had hij vervolgens met de dames koffie gedronken, terwijl Leo in de kamer ernaast pianoles kreeg. Dit was geen fijne manier van doen onder oude vrienden. En ja, hemel, Von Klippstein had verdomd veel pech gehad in zijn leven. Maar dat gaf hem nog niet het recht om als derde persoon zijn huwelijk binnen te sluipen. Dat zou Marie eigenlijk ook moeten begrijpen. Vooral Marie. Bij mama kon je haar moederlijke zorgzaamheid nog wel door de vingers zien.

'Wel, nu ik mijn zorgen zo openhartig met u mocht delen, beste meneer Melzer, voel ik me opgelucht. En nogmaals, begrijpt u me alstublieft niet verkeerd. Maar ik moest dit doen. Ik zou het niet kunnen verdragen als ik geheimen voor u zou hebben of zelfs tegen u zou moeten liegen. Dan zou ik nog liever mijn baan opgeven, ook al ben ik enorm aan de kinderen gehecht.'

Hij verzekerde haar nog een keer dat ze juist had gehandeld, dat hij dankbaar was voor het in hem gestelde vertrouwen en dat hij dit privégesprek voor zich zou houden. Ze slaakte een zucht van verlichting, stond op en wenste hem een prettige dag en Gods zegen.

Paul bedankte haar en was blij toen ze zijn kantoor eindelijk weer had verlaten. 'Brengt u me een kop koffie, juffrouw Lüders.'

Het kostte hem moeite om zich weer op zijn werk te concentreren, belangrijke beslissingen te nemen en productiekosten te beramen. In zijn hoofd doken steeds weer gedachten op die hem afleidden en die hij moeizaam probeerde te onderdrukken. Marie. Hij hield van haar. Maar hij had het gevoel dat hij haar kwijt begon te raken. Dat ze veranderde in iemand anders. Dat ze hem liet staan en wegrende. Ook tussen Leo en hem leek de afstand steeds groter te worden. Hij had de jongen al een paar keer meegenomen naar de fabriek. Hij had hem door de hallen geleid en uitgelegd hoe de machines werkten. Maar Leo had de hele tijd zijn oren dichtgehouden omdat hij het lawaai niet verdroeg. Het enige wat hij leuk had gevonden, was dat ze in de kantine aan een tafeltje waren gaan zitten en hij voor hen beiden een maaltijd had gekocht. Vooral omdat de arbeiders naar hen hadden gekeken. Meneer de directeur at anders immers altijd in de villa en nu zat hij hier bij hen. Met zijn achtjarige zoontje dat ooit de jonge meneer de directeur zou worden.

Later, toen hij voor het middageten naar de villa reed, dacht hij erover na hoe het zijn vader destijds gelukt was om hem, Paul, voor de fabriek te enthousiasmeren. Toen Paul jong was, had zijn vader hem niet door de fabriek rondgeleid. Paul had de hallen en het administratiekantoor pas leren kennen toen hij al student was en door alle afdelingen geloodst werd. En toen mocht hij niet alleen maar kijken maar moest hij meewerken. Hij had het met plezier gedaan, was trots geweest, had zich ingebeeld dat hij als zoon van de directeur meer wist en kon dan de anderen. Maar hij had zich vergist en zijn vader had hem zelfs een keer een uitbrander gegeven – in bijzijn van anderen. Dat was een harde les geweest en daarna hadden vader en zoon een tijdlang niet meer met elkaar gepraat. Toch was het altijd zijn doel geweest om op een dag de fabriek van zijn vader over te nemen. Misschien omdat zijn vader het hem zo moeilijk had gemaakt? Omdat hij ervoor had moeten knokken? Was dat het? Kon hij Leo beter met rust laten en zijn ontwikkeling vanaf een afstandje volgen? Mogelijk. Alleen moest er zorgvuldig op gelet worden dat Leo niet een verkeerde richting insloeg. Een muzikant kon hij niet gebruiken als opvolger.

Hij had last van de broeierige julihitte, en de rit naar de villa in de open automobiel zorgde ook niet echt voor verkoeling. Er stegen stofwolken op van de geplaveide straten en veldwegen. Hij moest zijn pet diep over zijn voorhoofd trekken en had het gevoel dat hij stof en straatvuil inademde. Pas toen hij de aangenaam koele entreehal van de villa in liep, voelde hij zich beter.

Gertie kwam naar hem toe en nam zijn jas aan. 'Ik heb boven alles al klaargelegd, meneer Melzer. Wat is het heet! Ademhalen kost al moeite.'

'Bedankt, Gertie. Is mijn moeder nog boven in haar kamer?'

Alicia had die ochtend weer eens hoofdpijn gehad.

'Nee, meneer Melzer. Het gaat beter met haar. Ik geloof dat ze in de werkkamer aan het bellen is.'

Dat was goed nieuws. Hij haastte zich de trappen op om zich voor het middageten nog snel in de badkuip af te spoelen en de schone kleren aan te trekken die Gertie elke middag voor hem klaarlegde. Een weldaad als je bezweet en onder het stof uit de fabriek kwam.

Toen hij gewassen en aangekleed de badkamer uit liep, voelde hij zich als herboren. Wat was er toch weinig voor nodig om een sombere stemming te verdrijven. Ineens leken de problemen die hem zojuist nog zo veel kopzorgen hadden gebaard, onbelangrijk. Wat wond hij zich op? In de fabriek ging het allemaal veelbelovend, hij had een lieve vrouw en twee gezonde kinderen, het ging weer beter met zijn moeder, en nu rook hij ook nog de heerlijke geur van leverknoedel en spätzle met gebakken uitjes en kaas. Nee, hij had geen reden tot klagen. Problemen had je in iedere familie, die waren er om aangepakt en opgelost te worden.

In de eetkamer was Julius bezig een bos bloemen te schikken, die zo groot was dat er nauwelijks plek voor was op het dressoir. Het was een enorm boeket met witte en een paar rode bloemen, vooral rozen, voor zover hij kon zien.

'Waar komen deze bloemen vandaan, Julius?'

'Dit boeket is voor mevrouw afgegeven, meneer Melzer.'

'Voor mijn moeder?'

'Nee, meneer Melzer. Voor uw vrouw.'

‘O?’ Wie stuurde Marie nu zo’n weelderig boeket? Hij wachtte tot Julius de kamer uit was en deed toen iets wat hij zelf eigenlijk zeer verachtelijk vond. Maar hij was gegrepen door jaloezie en toen hij las wat er op het kleine, met bloemetjes versierde kaartje stond, laaide dat ellendige gevoel in zijn binnenste nog verder op.

*Met diep respect en uit dankbaarheid,*
*Uw Ernst von Klippstein*

Het lukte hem nog net om het stukje papier terug in de envelop te stoppen en het tussen de bloemen te schuiven voordat Serafina met de kinderen binnenkwam.

‘Heb je bloemen gekocht voor mama?’ vroeg Dodo terwijl ze hem stralend aankeek.

‘Nee, Dodo. Een kennis heeft ze gestuurd.’

Hij ergerde zich aan Dodo’s teleurgestelde blik en moest zijn keel schrapen omdat hij plotseling weer het stof van de straat voelde. Serafina deed alsof de hele situatie langs haar heen ging en instrueerde de kinderen om achter hun stoel te gaan staan om op hun grootmoeder te wachten. Kinderen mochten pas aan tafel gaan zitten als de volwassenen gezegd hadden dat het mocht.

Alicia verscheen een paar minuten later. Ze was kalm, keek iedereen glimlachend aan, ging zitten en sprak het tafelgebed uit. Daarna droeg ze Julius op de soep te serveren.

‘Waar is Marie?’ wilde Paul weten.

De blik die zijn moeder hem toewierp, sprak boekdelen. O, help, dacht hij, en hij werd overvallen door een gevoel van hulpeloosheid. Er leek maar geen einde te komen aan de familiegeschillen.

‘Je vrouw heeft gebeld. Ze kan helaas niet komen vanwege een lastige klant. Ze zal waarschijnlijk pas laat in de middag thuis zijn.’

Als zijn moeder ‘je vrouw’ en niet ‘Marie’ zei, dan was het erg. Ook de kinderen begrepen dat soort signalen, misschien voelden ze dat soort dingen zelfs beter aan dan hijzelf.

'Mama heeft beloofd om met mij naar het vliegveld te gaan,' zei Dodo.

De gouvernante legde haar vriendelijk maar beslist uit dat het vandaag veel te heet en te stoffig was voor dat soort uitstapjes.

'Wat moet je op het vliegveld, Dodo?' vroeg Paul geïrriteerd.

Paul ergerde zich aan de passies van zijn kinderen. Dodo was een meisje, die hoorde met poppen te spelen. Ze had met kerst toch een prachtig poppenkeukentje gekregen, met een fornuis waar je echt op kon koken?

'Vliegtuigen zien. Van heel dichtbij.'

In elk geval was er wel enige belangstelling voor moderne techniek. Alleen jammer dat het Dodo was.

'En jij, Leo? Wil jij ook vliegtuigen zien?'

Leo kauwde op een stuk leverknoedel en slikte het door. Daarna schudde hij zijn hoofd. 'Nee, papa. Ik houd niet van dat lawaai. Die toestellen ronken en ratelen zo.'

Alicia droeg vandaag weinig aan de conversatie bij. Ze leek in haar eigen gedachten verdiept. Daarentegen deed Serafina, die anders meestal erg zwijgzaam was, haar best om de sfeer wat luchtiger te maken. Ze moedigde Dodo aan een gedicht dat ze uit haar hoofd had geleerd voor te dragen, waarin de lente zijn blauwe lint liet wapperen, en Leo mocht iets over de Fuggerei vertellen, het oude huizencomplex voor arme burgers dat hij in de afgelopen week met zijn klas had bezichtigd. Paul luisterde geduldig naar de voordrachten, gaf complimenten, vulde aan en wisselde vrolijke blikken met Serafina uit die zichtbaar blij was met zijn aandacht.

Na het dessert mochten de kinderen van Alicia van tafel, en ook de gouvernante verliet de eetkamer. Paul bleef alleen met zijn moeder achter.

'Wil je een kopje mokka, mama?'

'Dank je, Paul. Maar mijn bloed kookt al.'

Hij dwong zichzelf kalm te blijven, schonk een kopje mokka in, deed er suiker bij en roerde.

'Ik heb een gesprek gehad met mevrouw Wiesler.'

Aha. Had die oude roddeltante weer een doos van Pandora geopend? Ze moest daar thuis een hele kast vol van hebben. 'Mama, houd het alsjeblieft kort. Je weet dat ik weer terug moet naar de fabriek.'

Dat was geen slimme opmerking, want nu beweerde ze dat hij precies zijn vader was. Nooit tijd voor de familie – het draaide altijd alleen maar om de fabriek.

'Alsjeblieft, mama. Vertel me waar je mee zit.'

Ze ademde diep in en keek even naar het dressoir, waar die rampzalige bos bloemen op stond.

'Mevrouw Wiesler bracht me ervan op de hoogte dat het kunstgenootschap in de herfst een openbare tentoonstelling van de schilderijen van Luise Hofgartner plant. Een retrospectief. Mevrouw Wiesler wil de laudatio zelf houden, ze heeft daar al materiaal voor uit Frankrijk laten komen.'

Alicia stopte omdat ze buiten adem was geraakt. Haar wangen waren rood, op sommige plekken zelfs donkerrood, wat Paul een slecht teken leek voor haar gezondheidstoestand. God, wat een nieuws. Geen wonder dat zijn moeder zich opwond.

'Je hebt haar hopelijk gezegd dat we er strikt op tegen zijn dat die... schilderijen in het openbaar worden vertoond?'

'Natuurlijk heb ik dat.' Alicia tilde haar hoofd een beetje naar achteren en liet een hysterisch lachje horen. 'Maar die vrouw is zo halsstarrig. Ze beweerde dat daar geen reden toe was. Luise Hofgartner had hier in Augsburg gewoond en gewerkt, ze hadden zelfs nog een paar werken van haar kunnen opsporen. De stad kon er trots op zijn dat er binnen haar muren zo'n bijzondere kunstenares had geleefd.'

Wat een gezwets! En dat allemaal vanwege die afgrijselijke schilderijen. Een kunstenares! Paul was eerder van mening dat die vrouw – met alle respect voor Marie – gestoord was geweest.

'Wind je niet op, mama. Ik zal me erom bekommeren. Tenslotte hebben wij Melzers nog altijd enige invloed in Augsburg.'

Alicia knikte en leek een tikkeltje opgelucht. Zeker, ze had op hem gerekend, ze konden de villa toch niet zomaar passeren. Om nog maar te zwijgen van papa's nagedachtenis, die door deze kwestie zeer zeker besmeurd zou worden.

'Overal heerst nijd en afgunst, ook hier in Augsburg. Ik weet zeker dat de mensen allerlei onzin zouden rondbazuinen. Vooral wat de relatie van je vader met die vrouw betreft.'

'Hebben ze Marie hiervan op de hoogte gebracht?' wilde hij weten.

'Ik geloof het wel. Kitty is in elk geval laaiend enthousiast. En die twee klitten de hele tijd bij elkaar, zoals je weet.'

Paul stond op en liep onrustig in de kamer op en neer, met zijn handen in zijn broekzakken. Was het mogelijk dat Marie al de hele tijd van die tentoonstelling had geweten? Dat zij daar zelf misschien de aanzet voor had gegeven? Nee, dat wilde hij niet geloven. Waarschijnlijk was het Kitty geweest.

'Ik zal met Kitty gaan praten, mama.'

'Je zult er niet alleen met Kitty over moeten praten, Paul.'

Dat wist hij ook wel. Hij zou er vooral met Marie over praten. Heel voorzichtig natuurlijk. Hij wilde haar niet kwetsen. Maar ze zou moeten inzien dat...

'Kitty heeft maar een klein aandeel van de schilderijen in haar bezit. Het grootste deel ervan is eigendom van Ernst von Klippstein.'

'Wat?'

Paul onderbrak zijn doelloze heen-en-weergedraaf en keek zijn moeder verbijsterd aan. Had hij dat goed gehoord? Had Ernst die omineuze schilderijenaankoop gefinancierd? Dat was haast niet te geloven. In de fabriek bezuinigde hij op elke cent en tegelijkertijd gooide hij zijn geld weg voor zo'n onzin. Waarom? Dat was inmiddels wel duidelijk. Hij wilde indruk maken op Marie. Nu kwam de waarheid eindelijk aan het licht. Zijn keurige vriend Ernst had het op zijn vrouw voorzien. En wat deed Marie? Wees zij hem terecht?

Hij staarde naar het enorme boeket, waarvan de zoete geur inmiddels zelfs de sterke geur van de mokka overheerste. Met diep respect en uit dankbaarheid, stond op het kaartje.

'Ik zal tegen Julius zeggen dat hij de bloemen op het terras moet zetten,' zei Alicia, die zijn blik had gevolgd. 'Ik krijg hoofdpijn van die geur!'

Wist ze wie het boeket had gestuurd? Waarschijnlijk wel. Zijn moeder was ook nieuwsgierig, al zou ze dat nooit toegeven.

'We zien elkaar vanavond,' zei hij en hij kuste haar op haar voorhoofd. Ze hield zijn hand even vast en sloot haar ogen.

'Ja, Paul. Ach, ik vind het zo erg voor je.'

Zoals hij al had gevreesd, was het geen goede dag. En het onheil dat als een donkere wolk boven de villa hing, werd alleen maar erger. Hij was opgewonden en boos, voelde zich schandelijk bedrogen door iemand die hij ooit als zijn beste vriend had beschouwd. Maar het meest van slag was hij door Maries klaarblijkelijke medeplichtigheid. Ze speelde met Ernst onder één hoedje, dat was glashelder. Ze had die tentoonstelling stiekem met Kitty en Ernst gepland, achter de rug van haar echtgenoot om, zonder erover na te denken wat ze hem en zijn familie daarmee aandeed.

Hij haastte zich naar de hal, greep zijn pet van de kapstok zonder acht te slaan op Gertie, die was komen aanhollen. Hij had de sleutel van de auto al uit zijn jaszak gevist toen de voordeur openging. Marie kwam de hal in.

'Ach, Paul,' riep ze naar hem. 'Het spijt me zo dat ik werd opgehouden.'

Wat was ze toch knap als ze zo buiten adem op hem afkwam. Ze glimlachte en haar ogen vroegen om vergeving. Een beetje ondeugend, maar ook liefdevol.

Maar hij was niet in de stemming om aan dat soort emoties toe te geven. 'Fijn dat je überhaupt nog de weg hiernaartoe kunt vinden! Ik heb inmiddels over jullie intriges gehoord.'

Ze bleef geschrokken staan en keek hem met grote ogen aan. Haar donkere ogen, waar hij zo van hield. En die zo konden liegen.

'Waar heb je het over? Wat voor intriges?'

'Dat weet je donders goed. Maar ik zweer je dat ik die tentoonstelling zal verhinderen. Die prutswerken zouden verbrand moeten worden in plaats van ze publiekelijk tentoon te stellen.'

Hij zag haar gelaatstrekken verstarren. Ze keek hem verbijsterd aan, alsof ze niet kon geloven dat hij het was, die deze woorden uitsprak. Hij schaamde zich voor zichzelf, maar een boze geest dwong hem nog een pijl af te schieten. 'Je kunt je aanbidder en bloemencavalier zeggen dat ik hem in mijn huis niet meer zal ontvangen. Al het andere regel ik zelf met hem.'

De woede die hem zojuist nog had beheerst, was ineens verdwenen. Versuft werd hij zich ervan bewust dat hij dingen had gezegd die hij niet meer goed kon maken. Hij liep langs haar heen naar de deur en durfde haar niet aan te kijken. Hij trok zijn pet diep over zijn voorhoofd en liep de treden af.

# 14

MARIE VOELDE EEN STEKENDE pijn. Ze kende het gevoel, het hete, kwellende gevoel dat in haar maag ontstond, naar haar keel steeg en zich vervolgens over haar hele lijf uitbreidde. Ze had het als kind vaak gehad als ze zich hulpeloos en oneerlijk behandeld voelde. Ze had het ook gevoeld toen ze had gehoord dat Paul in Rusland gevangengenomen was en ze gevreesd had hem nooit meer te zullen zien.

Het waren maar woorden, dacht ze. Ze mocht er niet te veel waarde aan hechten. Hij was emotioneel. Dat domme idee van die tentoonstelling ook.

Maar de pijn bleef vanbinnen branden. Hij werd zelfs heftiger en leek haar helemaal te overweldigen. Ze had die pijn nog nooit zo sterk gevoeld.

Wat had hij gezegd? Ze moesten de schilderijen verbranden? Hoe kon hij dat nu zeggen? Wist hij niet dat woorden iemand konden verwonden? Woorden konden doden. Hoe groot moest een liefde zijn om bestand te zijn tegen zulke woorden?

'Mama!'

Het drong ineens tot haar door dat ze nog steeds in de entreehal stond, precies op de plek waar hij die woorden naar haar hoofd had geslingerd. Hij was weggelopen en had haar laten staan. Paul, de man van wie ze hield.

'Mama!'

Dodo kwam de trap af lopen. Haar vingers zaten onder de inkt en er zat ook een donkerblauwe vlek op haar witte kraag.

'Mama, je had beloofd om vandaag met me naar het vliegveld te gaan.'

Het meisje stond buiten adem voor haar en keek haar vol verwachting aan.

'Vandaag. Ik geloof dat het vandaag te heet is voor zo'n uitstapje, Dodo.'

Diepe teleurstelling verspreidde zich over het gezicht van haar dochter. Dodo stond op het punt in tranen uit te barsten. Ach, ze wist hoe lang Dodo voor deze belofte had gevochten, hoe vaak ze had gebedeld en gesmeekt. Ze vond het vreselijk om haar kind zo teleur te stellen.

'Maar je hebt het beloofd!'

Het scheelde niet veel of Dodo was gaan stampvoeten. Marie twijfelde. Tuurlijk, ze was gekrenkt, voelde zich ellendig en had veel behoefte om alleen te zijn. Maar waarom zou Dodo daaronder moeten lijden?

'Laat mama met rust!' Leo was ook aan komen lopen. Hij pakte zijn zus bij haar arm en probeerde haar weg te trekken.

Dodo verdedigde zich. 'Waarom? Laat me los.'

Marie had goede oren. Ze verstond ook dingen die gefluisterd werden. En Leo fluisterde behoorlijk hard.

'Papa deed heel gemeen tegen haar.'

'Ach, onzin. Hij loopt altijd te schelden.'

'Vandaag was hij echt boos.'

'Nou en?'

Ze hadden het natuurlijk gehoord. Paul had immers hard genoeg gepraat. Wist hij niet dat je de geluiden in de entreehal tot op de tweede verdieping kon horen? Natuurlijk wist hij dat, hij was hier tenslotte opgegroeid. Ze besefte nu pas dat ook het personeel in de keuken het gehoord moest hebben. En haar schoonmoeder. En de…

'Jullie tweeën komen nu heel snel met mij mee naar boven, jullie hebben je huiswerk nog niet af.'

Serafina von Dobern stond bovenaan de trap en Marie meende grote tevredenheid in haar blik te kunnen aflezen. Maar het zou kunnen dat ze zich dit verbeeldde. De gouvernante gedroeg zich altijd correct tegenover haar, hoewel ze heel goed wist dat Marie het niet eens was met haar manier van opvoeden en zelfs had gewild dat ze ontslagen werd. Het was duidelijk dat Serafina von Dobern haar als vijandin beschouwde. Daarom moesten Pauls beledigingen haar veel genoegdoening hebben gedaan.

'Laat u de twee hier, mevrouw Von Dobern. Ik rijd zo meteen met ze naar de stad.'

Serafina rechtte haar zeer slanke lichaam, stak haar kin in de lucht en keek Marie van bovenaf door haar brillenglazen aan.

'Het spijt mij zeer, mevrouw Melzer. Maar dat kan ik niet toelaten. Dodo moet strafwerk maken en Leo moet de opgaven nog maken die hij gisteren niet af heeft gekregen. Overigens heeft uw schoonmoeder regelmaat hoog in het vaandel staan voor de kinderen en wil ze dat ze een strikte dagindeling volgen, zodat ze orde en discipline leren!'

Ze sprak vriendelijk maar beslist en onder het gladde oppervlak voelde Marie de zelfverzekerdheid van iemand die haar macht uitspeelde. De heer des huizes had zijn echtgenote vernederd, nu meende Serafina haar te mogen tegenspreken. Had ze dan helemaal niets meer te zeggen in dit huis? Of wilden ze haar van nu af aan als een personeelslid de levieten lezen? Ze voelde dat ze over haar hele lijf begon te beven.

'Ik geef u nog een half uur, dat moet voldoende zijn,' zei ze tegen Serafina, waarbij ze haar best deed zich te beheersen.

Ze nam haar hoed af en wierp hem op de commode. Daarna knikte ze naar Dodo en Leo en haastte ze zich langs de gouvernante naar de eerste verdieping. Ze liep snel door de gang en bereikte met haar laatste kracht de werkkamer. Daar liet ze zich buiten adem op de bank vallen en sloot ze haar ogen.

Wat is er met me aan de hand, dacht ze ongelukkig. Dit is niet de eerste ruzie tussen Paul en mij. Hij zal inmiddels allang spijt hebben van zijn woorden. Vanavond zal hij zijn excuses aanbieden.

Maar de pijn zat zo diep dat het leek alsof ze verlamd was. Er was een grens overschreden. Paul had haar vanavond onthuld hoe erg hij haar en haar afkomst verachtte. Hij, Paul Melzer, had het weeskind Marie naar zich omhooggeheven, hij had de oneindige goedheid bezeten haar tot zijn vrouw te maken. Daarvoor diende ze hem respectvol te gehoorzamen. Ze had afstand moeten doen van haar afkomst. En het werk van haar moeder dat hij 'prutswerk' had genoemd, moest volgens hem verbrand worden.

Begreep hij dan niet dat haar moeder een deel van haar was? Wat Luise Hofgartner in haar korte, wilde leven ook had gedaan, Marie zou boven alles van haar blijven houden. Haar schilderijen, die zo veel over haar vertelden, waren kostbaar voor Marie, een boodschap van haar moeder boven de dood uit. Hoe kon ze verdragen dat Paul zo minachtend over deze werken sprak?

Verbitterd dacht ze eraan dat het Pauls vader was geweest die de vroege dood van Luise Hofgartner op zijn geweten had gehad. Meer nog, Johann Melzer had ook haar vader bedrogen, hij had de geniale constructies van zijn partner gebruikt en Jakob Burkard vervolgens op oneerlijke wijze zijn aandelen in de fabriek afgetroggeld. Zij, Marie, was zo edelmoedig geweest om de Melzers die schuld te vergeven. Ze had hen vergeven omdat ze van Paul hield en ze er vast van overtuigd was geweest dat hun liefde sterker zou zijn dan de schaduwen uit het verleden.

Ze zuchtte en ging rechtop zitten. Wat was het benauwd en muffig in deze kleine ruimte. Helemaal volgestopt met kasten en boekenplanken. En met herinneringen. Je kon hier amper ademhalen. Ze legde haar handen op haar wangen en voelde de hitte in haar gezicht. Nee, ze mocht niet toelaten dat deze schaduwen haar leven verstoorden. Ze mochten ook geen vat op Paul krijgen. Maar boven alles moest ze de kinderen tegen deze duistere spoken beschermen.

Ze moest tot zichzelf komen. Tot rust komen. Niet de woede maar de liefde laten overheersen.

Ze stond op en trok het telefoontoestel naar zich toe. Ze pakte de hoorn op, wachtte op de verbinding en noemde Kitty's nummer.

'Marie? Je hebt geluk, ik wilde net het huis uit gaan. Heb je het al gehoord? Mevrouw Wiesler heeft een biografie van je moeder ontdekt. In de nalatenschap van Samuel d'Oré, stel je voor.'

Wat een nieuws. In normale tijden zou Marie haast dood zijn gegaan van opwinding. Nu luisterde ze maar met een half oor.

'Kitty, alsjeblieft. Het gaat niet goed met me. Zou je langs kunnen komen en met de kinderen naar het vliegveld aan de Haunstetterstraat kunnen gaan? Dodo wil zo graag de vliegtuigen zien.'

Aan de andere kant van de lijn was het even stil.

'Wát? Bij deze hitte? Naar dat vieze vliegveld? Waar toch niets gebeurt omdat ze failliet zijn? Ik wilde net even met drie collega's koffie gaan drinken bij Konditorei Zeiler.'

'Alsjeblieft, Kitty.'

Het klonk zo ernstig en smekend, dat Kitty helemaal verward raakte.

'Maar ik... Het is... O god, gaat het echt slecht met je, Marie? Wat is er aan de hand? Een zomers griepje? De mazelen? Stel je voor, die zijn in de Annaschool uitgebroken.'

Marie moest Kitty's woordenvloed weer eens onderbreken, wat haar veel moeite kostte omdat ze zich zo ziek voelde.

'Ik moet nadenken, Kitty. Alleen. Begrijp me, alsjeblieft.'

'Nadenken?'

Ze zag voor zich hoe Kitty nu het haar achter haar oren stak en hoe haar ogen heen en weer flitsten omdat ze de situatie probeerde te begrijpen. En ze was meteen op het juiste spoor.

'Heeft Paultje zich slecht gedragen?'

'Laten we er later over praten. Alsjeblieft.'

'Ik ben over tien minuten bij je. Of nee. Ik moet nog tanken. Over twintig minuten. Als het autootje zich goed gedraagt. Houd je het nog zo lang vol?'

'Het gaat alleen om de kinderen, Kitty.'

'Naar het vliegveld? Moet dat? Kunnen we niet met zijn allen bij de bakker een taartje gaan eten? Nee? Oké, dan niet. Ik ga mijn spullen pakken. Henni! Waar ben je nu weer? Henni, we gaan naar het vliegveld.'

'Dank je wel, Kitty.'

Ze legde de zwarte hoorn op het toestel en voelde zich een beetje opgelucht. Nu had ze de ruimte gecreëerd die ze nodig had. Ze moest zorgen dat ze duidelijkheid kreeg. Een manier vinden om oprecht te zijn zonder dat haar liefde eronder leed. Anders kon een mens niet leven.

Toen ze de werkkamer wilde verlaten, begon de telefoon op het bureau te rinkelen. Ze kromp ineen. Heel even kwam ze in de verleiding op te nemen, maar ze deed het niet. In plaats daarvan haastte ze zich weg. Ze liep door de gang naar de trap en kreeg de neiging om haar oren dicht te houden om het hardnekkige gerinkel van de telefoon niet te hoeven horen.

Beneden in de hal stonden Gertie en Else. Toen Marie zo plotseling verscheen, stoven ze uit elkaar als betrapte samenzweerders.

'Mevrouw Brunnenmayer vraagt of ze het middagmaal nog warm moet houden.'

Marie hoorde medelijden in Gerties stem. Else trok zich een paar passen terug en deed alsof ze met de plumeau bezig was. 'Bedankt, Gertie. Zeg maar tegen mevrouw Brunnenmayer dat ik geen middageten nodig heb.'

'Zoals u wenst, mevrouw Melzer.'

'Over ongeveer twintig minuten zal mevrouw Bräuer de kinderen ophalen. Zegt u tegen mevrouw Von Dobern dat dit met mij is afgesproken.'

Gertie knikte gehoorzaam. Waarschijnlijk zag ze weer gedoe op zich afkomen, de gouvernante had al een paar keer bij Alicia over de zogenaamde impertinentie van het keukenmeisje geklaagd.

'Breng alsjeblieft mijn hoed.'

Ze had geen idee waar ze heen wilde, ze wist alleen dat er hier in de villa geen plek voor haar was waar ze tot zichzelf kon komen. Dit huis ademde de overmacht van de Melzers uit, de eigendunk van deze dynastie die meende meer waard te zijn dan andere mensen. Hoe kwamen ze daar eigenlijk bij, deze verwaande textielmagnaten? Waar was al hun bezit aan te danken? En hun invloed? In feite hoofdzakelijk aan de geniale uitvindingen van haar vader. Zonder Jakob Burkard had de textielfabriek van Melzer niet bestaan.

Ze zette de hoed op, wierp een snelle blik in de spiegel en zag dat ze erg bleek was. Ze was ook weer gaan trillen. Ze besteedde er geen aandacht aan. Toen Gertie de voordeur voor haar openmaakte, drong de middagzon de hal in, de stralen tekenden een verblindende rechthoek op de marmeren vloer. Ze liep het licht in, knipperde met haar ogen, liep snel de treden af en voelde dat de zomerhitte haar de adem benam. De oprijlaan was stoffig. Wagens en karren hadden twee geulen in de met steenslag bestrooide weg gevormd, als het regende bleef het water erin staan. Nu waren ze helemaal droog en vol zand en vuil. Vroeger had de tuinman de oprijlaan in orde gehouden, maar sinds Gustav Bliefert nog maar af en toe voor de villa werkte, raakten het park en de wegen steeds verder in verval.

Wat maakt mij dat uit, dacht Marie. Mijn schoonmoeder en mijn echtgenoot nemen de beslissingen over de villa en het park, mij wordt niets gevraagd. Ze liep over het grasveld om in geen geval Kitty tegen te komen en bereikte via een omweg de poort. Haar brein haalde heel gemeen een herinnering op die ver in haar geheugen verstopt was. Op deze plek had ze gestaan toen ze in de nevel een gestalte had gezien, die ze in eerste instantie angstaanjagend had gevonden. Maar toen had ze Paul herkend. Hij was uit de oorlog teruggekeerd. Ze had het niet kunnen geloven en was zo gelukkig geweest.

Ze stopte de herinnering weg en stak de straat over, koos een van de wegen door de weiden die tussen remises, verlaten gebouwen en nieuw gevestigde fabrieken naar de stad leidden. Ze voelde zich nu beter, haar ademhaling was regelmatig en het trillen was bijna verdwenen. Waarschijnlijk kwam het doordat ze het terrein van de villa had verlaten.

Is het nu al zover met mij gekomen, vroeg ze zich geschrokken af. Nee, nee, ik moet en zal een oplossing vinden. We zullen het eens worden. Al is het maar voor de kinderen.

Grijze muizen flitsten voor haar voeten over de weg, in de lucht cirkelden twee haviken, ze kon hun heldere, langgerekte roep horen. Ze liep langs het gasbedrijf, keek angstig naar de twee ronde, uit de grond stekende tanks en passeerde de katoenspinnerij aan de Fichtelbeek. Overal werd gewerkt en gebouwd, de rentenmark had zich bewezen, de mensen kregen weer meer vertrouwen in de economie. Wat vreemd dat juist nu, nu iedereen weer vol hoop naar de toekomst kon kijken, haar privégeluk leek te breken.

In de beken zat nog maar weinig water, ze waagde het twee keer om van steen naar steen te springen en zo een klein watertje over te steken. Had Paul niet verteld hoe hij hier als jongen met zijn vrienden had gevist? Zijn eigen zoon gunde hij dat soort vrijheden niet. Ze liep de Milchberg op en liep in de schaduw van de oude huisjes van het centrum om de brandende zon te mijden. De vervallen daken en het afbladderende pleisterwerk waren haar welbekend, ook de geur van de oude binnenstad had ze nog in haar neus. Het rook hier altijd vochtig en naar verrotting, en bij donkere portieken ook naar urine. Er struinden honden rond en bij de kelderramen zaten katten die geen baasje hadden, op jacht naar ratten en muizen. Er was hier sinds haar kindertijd niet veel veranderd, slechts enkele huizen verkeerden in een betere staat.

Ze liep door nog een paar steegjes – en toen stond ze voor het huis waar ze eerder onbewust dan bewust naartoe was gelopen. Het dak van het huis was vernieuwd, voor de rest was er niets veranderd. Beneden hing nog altijd het beschilderde houten bord met de tekst: 'Bij De Groene Boom'. In een van de vuile ruiten weerspiegelde een zonnestraal die door een opening tussen de huizen de weg hierheen had gevonden. Marie bleef tegen een huismuur geleund staan om het gebouw te bekijken. Daarboven was ze geboren, daar had ze haar eerste twee levensjaren bij haar moeder mogen doorbrengen. Luise Hofgartner had gevochten, had met kleine opdrachten het hoofd boven water gehouden, schulden gemaakt, misschien ook honger geleden, maar ze had de constructietekeningen die Jakob haar had nagelaten niet aan de man willen verkopen die Jakob Burkard zijn aandeel in de fabriek had ontfutseld. Wat was ze koppig geweest! En zo hard voor zichzelf. Een vrouw die per se haar zin wilde doordrijven. Zelfs op het gevaar af dat haar dochtertje eronder leed.

Maries hart klopte luid en onrustig, haar benen trilden. Ze werd ineens bang dat ze hier in het steegje flauw ging vallen. Of nog erger. Ze herinnerde zich met afschuw de nacht in het weeshuis, toen ze in haar bed wakker werd en onder het bloed zat, en pas na een poosje besefte dat al dat bloed van haar was. Ze had een inwendige bloeding gehad en het slechts ternauwernood overleefd.

Nee, dacht ze en ze ademde diep in en uit om haar bonkende hart te kalmeren. Ze zou het haar kinderen nooit aandoen om zonder moeder te moeten opgroeien. Dan wilde ze nog liever… Ja, wat? Zichzelf verloochenen? Kon ze dat? Was dat wat ze voor haar kinderen wilde zijn? Een vrouw die zichzelf opofferde? Die afzag van dingen om het onbezorgde familiegeluk boven haar eigen welzijn te stellen? Er waren een hoop romans en verhalen die bedoeld waren om deze edele bestemming van de vrouw aantrekkelijk te maken voor jonge meisjes. In het weeshuis hadden een paar van dat soort romans in de boekenkast gestaan en ze stonden ook in de bibliotheek van de villa. Luise Hofgartner zou er waarschijnlijk alleen maar om gelachen hebben.

Ze probeerde weer verder te lopen en merkte dat er verder niets aan de hand was. Waarschijnlijk had ze zich de hartkloppingen en trillende ledematen alleen maar ingebeeld. Nu ze bewoog, ging het goed met haar. Ze sloeg de weg naar de Hallstraat in en liep van daaruit richting het station. Daar, waar de treinen langsratelden en de locomotieven floten, lagen de doden op hun laatste rustplaats op de Hermanbegraafplaats.

Ik ben gek, dacht ze. Waarom wil ik daarheen? Wonderen geschieden maar één keer en dominee Leutwien, die me destijds getroost en onderdak heeft verleend, vervult het ambt allang niet meer.

Maar haar voeten droegen haar toch naar die plek. Er was iets wat haar er met een magische kracht naartoe trok. Dat was niet het pompeuze familiegraf van de Melzers, ook niet de laatste rustplek van de arme Edgar Bräuer, die nadat zijn bank was omgevallen de hand aan zichzelf had geslagen. Het was de kleine steen die vlak bij de muur van de begraafplaats lag, half overwoekerd door gras. Daarop stond de naam van haar moeder. Luise Hofgartner. Marie had af en toe een bloemenkrans naast de steen gelegd, maar met dit hete zomerweer was er alleen een krans van klimop te krijgen omdat alle bloemen snel verwelkten.

De begraafplaats was op dit tijdstip bijna leeg. Twee in het zwart geklede vrouwen liepen tussen de rijen graven door, plantten vlijtige liesjes en gaven ze water. Naast de kerk zaten drie kinderen op de grond te knikkeren. Marie ging in het gras zitten en raakte zacht de kleine grafsteen aan. Ze streek voorzichtig over de randen en volgde met haar wijsvinger de inscriptie.

Wat moet ik doen, dacht ze. Geef me raad. Zeg me wat jij had gedaan als je mij was.

De zon brandde, in de windstilte achter de muren was de hitte nog onverdraaglijker dan in de straten. Zelfs de vogels zongen niet, alleen een hoop kleine bruine mieren sleepten ijverig hun witte cocons door het gras.

Marie besefte dat niemand haar advies kon geven over wat ze moest doen, ook haar moeder niet. Ze dacht aan Pauls verwijten en dacht na wat ze hem zou tegenwerpen. Ze moest weer denken aan het woord 'prutswerken'. God, hij dacht echt dat zij die tentoonstelling samen met Kitty had gepland. Achter zijn rug om. Hoe kon hij dat nu denken?

En wat bedoelde hij met 'aanbidder en bloemencavalier'? Ze herinnerde zich die zin nu pas, waar ze nauwelijks aandacht aan had besteed omdat ze zo verbijsterd was geweest dat hij haar moeder zo minachtte. Had hij dat ironisch bedoeld? Hij kon toch niet serieus geloven dat ze een aanbidder had? Of wel? Had hij er Klippi mee bedoeld? Die stuurde haar inderdaad af en toe bloemen, maar hij stuurde ook bloemen naar Kitty, en ook Tilly had met Pasen een boeket van hem gekregen. Maar Paul moest toch weten dat Ernst von Klippstein het nooit zou wagen om haar te na te komen!

Uitgeput keek ze of ze een plekje in de schaduw zag en ze vond er een onder een oude beuk. Een eekhoorntje rende de stam op en verdween tussen de takken. Hij ritselde tussen het gebladerte, misschien was hij daarboven een concurrent tegengekomen.

Ze nam haar hoed af en wapperde er zichzelf frisse lucht mee toe. Paul zou inmiddels vast weer tot bezinning zijn gekomen. Toch zou ze op zijn beschuldigingen ingaan, hem uitleggen dat ze tot gisteren niets van Kitty's plannen had afgeweten. Dat Ernst von Klippstein zich altijd als een gentleman had gedragen. En dat de schilderijen van haar moeder allesbehalve 'prutswerken' waren.

Ze leunde haar achterhoofd tegen de gladde boomstam en keek omhoog naar het dichte loof. Slechts op enkele plekken drongen zonnestralen als felle lichtpijlen door het groene bladerdak. Ze deed haar ogen dicht.

Nee, zei iets binnen in haar. Het gaat niet meer. Er is een grens overschreden. Niemand kan zich telkens weer tegen valse beschuldigingen verdedigen. Waar liefde is, zou vertrouwen moeten zijn. Als er geen vertrouwen is, is de liefde ook gestorven.

'Hij houdt niet meer van me.'

Ze fluisterde die zin voor zich uit, zonder het te merken. Ergens ruiste water, misschien waren het de vrouwen die bij de fontein hun gieters vulden. Misschien was het ook wel de loop van een beek, een stroompje. Haar hart bonkte, ze werd duizelig. Niet flauwvallen, dacht ze. In geen geval flauwvallen...

'Marie! O, hemel. Ik wist het! Marie! Wat is er met je aan de hand? Marie, mijn lieve, mijn allerliefste Marie.'

Als door een felle, glinsterende nevel zag ze een gezicht dat over haar heen boog. Grote, geschrokken blauwe ogen, kort haar dat op het voorhoofd en de wangen viel.

'Kitty? Ik ben… een beetje… duizelig…'

'Duizelig? Nou, godzijdank. Ik dacht al dat je dood was.'

De mist klaarde op en Marie merkte dat ze op haar rug op de grond lag, direct onder de beuk waar ze zojuist nog tegenaan had gezeten.

'Ik dacht wel dat je hiernaartoe gelopen was! Kun je opstaan? Nee, wacht, ik help je… Of zal ik een dokter halen? Daarginds wandelt een echtpaar, zij kunnen ons helpen.'

'Nee, nee, het gaat wel. Het is alleen de hitte. Waar zijn de kinderen?'

Nu Marie was gaan zitten, voelde ze weer een lichte duizeling. Kitty keek haar bezorgd aan.

'Het stelletje lawaaimakers is bij Gertrude. En daar breng ik jou nu ook naartoe.'

Marie stond moeizaam op, hield haar hand op haar voorhoofd en merkte dat Kitty een arm om haar schouders legde.

'Naar de Frauentorstraat?' mompelde ze. 'Kitty… ik…'

'Naar de Frauentorstraat!' zei Kitty energiek. 'En jullie kunnen zolang blijven als jullie willen. Voor mijn part tot de jongste dag. Of nog langer.'

# 15

HET HIELP NIET VEEL dat de gordijnen dichtgetrokken waren, het kantoor was zo benauwd dat hij zijn jasje en vest had moeten uittrekken. Gelukkig zouden er vandaag geen bezoekers komen, zodat het niemand stoorde dat meneer de directeur in hemdsmouwen achter zijn bureau zat. Paul werkte als een gek, gunde zichzelf geen pauze, dronk nu al zijn zesde kop koffie en voelde dat hij zich steeds minder goed kon concentreren.

Hij had zich laten gaan, was zijn zelfbeheersing verloren. Daar had hij het meest spijt van. Ze had hem zo ver gedreven dat hij amper nog wist wat hij zei. En natuurlijk had hij de dingen zo overdreven geformuleerd dat ze nu diep gekwetst moest zijn. Zijn actie was totaal niet nodig geweest, nu was hij de zondebok die zijn woorden terug moest nemen en zich moest verontschuldigen. Hij had zichzelf in de zwakkere positie gemanoeuvreerd. Wat was hij toch een idioot.

Hij had drie keer naar de villa gebeld. Ook daar had hij inmiddels spijt van. De eerste keer had niemand opgenomen en hij had het bij die poging moeten laten. Maar nee, hij moest natuurlijk per se zijn slechte geweten sussen en Marie zeggen dat het hem speet. Terwijl ze niet eens meer in de villa was, maar dat hoorde hij pas toen hij voor de tweede keer belde.

'Huize Melzer. U spreekt met mevrouw Von Dobern.'

De gouvernante! Wat deed die in de werkkamer? En waarom nam zij de telefoon op?

'Melzer hier,' zei hij kortaf. 'Wilt u alstublieft mijn vrouw aan de telefoon laten komen?'

'Het spijt me zeer, meneer Melzer. Uw vrouw is niet thuis.'

Een moment lang had hij werkelijk geloofd dat Marie onderweg was naar de fabriek, naar hem. Hij was bijna ontroerd, want eigenlijk was het aan hem om om vergeving te vragen.

'Bovendien zijn de kinderen met toestemming van uw vrouw alweer naar de Frauentorstraat gebracht. Ik verzeker u dat ik me ertegen heb verzet...'

Hij had niet veel zin om naar haar geklaag te luisteren.

'Heeft mijn vrouw gezegd waar ze naartoe ging?'

'Helaas niet, meneer Melzer. Ik zag haar het park in lopen en neem aan dat ze verwacht werd.'

Hij besefte dat waar hij op had gehoopt, namelijk dat hij Marie zo meteen hier in het kantoor zou zien, een hersenschim was. Ze was het park in gelopen. Waarom?

'U neemt aan,' herhaalde hij. 'Wat bedoelt u daarmee, mevrouw Von Dobern?'

'O, ik keek toevallig uit het raam en nam aan dat ze een reden had om zich achter de struiken te verstoppen.'

Hij kreeg allerlei visioenen. Ernst von Klippstein die op Marie wachtte en haar in zijn armen nam. Maar toen kreeg zijn verstand weer de bovenhand en besefte hij dat er totaal geen reden was voor dat soort gefantaseer. Ernst zat in het kantoor naast hem en was een paar orders aan het doorrekenen.

'Ik verzoek u dringend geen geruchten over mijn vrouw te verspreiden, mevrouw Von Dobern,' zei hij op scherpe toon.

'Pardon, meneer Melzer. Dat was niet mijn bedoeling. Echt niet. Ik maak me alleen zorgen.'

Deze vrouw was een valse intrigante. Waarom had hij dat niet eerder gemerkt? Hij had haar vroeger al niet gemogen, toen ze een van Elisabeths beste vriendinnen was geweest.

'Bekommert u zich liever om de opvoeding van mijn kinderen. En komt u niet aan de telefoon. De telefoontjes voor de villa gaan u niets aan!'

Hij wachtte haar antwoord niet af maar legde de hoorn met een klap op de haak. Marie was dus weggelopen. Het park in. Nou, goed, misschien hielp een wandelingetje haar om weer te kalmeren.

De derde keer dat hij belde, kreeg hij zijn moeder aan de lijn.

'Marie? Die is nog niet terug. En de kinderen ook niet.'

Het was al na vijven. Wat voor de duvel deed Marie zo lang in het park? Of zou ze toch door iemand zijn opgehaald?

'Heb je naar de Frauentorstraat gebeld?'

'Ja, ik heb gebeld, maar er werd niet opgenomen. Ik vind het gewoon schandalig van Kitty, de arme mevrouw Von Dobern is diep gekwetst. Zo kan het niet doorgaan, Paul. Je moet eens een ernstig woordje met Kitty spreken.'

'Zondag misschien,' bromde hij. 'Ik heb het nu druk.'

'Natuurlijk. Je hebt het druk. Wat fijn dat jij je overal buiten kunt houden.'

'Tot vanavond, mama!'

Dit telefoontje was het minst nodig geweest.

Hij werkte tot half zeven, trok toen zijn vest en jas aan, zette zijn strohoed op en liet tegen Von Klippstein zeggen dat hij naar huis ging.

Hij was extreem gespannen en zag bijna een vrachtkar over het hoofd toen hij het fabrieksterrein verliet en de Lechhauserstraat in reed. Zo ging het inderdaad niet langer. Hij werd doodmoe van die constante ruzies. Hij was niet meer zichzelf en ontdekte ineens eigenschappen bij zichzelf die hij vroeger zo bij zijn vader had gehaat. Ongeduld. Opvliegendheid. Onrechtvaardigheid. Hoogmoed. Liefdeloosheid. Ja, dat was het ergste. Wat was er met hun liefde gebeurd? Hij mocht niet toelaten dat die door al deze moeilijkheden werd vernietigd. Had hij niet meegemaakt hoe het huwelijk van zijn ouders steeds killer werd, tot ze alleen nog maar voor de vorm getrouwd waren? Hoe ze steeds verder langs elkaar heen leefden, met een ander dagritme en gescheiden slaapkamers? Vooral mama had er erg onder geleden. Nee, dat wilde hij noch Marie, noch zichzelf aandoen.

Hij parkeerde de auto pal voor de trapopgang van de villa – Julius kon de automobiel later in de garage zetten. Met bonkend hart liep hij de treden op. Nadat Else de deur voor hem had opengemaakt, liep hij langzaam de hal in. Het was er aangenaam koel, in het achterste gedeelte van de villa stonden de deuren naar het terras open waardoor er een licht briesje door de hal waaide.

Hij gaf zijn strohoed aan Else en aarzelde om de vraag te stellen die op zijn ziel brandde. Zijn ogen zochten de haakjes van de kapstok af. Er hingen twee hoeden waarvan er een, een lichte zomerhoed met brede rand, van zijn moeder was. De andere, een grijs ding in de vorm van een pot, was waarschijnlijk van de gouvernante. In elk geval paste die wel bij haar.

'Uw moeder verzoekt u naar de rode salon te gaan.'

Marie is er niet, dacht hij, en hij probeerde zijn paniek te verbergen. Wat was er gebeurd? Een ongeluk? O god, laat er alstublieft niets met haar gebeurd zijn. En de kinderen?

Alicia Melzer lag in de rode salon op de bank, met haar hoofd op een dik donzen kussen en met een koud kompres op haar voorhoofd. Naast haar zat Serafina op een stoel. Zij had de taak om de witte katoenen doek van tijd tot tijd in een schaal met ijswater te dopen en hem daarna weer op Alicia's voorhoofd te leggen.

Hij liep stilletjes naar binnen, sloot de deur zacht achter zich om geen geluid te maken, en liep op zijn tenen naar de bank. Alicia bewoog haar hoofd moeizaam in zijn richting, schoof het kompres iets hoger en deed haar ogen open.

'Mevrouw Von Dobern. U mag u terugtrekken.'

'Dank u, mevrouw Melzer… Ik wens u beterschap. Ik ben in de buurt, mocht u me nodig hebben.'

Serafina gunde Paul een waardig knikje, meer niet. Waarschijnlijk nam ze hem het telefoongesprek kwalijk. Alicia wachtte tot de gouvernante de deur achter zich had gesloten, wierp het kompres in de schaal en ging rechtop zitten.

'Goed dat je er eindelijk bent, Paul,' kreunde ze. 'Er gebeuren vreselijke dingen. De aarde trilt onder onze voeten. De hemel stort in.'

'Mama, alsjeblieft!'

Ze ging met haar hand over haar nog vochtige voorhoofd en hijgde een beetje. 'Kitty heeft een half uur geleden gebeld. Marie en de kinderen zijn bij haar in de Frauentorstraat.'

'Godzijdank!' riep hij onwillekeurig. 'Ik vreesde al dat er wat met ze gebeurd was.'

Alicia keek hem met een starre blik aan. 'Laat me uitpraten, Paul. Mijn dochter Kitty deelde me met heel weinig woorden mede dat Marie niet van plan is naar de villa terug te keren. Ze wil bij Kitty blijven en ook de kinderen bij zich houden.'

Paul voelde dat zijn adem stokte. Had hij het goed gehoord? Dat kon toch niet waar zijn. Marie hoorde hier. Ze was zijn vrouw. Wat voor een idioot idee had Kitty nu weer bedacht?

'Dat geloofde je toch zeker niet, mama?'

Alicia maakte een vermoeide armbeweging, een gebaar van hulpeloosheid.

'Natuurlijk niet. Maar inmiddels vrees ik dat ze het serieus meende. Stel je voor.' Ze moest nu toch haar zakdoek gebruiken omdat de tranen kwamen. 'Hanna, dat perfide mens. Zonder dat we het hebben gemerkt, is ze het huis in geslopen, heeft ze boven in de kinderkamers de schoolspullen en een paar kleren van de kinderen ingepakt en is ze ervandoor gegaan.'

Nu werd ze overmand door wanhoop. Haar schoondochter had ze nog wel kunnen missen. Maar niet haar kleinkinderen. Haar kleinkinderen, die ze zo innig liefhad! 'Paul, ze heeft ons verlaten en de kinderen meegenomen. Ik had nooit gedacht dat Marie tot zoiets in staat zou zijn. Maar dat komt ervan als je met een vrouw trouwt die geen behoorlijke opvoeding heeft genoten. Heilige Moeder Maria, ik heb zelf zware tijden in mijn huwelijk meegemaakt. Maar ik zou nooit op het idee zijn gekomen om mijn echtgenoot te verlaten.'

'Wat een onzin allemaal!' riep Paul. 'Dit heeft Kitty bedacht om mij te laten schrikken. Je weet toch hoe ze is.'

Alicia slaakte een diepe zucht, drukte het kompres in het ijswater en hield het tegen haar voorhoofd. 'Ik ken mijn dochter Kitty, zeker. Maar Marie is voor mij een gesloten boek. Ze is vaak zo lankmoedig. Zo ongelofelijk geduldig. Altijd aanspreekbaar, hulpvaardig. Ja, ze heeft werkelijk een aantal goede eigenschappen, jouw vrouw. Maar dan, heel plotseling, doet ze dingen die niemand kan begrijpen. IJskoud en meedogenloos.'

Paul was opgestaan om haar een knuffel te geven en haar te kalmeren. Hij zou de kwestie oplossen, beloofde hij haar. Vandaag nog. Ze moest zich verder niet meer opwinden.

'Alles komt goed, mama. Ik rijd nu meteen naar de Frauentorstraat en ga het met Marie uitpraten. Over uiterlijk twee uur zijn we allemaal weer hier.'

'Moge geschieden wat je zegt.'

Toen hij de deur van de salon openmaakte, ontdekte hij Gertie, die met Julius voor de eetkamerdeur stond en blijkbaar nieuwtjes uitwisselde. Julius nam meteen een dienstvaardige houding aan, terwijl Gertie verlegen opzijstapte, omdat zij nu eigenlijk in de keuken had moeten zijn.

'Moet ik de automobiel in de garage zetten, meneer Melzer?'

'Nee, Julius. Ik heb hem nog nodig.'

Julius maakte een kleine buiging. Het zou nooit in hem opgekomen zijn om nog vragen te stellen. Een paar maanden geleden had Paul een lang, serieus gesprek met zijn personeelsleden gevoerd en hun beloofd de bevoegdheden van de gouvernante te beperken. Wat hij ook had gedaan. Helaas torpedeerde zijn moeder die instructies weer – daartegen was hij machteloos.

'Gertie, nu je er toch bent, zeg in de keuken dat we later dineren. En vraag mijn moeder of ze iets nodig heeft.'

'Zoals u wenst, meneer Melzer.'

Als een kievit liep ze weg. Een bekwame meid, deze Gertie. Jammer, ze zou vast niet lang in de villa blijven, waarschijnlijk wilde ze hogerop komen. Misschien zouden ze haar moeten steunen en het voor haar mogelijk moeten maken dat ze tot kokkin werd opgeleid. Of misschien tot kamenierster.

Hij vroeg zich af waarom hij in deze moeilijke situatie uitgerekend over Gerties toekomst nadacht. Het was belangrijker om een strategie voor de ontmoeting met Marie te bedenken, maar hij wist niets goeds te bedenken. Hij zou met haar praten. Op een goede manier. Geen verwijten. Rustig blijven en in geen geval boos worden. Naar haar luisteren. Ja, dat was waarschijnlijk de beste strategie. Hij zou haar laten praten. Hij zou naar haar verwijten luisteren zonder ertegenin te gaan – wat verdomd moeilijk zou zijn – en wachten tot ze gekalmeerd was. Als ze zich eenmaal had afgereageerd, zou het gemakkelijker zijn. Hij moest haar en de kinderen terug naar de villa zien te krijgen. Dat was het belangrijkste. Daarna konden ze altijd nog over en weer argumenten noemen en tot een oplossing komen. Zelfs een beetje ruziën, mocht dat niet te vermijden zijn. Maar liever niet. Hij zou eerst in alle punten toegeven, om dan later een paar problemen, zoals Leo's opvoeding, aan te kaarten om zijn ideeën erdoor te krijgen.

Het was nog steeds heel warm, hoewel de zon al laag stond en de stralen minder krachtig waren. In de stad leek het wel of de huizen en de straatstenen de hitte van overdag opsloegen. Sommige restaurants hadden tafeltjes en stoeltjes buitengezet, waar vooral jonge mensen aan de koffie of het bier zaten. Terwijl hij erlangs reed, zag hij dat er heel wat vrouwen zonder begeleiding van een heer zaten, wat vóór de oorlog voor een fatsoenlijke jonge vrouw onmogelijk zou zijn geweest. Sommigen rookten zelfs ongegeneerd in het openbaar.

Af en toe zwaaide er een kennis naar hem, die hem aan het stuur van de open wagen had herkend. Paul groette schijnbaar vrolijk terug en als het een vrouwelijk persoon was, nam hij met een beleefde glimlach zijn hoed af. Hij was blij toen hij de Frauentorstraat in reed en vroeg zich af waar deze mensen de tijd en het geld vandaan haalden om op een normale doordeweekse dag 's avonds op een terras te zitten. Er waren nog steeds een hoop werklozen, die amper wisten hoe ze hun gezin moesten voeden, terwijl anderen hun geld met wijn verbrasten en nutteloos zaten te kletsen.

Hij zette de auto voor Kitty's tuinhuisje neer, dat ze als garage gebruikte. Er klonk pianomuziek. Het klonk alsof Leo verbeten een veel te moeilijk stuk oefende. Als Paul zich niet vergiste, was het 'Appassionata' van Beethoven. Het begin was al behoorlijk goed, maar daarna was het nog moeizaam getingel. Als de jongen die onverzettelijke volharding ook op andere gebieden zou tonen, kon hij ver komen.

Hij trok zijn jasje glad en schraapte zijn keel voordat hij bij de voordeur aanbelde. Toen er niet meteen werd opengedaan – ze hadden geen dienstmeisje – nam hij ook zijn hoed af. Hij wilde in geen geval bazig en veeleisend overkomen.

Ze lieten hem wachten. Waarschijnlijk hadden ze door het raam zijn auto gezien, misschien hadden ze hem ook wel geobserveerd toen hij uitstapte en naar de voordeur liep. Hij kon horen dat er binnen gepraat werd, vooral Kitty's stem was onmiskenbaar. Het pianospel stopte. Eindelijk ging de voordeur een klein stukje open.

Gertrude keek Paul wantrouwig door de kier aan. Was ze bang dat hij haar zou aanvallen?

'Goedenavond, Gertrude,' zei hij op een onschuldige toon. 'Mag ik binnenkomen?'

'Beter van niet.'

Blijkbaar hadden ze haar als een cerberus naar de deur gestuurd. Maar zo gemakkelijk kwamen ze niet van hem af.

'Ik wil graag mijn vrouw en kinderen zien,' zei hij nu iets feller. 'Ik denk dat ik daar recht op heb.'

'Dat denk ik niet.'

Ongelofelijk! Gertrude Bräuer was altijd al een raar mens geweest.

Toen haar man nog leefde had men op soirees haar taalgebruik gevreesd aangezien ze geen geheim maakte van wat ze dacht.

'Het spijt me, Gertrude,' zei hij en hij zette zijn voet in de deuropening. 'Maar ik ben niet bereid om me zo te laten afpoeieren. Als je niet wilt dat ik met de politie terugkom, kun je beter opzijgaan!'

Hij had er genoeg van, duwde de deur met zijn schouder open en liep de gang in. Gertrude kon hem niet tegenhouden en deinsde achteruit. Op hetzelfde moment verscheen Kitty in de gang. Zijn zus was erg bleek en ongewoon ernstig.

'Het is beter dat je gaat, Paul,' zei ze zacht. 'Marie is ziek. Dokter Greiner heeft gezegd dat ze zich in geen geval mag opwinden.'

'Ziek?' vroeg hij ongelovig. 'Wat heeft ze dan?'

'Ze is ingestort. Je weet toch dat ze vroeger een inwendige bloeding heeft gehad?'

Hij wilde het niet geloven, verlangde dat hij bij haar werd gelaten. Alleen om even naar haar te kijken. Hij was immers haar echtgenoot.

'Goed. Maar maak haar niet wakker. Dokter Greiner heeft haar een slaapmiddel gegeven.'

Marie lag in Kitty's bed, broos en bleek, en met gesloten ogen. Hij moest aan Sneeuwwitje denken die in haar kist sliep. Hij werd misselijk van angst.

'Morgen,' zei Kitty en ze deed de deur weer dicht. 'Misschien morgen.'

Onverrichter zake reed hij terug. Hij had niet eens geëist dat hij de kinderen mee kon nemen, om vooral geen ophef te veroorzaken die schadelijk zou kunnen zijn voor Marie.

# 16

*Augustus 1924*

ELEONORE SCHMALZLER WAS SINDS ze met pensioen was gegaan nauwelijks veranderd. Elisabeth had de indruk dat de voormalige huisdame zelfs een paar jaar jonger was geworden. Misschien kwam het door de gezonde plattelandslucht en het overvloedige eten, maar het kon ook komen doordat ze niet meer verantwoordelijk was voor het grote huishouden van de villa. Hier, in haar kleine woonkamer, tussen de ouderwetse meubels en de uit Augsburg meegebrachte, bonte gordijnen vond Elisabeth haar benijdenswaardig gelukkig en tevreden.

‘Wat fijn dat je me een keer komt bezoeken, lieve Lisa… Ik mag toch nog Lisa zeggen, als we onder elkaar zijn?’

‘Natuurlijk, graag zelfs,’ haastte Elisabeth zich te zeggen. ‘Hoe hebt u het eigenlijk voor elkaar gekregen om u tot kamenierster op te werken?’

Eleonore Schmalzler glimlachte niet zonder trots en legde een stukje kwarktaart op Elisabeths gebaksbordje. ‘Wel, het is gewoon zo gelopen. Ik was dertien toen ik op het landgoed kwam. Je moeder en ik waren van begin af aan net zussen. Op gepaste afstand, uiteraard. Maar de genegenheid tussen ons meisjes was groot. Je weet vast wel dat je moeder een ernstig ongeluk heeft gehad met een paard. Dat was in 1870, vlak nadat haar lievelingsbroer in de oorlog tegen Frankrijk was gesneuveld. Ik heb toen dag en nacht bij haar gezeten. Ik heb haar getroost in haar verdriet terwijl ik zelf helemaal vertwijfeld was.'

Elisabeth nam een slok koffie die gelukkig met melk was aangelengd. Haar moeder had slechts zelden over haar oudere broer Otto gesproken, maar ze wist dat hij in Frankrijk was gesneuveld. Daarom had haar moeder zo'n hekel aan alles wat Frans was.

'Hij was een knappe jongeman,' zei Eleonore Schmalzler en ze keek dromerig uit het raam. 'Lang, donker haar en een snorretje. Hij lachte vaak, hij hield van het leven. Hij stierf zo jong.'

Kijk eens aan, dacht Elisabeth. Zou de kleine Ella verliefd zijn geweest op tweede luitenant Otto von Maydorn? Het idee had na zo veel jaar iets magisch, nu hij al lang onder de grond lag en het kleine meisje van toen een oude vrouw was geworden.

Lisa besloot gauw de vraag te stellen waarvoor ze hier eigenlijk naartoe gekomen was. Als de achterneefjes van juffrouw Schmalzler terugkwamen om hier aan tafel hun gebak te eten, zou het te laat zijn.

'Ik heb een vraag, juffrouw Schmalzler.'

Eleonore Schmalzler leek totaal niet verbaasd, waarschijnlijk had ze al zoiets verwacht. Ze sloot zorgvuldig het raam en ging bij Lisa aan tafel zitten.

'Het is iets wat onder ons moet blijven.'

Eleonore Schmalzler knikte en Elisabeth wist dat ze haar kon vertrouwen. Discretie was altijd een van haar grootste deugden geweest.

'Het gaat om… om de heer Winkler.'

Elisabeth onderbrak zichzelf en wachtte even in de hoop dat juffrouw Schmalzler zelf zou beginnen te praten. De voormalige huisdame keek haar aandachtig aan, maar zei geen woord.

'Ik hoorde van mijn tante dat hij hier in mei een nacht heeft geslapen, voordat hij… doorreisde.'

'Dat klopt.'

Waarom moest ze bij deze vrouw elk woord eruit trekken? Juffrouw Schmalzler wist vast allang waar ze naartoe wilde.

'Heeft hij... heeft hij toen verteld...' Ze stopte weer. Het was moeilijk om de juiste woorden te vinden. Sebastian was geen prater, hij had vast en zeker niets over hun relatie verraden. En toch...

'Wat zou hij verteld moeten hebben?'

'Ik bedoel wat hij zoal van plan was. Wat zijn plannen waren. Waar hij wilde verblijven.'

Juffrouw Schmalzler leunde op haar stoel naar achteren en vouwde haar handen in haar schoot. Tegen de donkere wollen stof zagen haar handen er erg wit uit, glad, geen eeltplekken of kloven, de handen van een vrouw die nooit op het veld had hoeven werken.

'Wel,' zei ze traag. 'Ik heb vier jaar geleden, toen we samen naar Pommeren zijn gereisd, al lange tijd met meneer Winkler gepraat. Hij is een man van principes.' Ze laste een pauze in en keek Elisabeth onderzoekend aan.

'Dat is ook mijn indruk,' zei Elisabeth snel.

'Hij verkeerde toen in een lastige positie,' ging juffrouw Schmalzler verder. 'We wisten allemaal van zijn betrokkenheid bij de Radenrepubliek en zijn verblijf in de gevangenis. We hebben er tijdens de treinreis vrij open over gepraat en ik raakte ervan overtuigd dat de heer Winkler een idealist is die het alleen maar goed voor heeft met mensen.'

Elisabeth knikte. Wat zou Sebastian verteld hebben?

'Hij was jou oneindig dankbaar omdat je hem op landgoed Maydorn hebt aangesteld,' zei juffrouw Schmalzler glimlachend. 'En hij was nog blijer toen hij later hoorde dat jij met je echtgenoot ook naar Pommeren ging verhuizen.'

Elisabeth voelde dat ze rood werd. Natuurlijk had juffrouw Schmalzler haar spel doorzien, wat had ze anders van haar verwacht? Ze had niet naar haar toe moeten gaan. Maar het was helaas de enige mogelijkheid om iets over Sebastians verblijfplaats te vernemen.

'Het... het kwam zo uit,' zei ze. 'De ernstige verwonding van mijn man vroeg om bijzondere maatregelen. Hier op het platteland was het voor hem gemakkelijker om opnieuw te beginnen.'

'Zeker,' zei Eleonore Schmalzler. Ze nam een slok koffie en zette het kopje zorgvuldig terug op het schoteltje.

Elisabeth ontplofte bijna van ongeduld. Waren dat niet al de stemmen van de hongerige knapen?

'Wel,' pakte juffrouw Schmalzler de draad weer op. 'In mei kwam meneer Winkler laat in de avond op de boerderij. We waren allemaal zeer verrast, want hij was te voet en had een reistas bij zich. Hij vroeg of hij hier mocht overnachten, wat we uiteraard goed vonden. Hij heeft ons niet verteld waarom hij zo laat aankwam, maar hij was van plan om naar Neurenberg te reizen. Daarom heeft mijn neef hem de volgende ochtend met de paard-en-wagen mee naar Kolberg genomen.'

Elisabeth had al vermoed dat het ongeveer zo gegaan was. Hij was laat in de avond halsoverkop weggelopen, die domkop. Uit woede dat hij toch 'zwak was geworden' en gedaan had wat ze hoopte dat hij zou doen. Terwijl hij er minstens zo veel plezier aan had beleefd als zij. Maar nee, meneer Winkler was een man van principes.

'Naar Neurenberg. Heeft hij een adres genoemd?'

'Hij zei dat hij niet zeker wist of hij daar een onderkomen zou vinden.'

Elisabeth voelde de nare misselijkheid weer opkomen en ademde diep in om het te laten zakken. Wat was het vernederend om zo achter hem aan te jagen. Waarom had hij nog steeds geen contact met haar opgenomen? Maar zo ging het nu eenmaal: wat ze ook deed, het draaide uit op een mislukking. Vooral als het om de liefde ging, had ze alleen maar pech.

'Ik vond het erg leuk om zo gezellig met u te praten, juffrouw Schmalzler. Ik hoop dat u gauw eens bij ons op het landgoed op bezoek komt.'

Eleonore Schmalzler stond op om haar gast naar de deur te begeleiden. Daar aarzelde ze heel even, toen pakte ze Elisabeth bij haar arm. 'Wacht,' zei ze zachtjes. 'Ik weet niet of het juist is wat ik doe. Maar ik denk dat het mijn plicht is.'

Ze maakte een kastdeur open en trok een brief tussen de kopjes en bloemenvazen uit.

'Hij stuurde me in juni een brief waarin hij me vroeg om iets over het wel en wee op het landgoed te vertellen. Wat ik in korte bewoordingen heb gedaan. Ik was niet gediend van nog meer brieven en heb ook geen brieven meer ontvangen.'

De brief was vanuit Günzburg verstuurd en er stond een retouradres op. Sebastian Winkler – bij familie Josef Winkler, Pfluggasse 2. Hij logeerde dus bij zijn broer. O, die Schmalzler! Ze had haar gewoon aan het lijntje gehouden!

'Ik zal voor je bidden, Lisa,' zei juffrouw Schmalzler ernstig. 'Het leven gaat niet altijd liefdevol met je om, meisje. Maar je bent sterk en op een dag zul je gelukkig zijn. Ik weet het heel zeker.'

Ze omhelsde Elisabeth bij het afscheid en hield haar stevig tegen zich aan, wat ze vroeger nooit gedurfd zou hebben. Elisabeth was geroerd, het was bijna alsof het haar moeder was die haar zo'n lieve knuffel gaf.

'Dank u wel. Ik dank u met heel mijn hart.'

Op de bok in de frisse lucht ging het beter met haar, ook de sukkelende beweging van de wagen en de geur van de merrie deden haar goed. Maar het was vooral de brief in haar handtas die eraan bijdroeg dat ze zich beter voelde. Natuurlijk zou het kunnen dat Sebastian intussen een ander onderkomen had gevonden. Maar zijn broer zou de post vast en zeker naar hem doorsturen.

Hij had dus willen weten hoe het op landgoed Maydorn ging. Dat tenminste wel. Had hij zich zorgen om haar gemaakt? Ach, onzin! Waarschijnlijk wilde hij weten of ze deed wat hij had verlangd, namelijk scheiden van haar echtgenoot. En toen hij las dat daar geen sprake van kon zijn, had hij nooit meer contact opgenomen. O, wat een eigenwijze kwast.

Ze hadden die nacht in mei heftig ruzie gehad. Niet meteen – eerst waren ze allebei alleen maar ongelofelijk gelukkig geweest. Het was immers als in een roes gebeurd, een vuurwerk van lang opgekropte hartstocht, een ontmoeting waarbij ze amper wisten wat er met hen gebeurde. Daarna voelden ze zich uitgeput. En ten slotte beseften ze wat ze hadden gedaan. Zo ongeveer moest het ook in het paradijs zijn gegaan. De verboden vrucht was opgepeuzeld, nu wachtte de engel met het straffende zwaard.

In hun geval nam Sebastian die rol meteen zelf over. 'Er is maar één oplossing,' had hij gezegd. 'Ik wil dat je mijn vrouw wordt. Dat je openlijk voor de hele wereld voor mij kiest. En ik zweer je dat ik je op handen zal dragen.'

Hij zou een baan vinden. Een kleine woning, direct naast de dorpsschool. Een bescheiden leven, oprecht en gelukkig. Nee, hij was niet bereid om met haar in de villa van de Melzers te gaan wonen. Hij wilde ook geen bescherming van de kant van haar familie. Wat dat betreft was hij heel ouderwets. Als ze niet bereid was zijn lot te delen, dan hield ze niet van hem.

O, wat had ze een hoop argumenten aangevoerd. Dat ze het niet gewend was om in armoede te leven. Dat het onzin was om van de hulp van haar familie af te zien. Dat het sowieso maar de vraag was of hij een baan kreeg, het was immers nog maar vijf jaar geleden dat hij bij de Radenrepubliek betrokken was geweest. Maar hij was niet voor rede vatbaar geweest. Ze had hem lang genoeg aan het lijntje gehouden. Kon ze niet begrijpen hoe erg ze hem daarmee gekwetst had? Hij stond erop dat ze trouwden, wilde een door God gezegende verbintenis tussen twee mensen die een gezin wilden stichten. Hij had de hele tijd gehoopt dat ze dat zou inzien en eindelijk de scheiding zou aanvragen. Zeker, hij had kunnen begrijpen dat ze medelijden met haar echtgenoot had, vanwege zijn oorlogsverwonding waardoor hij vreselijk verminkt was. Maar inmiddels ging het uitstekend met haar echtgenoot, terwijl hij, Sebastian, de wanhoop nabij was en dagelijks wenste dat hij dood was.

Had ze iets gezegd als 'Stel je niet zo aan!'? Ze kon het zich niet meer precies herinneren, ze waren immers allebei gespannen en boos geweest. Maar hij was uit bed gestapt, had zijn kleren aangetrokken en was ervandoor gegaan. En omdat zij die stomme voetblessure had, had ze niet achter hem aan kunnen rennen.

Hij zal zich wel weer kalmeren, had ze gedacht. Hij heeft het bed met me gedeeld, hij zal blijven. Maar het was heel anders gegaan. De volgende ochtend vertelde het dienstmeisje haar dat de heer Winkler 's avonds laat was weggegaan. Zijn grote koffer, die hij al had ingepakt, had hij achtergelaten.

Zonder afscheidsbrief. Zonder adres. Hij had haar geen kans gegeven. De eerste weken waren verschrikkelijk voor haar. De dokter had aan haar voet zitten trekken tot ze er misselijk van werd. Hij had gezegd dat het een stabiele breuk was en dat ze geluk had gehad. Zes weken niet belasten, met twee spalken omzwachtelen en dan zou het wel weer genezen. En zo lag ze dag en nacht in haar kamer, zwevend tussen boosheid, vertwijfeling en verlangen. Ze schreef talloze brieven die het dienstmeisje dagelijks voor haar ogen in de open haard moest verbranden. Ze probeerde te lezen, haakte stomme grand foulards en speelde met de grijze kat die zich naast haar bed installeerde en de maaltijden met haar deelde. Af en toe vroeg ze of er post was gekomen. Kitty schreef haar. En Serafina. Haar moeder stuurde haar lieve brieven, Marie troostte haar en wenste haar veel beterschap. Alleen degene op wiens brieven ze zo wanhopig wachtte, stuurde niets.

Toen ze eindelijk weer kon staan en hinkelend rond kon lopen, had ze genoeg te doen met haar pijnlijke enkel. Ze was er zo mee bezig dat ze in eerste instantie niet de veranderingen in haar lichaam opmerkte. Natuurlijk was ze door het lange liggen aangekomen. Maar waarom knapte haar korset bij haar boezem bijna? En waarom moest ze constant naar het toilet, had ze een blaasontsteking? Goed, ze was niet ongesteld geworden, en het was al de tweede keer dat haar menstruatie uitbleef, maar ze had altijd al een onregelmatige cyclus gehad. Pas toen ze zich 's ochtends heel naar en misselijk voelde, begon ze achterdochtig te worden. Tot overmaat van ramp breidde de indigestie zich over de hele dag uit en had ze er zelfs 's nachts last van waardoor ze slecht sliep. Het was gewoon afschuwelijk, zodra ze iets had gegeten, kwam het er weer uit.

'Brrr!'

Het lukte haar nog net om de merrie halt te laten houden, toen had haar maag gewonnen en kwamen de paar hapjes kwarktaart er weer uit. Kreunend zocht ze haar zakdoek om haar mond af te vegen. Er waren twee mogelijkheden. Of tante Elvira had gelijk en ze had een lintworm. Of... ze was zwanger. Maar dat kon eigenlijk niet. Ze was negen jaar met Klaus getrouwd en zeker in de eerste periode was hij een ijverige echtgenoot geweest. Wat had ze wanhopig gehoopt zwanger te raken, maar er was niets gebeurd. En nu zou één enkele nacht voldoende zijn geweest?

Maar wat voor een nacht, dacht ze smachtend. En wat verlangde ze naar hem. Vooral de laatste tijd had ze vaak wakker gelegen en met open ogen over hem gedroomd. Ook andere dingen had ze gedaan, waar ze zich vreselijk voor schaamde. Maar ze had zich er niet tegen kunnen weren, haar lichaam had het haar bevolen.

Eén ding was in elk geval zeker. Als ze inderdaad een kind onder haar hart droeg, dan was het van Sebastian, want Klaus had haar sinds kerst niet meer aangeraakt. Het zou een grandioze vergelding voor zijn ontrouw zijn als ze hem nu het kind van een ander in de maag zou splitsen. Wilde ze dat? O, Klaus had zo'n 'koekoekskind' dubbel en dwars verdiend. Maar waarschijnlijk kreeg ze helemaal geen kind. Ze had een lintworm, daar bestonden middeltjes tegen, die moest je slikken en dan was je van het beest af. Misschien staakte haar galblaas ook wel. Het eten hier op het platteland was erg vet, daar moest je van kinds af aan aan gewend zijn. Het was het beste als ze van nu af aan alle vette voeding meed, evenals boter en zoet gebak. Eens kijken of haar maag dan weer tot rust kwam.

Ze ging weer goed zitten op de bok en dreef de merrie aan. Het was augustus en er stond een zacht briesje, dat over haar hoofd aaide zonder haar kapsel in de war te brengen. Peinzend keek ze uit over de weiden waarop het donkergroene, vers gemaaide gras in de zon lag uitgespreid. Als ze Sebastians vrouw zou zijn, moest ze ouderwetse kleren en schoenen dragen. Dan mocht ze nooit meer haar haar kort knippen. Dan moest ze dagelijks eten voor hem koken. Hem troosten als het leven hard voor hem was. Op zaterdagavond een bad voor hem klaarmaken. Hem verwennen. Zijn lot delen. Ook de badkuip met hem delen. En het bed. Vooral het bed. En op zondag misschien zelfs...

Houd op, dacht ze. Het gaat niet. Na een paar maanden zou ze al claustrofobie krijgen in de kleine woonkamer. En de eeuwig rokende oven in de keuken, daar kreeg je rode ogen van. Elke middag gerstesoep. In de winter bibberen van de kou. De vrouw van een arme schoolmeester. En als hij geen werk heeft? Moet ik met hem in een kelder wonen? Op straat leven? Hoe kan hij me dat aandoen? Is dat de liefde waarover hij het had? Ik zie geen liefde, ik zie alleen koppigheid. O nee, Sebastian Winkler. Zo eenvoudig is dat niet. Gewoon weglopen en denken dat ik je achterna ren! Een ultimatum stellen en er dan vandoor gaan. Mij chanteren. Nou, dan kun je wachten tot sint-juttemis.

En ze was helemaal niet zwanger. Totaal niet. Ze voelde zich geweldig. Een kleine indigestie, dat was alles.

Waarom heb ik me bij Eleonore Schmalzler belachelijk gemaakt, dacht ze geërgerd. Wie weet wat ze nu van me denkt. Terwijl ik dat stomme adres helemaal niet nodig heb. Maar nou ja, het kan ook geen kwaad het te hebben.

Op het erf werd voor de schuur het hooi afgeladen. Vanuit de verte hoorde ze al de heldere, felle stem van haar echtgenoot.

'Op de dorsvloer uitspreiden! En let de volgende keer op dat het spul goed droog is. Mijn paarden krijgen geen verrot hooi!'

Toen hij Elisabeth zag, verliet hij zijn plaats boven op de dorsvloer en klom hij van de ladder.

'Waar was je zo lang?' vroeg hij en hij pakte de teugels van de merrie over. 'Ik heb op je gewacht.'

Hij droeg een donkerblauwe, nogal smerige pet met klep, die hij zoals altijd diep over zijn voorhoofd had getrokken. Glimlachte hij? Waarschijnlijk. Het was lastig te zien omdat zijn lippen en wangen onder de littekens zaten van de operaties.

'Heb je op me gewacht?'

'Ja, Lisa. Ik wilde iets met je bespreken.'

Ze voelde meteen weer de misselijkheid opkomen en ze moest zijn arm vasthouden toen ze van de bok klom. Het was niet moeilijk te raden wat hij wilde bespreken. Waarschijnlijk wilde hij het kind dat die Pauline acht weken geleden op de wereld had gezet als het zijne erkennen. Het was een jongetje.

'Wat is er?' vroeg hij toen ze zwaar ademend voor hem stond.

'Niks. Wacht op me in de woonkamer.'

Het lukte haar nog net om om de composthoop van de kleine moestuin heen te lopen. Daar bleef ze een poosje staan en kokhalsde ze net zo lang tot ze zich eindelijk beter voelde.

'Het wordt een jongen,' zei de oude dienstmeid Berta vanuit het hoekje met de frambozen. 'Als u zo spuugt, wordt het een jongen, bazin. Geloof me maar.'

Elisabeth knikte kort naar haar en haastte zich het woonhuis in. Geen vet meer. Geen zoet gebak. Afgelopen daarmee. Voor eens en altijd!

In de woonkamer zat Klaus voor de open haard. Hij gebaarde haar op de bank te gaan zitten.

'Houd het kort,' zei ze. 'Ik voel me niet goed. En bovendien weet ik wat je me wilt zeggen. Het is nogal overbodig, aangezien de hele wereld al weet wie de vader is.'

'O ja?' zei hij met lichte ironie in zijn stem. 'Laat me raden. Sebastian Winkler?'

Ze schoot overeind en staarde hem verbijsterd aan. 'Wat?' fluisterde ze. 'Waar heb je het over?'

Hij ging er niet op in. In plaats daarvan nam hij zijn pet af en nu kon ze inderdaad zien dat hij glimlachte.

'Ik wil scheiden, Lisa. En ik denk dat het ook in jouw belang is.'

'Jij?' stamelde ze. 'Jij wilt... scheiden?'

Ze kon het niet geloven. Hij was degene die met één onverschrokken klap de knoop doorhakte, de beslissing nam. Scheiden. Het einde. Maar misschien ook een nieuw begin.

'Laten we niet met ruzie uit elkaar gaan, Elisabeth,' zei hij vriendelijk. 'Ik heb oneindig veel aan jou te danken, dat zal ik nooit vergeten.'

# 17

IN HAAR KOORTSDROMEN ZAG ze dingen die lang in de diepste diepten van haar bewustzijn hadden gesluimerd, als verwelkte bladeren die in een vijver naar beneden waren gezonken. De beelden waren vaag en leken te bewegen, als een spiegeling op een golvend wateroppervlak. Soms was het maar één beeld, een herinnering waar ze vertederd naar keek, waar ze tegen praatte en soms ook om huilde. En dan kwamen er ineens een heleboel verschrikkelijke scènes in haar boven, verwarrend alsof ze voor het raam van een snelle trein zat en het landschap voorbij zag razen, en dan lag ze hijgend in het kussen, overgeleverd aan de koortsfantasieën.

In het begin zag ze haar moeder. Het waren vage beelden, potloodschetsen, zonder kleur. Een jonge vrouw voor een schildersezel, met een wollen doek om haar schouders, waar haar lange, losse haar overheen viel. Haar gezicht was hoekig, de neus stak uit, Marie zag de kin, de lippen waren opeengeperst. Haar rechterhand ging telkens met felle bewegingen over het blad op de schildersezel. Zwarte strepen en vlakken. Ze tekende met houtskool.

Dan verscheen het gezicht van haar moeder weer heel dichtbij. Het gezicht boog zich over haar heen en was heel anders. Liefdevol. Ze lachte tegen haar. Plaagde haar. Knikte naar haar. Haar moeder legde haar hoofd schuin, wierp haar lange haar naar achteren. Marie… *Ma fille.* Marietje… Mariakind… Mijn kleine Maria… *Que je t'aime.* Mijn heilige… *Ma petite, mon trésor…*

Ze hoorde de koosnaampjes en herkende ze weer. Allemaal. Maries handen waren heel klein en ze zwaaide ermee voor het gezicht van haar moeder, pakte haar moeders neus beet. Ze hoorde haar moeder lachen en mopperen: 'Laat los, kleine wilde. Je doet me pijn!' Ze voelde een dikke, roodachtige pluk haar in haar vuist, stopte hem in haar mond en wilde hem niet meer loslaten.

Als ze eventjes uit de koortsdromen ontwaakte, zat Hanna naast haar, met een beker in de hand. Ze probeerde haar een beetje kamillethee te geven. Marie dronk gulzig, moest hoesten en zakte uitgeput terug in het kussen.

'U moet iets eten, mevrouw Melzer. Eén lepeltje maar. Gertrude heeft speciaal runderbouillon met ei voor u gemaakt. Goed zo… Nog een klein lepeltje. En een piepklein stukje witbrood.'

Het eten stond haar tegen. Ze wilde alleen drinken, wilde haar droge mond, haar uitgedroogde tong bevochtigen en koud water in haar lichaam gieten, dat gloeide van de koorts. Maar elke beweging kostte enorm veel inspanning, het lukte haar nauwelijks om haar hoofd op te tillen. Haar hart ging tekeer, haar ademhaling ging snel, soms had ze het gevoel dat ze vloog.

Ze hoorde pianospel. Dat was Leo, haar kleine Leo. Ook Dodo was in de buurt, ze hoorde haar met Hanna fluisteren. De kinderen waren bij haar. Dodo gaf Hanna vochtige doeken aan en praatte zachtjes met haar. Hanna wikkelde de koele lappen om Maries enkels en polsen en heel even nam de koorts iets af. Vaak hoorde Marie een stem die ze heel goed kende. De stem van haar schoonzus Kitty.

'Nee, mama. Dat is absoluut niet mogelijk. Ze heeft hele hoge koorts. Dokter Greiner komt elke dag langs… De kinderen? In geen geval. Niet zolang die feeks in de villa is… Je weet heel goed wie ik bedoel.'

Ineens besefte Marie dat ze ziek in Kitty's huis lag. Ver weg van de villa. Ver weg van Paul met wie ze ruzie had. Er doemde een afgrond voor haar op als een grote muil die haar dreigde te verslinden. Ze gingen uit elkaar. Misschien wel scheiden. Ze zouden haar kinderen van haar afpakken. Ze werd verstoten. Ze moest alles achterlaten waar ze ooit van gehouden had. In de duisternis leven. Alleen.

De koorts laaide als een felle vlam op en sloot haar in. Ze zag een bekende, lelijke kamer, met bedden naast elkaar. De pleisterlaag brokkelde van de muren, onder de bedden stonden niet geleegde nachtpotten. Er was altijd een kind ziek, meestal een van de kleintjes. Vaak ook een paar, ze staken elkaar aan. Als er een doodging, werd het in een laken gewikkeld en naar buiten gedragen, maar ze had nooit gehoord waar ze naartoe gebracht werden. Ze zag haar vriendin, ze heette Dodo, net als haar dochter. Haar bleke gezichtje, de dunne handen, het lange, aan de zijkant gescheurde nachthemd. Ze hoorde haar fluisterende stem, haar lach, voelde heel even haar tengere lichaam naast zich in haar bed. Dodo werd naar een ziekenhuis gebracht en Marie had haar nooit meer teruggezien. Als je gezond was, moest je beneden in de keuken werken of in de kelder aardappelen sorteren.

'Altijd problemen met jou. Je denkt zeker dat je te goed bent voor de fabriek? Je wilt zeker hogerop, hè? Boeken lezen. Schilderijen maken.'

Dat was juffrouw Pappert, de leidster van het Weeshuis van de Zeven Martelaressen. Ze zou die vrouw, die haar jarenlang gekweld had, nooit vergeten. Dat mens had de dood van talloze arme wezens op haar geweten, had bezuinigd op eten en kleren, de kachel niet gestookt, het geld van de stichting op haar eigen bankrekening gezet. Wat maakte het juffrouw Pappert uit als de kleintjes doodgingen? Er kwamen toch steeds weer nieuwe bij en de kerk betaalde voor ze.

'Maar niet langer dan een paar minuten,' hoorde ze Kitty's stem. 'Je mag niet met haar praten. Ze heeft nog koorts. Pas op dat je de theekan niet omstoot.'

Ze voelde een hand op haar voorhoofd, zwaar en koel. Iemand streelde onhandig haar wangen, raakte haar mond aan.

'Marie. Hoor je me? Marie.'

Ze voelde een enorm verlangen opkomen. Ze deed haar ogen open en zag een gezicht, bewegend, onduidelijk. Het was Paul. Hij was naar haar toe gekomen. Alles was goed. Ze hield immers van hem. Ze hield meer van hem dan van wat ook in de wereld.

'Je moet weer beter worden, Marie. Beloof het me. We zullen nooit meer ruziemaken. We moeten eerst zorgen dat je weer bij ons bent. Er is helemaal geen reden voor die stomme ruzies. Het kan allemaal zo eenvoudig zijn.'

'Ja,' hoorde ze zichzelf fluisteren. 'Ja, alles is zo eenvoudig.'

Had hij haar gekust? Ze rook even de geur van zijn jasje, rook de vertrouwde mengeling van tabak, de fabriek, de auto en bloemenzeep, en voelde zijn ongeschoren, ruwe kin op haar wang. Toen was hij weg en ergens in de gang ruzieden boze stemmen met elkaar.

'Waar zouden ze wel zijn? Op school natuurlijk!'

'Ik laat ze daar ophalen. Ze horen in de villa!'

'Wil je dat Marie beter wordt?'

'Wat is dat nu voor een vraag?'

'Laat de kinderen dan hier in de Frauentorstraat, Paul.'

'Dat is toch belachelijk! Over twee of drie dagen kunnen we Marie terug naar de villa brengen, ik heb met dokter Greiner gepraat. Ik zal een verpleegster inhuren, die zal ervoor zorgen dat ze weer beter wordt.'

'Je kunt Marie niet tegen haar wil naar de villa laten brengen, Paul. Dat sta ik niet toe! Dat is ontvoering!'

'Wat praat je nu voor onzin, Kitty? Ontvoering! Marie is mijn vrouw.'

'Wat heeft dat ermee te maken?'

'Je bent volkomen getikt, Kitty. Zijn dat de nieuwe ideeën van de moderne vrouwen? Hoor je nu ook bij die wijven die in het openbaar roken, voor de vrije liefde pleiten en het huwelijk tussen man en vrouw overbodig vinden?'

'Marie verlaat mijn huis niet. Tenzij ze het vrijwillig doet en er zelf toe besluit. Knoop dat maar in je oren, Paul!'

Er volgde een knal, alsof iemand een deur had dichtgesmeten. Marie merkte dat ze huilde. Onophoudelijk welden er tranen onder haar oogleden op, ze stroomden naar de zijkant van haar gezicht, over haar slapen naar het kussen, waar het vocht algauw niet meer heet maar koel aanvoelde. Iets wat ze lief had gehad, dat kostbaar voor haar was geweest, een grote gelukzalige verwachting was gebarsten en de splinters dwarrelden als scherpe ijsnaalden door de lucht.

'Mammie, je moet stoppen met huilen. Ik wil dat je nu weer beter bent, ja? Alsjeblieft.'

'Dodo? Wat heb je koude vingers.'

'Mammie. Tante Kitty is met ons naar het vliegveld geweest. Leo heeft zich verschrikkelijk verveeld. Maar ik vond het geweldig. We hebben de hallen gezien. En een aardige meneer heeft ons binnengelaten omdat tante Kitty het aan hem had gevraagd. Er stond een vliegtuig en ik mocht erin gaan zitten. En toen heb ik gevlogen. Niet echt, maar ik heb gedaan alsof. Sneller, steeds sneller, heel, héél snel. En hoei... de lucht in. Mama? Mama, ik wil vliegenierster worden.'

Ze keek haar dochter knipperend aan. Dodo toonde opgewonden met haar armen hoe het vliegtuig de lucht in ging. Haar grijze ogen fonkelden. Pauls ogen. Wat zat er veel energie en wilskracht in dit kind.

'Geef me alsjeblieft even een zakdoek aan, Dodo.'

'Henni! Haal eens een schone zakdoek!'

Henni keek door de kier van de deur en leek niet erg enthousiast over deze opdracht. 'Alleen deze ene keer dan. Omdat het voor jouw mama is.'

Ze kreeg een zacht doekje van batist met een kanten randje, dat sterk naar een of ander duur parfum rook. Waarschijnlijk had Henni het uit Kitty's commode gepakt. Ze had nog koorts, die af en toe oplaaide, maar hij was minder hoog. Marie kon naar de klanken om haar heen luisteren, naar het gefluister en gegiebel van de vrouwen, Henni's geklaag, het gerammel van pannen in de keuken, de zachte stemmen van de twee jongens beneden in de muziekkamer. Ze luisterde naar hun spel, volgde de melodieën, leed met ze mee als ze het afbraken en zweefde met hen in zaligheid weg als de frase lukte.

'Mama? Je ziet er beter uit, mama. We hebben Mozart voor je gespeeld. Mevrouw Ginsberg zei dat Mozart beter is dan Beethoven als iemand ziek is. Beethoven windt te veel op, van Schubert word je treurig en moet je huilen. Maar Mozart, zei ze, Mozart heelt alle wonden en maakt gelukkig. Klopt dat, mama? Ben je nu gelukkig?'

Haar zoon leek in elk geval te stralen van geluk. Hij praatte over akkoorden en cadensen, over C-majeur en a-mineur, over piano en pianissimo, moderato en allegro.

Heel even deed zijn van enthousiasme glimmende gezicht haar aan iemand denken, maar het beeld verdween meteen weer in de vergetelheid. Zijn haar was donkerder geworden, het leek wel alsof het een rode gloed kreeg als het licht erop viel.

'Jullie hebben prachtig gespeeld, Walter en jij. Maar je moet je haar laten knippen, nog even en je ziet eruit als een meisje.'

Hij ging nonchalant met vier vingers door zijn kuif die over zijn voorhoofd viel. 'Grootmoeder Gertrude heeft gezegd dat ze het vanavond gaat knippen.'

Die avond, op het tijdstip dat de koorts meestal weer steeg, ging het juist beter met haar. Ze lachte met Hanna om het roze bedjasje dat Kitty haar geleend had zodat ze in bed kon zitten en ze haar haren konden kammen.

'Het is echt onmogelijk, mevrouw Melzer,' jammerde Hanna, die haar best deed om met een borstel en kam de klitten uit Maries haar te krijgen. 'Ik kom er niet doorheen.'

Ook Kitty probeerde het, hoewel zij minder voorzichtig was dan Hanna. 'Zie je nu wel hoe onhandig het is,' zei ze. Ze gaf het op en legde de borstel weg. 'Wie heeft er tegenwoordig nog lang haar? Alleen de laatste heikneuters in de bergdorpen in de Alpen.'

'Ach, Kitty.'

'Afknippen!' zei Kitty beslist.

Marie had al langer met de gedachte gespeeld. Ze had besloten het niet te doen omdat Paul het niet wilde. En de kinderen ook niet.

'Wil je met dat pluizige haar rondlopen? Je zou denken dat de muizen zich erin genesteld hebben.'

Marie plukte aan haar prachtige haar. Inderdaad, de klitten waren er niet meer uit te krijgen. 'Nou ja... vooruit dan.'

Gertrude bereidde alles voor en wijdde zich met overgave aan haar taak. Ze zei dat ze als klein meisje eigenlijk kapster had willen worden, maar dat ze later toch liever met een bankier wilde trouwen. Het klonk alsof er glasvezels werden doorgesneden. Marie deed uit voorzorg haar ogen dicht. Daarna keek ze in Kitty's zilveren handspiegel. Ze vond het pagekopje vrij goed gelukt.

'Hier zijn nog een paar plukjes, Gertrude,' mopperde Kitty. 'Je moet goed kijken, Marie heeft veel haar. Maar het ziet er prachtig uit! Een hele nieuwe Marie! O, zo vind ik je nog leuker, mijn lieve Marie. En nu gaan we picknicken.'

'Buiten in de tuin?' vroeg Gertrude lachend. 'Nu, zo laat 's avonds?'

'Nee, niet in de tuin. Hier bij Marie.'

'Bij... bij mij?'

Het leven keerde volop bij haar terug. Het stroomde in een bonte chaos haar voormalige ziekenkamer binnen, veegde de koorts en zwakheid naar buiten en nestelde zich in haar. Ze spreidden een blauw-wit geruit tafelkleed over haar donzen dekbed uit en Hanna stopte drie dikke kussens achter haar rug terwijl Gertrude een enorme pan aardappelsalade met rissoles op haar bed zette. Borden, bestek, een mand met vers brood, boter en als laatste het hoogtepunt van het culinaire aanbod: een koekblik met het eerste pruimengebak van het jaar!

Ze zaten allemaal om haar heen, de kinderen zaten zelfs op het bed. Gertrude zei streng dat niemand appelsap op het witte laken mocht knoeien. Maar in de vrolijke drukte luisterde niemand naar haar vermaning.

'Mama, je ziet er afschuwelijk uit met dat korte haar!'

'Leo, je bent zo dom als een varken! Tante Marie ziet er echt mooi uit met het pagekopje!'

'Ik vind een pagekopje ook geweldig. Als ik eenmaal in een vliegtuig vlieg, knip ik mijn stomme vlechten af.'

Hanna gaf Marie een gevuld bord. Tot haar eigen verbazing kon ze niet alleen eten, maar had ze zelfs trek.

Later wist Marie niet meer hoe ze allemaal met hun borden, bestek en stoelen de kleine slaapkamer hadden verlaten. Ze was in een diepe, koele bron gevallen en onderin hield de slaap haar in zijn armen. Er heerste alleen kalme duisternis en ontspannende stilte. Geen droom. Geen beelden. De poorten van haar herinneringen waren weer gesloten.

De volgende ochtend werd ze wakker met het gezang van vogels en voelde ze zich weer opgeknapt. Ze stond rustig op, liep naar de badkamer, waste zich met koud water, kamde haar korte haar en trok een ochtendjas van Kitty aan.

'Ik ben er weer,' zei ze glimlachend toen ze bij Gertrude in de keuken kwam.

'Dat werd ook de hoogste tijd,' zei Gertrude en ze schonk een beker warme koffie voor haar in. 'Je echtgenoot heeft zich voor vanochtend aangekondigd.'

Marie voelde haar hartslag even overslaan, maar besteedde er geen aandacht aan. 'Dat is goed,' zei ze langzaam en ze nipte van haar koffie. 'We zullen het eindelijk uitpraten. En ons verzoenen.'

Gertrude zei niets. Voor het raam zong een merel haar ochtendlied. Na een paar minuten stilte verscheen Hanna. Ze schonk Marie een vrolijke glimlach en zei dat ze de kinderen ging wekken omdat ze naar school moesten. Even later klonken er heldere stemmen door het huis. Henni en Dodo stormden de badkamer in en veroorzaakten een kleine overstroming, terwijl Leo, de langslaper, drie keer door Hanna gewekt moest worden voordat hij eindelijk zijn bed uit kwam.

Een snel ontbijt aan de keukentafel, vrolijk geklets, gelach, Hanna smeerde boterhammen, Gertrude pakte ze in en stopte ze in de broodtasjes. Henni rende naar boven omdat ze een schrift was vergeten, Dodo stootte haar beker melk om, Leo zat alweer achter de piano.

'Ik heb de hele nacht over deze muziek gedroomd, Gertrude. Ik moest het gewoon even uitproberen.'

Bij het afscheid vielen ze Marie alle drie om de hals en streelden ze haar wangen met hun handjes die plakkerig waren van de honing.

'Nu je weer beter bent, mama, is het echt fijn hier. Als papa en grootmoeder hier ook komen wonen, dan kan mevrouw Von Dobern alleen in de villa blijven!'

Hanna stond al klaar om de kinderen naar de verschillende scholen te brengen. En toen waren ze weg. Ineens was het weer stil in huis. Gertrude ruimde de vaat op en Marie ging weer naar boven om zich aan te kleden. Hanna, de goede ziel, had haar spullen gewassen en gestreken. Marie zuchtte. Nee, als naaister had het meisje geen toekomst, daar was ze te onhandig voor. Maar hier in de Frauentorstraat leek ze helemaal tevreden. Ze hielp in de keuken, maakte de kamers schoon, bekommerde zich liefdevol om de kinderen en had zichzelf opgeofferd om voor haar te zorgen. Ze was de goede geest van het huis. Helaas had ze ooit een vervelende affaire met een Rus gehad en sindsdien ging ze iedere man die in haar buurt kwam angstvallig uit de weg. Terwijl ze als echtgenote en moeder heel gelukkig zou zijn.

Echtgenote en moeder, dacht Marie. Dat ben ik ook. Is dat niet de belangrijkste levensvervulling van de vrouw? Waarom zou ik dat stomme atelier moeten leiden als ik daardoor mijn man en kinderen verwaarloos? Nee… ik kan makkelijk afstand doen van het atelier.

Paul kwam tegen tien uur. Kitty was nog steeds niet opgestaan. Daarom ontving Gertrude hem aan de deur. Marie stond in de woonkamer bij het raam en staarde naar de verwilderde tuin. Haar hart bonkte zo luid dat ze er duizelig van werd.

'Gaat het beter met haar? Is ze opgestaan?' hoorde ze Pauls opgewonden stem in de gang.

'Ze is nog zwak, Paul. Ze mag zich beslist niet opwinden.'

'Mijn god, wat ben ik opgelucht!'

Ze hoorde hem zachtjes lachen en werd overweldigd door verlangen naar hem. Paul. Haar geliefde. Wat was ze gek op die brutale, jongensachtige lach. Op zijn droge humor. De snelle zijdelingse blik als hij haar wilde uitdagen.

Hij klopte op de deur. Niet bepaald zacht, maar ook niet opdringend.

'Kom binnen, Paul.'

Hij deed de deur open, hield de klink nog vast terwijl hij haar glimlachend aankeek. Ze voelde hitte in haar lijf opstijgen, haar wangen gloeiden. Ze had hem zo erg gemist.

Heel even bleven ze roerloos staan. Ze voelden allebei de aantrekkingskracht van hun lichamen, het verlangen om één te worden met hun geliefde. Er schoot een gedachte door Maries hoofd. Dit moment was bijzonder en uniek. Ze zou nooit sterker van iemand houden en iemand begeren dan nu in deze paar seconden.

Paul was degene die de spanning verbrak. Hij deed de deur dicht en liep naar Marie toe. Hij bleef even voor haar staan, legde toen impulsief zijn armen om haar heen en perste haar tegen zich aan.

'Ik heb je weer terug,' mompelde hij. 'Ik was zo bang je kwijt te raken, mijn schat!'

Marie kreeg een vaag gevoel van geluk terwijl ze zich tegen hem aan vlijde, een gevoel van terugkeer en veiligheid, maar tegelijk was ze duizelig want zijn omhelzing benam haar de adem.

'Voorzichtig, lieverd. Ik sta nog wat wankel op mijn benen.'

Hij kuste haar teder, leidde haar naar de bank zodat ze kon gaan zitten en sloeg zijn armen om haar heen.

'Het was onvergeeflijk van me wat ik over je moeder heb gezegd, Marie. Vergeef me. Ik heb er verschrikkelijk veel spijt van. Ze was een kunstenares, een dappere vrouw en vooral je moeder. Ze heeft jou, mijn Marie van wie ik zo intens houd, op de wereld gezet, en daarvoor zal ik Luise Hofgartner mijn hele leven dankbaar zijn.'

Het klonk zo lief, zoals hij op haar inpraatte. Zo vol schuldgevoel en genegenheid. Hij vroeg haar om vergeving. Dat was meer dan ze had verwacht. En ze wilde niet voor hem onderdoen. Nee, ze was niet een vrouw die trots alleen maar hem zijn liefde liet bekennen. Zij wilde hem ook laten zien dat ze toe kon geven.

'Ik heb er nog eens over nagedacht, Paul. Ik heb het atelier niet nodig om tevreden en gelukkig te zijn. Integendeel, het brengt ons alleen maar verdriet. Daarom wil ik het opgeven. Vanaf nu wil ik er alleen nog maar voor jou en de familie zijn.'

Hij kuste haar en ze gaven zich een poosje over aan het gelukzalige gevoel dat ze elkaar weer gevonden hadden.

'Dat is verstandig van je, schat, dat je zelf die beslissing neemt. Hoewel ik het heel jammer vind dat het nu voorbij is met het atelier. Je weet dat ik je er aanvankelijk zelf toe heb aangemoedigd. Maar je hebt helemaal gelijk, Marie. Het is beter als je het opgeeft.'

Ze knikte en luisterde terwijl hij het idee verder uitwerkte. Vooral voor zijn moeder zou het een hele opluchting zijn, want dan rustte de verantwoordelijkheid voor het huishouden niet meer alleen op haar schouders. En de kinderen zouden ervan profiteren, zij hadden hun moeder immers nauwelijks gezien. En niet in de laatste plaats hijzelf.

Hij accepteert mijn offer als iets wat volkomen vanzelfsprekend is, dacht Marie teleurgesteld. Beseft hij eigenlijk wel wat het voor mij betekent? Weet hij dat ik het puur uit liefde voor hem doe?

'Als je tijd over hebt, zul je vast nog wat kunnen schilderen of kleren kunnen ontwerpen. Ik heb ervoor gezorgd dat jij voortaan weer degene bent die voor de kinderen zorgt, met de hulp van Hanna.'

'Heb je mevrouw Von Dobern ontslagen?'

Hij grijnsde jongensachtig en zei dat hij de perfecte oplossing had gevonden. 'Mevrouw Von Dobern zal per direct de positie van huisdame in de villa innemen. Dat was een voorstel van mama, dat ik maar al te graag heb aangegrep…'

'Huisdame?' onderbrak Marie hem verbijsterd. 'Maar, Paul, dat kan nooit goed gaan.'

Hij trok haar dichter tegen zich aan en streelde over haar haar. Fluisterend zei hij dat het nieuwe kapsel voor haar gemaakt leek, ze was nog nooit zo knap geweest als nu met het korte haar.

'Het kan niet werken, Paul. De personeelsleden haten haar. Het zal tot ontevredenheid leiden en er zullen mensen ontslag gaan nemen.'

'We zullen het zien, Marie. Laten we het gewoon proberen. Ik wilde mama niet kwetsen. Ze is erg aan mevrouw Von Dobern gehecht.'

Marie zweeg. Het was de bedoeling dat ze hun ruzie bijlegden. Dat ze zich met elkaar verzoenden. Dat ze het met elkaar eens werden. Dan hielp het niet om af te wegen wie meer water bij de wijn had gedaan. Maar toch, hij had haar oprechte tegemoetkomingen tot nu toe nauwelijks gehonoreerd. Mevrouw Von Dobern zou dus blijven, weliswaar niet als gouvernante, maar ze zouden haar aanwezigheid nog steeds moeten dulden. Paul, de strateeg.

'Voor nu ben ik vooral blij dat je weer bij ons terugkomt, mijn lieve Marie. Het was een afschuwelijke tijd voor me, zo alleen en verlaten. Je bent zo'n belangrijk deel van mijn leven dat ik het gevoel had dat iemand een stuk uit mijn lijf had gescheurd...'

Ze was ontroerd en vlijde zich troostend tegen hem aan. Ja, ze zou meteen haar spullen pakken. Hanna kon de spullen van de kinderen bij elkaar zoeken en dan zouden ze samen naar de villa rijden. Ze zou weer in hun huis gaan wonen... en ook hun gemeenschappelijke slaapkamer betrekken.

Hij liefkoosde haar zo hartstochtelijk dat ze vreesde dat hij meteen hier op de bank zijn echtelijke plicht wilde nakomen, wat met het oog op Hanna, Gertrude en Kitty natuurlijk onmogelijk was. Dat wist Paul ook en daarom omarmde hij haar alleen en praatte hij zachtjes en liefkozend op haar in.

'Ik beloof je dat ik me van nu af aan meer om de kinderen zal bekommeren, Marie. Vooral om Leo. Het is afgelopen met dat gepingel op de piano, ik zal mijn zoon door de fabriek leiden en hem kleine taken geven zodat hij de functies van de machines leert kennen. Voor mijn part mag Dodo pianospelen, zij is tenslotte een meisje, het kan geen kwaad als zij een beetje kan musiceren.'

'Maar, Paul, Dodo is juist degene die in machines en techniek geïnteresseerd is.'

'Prima, dat is best. Maar vooral Leo moet eindelijk eens op de juiste weg geleid worden. Je zult zien, Marie, ik zal laten zien dat ik een goede vader ben.'

Alles zou dus bij het oude blijven. Wat vreemd dat Paul niet merkte hoe erg hij op zijn vader leek. Hij bleef koppig aan een overtuiging vasthouden waarvan allang was gebleken dat die onzinnig was. Leo zou heel ongelukkig worden als Paul hem dwong de fabriek over te nemen.

'En ik heb ook nagedacht over die schilderijen,' ging hij verder. 'Ik zal ze kopen, het maakt niet uit tegen welke prijs. Het kan niet zo zijn dat Von Klippstein de schilderijen van jouw moeder bezit. We zullen al die werken zorgvuldig verpakken en boven op zolder opslaan, zodat ze goed bewaard blijven.'

Daarmee wilde hij zorgen dat zij er geen invloed meer op had en een eventuele tentoonstelling verhinderen. Paul was behoorlijk sluw, maar dit keer ging hij te ver.

'Dat wil ik niet, Paul,' zei ze. 'Deze schilderijen horen niet op zolder. Mijn moeder heeft ze gemaakt en ik wil graag dat ze op een dag in het openbaar worden tentoongesteld. Dat ben ik mijn moeder verschuldigd.'

Hij slaakte een diepe, geërgerde zucht, maar hield zich in. Marie maakte zich uit zijn armen los en leunde op de bank naar achteren. Waarom had ze dat gezegd? Het was toch voldoende geweest om te zeggen dat hij de schilderijen niet hoefde te kopen?

'Je weet, Marie, dat zo'n tentoonstelling het aanzien van onze familie en daarom ook de fabriek ernstige schade zou berokkenen.'

'Maar waarom dan? Het gaat om de schilderes Luise Hofgartner, om haar kunstzinnige ontwikkeling, om haar plek binnen een of verschillende kunstrichtingen.'

'Dat is toch woordenzifterij, Marie. De mensen zullen algauw over Jakob Burkard en mijn vader praten.'

Natuurlijk, dat was het probleem. De trotse familie Melzer wilde naar buiten toe in geen geval laten doorschemeren dat hun welstand berustte op de constructies van de arme, aan alcohol verslaafde maar geniale Jakob Burkard. Zeker, ze had dat geaccepteerd. Ze hadden haar om vergeving gevraagd. Paul had haar tot zijn vrouw gemaakt. Niet vanwege een slecht geweten, maar omdat hij van haar hield. En toch kwam het lot van haar ouders nu weer bitter in haar boven. Was het niet zo dat de geschiedenis zich herhaalde? Was het niet weer een Melzer die Burkards dochter wilde dwingen om zijn wil te volgen? Zich te voegen?

'Het spijt me, Paul. Maar ik zal verhinderen dat Ernst von Klippstein zijn aandeel van de schilderijen aan jou verkoopt!'

Ze voelde dat zijn lichaam verstarde. Zijn kaakspieren spanden zich aan en zijn gezicht kreeg een harde uitstraling.

'Je zou die tentoonstelling dus tegen mijn uitdrukkelijke wil in doorzetten?'

Ze schrok van zijn toon, want die klonk dreigend. Maar ze had niet alleen de zachtaardige Marie in zich, maar ook een stukje Luise Hofgartner, de vrouw die de rijke fabrikant Melzer ooit had getrotseerd. 'Dat staat momenteel niet ter discussie, Paul. Wat ik belangrijker vind, is dat mevrouw Von Dobern de villa verlaat. Daar sta ik op.'

'Ik zei al tegen je dat ik dat mama niet aan kan doen.'

'Maar mij wil je het wel aandoen?'

Hij zuchtte luid, stond op en liep naar het raam. Ze zag dat hij zijn vuisten balde en hoorde hem snel ademhalen. 'Ik kan haar toch niet zomaar van de ene op de andere dag ontslaan!'

'Dat hoeft ook niet, Paul. Ik kan wachten. Maar ik ga pas weer naar de villa terug als mevrouw Von Dobern het huis heeft verlaten.'

Nu was hij kwaad. Of was het wanhoop? Hulpeloosheid? Hij schopte met zijn voet tegen de schommelstoel die hard begon te wiebelen. De glijvlakken deden Marie ineens denken aan het halfronde mes waarmee Gertrude in de keuken de kruiden hakte.

'Is dat jouw laatste woord?'

'Het spijt me, Paul. Ik kan niet anders.'

Hij omklemde met zijn rechterhand de rand van de houten vensterbank, alsof hij zich eraan vast moest klampen.

'Je weet dat ik je kan dwingen, Marie... Ik wil niet tot het uiterste gaan. Maar de kinderen gaan terug naar de villa. Vandaag nog. Daar sta ík op!'

Ze zweeg. Hij kon de scheiding aanvragen en de kinderen van haar afpakken. Hij kon het atelier sluiten, dat op zijn naam stond. Ze zou met lege handen achterblijven.

'Zolang ik hier bij Kitty woon, blijven de kinderen bij mij.'

Hij draaide zich abrupt naar haar om en ze zag zijn grijze ogen fonkelen van woede. O, wat leek hij nu op zijn vader. Onverzettelijk en niet voor rede vatbaar. Een Melzer. Iemand die gewend was te overwinnen. Waar was haar beminde echtgenoot gebleven? Ze kon hem niet meer vinden. Hoe had ze van deze man kunnen houden?

'Dan dwing je me helaas andere maatregelen te nemen, Marie!' Hij haastte zich naar de deur en trok hem met een ruk open. Hij draaide zich nog één keer naar haar om, alsof hij nog iets wilde zeggen. Maar hij perste zijn lippen op elkaar en zweeg.

'Paul,' zei ze zacht. 'Paul.'

Maar ook zij voelde dat er op dit moment niets meer te zeggen viel. Even later sloeg de voordeur dicht en de motor van zijn auto kwam pruttelend op gang.

# 18

*Oktober 1924*

'HET SPIJT ME DAT ik je even moest laten wachten, vriend!' zei advocaat Grünling terwijl hij Paul joviaal de hand reikte. 'Je weet hoe dat gaat, een onverwacht noodgeval. Een mandante die ik niet kon afwijzen.'

'Natuurlijk, natuurlijk.'

Paul schudde de uitgestoken hand en zette een vriendelijk gezicht op. Hij had immers geen andere keus. Terwijl hij in de voorkamer in een fluwelen fauteuil had zitten wachten, had hij Grünlings telefoongesprek gedeeltelijk gehoord. Een mandante – dat zou kunnen. En hij had haar inderdaad niet afgewezen. Maar het zogenaamde noodgeval was overduidelijk een van persoonlijke aard geweest. Grünling, de gluiperd, had een rendez-vous geregeld.

'Ga zitten, maat. Heeft juffrouw Cordula een kopje koffie voor je ingeschonken? Nee? Nou, dat is onvergeeflijk.'

Paul kon hem er nog net van weerhouden dat hij zijn knappe secretaresse terechtwees. Het was hem wel degelijk gevraagd, maar hij had het afgewezen.

'Ik heb thuis al twee kopjes gedronken en daarna nog eentje in de fabriek. Dat is voorlopig genoeg.'

Grünling knikte tevreden en ging achter zijn bureau zitten. Het was een prachtig meubel. Barok uit Gdansk van zeer fijn, donkergroen leer, met een onderlegger met een oriëntaals patroon. Grünling leek daarachter wel een aap met een bril. Vooral als hij, zoals nu, zijn handen voor zijn buik vouwde.

'Wat kan ik voor je doen, Paul?'

Paul probeerde een nonchalante houding aan te nemen. Grünling was sinds vele jaren als juridisch adviseur werkzaam voor de textielfabriek van Melzer. Pauls vader had hem destijds uitgekozen omdat Grünling, zoals Johann het had uitgedrukt, een sluwe vos was. En discreet. En vooral dat laatste was erg belangrijk.

'Ik heb advies nodig, Alois. Het gaat om een privékwestie.'

'Ik begrijp het,' zei Grünling zonder enige blijk van verbazing.

Natuurlijk was hij niet verbaasd. De mussen floten het immers van de daken van Augsburg dat het niet al te best ging met het huwelijk van fabrikant Melzer.

'Ik wil graag wat details weten over de... echtscheidingsprocedure. Puur ter informatie. Om op een eventuele situatie voorbereid te zijn.'

Grünling vertrok nog steeds geen spier. Hij ging rechtop zitten en steunde zijn armen op het bureaublad.

'Wel,' zei hij. 'In principe is de scheidingsprocedure dit jaar wettelijk veranderd. Waarbij het het uitgangspunt is om een huwelijk zo lang mogelijk in stand te houden en een scheiding alleen als laatste consequentie te zien.'

'Uiteraard.'

'Wat nieuw is, is de toevoeging dat man en vrouw gelijk zijn. Helaas is in het afgelopen jaar gebleken dat steeds meer vrouwen van de mogelijkheid gebruikmaken dat ze kunnen scheiden. Een droevig gevolg van het feit dat meer vrouwen werken.' Grünling schoof zijn bril recht en stond op om de nieuwe wetteksten erbij te pakken, die in een dossiermap zaten. 'De arrondissementsrechtbank is hier nog steeds bevoegd. De eiser heeft een zwaarwegende reden nodig om een scheiding te verlangen. Een onderhandse scheiding, zoals sommige linkse afgevaardigden willen, zal er ook in de toekomst nog niet komen.'

'En wat zou gelden als een "zwaarwegende reden"? Overspel?'

De advocaat bladerde in de ordner, zette her en der zijn vinger op een regel, bewoog geluidloos zijn lippen en bladerde weer verder.

'Wat? Eh, ja! Overspel uiteraard. Dat moet overigens wel bewezen zijn en gestaafd worden met getuigenverklaringen. Toch wordt in eerste instantie een verzoeningscomparitie bij het kantongerecht bepaald waarbij de eiser en de gedaagde persoonlijk moeten verschijnen. Daar wordt vastgesteld in hoeverre het huwelijk nog in stand gehouden kan worden of dat de onwil zo sterk is dat er geen hoop meer is. Pas daarna wordt de eis tot echtscheiding in behandeling genomen.'

'En hoe lang duurt zo'n procedure doorgaans?'

Grünling haalde zijn schouders op. 'Dat is niet precies te zeggen maar je moet rekening houden met een paar maanden, mocht je zoiets serieus van plan zijn, Paul,' zei hij en hij ging op de rand van zijn bureau zitten. 'En er zijn een paar kleinigheden waar je op moet letten. Om complicaties te vermijden. Als je begrijpt wat ik bedoel.'

Paul hield niet van de vertrouwelijk-neerbuigende manier van doen van de advocaat. Trouwens, hij had Grünling nooit gemogen. Een lelijke dwerg, die na de oorlog door handige financiële transacties rijk was geworden. Maar waarschijnlijk was het vooral het thema echtscheiding dat zijn stemming bedierf en Grünling in een kwader licht stelde dan hij verdiende.

'Ik ben het niet serieus van plan, Alois. Maar bedankt voor je adviezen.'

'Altijd, maat. Ik heb tenslotte je vader al uit menige penarie geholpen. Als eerste zou er het atelier zijn dat je vrouw in de Karolinenstraat leidt. Zeer genereus van jou. Je weet immers dat ze alleen met jouw toestemming zakelijke overeenkomsten mag sluiten. Het zou dus – in geval van nood – voor de hand liggen om de zaak te sluiten en uit het handelsregister te laten schrijven.'

Paul zweeg. De advocaat vertelde hem niets nieuws, alleen had hij nog niet zo ver willen gaan om die stap te zetten. Hij zou Marie daarmee zeker haar financiële basis ontnemen, maar wat zou hij ermee winnen? Zou ze dan vol berouw naar de villa terugkeren? Waarschijnlijk niet. Hij zou er niets anders mee bereiken dan dat de fronten zich verder zouden verharden.

'Welke mogelijkheid biedt de wet me om mijn kinderen terug te halen naar de villa?'

Grünling haalde diep adem en keek Paul weinig hoopvol aan. 'Wel, dat zou uit het voorgaande kunnen volgen. Als jouw wederhelft een geldgebrek heeft, zou kunnen worden aangetoond dat de kinderen op hun huidige verblijfplaats niet goed verzorgd of zelfs verwaarloosd worden.'

'Ze worden bedorven,' onderbrak Paul hem boos. 'Ze worden gestimuleerd om hun vaardigheden te ontwikkelen op een verkeerd gebied. Ze worden opgevoed tot mensen die niet in staat zullen zijn op eigen benen te staan.' Paul stopte want hij merkte zelf dat hij boos was geworden, wat niet goed was.

Grünling stond op van de rand van het bureau en ging weer op zijn bureaustoel zitten. Hij glimlachte geruststellend en ging vanaf een zekere afstand verder. 'Het zou vooral belangrijk zijn om bewijzen te verzamelen. Schriftelijke getuigenverklaringen vastleggen, van datum en handtekening voorzien zodat je het voor de rechter aannemelijk kunt maken. Zowel wat betreft de situatie van je kinderen als de trouw van je echtgenote.'

Paul moest zich beheersen om niet weer boos te worden. Ook al verdacht hij Ernst von Klippstein er nog steeds van dat hij met Marie probeerde aan te pappen, hij was niet van plan dit onderwerp uitgerekend met Grünling te bespreken.

'Dat zal niet eenvoudig zijn,' zei hij terughoudend.

'Voor dat soort gevallen bestaat professionele hulp. Die mensen kosten wel geld, maar leveren goed werk.'

Paul kneep zijn ogen tot spleetjes en begreep dat de advocaat een detective bedoelde. Wat een bizar idee! Zoiets kon alleen het brein van een kille jurist bedenken. Dacht Grünling nu echt dat hij bereid zou zijn om zijn kinderen of zelfs Marie door zo'n spion in de gaten te laten houden?

'Bedankt voor de vriendschappelijke adviezen, misschien kom ik er bij gelegenheid op terug. Voor nu zal ik niet langer beslag leggen op je tijd.'

De sluwe vos, zoals zijn vader hem had genoemd, leek totaal niet terughoudend. Integendeel, hij grijnsde begrijpend naar Paul, reikte hem over het bureau heen de hand en zei dat hij in geval van nood graag bereid was hem te helpen.

'De omgang met het schone geslacht is niet altijd gemakkelijk,' zei hij. 'En die is helemaal moeilijk met dames die ons na aan het hart liggen. Geloof me, beste Paul, voor je staat een man die uit ervaring spreekt!'

'Vast!' antwoordde Paul droog.

Hij was blij toen hij het zeer ruime, pompeus ingerichte advocatenkantoor kon verlaten. Hij haastte zich door het trappenhuis naar beneden de straat op. '... een man die uit ervaring spreekt.' Wat een domme onbenul! Paul wist zeker dat advocaat Grünling zijn hart nog nooit aan een vrouw had gegeven. Hoe kon hij ook? Op de plek waar andere mensen een hart hadden, zat bij Grünling een gevulde geldbuidel.

Pas later in zijn kantoor, toen hij zijn koffie dronk en aan het werk ging, kalmeerde Paul weer en zag hij de situatie met andere ogen. Hij was in elk geval een paar details over de echtscheidingsprocedure te weten gekomen die wellicht handig konden zijn in een gesprek met Marie. Helaas was er in de afgelopen weken geen toenadering geweest. Ze bevonden zich in een status quo, de fronten waren nog verder verhard. Hij dacht er wel voor de honderdste keer over na of het niet slim was om haar een brief te schrijven. Een brief waar hij goed over had nagedacht, met voorstellen voor een minnelijke verzoening. Zeker, ook hij kon toegeven. Als ze echt bereid was naar hem terug te keren, zou hij met zijn moeder gaan praten en zou mevrouw Von Dobern onmiddellijk moeten vertrekken. Maar dat zou hij pas in gang zetten als Marie had gezegd dat ze ermee instemde om terug te komen. Niet bij voorbaat, als een soort concessie. Zo niet. Hij was absoluut niet van plan zich er door haar onder te laten krijgen. Als ze een pantoffelheld als echtgenoot wilde, dan was ze bij hem aan het verkeerde adres. Dan moest ze maar naar Ernst von Klippstein gaan. Kitty, die zonder scrupules met Alicia telefoneerde, had verteld dat Ernst von Klippstein een graag geziene, lieve gast in de Frauentorstraat was. Waarop Alicia hem direct een huisverbod had opgelegd.

'Die man, die jij als jouw vriend beschouwt, had vroeger al een oogje op Marie. Hij heeft destijds in het lazaret geprobeerd haar zijn liefde te verklaren, dat heeft Kitty me verteld.'

Ongelofelijk hoe veranderlijk vrouwen waren. En nu zelfs mama. Jarenlang had ze Von Klippstein de 'sympathieke, arme man' genoemd en hem bij elke gelegenheid in de villa uitgenodigd. Hij schudde de gedachte die hem af en toe kwelde boos van zich af. Nee, Marie was hem trouw. Ze had hem nooit bedrogen. Niet toen hij in Russische krijgsgevangenschap verkeerde en Ernst had geprobeerd haar – zoals Alicia beweerde – zijn liefde te verklaren, en later ook niet.

Dingen als overspel, een dubbelleven of zelfs echtscheiding waren in zijn familie nog nooit voorgekomen en zouden ook niet gebeuren. Marie en hij hadden een ernstige echtelijke ruzie, die binnenkort opgelost zou worden. Dat was alles.

Hij besloot vandaag lopend naar de villa te gaan voor het middagmaal. Het was droog en zonnig, alleen de wind was een beetje vervelend, maar de frisse lucht en beweging zouden hem goeddoen. Zijn vader – even afgezien van de laatste maanden – was altijd te voet gegaan. In de voorkamer, waar de twee secretaresses hun meegebrachte boterhammen met worst aten, wierp hij een snelle blik op de deur van Von Klippsteins kantoor.

'Meneer Von Klippstein is gaan eten,' zei juffrouw Hoffmann met volle mond. Ze kreeg meteen een rood hoofd. 'Pardon.'

'Geeft niet,' zei hij en op een ironisch militaristische toon voegde hij eraan toe: 'Terugtreden, op de plaats rust en dooreten.'

Ze moesten giechelen om zijn grapje. Nou, mooi.

Uitgewaaid en met een fladderende mantel kwam hij bij de villa aan. Zo'n wandelingetje had zo zijn voordelen. Hij had gezien dat er door de wind een hoop takken waren afgebroken. Het werd de hoogste tijd dat de bomen gesnoeid werden. Sinds hij slechts af en toe een paar mensen voor het tuinonderhoud inhuurde, was het park behoorlijk verwilderd. Ze zouden waarschijnlijk toch een tuinman moeten aannemen. Hij moest het er eens met zijn moeder over hebben.

Else deed de deur open, maakte een knicksje en nam zijn jas en hoed aan.

'Gaat het goed met mijn moeder?'

Dit was inmiddels de standaardvraag geworden, aangezien Alicia vaak wegens migraine of een andere kwaal op bed lag. Alhoewel ze meestal wel voor het middageten verscheen.

'Helaas niet, meneer Melzer... Ze is boven in haar kamer.'

Else vertrok haar gezicht tot een spijtig lachje.

'Mevrouw Von Dobern wil u graag spreken.'

Daar had hij totaal geen zin in, maar hij moest haar toch te woord staan. Sinds Serafina von Dobern het onderwerp van ruzie in zijn huwelijk en familie was geworden, werkte haar aanwezigheid hem op de zenuwen. Wat, als hij heel eerlijk was, natuurlijk niet haar schuld was. De arme meid had het erg zwaar in haar nieuwe functie. Marie had helaas gelijk gehad.

'Ze wacht in de rode salon op u.'

Dus nog voor het eten. Nou ja, waarschijnlijk was het beter om het meteen achter de rug te hebben. Ze zou wel weer wat over het personeel te klagen hebben en aangezien Alicia zich niet lekker voelde, ging ze nu naar hem. Overigens vond hij het niet prettig dat ze zich de rode salon had toegeëigend. Juffrouw Schmalzler had zich dat nooit gepermitteerd.

'Zegt u haar dat ik haar in mijn werkkamer zal ontvangen.'

Ze liet hem toch werkelijk een poosje wachten, wat hem nogal ergerde want hij had honger. Uiteindelijk hoorde hij de deur van de rode salon dichtslaan. Aha, de dame was beledigd omdat hij niet op haar uitnodiging was ingegaan om naar de salon van de familie te komen. Hij nam zich voor om haar eens een toontje lager te laten zingen.

'Het spijt me dat u moest wachten,' zei ze toen ze binnenkwam. 'Ik moest nog een brief in het net schrijven die uw moeder me in alle haast heeft gedicteerd.'

Hij knikte en gebaarde haar zonder iets te zeggen dat ze kon gaan zitten. Hijzelf zat uit oude gewoonte achter het bureau, het meubel waarin Jakob Burkard ooit zijn constructietekeningen had verstopt. Het was nu alweer tien jaar geleden dat Marie en hij die tekeningen hadden gevonden. Marie, o wat had hij toen veel van haar gehouden. Wat was hij gelukkig geweest toen ze zijn huwelijksaanzoek had geaccepteerd. Waren de schaduwen uit het verleden nu sterker dan hun liefde? Was het mogelijk dat de schuld van zijn vader hun geluk kapotmaakte?

'Uw moeder heeft me gevraagd om u op de hoogte te brengen van een onverwachte, nieuwe ontwikkeling,' zei Serafina von Dobern terwijl ze hem met een beleefde glimlach strak aankeek.

Hij vermande zich. Het had weinig zin om zich aan allerlei sombere vermoedens over te geven. 'Waarom praat ze niet zelf met me?'

Serafina's glimlach drukte nu spijt uit.

'Uw moeder heeft vanochtend een telefoontje gekregen, dat haar toch al zwakke zenuwgestel enorm belast heeft. Ik heb haar daarom een kalmeringsmiddel gegeven. Ze zal voor het middagmaal beneden komen, maar is momenteel niet in staat tot langere discussies.'

In overleg met dokter Greiner gaf Serafina zijn moeder af en toe wat valeriaan. Het was volkomen ongevaarlijk, had de arts hem verklaard. Zeker omdat de dosis die hij voorschreef klein was.

Hij zette zich schrap. Had Marie gebeld? Had ze, wat hij zich niet kon voorstellen, de scheiding aangevraagd? Advocaat Grünling had immers gezegd dat steeds meer vrouwen zo'n eis indienden. Een gevolg van het feit dat steeds meer vrouwen werkten.

'Er zal helaas een scheiding plaatsvinden,' onderbrak Serafina zijn gedachten.

Dus toch! Hij voelde dat hij in een afgrond stortte. Hij zou Marie verliezen. Ze hield niet meer van hem.

'Een... scheiding,' zei hij traag.

Serafina nam oplettend waar wat voor effect haar woorden hadden en rekte het antwoord nog wat uit. 'Ja, helaas. Uw zus Elisabeth belde uit Kolberg om ons te vertellen dat ze een eis tot echtscheiding tegen haar echtgenoot Klaus von Hagemann heeft ingediend. De procedure zal op verzoek van de echtgenoot hier in Augsburg bij de arrondissementsrechtbank in behandeling worden genomen.'

Lisa! Het was Lisa die wilde scheiden. Om wat voor reden dan ook. Lisa en niet Marie had de scheiding aangevraagd. Hij was enorm opgelucht en tegelijkertijd geërgerd omdat hij zijn gevoelens zo openlijk aan Serafina had getoond.

'Dus toch,' mompelde hij. 'Heeft ze ook gezegd wat haar verdere plannen zijn?'

'Ze zal voorlopig hier in de villa intrekken. Wat ze verder van plan is, weten we niet.'

Hij kon zich goed voorstellen dat dit bericht, dat Lisa waarschijnlijk zoals haar aard was in korte bewoordingen had doorgegeven, voor zijn moeder op zijn zachtst gezegd een catastrofe was. Een schandaal. Heel Augsburg sprak nog over de weggelopen echtgenote van Paul Melzer en nu liet zijn zus zich van haar man scheiden en keerde ze naar haar ouderlijk huis terug. En daar kwam het constante gesmoes over het naar verluidt zondige leven van de jonge weduwe Kitty Bräuer nog bij, die nogal openlijk met verschillende jonge kunstenaars omging. Het ontwrichte gezinsleven van de Melzers zou weer eens het favoriete onderwerp van alle Augsburgse lasteraars zijn.

'Als ik een opmerking mag maken?'

'Gaat uw gang.'

Serafina leek nu verlegen, wat haar veel beter stond dan die gemaakte glimlach. Wel, ze stamde uit een adellijke familie, dan toonde je slechts bij wijze van uitzondering je ware gevoelens. Dat wist hij van zijn moeder.

'Persoonlijk ben ik erg blij dat Lisa weer terugkomt. U weet misschien nog dat wij vriendinnen zijn. Ik geloof dat Lisa een moeilijke, maar juiste beslissing heeft genomen.'

'Dat zou kunnen,' gaf hij toe. 'Lisa is uiteraard van harte welkom in de villa en ik zal haar op alle mogelijke manieren steunen.'

Serafina knikte en leek oprecht ontroerd. Ze had ook haar goede kanten, deze vermoeiende vrouw, en ze kon er ook niets aan doen dat ze eruitzag als een grijze muis.

'Het is een groot geluk om zo'n broer te hebben. Iemand die zijn zus zo onvoorwaardelijk steunt,' zei ze zacht.

'O, dank u wel,' antwoordde hij, waarbij hij zijn best deed om het schertsend te laten klinken. 'In geval van nood steunen wij Melzers elkaar nu eenmaal.'

Ze knikte en keek hem aan. Smachtend. O jee, zo had ze vroeger altijd gekeken als ze elkaar op een of andere soiree of een bal waren tegengekomen.

'Dan gaan we nu maar gauw aan tafel,' zei hij nuchter. 'Ik moet weer op tijd terug zijn in de fabriek.'

Alicia zat al aan tafel, met kaarsrechte rug, zoals ze gewend was. Maar ze was bleek en keek alsof de wereld was vergaan. Paul legde zijn armen om haar heen en gaf haar een vluchtige kus op haar voorhoofd.

'Paul. Heb je het al gehoord? O god, het lijkt erop dat ons Melzers niets bespaard blijft.'

Hij deed zijn uiterste best haar te troosten, wat echter slechts ten dele lukte. In elk geval achtte zijn moeder zichzelf nu in staat om het tafelgebed uit te spreken. Julius serveerde de soep zwijgend en met een somber gezicht. Toen Paul hem vroeg of hij zich wel goed voelde, antwoordde de huisknecht dat hij zich zelden beter had gevoeld. Waarbij hij mevrouw Von Dobern aankeek alsof hij haar met de soeplepel wilde slaan.

'Die meneer Winkler,' zei Alicia peinzend toen Julius de soep wegdroeg. 'Het verbaast me enigszins dat Lisa hem helemaal niet heeft genoemd aan de telefoon.'

'Wel,' zei Serafina met een vriendelijke glimlach. 'Dat hoeft niets te betekenen. Laten we gewoon afwachten. Als ze eenmaal hier is, zal ze haar hart wel luchten.'

Alicia leek een beetje opgelucht, wat Paul verbaasde. Lisa nam vrijwel nooit andere mensen in vertrouwen. Ze regelde haar zaken alleen en kwam dan ineens met verrassende beslissingen aanzetten. Dat had zijn moeder eigenlijk het beste moeten weten. Maar zijn moeder leek de laatste tijd een beetje verstrooid en hield liever vast aan wat mevrouw Von Dobern zei.

'Volgens mij is de kool te zout,' zei de huisdame en ze depte haar lippen met het servet.

'U hebt gelijk, mevrouw Von Dobern,' zei Alicia. 'Iets te zout.'

'Serieus?' vroeg Paul fronsend. 'Ik vind hem uitstekend smaken.'

Mevrouw Von Dobern deed alsof ze zijn oordeel niet had gehoord en droeg Julius op de kokkin te vertellen dat ze te veel zout bij de groente had gedaan. Julius boog licht zijn hoofd om aan te duiden dat hij het had gehoord, maar gaf geen antwoord.

'Het is belangrijk dat het personeel streng wordt geleid,' verklaarde mevrouw Von Dobern. 'Toegeeflijkheid wordt altijd als zwakte gezien. Vooral – als u het me niet kwalijk neemt, lieve Alicia – vooral door de vrouwen. Als je te toegeeflijk voor ze bent, word je veracht, want iedere vrouw wil een man tegen wie ze kan opzien.'

Paul was enigszins verbaasd om zulke theorieën uit de mond van een vrouw te horen, maar Serafina was tenslotte de dochter van een officier. Nou ja, het was niet helemaal verkeerd, wat ze verkondigde. Alhoewel het lichtelijk overdreven was.

Alicia was het helemaal met haar eens en zei dat ze haar Johann zaliger altijd had gerespecteerd en dat ze tegelijkertijd erg veel van hem had gehouden.

'Hij was altijd eigenwijs,' zei ze glimlachend en ze keek naar Paul. 'En dat was ook goed zo.'

Blijkbaar was ze de lange, slopende echtelijke ruzies helemaal vergeten. Paul kon zich goed herinneren dat zijn moeder het destijds helemaal niet waardeerde dat zijn vader 'eigenwijs' was. Maar misschien was het feit dat ze het vergeten was ook een vorm van liefde? En ja, ze hadden, ieder op hun eigen manier, wel van elkaar gehouden.

'Waarschijnlijk zou Johann Melzer zijn vrouw niet hebben toegestaan een eigen bedrijf te hebben, of wel?' zei Serafina tegen Alicia.

'Johann? O nee. Hij was van mening dat een vrouw thuis hoort. Een vrouw heeft genoeg aan haar hoofd met een groot huishouden zoals de villa.'

'Nou ja. Uw schoondochter heeft met haar atelier bewezen dat een vrouw tegelijkertijd een huishouden kan leiden en een zakenvrouw kan zijn. Dat is toch zo? Of vergis ik me?'

'U vergist zich zeer, lieve Serafina. Marie heeft zowel de kinderen als het huishouden verwaarloosd. Naar mijn mening heeft het atelier je huwelijk erg veel schade berokkend, Paul.'

Paul concentreerde zich op zijn goulash en deed alsof hij het niet had gehoord. Hij voelde zich niet op zijn gemak, maar wilde niet in het gesprek ingrijpen om zijn moeder niet boos te maken. Maar hij vond het niet prettig dat zijn huwelijksproblemen hier aan tafel met de huisdame werden besproken. Wat haalde zijn moeder zich in haar hoofd?

'O, ik vind dat de heer Melzer zeer edelmoedig is tegenover zijn vrouw,' pakte Serafina de draad weer op. 'Stel dat hij streng zou optreden en het atelier gesloten zou moeten worden? Waar zou zijn vrouw dan met de kinderen van moeten leven?'

Alicia wachtte met antwoorden tot Julius het dessert had geserveerd, dat uit zoete griesmeelpudding met frambozensaus bestond. Daarna keek ze Serafina met een vrolijke glimlach aan. 'U hebt de spijker op de kop geslagen, lieve Serafina. Heb je het gehoord, Paul? Ik heb je van begin af aan gewaarschuwd, maar je hebt mijn woorden in de wind geslagen. Het atelier is Marie naar het hoofd gestegen en daarom zou je haar zo snel mogelijk duidelijk moeten maken hoe de verhoudingen liggen. Met toegeeflijkheid bereik je helemaal niets, integendeel, ze zal al het respect voor jou verliezen.'

Paul wist wel dat zijn moeder er zo over dacht, maar tot nu toe had ze het altijd vermeden om haar mening recht in zijn gezicht te zeggen.

'Dank je wel voor je advies, mama. Ik moet nu naar de fabriek.'

Hij liet de griesmeelpudding staan, hoewel het één van zijn lievelingstoetjes was. Hij had geen zin om naar zijn moeders gebruikelijke geklaag te luisteren dat hij altijd wegliep onder het mom dat hij naar de fabriek moest. Vergiste hij zich of had Serafina ijverig haar best gedaan om zijn moeder daarheen te leiden waar ze haar wilde hebben? Hij moest die vrouw eens wat beter in de gaten houden.

Omdat de auto bij de fabriek stond, moest hij terug ook weer lopen. Dit keer beviel hem dat een stuk minder goed. Hij begon te piekeren, werd steeds kwader en dacht er serieus over na of zijn moeders advies niet toch de oplossing van al zijn problemen was. Als Marie geen geld meer had om de kinderen behoorlijk te verzorgen en te kleden, zou hij algauw een reden hebben om Leo en Dodo terug te halen naar de villa. Dan zou Marie ook inzien dat hij als man in de sterkere positie was. Was alle ellende niet ontstaan doordat hij te toegeeflijk was?

De rest van de werkdag verkeerde hij in een opperbeste stemming. Hij besprak zelfs aankomende projecten met zijn compagnon, die hij al dagenlang bewust had genegeerd. Het was niet gemakkelijk voor hem om over zijn eigen schaduw te springen, want Von Klippstein had hem laten weten dat hij in geen geval bereid was zijn aandelen in de fabriek te verkopen. Ze moesten dus in het belang van de fabriek zorgen dat ze het eens werden.

Pas 's avonds, toen hij weer alleen in de werkkamer van de villa zat en zijn verdriet met rode wijn verdoofde, besefte hij dat hij op de verkeerde weg was. Hij kon Marie niet dwingen. Ze moest vrijwillig naar hem terugkeren. Al het andere zou zinloos zijn.

Wat wil ze nu nog meer, vroeg hij zich vertwijfeld af. Ik heb haar om vergeving gevraagd. Ik ben bereid om mevrouw Von Dobern te ontslaan. Onder bepaalde voorwaarden zou ik het zelfs goedvinden dat Leo pianospeelt… Alleen die tentoonstelling, die zou ze me kunnen besparen.

Hij deed een paar pogingen om een brief aan Marie te schrijven, maar stopte steeds weer en wierp de propjes in de prullenmand.

Kitty, dacht hij. Zij moet me helpen. Waarom heb ik niet eerder op Kitty ingezet? Morgen zou hij haar vanuit zijn kantoor bellen. Dat besluit gaf hem de moed eindelijk naar bed te gaan. Hij haatte de gezamenlijke slaapkamer waarin hij nu in zijn eentje sliep. Het bed, dat aan de andere kant onaangeroerd was, de stilte, de kou, het keurig opgeschudde hoofdkussen naast hem. Hij miste Marie zo erg dat hij amper wist hoe hij zonder haar verder kon leven.

# 19

IK HAD HET KUNNEN weten, dacht Marie. Ze schaamde zich want ze was met open ogen in de val gelopen. Wat zouden de mensen wel niet van haar gedacht hebben toen ze vanochtend vroeg helemaal alleen in de St. Maximilian naar de mis was gegaan? Ze was niet op de familiebank van de Melzers gaan zitten, die meteen vooraan rechts op de tweede rij was. Voor haar gevoel had ze daar het recht niet toe en daarom had ze zich op een van de achterste banken aan de linkerkant van het kerkschip verscholen. Vanuit haar schuilplaats had ze tussen de kerkgangers door naar de familiebank van de Melzers gegluurd, waarop slechts drie mensen zaten: Alicia, Paul en Serafina von Dobern.

Waarom was ze zo van slag geraakt door die zitvolgorde? De gouvernante had vroeger ook samen met hen de mis bijgewoond en met Dodo en Leo op de bank van de Melzers gezeten. Maar vandaag was de tweeling niet hier. Hanna was met de kinderen naar de mis in St. Ulrich en Afra gegaan. Dat was Kitty's idee geweest om ingewikkelde toestanden te voorkomen. Serafina was inmiddels tot huisdame opgeklommen en zat naast Paul. Ze had Maries plek ingenomen.

Terwijl de organist een preludium speelde en de koster de kerkdeuren sloot, vocht Marie tegen de drang de kerk uit te rennen. Waarom was ze eigenlijk gekomen? Beslist niet uit vroomheid, die was vroeger in het weeshuis al uit haar gedreven. Nee, ze had het idiote plan opgevat om na de mis een paar woorden met Paul te praten. Om misverstanden op te lossen. Om dingen uit te leggen en te proberen begrip bij hem te kweken. Of gewoon… om hem te zien… hem in de ogen te kijken. Hem te laten voelen dat haar liefde niet vergaan was… integendeel.

Maar het was de verkeerde plek en het verkeerde tijdstip. Terwijl de dominee en de misdienaren binnenkwamen en de mis begon, voelde ze van alle kanten de nieuwsgierige blikken van kennissen op haar gericht. Daar was ze dus, die Marie Melzer. De keukenmeid die was opgeklommen tot de dame van de villa. Haar geluk had maar een paar jaar geduurd, nu was het voorbij. Jammer voor haar, maar het was onvermijdelijk geweest. Paul Melzer had een betere vrouw verdiend dan een meisje uit het weeshuis.

Ja, dacht ze verbitterd. Serafina is wel arm geworden, maar de familie is van adel. Kolonel Von Sontheim, haar vader, was in de oorlog voor het vaderland gesneuveld. Verarmde adel en een rijke fabrikant – dat paste beter bij elkaar.

Ze gluurde weer naar voren en zag dat Paul naar Serafina toe boog en lachend iets tegen haar fluisterde. Serafina bloosde toen ze hem zachtjes antwoordde.

Wanhopige jaloezie ging door Marie heen als verlammend gif. Opgestaan, plaats vergaan, dacht ze. Eigen schuld, dikke bult. Je hebt hem zelf verlaten, hem vrijgegeven. Dacht je dat het voor een Paul Melzer moeilijk was om een ander te vinden? Hij is welgesteld, ziet er goed uit, kan ongelofelijk charmant zijn… De dames in de huwbare leeftijd zullen zodra hij gescheiden is om hem vechten.

Dacht hij aan scheiden? Was het al zover gekomen?

Het lukte haar om de kracht op te brengen de mis uit te zitten. De aloude Latijnse teksten hielpen haar daarbij, ze hadden een kalmerend effect en voorkwamen dat ze werd overmand door gevoelens. Zodra de organist het postludium had ingezet, stond ze snel op. Ze schoof zich langs de mensen die nog zaten en bereikte als een van de eersten de uitgang. Ze hoopte vurig dat noch Paul, noch de twee anderen haar aanwezigheid hadden opgemerkt. Het zou te pijnlijk zijn geweest.

Ze nam een taxi om zo snel mogelijk van de St. Maximilian weg te kunnen. In de Frauentorstraat sloop ze ongezien door Gertrude, die in de keuken aan het werk was, de trap op. Ze wierp de mantel af, trok haar laarzen uit en ging aan haar bureau zitten.

En wat dan nog, dacht ze koppig terwijl ze in haar koude handen wreef. Ik heb mijn werk, dat kan hij niet van me afpakken. En ik heb de kinderen. En Kitty. En Gertrude. Ik mag in dit mooie huisje wonen en werken. Ook al heb ik Paul verloren, ik heb nog oneindig veel over... Laat hem maar gelukkig worden met een ander... Ik gun het hem. Ja, ik wil echt dat hij gelukkig wordt. Ik houd immers van hem... Ik houd van hem...

Ze staarde uit het raam en volgde het spel van de herfstwind, die de laatste bladeren van de beukentakken trok. Ze moest werken, dacht ze. Het werk zou haar helpen te vergeten. Ze verdiepte zich in haar tekening, het eerste ontwerp voor een klant, een wijde, swingende mantel die afgezet was met bont. De kraag was eenvoudig, zonder bont, maar de rand bij de mouwen en aan de zoom was juist heel weelderig. Daarbij een klein hoedje van fluweel. Misschien in kokervorm, zoals de allernieuwste mode was? Ach nee, ze hield niet van die afgesneden wormen. Liever een creatie met een omhooggeklapte rand en een stukje bont? Ze maakte een paar schetsen, keurde ze af, veranderde ze, dacht na en kreeg nieuwe ideeën.

'Maar, mama, we hebben het hier toch al uitgebreid over gehad?'

Marie stopte en luisterde. Gisteravond was Tilly uit München aangekomen, ze zou een paar dagen in de Frauentorstraat doorbrengen. Ze was erg moe geweest, had slechts een beetje gegeten en zich toen meteen in haar zolderkamer teruggetrokken. Arme Tilly. Het leek niet goed met haar te gaan en nu viel Gertrude haar ook nog aan. Marie stond op en liep naar beneden.

'Jezus en Maria!' schold Kitty in de gang. 'Wat maak je een hoop herrie midden in de nacht, Gertrude! Mag een mens in dit huis dan helemaal niet meer slapen?'

'Het is bijna middag, jongedame!' stelde Gertrude doodgemoedereerd vast terwijl ze richting de keuken liep. 'Maar mensen die een wild nachtleven leiden, moeten zeker overdag slapen!'

Kitty bromde als antwoord en ging samen met Marie de woonkamer in. Ze was in haar ochtendjas, haar haar zat in de war en er zat slaap in haar ogen.

'Ik word gek van haar. Ze smijt met pannen. Ach, Tilly. Heb je goed geslapen, lieverd? Je ziet eruit als een verwelkte tulp. We moeten je eens even flink opfleuren, nietwaar, Marie? Dat doen we, daar kun je van op aan, Tilly. Mijn hemel, ik ben nog helemaal suf. Het is toch zondag, of niet?'

Ze ging met haar hand door haar haar en lachte, veegde met de rug van haar hand over haar voorhoofd, trok een grimas en lachte weer.

'Zondag, inderdaad. Ga zitten, Kitty. Ik geloof dat er nog koffie in de kan zit.'

Marie wist dat Gertrude de gewoonte had om een kopje koffie voor Kitty te bewaren omdat die zelden voor tien uur opstond.

'O ja! Lauwwarme koffie, dat is precies wat ik nu nodig heb,' spotte Kitty ondankbaar.

Ze voerde haar gebruikelijke toneelstukje op. Ze liet zich kreunend op de bank zakken, nam welwillend het kopje aan en hield het in haar hand terwijl ze verder praatte.

'Poeh, dat smaakt walgelijk, maar het pept me wel op. Ik ben er weer. Wat was het gisteren een geweldig feest in het kunstgenootschap! Stel je voor, Tilly, hij was helemaal opgewonden toen ik vertelde dat je al in Augsburg bent… Hij wil vanavond komen. O ja. Marc en Roberto komen ook langs. En Nele, geloof ik. Ik moet het nog even tegen Gertrude en Hanna zeggen, Roberto is dol op haar amandelgebak.'

Marie had moeite Kitty's woordenvloed te volgen en toen ze zag dat Tilly wanhopig haar voorhoofd fronste, greep ze in.

'Over wie heb je het, Kitty?'

'Over Roberto natuurlijk, lieve Marie. Roberto Kroll, zo'n knappe jongen. Alleen wil hij per se een baard dragen omdat hij zichzelf een geniale kunstena...'

'Was Roberto opgewonden omdat Tilly in de stad is?'

Kitty staarde haar met grote ogen aan. 'Wat praat je nu voor onzin, Marie? Niet Roberto natuurlijk, maar Klippi, de brave, trouwe Klippi.'

Tilly werd rood en keek ontstemd weg. Kitty dronk haar koffie op, gleed naar een hoekje van de bank en trok haar benen op.

'We weten immers allemaal dat de arme Klippi tot over zijn oren verliefd is op onze Marie,' kletste ze verder. 'Maar omdat mijn allerliefste Marie hem absoluut niet wil hebben – waar ik heel blij mee ben want Marie is van mijn Paultje – zal Klippi iemand anders moeten zoeken. Hij is een lot uit de loterij, Tilly, neem dat maar van me aan.'

Tilly kreunde en hield haar handen op haar oren. 'Alsjeblieft, Kitty! Begin jij nu niet ook nog. Ik heb net al de gebruikelijke preek van mama gekregen.'

Maar Kitty was niet te stoppen. 'Ik zeg alleen maar dat meneer Von Klippstein vanavond onze gast zal zijn en dat hij blij is je hier te ontmoeten. Meer niet. Hij is een uitgesproken sympathieke en edelmoedige man, zoals je zelf weet. Hij zou nooit op het idee komen om zijn echtgenote de wet voor te schrijven. Je zou onbezorgd kunnen studeren en arts kunnen worden, Klippi zou je altijd steunen...'

'Je moeite is vergeefs, Kitty,' onderbrak Tilly haar. 'Ik zal nooit trouwen. Juist jij zou dat toch heel goed moeten begrijpen.'

Bij wijze van uitzondering zweeg Kitty. Ze sloeg haar armen om haar opgetrokken knieën en keek Marie hulpzoekend aan.

'Vanwege... vanwege dokter Moebius?' vroeg Marie zacht.

Tilly knikte slechts. Ze slikte en streek haar lange haar achter haar oren. Vreemd dat juist zij, die zo dapper studeerde voor een beroep dat door mannen werd uitgeoefend, haar haar op de ouderwetse manier droeg.

'Hoop je nog steeds dat hij ooit uit gevangenschap terugkeert?'

Tilly schudde haar hoofd en er viel een korte stilte in de woonkamer. De staande klok tikte gelijkmatig, vanuit de keuken klonk gerinkel van servies. Toen begon Tilly te praten, hakkelend en heel zacht.

'Ik weet zeker dat Ulrich dood is. Hij is in een klein gehucht ergens in de Oekraïne overleden. Ze hadden het veldlazaret pal achter de frontlinie ingericht, zoals ze altijd deden om te zorgen dat de gewonden zo snel mogelijk verzorgd konden worden. In het dorp hadden zich partizanen verstopt, zij schoten op alles wat bewoog. Ulrich stierf terwijl hij het leven van een jonge soldaat probeerde te redden.'

Marie wist niet wat ze moest zeggen. Kitty leek een angstig kind dat zich tot een bolletje had opgerold.

'Hoe weet je dat?' vroeg ze met een benepen stem.

'Een van zijn kameraden heeft het aan zijn ouders verteld. Zij hebben me geschreven… Ulrich had zijn kameraad gevraagd om mij op de hoogte te brengen als hij zou sneuvelen.'

Een lot zoals dat van duizend anderen, dacht Marie verdrietig. En toch zo gruwelijk als je het aan den lijve ondervindt. Het is vreemd dat we inmiddels niet meer aan de oorlog proberen te denken. Dat we ons in een nieuw, modern leven storten en de kreupelen, die in de straten zitten te bedelen, niet meer willen zien. Zoals we ook onze eigen littekens en verwondingen willen vergeten.

'Tuurlijk,' zei Tilly nu met een andere stem, 'we waren niet verloofd. Daarvoor was de tijd te kort. Ik heb mezelf telkens weer verweten dat ik zo afwijzend ben geweest. Ik had hem moeten aanmoedigen, maar wij vrouwen zijn opgevoed met het idee dat we nooit de eerste stap horen te zetten. En zo hadden Ulrich en ik maar een paar minuten met elkaar, meer was het niet. Een kus, een omhelzing, een belofte.' Ze onderbrak zichzelf omdat de herinnering haar overmande. Kitty sprong van de bank en sloeg haar armen om Tilly heen.

'Ik begrijp je,' zei ze bezorgd. 'Ik begrijp je zo goed, maar jij weet tenminste hoe hij is overleden. Ik zal nooit te weten komen wat er met mijn arme Alfons is gebeurd. Ach, Tilly, ik heb regelmatig nachtmerries, dan droom ik dat hij er hulpeloos bij ligt en doodbloedt. Mijlenver bij mij vandaan en moederziel alleen. De oorlog. Wie heeft die in godsnaam gewild? Ken jij iemand die deze oorlog heeft gewild? Breng hem naar mij en ik verscheur hem!'

Marie zweeg. Ze vond zichzelf ondankbaar en egoïstisch. Haar man was bij haar teruggekomen – hoeveel vrouwen hadden haar daar niet om benijd? En toch had ze Paul nu verlaten. Ze kon niet vergeven wat hij haar had aangedaan. Het geluk om elkaar weer te zien en dagelijks met elkaar samen te leven waren twee verschillende dingen.

'Ik heb veel respect voor Ernst von Klippstein,' ging Tilly verder. 'Je hebt helemaal gelijk, Kitty. Hij is een fantastische man. En hij heeft veel meegemaakt. Zijn leven hing aan een zijden draadje.'

'Inderdaad,' zei Kitty, die nog steeds Tilly's schouder aaide. 'Je hebt hem destijds in het lazaret verzorgd. Zeg eens, lieve Tilly. Over dit soort dingen wordt nooit gepraat, maar het blijft toch onder ons, nietwaar? Even in vertrouwen, kan hij... kan Klippi eigenlijk wel, nou ja, je weet wel, een gezin stichten?'

Tilly keek uit het raam, waar nu de lachende gezichten van de kinderen opdoken. Ze sprongen omhoog om beter naar binnen te kunnen kijken en zwaaiden naar de drie vrouwen. Daarna liepen ze lachend terug naar de voordeur, waar Hanna op ze stond te wachten.

'Alsjeblieft,' zei Tilly haastig. 'Ik wil in geen geval dat iemand het te weten komt. Ik weet het ook nu pas. We hadden laatst een vergelijkbaar geval op de faculteit. In het lazaret had ik geen idee van deze lichaamsfuncties.'

'Dus hij kan het niet,' stelde Kitty droog vast. 'Arme man!'

Marie had al zoiets vermoed, maar nu was het dus zeker. Wat tragisch. Hij had een zoon, die echter bij zijn ex-vrouw woonde, en kon nu dus geen kinderen meer krijgen. Wat was Pauls jaloezie toch belachelijk. Hoe had hij Von Klippstein ook alweer genoemd? Haar 'aanbidder en bloemencavalier'. Wat gemeen en oneerlijk!

De vrolijke wirwar van stemmen in de gang verdreef de droevige stemming. Kitty sprong op, kruiste haar handen achter haar nek en rekte zich uit.

'Nou ja, wat maakt het uit. Het leven gaat door. Er is een nieuw tijdperk aangebroken en daar staan wij middenin. Ik met mijn schilderijen. Marie met haar atelier. En jij, Tilly, zult een fantastische arts worden.'

Ze stond op haar tenen, met haar armen nog steeds achter haar hoofd gekruist, en keek uitdagend van de een naar de ander. Ze wachtte duidelijk op instemming. Marie liet een kleine glimlach zien. Ook Tilly probeerde vrolijk te kijken, wat haar echter niet goed lukte.

'Goed, meisjes,' zei Kitty welwillend. 'Ik ga me maar eens aankleden. Anders vertelt Henni op school weer dat haar mama de hele dag in haar nachthemd rondloopt.'

Ook Tilly liep de kamer uit. Ze ging haar haar opsteken, haar kamer opruimen en haar bed opmaken. De tijd dat ze nog door dienstmeisjes en kameniersters werd bediend, was allang verleden tijd. Ze was het gewend om voor zichzelf te zorgen. Hanna had het druk zat, Tilly wilde haar niet nog meer werk bezorgen.

'Tante Tilly!' hoorde Marie de doordringende stem van haar dochter in de gang zeggen. 'Tante Tilly! Wacht even. Ik wil mee naar boven.'

'Kom maar, Dodo. Maar ik moet nog opruimen.'

'Ik help je wel. Ik kan goed opruimen. Dat heeft mevrouw Von Dobern ons geleerd. Mag ik je haar kammen? Alsjeblieft? Ik zal heel voorzichtig zijn.'

Waarom zou het meisje zich zo op Tilly storten, dacht Marie. Misschien wilde Dodo later ook medicijnen studeren? Dat zou dan in elk geval beter zijn dan vliegenierster worden. Marie moest om zichzelf glimlachen. De kinderen hadden nog zo veel tijd, het was onzin om daar nu al over na te denken. En toch was het gezegde niet voor niets 'jong geleerd, oud gedaan'.

Leo kwam binnenvallen. Hij had zijn beker nog in zijn hand en een grote chocolademelksnor rond zijn mond. 'Mama, ik heb geweldig nieuws!'

Hij zwaaide met de halfvolle beker en morste net niet op het tapijt.

'Wat leuk, schat. Zet de beker maar even neer, anders gaat alle chocolademelk eroverheen.'

'Ik heb een absoluut gehoor, mama!'

Hij keek haar aan alsof hij vandaag tot ridder was geslagen. Marie groef in haar geheugen. Wat was een 'absoluut gehoor'?

'Geweldig. En wie heeft dat vastgesteld?'

'We waren na de mis nog boven bij het orgel, Walter en ik. Omdat we er zo graag een keer op wilden spelen. En toen merkte de cantor dat ik telkens weet welke toon het is. En ik weet de halve tonen. Ik weet alles. Zelfs de hele hoge en de hele lage tonen. Alle orgelregisters. Die kan ik allemaal horen, mama. Walter kan het niet. Hij was heel verdrietig omdat hij het niet kan. De cantor heet meneer Klingelbiel en hij zei dat het heel zeldzaam is. Hij zei dat het een gave van God was.'

'Dat is echt geweldig, Leo.'

Omdat er verder niemand in de kamer was, mocht ze hem een knuffel geven en hem over zijn hoofd aaien. Toen de deur opengging en Henni door de kier de woonkamer in gluurde, maakte hij zich meteen van Marie los en liep hij naar de muziekkamer.

'Tante Marie?' Henni liet het woord Marie zo lief mogelijk klinken en haar glimlach was minstens zo betoverend als die van haar moeder. Aha, die wilde waarschijnlijk wat van haar.

'Wat is er, Henni?'

Het meisje had een van haar blonde staartjes gepakt en draaide het tussen haar vingers terwijl ze Marie met knipperende ogen aankeek.

'Ik zou je in het atelier kunnen helpen. Vanmiddag. Als ik mijn huiswerk heb gemaakt.'

Vrijwillig werken was eigenlijk niets voor Henni. Maar Marie ging in eerste instantie op het voorstel in. 'Als je dat graag wilt, waarom niet? Ik zou je hulp goed kunnen gebruiken. Je kunt de knopen sorteren. Garenklosjes oprollen. De planten water geven.'

Henni knikte tevreden. 'Krijg ik dan ook loon?'

Dat zat er dus achter. Marie had het haast al gedacht. Ze onderdrukte een grijns en legde het meisje uit dat ze pas acht was en nog niet voor loon mocht werken.

'Maar… maar ik werk toch niet. Ik help alleen een beetje. En daarvoor zou je me dan tien pfennig kunnen schenken. Omdat je mijn lieve tante bent.'

Wat een slimme meid. Geld verdienen op een elegante manier. Ik doe jou een plezier en jij doet mij een plezier.

'En waar heb je die tien pfennig voor nodig?'

Henni wierp het uiteinde van haar staart over haar schouder en schoof haar lippen naar voren. Van haar gezicht was te lezen dat ze dat een hele domme vraag vond.

'O, zomaar. Om te sparen. Omdat het binnenkort Kerstmis is.'

Wat een lief kind, dacht Marie. Ze wil werken om kerstcadeaus te kunnen kopen. Dat gevoel voor geld en de waarde van geld had ze vast van haar vader geërfd.

'We gaan het met je moeder bespreken, goed?'

Henni's blik verduisterde, maar ze knikte braaf en liep weg. Het meisje voert iets in haar schild, dacht Marie weifelend. Misschien was het slimmer om niet aan haar wens toe te geven en er even met Kitty over te praten.

Tegen de avond begon het hard te regenen en te waaien. De koude herfstwind teisterde de struiken en bomen in de tuin. De takken sloegen tegen de muren van het huis, gele en bruine bladeren zeilden met de wind weg en tot overmaat van ramp meldde Hanna dat boven twee ramen niet goed sloten.

'Leg een paar oude handdoeken op de vensterbanken,' stelde Tilly voor. 'Anders gaat het hout schimmelen.'

'Dit huis is een bodemloos vat,' jammerde Kitty. 'Ik heb afgelopen zomer het dak laten repareren, wat me een fortuin heeft gekost. Als ik nog een keer op de wereld kom, word ik dakdekker.'

Ernst von Klippstein verscheen in een druipende mantel. Zijn paraplu was een paar keer door de wind omgeklapt, daarom had hij er uiteindelijk maar van afgezien en in plaats daarvan zijn hoed vastgehouden. Hij gaf de dames geen bloemen maar natte doosjes bonbons en was dolblij toen Hanna hem warme pantoffels kwam brengen.

'Neemt u me niet kwalijk hoe ik eruitzie,' zei hij toen hij Tilly begroette. Hij ging met zijn hand door zijn natte haar.

'Hoezo? U ziet er goed uit, beste Ernst. Zo blozend en gezond. Alsof u net gewassen bent!'

'Nou, inderdaad,' bevestigde Kitty lachend. 'Voortaan zetten we u in de regen voordat we u binnenlaten, lieve Klippi. Maar komt u binnen, het eten wordt net geserveerd.'

Marie merkte opgelucht dat Ernst von Klippstein zich vandaag vooral aan Tilly wijdde. In de eerste periode nadat ze bij Paul was weggegaan, was hij bijna dagelijks in de Frauentorstraat te gast geweest en had hij alle moeite gedaan om haar te troosten. Wel, het was lief bedoeld, maar voor haar eerder een last dan een hulp.

'Zie je wel, Marie?' fluisterde Kitty samenzweerderig tegen haar. 'Ze zitten al heel vertrouwelijk bij elkaar. Zo meteen geven ze elkaar hun hand en daarna hun hart.'

Kitty droeg een van haar geraffineerde jurkjes van lichte zijde, dat maar net over haar knie kwam en haar figuur benadrukte dat inmiddels weer meisjesachtig was. Een wezen tussen kind en vrouw, dat straalde, charmeerde, koketteerde – geen man kon om haar heen. Als ze iemand met haar diepblauwe ogen aankeek, bracht ze zijn gevoelens heftig in de war. Waarbij Marie had gemerkt dat Kitty dit spel in feite allang zat was en het alleen nog speelde om voor zichzelf telkens weer haar macht te bewijzen. Zo behoorden ook Roberto, de schilder met de zwarte baard, en Marc, de galeriehouder, tot haar volgzame aanbidders. Hoe ver Kitty's gunsten tegenover haar heren ging, wist Marie niet. Als haar knappe schoonzus zich ook met de lichamelijke liefde inliet, dan deed ze dat in elk geval nooit in de Frauentorstraat.

'Nele, lieverd! Dat je met dit weer het huis uit bent gegaan.'

Nele Bromberg werd door iedereen stormachtig omhelsd. Ze was al boven de zeventig, zo mager als een kat en had haar kortgeknipte haar zorgvuldig diepzwart geverfd. Voor de oorlog had ze als schilderes furore gemaakt en een hoop schilderijen verkocht. Later was haar roem wat verbleekt, maar dat weerhield haar er niet van om haar leven geheel aan de kunst te wijden. Marie mocht de zonderlinge oude dame wel. Ze dacht vaak dat als haar moeder nog had geleefd, ze waarschijnlijk erg op haar geleken zou hebben.

'O, regen en storm, dat is het juiste weer voor ons heksen,' riep Nele. 'Het was heerlijk om op de bezem naar je toe te vliegen, mijn kleine fladderelfje.'

Ze praatte meestal veel te hard, wat kwam doordat haar gehoor naarmate ze ouder werd steeds slechter werd. Maar het stoorde niemand, zelfs de kinderen die nog een poosje op mochten blijven vonden 'tante Brummberg' aardig en zaten telkens te ruziën over wie er naast haar aan tafel mocht zitten.

Ach, die gezellige etentjes in het huis in de Frauentorstraat! Het ging er zo gemoedelijk en vrolijk aan toe. Geen stijve gedragsregels zoals in de villa, niemand maande de kinderen dat ze netjes moesten gaan zitten en niet mochten knoeien. En er was geen sprake van een 'baas of bazin' en 'personeel'. Gertrude gaf de gasten taken die ze bereidwillig uitvoerden. De tafel dekken. Een bos bloemen schikken. De gerechten serveren. Voor de drankjes zorgen. Vooral Von Klippstein maakte zich graag nuttig, maar ook Marc droeg bereidwillig de schalen met dikke noedels en de schilder Roberto legde het bestek in exact dezelfde afstand naast de borden. En later, als alles gedekt en geregeld was, zaten ze samen aan tafel, en wel zo dicht op elkaar dat je moest oppassen dat je niet per ongeluk met je vork je buurman of -vrouw prikte. Ook Hanna, die eerst vreselijk verlegen was, moest erbij komen zitten en bloosde nog altijd als Kitty's vrienden haar met 'juffrouw Johanna' aanspraken.

Ze aten, gaven de kokkin complimenten, maakten geintjes met de kinderen, vertelden grappige verhalen, proostten met elkaar. De gesprekken gingen bijna altijd over kunst. Vooral Marc Boettger, de galeriehouder, was vaak aan het woord. Hij veroordeelde de een en prees de ander de hemel in, vertelde over kunstenaars die van de ene op de andere dag beroemd waren geworden en over genieën die altijd miskend zouden blijven. Nele riep tussendoor dat hij harder moest praten omdat ze hem niet kon verstaan, waarop Dodo de taak op zich nam om de belangrijkste gedeeltes van het gesprek voor de oude dame te herhalen.

'Je hebt een intelligent meisje op de wereld gezet, Marie. Ze is heel bijzonder. Ze zal nog eens iedereen versteld doen staan.'

Nele zei principieel 'jij' en 'jou' tegen al haar vrienden en had Marie van begin af aan in haar hart gesloten. Vooral prees ze de schilderijen van haar moeder, hoewel ze Luise Hofgartner tot haar spijt nooit had leren kennen.

Toen iedereen zijn buik rond had gegeten en de gesprekken wat rustiger werden, was het de beurt aan Leo. Hij liep naar de muziekkamer om een paar stukken op de piano voor te spelen, wat hij ontzettend graag deed. Op Maries teken kreeg hij een daverend applaus, en daarmee was het avondlijke concert beëindigd. Hanna ging met de pruilende kinderen naar boven om ze naar bed te brengen.

De volwassenen verdeelden zich nu in kleine groepjes in de woonkamer, maakten het zich comfortabel op de bank en in de fauteuils. Roberto vond het heerlijk om met gekruiste benen op het tapijt te zitten. Hij was een enthousiast turner en had een keer laten zien hoe goed hij radslagen kon maken, waarbij hij echter een kristallen vaas en de grote rieten stoel had beschadigd, waarop Kitty hem had gevraagd ermee op te houden.

'Ik houd van deze stoel! Mijn dochter is erop geboren!'

'Op die stoel?' vroeg Marc benauwd.

'Nee, eigenlijk op de bank. Daar waar jij nu zit, mijn vriend.'

Marie lachte met de anderen mee. Ze was vandaag een beetje moe en had moeite zich op een gesprek te concentreren. Misschien kwam het door de wijn, een krachtige rijnwijn. Ze had het tweede glas beter niet kunnen drinken.

Ze luisterde beleefd naar wat de jonge galeriehouder te vertellen had, glimlachte op de juiste momenten en was blij toen Hanna de woonkamer weer binnenkwam om te vertellen dat de kinderen tevreden in hun bedjes lagen. Aangezien Marc zich nu tot 'juffrouw Johanna' richtte, om haar voor de zoveelste keer in zijn galerie in de Annastraat uit te nodigen, kon Marie naar een ander gesprek luisteren.

Tilly zat weer bij Ernst von Klippstein en het leek er inderdaad op dat ze haar hart voor hem had geopend. In elk geval zag Marie dat Von Klippstein haar zeer belangstellend aankeek.

'Wat gemeen. Uit pure jaloezie, denk ik.'

'Dat zou kunnen,' zei Tilly somber. 'Ik studeer hard en ben altijd een van de besten. Het is belangrijk voor een vrouwelijke student om goed te presteren om door de professoren erkend te worden. Maar sommige medestudenten nemen me dat helaas kwalijk.'

'En toen zijn die kerels stomdronken voor het huis van uw verhuurster verschenen en hebben ze geëist dat ze binnengelaten werden?'

'Ja. En ellendig genoeg beweerden ze dat ze al een paar keer bij mij hebben overnacht. Toen heeft ze mijn huur opgezegd.'

Von Klippstein zuchtte vol medelijden. Waarschijnlijk had hij nu graag Tilly's hand gepakt, maar dat durfde hij niet.

'En nu? Hebt u een nieuw onderkomen gevonden?'

'Nog niet. Ik heb mijn spullen bij een kennis gezet, het is maar één koffer en de tas met mijn boeken.'

'Als ik u op wat voor manier dan ook kan helpen, juffrouw Bräuer... Ik heb vrienden in München.'

Marie kon niet meer horen of Tilly dit aanbod aannam, want Nele sprak haar aan.

'Mijn lieve Marie. Je hebt twee fantastische kinderen, ik ben jaloers op je. Die jongen is een kleine Mozart. En wat een knapperd met die blonde kuif van hem. Net een engel. Een aartsengel.'

'Ja, ik ben erg trots op allebei mijn kinderen.'

Marie praatte, glimlachte, luisterde en gaf antwoord. Het was prettig om in deze kamer te zitten, zo warm en geborgen, omringd door vrolijke mensen, terwijl buiten de wind aan de takken rukte en de regen tegen de ruiten sloeg. Hoe kwam het dan dat ze zich toch zo vreselijk eenzaam voelde?

Waarom hebben we in godsnaam ruzie, dacht ze. Zijn al die dingen die ik hem verwijt niet onbeduidend? Pure verbeelding? Onverantwoord egoïsme?

Waarom ging ze morgen niet naar hem toe in de fabriek, om hem te vertellen dat ze van hem hield? Dat al het andere onbelangrijk was? Dat alleen de liefde telde?

Maar toen moest ze weer denken aan de kerkbank. De familiebank van de Melzers in de St. Maximilian. Paul tussen zijn moeder en Serafina von Dobern. Zijn glimlachende gezicht, Serafina die zich naar hem toe boog om beter te verstaan wat hij fluisterde…

Nee. Liefde kon niet alles in het leven vervangen. En al helemaal niet een liefde die op leugens berustte.

# 20

*December 1924*

'O, GUTTEGUT, NEE! Al slaat u me dood, mevrouw. Maar ik stap niet in zo'n gevaarte.'

Elisabeth slaakte een geïrriteerde zucht. Ze had het meisje op het landgoed moeten laten, ze had alleen maar gedoe met haar. Het was een roodharige, struise boerenmeid die constant misselijk was in de trein, nergens voor te gebruiken was en nu tot overmaat van ramp ook nog bang was om in een automobiel te stappen.

'Verman je toch, Dörthe! Het is al donker en ik heb geen zin om in een oude koets door elkaar geschud te worden.'

Ze stonden voor het station van Augsburg tussen hun tassen en koffers die de kruier heel vriendelijk in een plas had gezet. Het was koud in haar geboortestad. In het schijnsel van de straatlantaarns zag ze sneeuwvlokjes die door de wind voortgedreven werden. Toch zaten er nog een paar oorlogsgewonden bij de muur van het stationsgebouw te bedelen bij de laatste reizigers.

'Ik val ter plekke dood om, mevrouw,' jammerde Dörthe. 'In Kolberg is een keer zo'n automobiel ontploft. Het was zo'n harde klap dat de ramen waren gesprongen.'

Lisa was zo uitgeput van de reis, die twee dagen had geduurd, dat ze geen fut meer had om tegen de hardnekkige domheid van het meisje te vechten. Maar zodra ze in de villa was, zou ze die meid aanpakken. Zo ging het niet. Dan kon ze beter maar meteen weer terug naar het landgoed rijden. Of lopen, als ze dat liever deed.

Ze negeerde de wachtende taxi's en wenkte een paardenkoets. In elk geval zette de koetsier haar bagage snel in het rijtuig en hielp hij Elisabeth om in te stappen. Ze was nu al ruim zes maanden zwanger, voelde zich zwaar en log, en haar benen waren gezwollen doordat ze zo lang in de trein had gezeten.

'Wat een grote stad, mevrouw. En zo veel lichtjes. En de huizen, die komen helemaal tot aan de hemel.'

'Schuif eens een stuk op, dan kan ik mijn voeten omhoog leggen.'

'Ja, mevrouw. O, ze zijn ontzettend dik geworden. We zullen koude omslagen met azijn moeten maken.'

Elisabeth gaf geen antwoord. Ze hoorde de koetsier met zijn tong klakken. De hoefijzers van de paarden klepperden op de kasseien en het rijtuig sukkelde in de richting van de Jakoberpoort. Elisabeth leunde met haar hoofd tegen de houten achterwand en deed even haar ogen dicht. Weer thuis in Augsburg. Ze kende elk huis, elk steegje. Ze had de weg van het station naar de villa met haar ogen dicht kunnen vinden. Tot haar eigen verbazing vond ze het een fijn gevoel. Het kwam vast door de zwangerschap dat ze de problemen die op haar afkwamen in een roze wolk zag. Wat merkwaardig. Af en toe had ze de indruk dat ze onder een glazen stolp leefde, die alle zorgen en stress dempte en haar het prettige, warme gevoel van geborgenheid gaf. Maar dat fijne gevoel duurde meestal maar kort, daarna werd ze weer teruggeworpen in de trieste werkelijkheid.

In de afgelopen weken had ze de vreselijk ontmoedigende ontdekking gedaan dat niemand op het landgoed verdrietig was dat ze vertrok. Zelfs tante Elvira niet, die wel altijd aardig tegen haar was geweest.

'Ach, meisje. Jij hoort gewoon in de stad thuis, dat had ik algauw door. Ga met God en word gelukkig, Lisa!'

Ze liet haar onbekommerd gaan. Ook Christian von Hagemann

had slechts zijn schouders opgehaald toen ze haar besluit had medegedeeld. Alleen Riccarda von Hagemann, die ze nooit had gemogen, leek onthutst.

'En hoe moet het dan met ons?'

Lisa had haar gerustgesteld. Klaus bleef rentmeester, daar had tante Elvira op gestaan want ze was erg tevreden met hem en had bovendien niet veel zin om een nieuwe rentmeester te zoeken. Pauline en haar onechtelijke kind zouden op het landgoed gaan wonen; Klaus was van plan de jongen te adopteren. Misschien zou hij nog meer jongens en meisjes verwekken, maar dat was zijn zaak en ging haar niets meer aan. Het afscheid van haar echtgenoot was zelfs hartelijk geweest, hij had haar in zijn armen genomen en haar bedankt.

'Ik heb je altijd graag gemogen, Lisa. Als een goede vriendin, een trouwe kameraad.'

Ze had zichzelf daarbij nogal belachelijk gevonden, want Sebastians kind in haar buik had heftig bewogen, alsof het de aandacht op zich wilde vestigen.

'Dat het bij die bleke jongen meteen raak was, dat neem ik hem wel kwalijk,' had Klaus er grijnzend aan toegevoegd. 'Maar niemand kan zeggen dat ik mijn best niet heb gedaan, of wel soms?'

Ze was niet op zijn grapje ingegaan, maar had hem alleen verzekerd dat ze geen wrok jegens hem koesterde en als vrienden uit elkaar wilde gaan. Hij knikte, maar toen ze zich wilde omdraaien, pakte hij haar nog een keer bij haar arm beet.

'Luister, Lisa. Als je denkt dat het beter is, ben ik bereid om het kind voor mijn rekening te nemen.'

'Bedankt, Klaus. Maar dat zal niet nodig zijn.'

Elisabeth deed haar ogen open en rechtte haar rug. Ze kreeg hoofdpijn van het gehobbel op de kasseien. Dörthe, die haar dagenlang had gesmeekt om mee te mogen naar Augsburg, zat nu stokstijf op het bankje en staarde uit het raam van het rijtuig. Als ze langs een straatlantaarn reden, verschenen er huizen en voorbijgangers in het grijze licht, daarna werd het weer donker. Alleen de etalages waren kleurrijk verlicht en je kon zelfs de uitgestalde koopwaar zien. Er was een hoop veranderd in Augsburg sinds ze was weggegaan. Het leek erop dat de ergste inflatie voorbij was. Winkels en bedrijven herstelden weer en het zou dus ook wel bergopwaarts gaan met de textielfabriek van Melzer. Wat raar dat haar moeder er zo weinig over had geschreven. Haar brieven waren de afgelopen maanden vrij schaars geworden en van Kitty had ze zelfs helemaal geen post meer ontvangen. Waarschijnlijk namen ze het haar kwalijk dat ze nu toch de echtscheiding had aangevraagd en als gescheiden vrouw in haar ouderlijk huis wilde gaan wonen. Dat haar moeder daar bezorgd over was, snapte ze wel, maar dat Kitty zich zo aanstelde was wel heel typisch. Serafina had Lisa uitgebreid geschreven dat Kitty een losbandig leven leidde, nogal onbeschroomd met verschillende mannen omging en affaires had. Nou ja, Kitty had altijd al een hang naar de bohème gehad, dat was al zo toen ze met die Fransoos naar Parijs was vertrokken. In elk geval had uitgerekend Kitty niet de geringste reden om denigrerend tegen haar te doen. Hooguit Marie had daar het recht toe gehad. Maar over Marie werd noch in haar moeders, noch in Serafina's brieven gesproken.

Ze passeerden de Jakoberpoort en reden rechtdoor de industriewijk in.

'Nu wordt het helemaal donker, mevrouw. Zo zwart als de hel. Ach, guttegut, wat is dat voor licht daarginds? Dat flakkerende licht, alsof er duizend glimwormpjes hangen?'

'Daar flakkert helemaal niets, Dörthe,' zei Lisa misnoegd. 'Dat zijn de ramen van een fabriek. Wacht even, dat moet de mechanische katoenspinnerij zijn. Ze werken dus weer met nachtploegen. Dan hebben ze zeker een hoop orders.'

Toen ze uit Augsburg was vertrokken, zaten alle textielfabrieken nog aan de grond, toen was er nauwelijks wol en al helemaal geen katoen die ze hadden kunnen verwerken. Ze verscherpte haar blik en probeerde in de verte de lichten van de textielfabriek van Melzer te ontwaren, maar het lukte haar niet. Het leek erop dat er nieuwe gebouwen waren gekomen waardoor ze hun eigen fabriek niet kon zien.

'Ik ben zo misselijk, mevrouw. Zijn we er bijna? Anders moet ik tegen de koetsier zeggen dat hij moet stoppen.'

'Nog maar een paar minuten. Zolang zul je je nog wel kunnen beheersen.'

Dörthe knikte een paar keer vastberaden en keek weer naar buiten. Het arme ding was inderdaad zo wit als een doek. Deze reis en de aanblik van de stad bij nacht waren waarschijnlijk het meest opwindende wat ze tot nu toe in haar leven had meegemaakt.

Het oude hek van het park hing nog steeds scheef in de scharnieren. Dörthe klampte zich met haar vingers aan de leren zitting van het rijtuig vast toen ze de oprijlaan opreden. Aan het eind ervan waren de lichten van de villa te zien. De lampen op het voorplein brandden, ze werd verwacht. 's Ochtends vroeg had ze vanuit Berlijn gebeld en tegen haar moeder gezegd dat ze geen moeite hoefden te doen. Nee, Paul hoefde haar niet van het station op te halen, ze zou een autotaxi nemen.

'Daar is het. Zie je de lichten?'

De koetsier stopte voor de trap naar de hoofdingang en Dörthe stapte zo snel mogelijk uit om meteen naast het met dennentakken afgedekte ronde bloemperk over te geven. Bovenaan de treden ging de voordeur open en Elisabeth zag tot haar vreugde Gertie, die ooit haar dienstmeisje was geweest. De huisknecht die nu snel de treden af liep om haar bagage aan te pakken, herinnerde ze zich maar vaag. Hoe heette hij ook alweer? Johann? Nee. Jonathan? Ook niet. Hij maakte een wat verwaande indruk, maar misschien leek dat maar zo.

'Welkom thuis, mevrouw Von Hagemann!' zei hij en hij maakte een buiging. 'Julius is mijn naam. Het is me een eer dat ik u mag helpen.'

Hij hielp haar uit het rijtuig te klimmen. Hij was wel sterk, ze kon niet anders zeggen. En ook niet zo pietluttig als Humbert was geweest. Die had zich altijd vreselijk aangesteld als hij iemand moest aanraken.

Ze gaf instructies over welke bagage waarnaartoe gebracht moest worden en vroeg zich af welke kamer ze haar zouden geven. Had Kitty niet een keer geschreven dat Marie in haar oude kamer een werkruimte had ingericht? Hopelijk stopten ze haar niet in papa's voormalige slaapkamer. Die kamer was veel te klein, bovendien zou ze dan altijd aan haar arme vader moeten denken.

'Lisa! Laat me je eens bekijken, zusje! Wat zie je er goed uit. Een beetje bleek in je gezicht, maar dat komt natuurlijk door de lange reis.'

Paul was ook de treden af gelopen om haar te begroeten. Hij was hartelijk en leek oprecht blij te zijn. Het deed haar goed. Maar toen hij haar in zijn armen nam, kon haar wijde mantel een bepaald feit niet meer verdoezelen.

'Zeg... Ben je soms...' fluisterde hij zacht.

'Ruim zes maanden. Het komt waarschijnlijk in februari.'

Hij stond perplex, want ze had in haar brieven niets over haar zwangerschap geschreven. Hij haalde beduusd zijn hand door zijn haar en haalde diep adem, toen grijnsde hij. Net zo ondeugend en jongensachtig als vroeger.

'Gefeliciteerd. Dan komt er weer leven in huis. Weet mama het al?'

'Ze zal het vandaag te weten komen.'

Hij floot zachtjes door zijn tanden, ook dat had hij vroeger af en toe gedaan. 'Maar wees diplomatiek, Lisa. Of probeer dat in elk geval. Mama's zenuwen zijn nogal zwak.'

'O ja?'

'Ze ligt in bed. Ze zal wel voor het avondeten opstaan.'

Lisa negeerde de arm die hij haar aanbood en liep zonder zijn hulp de treden op. Dat ontbrak er nog maar aan, dat ze haar als een zieke behandelden die verzorgd moest worden. Het was al erg genoeg dat het niet goed ging met de gezondheid van haar moeder. Dat verklaarde ook waarom ze zo zelden had geschreven.

In de hal stonden Else en mevrouw Brunnenmayer bij de deur van de keuken te wachten, terwijl Gertie en Julius de bagage al naar boven droegen. Elisabeth was ontroerd. Hemel, Else had echt tranen in haar ogen en mevrouw Brunnenmayer keek haar stralend aan.

'Het is goed dat u weer bij ons bent, mevrouw Von Hagemann. Ach, ik heb de kleine Elisabeth immers mede grootgebracht.'

Lisa gaf de kokkin een hand, het had niet veel gescheeld of ze was haar om de hals gevlogen. Ook Else kreeg een handdruk. Ondanks de dingen die waren gebeurd, waren deze twee trouwe mensen aan haar gehecht. Wat deed dat goed na het kille afscheid op landgoed Maydorn.

Serafina von Dobern wachtte bovenaan de trap naar de eerste verdieping op haar. Lisa hijgde terwijl ze de trap op liep. Omdat Else beneden haar mantel en hoed had aangenomen, was haar toestand nu duidelijk zichtbaar. Maar Serafina liet niets merken.

'Lisa, mijn liefste vriendin! Ik ben zo blij je weer te zien. Heb je een goede reis gehad?'

Ze omhelsde haar slechts kort en afstandelijk, en bij de kusjes die ze elkaar gaven raakten ze elkaars huid niet. Serafina was streng van zeden opgevoed, ze moest het feit dat haar vriendin zich liet scheiden en tegelijkertijd een kind verwachtte, eerst verwerken. Lisa vergaf het haar.

'Dank je wel, lieverd. Het was te doen. De gebruikelijke onaangename dingen in de trein, je weet wel... raam open, raam dicht. Je kunt je benen niet strekken en er is altijd wel iemand die met een krant ritselt. Maar hoe gaat het met jou, Fientje? Ben je gelukkig, hier in de villa? Je bent toch niet afgevallen?'

Serafina leek inderdaad nog dunner dan vroeger. Ook haar gelaatskleur was niet beter geworden, maar ze leek haar wangen inmiddels met een klein beetje rouge te kleuren.

'Afgevallen? Dat zou kunnen. Ik verdraag het eten in dit huis niet goed.'

Lisa besefte dat ze iets stoms had gezegd. Serafina had er vroeger al onder geleden dat ze zo mager was.

'Ja, klopt, je hebt een gevoelige maag. Terwijl onze mevrouw Brunnenmayer zo fantastisch kan koken.'

Wat raar. Ze had zich erop verheugd Serafina weer te zien. Ze waren sinds hun schooltijd goede vriendinnen en hadden later ook veel dingen gemeen gehad. Maar op dit moment voelde ze een vreemde afstand. Nam Serafina haar de zwangerschap echt zo kwalijk?

'Ik laat je de kamer zien die ik voor je heb laten klaarmaken.'

Nog een trap. Lisa liep achter haar vriendin aan naar de tweede verdieping en vroeg zich af wat Serafina had bedoeld. Ze had de kamer laten klaarmaken. Als gouvernante behoorden dat soort dingen niet tot haar taken.

Ze hadden Kitty's voormalige kamer voor haar ingericht. Nou ja, daar kon ze tevreden mee zijn, zeker omdat er een garderobekamer was die ze kon gebruiken. Ze vond het niet zo prettig om in Kitty's bed te slapen, maar de overige meubels waren weggehaald en vervangen door andere. Serafina legde uit dat ze alles met veel aandacht voor haar lieve vriendin had uitgezocht en ingericht. Ze opende de deurtjes en laden van de commode en schikte de kussens op de groene canapé die ze ongetwijfeld van zolder hadden gehaald. Lisa herinnerde zich vaag dat dit meubelstuk ooit in de herenkamer had gestaan maar later vervangen was door twee fauteuils.

'Zeg, ben jij niet als gouvernante aangesteld?'

'O, weet je dat nog niet, Lisa? Ik bekleed sinds enige tijd de positie van huisdame.'

Lisa ging op de canapé zitten en keek naar haar vriendin op. 'Zei je huisdame?'

Serafina glimlachte trots. Lisa's verbazing leek haar te amuseren.

'Inderdaad. Aangezien je schoonzus niet meer bij ons is...'

Lisa kon het niet meer volgen. Er leek tijdens haar afwezigheid een aardverschuiving in de villa te hebben plaatsgevonden waar niemand haar iets over had verteld.

'Marie... Is Marie hier niet meer?' Nu pas viel haar op dat Marie niet naar de hal was gekomen om haar te begroeten. 'Is ze soms ziek?'

Serafina trok haar wenkbrauwen op en perste haar lippen opeen. Lisa zag dat ze ervan genoot dat zij degene was die dit ongelofelijk opwindende nieuws aan haar vriendin kon onthullen.

'De jonge mevrouw Melzer is met de kinderen naar de Frauentorstraat verhuisd. We hebben de kwestie zeer discreet behandeld en jou er daarom niets over verteld. Vooral vanwege tante Elvira. Die is soms nogal recht voor z'n raap en houdt weinig rekening met de goede reputatie van de familie.'

Lisa zat zwijgend op de canapé. Dit nieuws kwam zo onverwacht dat ze werd overvallen door allerlei gedachten en gevoelens die ze eerst moest ordenen. Marie had haar broer verlaten. Respect. En de kinderen meegenomen. Ongelofelijk. En haar zusje Kitty stond vast achter Maries besluit want Marie woonde bij haar. Natuurlijk, dat was te verwachten! O god, arme Paul! En mama, wat zou zij de kinderen missen. Vandaar die zwakke zenuwen.

'Ik wil je vragen, lieve Lisa, om zo tactvol mogelijk te zijn tegen je moeder. Ik bedoel, wat je... toestand betreft. Ze heeft zo veel meegemaakt.'

'Natuurlijk. Dat is vanzelfsprekend.'

Lisa antwoordde mechanisch, ze was nog te veel in haar gedachten verdiept. Toch irriteerde het haar dat ze nu al voor de tweede keer de vermaning kreeg om voorzichtig met haar moeder om te gaan. Vonden ze haar maar een lomp mens? Een meedogenloze vrouw zonder inlevingsvermogen voor de zielstoestand van een ander? Ze werd een beetje boos op haar vriendin, ook al besefte ze dat het niet Serafina's schuld was.

'Stuur Gertie alsjeblieft naar boven naar mij, Fientje,' zei ze op een koelere toon dan tussen hen gebruikelijk was. 'En zeg tegen de kokkin dat Dörthe – het meisje dat mij begeleid heeft – in de keuken kan helpen.'

'Rust vooral uit, lieverd,' zei Serafina meelevend. 'Je hebt een vermoeiende tijd achter de rug. Je kunt op mij rekenen, Lisa. Ik ben er altijd voor je.'

'Lief van je, Fientje.'

Serafina deed de deur heel zacht achter zich dicht, alsof er een zieke in de kamer was. Haar voetstappen in de gang waren nauwelijks te horen, ze moest over het tapijt zweven zonder haar voeten neer te zetten. Ook dat irriteerde Lisa nu, want zijzelf stampte momenteel als een olifant en raakte vanwege haar toegenomen gewicht snel buiten adem, zodat haar gehijg ook nog goed te horen was. Ach ja, zij was weer eens degene die pech had. Ze kon zich nog goed herinneren dat het bij Kitty nauwelijks aan haar te zien was dat ze zwanger was. Ook Marie was, ondanks dat ze een tweeling droeg, niet zo uitgedijd als zijzelf. Ze was gewoon overal dikker geworden: bij haar heupen, armen en benen, op haar rug en vooral bij haar boezem. Die was altijd al weelderig geweest, maar was nu buitenproportioneel. God, als het kind gezond en wel op de wereld was gekomen, zou ze alleen nog gestoofde groente en droog brood eten. Ze had geen zin om de rest van haar leven als een wandelende ton rond te lopen!

Toen Gertie bij haar kwam, verbeterde haar stemming meteen. Wat was het toch een aardig meisje. Geen woord over de zwangerschap, geen stomme vragen vanwege gezwollen benen of andere ongemakken. Ze had de kachel in de badkamer aangedaan, bracht de wijde ochtendjas en kletste onafgebroken over allerlei nieuwtjes terwijl ze Lisa hielp bij het uitkleden.

'Auguste komt inmiddels helemaal niet meer. Vroeger moest ze altijd geld verdienen omdat ze van de tuinderij niet konden leven. De goede mevrouw Brunnenmayer gaf haar vaak iets voor de kleintjes mee, zodat ze geen honger hoefden te lijden. Maar nu is ze welvarend geworden. Ze wil niet zeggen waar het geld vandaan komt. Ze bouwen een kas. Zo groot als een markthal. Ik weet het ook niet, mevrouw, maar ik denk dat ze een geldboompje in de tuin hebben.

Elisabeth vroeg zich af of haar nu-nog-echtgenoot Klaus von Hagemann er iets mee te maken had, hij was tenslotte Liesls vader. Maar hoe zou hij zo veel geld kunnen hebben? Ze strekte zich in het weldadig warme water uit en pakte de rozenzeep. O, die geur van haar kindertijd. Het was nog steeds hetzelfde merk, dat haar moeder al jarenlang kocht. Ze draaide de zeep in haar handen tot hij schuimde en zeepte haar nek en armen in. Daarna gaf ze het glibberige, rozekleurige stuk zeep aan Gertie zodat zij haar rug kon wassen. Ze deed het heerlijk, die kleine Gertie, ze masseerde de gespannen plekken en goot warm water over haar schouders. Daarbij hoorde ze dat Humbert, de voormalige huisknecht, nog steeds in Berlijn woonde en daar in een theater optrad. Maar hij schreef steeds minder vaak en daarom maakte mevrouw Brunnenmayer zich een beetje zorgen om hem.

'Dat zegt ze niet, maar het is wel duidelijk. Ik geloof dat mevrouw Brunnenmayer en Humbert een hechte vriendschap hadden. En Hanna, die ontrouwe meid, is naar de Frauentorstraat gegaan.'

Gertie hielp haar uit de badkuip, legde een grote, naar seringen en bergamot ruikende handdoek om haar schouders en wreef haar rug droog.

'Jeminee, de meid die u uit Pommeren hebt meegebracht! Dat is me er een! Ze zit beneden aan de keukentafel en houdt niet meer op met eten. Aardappelen schilt ze vingerdik. En ze kon buiten de houtstapel niet vinden, terwijl mevrouw Brunnenmayer het haar drie keer heeft uitgelegd. Ze moet straks afwassen, nu, dat zal wel wat servies kosten. Zo'n onhandige trien heeft ze nog nooit in haar keuken gehad, zegt de kokkin.'

'Ze zal het vast leren.'

Gertie had schoon ondergoed en een comfortabele huisjapon klaargelegd die ze in een van de koffers had gevonden.

'Mag ik uw haar kammen? En opsteken? Dat zou ik heel graag doen, want ik volg een cursus voor kamenierster en heb al veel geleerd.'

Elisabeth had haar haar weer laten groeien en stak het net als vroeger op. Niet omdat Sebastian het korte haar niet mooi had gevonden. Echt niet. Wat had zij met Sebastian te maken? Maar een modieus pagekopje paste gewoon niet bij haar gezicht.

Na het bad voelde ze zich aangenaam ontspannen en erg slaperig. Ze keek knipperend in de spiegel terwijl Gertie haar vochtige haar ontwarde en kamde. Het meisje stak haar haar inderdaad op een mooie manier op waardoor haar roze vollemaansgezicht wat smaller leek. Een zeer bekwaam meisje, die Gertie. Ze deed haar een beetje denken aan Marie. God, het was nu al tien jaar geleden dat de knappe kamenierster Marie Lisa's haar had opgestoken en schitterende jurken voor haar had genaaid. Ongelooflijk dat die vrouw, die zo enorm was opgeklommen op de maatschappelijke ladder, nu ineens alles op het spel zette.

Else klopte op haar kamerdeur. Het avondeten was klaar.

'De heer Melzer vraagt of u meteen naar beneden wilt komen.'

'Bedankt, Else.'

Waarom had hij zo'n haast? Nou ja, het was maar beter om niet te treuzelen, anders viel ze hier op de stoel nog in slaap.

'Dat heb je heel goed gedaan, Gertie,' zei ze en ze stond kreunend op.

Het meisje maakte een knicksje en was blij met het compliment.

'Ik zou u graag willen bedienen, mevrouw Von Hagemann. Ik kan ook naaien en strijken... En Dörthe helpt nu toch in de keuken.'

Aha, dacht Elisabeth geamuseerd, uit die hoek waait de wind. Helaas kon zij er hier in de villa niet over beslissen, maar het zou haar zeker helpen als ze de komende maanden zo'n slim en handig meisje aan haar zijde had.

Beneden in de eetkamer was de tafel volgens alle regels van de kunst gedekt – die Julius verstond zijn vak. Het bestek lag tot op de millimeter nauwkeurig op dezelfde afstand naast de borden, rechtsboven stonden de glazen in de juiste volgorde, aan de linkerkant stond voor iedereen het blank gepoetste zilveren zoutvaatje met een klein lepeltje erin, de gestevende stoffen servetten waren in mooie vlinders gevouwen.

'Je kunt het beste naast mij gaan zitten, Lisa,' zei Paul, die tegelijk met haar binnenkwam. 'Mevrouw Von Dobern zit naast mama.'

Hij schoof haar stoel uit, wachtte tot ze was gaan zitten en nam toen naast haar plaats. Lisa was verbaasd.

'Serafina, ik bedoel mevrouw Von Dobern... Eet ze met ons?' Ze kon van Pauls gezicht lezen dat hij de vraag onaangenaam vond.

'Mama wil het zo.'

Nou ja, aangezien Marie en de kinderen niet meer in de villa woonden en ook Kitty ontbrak, zaten alleen haar moeder en Paul nog aan tafel. Misschien voelde haar moeder zich een beetje eenzaam. Toch was het erg ongebruikelijk dat de huisdame bij hen aan tafel zat. Juffrouw Schmalzler zou haar hele leven niet op zo'n idee zijn gekomen.

'Wil je misschien deze sjaal omdoen, Lisa? Het is hier een beetje koud.'

Paul gaf haar een brede, donkerrode zijden sjaal, die eigenlijk van Alicia was.

'Nee, dank je,' zei ze. 'Ik vind het warm genoeg.'

'Doe nu maar om, Lisa,' drong hij aan. 'Mama hoeft immers niet meteen te zien hoe laat het is.'

Ze begon dit theater zo langzamerhand vervelend te vinden. Waarom moest ze zich verstoppen? Vroeg of laat zou haar moeder het toch te weten komen, waarom dan niet meteen?

'Laat mama op zijn minst eerst iets eten. Door die migraine is ze erg vermagerd.'

Lisa snoof geërgerd, maar deed wat hij vroeg. Wat was die stola ontzettend lelijk! Maar als het zo slecht ging met haar moeder, zou ze er maar rekening mee houden.

Alicia kwam gesteund door Serafina de eetkamer binnen. Ze leek inderdaad erg mager. Haar gezicht was gerimpeld, het haar was grijzer geworden en niet meer geverfd en op haar handen zat zo weinig vlees dat haar knokkels te zien waren.

'Lisa! Wat ben je mollig geworden. De landlucht heeft je goedgedaan.'

Elisabeth, die wilde opstaan om haar moeder te omhelzen, voelde Pauls hand op haar arm en begreep dat ze beter kon blijven zitten. Haar moeder maakte een beweging alsof ze naar haar toe wilde gaan, maar Serafina pakte haar zacht bij haar schouder en leidde haar naar haar plek.

'Gaat u zitten, lieve Alicia. We zijn allemaal blij dat onze Lisa weer bij ons is, nietwaar? Laten we het tafelgebed opzeggen.'

Meteen daarna kwam Julius binnen om de soep te serveren. Runderbouillon met rissoles – o, wat had ze dat lang niet meer gegeten! Ze waren zelfs met peterselie bestrooid, en dat in december!

Ze vouwden ieder hun servet uit en begonnen de soep te eten. Een poosje klonk alleen het zachte gerinkel van de lepels tegen de borden.

'Hoe moet het nu met jou verdergaan, Lisa?' nam Alicia ten slotte het woord. 'Je bent nog steeds vastberaden te gaan scheiden?'

'Ja, mama. De procedure is al in gang gezet. Het kan niet lang meer duren.'

Serafina mengde zich in het gesprek en zei dat een scheiding tegenwoordig niet meer ongebruikelijk was.

'In plaats van je hele leven ongelukkig getrouwd te blijven, is het toch veel slimmer om uit elkaar te gaan. Dan heb je de kans een tweede huwelijk aan te gaan en wel gelukkig te worden.'

Ze keek in Lisa's richting terwijl ze dat zei en haar brillenglazen weerkaatsten het licht van de wandlamp. Vergiste ze zich of had Serafina niet haar, maar Paul aangekeken?

Alica schoof haar halflege bord van zich af en depte haar lippen met het servet. 'In mijn tijd was het niet gebruikelijk om te scheiden. En als het wel gebeurde, zat er meestal een schandaal achter.'

Ze keek Lisa onderzoekend aan en Paul mengde zich snel in het gesprek.

'En hoe heb je je leven na de scheiding gepland, Lisa?'

Ze had bijna gezegd dat ze eerst een kind op de wereld wilde zetten, maar beet op het laatste moment op haar tong.

'O, ik denk dat ik voorlopig een beetje afstand nodig heb. Ik zal me hier in de villa nuttig maken. Als het mag, mama, dan help ik je graag met de leiding van het huishouden.'

Serafina glimlachte en zei dat dit een goed idee was, maar dat de leiding van het huishouden momenteel uitstekend georganiseerd was en er geen hulp nodig was.

'Nietwaar, lieve Alicia? We redden het prima.'

Alicia was het met haar eens. Het gesprek verstomde omdat Julius binnenkwam om de borden af te ruimen en de volgende gang te serveren. Kalfsbraadstuk met erwten en worteltjes, knoedels en roomsaus. Elisabeth vergat haar ergernis over Serafina's opmerking en liet Julius meteen drie plakken vlees op haar bord leggen. Wat was de saus heerlijk gekruid, verrukkelijk gewoon. En de knoedels – ongeëvenaard. En het vlees was zo mals.

'Hoe zit het eigenlijk met die meneer Winkler?' verstoorde Paul haar eetgenot. 'Was er tussen jullie geen sprake van een zekere... genegenheid?'

'Ik vraag je, Paul!' riep Alicia. 'Een schoolmeester. Die ook nog eens in de gevangenis heeft gezeten!'

'Hoe dan ook,' hield Paul vol. 'Hij leek me een intelligente en fatsoenlijke man.'

'Een communist, nietwaar?' vroeg Serafina vriendelijk. 'Was hij niet een van die raddraaiers van die zogenaamde Radenrepubliek? Toen het gepeupel meende dat ze in Augsburg de macht konden grijpen?'

Paul negeerde Serafina's opmerking en ging heel naïef door met vragen stellen. 'Is hij nog steeds als bibliothecaris op landgoed Maydorn aangesteld?'

Elisabeth voelde dat haar gezicht begon te gloeien. Paul, die slimmerik, had haar allang doorzien. Misschien had hij ook wel een vermoeden wie de vader van het kind in haar buik was.

'Allang niet meer,' verklaarde ze snel. 'De heer Winkler heeft in mei ontslag genomen en het landgoed verlaten. Voor zover ik weet wilde hij proberen om een baan als leraar op een lagere school te krijgen.'

'Mijn hemel,' kreunde Alicia. 'Een revolutionair die op onschuldige kinderen wordt losgelaten! Hij zal toch hopelijk geen aanstelling hebben gekregen, of wel soms?'

Elisabeth vond dat hier voor eens en altijd iets opgehelderd moest worden. Ze legde haar bestek op de rand van haar bord en haalde adem.

'Om het duidelijk te zeggen, mama, ik weet niet wat de heer Winkler op dit moment doet of waar hij is. En het interesseert me ook totaal niet.'

Er viel een korte stilte. Lisa pakte haar bestek zo gehaast op dat de vork uit haar hand viel en er een vetvlek op het witte damasten tafelkleed verscheen. Serafina zette een meelevende glimlach op en richtte zich tot Alicia.

'Onze Lisa is uitgeput van de reis. Geen wonder dat ze overstuur raakt. Morgen zal ze weer hersteld zijn, lieve Alicia.'

Elisabeth keek naar Paul, maar die zat maar wat in zijn erwten te prikken en leek niets gehoord te hebben. Ongelofelijk wat dit mens, die ze als haar vriendin had beschouwd, zich permitteerde. 'Onze Lisa' en 'geen wonder dat ze overstuur raakt'. Was ze voor haar positie van huisdame soms afhankelijk van de gunst van Alicia?

'Mijn kleine Lisa,' zei Alicia en ze keek haar met een glimlach aan. 'Je bent nauwelijks veranderd, kind. Nog altijd zo snel beledigd. Altijd van mening dat je wordt benadeeld.'

'Mama...' onderbrak Paul haar.

Alicia maakte een afwijzend gebaar in zijn richting en ging verder. 'Het is tijd, Lisa, dat ik je vertel hoe blij ik ben dat je weer terug bent. Juist nu, nu het zo stil is geworden bij ons.' Ze keek met een verwijtende blik naar Paul, die bedrukt naar zijn bord keek. 'Je bent mijn kind, Lisa, en zolang ik leef is hier in de villa een plek voor jou. En ik ben dolgelukkig dat er binnenkort nieuw leven in dit huis zal komen. Wanneer is het zover, Lisa?'

Paul keek alsof hij een glas koud water over zich heen had gekregen. Elisabeth had een paar seconden nodig om het te begrijpen: haar moeder wist al dat ze zwanger was!

'In... in februari,' stotterde ze. 'Hoe weet je dat, mama?'

Alicia schudde haar hoofd alsof dat een hele domme vraag was.

'Mijn lieve Serafina heeft het me toegefluisterd,' zei ze en ze legde vertrouwelijk haar hand op Serafina's arm.

# 21

HET HAD DIE NACHT flink gesneeuwd en Paul besloot de auto te laten staan en lopend naar de fabriek te gaan. Dat had hij de laatste tijd veel vaker dan anders gedaan. Niet omdat hij zijn vader wilde evenaren, die alleen in geval van nood de automobiel had gepakt, maar omdat hij tijdens het snelle wandelen zijn hoofd leeg kon maken. De sombere gedachten die hem 's ochtends overvielen, losten zich door de lichaamsbeweging op, de koude wind deed zeer aan zijn oren en wangen en omdat het 's ochtends zo donker was, was hij gedwongen om zijn aandacht op de weg te richten. Zoals gewoonlijk bleef hij even bij het portiershokje staan. Hij trok zijn handschoenen uit, begroette de portier en liep verder.

Hij knikte naar de twee jongens die op het binnenplein sneeuw schoven en begon aan zijn gebruikelijke ochtendrondgang door de hallen. Er werd flink geproduceerd, de orderportefeuille vulde zich zienderogen. Zijn concept van 'kwaliteit tegen een scherpe prijs' bleek dus juist. Hij was blij dat Ernst von Klippstein inmiddels ook op zijn lijn zat en hem ook in andere zaken steunde. Er heerste een wapenstilstand tussen hen. Ze moesten vanwege de fabriek goed met elkaar kunnen samenwerken, maar de oude vriendschap was verdwenen. Het was niet anders, maar Paul vond het wel jammer. Had hij eigenlijk nog wel persoonlijke vrienden? In de oorlog, toen hij samen met andere mannen in de loopgraven zat, toen niemand van hen wist of ze de dag van morgen zouden overleven, toen waren de mannen kameraden en vrienden geworden. Niemand wilde die ellendige oorlog terug, maar nu het steeds beter ging, werd echte vriendschap schaarser. Misschien omdat iedereen met zichzelf bezig was.

Hij nam een kijkje bij een van de ringspinmachines, waar telkens iets aan defect was, en besloot de machine uit de productie te nemen en door een van de mecaniciens op te laten knappen. Daarna keurde hij de nieuwe katoenen stoffen. Hij testte de stevigheid van het weefsel, keek of de plooien goed vielen en gaf zijn goedkeuring. De drukpatronen waren nog steeds de oude, en hoewel ze goed verkochten, werd het tijd dat hij modernere liet ontwerpen en graveren. Ineens moest hij aan Marie denken, die deze in elkaar verslingerde takken en vogels had ontworpen toen hij zelf in krijgsgevangenschap had verkeerd. Hij voelde een steek in zijn borst, zoals altijd als hij aan Marie werd herinnerd, en zijn blik werd somber. Ze bestelde regelmatig stoffen in de fabriek en betaalde ze, wat hem elke keer ergerde. Uiteindelijk was het zijn geld waarmee ze betaalde, want hij was de eigenaar van het atelier. Hij had de leveringen laten uitstellen, maar durfde de bestellingen niet helemaal te negeren. Straks ging ze nog bij de concurrentie inkopen, dat ontbrak er nog maar aan!

Buiten werd het langzaam lichter en de elektrische verlichting in de hallen kon uit. In de wintermaanden verbruikten de lampen helaas veel stroom, ook moesten de hallen bij vorst worden verwarmd. Al die kosten drukten de opbrengst en de verliezen moesten in de zomer weer worden gecompenseerd.

Hij prees zijn voorman Alfons Dinter in de drukafdeling, knikte vrolijk naar de arbeidsters in de spinnerij en gaf de oude Huntzinger een klopje op zijn schouder. Daarna stak hij de intussen sneeuwvrije binnenplaats over en liep hij het administratiekantoor in. Hij wierp slechts een korte blik in de kantoren van de calculatieafdeling en de boekhouding – die vielen onder Von Klippsteins verantwoordelijkheid – en liep snel naar boven. In de voorkamer steeg de geur van koffie hem al naar zijn neus. Ze hadden natuurlijk al een dienblad met een kopje en koekjes voor hem klaargezet.

'Goedemorgen, juffrouw Lüders. Helemaal alleen vandaag?'

Juffrouw Hoffmann lag met griep op bed en liet zich verontschuldigen. Ook de heer Von Klippstein voelde zich niet lekker, hij had gebeld om te vertellen dat hij pas 's middags zou komen.

Paul liet zijn ergernis niet blijken, maar vond 'je niet helemaal lekker voelen' nog geen reden om de hele ochtend niet te werken. Maar goed, Ernst had af en toe nog last van de gevolgen van zijn oorlogsletsel, daar moest hij begrip voor hebben.

'Dus wij bewaken vandaag samen het fort?' zei hij met een knipoog tegen juffrouw Lüders, die zich gevleid voelde en giechelde.

'U kunt op mij rekenen, meneer de directeur!'

'Dat weet ik! Brengt u me eerst even een kopje koffie?'

'Graag, meneer de directeur. En o ja, uw zus heeft gebeld.'

Hij bleef op de drempel naar zijn kantoor staan en draaide zich verrast om. 'Mijn zus? Mevrouw Von Hagemann?'

'Nee, nee. Mevrouw Bräuer. Ze wil straks even langskomen.'

Kitty! Dat was nu eens goed nieuws. Hij had al een paar keer naar de Frauentorstraat gebeld, maar telkens Gertrude aan de lijn gekregen. Die had gescholden dat de telefoon een uitvinding van de duivel was en dat ze telkens gestoord werd bij het bakken van taarten. Ze was echter wel bereid geweest om zijn verzoek aan Kitty door te geven.

'Heeft mevrouw Bräuer gezegd hoe laat ze wil komen?'

Juffrouw Lüders haalde haar schouders op. Het was een overbodige vraag, aangezien Kitty niet naar de klok, maar naar haar eigen tijdgevoel leefde. 'Straks' kon rond twaalf uur betekenen maar ook laat in de namiddag.

Hij had net zijn eerste slok koffie genomen, toen hij vanuit de voorkamer de heldere stem van zijn zusje hoorde.

'Ach, juffrouw Lüders. U bent totaal niet veranderd sinds de tijd dat ik mijn vader hier in zijn kantoor bezocht, en toen was ik elf of twaalf. Mijn hemel, wat gaat de tijd snel. Zit Paultje achter de rechter- of linkerdeur? Ach, ik weet het al. Achter de rechter, waar papa ook altijd zat. Heb ik het goed geraden?'

'Ja, mevrouw Bräuer. Ik kondig u even aan.'

'Dat hoeft niet. Dat doe ik zelf wel. Gaat u maar door met typen. Ik bewonder u dat u met zo veel toetsen precies de goede aanslaat, dat is vast niet eenvoudig.'

Hij had nog net tijd om het kopje neer te zetten en van zijn stoel op te staan voordat ze binnenkwam. Ze leek wel een vreemde vogel in haar rode mantel die afgezet was met wit bont, waarbij ze bontlaarsjes droeg en een rare, als een buis gevormde hoed die hem aan een doorgesneden worm deed denken. De kleuren herinnerden hem eraan dat het over een paar weken kerst was.

'Ga maar weer zitten, hoor, Paultje. Ik kom maar heel even langs, want ik wil straks nog naar Marc, die heeft drie schilderijen van me verkocht. Denk je dat ik ook een kopje koffie kan krijgen? Met suiker. Geen melk.'

Hij nam haar mantel aan, schoof een kleine leren fauteuil bij en liet juffrouw Lüders koffie met suiker brengen, met een koekje erbij.

'Ik ben heel blij dat je bent gekomen, Kitty. Echt, ik vestig al mijn hoop op jou.'

Ze was nu rustiger geworden, roerde in haar koffie en keek hem vol medelijden aan.

'Ik weet het, Paultje. Je ziet er erg bleek en vermoeid uit. Ik zou willen dat ik jullie kon helpen. En ja, ik wil het proberen. En vooral zal ik jou eens even ongezouten de waarheid zeggen, Paul. Want ik heb het gevoel dat je erg kortzichtig bent en niet doorhebt wat je de arme Marie aandoet.'

Nou, dat begon al goed. Hij liet haar aankondiging zonder commentaar over zich heen komen en nam zich voor om zijn eigen gevoelens opzij te zetten. Misschien waren er inderdaad een paar kleinigheden die hij verkeerd had gedaan. Niet expres, hij was nooit van plan geweest Marie te kwetsen. Het waren domme misverstanden, die ze zouden kunnen ophelderen. Anderen zagen vaak meer dan degenen die in het conflict waren verwikkeld.

'Nou, vertel me maar wat Marie me eigenlijk zo kwalijk neemt. Wat wil ze? Ik heb mijn verontschuldigingen aangeboden. Ik laat haar het atelier houden. Ik heb tot nu toe nog niets ondernomen om mijn kinderen terug te halen naar de villa. Hoewel ik dat zou kunnen doen.'

Kitty nam een paar slokjes, zette het kopje neer en tuitte haar mond.

'Zei je net "mijn kinderen"?'

Hij staarde haar aan en begreep ineens wat ze bedoelde. 'Oké dan, onze kinderen, als je waarde hecht aan nauwkeurigheid. Ik heb zelfs de gouvernante tot huisdame benoemd, mevrouw Von Dobern heeft dus niets meer met de kinderen te maken.'

Kitty leek niet erg onder de indruk. 'Heb je dat uit liefde voor Marie gedaan of alleen omdat een gouvernante zonder kinderen geen zin heeft?'

'Wat heeft dat ermee te maken? Ik heb Maries wens vervuld.'

Kitty slaakte een diepe zucht en trok de rode buis van haar hoofd. Ze schudde haar haar uit en bracht het met haar hand in vorm. Ongelofelijk hoe goed dit modieuze pagekopje haar stond. Hij vond het kapsel eigenlijk afschuwelijk, maar Kitty leek ervoor gemaakt te zijn.

'Weet je, Paultje, zolang die vrouw in de villa huishoudt, zal ik het huis niet meer betreden. En ik weet bijna zeker dat Marie er net zo over denkt.'

Hij ergerde zich. Waarom waren vrouwen zo koppig? Hij was ook geen groot fan van deze dame, maar op dit moment was ze een belangrijke steun voor zijn moeder. Wat Kitty en Marie blijkbaar weinig interesseerde.

'Maar laten we "Fientje", zoals Lisa haar altijd noemt, even buiten beschouwing laten,' ging Kitty verder. 'Als je echt nog niet hebt begrepen hoe erg je Marie hebt gekwetst, laat mij het je dan vertellen: je hebt haar moeder veracht. Erger nog, je hebt haar beledigd en er grapjes over gemaakt. Daarmee heb je Marie heel, heel erg veel pijn gedaan, mijn lieve Paul!'

Dit noemde zij 'helpen'. Hij had net zo goed met Marie kunnen ruziën. En de straffende blik van zijn zus deed hem ook niet erg goed.

'Daar heb ik me voor verontschuldigd. Mijn hemel, waarom accepteert ze dat niet?'

Kitty schudde langzaam haar hoofd, alsof ze met een klein kind te maken had. 'Je begrijpt het niet, Paul. Zoiets kun je niet even goedmaken door te zeggen: "O, het spijt me." Er zit meer achter. Marie heeft destijds veel dingen moeten vergeten, dingen die papa haar moeder en ook haar vader heeft aangedaan.'

'Verdorie!' riep hij en hij greep met beide handen zijn hoofd vast. 'Het is nu eenmaal gebeurd. En het was niet mijn schuld. Ik ben het zat om constant iets verweten te krijgen wat ik niet heb gedaan!'

Hij verstomde omdat hij besefte dat juffrouw Lüders in de aangrenzende ruimte zijn boze stem kon horen.

'Ik weet wat je bedoelt, Paultje,' zei Kitty zacht. 'Ik hield vreselijk veel van papa en ik weet dat hij het alleen maar voor de fabriek heeft gedaan. En hij kon immers ook niet weten dat ze meteen dood zou gaan. Maar Marie heeft haar moeder verloren en is in een akelig en ellendig weeshuis gestopt.'

'Dat weet ik wel,' bromde hij. 'En ik heb vreselijk mijn best gedaan om haar gelukkig te maken. Dat zweer ik je, Kitty. Waarom zou ik iets tegen haar moeder hebben? Ik heb haar niet eens gekend! Maar het kan toch niet zo zijn dat de familie Melzer door die tentoonstelling door het slijk wordt gehaald. Zo veel piëteit kan ik echt niet opbrengen voor Luise Hofgartner. Denk toch eens aan mama!'

Kitty rolde met haar ogen. Ze zou nu ongetwijfeld gaan vertellen dat de kunstenares Luise Hofgartner in haar eer hersteld moest worden, zeker door de familie Melzer. Maar Kitty begon verrassend genoeg over iets heel anders.

'Is het je eigenlijk opgevallen, Paul, dat er in de villa sinds enige tijd alleen nog over mama wordt gesproken? Mama heeft migraine. Mama mag zich niet opwinden. Houd rekening met mama's zwakke zenuwen.'

Wat bedoelde ze daar nu weer mee? Het was echt geen goed idee geweest om met Kitty over al deze problemen te praten. Zoals altijd was ze volkomen irrationeel.

'Mama's gezondheid is helaas erg verslechterd sinds het huishouden van de villa alleen op haar schouders rust.'

'Vreemd,' zei Kitty onaangedaan. 'Vroeger had mama nooit moeite met het huishouden.'

'Je vergeet dat ze niet meer de jongste is.'

'En is het je niet opgevallen dat mama van begin af aan tegen Maries atelier was? Dat ze elke gelegenheid heeft benut om Marie aan te vallen?'

'Houd op met die verdachtmakingen, Kitty. Anders moeten we het gesprek beëindigen!'

'Wat jij wilt!' zei ze koel en ze wiebelde met haar tenen. 'Ik kwam hier alleen op jouw verzoek en heb sowieso weinig tijd.'

Hij zweeg en staarde somber voor zich uit. Het was alsof hij tegen een muur op liep. Er was nergens een opening. Hoe kon hij erdoorheen komen? Het enige wat hij wilde was een manier om bij Marie te komen.

'O ja,' zei Kitty met een zachte zucht. 'Lisa is weer in de villa. De twee boezemvriendinnen Lisa en Fientje zullen dus wel gelukkig bij elkaar zijn en mama helpen.'

Hoe wist ze dat Lisa sinds een paar dagen weer in Augsburg was? Had Lisa naar de Frauentorstraat gebeld? Of had het personeel gekletst?

'Lisa heeft haar eigen zorgen.'

'Ze gaat scheiden. Ik weet het.'

Hij was blij dat het gesprek ondanks zijn dreigement weer op gang was gekomen. Gelukkig was Kitty in tegenstelling tot Lisa nooit lang beledigd. Ze wond zich snel op maar kalmeerde ook weer snel.

'Niet alleen dat,' zei hij zacht terwijl hij haar veelbetekenend aankeek. 'Lisa krijgt in februari een kind.'

Kitty's ogen werden groot. Precies zo had ze er vroeger ook altijd uitgezien als hij een spinnetje voor haar neus hield dat hij in de tuin in de struiken had gevonden.

'Nee!' fluisterde ze en ze knipperde met haar ogen. 'Dat is... Zeg dat nog eens, Paultje. Ik geloof dat ik het verkeerd heb verstaan.'

'Lisa is zwanger. Heel erg zwanger zelfs. Ze is bijna verdubbeld in omvang.'

Kitty begon te lachen. Ze wierp haar hoofd in haar nek, trappelde met haar benen, hijgde, hapte naar adem, stikte bijna en pakte zijn hand zo stevig beet dat het pijn deed.

'Lisa is zwanger,' kreunde Kitty. 'Dat is geweldig! O, jezus. Ze is zwanger. Ik word tante. O, wat ben ik blij voor haar.'

Ze moest weer op adem komen, pakte een spiegeltje en een zakdoek uit haar handtasje, depte haar ogen en veegde de uitgelopen mascara weg. Terwijl ze de kersenrode lippenstift openschroefde, kwam er een gedachte in haar op.

'Van wie zou dat kind zijn?'

'Nou, van wie denk je? Van haar echtgenoot natuurlijk.'

Kitty keek hem twijfelend aan en hij voelde zich tamelijk naïef. Nou ja, hij had ook al zo zijn gedachten gehad.

'Weet je, Paultje,' zei Kitty, terwijl ze haar bovenlip stiftte. 'Als Lisa zwanger is van Klaus, waarom wil ze dan van hem scheiden?'

Hij zweeg en wachtte af wat ze nog meer zou zeggen. Ze ging met de lippenstift over haar onderlip, perste haar lippen op elkaar en bekeek het resultaat in het handspiegeltje.

'Maar aangezien ze per se van hem wil scheiden,' zei ze traag terwijl ze het spiegeltje dichtklapte, 'zou het kunnen zijn dat ze niet zwanger is van hem.'

Ze zwegen allebei een poosje. In de voorkamer begon een typemachine te ratelen, de telefoon rinkelde, het typen stopte weer en juffrouw Lüders nam de telefoon op.

'Hoe zit het eigenlijk met die... die Sebastian?'

'Je bedoelt meneer Winkler?'

'Precies. Die ze heeft meegenomen naar het landgoed. Als bibliothecaris of zo. Er speelde vast iets tussen die twee.'

Dat had hij ook aangenomen. Maar hij was voorzichtig met dat soort gissingen. Lisa was een getrouwde vrouw, ze zou wel weten wat ze deed.

'De heer Winkler heeft ontslag genomen en is vertrokken.'

Kitty's gezicht had nu iets weg van een sluwe vos. 'Wanneer?'

Hij keek haar verward aan. 'Wat?'

'Wanneer is hij vertrokken?'

'Wanneer? Ik geloof in mei. Ja, in mei, zei ze.'

Zijn zusje begon op haar vingers te tellen. Ze telde zelfs twee keer en knikte toen.

'Dat klopt,' zei ze tevreden. 'Het is krap, maar het klopt.'

Hij moest lachen om haar ondeugende gezichtsuitdrukking. Ze vond zichzelf waarschijnlijk vreselijk slim. En misschien had ze zelfs gelijk.

'Ach, Kitty!'

Ze giechelde en zei dat mannen met dat soort dingen meestal traag van begrip waren.

'Zou de goede Sebastian weten wat hij heeft aangericht?' vroeg ze zich af.

'In elk geval wil ze niets met hem te maken hebben.'

'O jee!' zuchtte Kitty, en ze boog naar voren om een van haar zijden kousen recht te trekken. 'Lisa kan zo vreselijk koppig zijn, Paultje. Het zou sowieso een stuk beter gaan in de wereld als sommige mensen niet zo vreselijk halsstarrig waren.'

Ze keek hem doordringend aan en hij moest zich inhouden om geen gemeen antwoord te geven. Wie was hier nu koppig? Hij toch zeker niet. Marie was degene die onverzettelijk was.

'Ik heb natuurlijk ook met mijn lieve Marie een lang gesprek gevoerd en haar mijn mening gezegd,' ging Kitty tot zijn grote verbazing verder.

Zo, zo. Alleen was daar helaas niet veel uit gekomen. Maar ze had het in elk geval goed bedoeld.

'Ik heb haar – vooral vanwege de kinderen – een paar concessies kunnen afdwingen, Paultje. Omdat het immers binnenkort kerst is. En omdat het afschuwelijk zou zijn als we dit feest niet op de een of andere manier en famille zouden kunnen vieren.'

Hij was niet enthousiast. Wat had hij aan een halfslachtige familie-idylle als er niet fundamenteel dingen veranderden? Maar hij zweeg vooralsnog en wachtte af.

'Daarom stel ik voor dat we op eerste kerstdag allemaal in de villa bijeenkomen en het feest gezamenlijk vieren.'

Wat een idee! Typisch Kitty!

'Om vervolgens weer terug naar de Frauentorstraat te rijden?' antwoordde hij knorrig. 'Nee. Aan zo'n poppenkast doe ik niet mee. Of Marie komt met de kinderen naar de villa en blijft voorgoed, of ze komt helemaal niet. Is dat duidelijk?'

Kitty zuchtte en leunde geërgerd in de stoel naar achteren en keek naar het plafond. Ze wiebelde nog steeds met haar voet en dat werkte hem inmiddels verschrikkelijk op de zenuwen. Hij kon het niet uitstaan als een vrouw met over elkaar geslagen benen voor hem zat.

'Maakte jij je niet zorgen om mama's gezondheid, Paultje?' vroeg ze vals. 'Maar je gunt het haar niet dat ze haar kleinkinderen kan zien? Poeh, dat vind ik nu niet erg aardig van je!'

Hij wilde tegenwerpen dat hij het Alicia zeker gunde om haar kleinkinderen weer te zien, maar dan wel voor altijd en niet voor één avond. Maar het had niet veel zin, Kitty zou toch niet luisteren.

'Dan interesseert het je zeker ook niet wat ik Marie nog meer heb laten beloven.'

'Als het iets vergelijkbaars is...'

'Weet je wat?' bromde ze. 'Soms zou ik jullie allebei beet kunnen pakken en urenlang door elkaar kunnen schudden!'

Ineens besefte hij dat Marie zich ook heftig tegen dat kerstfeest had verzet. Maar ze had uiteindelijk toegegeven. Was het niet slimmer om een stap naar haar toe te zetten in plaats van vast te blijven houden aan de eis ‘helemaal of helemaal niet’?

‘Nou, vertel.’

Kitty keek hem verwijtend aan, wat hem een slecht geweten bezorgde. Ze had haar best gedaan, zijn kleine Kitty. Op haar manier. Het was niet goed om zo afwijzend tegen haar te doen.

‘Ik heb haar uitgelegd dat ze niet het recht heeft om de kinderen hun vader te onthouden. Ik weet zelf hoezeer mijn kleine Henni een papa nodig heeft. Maar mijn lieve Alfons is nu eenmaal niet meer op de wereld. Terwijl jij, Paultje, heel dicht in de buurt bent en je om Dodo en Leo kunt bekommeren.’

Wat kletste ze nu? Hij keek haar vertwijfeld aan. Natuurlijk had ze gelijk, volkomen gelijk zelfs. Alleen vreesde hij dat ze niet dezelfde conclusies trok als hij. Namelijk dat Marie en de tweeling weer in de villa moesten gaan wonen.

‘Daarom heb ik met Marie een voorstel besproken. Hanna zal de tweeling om de week op zondag naar de villa brengen en ze ’s avonds weer ophalen. Dan heb jij tijd met ze en kun je iets leuks met ze doen of ze gewoon alleen bij mama afgeven. Wat jij wilt.’

Hij had even tijd nodig om tot zich door te laten dringen dat hij zijn eigen kinderen als het ware twee keer per maand mocht lenen. Een onmogelijke toestand.

‘O, wat een vertrouwen zeg!’ zei hij ironisch. ‘En wat als ik ze in de villa houd?’

Nu keek ze hem zo woedend aan dat hij bijna in de lach schoot. Maar dat deed hij niet, daarvoor was de situatie te moeilijk.

‘Het gaat natuurlijk alleen als je je erewoord geeft, Paul,’ zei ze verwijtend.

‘Aan wie? Aan Marie?’

‘Nee. Aan mij!’

Hij was bijna ontroerd. Kitty vertrouwde hem. Ze geloofde in zijn woord als echtgenoot, net zoals ze als klein meisje ook altijd vast in haar grote broer had geloofd.

'Beloofd is beloofd en die belofte wordt niet verbroken,' zei ze.

'Ik vind het geen fijn idee, Kitty,' bekende hij. 'Ik moet erover nadenken. Maar ondanks alles wil ik je bedanken. Ik weet dat je oprecht je best hebt gedaan.'

'Nou en of!'

Ze stond met een behendige beweging op, trok haar jurk recht en schoot de mantel aan die hij voor haar ophield. Hij keek terwijl ze de rode stoffen buis opzette, het rare ding recht schoof en ten slotte haar tasje weer oppakte.

'Ach, Paultje,' zei ze en ze wierp zich in zijn armen. 'Het komt allemaal weer goed. Echt! Ik weet het zeker.'

Het klonk in zijn oren niet erg overtuigend, maar hij gaf haar een knuffel en verzette zich ook niet toen ze hem liefdevol op beide wangen kuste.

'Tot gauw. Bel ons. Praat met mama en doe Lisa de groeten van me.'

De deur ging achter haar dicht en weg was ze weer. Alleen de geur van haar parfum bleef in de kamer hangen, en het gebruikte koffiekopje stond er nog, met rode lippenstift erop. Paul pakte zijn zakdoek en liep naar het toilet om de sporen van haar kussen weg te wissen. Ze is eenzaam, dacht hij. Sinds Alfons is overleden, mist ze houvast. Het zou kunnen dat ze af en toe weleens verliefd is geweest, maar dat waren dan oppervlakkige affaires. En gezien haar leefwijze zal ze ook niemand leren kennen bij wie ze zich gelukkig en geborgen kan voelen. Ik moet me om haar bekommeren…

Hij moest zich ook om Lisa bekommeren. En om zijn moeder. Om de fabriek. Om zijn arbeiders en arbeidsters. Om de villa. Om het personeel.

Hoe heeft Marie die zware last destijds alleen kunnen dragen, vroeg hij zich af. Het moet verschrikkelijk zwaar voor haar zijn geweest en ik ben daar gewoon aan voorbijgegaan toen ik uit de oorlog terugkeerde.

Hij besloot het gepieker over Kitty's vreemde voorstellen uit te stellen tot later en zich eerst maar eens op zijn werk te concentreren.

Dat lukte hem verrassend goed. Rond het middaguur liep hij naar de villa, waar hij samen met Alicia, mevrouw Von Dobern en Lisa lunchte. Hij zei geen woord over Kitty's bezoek. Het viel hem op dat de vroeger zo warme vriendschap tussen Lisa en Serafina von Dobern enigszins bekoeld leek. Hij kreeg bijna het gevoel alsof ze allebei om Alicia's gunst streden, maar hij kon zich vergissen. Hij was er niet helemaal met zijn hoofd bij – om begrijpelijke redenen.

's Middags verscheen Von Klippstein op kantoor, met wie het inderdaad niet goed ging. Hij had weer eens een flinke verkoudheid opgelopen en moest constant hoesten.

'Soms scheurt een van de littekens dan weer open,' zei hij en hij keek Paul met een scheve grijns aan. 'Ik ben invalide, Paul. Een wrak. Het is niet mooier dan het is.'

Paul had slechts beperkt medelijden met hem, want hij vermoedde dat Von Klippsteins zelfmedelijden ermee te maken had dat hij in de Frauentorstraat weinig geluk had gehad. Het was stom van hem geweest om jaloers te zijn op deze zielige man. Als Marie inderdaad geïnteresseerd was in iemand anders, dan was het zeker niet Ernst von Klippstein. Die had vergeefs hoop gekoesterd en bovendien veel geld in de aankoop van die afschuwelijke schilderijen gestoken. Wat Paul hem nog steeds erg kwalijk nam.

'Ach, onzin!' zei hij en hij legde zijn hand op Ernsts schouder. 'Ik ben blij dat ik die lastige papierwinkel aan jou kan overlaten, partner!'

Ernst knikte, leek getroost te zijn en liep naar zijn kantoor. Wapenstilstand. Misschien ontstond daar nog wel echte vrede uit. Maar vriendschap zou het niet meer worden. Paul stortte zich weer op zijn werk en stond zichzelf pas aan het eind van de dag, vlak voordat hij naar huis ging, toe om over het gesprek met Kitty na te denken.

Al met al had hij niet bepaald het gevoel gehad dat Marie uit was op een snelle verzoening. Het leek er meer op dat ze zich erop instelde dat ze voor lange tijd uit elkaar zouden blijven. Dat beviel hem totaal niet. Hoe langer deze toestand duurde, hoe meer ze zich van elkaar vervreemdden. Vooral de kinderen en hij. Hij werd gekweld door de gedachte dat Marie inderdaad van plan was om te scheiden. Maar in dat geval zou ze het atelier verliezen en daarmee ook de kinderen. Of niet? Kon ze als gescheiden vrouw zelfstandig een bedrijf leiden? Of zelfs samen met Kitty?

Maar dat zou toch allemaal nergens toe leiden. Als ze eenmaal voor de rechter stonden, zou het niet meer mogelijk zijn om haar terug te winnen. Dan was het oorlog. En van alle mogelijkheden was oorlog altijd de slechtste.

Toen de avondschemering viel, begon het weer te sneeuwen. Hij liep naar Ernst, zei dat hij vandaag vroeger naar huis ging, trok zijn jas aan en verliet de fabriek lopend. Zoals verwacht sneed de kou in zijn gezicht en kreeg hij ijskoude handen. Toch passeerde hij het tuinhek van de villa en liep hij in de richting van de stad. Het deed hem goed om zich tegen wind en koude staande te houden, op eigen kracht vooruit te komen en zich noch door de verbaasde blikken uit langsrijdende auto's, noch door zijn ijskoude voeten van zijn stuk te laten brengen.

Hij liep door de Barfüßerstraat en sloeg de Karolinenstraat in. Daar bleef hij voor een etalage staan en nam hij zijn hoed af om de sneeuw eraf te schudden. Achter hem haastten dik ingepakte gestalten zich over de stoep, meestal waren het werknemers die snel naar huis wilden om nog even te kunnen genieten van de korte vrije avond. De vrouwen hadden wollen sjaals om hun hoofd gewikkeld om hun hoed en kapsel tegen de sneeuw te beschermen. De mannen liepen voorovergebogen tegen de wind in en hadden hun hoed of pet diep over hun voorhoofd getrokken. Paul liep een paar passen en kon toen recht naar de etalages van 'Maries atelier' aan de overkant van de straat kijken. Ze waren fel verlicht, maar door de passerende mensen en de heftige sneeuwval kon hij slechts vaag zien wat er in de winkel gebeurde. Hij bleef een poos staan, met zijn ogen tot spleetjes geknepen, starend naar de schimmen zonder echt iets te kunnen herkennen. Hij besloot erheen te lopen.

Het was glad op straat. Hij gleed bijna uit, maar kon zich nog net aan een lantaarnpaal vasthouden. Hij bleef staan, heftig ademend vanwege het domme voorval en met zijn hand nog tegen het koude metaal van de lantaarnpaal. Hij zag een schim in de etalage, dacht eerst dat het een van de etalagepoppen was, maar besefte toen dat het een mens was. Een vrouw. Een sierlijke vrouw. Met kort, donker haar. En een heel bleek gezicht. En grote, bijna zwarte ogen.

Ze staarde hem door de winkelruit aan, alsof hij een wezen van een andere planeet was. Minutenlang. Voorbijgangers passeerden, hij hoorde een jonge vrouw lachen, een man antwoordde met een grapje, de stemmen ebden weg, vlogen voorbij, andere kwamen. Hij staarde gefascineerd naar Marie, die daar in levenden lijve stond en toch onbereikbaar was, gescheiden van hem door een stromende mensenmenigte en een dikke glazen ruit.

Pas toen hij een onwillekeurige beweging maakte, de lantaarnpaal losliet en een stap in haar richting wilde zetten, was de magie verbroken. Marie draaide zich om en verdween de winkel in.

Hij had niet de moed haar te volgen.

# 22

'WAAROM MOETEN WE NAAR de villa?'

'Omdat we met zijn allen het kerstfeest gaan vieren, Leo. Ga nu eens goed zitten. Niet daar. Schuif een stuk op, zodat Dodo ook plek heeft. Henni, houd op met zeuren.'

Het sneeuwde en tante Kitty's automobiel had een dak van stof, waar ook nog eens twee gaten in zaten. Leo kroop in het linkerhoekje van de achterbank en stopte zijn koude handen in zijn jaszakken. De stomme bontmuts, die zijn moeder hem had gegeven, kriebelde vreselijk op zijn voorhoofd. En hij zag er belachelijk uit. Net een Siberische wasbeer, had grootmoeder Gertrude gezegd.

Zijn moeder ging bij hen op de achterbank zitten. Ze droeg een witte wollen mantel en had de capuchon over haar hoofd getrokken. Maar hij had al gezien dat haar gezicht bleek en gespannen was. Wat stom allemaal. Behalve tante Kitty, die de hele tijd aan het praten was, wilde eigenlijk niemand naar de villa. Grootmoeder Gertrude in elk geval niet. Hooguit Dodo, zij had gisteren gezegd dat ze papa vreselijk miste. Henni wilde alleen cadeautjes hebben en grootmoeder een knuffel geven. Hijzelf was het liefst in de Frauentorstraat gebleven. Alleen al het idee om mevrouw Von Dobern te zien, was geen prettig vooruitzicht. Maar hij was nog banger voor het weerzien met papa. Waarom, dat wist hij zelf niet zo goed. Misschien omdat papa teleurgesteld was in hem. Hij kon er niets aan doen. Wat hij ook deed, papa vond het maar niks. Terwijl hij eigenlijk niets liever wilde dan zijn zoals papa wilde dat hij was. Het ging alleen niet. Op de een of andere manier was hij de verkeerde zoon. Misschien had de ooievaar hem per ongeluk verwisseld. Misschien leefde papa's echte zoon in een ander gezin en wilde die jongen alleen maar machines bekijken en met metalen bouwdozen spelen, terwijl die ouders heel graag een zoon wilden hebben die piano kon spelen en zijn hoofd vol klanken had.

'Kijk niet zo ernstig, Leo,' zei mama. 'Denk maar aan hoe mooi de grote kerstboom in de hal zal zijn.'

'Ja, mama.'

Straks zouden ze hem vertellen dat grootmoeder Melzer zich zo enorm op hun bezoek had verheugd. Maar dat geloofde hij niet. Als ze zo naar hen had verlangd, was ze allang een keer in de Frauentorstraat op bezoek gekomen. Het was trouwens toch veel leuker bij grootmoeder Gertrude. Die mopperde wel vaak en verjoeg hen uit de keuken als ze van het taartdeeg snoepten, maar dat meende ze niet echt. Eigenlijk vond ze het heel fijn als de kinderen bij haar in de keuken kwamen. Ook Walter. Die mocht ze net zo graag als de anderen. Vooral dat vond Leo fijn aan grootmoeder Gertrude.

'Krijg ik ook cadeautjes van oom Paul?' wilde Henni weten. 'Of krijgen alleen Dodo en Leo cadeautjes van hem?'

Tante Kitty had niet geluisterd, want de automobiel deed weer eens niet wat ze wilde. Hij schokte en siste, aan de voorkant steeg witte rook op. Als hij geluk had, ging de auto nu kapot en hoefden ze niet naar de villa te rijden.

'Het is altijd hetzelfde met mijn autootje,' zuchtte tante Kitty. 'Ik moet hem aanmoedigen, hem een beetje paaien en vooral prijzen. Je bent de beste. Je kunt het. Ik weet heel zeker dat je het kunt, kleintje.'

Leo luisterde geboeid. Papa had wel veel verstand van machines, maar hij wist niet dat ze een ziel hadden. Dat moest wel zo zijn, want de auto liet zich door tante Kitty overhalen om braaf te zijn. Hij reed nu prima en hield op met schokken. Jammer!

Terwijl ze gisteravond al kerst hadden gevierd. Kerstavond was sowieso het echte kerstfeest, omdat het kindje Jezus op die avond was geboren. En de herders waren ook al in de nacht naar de stal gelopen omdat de engel ze erheen had gestuurd. Ze hadden warme schapenvachten meegebracht. En misschien ook een flesje melk. En wat peperkoek. Omdat Maria en Jozef vast honger hadden. En de koningen waren midden in de nacht gekomen. Dat was logisch. Ze liepen immers achter een ster aan, die kon je overdag niet zien.

Het was fijn geweest, gisteravond in de Frauentorstraat. Ze hadden maar een kleine kerstboom, maar ze mochten hem met zelf geknutselde sterren en papieren slingers versieren. Grootmoeder Gertrude had een doos gehad met zilveren kerstballen, daar moesten ze heel voorzichtig mee zijn omdat ze van glas waren. Er waren ook gekleurde vogeltjes van glas, die kon je in de takken klemmen. En lametta! Hele dunne zilveren sliertjes, die mama in kleine bundeltjes aan de takken hing. Ze zei dat de kerstboom er nu uitzag als een betoverde hemelse boom. Ze hadden Walter en zijn moeder uitgenodigd, en een paar vrienden van tante Kitty. Ook meneer Klippi was bij hen te gast. Hij heette eigenlijk Ernst von Klippstein, maar iedereen noemde hem Klippi. Hij was een beetje raar, nogal stijf en keek soms verdrietig. Maar hij had geweldige cadeaus meegebracht. Dodo kreeg een pop met echt haar en een tinnen vliegtuig. Hijzelf kreeg een grammofoon met drie schellakplaten. Twee met symfonieën van Beethoven en een met een pianoconcert van Mozart. De muziek klonk raar, niet als in het echt, maar een beetje samengeperst, alsof het uit de verte kwam. Maar het was evengoed geweldig. Ze hadden de platen zo vaak gedraaid dat tante Kitty op een gegeven moment zei dat als ze die muziek nog één keer moest horen, ze ter plekke ontplofte. Tante Kitty had de hele avond last van haar babbelziekte gehad. Dat had ze vaak. Dan kon ze niet ophouden met kletsen en lachen. Het werkte iedereen op de zenuwen, alleen de heren, die op bezoek waren, vonden dat 'allerliefst'. Een van hen, de blonde meneer Marc, bracht later Walter en zijn moeder in zijn auto naar huis.

Hanna had ze pas tegen elf uur naar bed gebracht. Zodra Hanna de deur van de kinderkamer dicht had gedaan en naar beneden was gelopen, had Dodo het licht weer aangedaan. Ze had een boek van *Nesthäkchen* cadeau gekregen, dat ze dolgraag had willen hebben, en kon niet meer stoppen met lezen. Hij had alleen maar stil willen liggen om nog een keer naar de symfonie te luisteren die nu in zijn hoofd zat, maar omdat Henni was opgestaan en stilletjes de trap af was geslopen, hield hij het niet meer uit in bed. Beneden in de gang klonken allerlei stemmen en geluiden door elkaar, het rook er nog steeds naar braadvlees en rodekool, en ook een beetje naar de kaneelsterren die grootmoeder Gertrude had gebakken. Henni stond gebukt voor de woonkamerdeur en gluurde door het sleutelgat. Hij liep naar haar toe en ze liet hem er ook een keer doorheen gluren. Hij zag een tak van de kerstboom, met een zilveren kerstbal eraan. Het kaarsje was bijna opgebrand, er flakkerde alleen nog een piepklein, blauwachtig vlammetje. Af en toe liep mama langs, die iets opruimde. Ze keek nu erg zorgelijk. Eerder die avond had ze met hen grapjes gemaakt en mens-erger-je-niet gespeeld. Tante Kitty babbelde erg luid, ze lachte telkens en dronk champagne uit een smal, hoog glas. Meneer Marc en de schilder met de zwarte baard praatten ook hard en vonden alles grappig.

'Ga nu naar bed,' had hij zachtjes tegen Henni gezegd.

'Ik ben helemaal niet moe. Dat komt omdat ik van mama een slokje champagne mocht. Het smaakt hemels en het prikkelt alsof je duizend muggen in je mond hebt.'

Jakkes. Nou, dat gevoel hoefde hij niet. Ineens moesten ze allebei snel de trap op lopen en boven op hun hurken gaan zitten, omdat Hanna de keuken uit kwam en de gang in liep. Ze had een briefje in haar hand en ging ermee naar de telefoon, die in de gang op de kleine commode stond. Henni rolde met haar ogen.

'Hanna mag helemaal niet telefoneren. Dat is mama's telefoon.'

'Sst!'

Hanna had de hoorn van de haak genomen en aan de draaischijf gedraaid. Nu praatte ze met gedempte stem.

'Juffrouw? Een verbinding naar Berlijn alstublieft. Het nummer is...'

Wat raar dat Hanna naar Berlijn belde. Dat deed tante Kitty niet eens. Die praatte soms met München. Met een of andere galerie. En af en toe met tante Tilly. Maar dat deed ze maar zelden. Want bellen kostte geld. Kinderen en personeelsleden mochten helemaal niet bellen. Tenminste, dat was in de villa zo geweest. Maar mevrouw Von Dobern, die had toch gebeld, die ouwe heks.

'Humbert?' zei Hanna beneden in de gang. 'Humbert, ben jij het? ... O, gelukkig... Ja, ik ben het, Hanna.'

'Wie is Humbert?' fluisterde Henni naast haar.

Hij wist het niet precies. Hij had de naam weleens gehoord, maar wist even niet waar en door wie.

'Hanna heeft zeker een vriend,' fluisterde Henni. 'Wat een rare naam.'

'Sst!'

Hanna had goede oren. Ondanks het lawaai dat uit de woonkamer kwam en grootmoeder Gertrudes gerommel in de keuken had ze Henni's gefluister gehoord. Ze draaide zich om en keek langs de trap naar boven, maar omdat het licht niet aan was, zag ze niemand.

'Dat mag je niet doen, Humbert. Daar heeft niemand het recht toe behalve God. Je moet geduld hebben.'

Hij begreep niets van wat ze zei. Henni zuchtte teleurgesteld. Waarschijnlijk had ze gehoopt dat Hanna over liefde en kussen zou praten. Meisjes waren altijd dol op dat soort dingen.

'Nee, nee. Als het zo erg is, dan vraag ik Fanny... Jawel, dat ga ik doen. En dan sturen we je het geld, Humbert. Ook als je dat niet wilt.'

Het werd steeds geheimzinniger. Leo kreeg een slecht geweten omdat ze Hanna stiekem afluisterden. Ze was vreselijk nerveus en perste de hoorn zo stevig tegen haar oor dat haar hele wang wit was.

Henni had totaal geen last van een slecht geweten, ze schudde haar hoofd van onbegrip.

'Die is dom. Waarom wil hij het geld niet dat ze hem wil geven?'

Hij was het liefst terug naar de kinderkamer gegaan, maar was bang dat de vloer zou kraken en dan zou Hanna hen ontdekken. En dus bleef hij naast Henni bovenaan de trap zitten wachten tot Hanna klaar was. Henni's blonde haar zat in de war omdat Hanna haar haar niet voor de nacht had gevlochten. Ze droeg een nachthemd dat mama voor haar had genaaid, het rook fris gewassen. Hij hoorde een C-majeur-melodie in zijn hoofd, zachtjes, maar heel duidelijk. Henni was een typische C-majeur-persoon. Helder en energiek, blauw, hard en totaal niet speels.

Toen ze eindelijk terug konden lopen naar de kinderkamer, was hij onder zijn deken gekropen en meteen in slaap gevallen...

'We zijn er!' riep tante Kitty. 'Kijk, Else staat bij de deur. En Julius komt er ook al aan. Oeps!'

De automobiel schoot met een ruk naar voren, pufte en toen was de motor uit.

'Je hebt hem alweer laten afslaan, tante Kitty,' zei Dodo. 'Je moet hem in zijn vrij zetten voordat je de koppeling loslaat.'

Leo verbaasde zich erover dat Dodo er zo veel verstand van had. Hijzelf had geen idee hoe en waarom een automobiel bewoog en het interesseerde hem ook niet. Tante Kitty draaide zich naar Dodo om en zei op een onvriendelijke toon dat juffrouw Dorothea Melzer, de beroemde vliegenierster, de volgende keer dan maar zelf moest rijden.

'Echt?' riep Dodo stralend. 'Mag ik een keertje autorijden?'

In sommige dingen was zijn zus nogal onnozel. Tante Kitty rolde slechts met haar ogen en mama legde Dodo vriendelijk uit dat ze op zijn vroegst op haar dertiende een vergunning kon krijgen om een automobiel te mogen besturen.

Julius deed met een zwierig gebaar de passagiersdeur open en hielp grootmoeder Gertrude bij het uitstappen. Daarna droeg hij samen met Else en Gertie de meegebrachte cadeautjes naar boven. Ze liepen achter hen aan, mama was de laatste die de trap op liep.

Daar was hij dan, de grote kerstboom. Hij stond imposant in de entreehal, met rode ballen en bruine kerstkoekjes erin, en hij rook naar kerst. Vorig jaar hadden papa en Gustav een boom in het park omgehakt en hadden ze met zijn allen geholpen hem naar binnen te dragen. Hij wist nog goed dat zijn handen onder het plakkerige, sterk geurende hars hadden gezeten en hij het er zelfs met water en zeep niet af had gekregen. Het irriteerde bij het pianospelen omdat zijn vingers aan de toetsen bleven plakken.

'En? Wat vind je van onze kerstboom?'

Hij kromp ineen want hij was zo in zijn gedachten verdiept geweest dat hij papa niet had opgemerkt.

'M… mooi. Hij is… hij is heel groot.'

'Niet groter dan anders. We hebben hem dit jaar laten brengen. Hij komt uit het Königholz bij Derching.'

'Ja.'

Hij wist niets beters te bedenken om te antwoorden. Papa's onderzoekende blik verlamde hem gewoon. Zo ging het vaak. Als papa een vraag stelde, had hij het gevoel dat zijn hoofd helemaal leeg was.

'Oom Paul!' piepte Henni. 'Mama heeft gezegd dat ik een cadeautje van je krijg.'

Papa draaide zich glimlachend naar haar om en Leo was opgelucht dat hij verder waarschijnlijk met rust gelaten zou worden. Wat ging het Henni toch gemakkelijk af om bij papa een glimlach op zijn gezicht te toveren. Ze kletste gewoon wat en dan lukte het meteen. Terwijl hij…

'Gaan we het in de hal vieren of zullen we maar naar boven gaan, waar het warm is?' vroeg grootmoeder Gertrude die haar mantel en hoed aan Gertie had overhandigd.

'Lieve mevrouw Bräuer, mag ik u mijn arm aanbieden?' zei een bekende stem.

Leo herkende die stem meteen en Dodo en zelfs Henni krompen ineen. Dat was mevrouw Von Dobern. Leo's rug verstijfde, Dodo trok haar neus op en leek vechtlustig. Henni tuitte haar volle lippen waardoor haar mond op een roze, licht verschrompelde kers leek.

'Heel vriendelijk van u, mevrouw Von Dobern,' zei grootmoeder Gertrude luid. 'Maar ik ben nog niet zo gebrekkig dat ik de trap op begeleid moet worden.'

Ze nam geen blad voor de mond, die grootmoeder Gertrude. Leo vond haar nu nog leuker. Terwijl hij naast Dodo de trap naar de eerste verdieping op liep, hoorde hij achter zich papa's stem. Hij klonk nu heel anders. Bijna alsof hij bang was iets verkeerd te doen.

'Goedendag, Marie. Ik ben blij je te zien.'

Mama's antwoord klonk ook heel raar. Heel stijfjes en vreemd. 'Goedendag, Paul.'

Meer zei ze niet. Blijkbaar was zij niet blij papa weer te zien. Leo had het gevoel dat er iets zwaars op zijn schouders werd gelegd. Een donkere doek. Of een zware grijze wolk. Hij kreeg een klein beetje, maar echt maar een heel klein beetje, medelijden met papa.

Boven in de speelkamer zat grootmoeder Melzer op hen te wachten. Ze moesten zich om de beurt door haar laten zoenen. Dat vond hij al erg genoeg, maar het was helemaal pijnlijk dat ze daarbij de hele tijd huilde. Hij veegde stiekem zijn natte wangen droog en was blij toen ze op hun plaatsen mochten gaan zitten. Maar toen hij merkte dat hij tussen papa en mevrouw Von Dobern moest zitten, was hij niet meer blij. Hij had wel geweten dat het een verschrikkelijke dag zou worden, maar dat het zo erg zou zijn, had hij niet kunnen denken. Dodo was ook niet blij, want zij moest tussen mevrouw Von Dobern en grootmoeder Melzer zitten. Alleen Henni had weer eens geluk, zij kreeg de stoel tussen mama en grootmoeder Gertrude.

Als Hanna hier nu maar tenminste was geweest, maar zij was in de Frauentorstraat gebleven. Julius, die het eten serveerde, zette altijd een gezicht op alsof het hem allemaal niets aanging, maar Gertie, die af en toe bij het afruimen hielp, gaf hun een knipoog. Alles was vreselijk stijf. Alleen tante Kitty kletste honderduit en zo nu en dan zei mevrouw Von Dobern ook iets. Mama en papa zaten tegenover elkaar aan de hoofdeinden van de lange tafel, ze waren allebei erg stil en keken elkaar niet aan. Het was zonde van het heerlijke eten dat mevrouw Brunnenmayer had klaargemaakt, want niemand aan tafel genoot ervan.

'Wat zijn jullie gegroeid!' zei een dikke vrouw naast tante Kitty. 'Kennen jullie mij nog? Ik ben jullie tante Lisa. De zus van jullie papa en van tante Kitty.'

Dodo zei beleefd dat ze dacht dat ze zich haar nog herinnerde, maar hij wist zeker dat hij deze vrouw nog nooit had gezien. Zij zou tante Kitty's zus zijn?

'U lijkt helemaal niet op mijn moeder,' zei Henni met een betoverende glimlach. 'Want u bent blond en dik.'

'Henriette!' berispte mevrouw Von Dobern haar. 'Zoiets zegt een goed opgevoed meisje niet!'

'Lisa krijgt binnenkort bezoek van de ooievaar,' zei tante Kitty snel. 'Dan krijgen jullie een nichtje. Of een neefje.'

'O,' zei Henni met weinig enthousiasme. 'Nou ja, als het een nichtje is, dan kan ze in mijn poppenwagen slapen.'

'Dat is heel lief van je, Henni,' zei tante Lisa ernstig.

Leo hoopte dat het een neef zou worden. Er waren te veel meisjes in de familie. Waarom zou de ooievaar trouwens altijd naar dikke vrouwen gaan? Dat was bij Auguste ook zo geweest. Toen tante Lisa in de eetkamer was gekomen, had ze eruitgezien als een reusachtige theemuts. Maar ze was zo slecht nog niet, ze keek telkens naar hem en knikte naar hem. Een keer vroeg ze of hij later iets op de piano ging voorspelen, maar zijn bevestigende antwoord werd overstemd door tante Kitty's luide geklets.

Na het eten gingen ze allemaal naar de rode salon, waar een versierd kerstboompje op de tafel stond. Daaronder lagen veel kleurrijk ingepakte dozen, dat waren hun cadeaus. Dodo kreeg een pop met slaapoogjes en porseleinen ledematen die konden bewegen maar akelig knarsten. Daarbij een poppenkledingkast vol kleertjes en een schooltas voor de arme pop. Henni kreeg een tekendoos en een paar prentenboeken. Hijzelf kreeg een angstwekkend apparaat van metaal, met een puntige schoorsteen en een vierkante romp met een koperen deksel. Overal zaten zwengels, deurtjes, haakjes en schuifjes. Twee lange draden liepen van een groot metalen rad via een paar kleine radertjes naar een hamertje, dat boven een metalen plaat was bevestigd.

'Een stoommachine!' riep Dodo jaloers. 'Daar moet je water in doen. En hier maak je dan vuur. En dan begint het te koken en de stoom drukt de zuiger naar boven. En dan spuit er koud water uit en de zuiger valt weer terug.'

Leo stond hulpeloos voor het zwarte wonder en voelde papa's teleurgestelde blik op hem gericht. Nee, hij kon hier niets mee. Ook al zou hij proberen te begrijpen wat hier gebeurde, het zou zijn hoofd niet in gaan. Ja, als het een piano was geweest. Hij zou wel aan papa hebben kunnen uitleggen hoe de kleine hamertjes bewogen werden zodat ze tegen de snaren sloegen.

'Papa,' zeurde Dodo. 'Zullen we de machine aanzetten?'

'Nee, Dodo. Hij is van Leo.'

'Maar Leo wil hem niet. Ik wil hem, papa. Ik weet hoe het moet.'

Leo zag dat papa zijn mond vertrok. Zijn vader raakte geïrriteerd, hij kende dat trekje.

'Jij hebt een pop gekregen, Dodo!' zei papa op scherpe toon. 'Een hele dure pop, die je grootmoeder speciaal voor jou heeft gekocht.'

Dodo wilde iets zeggen, maar mevrouw Von Dobern was haar voor.

'Ondankbaarheid is een zonde, Dorothea! Vooral vandaag, op de dag dat onze Here Jezus Christus armoedig in een kribbe is geboren. Je mag blij zijn dat je ouders en grootouders hebt die jou zo'n royaal cadeau geven!'

'Amen!' zei grootmoeder Gertrude duidelijk hoorbaar vanaf de bank.

Het was een poosje stil en Leo voelde dat de sfeer definitief bedorven was. Papa staarde boos voor zich uit, mama keek afwezig uit het raam naar het park dat met een laagje sneeuw was bedekt. Tante Kitty haalde adem om iets te zeggen om de beklemmende stilte te doorbreken, maar tante Lisa was haar voor.

'Mijn hemel, Paul! Het meisje weet hoe een stoommachine werkt en jij scheldt haar daarvoor uit!'

'Lisa!' zei grootmoeder Melzer ontstemd. '*Pas devant les enfants!*'

'We moeten de cadeaus gewoon omruilen,' zei tante Kitty giechelend. 'Dodo krijgt de stoommachine en Paul geven we de pop!'

Leo was blij dat niemand om het stomme grapje lachte. Papa keek van de een naar de ander, alsof hij moest nadenken hoe hij de situatie kon redden. Hij keek maar heel kort in mama's richting, maar dit keer precies op het moment dat zij ook naar hem keek. Ze zagen er allebei uit alsof ze betrapt waren toen hun blikken elkaar kruisten. Ze bleven elkaar heel even aankijken, daarna keek mama snel opzij en draaide papa zich weg.

'Goed,' zei hij. 'Als we straks nog tijd hebben, zal ik de machine onder stoom zetten en wie me daarbij wil helpen, is welkom.'

Daarbij staarde hij Leo aan, alsof hij wilde zeggen: dit is je laatste kans, mijn zoon. Dodo hield haar pop tegen zich aan en plukte aan het gesteven kanten bloesje. Henni maakte van de situatie gebruik om ongezien een paar marsepeinen balletjes naar binnen te proppen. Waren ze nu maar weer eindelijk in de Frauentorstraat, het was gewoon afschuwelijk hier in de villa!

Maar het leek erop dat hun nog veel meer verschrikkingen te wachten stonden.

'Zo, we hebben genoeg in de kamer gezeten,' zei papa gemaakt vrolijk. 'We gaan naar het park.'

Een wandelingetje in het park! Misschien wel met mevrouw Von Dobern! Leo keek benauwd naar Dodo, Henni verklaarde met volle wangen dat ze in het park natte voeten kreeg en daarom thuis wilde blijven.

'Zoals u wenst, mijn juffrouw,' zei papa.

Dodo en hij moesten natuurlijk mee. Mama wilde met tante Lisa praten en tante Kitty had geen warme laarzen meegenomen, dus zij bleven ook boven in de rode salon. En de twee grootmoeders zaten bij elkaar en bekeken een fotoalbum. Alleen mevrouw Von Dobern wilde wel een wandelingetje maken. Dacht hij het niet!

Beneden in de hal stond mevrouw Brunnenmayer bij de keukendeur. Toen Leo haar van vreugde stralende gezicht zag, voelde hij zich meteen wat beter. Dodo rende op Brunni af en vloog haar om de nek.

'Dorothea!' riep mevrouw Von Dobern verontwaardigd.

Maar papa was blij en lachte, en daarom moest ze haar mond houden.

'Ha, jongen!' zei mevrouw Brunnenmayer. 'Wat ben je gegroeid. En wat ben je knap geworden. Je wordt steeds knapper. Speel je nog steeds piano? O, dat missen we zo. Het is zo jammer dat we jou niet meer horen spelen.'

Ze ging met haar dikke handen door zijn haar. Het was fijn, ook al roken haar handen altijd naar uien en selderij. Voor mevrouw Brunnenmayer vond hij het sneu dat ze niet meer hier woonden.

Papa drong aan en zei dat hij nu eindelijk wilde gaan. Hij liep de treden bij de ingang zo snel af dat mevrouw Von Dobern hem nauwelijks kon volgen. Beneden op het voorplein lag maar weinig sneeuw, omdat Julius geveegd had, maar het park was helemaal wit en alle paden waren dichtgesneeuwd.

'Nou, hup! We lopen dwars door het park naar het tuinhuis!'

Wat was papa in godsnaam van plan! Hij liep door de sneeuw, die bij hen bijna tot hun knieën kwam, en draaide zich af en toe naar hen om. Het leek hem helemaal niet te storen dat mevrouw Von Dobern steeds verder achterbleef. Dodo had er lol in, ze stapte in papa's voetstappen en giebelde omdat ze zo ver uit elkaar waren. Leo had zijn handen in zijn jaszakken gestopt en volgde hen rustig.

'Verder! Niet opgeven. Daarginds, achter de jeneverstruik wacht een verrassing op jullie.'

Hopelijk niet nog een stoommachine, dacht Leo, en hij tuurde naar de dichte struik. Waren daar niet sporen in de sneeuw te zien? Jazeker, er hadden mensen gelopen.

En die kwamen nu tevoorschijn. Hun jassen zaten onder de sneeuw, Liesl had een rode gebreide muts scheef op haar hoofd en Maxl droeg een sportieve pet met oorkleppen. Zo een wilde Leo ook graag hebben. En Hansl was zo dik ingepakt dat hij languit in de sneeuw viel.

'Hoera! Verrassing! Vrolijk kerstfeest!'

De drie kinderen hupten en zwaaiden en renden naar hen toe. En toen stonden ze bij elkaar. Ze grijnsden, giechelden, waren blij elkaar weer te zien.

'Laat je haren eens zien,' zei Dodo tegen Liesl. 'Wauw, ze zijn helemaal kort. Ik moet deze stomme vlechtjes van mama.'

Maxl vertelde dat hij twee tinnen auto's en een benzinepomp had gekregen en Hansl zei iets over een winkel. Leo noemde kort dat hij een stoommachine had gekregen, want hij begreep wel dat hij geen indruk op Maxl en Hansl kon maken met een grammofoon en schellakplaten. Liesl was al twaalf, dus vier jaar ouder dan hij. Ze zag er heel anders uit dan haar moeder Auguste. Ze was slank en had golvend donkerblond haar, een smal gezicht en een klein mondje dat de vorm van een hartje had. Hij vond haar leuk, want ze was altijd lief en aardig en hij vond het vervelend als haar broers aan haar liepen te trekken.

'En wat heb jij gekregen?' vroeg hij aan haar.

'Een jurk en een jas. Nieuwe schoenen. En twee geborduurde zakdoekjes.'

Hij wilde nog vragen of ze geen speelgoed had gekregen, maar op dat moment vloog er een sneeuwbal tegen zijn bontmuts die daardoor van zijn hoofd viel.

'Hé!' gilde Dodo. 'Wacht maar, Maxl, nu krijg jij er ook een!'

Iedereen bukte en raapte sneeuw op om daar projectielen mee te vormen. Dodo raakte de schouder van Maxl, Liesl trof Dodo op haar arm, Leo gooide een prachtige worp tegen Maxls buik. De sneeuwballen vlogen heen en weer, de kinderen jubelden en schreeuwden, Dodo krijste omdat het koude spul in haar kraag was gekomen, Liesl lachte Leo uit toen hij misgooide. Hansl was de beste in ontwijken. Hij liet zich gewoon in de sneeuw vallen.

'Maar, kinderen!' klonk de stem van mevrouw Von Dobern. Niemand besteedde er aandacht aan.

Bam! Leo kreeg een sneeuwbal tegen zijn wang. Het deed pijn en hij veegde de sneeuw eraf, toen zag hij dat papa hem had gegooid. Papa lachte. Niet gemeen. Ook niet boos. Een beetje ondeugend. Zoals hij vroeger soms mama had aangekeken. Leo bukte en schraapte sneeuw bij elkaar. Zijn handen waren koud en het leek wel of er spitse ijsnaalden in staken. Hij keek naar papa, die hem observeerde, nog steeds met een grijns op zijn gezicht. Alsof hij wilde zeggen: kom op. Probeer maar of je me kunt raken. Ik sta hier, ik ga niet van mijn plek af.

De eerste worp was mis. Bij de tweede poging werd hij door een sneeuwbal van Hansl in zijn nek geraakt, waardoor hij zijn doel weer miste. Maar toen raakte hij met zijn sneeuwbal papa's borst. Die bukte om een nieuwe sneeuwbal te maken, maar werd door drie aanvallers geraakt.

'Stelletje lawaaimakers!' zei papa lachend. 'Allemaal tegelijk. Nou, wacht maar!'

Het hagelde witte projectielen, ze krijsten, lachten, jammerden en bleven uiteindelijk uitgeput met rode hoofden en zere vingers staan. Toen hoorde hij het. Het zachte gerinkel. Belletjes, minstens vier. In een regelmatig metrum, huppend, swingend, vrolijk. D-majeur. Hij hoorde ook de sneeuw knarsen, krrr, krrr, en er siste, er gleed iets.

'Het kerstkind,' fluisterde Dodo vol ontzag. Maxl begon te lachen en Liesl wees naar de villa waar een raar gevaarte te zien was. Een paard trok een wagen. Nee... een slee!

'Dat is onze papa!' riep Liesl. 'Hij heeft de oude slee gerepareerd. En wij mogen allemaal mee!'

De oude slee! Ze hadden hem soms in de remise zien staan, waar hij stond weg te roesten. Hij was ooit rood geweest, de zittingen waren van leer maar erg beschadigd en de lange glijvlakken helemaal bruin van de roest.

'En? Verrassing geslaagd?' vroeg papa.

Nou en of! Gustav Bliefert stopte bij hen en hij glom van trots dat hij de sleekoetsier mocht zijn. Ze klommen er allemaal in, ook papa, en als laatste ook nog mevrouw Von Dobern, met een zuur lachje op haar gezicht. Waarschijnlijk had ze het koud, haar mantel was niet erg dik en haar laarzen waren niet gevoerd.

'Wat een geweldig idee van jullie vader,' zei ze. 'Henni zal wel verdrietig zijn dat ze er niet bij is.'

Leo vond het stiekem wel leuk dat Henni nu boven in de villa bij het raam stond en jaloers naar het park staarde. Ze maakten een lange rit. Langs het tuinhuis, waar de schoorsteen rookte en Auguste met de kleine Fritz op haar arm naar hen zwaaide. Langs de sparren en de jeneverstruiken, die er onder hun witte last uitzagen als gebochelde reuzendwergen. Vervolgens om de villa heen, over de weide tot bijna bij de poort en over de lange oprijlaan met de kale, met sneeuw bedekte bomen tot aan het ronde bloemperk op het voorplein. Leo hoorde de hele tijd klanken en voelde het ritme van de paardenhoeven. In zijn hoofd klonk alweer muziek, er kwamen tonen, vele tegelijkertijd en ook andere geluiden en soms melodieën. Op het voorplein knarsten en piepten de glijvlakken omdat daar te weinig sneeuw lag, daar kon je zien dat ze kleurrijke vonken sproeiden.

Op de trap stonden grootmoeder Gertrude en grootmoeder Melzer te wachten, in dikke bontjassen gehuld, en ook tante Kitty wilde een ritje maken.

'Ach, Paultje!' riep ze enthousiast. 'Weet je nog dat we in deze slee een ritje door het bos hebben gemaakt? Ik heb Marie toen bij ons in de slee gehaald. Jij en mijn arme Alfons reden er op de paarden naast.'

Papa stapte uit om plek te maken en de drie vrouwen persten zich in de slee. Hansl moest op grootmoeder Gertrudes schoot zitten. Henni was niet meegekomen. Ze had te veel marsepein gegeten en was misselijk geworden. Dat tante Lisa niet meeging, verbaasde Leo niets. Het arme paard had dat gewicht vast niet kunnen trekken. Maar hij vond het jammer dat mama niet naar beneden kwam.

Later, toen ze afscheid hadden genomen en weer in tante Kitty's automobiel zaten, was Henni alweer opgeknapt.

'Ik mag mijn cadeautjes meenemen,' zei ze opschepperig. 'Maar die van jullie blijven in de villa. Oom Paul heeft gezegd dat jullie er alleen mee mogen spelen als jullie bij hem op bezoek zijn!'

Dat vond Dodo erg jammer, want ze vond de stoommachine zo leuk. Papa had hem naar de kinderkamer gebracht en daar in gang gebracht, maar meteen weer uit laten gaan omdat het te laat was geworden. De pop kon Dodo niet boeien.

Leo wilde zo snel mogelijk achter de piano gaan zitten, omdat hij de klanken die in zijn hoofd ronddoolden moest naspelen. Tenminste, dat wilde hij proberen. Hoewel er voor de meeste klanken niet genoeg toetsen waren.

# 23

*Januari 1925*

*Geachte meneer Winkler,*
*Aangezien u er de voorkeur aan hebt gegeven zonder afscheid weg te sluipen, heb ik in de afgelopen maanden weinig moeite gedaan om achter uw huidige verblijfplaats te komen. Waarom ook? Uw desinteresse voor landgoed Maydorn en mijn geringe persoontje was overduidelijk – en ik ben niet de vrouw die een man achternaloopt. U zult inmiddels ongetwijfeld een plek hebben gevonden die bij u past. Ik ben ervan overtuigd dat u voor de jeugd een uitstekende leraar en pedagoog bent en dat hier uw talenten liggen, evenals in het onderzoek naar het verleden en de lokale geschiedenis.*

Lisa leunde naar achteren en stak de kroontjespen in het inktpotje. Ze las de regels door, schudde ontevreden haar hoofd en bracht verbeteringen aan. 'Weg te sluipen' was te hard, dan leek het alsof ze gekwetst, zo niet boos was. Hij moest niet de indruk krijgen dat deze brief een soort vergelding was. Ze wilde beleefd en gelaten overkomen. Ze liep hem niet achterna. Al helemaal niet om hem verwijten te maken. Daar was ze overheen. Nu ging het alleen nog om…

Wat bazel ik eigenlijk over zijn talenten, dacht ze en ze streepte de laatste zin door. Ik ben immers niet van plan om hem te paaien. Dat ontbrak er nog maar aan. Na alles wat hij me heeft aangedaan, de lafaard!

Ze stond op, trok haar ochtendmantel strakker om zich heen en stelde vast dat het gewaad dat normaal erg wijd was nauwelijks nog dicht kon. Wat verschrikkelijk. Ze voelde zich loodzwaar en zo onbeweeglijk als een bijenkoningin. Het was half januari, hopelijk zou deze narigheid snel voorbij zijn. Ze was wel bang voor de bevalling, maar die pijn zou weer overgaan, het was tenslotte iets wat al sinds het begin van de mensheid plaatsvond. Het belangrijkste was dat het kindje gezond was, of het nu een meisje of een jongen was. En daarna zou ze alles doen om haar normale figuur weer terug te krijgen. Vooral dat. Ze had amper nog iets om aan te trekken en haar schoenen pasten ook niet omdat haar voeten zo opgezwollen waren.

Hoewel het pas zes uur en nog donker was buiten, trok ze de gordijnen opzij en deed ze een raam open. Koude nachtlucht waaide haar tegemoet en ze ademde diep in. Er bleven sneeuwvlokjes op haar verhitte gezicht plakken. Ze gingen met haar ademhaling haar neus in en kietelden.

Ze kreeg het toch te koud, sloot het raam en ging bij de kachel zitten, waar Gertie gisteravond nog een keer gloeiende briketten in had gelegd. Wat was het heerlijk om met haar pijnlijke rug tegen de warme kachel te leunen en zich even aan het weldadige gevoel van geborgenheid over te geven. Daarmee werd je hier in de villa nu niet bepaald overspoeld. Nee, integendeel, ze voelde zich eenzaam en door iedereen in de steek gelaten. Paul was met zijn huwelijksproblemen bezig, haar moeder leed constant aan migraine en lag meestal op bed en Serafina, haar lieve hartsvriendin, had haar eigen besognes.

'Je kunt je niet voorstellen, mijn lieve Lisa, hoe ondankbaar het vaderland zijn helden negeert. Al die mensen die hun leven en bloed op het ereveld hebben gelaten – men doet ijverig zijn best om het offer dat zij hebben gebracht door het slijk te halen en te vergeten.'

Nou ja, ze kon Serafina wel enigszins begrijpen. Haar vader, kolonel Von Sontheim, was in Rusland gesneuveld, evenals haar jongere broer en haar echtgenoot. Armin von Dobern was tweede luitenant geweest en in Vlaanderen de heldendood gestorven. Het leek erop dat de weduwen niet bepaald een groot pensioen kregen, Serafina moest niet alleen haar moeder, maar ook haar schoonouders nog financieel ondersteunen, die door de inflatie hun vermogen hadden zien verdampen. Logisch dat ze daarover verbitterd was. Toch was het een brutaliteit zoals die magere vrouw met haar spitse gezicht zich tussen haar en haar moeder drong.

'Je moeder heeft nu rust nodig, Lisa. Als je wat op je hart hebt, kun je het ook tegen mij zeggen.'

'Jouw lieve moeder houdt haar middagdutje. Je mag haar in geen geval storen.'

'Ik heb je moeder een kalmeringsmiddeltje gegeven. Ze mag zich niet opwinden, dat weet je toch.'

Lisa wilde weten wat voor een spul Serafina haar moeder eigenlijk voortdurend gaf. Een glaasje hier, een paar druppeltjes op een suikerklontje daar, elke avond een 'slaapmutsje' zodat ze rustig de nacht doorkwam.

'Dat is valeriaan, Lisa. Volkomen onschuldig. Dat gebruikten de oude Romeinen al.'

Lisa had zelf vaak valeriaan gebruikt in het lazaret. Het kalmeerde als de gewonden onrustig waren en gekweld werden door pijn. De geur was onmiskenbaar. Overigens zat sinds het begin van haar zwangerschap haar neus vrijwel constant dicht, waardoor ze de valeriaan van Serafina's 'slaapdrankje' niet kon ruiken.

'Waarom mag mijn moeder zich niet opwinden? Heeft ze iets aan haar hart?

Serafina's alwetende, hautaine lachje was zo opdringerig dat de kleine haartjes op Lisa's armen recht overeind gingen staan.

'Ach, je weet wel, Lisa. Jouw moeder is niet meer de jongste, dus haar hart is ook niet meer als in de dagen van haar jeugd.'

'Mijn moeder wordt zevenenzestig. Niet zevenentachtig!'

Serafina vond dat geen argument. Zevenenzestig, dat was een hoge leeftijd in deze tijden. 'Je arme vader is precies op die leeftijd overleden, Lisa. Vergeet dat niet.'

'Dat zal ik zeker nooit vergeten, Serafina!'

Serafina gebruikte werkelijk elke gelegenheid om haar af te maken. Maar wacht maar, dacht Lisa, het zou nog wel blijken wie hier de langste adem had.

'Volgens mij is mijn moeder veel gezonder dan jij zou willen!'

'Alsjeblieft, Lisa. Die vreselijke migraineaanvallen.'

'Ach, onzin! Mijn moeder heeft al haar hele leven last van migraine.'

'Het stemt mij zeer verdrietig dat je zo weinig rekening houdt met de zwakke gezondheid van je moeder, Lisa. Ik hoop dat je daar geen spijt van zult krijgen.'

Lisa vermande zich. Tenslotte zou het het kind in haar buik schaden als ze zich nu op Serafina zou storten om haar een oorvijg te geven. Maar haar tijd zou nog wel komen.

Arme Marie! In de afgelopen dagen was Lisa het een en ander duidelijk geworden. Ze had met kerst de gelegenheid gehad om met Marie te praten. Eerst had Marie niet veel gezegd, maar toen ze begreep dat Lisa niet de bedoeling had haar dingen te verwijten, hadden ze een heel fijn en openhartig gesprek gevoerd. O ja, ze miste Marie hier in de villa. Ze besefte plotseling dat Marie de ziel van dit huis was geweest. Degene die altijd begrip had gehad. Die zich inzette om alle misverstanden en ruzietjes op te lossen. Die voor iedereen had gezorgd, en die altijd vrolijk en opgewekt was geweest en altijd wel een goed idee had gehad. Marie was net een warme, levendige wind geweest die door het huis waaide en die iedereen met welbehagen inademde.

Nu had ze het gevoel dat ze van 's ochtends tot 's avonds een koude, muffige tocht vanuit de kelder voelde, die vooral van Serafina uitging. Als het haar kind maar niet schaadde!

'Jullie moeten het uitpraten, jij en Paul!' had ze tegen Marie gezegd. 'Ik weet dat hij van je houdt. Elke avond zit hij in zijn werkkamer over een of andere dossiermap gebogen en maakt hij een hele fles rode wijn soldaat. Dat is toch niet normaal!'

Marie had uitgelegd dat het niet zo simpel was.

'Het ligt vast aan mij, Lisa. Maar ik had het gevoel dat ik niet meer thuishoorde in dit huis. Ik was plotseling weer het arme weeskind dat uit medelijden was opgenomen. De onechtelijke dochter van een vrouw die schandaleuze schilderijen heeft gemaakt en zich hardnekkig verzette tegen de wil van Johann Melzer. Ik had bijna het gevoel dat de noodlottige dood van mijn arme moeder mij werd aangerekend.'

'Je bent gek, Marie!'

'Ik zit een beetje met mezelf in de knoop, Lisa. En spijtig genoeg is Paul niet degene die me helpt. Integendeel, hij staat aan de kant van zijn moeder. En die is helaas erg veranderd.'

'Dat is mij ook opgevallen, Marie. En weet je wat ik denk?'

Marie had Lisa's theorie dat Alicia's verandering de schuld was van Serafina niet bevestigd maar ook niet tegengesproken. Het was mogelijk, maar het was ook niet bewezen. In elk geval hadden de kinderen onder Serafina geleden en verweet Marie het zichzelf dat ze niet eerder had ingegrepen. Kitty had het probleem op haar manier opgelost. Ze was met Henni naar de Frauentorstraat verhuisd. Punt uit!

'En hoe lang moet deze toestand duren?'

'Ik weet het niet, Lisa.'

Eigenlijk benijdde ze Marie een beetje. In de Frauentorstraat ging het er vast vrolijker aan toe dan hier in de villa. Daar doolden drie kinderen rond, Gertrude kookte, Kitty genoot van Maries aanwezigheid en ze kregen ook bezoek. Alles was bohème, ongedwongen, onconventioneel, onbekrompen. Daar had waarschijnlijk niemand zich druk gemaakt om een zwangere echtgenote die gescheiden leefde van haar man. Hier in de villa werden maar zelden gasten uitgenodigd, en als het wel gebeurde, waren het de gebruikelijke zakenrelaties van de Melzers. Lisa was nog geen enkele keer gevraagd om erbij te zijn, haar moeder had immers Serafina aan haar zijde. Het was ongelofelijk. Als er bezoek was, zat die vrouw gewoon op Maries plek! Dat had Gertie haar verteld, die er net zo verontwaardigd over was als alle andere personeelsleden.

Marie was ook degene geweest die haar had overgehaald om een brief aan Sebastian te schrijven.

'Hoe dan ook, Lisa, hij heeft het recht om te vernemen dat hij vader wordt. Wat hij met die wetenschap doet, is aan hem.'

Dat was typisch Marie. Ze had geen moment geloofd dat het kind dat Lisa droeg van haar echtgenoot was. Puur op intuïtie had ze de situatie doorzien en die als geheel vanzelfsprekend beschouwd.

'Ik kan me niet voorstellen dat het hem koud laat, Lisa.'

Lisa sprak haar tegen. Ze had vier jaar met hem in hetzelfde huis geleefd en zich vreselijk geïrriteerd aan zijn koppigheid en zijn overdreven aandacht voor eer en goede naam.

'Deze ene gebeurtenis was min of meer een… een tragisch ongelukje. Als je begrijpt wat ik bedoel.'

Ze voelde zelf hoe ongeloofwaardig ze klonk en het was inderdaad niet de waarheid. Maar Marie had vol begrip geknikt. Ze waren allebei opgestaan en hadden een poosje uit het raam gestaard. Paul had stiekem de oude slee laten repareren en maakte met de kinderen ritjes door het park.

'Dat is wel een geweldig idee van Paul, vind je niet?'

Marie had slechts droevig geglimlacht. Waarschijnlijk moest ze denken aan het tochtje in de slee twaalf jaar geleden, toen ze nog het keukenmeisje in de villa was. Paul en Marie waren toen vreselijk verliefd op elkaar geweest.

'Misschien klopt de oude regel toch wel, dat je nooit boven je stand moet trouwen,' zei Marie zacht.

'Wat een nonsens,' bromde Lisa. 'Mijn ouders kwamen ook uit verschillende families. Mama is adellijk, terwijl papa burgerlijk was.' Ze stopte en dacht erover na of het huwelijk van haar ouders gelukkig of ongelukkig was geweest. Toen bedacht ze dat Sebastian ook uit een zeer eenvoudig milieu kwam en zij, als dochter van een welgestelde fabrikant, eigenlijk onbereikbaar zou zijn geweest. Tenminste, dat was vroeger zo. Nu, en zeker na de oorlog, was er een hoop veranderd!

'Wat zou je doen als Sebastian plotseling voor de deur stond?' vroeg Marie.

'Alsjeblieft niet!' riep ze ontzet. 'Ik ben nu zo opgezwollen en lelijk, zo mag hij me in geen geval zien!'

Marie zweeg en keek toe terwijl Alicia en Gertrude zich samen met Kitty in de slee persten. Maar Lisa kon aan Maries gezichtsuitdrukking zien dat ze zichzelf nu verraden had. Ze hield nog van Sebastian. Ze hield zelfs nog meer van hem dan ooit tevoren.

'Kijk eens aan,' zei Marie en ze wees naar het voorplein. 'Moet je zien hoe soepel mama in die slee klimt. En hoe ze lacht. Het hindert haar totaal niet dat het zo krap is en de kinderen zo druk zijn.'

Die avond, nadat Kitty weer met haar vrolijke aanhang naar de Frauentorstraat was gereden, had Alicia vreselijk migraine gekregen.

Serafina had met een verwijtende blik tegen Paul gezegd: 'Eerst krijgt ze haar kleinkinderen terug en dan moet ze weer afscheid van hen nemen. Het is echt afschuwelijk wat uw vrouw uw moeder aandoet!'

'Het is niet aan u daar een oordeel over te vellen, mevrouw Von Dobern!' zei Paul met een harde stem en hij sloeg de deur van zijn werkkamer met een klap achter zich dicht. Lisa had genoten van de aanblik van Serafina's versteende gezicht.

Dat was nu ruim twee weken geleden. De tweeling zou zondag op bezoek komen. Lisa vertrok haar gezicht omdat het kind in haar buik begon te bewegen. Gisteren was het zo ongunstig gedraaid dat ze plotseling geen stap meer had kunnen zetten. Ze voelde een pijnscheut vanuit haar heup naar beneden naar haar rechterenkel schieten. Het was een marteling, zo'n zwangerschap!

Ze liep bij de warme kachel vandaan en nam weer plaats achter het ouderwetse bureau dat ook van zolder was gehaald. Ze bekeek het blaadje kritisch, veranderde 'weg te sluipen' in 'verrassend af te reizen' en piekerde erover hoe ze hem op de hoogte kon brengen van haar toestand.

*'Zonder uw verdere levensweg te willen beïnvloeden, deel ik u met dit schrijven mede dat ons korte samenzijn niet zonder gevolgen...'*

Ze stopte omdat ze een vreemd geluid hoorde. Een vrouw schreeuwde. Er klonk gegil. Nogal hysterisch gegil. Was dat Else? Het kwam van de begane grond. Dörthe? O god, niet Dörthe, dat ongelukskind!

Een deur werd dichtgeslagen, iemand liep met snelle passen een trap op. Aan het geluid te horen kon het alleen de dienstbodentrap zijn, want die was van steen. De trap die de familie benutte was met een traploper bekleed.

'Help!' krijste beneden een vrouwenstem die oversloeg. 'Politie! Een overval! Een inbreker!'

Dat was niet Dörthe, stelde Lisa opgelucht vast. Het klonk als Serafina. Hemel, wat was ze hysterisch.

'Een man... er is een man mijn kamer binnengedrongen!'

Nu mengden zich andere stemmen. Lisa herkende mevrouw Brunnenmayer en Julius. Blijkbaar probeerden ze de huisdame te kalmeren.

Een man? In Serafina's kamer? Lisa kreeg nu ook een naar gevoel. De keuze aan mannelijke bewoners was momenteel niet erg groot in de villa. En als het Julius niet was geweest, bleef alleen Paul over. Eén verschrikkelijk moment lang kwam het idee in haar op dat haar broer in Serafina's kamer geweest zou kunnen zijn. Om wat voor reden dan ook. Een man was nu eenmaal een man. Maar nee... in dat geval had Serafina beslist niet gegild. Nee, dan zou ze heel stil zijn geweest. Het moest dus toch een inbreker zijn. En het leek erop dat die nu naar de zolder was gelopen, waar de personeelskamers en de droogzolder zich bevonden.

Ze bond de ochtendjas zo goed mogelijk dicht en liep de gang in.

Daar stond Paul al geheel gekleed bij Alicia's kamerdeur en praatte op haar in.

'Ga maar weer liggen, mama. Alsjeblieft. Het is vast en zeker een of andere domme grap.'

'Bel de politie, Paul.'

'Pas als ik weet wat er aan de hand is.'

Lisa liep naar hen toe. Het kind trappelde nu vreselijk in haar buik, waarschijnlijk had het de opwinding gevoeld.

'Er is iemand de personeelstrap op gelopen, Paul.'

'Wanneer?' wilde hij weten.

'Zojuist. Nadat ze heeft geschreeuwd.'

'Aha! Dan ga ik daar eens even kijken.'

'Paul!' riep mama. 'Wees in hemelsnaam voorzichtig. Hij kan je daar opwachten.'

'Wie het ook is,' zei Lisa droog, 'als hij de huisdame in haar nachtjapon heeft gezien, zal hij alleen nog maar zo snel mogelijk willen vluchten.'

Mama was met haar gedachten elders en begreep de hatelijke opmerking jegens Serafina niet. Ze liet zich echter door Lisa terug naar haar kamer leiden en ging op haar bed zitten.

'Geef me alsjeblieft mijn druppels, Lisa. Ze staan daar naast de waterkaraf.'

'Je hebt geen druppels nodig, mama. Neem gewoon een slok water.'

Alicia had op de bel gedrukt. Direct daarna klonken Elses zware voetstappen in de gang.

'Mevrouw,' zei ze bij de deur en ze maakte een knicksje.

'Wat is er aan de hand, Else?'

'O, u hoeft zich geen zorgen te maken, mevrouw.'

Else was een slechte leugenaar, het was duidelijk dat ze iets verborg.

'Waarom heeft de huisdame gegild?' wilde Alicia weten.

Else draaide eromheen, ze maakte een vreemd uitziende reverence en plukte een pluisje van haar schort.

'Mevrouw Von Dobern heeft vast naar gedroomd, mevrouw.'

Wanneer stond de huisdame 's ochtends eigenlijk op? Het was half zeven – juffrouw Schmalzler was op dat tijdstip allang aan het werk geweest.

'Er is toch niets gebeurd?' vroeg Alicia bezorgd.

Else schudde heftig haar hoofd en perste haar lippen op elkaar. 'Nee, nee. Ze is gezond en wel. Ze is zich aan het aankleden. Ze is alleen een beetje geschrokken.'

Meer kregen ze niet uit haar. Alicia droeg haar op Julius naar de personeelsvertrekken te sturen om in geval van nood Paul bij te staan.

Direct daarop verscheen Serafina. Ze was lijkbleek van de schrik, maar verder was ze kalm.

'Ik vind dit erg vervelend, lieve Alicia.'

Haar stem bibberde een beetje, ze had ook moeite met ademhalen. Lisa kreeg haast medelijden met haar, ze had vast bijna een hartstilstand gehad.

'Ga zitten, lieverd,' zei Alicia. 'Neem een paar druppels valeriaan. Dat hebt u nu echt nodig.'

Serafina wees het af, ze was al gekalmeerd. Ze had helaas reden om over het personeel te klagen.

'Ik had Julius gevraagd de politie te bellen. Vergeefs. Toen ik zelf naar de werkkamer ging om te gaan bellen, versperde mevrouw Brunnenmayer me de weg.'

'Dat is ongelofelijk,' zei Alicia.

'Ze werd zelfs handtastelijk.'

'Mevrouw Brunnenmayer? Hebt u het over onze kokkin Fanny Brunnenmayer?' riep Alicia en ze keek met een hulpeloze blik naar Lisa.

'Jazeker! Ze heeft mijn pols verdraaid.'

Serafina knoopte haar mouw open om te laten zien hoe erg het was, maar niemand lette meer op haar. De deur naar de personeelstrap ging open en er klonken voetstappen.

'Nou, kom op!' zei Paul. 'We bijten niet.'

Iemand struikelde en botste tegen de deur.

'Blijf staan. Komt u, ik houd u vast.'

'Dank u,' zei een zwakke stem. 'Ik ben... ik ben duizelig.'

Serafina rechtte haar rug en stapte dapper Alicia's slaapkamer uit, de gang in. Lisa aarzelde een moment aangezien ze niet was aangekleed, maar volgde haar.

'Dat is... dat is Humbert!'

Ze had de voormalige huisknecht bijna niet herkend, hij was enorm vermagerd en had ingevallen wangen. Hij hing aan Pauls arm. Was haar niet verteld dat Humbert op het punt stond het helemaal te gaan maken in de theaters in de hoofdstad? Wel, dat bericht klopte dan zeker niet. Hij zag er eerder uit alsof hij jarenlang in de allerslechtste wijken honger had geleden.

'Dat is hem,' zei Serafina beheerst, maar met licht bevende stem. 'Dat is de man die mijn slaapkamer is binnengedrongen. Wat goed dat u hem hebt gepakt, meneer Melzer!'

Humbert had zijn hoofd opgetild om Serafina aan te kijken, maar hij leek haar niet te herkennen.

'Ja, zeg eens, Humbert,' zei Paul, die de kwestie nu eerder vrolijk opvatte. 'Wat had je daar te zoeken? Waarom sluip je überhaupt in alle vroegte hier in de villa rond?'

Humbert schraapte zijn keel en hoestte. Hopelijk heeft hij geen tuberculose, dacht Lisa. Ze moest immers aan haar kind denken!

'Ik vraag u om vergeving,' zei Humbert tegen Serafina. 'Ik had geen idee dat er iemand in die kamer sliep. Ik wilde alleen heel even gaan li... Ik was doodmoe na de lange treinrit.'

Erg verhelderend was deze verklaring niet. Paul fronste zijn voorhoofd, Serafina snoof verontwaardigd.

'U bent dus zonder medeweten van de familie het huis binnengedrongen,' stelde ze vast. 'Wie heeft de deur voor u opengemaakt?'

Humbert keek nu onverschillig voor zich uit en toen hij sprak leek het alsof hij in een andere wereld verkeerde.

'Om half zeven wordt altijd de richel van de keukendeur opengeschoven, omdat de melkjongen komt. Toen ben ik ongemerkt naar binnen geslopen.'

'Vertelt u ons geen leugens,' zei Serafina, wier wangen een ongezonde, helderrode kleur kregen. 'U hebt een handlanger gehad. Iemand heeft de keukendeur voor u opengemaakt en u stiekem binnengelaten.'

Humbert leek te uitgeput te zijn om antwoord te geven. Hij hing zo zwaar aan Pauls arm dat hij op de grond zou zijn gevallen als Paul hem niet had gesteund.

'En ik weet ook wie hiervoor verantwoordelijk is,' ging Serafina triomfantelijk verder. 'Lieve Alicia, u hebt uw gunst jarenlang aan de verkeerde geschonken. De kokkin is een achterbakse leugenaarster. Een tiran, die de personeelsleden tegen mij ophitst en mijn aanwijzingen stelselmatig negeert. Mevrouw Brunnenmayer heeft ongetwijfeld een hand in het spel wat deze inbraak betreft.'

Paul maakte een ongeduldig gebaar. Hij had geen zin meer om zich met dit soort kinderachtige ruzies bezig te houden.

'Julius! Brengt u deze jongeman naar een van de vrije personeelskamers. En daarna zou ik graag mijn ontbijt willen.'

Julius, die bij de trapopgang had gewacht, haastte zich langs Serafina heen zonder haar een blik waardig te gunnen. Gertie en Dörthe hadden achter hem gestaan, die natuurlijk wilden horen wat er boven werd besloten. Lisa begreep dat het voltallige personeel zich achter mevrouw Brunnenmayer zou scharen. Dat beviel haar wel. Serafina had het aan zichzelf te danken dat ze zo geschrokken was, waarom sliep ze eigenlijk beneden in het kantoor van de huisdame? Dat had juffrouw Schmalzler nooit gedaan. Zij had boven in haar kamer overnacht en de ruimte beneden alleen als werkruimte benut. Maar natuurlijk, nu het winter was waren de personeelsvertrekken ijskoud. Daarom had Serafina zich beneden in de buurt van de warme keuken geïnstalleerd. Ongetwijfeld tot ongenoegen van de personeelsleden.

'Lieve Serafina,' zei Alicia boos. 'Wat mevrouw Brunnenmayer betreft vergist u zich zeer zeker.'

Ze was niet dom, haar voormalige vriendin. Ze besefte dat ze te ver was gegaan en nam daarom nu wat gas terug. 'Misschien hebt u gelijk, lieve Alicia. Ach, zo veel ophef voor niets. U moet nu tot rust komen.'

Ze vulde een glas met water en schroefde het dopje van een bruin glazen flesje. Maar Alicia schudde haar hoofd.

'Nee, dank je wel, geen druppels... Else, help me even bij het aankleden. En voor het ontbijt wil ik graag even kort met de kokkin praten. Lisa, ga maar weer liggen, we ontbijten gezamenlijk om half negen.'

Lisa was dankbaar voor haar moeders begrip, want ze was ineens zo moe dat ze nauwelijks nog op haar benen kon staan. Vergiste ze zich, of had dit onverwachte voorval haar moeders levensgeest opnieuw gewekt?

Toen ze ruim een uur later beneden kwam voor het ontbijt, zat haar moeder met de krant aan tafel. Ze glimlachte vriendelijk naar haar en vroeg bezorgd hoe het met haar ging.

'Hij doet ijverig turnoefeningen, mama.'

'Dat moet ook, Lisa. Ik heb thee voor je laten zetten, van koffie zou het kind onrustig kunnen worden.'

Serafina? De huisdame was net haar kamer op zolder aan het betrekken.

'Mevrouw Brunnenmayer heeft alles aan me uitgelegd, Lisa. De arme Humbert heeft in Berlijn een terugval gehad. Je weet toch nog wel dat hij vroeger ook weleens angstaanvallen had?'

Hanna en mevrouw Brunnenmayer hadden hem gesmeekt om terug naar Augsburg te komen. Maar niemand had geweten dat hij vannacht al zou aankomen.

'Anders had mevrouw Brunnenmayer uiteraard om toestemming gevraagd. Maar het is toch onze plicht als goede christenen om de arme man bij ons op te nemen, nietwaar?'

‘Je maakt een frisse en opgewekte indruk, mama.’
‘Ja, Lisa. Ik heb me al lange tijd niet meer zo goed gevoeld.’
‘Dan moet je dat spul niet meer nemen. Je krijgt er hoofpijn van.’
‘Ach, Lisa! Valeriaan is toch volkomen onschuldig.’

# 24

ZE HAD ALTIJD AL EEN hekel gehad aan dit logge gebouw. Am Alten Einlaß, huisnummer 1. Classicistisch. Protserig. Lelijk. Maar goed, een gerechtsgebouw kon ook alleen maar afschuwelijk zijn. Vooral vanbinnen. Hemel, wat een doolhof! Eindeloze gangen. Trappen. Verdiepingen. Gaat u alstublieft rechtdoor, dan naar rechts en vervolgens meteen weer naar links, en vraagt u het dan bij de trap nog een keer. Als Marie niet met haar mee was gegaan, was ze weer omgekeerd en naar de villa teruggereden. Maar Marie had haar voorzichtig bij haar arm genomen en telkens weer bemoedigende woorden tegen haar gezegd.

'Nog maar een paar passen, Lisa. Dan heb je het gehaald. Doe maar rustig aan, we zijn toch te vroeg. Loop niet te snel.'

Ze had slechts de helft verstaan omdat ze zo nerveus was. Bovendien pufte ze als een stoommachine van de inspanning. Eindelijk kwamen ze bij de juiste zaal. De gerechtsdienaar was zo vriendelijk om hen al voordat de rechter aankwam binnen te laten.

'Gaat u maar vast binnen zitten. Anders krijgt u uw kind nog op de vloer in de gang. Met al die opwinding.'

'Dank u wel.'

Marie gaf de vriendelijke man een paar munten, waarop hij een diepe buiging maakte en de krakende deur voor hen opendeed.

'Daarginds op de klagersbank, alstublieft. Niet daar vooraan, daar zitten de beklaagden.'

'Het is hier griezelig,' mompelde Lisa toen ze op de keiharde houten bank zat. Om haar heen was alles bekleed met donkere lambrisering, er waren donkere houten stoelen en intimiderend smalle, hoge ramen waar gordijnen voor hingen. De rechter en de griffier zouden hoog boven hen op een verhoging tronen, waarschijnlijk omdat ze overzicht wilden houden.

'Het is inderdaad niet erg gezellig,' fluisterde Marie.

'En het ruikt hier zo vies. Ik word er misselijk van.'

'Dat is boenwas, Lisa. En misschien de olie waarmee ze de houten banken insmeren.'

Marie had vast gelijk. Maar Lisa had het gevoel dat ze het stof van talloze dossiers rook. Meer nog. Er hing haat in de lucht. Wanhoop. Wraak. Triomf. Woede. Verdriet. In de muffe gordijnen hingen talloze tragedies. De houten lambrisering had zich ermee volgezogen.

'Houd vol, Lisa. Ik ben bij je.'

Ze voelde Maries arm om haar schouder. Hemel, ja. Ze had het zo gewild en nu moest ze erdoorheen. Wat was er met haar aan de hand? Waarschijnlijk kwam het door de zwangerschap dat ze zo sentimenteel was. Het kind in haar buik liet haar ook geen moment met rust. Nog een paar dagen. Als ze zich niet verrekend had…

De rechter verscheen. Het was een lange, zeer slanke man met hoge slapen en een hoekige kaak, die in het lange zwarte gewaad net een wandelende klerenkast leek. Hij snauwde tegen de bode omdat die de dames al had binnengelaten, begroette hen met een onvriendelijk knikje en legde een stapel versleten mappen op zijn tafel. Er kwamen nog twee heren binnen, die eveneens een zwart gewaad droegen. En toen kwam Klaus binnen.

Hij groette hen, maakte een kleine buiging en nam plaats op de beklaagdenbank. God, wat een belachelijke vertoning. Net als op school, toen hadden ze ook altijd in een bepaalde rangvolgorde moeten zitten. Helemaal achteraan de besten van de klas. Vooraan voor de neus van de leraar de slechtste leerlingen. Ze keek naar Klaus, die zijn gehavende gezicht en de littekens op zijn hoofd hier niet met een hoed kon bedekken. Het zag er nog steeds erg uit, ook al werden de littekens op zijn hoofd nu enigszins verborgen door zijn haar. Ook de rechter staarde naar Klaus, met een blik vol afschuw en medelijden. Klaus zelf scheen goed met de nieuwsgierige blikken om te kunnen gaan. Hij zat rustig op zijn plaats en wachtte af wat komen ging.

Tot Lisa's grote verbazing kwam advocaat Grünling binnen.

'Goedendag, dames. Mevrouw, mag ik u hartelijk groeten. Meneer Melzer heeft mij gevraagd om de zaak voor u te vertegenwoordigen. En dat is me een eer, mevrouw Melzer. Mevrouw Von Hagemann.'

Lisa snapte er niets van. Paul had een advocaat voor haar genomen? Waarom had hij daar niets over gezegd? Waar had ze Grünling voor nodig? Ze had die vent nooit kunnen uitstaan.

'Er is niets meer aan te doen, Lisa. Misschien heeft Paul wel gelijk.'

Het spektakel begon. Eindeloze voordrachten die met 'ja' of 'nee' beantwoord moesten worden. Klaus kreeg vragen over de toedracht van de echtbreuk en bekende bereidwillig dat hij samen met een jong personeelslid een zoon had.

'U verklaart dus schuldig te zijn aan echtbreuk?'

Er klonk niet alleen ongeloof door in deze vraag van de rechter, maar ook de overtuiging dat een faux pas met een personeelslid nauwelijks echtbreuk te noemen was. Een slippertje dat een echtgenoot vergeven zou moeten worden.

'Ja, edelachtbare.'

De rechter staarde hem aan en merkte op dat hij zeer veel respect had voor iedereen die zijn leven en gezondheid op het ereveld had gewaagd.

Lisa moest voor het verhoor opstaan en voor de tafel van de rechter komen staan. Ze werd een beetje duizelig toen ze daar stond. Ook voelde ze een vreemd trekkende pijn in haar rug.

'Vindt u het tijdstip van deze scheiding niet wat ongepast, mevrouw Von Hagemann? Ik bedoel omdat u overduidelijk een kind verwacht. Van uw echtgenoot, neem ik aan.'

Advocaat Grünling onderbrak hem. De vraag had niets te maken met de toedracht van de bewezen en bekende echtbreuk, daarom hoefde zijn mandante deze vraag ook niet te beantwoorden.

De rechter, die Grünling duidelijk kende, bleef gelaten. 'Ik noem dat slechts en passant. Helaas zijn er steeds vaker echtscheidingsprocedures die door de echtgenote aangevraagd worden. Vooral omdat deze vrouwen niet bereid zijn om hun in de oorlog gewond geraakte en hulpbehoevende echtgenoot te blijven steunen. Wat echter wel de plicht van een trouwe echtgenote is.'

Lisa zweeg. Ze had kunnen zeggen dat ze een nieuwe werkkring voor haar echtgenoot mogelijk had gemaakt, dat ze hem een plek en een baan gaf waardoor het voor hem mogelijk was om verder te leven. Maar ze was erg duizelig en ook een beetje misselijk, waardoor ze geen woord kon uitbrengen.

De rest van de zitting ging langs haar heen zonder dat ze er goed naar luisterde. Haar hart klopte ongelofelijk snel, alsof ze te hard gelopen had. Terwijl ze alleen maar op een bank zat. Ook voelde ze weer iets in haar rug trekken. Ze lette er nauwelijks op, aangezien ze die milde pijn al sinds een tijdje kende. In plaats daarvan focuste ze zich op een gelijkmatige ademhaling en zei ze om de drie minuten tegen zichzelf dat het gauw weer over moest zijn.

'Wat is er, Lisa? Heb je pijn?' vroeg Marie zacht.

'Nee, nee, alles is goed. Ik ben erg blij dat je bij me bent, Marie.'

Weer werden er eindeloze betogen voorgelezen, Klaus stemde ergens mee in en zij deed dat eveneens. Het kon haar allemaal zo langzamerhand niet veel meer schelen, waarschijnlijk had ze ook ingestemd als ze haar hadden gevraagd of ze in de Lech wilde springen. De rechter keek vol minachting haar kant op, zette een bril met een goudkleurige rand op en bladerde in het dossier dat voor hem lag. Klaus staarde naar Marie, om wat voor reden dan ook. De twee in het zwart geklede heren leken een wedstrijdje te doen wie het snelst kon schrijven. Ergens in de zaal bromde een vlieg, een van de keiharde soorten die hier ondanks de stank van de boenwas had overwinterd. Lisa voelde dat haar rug zich aanspande, haar buik werd hard, ze had moeite met ademen.

'... dat ze met ingang van 15 maart 1925 zijn gescheiden. De voorkomende kosten zijn gerechtskosten...'

'Eindelijk,' mompelde Marie en ze gaf Lisa een kneepje in haar hand. 'Het is volbracht, Lisa. Half maart ben je eindelijk vrij.'

Haar vreugde was slechts beperkt, omdat ze zich afgrijselijk voelde. Er gebeurde iets in haar buik, iets wat ze nog nooit had meegemaakt, en het was niet mogelijk er invloed op uit te oefenen.

Marie steunde haar toen ze opstond. Klaus kwam naar haar toe en schudde haar hand.

'Gefeliciteerd, Lisa,' zei hij grijnzend. 'Nu ben je van me af. Nee, mijn schat, zo bedoel ik het niet. Ik weet wat je voor me hebt gedaan. Een betere kameraad dan jij zal ik waarschijnlijk nooit meer hebben.'

Hij liep met hen mee de rechtszaal uit en richtte zich daarbij hoofdzakelijk tot Marie. Hoe ging het met haar? Hij had van haar atelier gehoord, ze scheen een fantastische zakenvrouw te zijn.

'Ik heb oneindig veel bewondering voor u, mevrouw. Wat een talent heeft er jarenlang in u gesluimerd, dat nu volledig tot bloei komt.'

In de gang stond Paul op hen te wachten. Hij gaf haar een hand zonder er erg gelukkig uit te zien en zei toen iets tegen Grünling, die hen was gevolgd. Lisa kreeg slechts vaag mee wat die twee tegen elkaar zeiden. Ze was plotseling erg moe en ging op een bank zitten.

'Dat is de spanning die nu van je af valt,' zei Marie en ze gaf haar een zakdoek waar ze haar bezwete gezicht mee kon deppen. 'Het is goed dat Paul is gekomen, hij kan je meteen meenemen naar de villa. Jij en je kind, jullie hebben nu een knus bed nodig om eens lekker te slapen.'

'Nee, Marie. Ik wil graag dat je meegaat.'

'Maar... maar, Lisa. Je weet toch...'

Marie stond in dubio. Ze was graag bereid geweest om Lisa bij deze zitting te begeleiden. Maar ze was eigenlijk van plan geweest om daarna een taxi voor Lisa te laten komen en zelf naar het atelier te gaan. Ze had de afspraken met twee klanten naar de middag verzet en wilde van tevoren nog van alles doen. Bovendien was ze niet van plan geweest de villa te betreden, en al helemaal niet onaangekondigd.

'Alsjeblieft, Marie,' hield Lisa vol. 'Ik heb je nodig. Je bent de enige die ik vertrouw.'

Paul mengde zich in het gesprek. Ze moesten dit onderwerp niet in het gerechtsgebouw bespreken. Hij haakte bij Lisa in en leidde haar naar de trap.

'Ik begrijp deze ophef niet, Lisa,' zei hij zacht tegen haar, terwijl ze de trap af liepen. 'Mama is in de villa en mevrouw Von Dobern is er ook.'

Lisa kon in eerste instantie geen antwoord geven omdat haar buik weer verkrampte door een afschuwelijke pijnscheut. O god, wat gebeurde er met haar? Waren dat soms weeën? Ze raakte in paniek.

'Mevrouw Von Dobern? Dat mens dat mama met haar druppels vergiftigt? Die komt niet in mijn buurt. Ik ga gillen en met spullen gooien als ze mijn kamer in komt!'

'Beheers je alsjeblieft, Lisa!' snauwde Paul.

Marie liep achter hen, met Klaus von Hagemann aan haar zijde. Advocaat Grünling was achtergebleven omdat hij zijn zwarte toga nog moest uittrekken.

'Rustig aan,' zei Klaus. 'Zwangere vrouwen zijn soms een beetje… vermoeiend. Je moet ze in geen geval tegenspreken.'

Lisa zag dat Paul zich omdraaide om Marie aan te kijken. Maries gezicht spiegelde afwijzing.

'Ik denk dat we het ook wel zonder jou redden,' zei Paul tegen haar.

'Dat denk ik ook,' antwoordde Marie koel.

'Dan regel ik nu een taxi voor je.'

'Dat is niet nodig, ik ga te voet.'

Lisa werd eerst door een wee en vervolgens door een enorme golf zelfmedelijden overspoeld. Ze beslisten gewoon over haar hoofd heen. Niemand hield rekening met haar. Zelfs Marie niet.

'Kunnen jullie niet één keer, één keertje maar, doen wat ík wil?' hoorde ze zichzelf krijsen. 'Ik krijg een kind, verdomme nog aan toe. En ik heb Marie nodig. Ik wil dat Marie bij me is. Hebben jullie dat gehoord? Marie. Marie!'

Ze stonden in de entreehal van het gebouw en haar stem galmde over alle verdiepingen. De portier in zijn hokje staarde haar met grote ogen aan, twee heren met dossiermappen onder hun arm bleven staan, advocaat Grünling, die hen eindelijk had ingehaald, struikelde over de laatste trede van de trap en botste tegen de leuning op.

'Wind je maar niet op, Lisa,' zei Marie op een kalme toon. 'Ik ga met je mee.'

De volgende minuten was Lisa alleen maar bezig om op adem te komen. Toen leidde iemand – Paul? – haar over de treden van de buitentrap naar beneden en ze stapte in een auto. Klaus stond op de stoep en zwaaide naar haar ten afscheid. Hij wenste haar het beste. Marie zat naast haar. Ze hield haar handen op Lisa's buik en keek haar glimlachend aan.

'Marie... Ik voel het... Het zijn weeën. Het wordt heel zwaar, nietwaar? Zal ik het kind in de auto krijgen, Marie?'

'Nee. Je hebt nog zeeën van tijd.'

'Maar het doet... het doet zo'n pijn.'

'Lieverd, dat gaat weer over. Daarvoor in de plaats krijg je het grootste geschenk dat er bestaat.'

Marie zei de juiste woorden, dat wist ze toch wel. Lisa zou een kind op de wereld zetten, wat klaagde ze nu? Had ze niet jarenlang met haar lot overhoop gelegen omdat ze maar niet zwanger raakte?

'Ach, Marie, je hebt gelijk.'

Ineens zag ze alles in een roze licht. Was dat niet Humbert, die de auto bestuurde? Wat fijn dat het beter ging met de arme jongen en hij weer taken in de villa kon overnemen! En in de villa was de kleine

Gertie, dat leuke, handige meisje. Die zou meteen de vroedvrouw erbij halen. En natuurlijk zou mama bij haar zijn. Die zou Kitty bellen. Natuurlijk, haar kleine zusje moest ook in de buurt zijn, tenslotte had Lisa haar, toen Henni geboren werd, ook bijgestaan. Nee, het ging goed met haar. Alleen nog een paar kleine weeën. Dat ging voorbij. Ze zou gewoon op bed gaan liggen en afwachten. Over een uur zou het kind er zijn. Hooguit anderhalf uur. Misschien ging het ook wel sneller. Ze dacht aan het houten wiegje dat haar moeder van zolder had laten halen en dat nu met een schone hoes om de kussens en een wit, met kant afgezet hemeltje in haar moeders kamer klaarstond.

'Vond je de ceremonie leuk?' vroeg iemand met ironie in zijn stem.

Paul zat naast Humbert op de passagiersstoel. Hij had zich half omgedraaid en praatte tegen Marie.

'Nee!' antwoordde Marie kortaf.

Ze klonk afwijzend. Ze wilde duidelijk met rust gelaten worden. Maar Paul liet zich daar niet door afschrikken. Hij had zijn hoed diep over zijn voorhoofd geschoven en zijn ogen fonkelden agressief.

'Niet? Dat verbaast me. Ik dacht toch echt dat je ook geïnteresseerd was in een "gelukkige scheiding".'

Lisa voelde dat Maries hand verkrampte.

'Dan heb je je vergist.'

Humbert moest stoppen omdat een leraar met een groep scholieren de straat overstak. Het waren gymnasiasten van St. Stephan. Ze liepen braaf twee aan twee en hielden hun schoolpetten vast om te voorkomen dat de wind ze van hun hoofd blies.

'En hoe heb je je dat voorgesteld?' vroeg Paul boos toen de auto doorreed. 'De huidige toestand is onhoudbaar!'

'Ik verwacht dat je me accepteert zoals ik ben!'

Wat kon Marie fel zijn. Dat had Lisa niet van haar verwacht. Paul blijkbaar ook niet want hij zweeg even en leek na te denken.

'Ik begrijp niet wat je daarmee wilt zeggen. Heb ik je ooit geminacht? Heb ik je slecht behandeld? Wat wil je eigenlijk van me?'

Het voelde alsof er een lus om Lisa's buik werd gelegd die zo stevig aangetrokken werd dat ze amper nog lucht kreeg. Ze kreunde zacht. Dit ging nu echt te ver. Dit deed heel erg pijn!

'Ik wil dat je me als dochter van mijn ouders erkent. Jakob Burkard was mijn vader. En Luise Hofgartner mijn moeder. En ze zijn allebei niet minder waard dan Johann en Alicia Melzer.'

'Heb ik dat ooit in twijfel getrokken?'

'Ja, dat heb je. Je hebt het werk van mijn moeder afgekraakt, je wilde haar schilderijen op zolder verstoppen.'

'Wat een onzin!' schold Paul en hij sloeg boos met zijn vuist op de lederen rugleuning.

'Als je dit echt onzin vindt, dan valt er niets meer te zeggen tussen ons!'

'Goed!' riep hij. 'Dan zal ik naar de consequenties kijken!'

'Doe dat!' riep Marie kwaad. 'Ik wacht erop dat je je macht uitspeelt.'

Lisa zat stilletjes te kreunen. Het gehobbel van de auto op het plaveisel zou haar nog vermoorden. En dan moesten ze ook nog constant stoppen. Voetgangers. De tram. Een paardenkar vol kisten. Een taxi die hen inhaalde en hen de weg afsneed.

'Kunnen jullie eindelijk ophouden met ruziemaken?' jammerde ze. 'Ik wil niet dat mijn kind in zo'n sfeer op de wereld komt. Houd verdorie eens rekening met een ander!'

Paul staarde haar hulpeloos aan en ging weer recht zitten. 'Rijd maar wat harder, Humbert. Nou, hup, haal die trage sukkel in!' commandeerde hij.

Humbert trapte het gaspedaal in en ze ratelden met een gevaarlijke manoeuvre langs een paard-en-wagen. Een troep duiven fladderde geschrokken op en ze scheurden met minstens zestig kilometer per uur door de Jakoberpoort. De auto schommelde en Lisa klemde haar handen om Maries mantel. De gebouwen en grasvelden aan de Haagstraat gleden als schimmen langs haar heen, terwijl ze luisterde naar Maries geruststellende stem.

'Wind je maar niet op. We zitten alleen een beetje te kibbelen. Jouw kind heeft het druk genoeg met zichzelf. Het wil ter wereld komen, dat is een inspannende klus. We zijn er zo. Lisa? Lisa, hoor je me?'

Ze was even weg geweest. Ergens tussen hemel en aarde had ze in grijze nevelwolken gezweefd, nu viel ze met een smak terug in de vermoeiende, vijandige wereld.

Humbert nam bij het hek van het park een scherpe bocht, reed als een gek over de kale oprijlaan waarbij rechts en links het bruine water van de plassen opspatte, en toen hadden ze het voorplein bereikt.

'Julius! Gertie! Else!'

Paul liep opgewonden de treden naar de ingang van de villa op, gaf warrige aanwijzingen waardoor de personeelsleden alleen maar schrokken. Mevrouw Von Dobern stond als vastgenageld bij de voordeur en staarde naar de automobiel waar Marie nu uit stapte.

'Humbert,' zei Marie. 'We hebben een van de rieten stoelen uit de hal nodig. En zeg tegen Julius dat hij moet helpen dragen.'

Lisa was ervan overtuigd dat ze de bevalling niet zou overleven. Zo'n pijn kon niemand verdragen. Ze hield zich vertwijfeld aan de leuning van de voorstoel vast en besefte pas na een poosje dat ze moest uitstappen en op de rieten stoel moest gaan zitten.

'Ik kan... ik kan niet. De treden.'

'Dat weten we, Lisa. We dragen je de trappen op naar je bed.'

Marie was kalm en beheerst als altijd. Julius pakte de rechterarmleuning van de stoel, Paul stond aan de andere kant. De kokkin was ergens vandaan gekomen en hielp tillen, en ook Humbert deed zijn best.

'De Kolossus van Rhodos zou nog lichter zijn,' kreunde Paul.

'Hopelijk houdt de stoel het gewicht!' zei Else die er met een angstig gezicht bij stond.

'Als ze de trap af valt, is ze er geweest!' riep Serafina. 'Waarom laten jullie haar niet beneden?'

'In de keuken is het warm. Ze kan daar toch haar kind krijgen?' zei Dörthe.

'Of in de eetkamer.'

Marie dirigeerde het transport zonder op het gepraat te letten. 'Hier naar boven. Langzaam. Doe de deur open, Else... Waar is Gertie?'

'Ze legt nog even snel een paar oude lakens op het bed. Zodat straks niet alles...'

'Is al goed. Alicia moet de vroedvrouw bellen.'

De rieten stoel kraakte verdacht, Julius' gezicht vertrok steeds meer van de inspanning en Paul kreunde zachtjes. Mevrouw Brunnenmayer, die de stoel van achteren steunde, gaf geen kik. Je hoorde haar alleen snuiven.

Op de drempel naar Lisa's kamer brak de linkerarmleuning, de stoel kiepte opzij, maar ze konden Lisa nog op tijd op de grond zetten.

'Uitstappen, jong gezin. Naar het bed.'

Ze waggelde meer dan dat ze de paar passen liep en liet zich op de koele, zachte lakens vallen. Ze voelde het donzen kussen onder haar hoofd, iemand trok haar schoenen uit en tilde haar benen op zodat ze kon gaan liggen. Maar toen werd ze alweer overvallen door de volgende wee en ineens waren het bed, laken en donzen kussen totaal onbelangrijk. Het enige wat telde was de helse pijn die vanuit haar rug haar buik omspande en samenperste.

'Marie... Marie, ben je daar?'

Ze voelde een kleine, stevige hand, die haar buik masseerde.

'Ik ben hier, Lisa. Ik ben de hele tijd bij je. Ontspan je. Het gaat goed.'

'Dan ben ik hier nu zeker overbodig,' hoorde ze Paul zeggen.

'Inderdaad,' zei Marie.

'Jullie moeten geen ruziemaken,' kreunde Lisa.

Er verstreek een uur. Twee uur. Hoe lang nog? Ze was uitgeput. Inmiddels was de vroedvrouw gekomen die af en toe aan haar lijf zat.

Ze boorde een vinger tussen haar benen, drukte op haar buik, luisterde met een lange buis.

'Het schiet al op.'

'Ik kan niet meer!'

'Houd vol.'

Marie koelde haar hete voorhoofd, sprak haar moed toe, hield haar hand vast. Gertie bracht belegde boterhammen, koffie, een zoete lekkernij. Marie en Lisa namen er niets van, maar de vroedvrouw at de boterhammen, dronk de koffie op en vroeg om een groot glas bier.

'Het kan nog tot in de nacht duren.'

Kitty kwam de kamer in, druk en spraakzaam als altijd. Ze streelde Lisa's wang, kuste haar op haar voorhoofd. Daarna vertelde ze over Henni's geboorte en hoe lief het kleintje in haar bedje had gelegen.

Drie uur, vier uur, vijf uur. Het werd avond, het werd nacht. Af en toe hielden de krampen op en had ze even rust. Ze lag op haar rug, haar ogen vielen dicht en ze dommelde in slaap. Dan deed die stomme vroedvrouw iets met haar buik en kwam de pijn weer terug, erger dan daarvoor. Het was zo onverdraaglijk dat ze liever dood wilde dan deze kwelling te moeten doorstaan.

Tegen de ochtend, toen er vaal licht tussen de spleet tussen de gordijnen scheen, besloot het kind een laatste wanhopige poging te doen.

'Persen! Hard persen! Met al uw kracht! Harder, harder. U bent toch geen zwakke vrouw. Kom op nu. Volle kracht vooruit. Eruit ermee. Op de wereld ermee. Niet verslappen.'

Ze voelde niet wat er gebeurde. Haar lichaam werkte zonder dat zij erbij betrokken was. De pijn werd minder en ebde weg. Ze hoorde gefluister om zich heen. Ze was te uitgeput om het te begrijpen.

'Wat is er met hem?'

'Het buisje... Aan de voetjes vasthouden. Hij heeft te veel vruchtwater ingeslikt.'

De vroedvrouw hield een blauwachtig, met bloed besmeurd wezen boven haar, het bungelde, kreeg een paar klappen, de vroedvrouw legde het op haar buik, zoog met een buisje en tilde het weer aan de piepkleine voetjes op.

'Lieve Heer in de hemel,' fluisterde iemand naast haar bed.

'Maria, Moeder van God. Help ons in deze nood.'

Dat was Else. Lisa staarde naar het vreemde wezen, dat in de lucht hing en blijkbaar van haar afstamde. Het krijste zachtjes en jammerend. De kleine armpjes bewogen. Aan zijn buik hing de navelstreng nog, als een dikke rode worm.

'Hè, hè. Wat een stevige jongen. Je was lui, mijn kleine. Door jou ben ik de hele nacht in de weer geweest.'

Wat de vrouw nog meer bij haar deed, kon Lisa niet veel schelen. Ze liet alles gebeuren, merkte nauwelijks nog dat ze gewassen werd, schone lakens kreeg en iemand haar een nachthemd aantrok.

'Ach, Lisa, mijn kleine Lisa.'

Dat was mama. Ze zat op de rand van haar bed en sloeg haar armen om haar dochter.

'Wat een prachtige jongen! Ik ben zo trots op je, Lisa. Weet je wat ik heb bedacht? We zouden hem Johann kunnen noemen. Wat vind je daarvan?'

'Ja, mama.'

Wat raar. Ze had nog nooit in haar leven zo erg geleden. Maar ze was ook nog nooit zo gelukkig geweest.

# 25

VANWEGE DE BLIJE GEBEURTENIS had Julius extra zijn best gedaan om de ontbijttafel mooi te versieren. Over het witte damasten tafelkleed lag een spierwitte voile met stukjes kloskant. Drie felrode, volledig in bloei staande amaryllissen, waar wat groene dennentakken omheen geschikt waren, sierden het midden van de tafel. Bijpassend had Julius het millefleurs-servies gekozen en de stoffen servetten die Alicia ooit als bruidsschat mee naar de villa had genomen. Ze waren geborduurd met een monogram, een A met een V en een M eromheen. Alicia von Maydorn.

'Wat attent,' merkte Paul op. 'Wacht u even met de koffie tot de dames zijn gearriveerd.'

'Zoals u wenst, meneer Melzer.'

Julius zette de kan terug op het stoofje en maakte een buiging. Hij was wel wat ouderwets, de goede man. Zo stijf en vrijwel altijd met een uitgestreken gezicht, alsof niets hem kon raken. Nou ja, hij was in een adellijk huis opgeleid.

Paul ging zitten en keek op de klok. Het was al tien over acht, waarom kwam zijn moeder de laatste tijd eigenlijk altijd te laat voor het ontbijt? Vroeger was zij degene geweest die zich eraan ergerde als de anderen niet stipt op tijd waren, en nu hield ze zich zelf niet aan de etenstijden. Hij leunde naar achteren en trommelde met zijn vingers op het tafelkleed.

Wat is er met me aan de hand, vroeg hij zich af. Waarom ben ik vandaag zo chagrijnig? Het is tenslotte zondag en de mis begint pas om elf uur. Tijd genoeg om in alle rust te ontbijten.

Maar het onbehaaglijke gevoel bleef en hij besefte dat het met de middag te maken had. Tegen twee uur zou Kitty de kinderen naar de villa brengen, dan moest hij weten wat hij met ze zou gaan doen. Hij had er de halve nacht over gepiekerd en allerlei plannen bedacht, maar uiteindelijk alles weer verworpen. Hij herinnerde zich nog maar al te goed hoe teleurstellend het vorige bezoek was geweest. Dat was een extra domper geweest omdat hij zo zijn best had gedaan om iets te bedenken wat ze allebei leuk vonden. Maar Leo had met dichtgeknepen ogen voor de stofbedrukkingsmachine gestaan en zijn oren dichtgehouden. En Dodo, zijn kleine wijsneus, had zichzelf met zwarte verf besmeurd toen ze te dicht bij de drukpers kwam. Hij had haar van de machine weg moeten sleuren, anders was ze nog een paar vingers kwijtgeraakt. Later, toen ze in de auto zaten, had hij proberen uit te leggen dat in de toekomst alle machines met elektriciteit aangedreven zouden worden en dat de stoommachines in de fabriek dan overbodig zouden zijn. Maar dat had de kinderen niet geïnteresseerd. Terwijl ze oud genoeg waren om dat soort dingen te begrijpen. Hijzelf zou destijds heel blij zijn geweest als zijn vader hem al vroeg met het fabricageproces vertrouwd had gemaakt.

‘Waarom doe je niet eens iets leuks met ze?’ had Kitty gevraagd toen ze hen ophaalde. ‘Ga met ze naar het circus. Of naar de bioscoop. Of leer hun hoe je moet vissen. Vroeger ging je zelf toch ook altijd met je vrienden door de weilanden struinen en vissen vangen in de beek?’

Hij had haar gevraagd om haar voorstellen voor zich te houden. Het circus! De bioscoop! Was hij de dienstdoende lolbroek? Hij was niet van plan om op zo’n goedkope manier om de genegenheid van zijn kinderen te dingen. Hij was verantwoordelijk voor hun ontwikkeling. Hij had de taak hun opvoeding vorm te geven, de richting voor hun toekomst te bepalen. Bovendien waren er in de Proviantbeek allang geen vissen meer.

Eindelijk! Alicia kwam binnen, met aan haar zijde de onvermoeibare Serafina. Ze begroetten hem allebei hartelijk, prezen Julius voor de mooie ontbijttafel en namen plaats.

'We waren nog even snel bij Lisa en de kleine,' zei Alicia terwijl ze haar servet uitvouwde. 'O mijn god, moet u kijken, Serafina. Dit kantwerk heb ik ruim veertig jaar geleden geklost. Toen wist ik nog niet dat ik ooit mevrouw Melzer zou zijn en dat het lot me naar Augsburg zou brengen.'

'O, wat mooi,' zei Serafina en ze bekeek het kantwerk aandachtig. 'Zo'n fijn werk zie je tegenwoordig nog maar zelden.'

Julius schonk koffie in en ze gaven elkaar het mandje met de zondagse broodjes door die de kokkin 's ochtends vroeg al in de oven had geschoven. Alicia vertelde met glanzende ogen over de kleine Johann die zo rozig en braaf in zijn wiegje lag en dikke vuistjes had alsof hij een bokser was.

'Hij woog ruim acht pond bij zijn geboorte, stel je voor. Jij woog slechts zes pond, Paul.'

'O ja? Ik kan het me niet meer herinneren, mama.'

Niemand lachte om zijn grapje. Serafina sneed haar broodje open en smeerde er boter op. Alicia verklaarde dat Lisa zeven pond en Kitty ook zes pond had gewogen. Hij knikte, maar vond het raar dat vrouwen hun zuigelingen naar ponden en grammen classificeerden. En het was helemaal vervelend dat zijn zus Lisa een heel pond meer had gewogen dan hijzelf.

'Wat ben ik blij dat alles zo goed is gegaan,' zei Alicia en ze zuchtte. 'Ik wilde het tegen niemand zeggen, maar ik heb heel wat nachten wakker gelegen van de zorgen. Lisa wordt dit jaar tweeëndertig, dat is behoorlijk oud voor het eerste kind.'

Serafina sprak haar tegen. Het kwam niet aan op de leeftijd, maar op de fysieke gesteldheid. Lisa was altijd al sterk geweest en uiteraard had ze een 'beschermde jeugd' gehad. Daarmee doelde ze op de jonge vrouwen in de arbeiderswijken die vaak al op dertienjarige leeftijd omgang met mannen hadden. 'Het is erg jammer dat de doop waarschijnlijk zonder vader gevierd moet worden,' zei ze vervolgens op hatelijke toon.

Paul voelde dat zijn moeder hem hulpzoekend aankeek, maar hij had niet veel zin om dit delicate onderwerp in aanwezigheid van de huisdame te bespreken. Hij had gisteren kort met Kitty kunnen spreken, die hem vertelde dat Lisa waarschijnlijk Marie in vertrouwen had genomen. Uitgerekend Marie! Er zat niks anders op, hij zou met Marie moeten praten. Lisa, die koppige vrouw, bleef zwijgen als het om de vader van haar kind ging.

'Nou ja, als gescheiden vrouw zou Lisa zich sowieso uit de openbaarheid moeten terugtrekken,' merkte Serafina op. 'Vooral omdat de familie Melzer in Augsburg aanzien geniet en het erg pijnlijk zou zijn.'

'Mag ik een broodje?' onderbrak hij haar.

'Pardon?'

'Ik bedoelde, zou u zo vriendelijk willen zijn me een broodje aan te reiken, mevrouw Von Dobern?'

'Natuurlijk, dat doe ik graag, lieve Paul.'

O, dat gezwets van haar werkte hem op de zenuwen! Had ze niet gemerkt dat hij haar bij haar achternaam had genoemd? Ze bleef hem maar 'lieve Paul' noemen.

'Ik ben toch zo benieuwd wat Dodo en Leo van hun nieuwe neefje zullen vinden,' zei Alicia. 'Kitty brengt de twee na het middagmaal, toch?'

'Zeker.'

Hij schraapte luid zijn keel omdat er een kruimel in het verkeerde keelgat was geschoten en hield daarna zijn kopje voor Julius op zodat die koffie kon bijschenken. Wat een ellende. Hij had nog steeds geen idee. Moest hij misschien toch met hen naar een bioscoopvoorstelling gaan? De Amerikaanse komieken schenen erg grappig te zijn. Buster Keaton. Charlie Chaplin. Maar was het niet zonde van zijn tijd om alleen maar met hen in de bioscoop te zitten?

Verder kwam hij niet met zijn overpeinzingen, want Julius snelde naar de deur. Lisa verscheen voor het ontbijt. Ze was nog steeds mollig, maar had blozende wangen en een tevreden glimlach. Ze kwam binnen, knikte naar iedereen en ging zitten. Julius, die niet voor haar had gedekt, pakte overijverig een kopje, bord, servet en bestek voor haar.

'Het spijt me verschrikkelijk, mevrouw Von Hagemann. Ik wist niet dat u voor het ontbijt naar beneden kwam.'

'Geeft niet, Julius. Rustig aan. Nee, bedankt, geen koffie. Is er thee?'

Alicia raakte haar hand aan en wilde weten of de kleine sliep. En of hij gedronken had. En of ze het een goed idee vond om Rosa Knickbein naar de villa te halen, die immers een goede kinderjuffrouw was.

'Een kinderjuffrouw, ja. Maar een zoogster heb ik echt niet nodig, mama. Ik knap bijna van de melk.'

Serafina's gezicht betrok en ook Paul vond dit onderwerp niet bepaald geschikt voor het ontbijt. Aan de andere kant was hij blij om Lisa's moedergeluk. Echtgenoot of niet, ze leek voor het eerst in haar leven helemaal gelukkig met zichzelf. Ze zat met een ontspannen, vrolijk gezicht aan tafel, liet Alicia een broodje met boter voor haar smeren en roerde suiker door haar thee.

'Als ik het goed heb begrepen, komen Dodo en Leo na het middageten op bezoek, nietwaar? Heb je al bedacht wat je met hen wilt gaan doen, Paul?'

Waarom moesten alle familieleden hem nu over dit pijnlijke onderwerp aanspreken?

'Ik heb nog niet definitief besloten,' antwoordde hij nors.

'Dodo wil vast een of ander vliegtuig bekijken en Leo wil maar één ding: pianospelen,' zei Lisa met een grijns.

'Kinderen moeten vroeg leren om de wensen van hun ouders te respecteren,' doceerde Serafina. 'Dat vinden ze misschien niet altijd leuk, maar het is nodig. We willen immers geen revolutionairen opvoeden, nietwaar? Punctualiteit, vlijt en vooral plichtsbesef zijn altijd nog een garantie voor een geslaagd leven.'

'Daar hebt u gelijk in, lieve Serafina,' zei Alicia voordat Lisa iets kon tegenwerpen. 'Ik vind ook dat we de Pruisische deugden bij de opvoeding van onze kinderen moeten behartigen.'

Lisa tikte tegen haar eitje. Paul zweeg. In principe was hier niets op tegen. Alhoewel...

'Als u er geen bezwaar tegen hebt, lieve Paul, zou ik graag met de kinderen een mooi wandelingetje willen maken,' bood Serafina aan.

'Heel fijn,' vond Alicia. 'En aansluitend drinken we samen koffie en spelen we een potje mens-erger-je-niet.'

'Ja, dat zullen ze leuk vinden,' zei Lisa ironisch.

'Mijn lieve Lisa,' zei Serafina met een glimlach. 'Wat opvoeding betreft moet je nog een hoop leren.'

Lisa kauwde op haar broodje met boter en keek Serafina zwijgend aan. Er viel een korte stilte, vanaf de tweede verdieping klonk zacht gekneuter dat overging in gehuil. Lisa wilde opstaan, maar Serafina hield haar bij haar arm tegen.

'Nee, nee, dat gaat zo niet. Je moet je zoon aan vaste tijden wennen, Lisa. Anders wordt hij een kleine tiran.'

'Maar hij heeft honger!'

Mevrouw Von Dobern vouwde zeer zorgvuldig haar servet samen en legde hem naast haar bord. 'Hij gaat er heus niet dood van als hij eens een uurtje huilt, Lisa. Dat is goed voor zijn longetjes.'

Paul vreesde het al, hij kende zijn zus immers. Lisa kropte al haar woede op en ontplofte vervolgens meestal als niemand het verwachtte. Het servies trilde en de goede koffiekan viel bijna van het stoofje toen Lisa met allebei haar vuisten op de tafel sloeg.

'En nu is het genoeg!' riep ze en ze keek kwaad om zich heen.

'Lisa!' fluisterde Alicia geschrokken. 'Alsjeblieft.'

Maar Lisa sloeg geen acht op haar. 'Mama en Paul laten misschien met zich sollen, Serafina, maar jij gaat mij niet dicteren hoe ik met mijn kind moet omgaan!'

Serafina ademde zo heftig dat het leek alsof ze elk moment van haar stoel kon vallen.

'Maar, Lisa, beheers je toch. Lieve Alicia, blijf maar heel rustig. Vrouwen hebben in hun kraamperiode de neiging tot hysterie.'

Dat was het verkeerde woord op het verkeerde moment, want nu werd Lisa pas echt kwaad.

'Houd eindelijk op je achter mijn moeder te verschuilen, vals kreng dat je bent!' riep ze met een schelle stem. 'Marie heeft helemaal gelijk. Je bent een gemene intrigante. Sinds jij in dit huis woont, is er alleen maar ellende en ruzie!'

Lisa had veel weg van een oud-Griekse wraakgodin. Een weldoorvoede wraakgodin.

Serafina keek hulpzoekend naar Alicia en toen naar Paul. Hij voelde zich genoopt om Lisa te kalmeren, maar kwam niet aan het woord.

'Ik wil je eens wat zeggen, mama,' ging Lisa verder en ze snoof boos in Serafina's richting. 'Ik ben niet bereid om mijn maaltijden in aanwezigheid van de huisdame te nuttigen. Als je me daar toe blijft dwingen, neem ik mijn kind mee en verhuis ik naar het huis van Kitty in de Frauentorstraat!'

Paul zag dat zijn moeder verstarde. Er viel een klodder aardbeienjam van haar broodje op haar hand en op het bord. Paul deed een voorzichtige poging.

'Alsjeblieft, Lisa. Laten we er nu geen drama van maken.'

'Ik meen het serieus, Paul!' snauwde zijn zus tegen hem. 'Ik pak vandaag nog mijn koffer in!'

'Nee,' zei Alicia ineens vastberaden. 'Dat ga je niet doen, Lisa. Dat sta ik niet toe. Serafina, het spijt me.'

Het ongelofelijke gebeurde. Onder Alicia's sommerende blik stond mevrouw Von Dobern langzaam op. Ze keek nog één keer vragend naar Paul, die zijn schouders ophaalde om aan te geven dat hij niet van plan was in te grijpen. Julius stond met een uitgestreken gezicht bij de deur, alleen zijn ogen waren enorm groot en leken uit zijn hoofd te rollen. Toen hij de deur voor Serafina opendeed, deed hij dat met meer elan dan ooit tevoren.

'Zo!' zei Lisa en ze dronk haar restje thee op. 'Nu voel ik me een stuk beter!'

'Was dit nu nodig?' vroeg Paul boos. 'Ik kan je gevoelens wel begrijpen, maar we hadden deze kwestie toch ook op een discretere manier kunnen oplossen?'

Lisa keek hem met een vreemde blik aan. Trots en triomfantelijk tegelijk. Zonder hem antwoord te geven, richtte ze zich tot Alicia.

'Wees zo lief, mama. Je moet me zo meteen helpen de luier te verschonen. Gertie is immers beneden in de keuken.'

'Ik heb weer heel erg hoofdpijn, Lisa. Else moet je helpen.'

Lisa was opgestaan. Ze barstte van de energie. 'Else? O nee. Die valt al flauw als ze de luier alleen maar openmaakt en zijn piemeltje ziet. Kom op, mama. Je kleinzoon heeft je nodig. Daarna mag je hoofdpijn hebben.'

Alicia glimlachte zwakjes en zei dat ze al heel lang geen luier meer had verschoond. Bovendien had het kindermeisje dat vroeger meestal gedaan. Maar ze stond op en volgde Lisa. Toen Julius de deur voor hen opendeed, hoorde Paul het boze gebrul van Johann.

Wat een scène! Alsof er een aardbeving had plaatsgevonden! Paul, die in de eetkamer achterbleef, voelde zich plotseling terneergeslagen. Hij stond op en liep naar het raam, schoof het gordijn opzij en staarde naar het winterse park. Hier had hij destijds gestaan. Zijn vader had een glas whisky voor hem ingeschonken om hem te kalmeren, want boven lag Marie met weeën. Hoe lang was dat nu geleden? Negen jaar. Zijn vader leefde niet meer. Marie was niet meer hier. En hij zag zijn kinderen nog maar af en toe. Hoe had dit kunnen gebeuren? Hij hield meer van Marie dan van alles in de wereld. Hij hield ook van zijn kinderen. Verdomd! Ook al waren ze niet zoals hij had gehoopt, ze waren wel zijn eigen vlees en bloed en hij hield van hen.

Er moest iets gebeuren. De muur moest afgebroken worden. Steen voor steen. Hoeveel kracht het hem ook zou kosten. Hoeveel hij er ook voor moest opgeven. Hij zou niet rusten voordat hij ze weer bij zich had. Want zonder hen had hij geen reden meer om te leven.

Na het middageten, dat zonder Serafina genuttigd werd, stond hij bij het raam van zijn werkkamer te wachten. Op de kale takken zaten kraaien, de grond was bevroren, sneeuwvlokjes zo klein als ijsnaalden dwarrelden door de lucht. Toen hij Kitty's auto zag naderen, die met een wat onhandige manoeuvre het park in reed en langzaam tuffend de villa naderde, had hij nog steeds geen plan. Hij wist maar één ding: hij wilde deze middag met zijn kinderen doorbrengen en dicht bij hen zijn.

Hij keek toe terwijl Kitty twee rondjes maakte om het ronde bloemperk, wat ze duidelijk deed omdat de kinderen dat zo leuk vonden. Toen ze ten slotte stopte, klom eerst Dodo en daarna Leo uit de automobiel. Ze deden het lusteloos, bijna met tegenzin. Leo hield zijn bontmuts in zijn hand, Dodo probeerde op het bevroren plaveisel te glijden, maar hield daar meteen weer mee op.

Een glijbaantje, dacht hij. Dat maakten we als jongens op het pad door de wei. Een voor een gleden we eroverheen, tot de plek zo glad werd als puur ijs. En dan, net op het moment dat we de grootste lol hadden, werden we door de boer weggejaagd...

Hij liep de trap af naar de entreehal, waar Gertie de jassen van de kinderen aannam en zei dat ze hun laarzen uit moesten doen. Dodo giechelde omdat ze haar linkersok verloor, Leo probeerde zijn bontmuts zo te gooien dat die aan een haakje van de kapstok bleef hangen. Toen ze Paul opmerkten, keken ze meteen ernstig.

'Ha, daar zijn jullie! Gaat het goed met jullie?'

Dodo liet de sok liggen en maakte een knicksje. Leo probeerde een buiging te maken.

'Ja, papa.'

'Goedendag, papa.'

Wat gedroegen ze zich formeel. Had hij dat ooit van hen verlangd? Het kwetste hem. Hij wilde niet dat zijn eigen kinderen hem begroetten alsof hij de schoolmeester was.

Kitty had voor een van de spiegels haar kapsel gecontroleerd en liep op hen af.

'Hoe denk je nu dat het met ze gaat, Paultje? Goed natuurlijk. We zorgen goed voor onze lawaaimakers. We geven ze te eten en mesten ze vet. Hallo, broertje. Laat me je een knuffel geven. Je kijkt vandaag zo grimmig. Heb je misschien zorgen?'

'Ach, Kitty.'

Ze lachte en pakte de handjes van de kinderen vast.

'Jullie moeten nu heel zachtjes doen. Zo stil zijn als muisjes, goed? Anders maken we de baby wakker. Gertie? Hoe gaat het daarboven? De kinderen willen graag hun nieuwe neefje zien.'

'Ik geloof dat hij net gevoed wordt.'

'O, hemel,' zei Kitty. 'Maar dat geeft eigenlijk niet. Zo is het leven, kinderen. Een zuigeling drinkt nu eenmaal aan de moederborst.'

Paul had weer eens het gevoel dat de gebeurtenissen langs hem heen gingen. Hij volgde Kitty, die met de kinderen de trap naar de tweede verdieping op liep en Lisa's kamer in ging. Maar in de gang bleef hij even twijfelend staan. Hij voelde zich niet gerechtigd om ook de kamer in te gaan.

'Zegt u tegen de kinderen dat ik ze beneden in mijn werkkamer verwacht, Else.'

Het duurde langer dan hij had gedacht en daarom verdreef hij de tijd met het doorbladeren van een catalogus voor ringspinmachines. Hij kon zich er echter niet op concentreren. Uiteindelijk hoorde hij Kitty's stem in de gang.

'Wees heel braaf, jullie tweeën. Tot vanavond.'

'Wanneer kom je ons halen, tante Kitty?' vroeg Leo.

'Kom je niet te laat, alsjeblieft?' zei Dodo.

'Ik kom tegen zes uur, denk ik.'

Hij hoorde beide kinderen zuchten en even later werd er op de deur van zijn werkkamer geklopt.

'Ik kom!' riep hij. 'Kleden jullie je maar aan, we gaan naar het park.'

Er klonk gefluister voor de deur. Toen hij de gang in liep, stoven ze uit elkaar en zetten ze een onschuldig gezicht op.

'Gaat mevrouw Von Dobern mee?' vroeg Dodo.

'Nee.'

Ze leken opgelucht. Hij moest bijna grijnzen toen hij zag hoe haastig ze nu de hal in liepen en hun laarzen en jassen aantrokken. Gertie kwam aanlopen en bond de wollen sjaals om, daarna gaf ze Paul zijn mantel en hoed aan.

'Gaan we wandelen?' vroeg Leo wantrouwig.

'We zien wel. Waarom zet je je muts niet op? Het is koud.'

Leo draaide de bontmuts in zijn handen, trok zijn neus op en zette de muts ten slotte op.

'Wat is er mis mee?' wilde Paul weten.

'Niets, papa.'

Hij werd ongeduldig. Waarom loog zijn zoon? Had zijn zoon zo weinig vertrouwen in hem?

'Leo, ik heb je iets gevraagd!'

Hij stopte want hij hoorde zelf hoe boos zijn stem klonk. Dodo hielp haar broer.

'Hij haat de muts, papa. Omdat hij kriebelt. En omdat de jongens in zijn klas hem uitlachen.'

Aha. Nou, dat was tenminste een verklaring. Daar kon hij zelfs wat mee.

'Klopt dat, Leo?'

'Ja, papa.'

Hij aarzelde. Marie kon het natuurlijk verkeerd opvatten. Zij had die muts immers met kerst aan Leo geschonken. Maar aan de andere kant…

'Wat voor een muts zou je dan willen, Leo?'

Zijn zoon keek hem ongelovig aan. Er lag zelfs iets van wantrouwen in zijn blik en Paul voelde een kleine steek. Leo vertrouwde hem inderdaad totaal niet.

'Zo een als de anderen hebben.'

Het komende jaar zou Leo naar het jongensgymnasium gaan, dan was de vraag wat voor muts hij had niet meer aan de orde. Maar tot dan… ‘Dan rijden we eerst naar de stad en laat jij me in de etalage zien welke muts je wilt.’

‘En… en koop je die dan voor mij?’ wilde Leo weten.

‘Als ik hem kan betalen!’

Hij grijnsde, zette zijn hoed op en liep vooruit om de auto uit de garage te rijden.

Op de achterbank klonk weer gefluister. Ze steunden elkaar altijd. Het was een gesloten front van broer en zus.

‘Papa is toch rijk!’ hoorde hij Dodo zeggen.

‘Dat wel,’ zei Leo. ‘Maar hij koopt toch geen mutsen. En het is vandaag zondag, dan zijn de winkels dicht.’

‘Je zult wel zien.’

Paul besefte ineens dat het veel gemakkelijker zou zijn om het hart van zijn dochter te winnen. Dodo was open, ze kwam hem tegemoet. En ze leek hem te vertrouwen.

‘Papa?’

Hij reed langzaam en voorzichtig over de oprijlaan naar de poort en was al aan het bedenken waar hij de auto zou parkeren. ‘Wat is er, Dodo?’

‘Mag ik ook een keer rijden?’

Ze werd al meteen ondeugend. Hij hoorde als het ware de vermanende stem van mevrouw Von Dobern en ergerde zich eraan.

‘Dat gaat niet, Dodo. Kinderen mogen niet autorijden.’

‘Ik wil alleen maar een keertje sturen, papa.’

Hm. Waarom eigenlijk niet? Dit was zijn park, zijn oprijlaan. Niemand kon hem op zijn privéterrein de wet voorschrijven. Hij bracht de auto tot stilstand.

‘Kom naar voren. Pas op dat je met je laarzen de zitting niet bevuilt. Zo… Ga op mijn schoot zitten.’

Wat was ze opgewonden. Ze klampte het stuur vast en ging heel serieus te werk. Ze had haar ogen tot spleetjes geknepen en haar lippen stevig op elkaar geperst, en ze keek vastberaden. Hij reed zo langzaam mogelijk, hielp haar als ze de kracht niet had, prees haar en zei ten slotte dat het genoeg was.

'Jammer! Als ik groot ben, ga ik alleen maar autorijden. Of in een motorvliegtuig vliegen. Een zweefvliegtuig kan ook.'

Hij wachtte tot ze weer op de achterbank was geklommen en keek vragend achterom, maar Leo zweeg. Zijn zoon leek geen zin te hebben om een auto te besturen.

Zondags was het op dit tijdstip vrij rustig in de winkelstraten van de binnenstad, en nu helemaal omdat het zo koud was dat de meeste bewoners van Augsburg in hun warme woonkamer bleven. Alleen een paar onverdroten wandelaars flaneerden langs de etalages, de dames in bontjassen, de heren met een stok en een stijve hoed. Paul stopte voor het grote warenhuis en ze bekeken de uitgestalde kindermutsen, die echter allemaal niet naar Leo's smaak waren.

'Hoe moet hij er dan uitzien?'

'Zo een als Walter heeft. Bruin, met oorkleppen die je naar binnen kunt doen. En die van voren langer is, met zo'n klep.'

'Ik begrijp het.'

Hij vond een speciaalzaak voor sportmode en daar was de begeerde pet inderdaad te zien. Alleen zaten er geen oorkleppen aan, maar dat was niet zo erg.

'Zo een, klopt dat?'

'Ja, precies zo een, papa!'

Nu oogstte hij inderdaad een stralende blik uit de blauwgrijze ogen van zijn zoon. Ze stonden een poosje voor het 'Huis der hoeden', waar Dodo niet genoeg kon krijgen van de vlotte damesmodellen, toen hij aan de andere kant van de straat Konditorei Zeiler ontdekte en daarop aanstuurde. Maar ineens bleef Dodo als vastgenageld aan de grond voor een kleine boekhandel staan. 'Eisele, kunst en boekdrukkerij. Kranten, geïllustreerde tijdschriften, literatuur.'

'Dat boek daar, papa!'

Ze wees naar een werk met een bruin linnen omslag en gouddruk. 'Otto Lilienthal, *De vogelvlucht als grondslag voor de vliegkunst*.'

'Dat is een studieboek, Dodo. Het is heel moeilijk geschreven. Je zou er geen woord van begrijpen.'

'Wel!'

'Het heeft geen zin, Dodo. Je zou er geen plezier aan beleven.'

Wat was ze koppig. Er schoot een gedachte door hem heen: zou ze die koppigheid misschien van haar grootmoeder hebben? Niet van zijn moeder, maar van Luise Hofgartner?

'Het is heel simpel, papa. Een vliegtuig vliegt als een vogel. Het heeft immers ook twee vleugels.'

In dit geval had hij gelukkig een troef in handen. En hij aarzelde niet die uit te spelen.

'We hebben het boek in de bibliotheek, Dodo. Je kunt het daar inkijken.'

'Echt? Gaan we nu meteen terug naar de villa?'

Wat een gekke meid. De pop die zijn moeder voor haar had gekocht, zat onaangeraakt op de bank. In plaats van met haar pop te spelen wilde mevrouw per se een boek over vliegkunst lezen dat veel te moeilijk voor haar was.

'We zouden naar de bioscoop kunnen gaan. Zullen we kijken wat er in het Capitol draait?'

De belangstelling was matig. Dodo wilde meteen naar de villa, Leo haalde zijn schouders op.

'Als je wilt,' zei hij verveeld.

Paul moest zich weer beheersen om niet boos te worden. Het was immers zijn eigen schuld, waarom vroeg hij het überhaupt. Ze bleven voor Dolges Muziekhuis staan en keken naar een kleine, zwart glanzende vleugel, die naast twee piano's met uitklapbare kaarsenhouders en poten met houtsnijwerk was uitgestald.

'Die deugt niet echt,' beweerde Leo boud.

'Waarom niet?'

'Als je al een vleugel hebt, moet het een echte, grote vleugel zijn. Van Bechstein. Maar niet zulke goedkope rommel.'

Ongelofelijk. Waar kwam die arrogantie vandaan? De prijs voor dit instrument was tenslotte niet bepaald laag.

'Waarom Bechstein?'

'Dat zijn de beste, papa. Franz Liszt speelde alleen op Bechstein. Mevrouw Ginsberg zegt altijd...'

Hij stopte en keek onzeker naar Paul op.

'Nou, wat zegt mevrouw Ginsberg?'

Leo aarzelde. Hij wist immers dat zijn vader niet blij was met de pianoles die hij van mevrouw Ginsberg kreeg.

'Ze zegt dat Bechstein een hele heldere en tegelijk kleurrijke klank heeft. Daar kan niemand aan tippen.'

'Zo, zo.'

Ze reden terug naar de villa en hij liet hun op het voorplein zien hoe je een glijbaan kon maken. Dodo vond het geweldig. Leo geneerde zich in eerste instantie, maar later bleek dat hij er veel verstand van had.

'Dat doen we op het speelplein ook, papa. Maar alleen als meester Urban niet oplet.'

Al met al hadden ze alle drie ontzettend veel lol toen de baan steeds beter werd. Na een poosje kwam Humbert erbij, die ook goed kon glijden, en zelfs Julius probeerde het. Ook lukte het hem Gertie over te halen, die het eveneens probeerde. Else en mevrouw Brunnenmayer stonden hoofdschuddend bij het keukenraam, van boven riep Alicia telkens weer dat het genoeg was. Ze moesten ophouden zich als kinderen te gedragen en een botbreuk te riskeren.

Toen Kitty om half zeven voor kwam rijden om de kinderen op te halen, zat Dodo naast Paul in de bibliotheek en luisterde ze naar zijn uitleg hoe stijgkracht werkte, terwijl Leo aan de piano zat en Debussy speelde.

'Nu al?' vroeg Leo onwillig.

# 26

MARIE SCHROK TOEN ZE zijn stem hoorde. Wat stom, dacht ze. Maar ze kon niet verhinderen dat er een golf van angst én van vreugde door haar heen ging. Ze voelde een soort van opluchting, omdat ze had gevreesd dat alles nu voorbij was.

'Marie? Sorry dat ik je in het atelier opbel. Maar daar is een reden voor. Stoor ik je? Ik kan ook later bellen.'

Er zaten twee naaisters op haar aanwijzingen te wachten, ze moest het patroon voor een avondjurk berekenen en over tien minuten zou mevrouw Überlinger komen passen.

'Nee, nee. Zeg maar wat je wilt. Ik heb een paar minuten tijd.'

Hij schraapte zijn keel – zoals hij altijd deed als hij iets onaangenaams moest zeggen. Plotseling was ze bang dat hij wilde aankondigen dat hij wilde scheiden. Maar waarom aan de telefoon? Gebeurde zoiets niet schriftelijk door een advocaat?

'Het gaat om Lisa. Ik heb het gevoel dat ze zichzelf in de weg staat. En ik wil haar graag helpen.'

Aha, dacht Marie. Hij wil me uithoren. Toch was ze blij dat hij blijkbaar met vreedzame bedoelingen belde.

'En wat heeft dat met mij te maken?'

Ze ergerde zich zelf aan de afwijzende klank van haar stem, maar was bang dat ze hem te veel tegemoet zou komen.

'Je hebt toch met haar gesproken, nietwaar? Heeft ze tegen jou gezegd wie de vader van het kind is?'

'Ze heeft het me in vertrouwen verteld, Paul. Ik denk niet dat ik het recht heb...'

'Het is al goed,' zei hij ongeduldig. 'Ik wil je niet overhalen om een geheim te verraden. Maar heb ik het aan het verkeerde eind als ik aanneem dat het ene meneer Sebastian Winkler is?'

'Waarom vraag je het niet aan haarzelf?'

Ze hoorde hem geïrriteerd zuchten. 'Dat heb ik gedaan, Marie. Maar helaas zonder resultaat. Luister, Marie. Ik vraag het niet uit nieuwsgierigheid. Maar ik ben Lisa's broer en ik voel me verplicht de kwestie op te helderen. Zeker omdat het ook om het kind gaat.'

'Ik denk dat Lisa heel goed in staat is haar problemen zelf op te lossen.'

Hij zweeg even en ze vreesde al dat hij ging ophangen. Het belletje van de deur rinkelde. Ook dat nog, mevrouw Überlinger was al in het atelier. Maar liefst vijf minuten te vroeg.

'Als het je helpt...' zei ze. '... voor zover ik weet heeft ze een brief geschreven.'

'Aha? En heeft ze antwoord gekregen?'

'Ik vrees dat ze tot nu toe nog geen antwoord heeft gehad.'

'En wanneer was dat?'

Marie aarzelde. Ze had nu echter al zo veel gezegd dat het flauw zou zijn om de rest te verzwijgen. De kwestie was toch vastgelopen, misschien kon Lisa de hulp van haar broer wel gebruiken.

'In januari. Dus bijna acht weken geleden.'

Hij bromde iets als 'hm', wat meestal betekende dat hij ergens over moest nadenken. Intussen verscheen mevrouw Ginsberg bij de deur van haar kantoor, die sinds enige tijd bij haar werkte. Marie gaf haar een teken dat ze er zo aan kwam. Mevrouw Ginsberg knikte zwijgend en liep weer weg.

'Ik ben van plan om hem op te zoeken om de kwestie op te helderen. Heb jij het adres?'

Dat was de overrompelingstactiek die hij graag gebruikte. Het werkte prima bij de personeelsleden en ook bij Alicia en Kitty. Bij Lisa was het al lastiger. Zijzelf was er nog nooit in getrapt.

'Welk adres bedoel je?'

Hij deed alsof hij de vraag niet had gehoord en praatte gewoon verder. 'Het is... ik vind het moeilijk om te zeggen, maar ik wil je iets vragen, Marie. Ik zou er niet graag alleen heen willen gaan. Dat zou de indruk kunnen wekken dat ik hem ter verantwoording wil roepen of zo. Samen met jou zou het gemakkelijker zijn. Jij zou ongetwijfeld de juiste toon treffen.'

Haar adem stokte bijna in haar keel, zo onverwacht kwam dit verzoek. Ze moest met hem meegaan naar Günzburg? Naast hem zitten in de trein en voor de medereizigers doen alsof ze een gelukkig getrouwd stel waren?

'We zouden morgenochtend vroeg kunnen vertrekken en laat in de middag terug kunnen gaan. Zonder overnachting. Ik heb in Neurenberg een zakenvriend wiens automobiel ik mag lenen.'

'In Neurenberg?'

'Niet in Neurenberg? Ik dacht dat hij daarnaartoe was teruggegaan. Komt hij niet uit de omgeving van Neurenberg?'

Nu was ze toch in de val gelopen. Echter niet onnadenkend, maar min of meer vrijwillig.

'Hij is in Günzburg, bij zijn broer.'

'Fantastisch! Dan is het niet zo ver als ik had gevreesd. Ik zou je echt heel dankbaar zijn, Marie. Het gaat immers om Lisa.'

Hij zweeg en wachtte op haar antwoord. Verbeeldde ze het zich of hoorde ze zijn hart kloppen? Waarschijnlijk was het haar eigen hart. Met Paul in een treincoupé zitten. Wat moesten ze doen als ze daar alleen waren? Hoopte ze dat? Of vreesde ze dat?

'Luister, Paul. Als Lisa daar echt mee geholpen is, ben ik ertoe bereid.'

Ze hoorde dat hij opgelucht uitademde. Ze zag zijn gezicht voor zich, zijn triomfantelijke lachje, zijn fonkelende grijze ogen.

'Echter onder één voorwaarde.'

'Goed. Wat het ook is.'

Ze hoorde aan zijn toonval dat hij echt heel blij was. Ze kreeg nu haast medelijden met hem, maar het kon niet anders.

'Ik wil het in elk geval niet achter Lisa's rug om doen, Paul. Daarom wil ik je vragen om Lisa van deze reis op de hoogte te stellen.'

Hij bromde weer iets onverstaanbaars en zei toen dat hij zoiets al vreesde.

'Ik bel je, Marie. Voor nu bedank ik je voor je bereidwilligheid. Tot gauw.'

'Tot gauw.'

Ze hoorde een klikje toen hij ophing en hield de hoorn nog even in haar hand, alsof ze ergens op wachtte. Nee, er was niets veranderd. Hij had haar nodig, dat was alles. Alhoewel... De kinderen waren twee weken geleden vrij vrolijk uit de villa teruggekomen. Het was niet te vergelijken met het vorige bezoek, toen hadden ze haar 's avonds gesmeekt of ze nooit, nooit meer een middag met papa hoefden door te brengen.

Ze had niet veel uit Leo gekregen over wat er nu zo plotseling was veranderd, maar die maandag had een bode een pakket voor hem afgeleverd waar een pet in zat, die Leo sindsdien nauwelijks nog had afgezet. Dodo kletste onafgebroken over vogels en vliegtuigen, over opstijgen en dalen, stijgkracht en turbulentie. Niemand had echt begrepen waar ze het over had, alleen Gertrude had het geduld om naar Dodo's ellenlange uitleg te luisteren.

Was er dus toch iets veranderd? In elk geval deed Paul zijn best zijn kinderen voor zich te winnen. Was dat een goed of een slecht teken?

'Mevrouw Melzer?'

Mevrouw Ginsberg zag er niet blij uit. Ze was een goede en ijverige kracht, maar helaas vatte ze onvriendelijke opmerkingen van de klanten altijd persoonlijk op. Mevrouw Überlinger kon erg kwetsend zijn als ze moest wachten.

'Het spijt me, mevrouw Ginsberg, ik kreeg een belangrijk telefoontje. Ik kom eraan.'

De rest van de ochtend was zo hectisch dat ze niet eens tijd had voor een kopje koffie. Eigenlijk mocht ze blij zijn dat haar atelier zo goed liep. Het was alleen vervelend dat veel klanten hun couturejaponnen na lieten maken. Vanzelfsprekend alleen privé, voor hele lieve, oude vriendinnen, die zo enthousiast waren over Maries ontwerp dat ze dolgraag ook zo'n jurk met bijpassende mantel wilden hebben. En als de coupeuse dan toch eenmaal het patroon had, was het voor haar niet moeilijk om zo'n mooi ensemble aan andere klanten aan te bieden en voor hen te naaien. Natuurlijk voor een veel lagere prijs dan dezelfde jurk in Maries atelier had gekost. Het was vervelend, maar ze kon zich daar niet tegen beschermen. De enige mogelijkheid om tegenwicht te bieden waren nieuwe ideeën, creatieve en geklede modellen, passend bij de persoon die ze wilde dragen. Ook daarin lag Maries kracht – ze camoufleerde onvolmaaktheden en benadrukte sterke eigenschappen. Een vrouw die Maries modellen droeg, leek precies het figuur te hebben waar ze altijd van had gedroomd.

Tussen de middag ging Marie naar de Frauentorstraat voor het middageten. Toen ze daarna weer in de tram zat op weg naar het atelier, was ze zo in gedachten verdiept dat ze bijna vergat om in de Karolinenstraat uit te stappen. Bij aankomst werd ze direct in beslag genomen door de klanten en werknemers en moest ze zich op haar werk concentreren waardoor ze niet kon piekeren. Ze werd vaak gebeld, maar het waren telkens zakelijke telefoontjes, van leveranciers, klanten en de drukker die de nieuwe catalogi vervaardigd had. Maar net toen ze haar mantel had aangetrokken en nog één keer in de naaikamer keek of alle machines waren afgedekt, belde Paul.

'Ik was al bang dat ik je niet meer te pakken zou krijgen.'

'Heb je met Lisa gesproken?'

'Ja. Ze is niet enthousiast. Maar ze gaat het ook niet tegenhouden.'

Dat klonk nogal ernstig. Waarschijnlijk was Lisa boos geworden.

'Wanneer gaan we?'

'Zou het maandag kunnen?'

Ze zou talloze afspraken moeten verzetten en het werk voor de naaisters moeten voorbereiden. Maar voor Paul zou het niet anders zijn.

'Maandag is goed.'

'De trein gaat om tien voor half acht. Zal ik je met de auto ophalen?'

Natuurlijk. Hij had het spoorboekje al bestudeerd. Misschien zelfs al de coupé laten reserveren.

'Dank je. Ik neem de tram.'

# 27

PAUL HAD SLECHT GESLAPEN. Ten eerste omdat de baby constant huilde en Lisa midden in de nacht de arme Gertie erbij had geroepen, die in de keuken venkelthee was gaan zetten tegen de buikkrampjes. Maar vooral omdat hij de hele tijd aan Marie moest denken. Ze had maar een paar zinnen aan de telefoon gezegd, en toch was het ineens net als vroeger geweest. Haar begripvolle, warme aard. Het gevoel dat ze naast hem stond, dat ze een deel van hem was. Hij had haar voor zich gezien, haar grote, donkere ogen waar hij voor gevallen was toen ze nog als keukenmeisje in de villa werkte en hem ontweek. Natuurlijk had hij ook andere gedachten gehad. Verlangens. Behoeften. Hij was tenslotte een man, het was geen kleinigheid om maandenlang als een monnik te leven. En ja, hij had naar een geheime nachtclub kunnen gaan, waar zogenaamd niemand iets van afwist maar die toch door zo veel van zijn kennissen in Augsburg werd bezocht. Gedegen, discreet en professioneel. Of hij had een naïef meisje uit kunnen zoeken, er waren er onder zijn arbeidsters heel wat die op zo'n aanbod in zouden gaan. Maar met dat soort dingen haalde je je alleen maar ellende op de hals. Bovendien wist hij zeker dat hij er niet veel plezier aan zou beleven. Hij wilde Marie, alleen zijn Marie en niemand anders.

Hij had juffrouw Hoffmann de treinkaartjes laten regelen en stoelen laten reserveren in de eerste klas. Ze barstte van nieuwsgierigheid, maar durfde niet te vragen met wie meneer de directeur maandag naar Günzburg zou reizen. Terwijl zijn uitdrukkelijke wens om in een niet-rokerscoupé te zitten toch een belletje bij haar zou moeten doen rinkelen.

Hoewel hij al kaartjes had, was hij een half uur te vroeg op het station. Bibberend van de kou stond hij in de hal. Hij had zijn kraag omhooggedaan, zijn handen waren ondanks de gevoerde leren handschoenen stijf van de kou. Het was 30 maart, over twee weken was het al Pasen, maar de lente liet nog op zich wachten. Gisteren was Rosa Knickbein, de kinderjuffrouw, voor het eerst met de kleine Johann door het park gaan wandelen, waarbij ze helaas door een sneeuwstorm waren verrast. Toch hadden ze allemaal plezier gehad, ook Alicia en Lisa die naast de kinderwagen liepen, en vooral Dodo en Leo. Nadat de baby en moeder, grootmoeder en kinderjuffrouw weer veilig naar binnen waren gegaan, had hij nog even met de tweeling in het park gespeeld. Ze waren bij de Blieferts op bezoek gegaan en terwijl de kinderen met elkaar speelden, was hij met Gustav bij de kas gaan kijken, die nog niet af was. Hij had het scheve bouwwerk bekeken en beloofd vakkundige handwerkers te sturen. Paul had zelden zo'n prutswerk gezien. Maar Gustav was nu eenmaal tuinman en geen bouwkundige.

Tien minuten voordat de trein zou vertrekken, was Marie nog nergens te zien en hij werd gekweld door de angstige gedachte dat ze misschien besloten had toch niet mee te gaan. Wat zou hij dan doen? Hij had nu wel het adres van Josef Winkler, schoenmaker van beroep en Sebastians jongere broer.

Lisa had het hem uiteindelijk, na lang aarzelen en veel woede-uitbarstingen, gegeven. 'En zeg alsjeblieft tegen hem dat dit bezoek niet mijn idee was. Ik heb er niets mee te maken en ik wil dat hij dat weet!' had ze hem op het hart gedrukt.

Hij zou ook zonder Marie naar Günzburg reizen. Dat was hij zijn familie schuldig. Maar met Marie zou alles veel gemakkelijker zijn.

Net toen hij naar het perron wilde lopen, kwam ze de stationshal in. Ze droeg een getailleerde donkerrode mantel die was afgezet met bont, haar modieuze hoed bedekte haar voorhoofd en ogen bijna helemaal. Ze bleef even staan en keek zoekend om zich heen. Toen ze hem herkende, liep ze snel naar hem toe.

'Goedemorgen. We moeten ons zeker haasten?'

'Ja, inderdaad.'

Ze liepen snel naast elkaar naar het perron en werden af en toe door tegemoetkomende reizigers gescheiden. Toen ze de trap op liepen, zagen ze de stoom van de locomotief al, die het voorste deel van de trein omhulde. Een conducteur in uniform stond nog op het perron, hij groette en bekeek dienstvaardig hun treinkaartjes.

'Twee wagons verder naar voren, meneer en mevrouw. Let u goed op bij het instappen...'

De zes plekken in hun coupé waren onbezet. Er lag alleen een krant, blijkbaar was er in Augsburg een reiziger uitgestapt die nog vroeger onderweg was geweest dan zij.

'Zit je liever in de rijrichting?' vroeg Paul beleefd.

'Dat maakt me niet uit. Ga maar zitten waar je wilt.'

Ze had haar mantel al uitgetrokken voordat hij haar kon helpen en ging demonstratief met haar rug in de rijrichting zitten. Hij nam tegenover haar plaats. Buiten op het perron werden de deuren dichtgeklapt, de hoofdconducteur floot doordringend, de witachtige stoom veranderde sissend in grijze rook en verduisterde het perron en de bijgebouwen. Meteen daarna kwam de trein in beweging.

Marie had haar hoed niet afgezet, waardoor hij haar ogen nauwelijks kon zien. Alleen haar mond en kin zag hij goed. En het was vooral haar mond waardoor hij van slag raakte. Ze had geen lippenstift op, haar lippen waren zacht, alleen aan de randen waren ze door de kou een beetje opengesprongen en haar bovenlip had een hartvormige welving. Hij wist maar al te goed hoe die mond aanvoelde en het was een marteling hem niet aan te mogen raken.

'Was Lisa erg boos?'

Hij moest zich eerst losmaken van zijn fantasieën voordat hij kon antwoorden. 'Nogal. Ik moet van haar tegen meneer Winkler zeggen dat zij niets te maken heeft met ons bezoek.'

Hij glimlachte, maar Marie bleef ernstig. Ze had geprobeerd Lisa te bellen, maar helaas zonder succes.

'De huisdame heeft niet doorgegeven dat ik heb gebeld.'

Dat was een verwijt dat waarschijnlijk niet onterecht was. Toch ergerde het hem. Moesten ze nu alweer ruziën? Konden ze op deze korte reis niet vriendschappelijk of ten minste beleefd met elkaar omgaan?

'Dat spijt me. Ik zal haar ter verantwoording roepen.'

Nu glimlachte Marie toch. Geamuseerd en tegelijkertijd een tikkeltje boosaardig, dacht hij.

'Dat is niet nodig. Ik heb haar duidelijk gezegd wat ik ervan vind.'

Hij knikte en besloot er vooral niet verder op in te gaan. Mevrouw Von Dobern vocht momenteel wanhopig voor haar positie in de villa, die alleen van zijn moeder afhing. Lisa was officieel haar vijand geworden, waarin ze ongetwijfeld door Kitty en vast ook door Marie werd gesterkt, en het personeel was van begin af aan al tegen haar geweest. Paul had een beetje medelijden met Serafina, want het leek erop dat ze deze strijd vroeg of laat zou verliezen. Toch stond het hem tegen om haar te ontslaan. Daarmee zou hij Maries wens vervullen en – ondanks alle liefde en het verlangen – hij was niet een man die zich door een vrouw aan de leiband liet lopen.

Wie had dat ook alweer gezegd? Ach, wat maakte het uit...

'Vind je het vervelend als ik even een dutje doe? Ik heb vannacht nauwelijks een oog dichtgedaan,' zei ze ineens.

Zo, kijk aan, zij dus ook niet. Nou ja, misschien was het beter als ze sliep. Dan maakten ze tenminste geen ruzie.

'Tuurlijk, geen probleem, ga gerust je gang. Ik ben zelf ook moe.'

Ze pakte haar mantel van het haakje en legde hem als een deken over zich heen. Nu zag hij zelfs haar kin niet meer, maar haar hoofd zakte een beetje naar achteren waardoor hij onder de rand van haar hoed haar neusgaten en gesloten ogen zag. Hij keek naar de donkere, gevederde halve bogen van haar wimpers. Ze trilden af en toe, wat waarschijnlijk door de beweging van de trein kwam. Het eeuwig gelijkmatige, eentonige geratel van de wagons die tijdens de rit tegen elkaar aan stootten. Sliep ze echt of deed ze alleen alsof, om geen gesprek met hem te hoeven voeren? Nou ja, wat maakte het uit. Hij keek uit het raam, waar kale struiken langs flitsten en de laatste huizen van Augsburg. Later zag hij de Donau waar het spoor langsliep. Groene weiden, kleine bosjes waarin het roodbruin van de uitbottende knoppen al zichtbaar was, daartussen kleine huizen en vrachtschepen die traag over de rivier voeren.

Ze sliep echt. Haar rechterbeen was niet meer gebogen maar in zijn richting uitgestrekt, en haar voet, die in een donkere veterschoen stak, raakte bijna de zijne aan. Toen de trein in Diedorf stopte, raakten ze elkaar met hun schoenen aan en ze keek hem geschrokken en met slaperige ogen aan.

'O, sorry.'

'Geeft niet.'

Ze kropen beiden in hun schulp en zaten verkrampt tegenover elkaar. Marie deed haar hoed goed en trok haar mantel strakker om zich heen. Hij moest zich sterk inhouden om haar niet in zijn armen te nemen. Zoals hij vroeger elke ochtend had gedaan, als ze hem zo slaperig met kleine oogjes aankeek. Waarom moesten mensen eigenlijk altijd over problemen praten, ruziemaken, wilden ze gelijk hebben? Was het niet simpeler om elkaar te omhelzen? En gewoon alle leuke en gekke dingen te doen waar ze allebei zo veel van hielden?

'Heb je al bedacht wat je tegen hem wilt zeggen?' vroeg Marie.

'Dat wilde ik graag aan jou overlaten.'

'O. Nou ja, het komt erop aan hoe de situatie is, nietwaar?'

'Inderdaad.'

Hij kon zich nog niet met Lisa's problemen bezighouden, maar zat te piekeren of hij Marie niet zijn liefde moest bekennen. Zo ja, dan moest hij opschieten, ze zaten nu nog alleen in de coupé, maar dat kon gauw veranderen.

'Voor mij is de belangrijkste vraag,' ging Marie verder. 'Waarom heeft hij Lisa's brief niet beantwoord? Het zou kunnen dat hij niet meer in Günzburg bij zijn broer woont maar verhuisd is.'

'Dan zou zijn broer de post toch wel hebben doorgestuurd?'

Marie haalde haar schouders op. 'Alleen als hij weet waar Sebastian is.'

'We zullen zien.'

In feite had hij ook de indruk dat Sebastian Winkler er niet bepaald op aanstuurde om gevonden te worden. Wat voor iemand was hij eigenlijk? Verwekte bij zijn zus een kind en verdween vervolgens uit beeld. Eigenlijk had Paul dit gedrag niet verwacht van deze man, die zo keurig en fatsoenlijk leek. Aan de andere kant was Lisa op dat moment nog met Klaus von Hagemann getrouwd geweest.

Marie stond op om haar mantel weer aan het haakje te hangen. Ze was dus niet van plan verder te slapen. Hij knipperde met zijn ogen tegen de ochtendzon, die nu schuin in hun coupé scheen, en wachtte tot ze weer was gaan zitten.

'Weet je, Marie, soms denk ik dat al deze gesprekken en ruzies nergens toe leiden.'

Ze vertrok geen spier en liet niet blijken wat ze van deze zin vond. 'Die indruk heb ik helaas ook,' zei ze ten slotte.

'Omdat we daardoor steeds meer vergeten wat ons met elkaar verbindt.'

'En omdat jij niet wilt begrijpen wat ons van elkaar scheidt.'

Verdorie! Het was niet bepaald gemakkelijk om tegen zo'n recalcitrante vrouw te zeggen hoeveel hij van haar hield. Hij slikte en deed een nieuwe poging.

'Wat het ook is wat tussen ons in staat, Marie, het heeft geen betekenis. We zullen het eens worden, dat beloof ik je. Het belangrijkste is immers dat we elkaar…'

Maar ze schudde haar hoofd en onderbrak hem fel.

'Voor mij, lieve Paul, is het absoluut niet zonder betekenis. Je wilt alle problemen gewoon met je hand wegvegen, zoals je een beslagen ruit schoonveegt. De vorst is weg, het zicht is helder, maar de kilte daarachter verdwijnt niet.'

Hij deed even zijn ogen dicht en luisterde naar het hard ruisende geluid in zijn oren. Nee, beval hij zichzelf. Rustig blijven. 'Wat bedoel je met "kilte"?'

Ze maakte een gebaar alsof ze het woord toevallig had gekozen en ze er niets mee bedoelde. Maar hij kende haar langer dan vandaag.

'Je wilt dat ik je moeder respecteer, toch? Dat ik achter die tentoonstelling sta? Is dat wat je van mij verlangt?'

'Nee!'

Hij zuchtte en sloeg met zijn handen op zijn knieën. 'Wat dan?'

'Niets, Paul. Ik verlang niets en wil je nergens toe dwingen. Je moet zelf weten wat je wilt doen.'

Hij staarde haar aan en probeerde te begrijpen wat ze bedoelde. Ze verlangde niets. Ze wilde hem nergens toe dwingen. Wat wilde ze dan? Waarom stond hij alweer voor die muur die hen van elkaar scheidde? Die verdomde muur die geen deur en geen ramen had en te hoog was om er gewoon overheen te klimmen.

'Leg het dan alsjeblieft aan me uit.'

De coupédeur werd opengeschoven en een oudere heer keek naar binnen.

'Nummer 48 en 49? Ah, ik zie het al. Ja, we moeten hier zijn. Kom, schatje.'

Günzburg zag er in het voorjaarszonnetje vrij idyllisch uit, vooral de indrukwekkende residentie die boven de plaats op een heuvel troonde, was bijzonder. Een massief bouwwerk uit de achttiende eeuw, als een vesting om een binnenplaats opgericht, met twee kleine uientorentjes. Natuurlijk lag het station buiten de plaats en was er – zoals zo vaak – geen paardenkar of autotaxi te vinden die hen naar het centrum kon brengen.

'Dan gaan we gewoon lopend,' zei Marie, die het duidelijk niet erg vond. 'Gelukkig hebben we geen koffer of hoedendozen bij ons.'

Voor de eerste keer glimlachten ze allebei. Ze maakten grapjes over het rare paar in de trein en Paul waagde het haar zijn arm aan te bieden. Marie aarzelde, keek even naar hem op en haakte toen bij hem in.

Hij had het niet moeten doen, want de aanraking bracht hem in verwarring. Later vond hij dat hij zichzelf tijdens de korte wandeling belachelijk had gedragen, maar Marie had ook een beetje melig gedaan. Toen ze eenmaal binnen de muren van het oude centrum waren, schreven ze hun dwaze bui toe aan de ontluikende lente.

'Zullen we eerst even iets kleins eten bij een bakker?' stelde hij overmoedig voor.

Maar Marie vond dat geen goed idee. Ze had thuis goed ontbeten en ze waren immers met een speciale missie op stap, die ze niet voor zich uit mochten schuiven. Hij had wel honger, want hij had in de villa amper een hap door zijn keel kunnen krijgen, maar gaf haar gelijk.

Ze informeerden bij passanten naar Josef Winkler, die in de Pfluggasse op nummer twee woonde. Twee keer werden ze de verkeerde kant op gestuurd en ze dwaalden door de ochtendlijke binnenstad, tot er inderdaad iemand was die het wist. 'Sepp Winkler, dat is toch die man die een schoenmakerij heeft, vlak bij de oude toren.'

'Daarginds,' zei Marie en ze wees met een uitgestrekte arm naar een gietijzeren schoen die een eindje verderop aan een winkelhaak boven een ingang bengelde.

De schoenmakerij van Josef Winkler bestond uit twee smalle oude huizen, die via een doorgang met elkaar verbonden waren. Links was een kleine etalageruit, waarachter verstofte damesschoenen stonden, een paar rijlaarzen en een aantal losse schoenzolen van rubber. De ingang bevond zich rechts daarvan en drie treden leidden naar beneden naar de werkplaats.

Paul klopte niet aan, want het geluid zou toch overstemd worden door het gehamer in de werkplaats. De bebaarde schoenmaker tilde amper zijn hoofd op toen ze binnenkwamen en ging door met het slaan van houten pinnen in schoenzolen.

'Erika!'

Zijn kreet klonk gesmoord doordat hij minstens tien houten pinnen tussen zijn lippen had geklemd, maar hij werd wel gehoord. Een grote, benige vrouw dook uit de zijkamer op en nam het stads geklede paar nieuwsgierig en onderzoekend op.

'Waarmee kan ik u van dienst zijn, mevrouw, meneer?'

'We zouden graag de heer Sebastian Winkler willen spreken,' zei Paul die de benige vrouw op het eerste gezicht onsympathiek vond.

Ze keek zeer wantrouwend en vijandig. Ze wisselde een blik met de schoenmaker, die vermoedelijk haar echtgenoot was en trok daarbij heerszuchtig haar wenkbrauwen op. Aha, het was duidelijk wie hier in de schoenmakerij de broek aanhad.

'Wat wilt u van hem?'

Dat klonk erg afwijzend. Maar in elk geval was eruit op te maken dat degene die ze zochten zich hier niet ver vandaan ophield.

'We willen hem graag iets vertellen en eventjes met hem praten, er is geen reden tot ongerustheid, beste mevrouw Winkler.'

Paul zette een charmante glimlach op, wat effect had, want haar blik werd iets vriendelijker.

'Hij is een fatsoenlijk mens en heeft zich nergens schuldig aan gemaakt,' zei ze en ze keek Paul waarschuwend aan.

'Daar zijn we van overtuigd, mevrouw Winkler. Is hij hier in Günzburg?'

Ze wisselde weer een blik met haar echtgenoot, die daarna weer ijverig begon te hameren. De schoenmakerij bestond slechts uit een oude tafel die bezaaid was met restjes leer, gereedschap en dozen vol spijkers. Vlak bij de schoenmaker stond een houten figuur, met daarnaast de tekening van een zool en een zwarte leren schoen die half af was. Aan de muren hingen tangen, priemen en scharen in allerlei formaten, en ander gereedschap waarvan waarschijnlijk alleen de schoenmaker wist waar het voor diende. In de hoek stond een gietijzeren kachel waarvan de pijp door het plafond ging, de licht geverfde muur daarachter was helemaal zwartgeblakerd van het roet.

De vrouw gaf geen antwoord op de vraag en ze bleven een poosje besluiteloos staan, tot Marie ten slotte het initiatief nam.

'Verkoopt u ook sandalen, mevrouw Winkler?' vroeg ze met vriendelijke belangstelling en ze pakte een van de damesschoenen van de plank om de zool te bekijken.

'Sandalen?'

'Ja,' zei Marie glimlachend. 'Met riempjes en een kleine hak. Ze worden zonder kousen gedragen. Uiteraard alleen in de zomer.'

'Zoiets maken wij niet.'

'O, het is voor uw man vast een kleinigheid. Zal ik voor u tekenen wat ik bedoel?'

Meteen daarna was ze met de knokige mevrouw Winkler in de kamer ernaast verdwenen, waar blijkbaar een soort van kantoortje was. In elk geval kon hij in het licht van de elektrische plafondlamp een tafel met daarop een hoop papieren zien staan. Marie kletste aan één stuk door, tekende schoenen met riempjes en hakken en zei dat dit in de zomer de grote mode zou worden. Ze vertelde dat ze een modeatelier had in Augsburg en dat ze – als ze een modelexemplaar te zien kreeg dat haar beviel – een hoop bestellingen voor hen kon regelen. Dat deed ze heel goed, zijn slimme Marie. Paul zag de hebzucht in de ogen van de schoenmakersvrouw, waarschijnlijk dacht ze al na over welke prijzen ze de stadsmensen uit Augsburg zou vragen.

'Woont uw broer hier in Günzburg?' vroeg Paul met een halfzachte stem aan de schoenmaker.

'Die is er niet.'

Nu hij uit het directe machtsbereik van zijn echtgenote was, was de schoenmaker veel spraakzamer.

'En waar is hij? Heeft hij een baan als leraar gevonden?'

De schoenmaker schudde zijn hoofd en gluurde naar de achterkamer, waar Marie net het derde ontwerp aan mevrouw Winkler presenteerde. De vrouw was duidelijk onder de indruk van haar tekenkunst.

'Als leraar? Nee. Hij regelt hier de administratie en levert de schoenen die af zijn uit. Zaterdags veegt hij de steeg. En dan past hij op onze jongens op en leert hij hun lezen en rekenen. Ze zitten al op school maar leren het daar niet. Ze zijn zeker te dom.' Hij zweeg terneergeslagen en richtte zich weer op zijn werk.

In de andere kamer vertelde Marie over een paar lage zwarte schoenen met veters die ze een keer in Augsburg had laten maken. Paul keek naar de vrouw van de schoenmaker, die ingespannen luisterde en de tekeningen in het licht hield. Hij kreeg een vermoeden.

'Hij woont dus hier?'

'Jazeker. Boven. Op zolder.'

'Is er in de afgelopen tijd een brief voor hem bezorgd?'

'Dat weet ik niet. Erika krijgt de post van de postbode.'

'Aha.'

De schoenmaker stopte een nieuwe lading houten pinnen tussen zijn lippen en werkte verder. Het zou dus kunnen dat de schoenmakersvrouw Lisa's brief helemaal niet aan Sebastian had gegeven. Waarom zou ze? Haar zwager werkte voor kost en inwoning, deed de boekhouding, schreef de rekeningen, deed smerige klusjes en paste ook nog op het kroost. Een goedkopere en betere hulp kon ze niet krijgen.

'En waar is hij nu?'

De schoenmaker maakte een hoofdbeweging richting de voordeur. 'Hij kan er elk moment aankomen.'

Aha! Paul grijnsde tevreden en gaf Marie een teken dat degene die ze zochten niet ver meer was. Marie sloot heel even haar ogen, ze had het begrepen.

Ze moesten maar liefst twintig minuten op Sebastian Winkler wachten en Marie had al vier nieuwe ontwerpen getekend toen hij eindelijk de werkplaats binnenkwam. Paul vond hem erg mager geworden. Sebastian hinkte vanwege zijn geamputeerde voet en zijn kleding tartte elke beschrijving. Kennelijk droeg hij nog steeds hetzelfde versleten pak waarin hij jaren geleden naar Pommeren was gereisd.

Hij schrok ongetwijfeld erg toen hij hen herkende, maar deed zijn best om zijn kalmte te bewaren.

'Meneer Winkler,' zei Marie hartelijk en ze stak haar hand naar hem uit. 'Ik hoop dat u nog weet wie ik ben. Marie Melzer, van de textielfabriek. En dit is mijn man.'

Paul schudde eveneens zijn hand en stelde voor om een paar passen de steeg in te gaan zodat ze niet in de weg stonden in de werkplaats. De schoenmakersvrouw keek hen met een grimmige blik na toen ze naar buiten liepen, waarschijnlijk dacht ze er het hare van.

'Heb je je mond weer niet kunnen houden,' snauwde ze tegen haar man. Maar die hamerde onbewogen op een schoen.

Het voorjaarszonnetje scheen fel tussen de huizen door, maar stond nog te laag om over de daken van de huizen in het steegje uit te komen. Een zwerm grijze mussen verdeelde zich luid tjilpend over de daken en muren.

'Ik neem aan dat u in opdracht van... van mevrouw Von Hagemann komt,' begon Sebastian, die nu bleek en nerveus oogde. 'Ik weet dat ik haar het een en ander schuldig ben.'

'Absoluut niet,' onderbrak Paul hem. 'Aangezien u haar brief niet hebt beantwoord, wilde mijn zus niets met dit bezoek te maken hebben.'

'Haar brief?' vroeg hij verward. 'Elisabeth heeft me een brief geschreven?'

'Hebt u die niet ontvangen?' vroeg Marie argeloos. 'Dat is... onbegrijpelijk. Onze post is immers heel betrouwbaar...'

Sebastian zweeg maar werd nu nog bleker. Zijn lippen waren bijna blauw en ze trilden. Paul had oprecht medelijden met hem, het moest geen lolletje zijn om in de klauwen van zo'n schoonzus te geraken.

'We wilden u slechts twee dingen mededelen,' ging Marie verder.

'Omdat we vinden dat u deze dingen zou moeten weten. Daarna reizen we terug naar Augsburg en zullen we u niet meer lastigvallen.'

Paul was het daar niet helemaal mee eens. Hij had Sebastian graag een beetje op zijn gemoed gewerkt, maar aangezien de arme jongen er momenteel erg slecht aan toe leek te zijn, ging hij niet tegen Marie in. Ze moesten opzijgaan voor twee vrouwen die een handkar vol meelzakken trokken en luid kletsend de hele breedte van het steegje in beslag namen. Daarna hoorden ze alleen nog de mussen op de daken.

Marie stapte wat dichter naar Sebastian toe. Ze sprak zacht, maar zeer duidelijk.

'Ten eerste, mijn schoonzus is sinds enkele weken van de heer Von Hagemann gescheiden. Ze woont inmiddels in Augsburg in de villa.'

Als Sebastian verrast was door dit nieuws, dan liet hij het niet blijken. Hij leek eerder volkomen onaangedaan, alleen zijn ogen achter de brillenglazen waren vreemd star.

'Ten tweede, in februari is Elisabeth bevallen van een gezond jongetje, wiens vader – zo heeft ze mij verteld – in geen geval haar exman Klaus von Hagemann is.'

Nu was het gedaan met zijn zelfbeheersing. Hij struikelde een paar passen naar achteren, stootte daarbij tegen de muur van de schoenmakerij en hapte naar lucht.

'Een... kind. Ze heeft een kind!'

Paul legde vriendschappelijk zijn hand op zijn schouder.

'Dat soort mededelingen kunnen een man achterover doen slaan, nietwaar? Neemt u de tijd en beslist u in alle rust. Tenslotte gaat het ook om... om uw zoon.'

'Ik zweer het u,' stamelde Sebastian opgewonden. 'Ik had geen idee. O god, wat zal ze niet van me denken? Hoe kan ik haar ooit weer onder ogen komen?'

'Als u echt om Elisabeth geeft, meneer Winkler,' zei Marie vriendelijk. 'Als u van haar houdt, dan zult u weten wat u moet doen.'

Ze namen afscheid en lieten hem in hulpeloze verwarring in de steeg voor de schoenmakerij achter.

'Zouden we hier wel goed aan hebben gedaan?' vroeg Paul terwijl ze in de richting van het station liepen.

'Ik denk het wel,' antwoordde Marie. 'Hij is midden in de nacht weggelopen, nu moet hij zelf zien hoe hij de dingen oplost. En ik denk dat hij de juiste beslissing zal nemen.'

Paul keek haar glimlachend van opzij aan. Vrouwelijke intuïtie? Of intelligente observatie? Hij was het met haar eens en was blij dat ze er hetzelfde over dachten.

'Wil je echt sandalen bestellen?'

Marie grinnikte en haalde haar schouders op. 'Misschien. Waarom niet? Als ze me een goed modelpaar sturen?'

Wat was ze toch een slimme zakenvrouw. Ze benutte elke kans om nieuwe ideeën te bedenken en aan te bieden. Zijn vader moest dat op een gegeven moment hebben herkend; aan het eind van zijn leven had hij Marie zeer gewaardeerd. Misschien zouden veel dingen anders gelopen zijn als Paul zijn vader nog levend had aangetroffen.

Ze vonden een taxi en reden naar het station, namen daar in een restaurantje een vroeg middagmaal en praatten over Sebastian Winkler. Ook later, toen ze in de trein zaten, bespraken ze hoe ze die twee konden helpen.

'Ik ben ervan overtuigd dat Lisa nog van hem houdt,' zei Marie. 'En dat zij hem ook niet koud laat.'

Ze had eindelijk haar hoed afgezet en fatsoeneerde haar korte haar met een zakkammetje. Hij keek naar haar en had het gevoel nooit van haar gescheiden geweest te zijn.

'We moeten erg diplomatiek te werk gaan, Paul. Sebastian heeft een nogal sterk eergevoel. Hij zal het niet gemakkelijk vinden om jouw aanbod aan te nemen.' Ze hadden tijdens het eten afgesproken om hem een baan als boekhouder in de textielfabriek aan te bieden.

Hij slaakte een diepe zucht en zei dat het nogal veel gevraagd was om deze man die baan ook nog voorzichtig toe te schuiven. 'Anderen staan in de rij voor zo'n kans.'

'Je hebt gelijk, Paul. Maar het zou een perfecte oplossing zijn voor het gezinnetje. Vind je ook niet?'

'Ja, Marie. We moeten het proberen.'

Hij had bijna het gevoel dat de knoppen in de bomen in de riviervlaktes die ochtend opengesprongen waren, want hij meende een lichtgroene zweem te zien in de takken. Maar het kon ook een illusie zijn. Het was licht en warm in de kleine coupé, die ze gelukkig voor zichzelf hadden, en terwijl ze met elkaar over Lisa's toekomst praatten, had hij het gevoel weer thuis te zijn. Bij Marie. Ze was zijn wederhelft, als ze bij hem was, leek de wereld licht, dan was alles mogelijk en kon niets hen bedreigen.

Toen de eerste huizen van Augsburg voor het raam opdoken en hij de nieuwe nederzettingen in Oberhausen zag, Pfersee aan de andere kant en in de verte al de groene koepels van de Perlachtoren en de kerk St. Ulrich en Afra, besefte hij dat hij iets moest doen. Hij moest een poging wagen. Ook al zou hij bij de bestorming van die verdomde stenen muur bloederige schrammen oplopen.

'Marie, wat ik nog wilde zeggen: als jullie die tentoonstelling willen houden, zal ik jullie niet hinderen.'

Ze keek hem met ernstige ogen aan en hij voelde dat hij nog verder moest gaan.

'Ik geloof inmiddels dat het goed is zo. Ze is jouw moeder. En bovendien een buitengewoon kunstenares. Ze heeft het verdiend dat haar werken worden vertoond.'

Marie keek uit het raam, de trein reed over de Wertachbrug, er zwommen zwanen in het ondiepe water. Paul wachtte met een angstig hart. Waarom zweeg ze?

'Ik moet je overigens de groeten doen,' zei ze ten slotte en ze keek hem glimlachend aan.

'De groeten doen? Van wie?'

‘Van Leo en Dodo. Ze verheugen zich op het volgende bezoek aan de villa.’

Eindelijk eens goed nieuws. Maar niet het nieuws waar hij op had gehoopt. ‘En jij?’ vroeg hij.

Ze reden het station binnen, de trein schokte, er liepen mensen met tassen en koffers door het smalle gangetje. Sommigen keken nieuwsgierig door de glazen wand naar hen in de coupé.

‘Ik weet het nog niet, Paul. Geef me tijd.’

Dat was het. De bres. De opening in het harde gesteente. Hij had kunnen schreeuwen en dansen van geluk. Maar hij stond gewoon op en hield haar mantel op, keek naar haar terwijl ze haar hoed opzette en begeleidde haar de trein uit, het perron op.

‘Tot gauw,’ zei hij in de stationshal.

Ze liep gehaast weg om de tram nog te halen.

# 28

ELISABETH KNEEP HAAR OGEN tot spleetjes en hield haar adem even in. Elke keer als de jongen aanhapte, deed haar rechtertepel verschrikkelijk zeer. Later ging het wel, dan merkte ze er niets meer van en was het alleen maar fijn. Ze keek naar beneden naar de rozige baby en kreeg een diep gevoel van tederheid. Wat dronk hij gulzig. Wat moest hij zich inspannen, het kleintje. Hij was al helemaal rood en bezweet. Eerder, toen Rosa hem had gebracht, had hij moord en brand geschreeuwd. Hij had een krachtige stem. Alicia had onlangs glimlachend gezegd dat deze jongen meer leven in de villa bracht dan alle andere kinderen bij elkaar. Dat had Lisa erg trots gemaakt.

'Ach, hemeltje,' zei Kitty, die lui met uitgestrekte benen op de lichtblauwe bank zat en toekeek terwijl haar zus borstvoeding gaf. 'Wat een mooi beeld van vruchtbaarheid. Mag ik je een keer tekenen als je Johann de borst geeft?'

'Wat denk je zelf!'

'Fotograferen?'

'Alleen een kleine schets?'

Lisa wierp haar zus slechts een waarschuwende blik toe. Kitty met die idiote ideeën van haar! Een tekening van haar met blote borsten in een van Kitty's tentoonstellingen. Mogelijk nog met het onderschrift 'Zus van de kunstenares, haar zoon voedend'. Alsof er al niet genoeg over de familie Melzer werd gekletst in Augsburg.

'Jemig, Lisa,' kreunde Kitty. 'Wat ben je bekrompen! Nee, echt. Het is zo'n mooi gezicht. Zo... zo moederlijk. Je kijkt zo ootmoedig. Als een hondenmoeder die tien kleine welpjes aan zich heeft hangen.'

Lisa kende haar zusje al sinds haar geboorte – en toch kreeg Kitty het nog altijd voor elkaar haar kwaad te maken. Ze troostte zich met de gedachte dat Kitty bij wijze van uitzondering eens jaloers op haar was. Alicia had gezegd dat de kleine nu al erg op zijn opa leek. Ja, dit keer had zij, Lisa, die altijd het vijfde wiel aan de wagen was geweest, het kleine zusje overtroffen. Ze had een jongen op de wereld gezet. Wie weet zou haar zoon op een dag wel de fabriek overnemen, wie zou het zeggen? Leo was er in elk geval niet de juiste persoon voor, en of Paul en Marie nog meer kinderen zouden krijgen, was maar de vraag.

Trouwens, nu ze toch aan Paul en Marie moest denken: 'Wat is er eigenlijk met Paul en Marie aan de hand?' Ze reikte naar een schone luierdoek die Rosa had klaargelegd voor het geval er wat naast liep. 'Ik heb het niet helemaal begrepen, Kitty. Waarom hebben ze eigenlijk ruzie? Ze houden toch van elkaar, of niet?'

Kitty rolde met haar ogen en stopte nog een zijden kussen achter haar rug.

'Mijn god, Lisa! Dat ligt toch voor de hand, of niet soms? Je hebt vaak genoeg met Marie gepraat.'

Sinds de kleine Johann op de wereld was, had ze eigenlijk maar twee keer met Marie gebeld. En toen ging het voornamelijk over haar eigen problemen. Marie kon heel goed troosten en was een slimme, behulpzame vriendin. Maar over haarzelf liet ze nauwelijks iets los.

'Het is in elk geval haast niet aan te zien hoe erg Paul hieronder lijdt!'

Kitty deed alsof Lisa iets heel stoms had gezegd en het nergens op sloeg. Maar daarvoor kende Lisa haar te goed. Kitty hield veel te veel van haar broer en dit liet haar echt niet koud.

'Ach, Lisa, Paul is nu eenmaal geslepen, zoals alle mannen,' zei ze en ze draaide aan de franjes van het kussenovertrek. 'Nee, niet allemaal. Mijn goede Alfons was dat nooit. Maar hij was dan ook de enige.'

Lisa depte Johanns bezwete voorhoofd, hij smakte luid. Ze schudde haar linkerarm uit. Gisteren had ze haar kind zo krampachtig vastgehouden, dat haar arm helemaal gevoelloos was geworden.

'Wat bedoel je met geslepen?'

Kitty zette het hautaine gezicht van een lerares op die een onwetend kind uitlegde hoe het leven in elkaar zat. 'Wel, dat gaat zo. Hij luistert naar de klachten van zijn echtgenote, knikt begrijpend en zegt dat vanaf nu alles anders wordt. Want ze is zijn schat, hij houdt oneindig veel van haar, hij kan niet leven zonder haar… En als ze helemaal ontroerd in zijn armen ligt, merkt ze niet dat er helemaal niets verandert. Waarom zou er ook iets veranderen? Hij houdt toch van haar? Dat moet voldoende zijn.'

Lisa schudde twijfelend haar hoofd. Waarschijnlijk had Kitty niet helemaal ongelijk, Paul kon erg slim te werk gaan. Aan de andere kant had hij een atelier voor Marie laten inrichten. Welke man zou dat hebben gedaan?

'Het atelier, nu, goed dan!' riep Kitty, alsof het een kleinigheid was die nauwelijks het vermelden waard was. 'Maar hier in de villa had Marie vrijwel niets meer te vertellen. Ze hebben zelfs buiten haar om een gouvernante aangesteld.'

Dit lag wat gevoelig voor Lisa, want zij was zelf degene geweest die Serafina von Dobern aan Alicia had aanbevolen.

'Nou ja, er was ook iemand nodig die voor de tweeling zorgde.'

'Ongetwijfeld,' riep Kitty. 'Maar zoiets beslis je niet achter de rug van de moeder om.'

Lisa voelde iets kouds op haar borst en meteen daarna begon de kleine Johann hard te huilen, want hij kon niet meer bij de voedingsbron. Lisa schoof de melkbron weer in zijn open mond, hij hapte aan en zoog ingespannen verder. Wat kostte het een kind toch veel kracht om zijn maag te vullen.

'Nou ja, die Serafina, die heb ik ook nu pas echt leren kennen,' gaf Lisa met tegenzin toe. 'Vroeger was ze echt een lieve vriendin. Wie had kunnen denken dat ze zo zou worden?'

'Ik!' pochte Kitty. 'Ik heb haar nooit kunnen uitstaan, die Fientje van jou. Ze is altijd al een gemene grijze muis geweest.'

'Ze gaf gewoon nooit veel om haar uiterlijk.'

Kitty lachte spottend. 'Wat je zegt. Dat mens is steengrijs. Zowel vanbinnen als vanbuiten.'

Lisa keek afgunstig naar haar zus, die haar nagels had gelakt. Typisch Kitty, ze moest met elke modieuze nonsens meedoen! Ook haar haar droeg ze inmiddels nog korter dan daarvoor, en ze ging nogal royaal om met mascara.

'Maar het ergste is dat Paul Maries moeder heeft beledigd,' kletste Kitty verder. 'Hoe kón hij! We weten immers allemaal wat onze familie haar heeft aangedaan.'

Lisa haalde de hongerige Johann van haar rechterborst af om hem links aan te leggen. Het ging niet zonder gehuil, want de kleine was nog lang niet verzadigd. Wat een geluk dat hij zo goed dronk. Na de geboorte had hij wat gewicht verloren, maar inmiddels was hij flink aangekomen. Hij strekte nu ook vaker zijn beentjes uit en trappelde stevig. In het begin had hij alleen in embryohouding gelegen, en omdat Rosa hem altijd in een witte katoenen doek wikkelde, had Lisa eerst gedacht dat haar baby piepklein was en geen beentjes had.

'Weet je, Kitty, ik kan Paul heel goed begrijpen. Die Luise Hofgartner – zo heette ze toch, of niet? – moet best een moeilijk mens zijn geweest. Ze had de constructietekeningen ook gewoon aan papa kunnen geven, dan was alles goed geweest. Maar nee, zij moest per se haar zin doordrijven.'

'Ten eerste was ze Maries moeder,' zei Kitty fel. 'Ten tweede was ze een fantastische kunstenares en ten derde is ze op een hele nare manier overleden. Nee, ik vind dat Paul zich er te gemakkelijk van afmaakt. Hij wilde haar schilderijen op zolder zetten. Dat is toch wel het toppunt!'

'Toch begrijp ik niet dat een gelukkig huwelijk vanwege zoiets stukgaat, Kitty!'

'Jeminee!' riep Kitty boos. 'Wie zegt dat nu? Paultje zal vast wel inbinden, daar ben ik van overtuigd. Weet je, Lisa, wat dat betreft is Paultje precies als papa vroeger. Die was ook altijd eerst zo koppig als een ezel, maar als hij dan merkte dat hij daar niets mee bereikte, kon hij bliksemsnel omslaan. Weet je nog hoe hij zich in het begin tegen het lazaret in de villa heeft verzet? En later wilde hij absoluut niet dat er in zijn fabriek stof van papier werd gemaakt. En? Wat heeft ons door de oorlogsjaren gesleept? De papieren stoffen!'

Lisa was niet overtuigd. Hoe konden zij weten of Paul op dit punt inderdaad op hun vader leek? Bovendien was dit een huwelijkscrisis, dan golden er andere wetten.

'Ik kan alleen maar hopen dat je gelijk hebt, Kitty.'

'Natuurlijk heb ik dat, Lisa,' zei Kitty, terwijl ze met haar voeten op en neer wipte. Ze droeg prachtige schoenen met riempjes, van licht leer, met kleine hakjes. Lisa's voeten, die nog steeds een beetje opgezwollen waren, zouden er daarin als meelballen hebben uitgezien.

'Het zou gewoon fijn zijn als tenminste een van mama's kinderen een normaal huwelijk zou hebben, vind je niet?' ging Kitty verder terwijl ze van opzij naar haar zus keek. 'Bij ons beiden is het wat dat betreft een hopeloze zaak, nietwaar?'

Lisa haalde haar schouders op. Wilde Kitty haar soms uithoren? Marie was na haar terugkeer uit Günzburg net zo zwijgzaam geweest als Paul. Niet dat Lisa iets groots had verwacht. Maar ze had wel gerekend op iets meer dan 'we zullen zien'. Hadden ze Sebastian gevonden? Zelfs dat had Paul haar niet verteld. Maar goed, ze had ook geen vragen meer gesteld en gedaan alsof het haar volkomen koud liet. Wat ook zo was. Na alles wat die lafaard haar had aangedaan, kon dat niet anders. Goed, ze had drie jaar lang geprobeerd hem te bespelen. Maar daarom hoefde hij er nog niet als een haas vandoor te gaan, alleen omdat hij één keer een zwak moment had gehad. Nee, ze was klaar met hem. Alleen had haar domme hart dat helaas nog niet begrepen. Maar dat zou met de tijd wel komen...

'Echt?' vroeg ze op een argeloze toon. 'En ik dacht altijd dat jij een hele rij aanbidders om je heen had verzameld, waar je op een dag je toekomstige echtgenoot uit zou kiezen.'

Kitty vond dat idee zo grappig dat ze van het lachen in de zijden kussens wegzakte. Ze moest zich aan de leuning van de bank omhoogtrekken om weer in zittende positie te komen.

'O, Lisa, ik kom niet meer bij. Je bent nog kleinburgerlijker dan ik had gevreesd. Komt dat doordat je zo lang de gezonde plattelandslucht hebt ingeademd?'

'O ja, ik was even vergeten dat je een kunstenares bent en een vrij leven leidt. In elk opzicht.'

Kitty rommelde in haar handtasje en haalde een spiegel en zakdoekje tevoorschijn, waarmee ze haar uitgelopen mascara afveegde. Het spul liep bij elk traantje uit.

'Klopt, Lisa. Ik ben een kunstenares. Bovendien werk ik en verdien ik mijn eigen geld. En dat is precies de reden waarom ik geen echtgenoot nodig heb. Punt uit!'

Bedankt, dacht Lisa beledigd. Ik heb het begrepen. In jouw ogen ben ik een profiteur, omdat ik geen geld verdien maar op mijn erfenis teer en bovendien op mama's en Pauls zak leef. Nou, bedankt, zusje, dat je me dat even onder mijn neus wrijft!

'Overigens zijn de heren in mijn kennissenkring allemaal heel lief en mag ik ze echt graag,' kletste Kitty, die er allesbehalve een punt achter zette. 'Het ligt ongetwijfeld aan mij dat ik al talloze huwelijksaanzoeken heb afgewezen. Nee, ik wil geen genoegen nemen met iets waar ik niet helemaal achter sta. Ik heb één grote hartstocht gekend, dat was Gérard. En ik heb een nog grotere liefde gekend, dat was mijn Alfons. Er is op de hele wereld geen enkele man die me nu nog iets kan bieden!'

Tjonge, wat een hoogdravend gezwets van haar zusje. Lisa was sceptisch. Als Kitty zich dermate opwond, had ze meestal iets te verbergen.

'Ja, ik begrijp je helemaal, Kitty. Mijn ervaringen met mannen waren helaas allemaal... teleurstellend. Zo gaat dat nu eenmaal op de wereld. Overigens dacht ik altijd dat jij nog contact met Gérard had. Mama zei dat jullie elkaar brieven sturen.'

Kitty begon te lachen, maar het klonk erg geforceerd. 'Nee, joh. Allang niet meer. Hij is getrouwd.'

'O! Dat had ik niet van hem gedacht!'

Dat was het dus. Kitty kon haar niets wijsmaken. Gérard, de grote liefde van haar leven, de heetbloedige jonge Fransman met wie ze naar Parijs was vertrokken, had dus besloten een gezin te stichten. Een Frans gezin. Begrijpelijk. Hadden ze niet een zijdenhandel? Een fabriek. Nou ja, hij zou wel geweten hebben wat zijn plicht was.

'Weet je, Lisa, de affaire was immers al jaren voorbij. De goede Gérard is inmiddels een oude man geworden. Haha, ik heb hem van harte gefeliciteerd en hem veel kleine kindertjes gewenst.' Kitty's stem klonk wat schel, alsof ze zichzelf iets aanpraatte. 'Het is echt heel fijn om kinderen te hebben. Ik ben heel gelukkig met mijn Henni. Als je wilt, Lisa, kun je ook in de Frauentorstraat komen wonen. Met je zoontje natuurlijk. Waarschijnlijk komt Tilly ook bij ons als ze haar examen heeft gehaald. O, dat zal leuk zijn, allemaal vrouwen bij elkaar! Waarom zouden wij mannen nodig hebben? Die lopen ons alleen maar voor de voeten.'

Ze lachte en haalde nog een keer haar spiegeltje tevoorschijn. Ze veegde met een doekje over haar verhitte gezicht omdat haar korte haar op haar wang en voorhoofd kietelde. Toen sprong ze verbazingwekkend soepel van de bank en trok ze haar jurk recht.

'Ik wil nog even snel naar de Blieferts lopen. Marie heeft me gevraagd een paar kleren die Leo niet meer past naar hen te brengen. Tilly komt vandaag aan, ze wil de paasdagen bij ons doorbrengen. Ach, wat een lief mannetje, wat drinkt hij gulzig. Rupsje Nooitgenoeg. Maar er is voldoende. Tot gauw, Lisa. Ik ben zo blij dat je niet meer in Pommeren op dat lelijke landgoed zit. Tot gauw, lieverds.'

Kitty liep weg van de bank, waarvan alle kussens nu door elkaar lagen, en Lisa was opgelucht toen Kitty de deur achter zich sloot. In de gang hoorde ze haar naar Alicia vragen.

'Wat? Een middagdutje? Nog steeds? Zo lang kan ik niet wachten. Zeg tegen haar dat Henni zich enorm verheugt op het paaseieren zoeken zondag.'

'Zoals u wenst, mevrouw Bräuer,' hoorde ze Else zeggen.

Lisa merkte dat haar kleine schat inmiddels verzadigd was en uitgeput in slaap was gevallen. Ze stond op om hem in de wieg te leggen. Een poosje stond ze er als betoverd bij en keek ze naar de vredig slapende baby, naar zijn rozige mondje, de dikke wangetjes, de dunne streepjes van de gesloten oogleden. Dit was haar zoon. Ze was eindelijk moeder geworden. Soms, als ze 's ochtends vroeg wakker werd, vreesde ze dat ze dit alles gedroomd had, dan keek ze snel naar de wieg die op haar uitdrukkelijke wens direct naast haar bed stond, en was ze gerustgesteld.

Rosa kwam binnen en tilde de kleine uit de wieg om hem te verschonen. Een procedure die hij waarschijnlijk slapend zou ondergaan.

'Zal ik nog even met hem gaan wandelen? Ik geloof dat de zon schijnt.'

Ze waren 's ochtends al in het park geweest en Lisa had het toen vreselijk koud gehad. Wat waarschijnlijk kwam doordat ze onnadenkend alleen een jas en geen warme mantel had aangetrokken. De mantel zat vanboven nog steeds erg strak.

'Maar de meeste paden in het park liggen in de schaduw,' zei ze aarzelend en ze liep naar het raam.

Nou ja, bij de jeneverbes en de dennen was schaduw, maar de loofbomen hadden nog nauwelijks blaadjes, daar scheen de zon doorheen. En beneden stond het ronde bloemperk in bloei, het leek wel bont vuurwerk. Dat was Dörthes verdienste. Lisa was nu echt trots op het meisje uit Pommeren. Er waren paarse en witte hyacinten, rode en gele tulpen, primula's in alle kleuren en donkergele narci...

Lisa rekte haar hals uit want naast het ronde bloemperk stonden twee mannen met elkaar te praten. Een van hen was Paul. Waarom was hij niet in de fabriek? O ja, het was Goede Vrijdag, dan draaiden ze één ploegendienst minder. En de andere? O god... dit moest een waanvoorstelling zijn! Die man zag eruit als... als...

Sebastian!

Hij droeg hetzelfde oude pak. En, o hemel, die afschuwelijke bruine hoed die hij in zijn hand had, kende ze ook. De mannen keken plotseling naar haar raam op en ze tuimelde geschrokken achteruit. Haar hart begon te bonken en ze was blij dat ze op de bank landde. Hij was hier. Ze had zich niet vergist. Sebastian was hiernaartoe, naar Augsburg gekomen. O god! En ze was nu moddervet!

Er werd op de deur geklopt en Gertie keek voorzichtig naar binnen om de baby niet te wekken.

'Er is een heer die u graag wil spreken, mevrouw.'

Lisa reageerde spontaan, zonder na te denken, puur vanuit haar eerste gevoel. 'Zeg tegen hem dat hij weg moet gaan. Onmiddellijk. Ik wil hem niet zien. Heb je dat gehoord, Gertie? Ga naar beneden en zeg het tegen hem!'

'Ja... goed, mevrouw,' fluisterde Gertie met een hulpeloze blik.

De deur klapte dicht en Gertie liep door de gang naar beneden naar de hal. Lisa zat zwaar ademend op de lichtblauwe bank.

O god, dacht ze. Hij was beneden. Sebastian.

De man van wie ze hield. Drie jaar lang had ze er als een gek naar verlangd dat hij haar zou omhelzen. Drie jaar lang had hij zijn hartstocht bedwongen, wilde hij haar helemaal of helemaal niet, had hij haar aan het lijntje gehouden. En toen, op die kerstavond, de eerste, fantastische kus...

Ze stond van de bank op en liep naar het raam. Beneden stond Gertie, naast haar Paul die zijn armen had uitgespreid en iets riep wat ze niet kon verstaan. Sebastian was al een stuk bij hen vandaan, hij liep snel over de oprijlaan in de richting van het hek van het park. Ze zag zijn rug, zijn verfrommelde jasje, de ongestreken broek met de versleten omslagen. Hij had zijn hoed nog steeds in zijn hand.

'Sebastian,' fluisterde ze. 'Sebastian, wacht... Wacht nu!'

Ze trok het gordijn opzij, probeerde het raam open te maken, maar het kozijn klemde alweer.

Hij is al te ver weg, dacht ze wanhopig. Hij kan me niet meer horen.

'U kunt het raam beter niet openmaken,' zei Rosa. 'De baby mag geen tocht krijgen.'

Lisa liep langs haar heen de kamer uit. In de gang stond Else met een stapel gestreken hemden, en toen Lisa zo plotseling verscheen, deinsde ze geschrokken achteruit. Lisa stormde op haar sokken en in een fladderende huisjapon langs haar heen, de trappen af, de hal in. Daar gleed ze bijna uit op de blank geschuurde tegels, ze kon zich nog net aan een van de kleine pilaren vasthouden. Ze trok haar sokken uit om beter te kunnen rennen.

'Mevrouw. U kunt toch niet zonder schoenen...' stotterde Gertie bij de voordeur.

'Ga opzij!'

Ze zag Sebastian over de oprijlaan lopen. Hij liep met gehaaste stappen steeds verder van de villa weg. Paul was hem waarschijnlijk een deel van de weg achternagelopen en moest vergeefs geprobeerd hebben hem tegen te houden, want hij stond nu stil en keek hem na. Lisa haastte de treden af en het voorplein op, ze voelde nauwelijks de ruwe steentjes onder haar blote voeten, het gemene steenslag dat ze hier in de winter tegen gladheid hadden gestrooid.

'Sebastian!' schreeuwde ze. 'Blijf staan. Sebastian!'

Hij draaide zich niet om. Lisa werd moedeloos en overvallen door pure wanhoop. Natuurlijk, dat was te verwachten. Ze had weer eens alles verkeerd gedaan. Ze had hem weggestuurd, in plaats van hem te zeggen dat ze...

'Lisa!' hoorde ze Pauls stem. 'Wat zie je eruit? Doe op zijn minst de knopen dicht.'

Ze bleef volledig buiten adem staan en tastte naar haar jurk. O ja, ze had na het voeden nog niet alle knoopjes dichtgedaan. Waar maakte hij zich druk om? Ging het iemand wat aan?

'Haal hem terug, Paul,' snikte ze.

'Hij wil niet,' bromde hij geërgerd. 'Ga nu weer naar binnen, je wordt nog ziek. We vinden wel een oplossing, Lisa...'

'Nee!'

Ze begon weer te rennen. Ineens hoorde ze het geronk van een motor. Kitty's ouderwetse automobiel sloeg vanaf een van de zijwegen van het park de oprijlaan op. Kitty zwaaide vrolijk naar hen en reed door in de richting van de poort.

Haar jongere zus had haar al heel wat aangedaan. Ze had Klaus von Hagemann van haar afgesnoept. Ze had Lisa uitgelachen om haar figuur. Ze had hun vader altijd aan haar kant weten te krijgen. Lisa had vaak veel zin gehad om dit betoverende krengetje de nek om te draaien. Maar vandaag maakte Kitty alles weer goed.

Kitty remde hard. De automobiel slipte naar links en kwam tussen twee bomen op het gras tot stilstand. Kitty draaide het raam naar beneden en stak haar hoofd naar buiten. Ze riep iets tegen Sebastian en maakte een duidelijk gebaar in de richting van de passagiersdeur. En, o, wonder, Sebastian gehoorzaamde. Hij deed de deur open en stapte in.

'Niet te geloven,' mompelde Paul. 'En nu krijgt ze die rammelkast niet meer van het gras af.'

Het kostte Kitty een paar pogingen, de motor zoemde als een boze hoornaar, aan de rechterkant van het spatbord voorop verscheen nog een deuk. En de achterste bumper was sowieso van een zwaar beproefde oldtimer. Na een geslaagde keermanoeuvre tufte de auto weer in de richting van de villa en stopte hij pal voor de ingang.

'Uitstappen!' beval Kitty op een charmant-vrolijke bevelstoon.

Het duurde even, want van opwinding kon Sebastian de hendel om het portier te openen niet vinden. Zodra hij was uitgestapt, reed

Kitty weg. Ze liet een rookwolk na. Voor de rest moest Lisa het zelf oplossen.

Hulpeloos stonden ze tegenover elkaar. Ze durfden elkaar amper in de ogen te kijken, geen van beiden had de moed om als eerste iets te zeggen.

'Je voeten,' mompelde Sebastian uiteindelijk.

Lisa merkte dat ze blootvoets was en dat haar linkerteen bloedde.

'Ik heb zo snel gerend,' stotterde ze. 'Ik was geschrokken. Ik wilde niet dat je wegging.'

'Het is allemaal mijn schuld, Lisa. Vergeef me.'

Hij had tranen in zijn ogen. En toen hij besefte dat ze met blote, bloedende voeten achter hem aan was gelopen, kon hij zich helemaal niet meer inhouden.

Toen gebeurde het. Het was niet duidelijk wie de eerste beweging maakte, misschien gebeurde alles ook wel tegelijkertijd. Ze liepen haastig naar elkaar toe en vielen in elkaars armen. Ze snikte, voelde zijn kussen, eerst voorzichtig, alsof hij bang was dat ze hem af zou wijzen, maar daarna steeds hartstochtelijker, ongeremd en niet voor de ogen van de personeelsleden bestemd.

'Je hebt me in de steek gelaten... Ik moest alles zonder jou doorstaan, de zwangerschap, de verschrikkelijk lange treinreis, de scheiding.'

Lisa hoorde zichzelf en schrok ervan hoe jammerlijk haar stem klonk. Ze had al die dingen nooit tegen hem willen zeggen. Ze had sterk willen zijn. Hem vanuit de hoogte willen begroeten. Zijn verontschuldigingen weg willen wimpelen. Nu was ze zwak. Het was zo fantastisch om in zijn armen te liggen. Om zijn warmte, zijn kracht te voelen. En te weten dat hij van haar was. Helemaal van haar. Omdat hij van haar hield.

'Ik heb niets, Lisa. Geen werk, geen geld, geen huis. Hoe kon ik het wagen om jou zo onder de ogen te komen?'

'We vinden wel een oplossing,' fluisterde ze. 'Je moet bij me blijven, Sebastian. Bij mij en bij onze zoon. We hebben je zo hard nodig. Ik ga dood als je weer weggaat.'

'Ik kan niet meer weg, Lisa. Ik zou je nooit meer kunnen verlaten.'

Hij kuste haar op haar mond en het kon hun niet schelen dat er een leverancier het voorplein op reed en Paul tegen hen fluisterde dat het beter was als ze hun 'conversatie' binnen voortzetten.

'Je kunt niet lopen, liefste. Wacht,' zei Sebastian.

Ze verzette zich. Ze was te zwaar. Maar hij luisterde niet.

'Ik doe dit niet voor de eerste keer!'

Hij droeg haar naar de eerste verdieping, toen gaf hij het op. De laatste trap naar haar kamer liepen ze hand in hand.

# 29

LEO VOND ZICHZELF NOGAL belachelijk met het mandje. Wat een stom idee van grootmoeder! Ieder kind kreeg zo'n idioot paasmandje met gras van groen papier erin, zelfs de kleine Fritz en ook Walter die vandaag op eerste paasdag met zijn moeder in de villa was uitgenodigd.

'Daar kunnen de eieren in die de paashaas in het park heeft verstopt.'

Dodo had hem een por in zijn zij gegeven, zodat hij vooral niets verkeerds zei. Maar hij zou grootmoeder Alicia's plezier ook zonder Dodo's waarschuwing niet hebben bedorven. Volwassenen waren best wel raar, vooral de oude mensen. Dat ze nog in de paashaas geloofden! Terwijl Dodo en hij zich vorig jaar al in de kinderkamer achter het gordijn hadden verstopt en stiekem hadden gekeken hoe Gertie en Julius de gekleurde eieren en de suikerhaasjes in het park hadden verstopt.

De volwassenen hadden twee groepjes gevormd. Tante Tilly stond bij mama en tante Kitty. Meneer Klippi stond ook bij hen, die nu weer in de villa mocht komen, en Walters moeder. Dat was het ene groepje. Grootmoeder Alicia stond met tante Elvira en grootmoeder Gertrude aan de andere kant van het terras. Mevrouw Von Dobern stond bij hen. Dat was het tweede groepje. Alleen papa wisselde steeds van het ene naar het andere groepje, hij kletste de ene keer hier, dan weer daar, en keek telkens naar mama. Maar die glimlachte geen enkele keer.

Tussen de groepjes in zat tante Lisa op een rieten stoel, met een wollen deken om haar schouders. Naast haar stond meneer Winkler. Hij had de kleine Johann in zijn armen en wiegde hem. Leo vond tante Lisa heel aardig, maar hij wist nog niet zo goed wat hij van meneer Winkler moest denken. Hij keek de hele tijd zo angstig en zei nauwelijks iets. Het leek wel of hij zich voor de mensen hier schaamde. Vooral omdat hij een pak droeg dat ooit van opa was geweest. Dat wist Leo van Else, die het verschrikkelijk vond. Maar Dodo had gezegd dat opa toch dood was en zijn pak niet meer nodig had.

Intussen hadden de volwassenen de gevulde eiermandjes uitgebreid bewonderd, en voorzien van de gebruikelijke vermaningen. Niet alles in één keer opeten. Eerlijk met de broertjes of zusjes delen. Dank je wel zeggen tegen de ouders.

'Waarom?' vroeg Henni. 'De paashaas heeft ze toch gebracht?' Meteen daarna schreeuwde ze: 'Dank je wel, lieve paashaas!' over het park, wat alle volwassenen natuurlijk schattig vonden. Ze aaiden over haar blonde krullen. Niemand merkte dat ze maar liefst vijf suikerhaasjes had opgepeuzeld. Onlangs had ze twee gaatjes in haar tanden gehad en vreselijk gehuild bij de tandarts. Dat kwam doordat ze te veel zoetigheid at, had de tandarts tegen haar gezegd. Tante Tilly, die immers arts wilde worden, had dat vanochtend bij het ontbijt bevestigd. Sindsdien zei Henni geen woord meer tegen haar.

Humbert had zijn mooie livrei aangetrokken. Een donkerblauw gilet met gouden knopen, een strakke broek met een lichte naad aan de zijkanten en een wit gesteven overhemd. Hij fluisterde iets tegen grootmoeder Alicia en ze knikte. Aha, waarschijnlijk zouden ze nu eindelijk gaan eten. Leo's maag had al een paar keer geknord. Walter had beweerd dat het bijna klonk als de tijger die ze in de dierentuin achter de tralies hadden bewonderd. Die had een grommend, snurkend geluid laten horen.

'Lieve gasten, het paaslam is klaar. Ik verzoek u allen aan tafel te gaan.'

De tafel in de eetkamer was met het mooiste servies gedekt. Het zag er prachtig uit, maar het nadeel was dat je constant bang was dat je iets brak. Dodo had twee jaar geleden een bord laten vallen, daarom kreeg ze nu bij elke maaltijd van grootmoeder Alicia de waarschuwing voorzichtig te zijn.

De vier Bliefert-kinderen waren met Gustav naar huis gegaan. Dat was jammer, vond Leo. Het was fijn geweest als in elk geval Liesl bij hen aan tafel had gezeten. Walter vond haar ook heel aardig, hij had haar onlangs gevraagd of ze piano kon spelen. Maar de Blieferts hadden geen piano.

'Daar is jouw plek, Leo,' zei mama. 'Kijk, grootmoeder heeft tafelkaartjes geschreven.'

Inderdaad, er was een kaartje met een gouden rand met zijn naam erop. Walter was helemaal blij toen hij zijn kaartje ontdekte en vroeg of hij het mee mocht nemen. Hij zat naast Leo. Aan Leo's andere kant zat Dodo. Daar was Leo blij om want hij wilde absoluut niet naast Henni zitten. Die zat naast Walter, maar rechts van haar zat tante Kitty. Zij was de enige die Henni's spelletjes doorzag. Dan moest Henni gehoorzamen.

De volwassenen zaten ongeveer op dezelfde manier als dat ze op het terras hadden gestaan. Aan de kop van de tafel zat grootmoeder Alicia met grootmoeder Gertrude, tante Elvira en papa – tegenover mama, tante Kitty en tante Tilly. De anderen zaten daar ergens tussen verdeeld en mevrouw Von Dobern was er helemaal niet bij. Wat een geluk!

Het eten was zoals altijd verrukkelijk. Wat dat betreft kon grootmoeder Gertrude nog zo veel oefenen, ze zou nooit en te nimmer aan mevrouw Brunnenmayer kunnen tippen. Humbert serveerde veel beter dan Julius, hij deed het echt vlot. Het leek wel of hij zweefde en hij zette de borden altijd precies op het juiste moment neer. Bovendien keek hij daar niet zo grimmig bij, zoals Julius had gedaan.

'Lieve kinderen en kleinkinderen, lieve gasten en vrienden.'

Grootmoeder Alicia had haar glas geheven en keek om zich heen. Tante Lisa was nog in haar braadvlees aan het snijden, meneer Winkler ging rechtop zitten en glimlachte verlegen. Papa keek naar mama, ze was helemaal bleek. Waarschijnlijk had ze de spruitjes niet lekker gevonden, die waren een beetje bitter.

'Ik ben ontzettend blij dat ik ook dit jaar omringd door mijn geliefden het paasfeest mag vieren. En wat voor een groot gezelschap zit er aan tafel. Vooral het gelach van kinderen, dat nu weer in de villa te horen is, maakt mij als oude vrouw zo blij.'

Ze waren die ochtend inderdaad met zijn achten geweest. En nu kwam de baby er nog bij. Hoewel die meestal huilde – dus wat nou kindergelach? Babygehuil kon de mooiste pianomuziek verpesten. Hopelijk was hij straks stil als ze muziek gingen maken.

'Ach, wat maakt het uit,' had Walter gezegd. 'Ons geluid is toch harder.'

Dodo stootte haar waterglas om en ze schrok omdat papa fronsend naar haar keek. Maar tante Elvira zette het glas weer rechtop en schoof een van de bloemstukken op de watervlek.

'Ik ben vooral blij dat al mijn kinderen dit paasfeest met mij vieren. Mijn lieve Lisa – en jouw betoverende zoontje – jullie hebben mijn geluk compleet gemaakt. Mijn lieve Paul. Mijn lieve Kitty.'

Tante Lisa straalde. Ze knikte naar grootmoeder en pakte de hand van meneer Winkler vast. Die kreeg een rood hoofd en schoof zijn bril recht.

'Maar er is nog iets vreugdevols, iets wat ik jullie allen, mijn lieve kinderen, familieleden en vrienden, op dit paasfeest mag aankondigen.'

Leo kreeg het ineens warm. Wilde mama nu toch weer terug naar de villa verhuizen? Hij keek naar Dodo, van opwinding was haar mond open blijven staan. Heel even kreeg hij een sterk gevoel van geluk. Het was fijn bij tante Kitty. Maar op de een of andere manier klopte het niet. En papa was ook heel erg veranderd.

'Lieve mensen, ik zal jullie niet langer in spanning houden. We mogen vandaag een verloving vieren. Onze jonge medisch studente zal zich met de heer Ernst von Klippstein verloven.'

'O,' zei Dodo zwaar teleurgesteld.

Ook Leo had het gevoel dat al zijn hoop vervloog. Tante Tilly ging trouwen met meneer Klippi. Nou en? Wie interesseerde dat nu? Dodo en hem in elk geval niet.

'Tilly!' riep tante Lisa. 'Tjonge, wat een geslaagde verrassing! En meneer Von Klippstein, of nee, lieve Ernst, mag ik zo brutaal zijn en broederschap met u sluiten?'

Humbert was precies op tijd met een dienblad met volle champagneglazen verschenen en liep nu om de tafel heen zodat iedereen een glas kon pakken.

'Voor jullie glaasjes kinderchampagne,' fluisterde hij tegen Leo. Ze kregen appelsap in een champagneglas.

'Bah,' zei Henni. 'Ik wil echte champagne.'

'Jij wilt zeker meteen met mij mee naar huis rijden?' dreigde tante Kitty. Ze was totaal niet blij met de verloving, dat kon Leo aan haar zien. Grootmoeder Gertrude en tante Elvira lieten een paar traantjes, mama glimlachte en papa leek helemaal enthousiast. Hij hief zijn glas.

'Laten we drinken op het jonge bruidspaar. Gods zegen voor een gelukkig huwelijk en een lang leven.'

'En veel kindertjes,' zei tante Kitty. Het klonk echt gemeen.

Daarna stond meneer Klippi op en hield een toespraak waarin rare woorden als 'genegenheid' en 'verstand' voorkwamen en dat ze elkaar moesten steunen en helpen.

'Jullie moeten elkaar nu kussen!' riep Henni luid.

Niemand luisterde naar haar. Dodo zei dat dat onzin was, omdat meneer Klippi alleen haar verloofde was geworden en niet haar minnaar. Alleen minnaars en echtgenoten mochten kussen.

'En hoe zit het dan met de verlovingskus?' hield Henni vol.

'Wees nu eens stil,' zei tante Kitty. 'Bij een verstandshuwelijk wordt niet gekust.'

'Maar ze gaan zich toch eerst verloven?'

'Dan al helemaal niet.'

'Pff!' zei Henni teleurgesteld. 'Als ik me ga verloven, ga ik als een gek kussen!'

Walter werd helemaal verlegen omdat ze daarbij triomfantelijk naar hem keek. Alsof ze heel veel zin had om nu te gaan kussen. Walter was vreselijk bang voor dat soort dingen. Leo ook.

'Pas maar op dat je je mond niet verrekt,' zei Dodo tegen Henni en ze trok een lelijke grimas met een scheve mond.

'Dodo!' riep grootmoeder Alicia over de tafel heen. 'Weet je niet dat die lelijke grimas voor altijd in je gezicht blijft staan als nu de klok slaat?'

'Dong!' deed Henni de staande klok in de rode salon na en ze lachte zich een ongeluk om haar eigen grap.

Het was echt vervelend om met de meisjes aan dezelfde tafel te moeten zitten. Nu werd eindelijk het dessert geserveerd – frambozencrème met stukjes chocolade en zoete slagroom. Mevrouw Brunnenmayer deed er altijd een beetje vanille bij – het liefst had Leo alleen maar slagroom gegeten. Walter kreunde zacht en zei dat hij zo vol zat dat hij waarschijnlijk zijn viool niet meer kon vasthouden.

'Dat was een grapje,' zei hij toen Leo hem geschrokken aankeek.

Na het toetje bleven de volwassenen nog een poosje aan tafel zitten, Humbert serveerde mokka in kleine kopjes. Tante Lisa en meneer Winkler liepen naar boven omdat de baby gevoed moest worden.

'Waarom moet hij dan mee?' vroeg Dodo zich af.

'Ik denk dat hij het eng vindt om zonder zijn vrouw hierbeneden te blijven,' zei Walter.

'Ze is niet zijn vrouw,' zei Henni.

Walter werd alweer verlegen, omdat ze naar hem glimlachte.

'Ik… ik dacht… omdat ze een baby hebben.'

Aan de andere kant van de tafel riep meneer Klippi dat nu eindelijk de juiste man tot rijkspresident gekozen zou kunnen worden. Hindenburg had zich verkiesbaar gesteld.

‘Hindenburg?’ riep tante Kitty. ‘Die heeft nog duizenden arme soldaten zinloos de dood in gestuurd omdat hij geen vrede wilde sluiten.’

‘Maar nee, lieve Kitty,’ zei meneer Klippi en hij glimlachte een beetje, waarschijnlijk wist hij dat vrouwen niets van oorlog begrepen. ‘Veldmaarschalk Von Hindenburg zou onze troepen beslist nog tot belangrijke overwinningen hebben geleid als het vaderland hem was blijven steunen. De socialisten hebben het Duitse leger een geniepige dolkstoot gegeven.’

‘Dat is toch allemaal onzin!’ riep tante Kitty luid. ‘Wie had nu nog oorlog willen voeren als alles toch al verloren was? Bovendien is die veel te oud. Een beverige, oude man als rijkspresident, nou, dat past wel bij deze belachelijke republiek.’

Grootmoeder Alicia ging nog iets rechter op haar stoel zitten en keek afkeurend naar tante Kitty.

‘Mijn lieve Katharina, iets meer contenance graag. Denk toch aan de kinderen. En alstublieft, beste meneer Von Klippstein, we willen hier in familiaire kring niet over politiek praten.’

‘Neemt u me niet kwalijk, mevrouw.’

Walter was blij dat Leo hem nu bij zijn mouw pakte. Grootmoeder had naar hem geknikt, wat betekende dat het nu kon beginnen. Ze moesten snel naar de herenkamer lopen om de viool en de bladmuziek te halen. Humbert en Julius hadden de piano ’s ochtends al een stukje van de muur geschoven. Omdat de muur anders de klanken absorbeerde.

Mevrouw Ginsberg was ook opgestaan. Zij zou voor Leo de bladmuziek omslaan. Dat was eigenlijk niet nodig, want hij kende de Mozart-sonate in e-mineur voor piano en viool allang uit zijn hoofd. En Walter speelde sowieso zonder bladmuziek. Maar mevrouw Ginsberg zei altijd: ‘Je kunt maar beter het zekere voor het onzekere nemen.’

Toen ze in de rode salon kwamen zaten er al veel toehoorders, alleen tante Lisa en meneer Winkler waren nog boven bij hun baby. Waarom huilde hij nu, terwijl hij gevoed werd?

Er was helaas niets aan te doen. Ze moesten door het kabaal van die schreeuwlelijk heen spelen. Het was vervelend, want Walter begon in zijn eentje met de mooie mineurmelodie, daarna kwam er een energieke frase in forte en speelde Leo op de piano mee. Dan waren ze in elk geval luider.

Mevrouw Ginsberg glimlachte bemoedigend naar hen – alles was goed. Ze begonnen gewoon en zodra ze in de muziek opgingen, verdween alles om hen heen. Er waren alleen nog klanken, ritmes, melodieën. Aanvankelijk had hij niet erg van Mozart gehouden omdat het hem veel te gemakkelijk leek. Maar nu merkte hij dat Mozart iemand was die op een dun koord boven een afgrond danste. Met boven hen de hemel en onder hen de hel, en daartussen zweefden ze op Mozarts vleugels. Dat was gek. Maar het mooiste wat er op de wereld was.

Walter maakte twee keer een foutje, maar Leo speelde toen gewoon zijn partij mee en zo kwam Walter er weer in. Alleen mevrouw Ginsberg wond zich erg op, hij hoorde haar snelle ademhaling omdat ze vlak naast hem op een stoel zat. Toen ze klaar waren, kregen ze zo'n luid applaus dat ze allebei schrokken.

'Bravo! Bravo!' riep meneer Klippi.

'Fantastisch!' zei tante Lisa die stilletjes met meneer Winkler de kamer in geslopen was.

'Twee kleine Mozarts,' zei tante Elvira.

Dodo riep: 'Hiep, hiep, hoera!' en Henni deed mee, tot tante Kitty haar beval eindelijk stil te zijn. Tante Kitty was vandaag echt chagrijnig. Normaal kon ze zich amper inhouden van enthousiasme over 'de twee wonderkinderen'. Maar papa kwam naar hen toe. Hij schudde Walter, mevrouw Ginsberg en ten slotte hem plechtig de hand en gaf hun ieder een cadeau.

'Vandaag ben ik een keer het bloemenmeisje.'

Iedereen lachte, zelfs mama vond het grappig. Terwijl alleen mevrouw Ginsberg een bos bloemen kreeg. Walter en hij kregen kaarten voor een concert in de Ludwigsbau in het stadspark. Daar zou de pianist Artur Schnabel optreden. Hij was niet alleen pianist maar componeerde ook zelf, zei mevrouw Ginsberg. Leo raakte helemaal in vervoering, want zoiets wilde hij later ook gaan doen.

Er was voor ieder nog een lekkernij, die mevrouw Brunnenmayer altijd in de ijskast liet opstijven. Dit keer smaakte het naar kersen. Ze mochten er een paar druppels advocaat overheen doen en Henni probeerde fanatiek Walter over te halen zijn portie aan haar te geven. Maar tante Lisa hield het in de gaten. Zij had scherpe ogen.

Toen ze de glazen schaaltjes leeg hadden gegeten en op het dienblad hadden gezet dat mevrouw Von Dobern voor hen ophield, pakten ze hun bladmuziek en liepen ze naar de herenkamer, waar Walter zijn vioolkist had laten staan. In de gang stonden mevrouw Brunnenmayer, Else, Gertie en Julius nog, die daar naar het 'concert' hadden geluisterd.

'Zo mooi,' zei mevrouw Brunnenmayer telkens weer. 'Dat ik dit heb mogen meemaken.'

Leo en Walter waren helemaal ontroerd en blij, want van het personeel was het oprecht gemeend en geen ophemelarij, zoals bij de familieleden. Toen de personeelsleden allemaal weer naar beneden naar de keuken waren gelopen wilde hij met Walter naar de herenkamer gaan, maar hij bleef staan omdat hij tante Kitty's stem vanuit de wintertuin hoorde. Ze klonk heel boos.

'Ga maar vast,' zei hij tegen Walter. 'Ik kom er zo aan.'

Walter begreep het meteen en liep naar de herenkamer. Leo liep voorzichtig naar de deur van de wintertuin en bleef daar staan.

'Je hebt er niets over gezegd tegen me. Helemaal niets. O, het is zo laf van je,' riep tante Kitty.

'Ik heb het geprobeerd, Kitty. Maar je liet me niet aan het woord komen.'

Aha, dat was tante Tilly. Waarschijnlijk had ze gelijk, bij tante Kitty was het vaak moeilijk om ertussen te komen.

'Dat je me gewoon voor een voldongen feit stelt,' snikte tante Kitty. 'Terwijl we het erover eens waren dat je naar Augsburg zou verhuizen als je je examen hebt gehaald.'

Het was even stil. Waarschijnlijk probeerde tante Tilly haar arm om Kitty te leggen, want die slaakte een kreet.

'Raak me niet aan, gemeen mens dat je bent! Je zult wel zien wat je aan die slappe vent hebt. En ja, hij heeft je veel geholpen, hij heeft een woning voor je geregeld en voor je gezorgd. Is hij soms ook een goede minnaar? Ja?'

'Alsjeblieft, Kitty. We zijn een verstandshuwelijk overeengekomen. We zullen geen kinderen krijgen. Je weet dat ik diep in mijn hart nog altijd aan iemand anders ben gebonden.'

Leo begreep er nu niet meer veel van, hij snapte alleen dat dingen als 'verloving', 'huwelijk', 'hart' en 'verstand' heel ingewikkeld en ondoorgrondelijk waren. Meer iets voor meisjes en vrouwen. Eigenlijk had hij zijn luistervinkplek nu kunnen verlaten, maar hij had medelijden met tante Kitty. Ze was de mooiste van al zijn tantes en normaal was ze altijd zo vrolijk.

'Maar waarom dan naar München?' jammerde ze. 'Jullie kunnen toch ook hier gaan wonen? En nu pakken jullie ook nog mijn lieve Gertrude af.'

'Ach, Kitty! Ernst heeft nu eenmaal besloten zijn aandelen in de fabriek te verkopen en in een brouwerij in München te investeren. Paul zal dat echt niet erg vinden – er zijn immers een paar strubbelingen tussen die twee geweest, nietwaar?'

'Dat is nog lang geen reden.'

'We hebben een mooi huis gekocht in Pasing. Daar zijn jullie te allen tijde van harte welkom. En mijn moeder zal zelf kiezen waar ze wil wonen.'

'Nou, goed dan!' antwoordde Kitty bits. 'Blijkbaar is alles allang besloten en geregeld. Maar mij zul je in jouw fantastische huis zeker niet te zien krijgen.'

Leo hoorde tante Tilly zuchten. 'Weet je, Kitty,' zei ze, 'het is het beste als je eerst eens kalmeert. Later zul je er anders over denken.'

Leo kon zich nog net achter het kastje in de gang verstoppen om te voorkomen dat tante Tilly hem ontdekte toen ze de wintertuin verliet. Ze liep naar de rode salon, waar nu waarschijnlijk likeurtjes en bitterkoekjes werden aangeboden. Leo kwam weer overeind. Het was niet netjes om af te luisteren. Dat wist hij. Hij moest maar snel naar Walter in de herenkamer gaan, die zou zich anders gaan afvragen waar hij bleef.

Hij wilde net weglopen toen hij tante Kitty hartverscheurend hoorde huilen. Hij draaide zich spontaan om en trok de deur naar de wintertuin open. Ze stond naast de ficus en haar schouders schokten.

'Tante Kitty!' riep hij en hij liep naar haar toe. 'Niet huilen. Wij blijven toch bij jou. Mama en Dodo en ik. We laten je niet alleen.'

Ze draaide zich om en hij viel in haar uitgespreide armen. Ze drukte hem tegen zich aan en hij voelde dat ze nog steeds snikte.

'Ach, Leo. Mijn kleine schat. Mijn lieve, lieve Leo.'

# 30

HET KOSTTE PAUL MOEITE om beheerst te blijven terwijl hij met Sebastian Winkler door de hallen liep. Als het niet om het levensgeluk van zijn zus Lisa was gegaan, had hij deze vermoeiende man grofweg zijn fabriek uit gegooid. Er was al meteen gedoe geweest toen hij vanochtend vroeg de voorkamer in kwam. Hij had – zoals hij beweerde – heel toevallig over de schouder van juffrouw Hoffmann meegekeken terwijl ze zat te typen en prompt een spelfout ontdekt. Ze had 'maschine' geschreven. Ongetwijfeld per abuis, want juffrouw Hoffmann was erg nauwkeurig.

'Dit is niet helemaal goed, mejuffrouw,' had Sebastian schoolmeesterachtig gezegd.

'Dat kan ik me niet voorstellen.'

Maar natuurlijk had meneer de leraar gelijk en nu was juffrouw Hoffmann beledigd.

Dat begon al goed, had Paul gedacht. En het ging maar door. Hoe was het in godsnaam mogelijk dat uitgerekend Lisa, die zelf zo gevoelig was, deze betweter had uitgezocht? Paul voelde zich heel kwaad worden toen Winkler op de calculatieafdeling zei dat de rekenmachines volkomen verouderd en de lampen niet fel genoeg waren. Zo kregen de medewerkers slechte ogen. Of Paul niet had gemerkt dat er bijna alleen mensen met een bril op die afdeling zaten? Een verdieping hoger, bij de boekhouding, controleerde hij de kachels en merkte hij op dat er geen hout of kolen waren.

'Het is eind april, meneer Winkler. Het is warm buiten, de personeelsleden hoeven alleen maar het raam open te doen.'

Vervolgens liep Sebastian naar de ramen en stelde hij vast dat de meeste kozijnen in de winter kromgetrokken waren en klemden. Bovendien was het geluid dat vanaf de binnenplaats doordrong ondraaglijk, niemand kon bij zo'n lawaai werken.

Mijn hemel, dacht Paul. Als ik hem nu door de hallen leid, zal hij gaan eisen dat alle machines geruisloos werken omdat de arbeidsters anders gehoorschade oplopen. Terwijl Paul er bij de aankoop van nieuwe machines op had gelet dat ze stiller waren dan de oude. Maar een productiehal was nu eenmaal geen begraafplaats.

'Mag ik u nog voor een kort gesprek in mijn kantoor uitnodigen, meneer Winkler?' vroeg Paul na de rondleiding. 'Ik denk dat juffrouw Hoffmann inmiddels is bijgekomen van de schrik en bereid is een kopje koffie te serveren.'

Hij toonde oprecht berouw. Terwijl ze de trappen in het administratiekantoor op liepen, legde hij uit dat hij een onverbeterlijke pedant was. Vooral wat spelling en syntaxis betrof.

'En hoe zit het met getallen?'

'Toen ik jong was wilde ik wiskunde studeren. Om de weg naar de sterren te berekenen.'

O, jee. Het was beter geweest als hij geïnteresseerd was geweest in de regel van drie, rekenen met breuken en het opmaken van balansen. Maar hij leek niet dom te zijn, misschien kreeg hij het snel onder de knie. Alleen moest hij het wel willen, dat was het probleem. Lisa's probleem. En daarmee ook zijn probleem.

'Voor mij liever niet zulke sterke koffie, alstublieft.'

Juffrouw Hoffmann liep terug naar de voorkamer om een kannetje heet water te halen. Hij bedankte haar overdreven, maar ze bleef koel. Jammer, voorlopig had hij het bij haar verbruid.

Ze namen plaats op de leren fauteuils, hielden hun koffiekopje in de hand en praatten over koetjes en kalfjes. Dat de lente eindelijk was doorgebroken en de beuken groene blaadjes kregen. Dat de kleine Johann alweer een half pond was aangekomen en naar iedereen lachte die boven zijn wiegje boog. Dat de Duitse economie weer op gang kwam en het Ruhrgebied binnenkort definitief van de Fransen bevrijd zou zijn. Ten slotte vond Paul dat het tijd was om ter zake te komen – hij had immers nog meer te doen.

'Zoals u misschien weet, zal mijn partner, de heer Von Klippstein, binnenkort uit het bedrijf uittreden.'

Sebastian was daarvan op de hoogte. Dat zou hij dan wel zelf uitgevogeld hebben, of misschien had hij het van Lisa gehoord.

'Aangezien hij zijn kapitaal uit de fabriek terugtrekt, moeten we in de komende jaren zuinig zijn. Ik wil in geen geval arbeiders ontslaan.' Dat moest meneer de wereldverbeteraar weten, vond Paul. Hij moest weten dat er geen kapitalist voor hem zat die ten koste van zijn werknemers rijk werd, maar een fabrieksheer die verantwoordelijk was voor het inkomen van ruim tweeduizend mannen en vrouwen.

'Dat is nobel van u.'

Sebastian zette zijn kopje op de tafel en probeerde rechtop te gaan zitten. Dat lukte niet goed. Dit soort fauteuils waren gemaakt voor een ongedwongen houding, maar daarin voelde Winkler zich niet op zijn gemak.

'Meneer Melzer, ik waardeer het dat u vandaag zo veel tijd voor mij vrijmaakt. Ik ben me er ook van bewust dat dit niet zozeer met mij als persoon te maken heeft, maar meer met het feit dat wij door bijzondere omstandigheden een verwantschapsrelatie hebben gekregen.'

'Niet helemaal,' onderbrak Paul hem. 'Ik heb u altijd gezien als een ijverige man en ik vind het oprecht spijtig dat u momenteel geen werk kunt vinden in het beroep waarvoor u hebt geleerd. Daarom wil ik u de mogelijkheid bieden uw vaardigheden in mijn fabriek in te zetten.'

Het woord was eruit. Paul voelde zich opgelucht dat hij eindelijk zijn doel had bereikt.

'Dat is heel genereus van u, meneer Melzer.' Sebastian keek hem ernstig aan. 'Ik zal me met al mijn energie aan die taak wijden. Als ik één verzoek zou mogen uiten, ik zou graag in de weverij willen werken.'

Paul was stomverbaasd. Had hij dat goed gehoord? Wilde deze gek als ongeschoolde kracht in de weverij beginnen? Om de werkomstandigheden van de arbeiders aan den lijve te ondervinden? Als hij dat toeliet, zou Lisa een aanval van hysterie krijgen.

'Ik wil u graag voor een andere taak inzetten, meneer Winkler. Ik heb een tekort aan betrouwbare arbeidskrachten in de boekhouding.'

'Daarvan heb ik helaas maar weinig verstand.'

Hij had toch de boekhouding gedaan voor zijn broer, de schoenmaker? Dan moest hij op zijn minst enige basiskennis hebben.

'Ik verwacht dat u snel ingewerkt zult zijn. Meneer Von Klippstein zal nog tot eind mei in de fabriek zijn, hij zal u graag inwijden in de geheimen van de enkele en dubbele boekhouding.'

Ernst was minstens zo'n pietje-precies als Sebastian, die twee zouden goed met elkaar overweg kunnen – of juist helemaal niet. Dat was te bezien. Maar één ding was zeker, met deze Sebastian Winkler haalden ze zich een hoop ellende op de hals.

'Als u denkt dat ik die functie aankan, meneer Melzer, dan zeg ik geen nee. O ja, ik heb nog een vraag ten aanzien van de ondernemingsraad. Hoeveel personen zijn daarin vertegenwoordigd? En de voorzitters? Hoe vaak vergaderen ze? Krijgen ze daarvoor vrij van hun werk? Mijn aanstelling zal toch zeker door de ondernemingsraad bevestigd moeten worden, nietwaar?'

'Zeker.'

In werkelijkheid kwam dit comité hooguit een keer per twee maanden samen en in feite hadden ze helemaal niets te vertellen. Daarom waren er ook nauwelijks vrijwilligers voor te vinden.

Hij was blij toen juffrouw Hoffmann kwam melden dat de heer Von Klippstein zojuist was gearriveerd. Dat gaf Paul de mogelijkheid om tenminste voorlopig van deze Sebastian af te zijn.

'Perfect! Dan breng ik u nu naar hem toe en krijgt u de eerste introductie op uw toekomstige werkgebied.'

Ernst von Klippstein was hem dat genoegen meer dan schuldig. Een paar maanden geleden had hij zich er fel tegen verzet om zijn kapitaal uit de fabriek terug te trekken en nu kon het hem niet snel genoeg gaan. Tja, de liefde. Of dat wat hij daarvoor hield. Maar uiteindelijk was het wel een goede kerel, want hij toonde oprecht berouw.

'Aangenaam, meneer Winkler. Blijft u maar meteen hier, zodat we elkaar kunnen leren kennen.'

'Aangenaam. Hartelijk dank, meneer Von Klippstein.'

Opgelucht liep Paul terug naar zijn eigen kantoor, waar Alfons Dinter al op hem stond te wachten om hem de nieuwe drukpatronen te laten zien. Paul was niet ontevreden, maar had niet het idee dat de patronen erg creatief waren.

'Uw vrouw heeft destijds zulke mooie patronen getekend, meneer Melzer. Meneer Dessauer, die de walsen graveert, heeft het er nog over.'

Paul keek zijn werknemer onderzoekend aan, maar er was bij hem geen greintje kwaadaardigheid te ontdekken. Integendeel, hij leek de onschuld zelve.

'Laten we de productie starten, Dinter,' zei hij op gelijkmoedige toon.

De rest van de ochtend vloog voorbij. Hij nam de ene na de andere beslissing, beantwoordde telefoontjes, nam de post door en verdiepte zich in klachten, te hoge rekeningen en calculaties die scherp maar toch niet naar tevredenheid waren. Toen hij vertrok voor het middageten, meldde juffrouw Hoffmann dat de heer Von Klippstein en de heer Winkler in de stad gingen eten.

'Zo, zo.'

'De twee heren gaan zeer vriendschappelijk met elkaar om,' voegde ze er met een licht afkeurende toon aan toe.

'Fantastisch!'

Hij stapte opgelucht in zijn automobiel en reed naar de villa. Het park was een symfonie van kleuren zoals je alleen in het voorjaar zag. Tussen het prille groen van de beuken stonden donkere dennen, donkergroene jeneverstruiken en blauwachtige ceders. Witbloeiende struiken en de roze kleurenpracht van de amandelboompjes onderbraken het groen, en de viooltjes in het ronde bloemperk voor de villa explodeerden in alle kleuren van de regenboog. Wat jammer dat hij zijn dagen in de grauwe fabriek en in zijn net zo grauwe kantoor moest slijten. Wat leek zijn gelukkige kindertijd lang geleden, de jaren waarin hij nog met zijn zussen 's middags in het park had rondgestruind en met zijn vrienden naar de weilanden was gegaan om te vissen…

Zijn kinderen, Leo en Dodo, zij moesten in dit park net zo gelukkig zijn als hij dat vroeger was geweest. En Marie, zijn Marie.

Hij vermande zich, parkeerde de auto zoals gewoonlijk voor de ingang en grijnsde toen twee ijverige huisknechten zich onmiddellijk de trap af haastten.

'Wanneer hebben we dat nu in de villa gehad?' grapte hij. 'Twee huisknechten. Het is bijna koninklijk.'

In werkelijkheid waren noch Humbert, noch Julius volledig inzetbaar, ze hielpen elkaar. Tegen de verwachting in schenen ze het goed met elkaar te kunnen vinden.

Boven in de gang kwam hij Lisa tegen. Ze was nog steeds vrij gezet, maar haar uitstraling was in de afgelopen weken veranderd. Ze leek nu blij met zichzelf en met de wereld, en haar glimlach was die van een gelukkige vrouw.

'Dat heb je fantastisch voor elkaar gekregen, Paul,' zei ze en ze pakte van enthousiasme zijn hand. 'Sebastian heeft gebeld. Hij gaat met Von Klippstein eten en zal me straks van alles vertellen. Ik geloof dat het ons gelukt is!'

'Gelukt is het juiste woord,' zei hij en hij rolde zijn ogen naar het plafond. 'Die lieve Sebastian van jou is geen gemakkelijke, daar heeft iedere baas een hele kluif aan.'

Ze vond dat zo'n grappige omschrijving dat ze vrolijk begon te lachen. 'Ja, hij heeft zijn principes.'

Paul besloot dat het niet veel zin had om met zijn zus over Sebastian Winkler te discussiëren. Aangezien ze nu eenmaal van hem hield, zou hij het met hem moeten doen. Punt uit.

'Hoe gaat het met mama?' stelde hij de gebruikelijke vraag.

Lisa keek meteen zeer zorgelijk.

'Heel slecht, Paul. Ze is helemaal buiten zichzelf. Vooral vanwege dat artikel in de krant. En dan ook nog Serafina.'

'Wat voor een krantenartikel? Ik heb vanochtend niets schokkends gelezen.'

Lisa toonde een scheve grijns. 'Omdat je de cultuurrubriek hebt overgeslagen.'

Er begon hem iets te dagen. Had Kitty niet onlangs gezegd dat de voorbereidingen in volle gang waren? In mei zou de opening zijn en daar zouden ze flink reclame voor maken.

'De tentoonstelling?'

'Goed geraden!'

Hij haalde diep adem en zette zich schrap voordat hij de deur naar de eetkamer opende. Het zou wel geen middagmaal in familiaire harmonie worden.

Zijn moeder zat al op haar plek, kaarsrecht als altijd, met voor zich een glas water en in haar hand een eetlepel waar ze net een poedertje tegen hoofdpijn op deed. Lisa en Paul wisselden een zorgelijke blik en gingen ieder op hun plek zitten. Alicia keek hen nauwelijks aan. Ze concentreerde zich op het doorslikken van het bittere spul op haar lepel en spoelde het met water na. Vervolgens schraapte ze haar keel, sprak het tafelgebed en gebaarde Humbert, die met de soepterrine kwam, dat ze vandaag niets zou eten.

'Alleen een kleinigheid, mevrouw. Zodat het poeder niet op uw maag slaat.'

'Bedankt, Humbert. Later.'

Humbert maakte met een bezorgd gezicht een buiging en serveerde soep aan Lisa en Paul. Hij was de kamer nog niet uit of Paul voelde zijn moeders verwijtende blik op zich gericht.

'Ik neem aan dat je vanochtend de krant hebt gelezen?'

'Alleen het politieke en economische gedeelte, mama. We hebben weer een rijkskanselier, wat uiterst heugl...'

'Begin alsjeblieft niet over een ander onderwerp, Paul!'

'Ik heb het artikel waar je waarschijnlijk op doelt helaas niet gezien, mama. Gaat het over de tentoonstelling?'

'Inderdaad. O, Paul, je had me beloofd dat je die verschrikkelijke toestand zou verhinderen! En dan verschijnt er zo'n artikel in de krant! Ik kon mijn ogen haast niet geloven. Ruim een halve pagina lang. Met drie foto's. Een ellenlang gezwam over dat verdorven mens, die jouw vader tot wanhoop dreef.'

Hij begreep echt wel dat ze verbijsterd was, maar dit kon hij niet over zijn kant laten gaan.

'Alsjeblieft, mama, Maries moeder was een kunstenares, ze leefde volgens andere normen dan normale burgers. Ik wil niet dat je het woord "verdorven" met haar in verband brengt!'

Lisa keek met een starre blik naar de bos bloemen die Dörthe voor op de eettafel had geplukt. Alicia ademde zwaar, haar bleke wangen werden rood.

'Zover is het al gekomen, dat mij in mijn eigen huis de mond wordt gesnoerd. Hoe zou je de leefwijze van die vrouw dan willen noemen, Paul?'

Waarom was het eigenlijk zo moeilijk om vrouwen die ruziemaakten tot rede te brengen? Waarschijnlijk was daar een vrouw voor nodig, als man was hij bij voorbaat al kansloos.

'Ik zal het artikel lezen,' zei hij, waarbij hij zijn best deed rustig te klinken. 'Het schijnt inderdaad nogal overdreven en onnodig lang te zijn. Maar krantenjournalisten zijn nu eenmaal een bijzondere specie. En verder had ik je immers gezegd dat ik Marie heb beloofd niets te doen om die tentoonstelling te verhinderen. Je weet dat ik Marie nog altijd zeer waardeer en haar niet wil kwetsen. Het gaat immers om haar moeder.'

Alicia had daar geen begrip voor. Ze zweeg zolang Humbert het hoofdgerecht – gevuld varkensbraadstuk met rodekool en aardappelen – serveerde, maar uitte haar woede zodra hij weg was.

'Als je echt denkt dat je jouw vrouw terugwint door haar haar gang te laten gaan, dan vergis je je, Paul. Daarmee bereik je alleen maar dat ze geen respect meer voor je heeft.'

'Maar, mama,' bemoeide Lisa zich ermee. 'We leven toch niet meer in de negentiende eeuw. Toen de vrouw nog onderdanig moest zijn aan de man.'

Nu Alicia van twee kanten werd aangevallen, bleef ze helemaal bij haar standpunt. Ze perste haar lippen op elkaar en keek in de richting van het raam met de uitdrukking van een vrouw die door haar geliefden bitter onrecht werd aangedaan.

'Liefde wordt uit respect geboren,' zei ze met nadruk. 'Dat gold vroeger al en dat geldt nog steeds!'

'Uit wederzijds respect, mama,' zei Lisa met een vriendelijke glimlach. 'Dat bedoel je toch, nietwaar?'

'De echtgenoot dwingen om zijn eigen familie zo veel schande aan te doen – dat getuigt niet bepaald van respect! En van liefde al helemaal niet!'

Paul besloot het onderwerp voorlopig te laten rusten om ten minste de maaltijd rustig te kunnen beëindigen. Maar helaas had zijn moeder nog iets te vertellen.

'En dat je later niet verrast bent, Paul, Serafina heeft ontslag genomen. Ze zal ons vrijdag al verlaten, want ze begint op 15 mei met haar nieuwe baan.'

Paul zag een zelfingenomen lachje in Lisa's mondhoeken en ergerde zich eraan. Wat voor een geheim web had zijn zus nu weer gesponnen om haar onwelkome voormalige vriendin het huis uit te krijgen? En alles natuurlijk achter zijn rug om. Dit keer kon hij zijn moeders verontwaardiging wel begrijpen.

'O? Gewoon zomaar, zonder zich aan de opzegtermijn te houden? Wat voor nieuwe baan heeft ze dan?'

Alicia nam nog een slok water en gaf Humbert het sein dat hij het dessert aan haar mocht serveren. Warm appelgebak met vanillesaus, met een dun laagje poedersuiker erover gestrooid. Blijkbaar had ze weer trek nu ze haar hart had gelucht.

'Ze wordt huisdame bij advocaat Grünling. Mevrouw Wiesler heeft die baan voor haar bemiddeld.'

Aha, dacht Paul. Kitty zat er dus achter.

Met een tevreden zucht stak Lisa haar gebaksvorkje in de dunne korst van het appelgebak, waaronder het zoete, zachte deeg en de zure stukjes appel verborgen waren. 'Humbert, waarom wordt er geen koffie geserveerd?'

'Pardon, mevrouw. De koffie komt eraan.'

Na het middageten trok Paul zich met de krant in zijn werkkamer terug, die direct naast de eetkamer lag. Hij legde de krant op zijn bureau, sloeg hem open bij de cultuurrubriek, begon te lezen en werd bij elke zin kwader.

'... de fantastische kunstenares, een lang miskend talent, woonde ooit binnen de muren van onze stad. Augsburg kan zich enorm gelukkig prijzen dat hier zo'n buitengewone en getalenteerde kunstenares heeft gewoond. Des te meer dringt de vraag zich op hoe het mogelijk is dat ze op zo'n tragische wijze en veel te jong is overleden. Waarom moest de jonge Luise Hofgartner, die zo'n unieke carrière als schilderes voor zich had, in bittere armoede sterven? Je zou in de verleiding kunnen komen aan de kunstenaars van Montmartre te denken, die compromisloos alleen voor hun kunst leefden, honger en kou leden en daarbij grootse dingen volbrachten. Ook Luise Hofgartner volgde haar roeping, met hart en ziel wijdde ze zich aan de edele kunst, en toch moest ze ten onder gaan. Waarom kreeg ze geen opdrachten in Augsburg? Hoe was het mogelijk dat ze met haar dochtertje in diepe armoede leefde? We willen niemand beschuldigen. En toch moet de vraag gesteld kunnen worden, in welke relatie Luise Hofgartner stond met Johann M., een bekende textielfabrikant uit Augsburg...'

Woedend verkreukelde Paul de krant tot een prop. Wat een snode schrijverij. Wie had die details aan de pers gegeven? Verdomd, hij had natuurlijk geweten dat er gekletst zou worden. Maar niet dat deze nare kwaadsprekerij al weken voor de opening van de tentoonstelling zo duidelijk en uitvoerig in de pers zou komen!

De telefoon rinkelde. Hij nam automatisch op omdat hij dacht dat het Sebastian Winkler was die met zijn Lisa wilde bijpraten. Hij zou hem kort maar duidelijk uitleggen dat telefoongesprekken tussen de fabriek en de villa geld kostten en alleen bedoeld waren voor belangrijke mededelingen.

'Paul? Ik ben het, Marie.'

Hij had een paar seconden nodig om dit te verwerken. 'Marie. Sorry, ik had je niet verwacht.'

'Ik bel maar heel kort. Je weet immers dat ik maar kort pauze heb. Het gaat om het krantenartikel.'

'O ja?' riep hij boos. 'Heb jij soms opdracht gegeven voor dat prulartikel?'

Hij verloor zijn zelfbeheersing, het moest door de irritaties komen die sinds vanochtend op hem af stormden. Marie leek geschrokken want ze zweeg even.

'Nee, ik was het niet. Ik wilde je juist zeggen dat ik het totaal niet eens ben met dit arti...'

'Waarom heb je het dan niet verhinderd?' riep hij. 'Ik heb echt mijn best gedaan je tegemoet te komen. Is dit nu jouw dank daarvoor? Luise Hofgartners postume wraak op de Melzers?'

'Ik begrijp het,' zei ze zacht. 'Er is niets veranderd.'

Hij voelde dat zijn woede wegebde. Waarom had hij zo tegen haar gesnauwd? Had ze niet gebeld om hem te zeggen dat het niet haar schuld was? Hij moest tegen haar zeggen dat hij blij was dat ze belde. Dat hij de hele tijd vol verlangen op een teken van haar had gewacht. En vooral dat hij die stomme tentoonstelling niet meer belangrijk vond. Het ging om hen beiden. Om hun liefde. En hun huwelijk. De zinnen volgden elkaar razendsnel in zijn hoofd op, maar omdat hij niet goed wist hoe hij moest beginnen, kreeg hij geen enkele zin over zijn lippen.

'Ik moet weer aan het werk,' zei Marie koel. 'Adieu.'

Voordat hij kon antwoorden, had ze opgehangen. Paul staarde naar de zwarte hoorn in zijn hand alsof het een lelijk reptiel was en meende brokkelend gesteente te horen. Het huis dat gebouwd was op zijn hoop was niet al te stevig – één windvlaag en het stortte ineen.

# 31

*Mei 1925*

MARIE HAD ZICH DE hele dag ziek gevoeld. Ze sloot het atelier twee uur eerder dan normaal, stuurde de medewerkers vervroegd het weekend in en probeerde nog wat orde op haar bureau te scheppen voordat ze naar de Frauentorstraat reed. Haar hoofd bonkte, haar slapen klopten, haar handen waren ijskoud.

Het is mijn doorbloeding, dacht ze. Geen wonder. Maar het helpt allemaal niets. Ik ben ermee akkoord gegaan en nu nemen de dingen hun loop. Wie in het schuitje zit, moet meevaren.

Nadat ze een stapel bestellingen twee keer zinloos had gesorteerd zonder er met haar gedachten bij te zijn, liet ze zich op de stoel vallen en steunde ze haar hoofd in haar handen.

Vanavond zou de tentoonstelling 'Luise Hofgartner – een kunstenares uit Augsburg' worden geopend. Waarom maakte ze zich zo druk? Het was al maanden geleden besloten en ze had zich er in het begin erg op verheugd. Maar vandaag, op de dag van de opening, was ze vreselijk zenuwachtig. Waarschijnlijk kwam het doordat al haar klanten over de 'grote gebeurtenis' hadden gepraat. Ze hadden gezegd dat ze vanavond zeker zouden komen, dat ze hun echtgenoot mee zouden nemen, en hun schoonouders, ooms en tantes en goede vrienden. En natuurlijk wist sinds dat geweldige krantenartikel iedereen wie Luise Hofgartner was geweest en dat Marie Melzer haar dochter was. Er werd gefluisterd dat de 'oude Melzer' de weduwe van zijn voormalig partner Burkard tot allerlei onzedelijke dingen had willen dwingen. Haar klanten waren zo discreet geweest om dat niet te noemen, maar Marie besefte wel dat dit soort dingen door hun hoofd gingen. O, ze had er vandaag heel wat voor gegeven als ze deze tentoonstelling gewoon kon afzeggen.

Marie rekte zich uit en dwong zichzelf het positief te bekijken. Hoe kon ze zo laf zijn? De tentoonstelling afzeggen! Dan zou ze Luise Hofgartner geen recht doen. Haar moeder was een dappere vrouw geweest, nu mocht zij ook niet terugkrabbelen.

Ze nam een poedertje tegen hoofdpijn, zette haar hoed op en trok het jasje van haar mantelpakje aan. De middagzon scheen fel op de winkelruiten. Ze moest met haar ogen knipperen terwijl ze de deur op slot deed en zich naar de tramhalte haastte.

'Hallo, mevrouw Melzer!' riep iemand vanuit een automobiel. 'Mag ik u een lift aanbieden?'

Ze wilde al 'nee, bedankt' zeggen, maar herkende toen Gustav Bliefert en wilde hem niet afwijzen.

'Dat is heel aardig van u. Ja, naar de Frauentorstraat. Hoe gaat het met u? Hoe gaat het met de tuinderij?'

Ze was ineens blij even met hem te kunnen praten, want door zijn kalme manier van doen werd zij ook rustiger.

'Het gaat prima,' zei hij trots. 'Eerst de pootplantjes, die verkochten als warme broodjes. En nu komen de bloemen. Liesl maakt de boeketten, dat gelooft niemand die het niet heeft gezien. Het meisje kan het veel beter dan Auguste. Op de markt vechten de mensen om onze boeketten.'

Die Liesl, dacht Marie. Zouden ze het meisje ooit vertellen dat Gustav niet haar vader was? En zou het haar gelukkiger maken als ze dat wist? Wie kon het weten?

Gustav bracht haar tot aan de voordeur en stapte daar snel uit om voor zijn passagier het portier te openen.

'En bedankt voor de spullen. Maxl en Hansl zijn heel trots dat ze de kleren van Leo mogen dragen.'

'Daar ben ik blij om,' zei Marie, terwijl ze uit de auto stapte. 'En bedankt voor de rit in de mooie auto.'

Hij grijnsde trots en sloeg de autodeur dicht.

'Het was me een waar genoegen, mevrouw Melzer. En vanavond komen we ook, Auguste en ik. Want in de krant stond dat dit de gebeurtenis van het jaar is.'

Marie glimlachte naar hem met het beklemmende gevoel dat de twee trouwe vrienden waarschijnlijk nogal geschokt zouden zijn als ze de schilderijen van haar moeder zagen. Nou ja, ze zouden niet de enigen zijn.

Henni stond al ongeduldig bij de voordeur en hupte van haar ene been op het andere. Daarbij trok ze haar wijde, roze jurkje aan beide kanten omhoog, waardoor het als twee vleugels opbolde.

'Tante Marie... tante Marie. Mama wil niet dat ik vanavond een dans opvoer. Maar op school mocht ik de paradijsvogel dansen.'

In het St. Anna waren de nieuwe scholieren na de paasvakantie met een mooie leerlingenvoorstelling begroet en Henni had daar enthousiast aan meegedaan. Nu hoopte ze ooit een beroemde danseres te worden.

'Vanavond wordt er niet gedanst, Henni. De mensen bekijken alleen de schilderijen, praten erover en dan gaan ze weer weg. Het wordt heel saai, het is niks voor kinderen.'

Maar Henni liet zich niet zo gemakkelijk van een plan afbrengen. Ze schoof haar kin naar voren en keek Marie met haar blauwe ogen boos aan.

'Maar Leo mocht in de villa pianospelen.'

'In de villa mag jij ook dansen, Henni. Maar vanavond zijn we bij het kunstgenootschap in de Hallstraat.'

Daar kon Henni niet veel tegen inbrengen. Ze trok haar neus op en zorgde ervoor dat ze dat wat ze wel had bereikt in elk geval vastlegde.

'Maar in de villa mag ik dansen, ja? Bij het zomerfeest?'

'Dat kun je beter met je moeder bespreken, Henni.'

Henni slaakte een diepe zucht en draaide op haar plek zodat haar rok om haar heen zwierde. 'Mama is vandaag zenuwachtig.'

Geen wonder, dacht Marie. Tenslotte was zij degene die dit alles op touw had gezet. Maar ze had het goed bedoeld, die lieve Kitty. Ze had het voor haar gedaan. En natuurlijk voor de kunst.

'Dan ga ik maar eens even bij haar kijken,' zei ze glimlachend tegen Henni. 'Misschien kan ik haar kalmeren.'

Kitty zat in de rieten stoel. Ze had het telefoontoestel op haar schoot en hield de hoorn bij haar oor. Toen Marie binnenkwam, knikte ze naar haar, zwaaide met haar vrije hand en praatte verder.

'... natuurlijk zal mevrouw Melzer voor een interview ter beschikking staan... Pardon? *Nürnberger Anzeiger*? Prima, we doen altijd ons best de cultuur in de provincie te stimuleren... Ja, de opening is vanavond om zeven uur. Er is uiteraard iets te drinken en een buffet... Nee, de pers mag niet eerder naar binnen... Ik dank u ook. Hoe was ook alweer uw naam? Zeisig? Goed... Tot later dan, meneer Reisig.'

Ze legde de hoorn neer en zette het toestel op het wankele messing tafeltje.

'Mijn hemel, Marie!' riep ze en haar ogen glansden van enthousiasme. 'Stel je voor, ze komen uit Neurenberg. En sowieso uit München. Uit Bamberg komt een beeldhouwer, hij brengt zijn zwager mee, die werkt bij de pers. En je zult het niet geloven, zelfs Gérard komt voor de voorstelling naar Augsburg. Met zijn jonge echtgenote, want ze zijn toch op huwelijksreis. Eerlijk gezegd kunnen die twee me gestolen worden. Vooral Gérard, die achterbakse lafaard. Zijn vrouw kan er ook niks aan doen, met dat arme ding kun je alleen maar medelijden hebben.'

Marie plofte uitgeput op een stoel en hield haar oren dicht. 'Alsjeblieft, Kitty, wees even stil. Mijn zenuwen...'

'Ja, wat dacht je van de mijne?' kreunde Kitty. 'Wat moet ik in godsnaam doen als Gérard plotseling voor me staat? Hoe kan hij me dit aandoen? Hij neemt gewoon zijn jonge vrouw hier mee naartoe. Moet ik haar soms over onze liefdesnachten in Parijs vertellen? O, ik zou het zo doen.'

De deur ging open en Gertrude kwam binnen met een dampende soeppan.

'Zo, dames kunstenaressen, jullie gaan nu eerst wat eten. Runderbouillon met rissoles, dat versterkt het lichaam en de geest.'

Marie stond automatisch op om de houten onderzetter op de tafel te leggen en de soepborden uit te delen. Kitty strekte haar armen voor zich uit en kreunde.

'Ik krijg geen hap door mijn keel, Gertrude. Neem die soeppan alsjeblieft weer mee. Ik word helemaal misselijk van de geur.'

'Niks daarvan!' bromde Gertrude en ze pakte de soeplepel uit de lade van de kast. 'Vanavond wordt er champagne geserveerd. Jullie hebben een stevige basis nodig anders slaan jullie na het eerste glas al achterover.'

Kitty beweerde dat ze hele flessen champagne kon drinken zonder ooit dronken te worden. Hooguit een tikkeltje aangeschoten. Maar in elk geval nog bij zinnen.

'Goed dan, ik kom er wel bij zitten. Maar ik eet niets. Hoe zit het met de kinderen?'

'Leo is nog bij de Ginsbergs en Dodo zit op zolder te knutselen. Zij gaan eten als jullie tweeën weg zijn. Ik heb hun pannenkoeken met appelmoes beloofd.'

'Ieuw!' zei Kitty en ze legde een hand op haar maag. 'Het idee alleen al.'

Toch liet ze zich uiteindelijk overhalen om een paar lepels bouillon te nemen. En een kleine rissole, een babyrissole. En goed dan, nog een halve erbij, en omdat de andere helft zo eenzaam achterbleef moest ze die ook eten.

'Nu gaat het weer goed met me,' zei ze en ze leunde opgelucht naar achteren. 'We hebben nog tot 's avonds laat gezwoegd. Maar nu hangt alles prachtig, Marie. Je zult enthousiast zijn… Als je binnenkomt, valt je blik meteen op het schilderij van de blauwachtige bergen, de naakttekeningen hebben we in het zijvertrek gehangen. God, ik weet toch hoe preuts de dames in Augsburg zijn... En die saaie portretten hangen allemaal in het paviljoen.'

Marie zweeg. Ze had de indeling aan Kitty en haar kennissen overgelaten, die zich belangeloos en kosteloos voor deze tentoonstelling inzetten. Maar natuurlijk had ze liever eerst de conservatieve schilderijen gepresenteerd; de portretten en de landschapstekeningen die uit privéverzamelingen stamden en ter beschikking waren gesteld. Haar moeder had ze gemaakt toen Jakob Burkard was overleden en ze geld nodig had.

'Je zult zien, Marie, het wordt een megasucces! De Münchenaren zullen groen van jaloezie zijn. Ik ben zo benieuwd of Lisa komt. Ze heeft nog niets van zich laten horen.'

Tilly had gisteren al gebeld. Ze kon helaas niet voor de tentoonstelling naar Augsburg komen omdat ze vlak voor een belangrijk tentamen stond.

'Wat de toekomstige mevrouw Von Klippstein betreft, die zal ik niet missen,' zei Kitty. 'Maar Lisa, dat zou fijn zijn. Misschien zal haar lieve Sebastian haar overtuigen. Hij is een dappere man, ik vind hem eigenlijk helemaal niet zo verkeerd. Even afgezien van zijn uiterlijk, want god, een adonis is hij nu niet bepaald. En als ik me hem zonder hemd voorstel...'

'Kitty!' maande Gertrude. 'Dat wil niemand hier aan tafel weten.'

Marie dwong zichzelf een beetje soep met een rissole te eten, voor de rest liet ze Kitty praten. Haar stemming was somberder dan daarvoor, want ze moest aan Paul denken. Natuurlijk zou hij niet komen, dat kon hij zijn moeder niet aandoen. Zeker niet na dat afschuwelijke krantenartikel. Wat was hij boos geweest aan de telefoon. Hij had haar niet eens uit laten praten, dat was uiterst onbehoorlijk geweest. Hij had bazig gedaan en ze had beseft dat de kloof die tussen hen was ontstaan, nog steeds niet was overbrugd. De kloof was zelfs dieper en steiler geworden. Een afgrond die niet meer te dichten was, die haar liefde, haar huwelijk verscheurde en elke verzoening onmogelijk maakte. Hoe kon ze met een man leven die haar moeder verachtte? Die zich schaamde voor haar afkomst?

'Weet je, Marie, als dit alles voorbij is en jullie je weer hebben verzoend, dan gaan we met zijn allen in de villa wonen...'

Marie schrok op uit haar gedachten en keek Kitty verstrooid aan. Wat had ze net gezegd? Ach, Kitty!

'Ja, daar kijk je van op, hè?' riep Kitty geamuseerd. 'Ik heb er diep over nagedacht, Marie. Als Tilly zo meedogenloos is om met Klippi te trouwen en met hem naar München te vertrekken, dan wil ik de lieve Gertrude ook niet in moeilijkheden brengen.'

Ze pakte de verbaasde Gertrude zo stevig bij haar arm beet dat het stukje rissole bijna van haar lepel op het tafelkleed viel.

'Jij hoort bij Tilly, Gertrude. Ze is immers je dochter en ze heeft je nodig. En ik heb ook een moeder en daarom wil ik met Hennilief terug naar de villa verhuizen. Nu die lelijke heks Serafina er niet meer is, is er niets meer dat dat in de weg staat.'

'Wat een mooi plan,' zei Marie met een welwillend lachje.

Ze kende Kitty lang genoeg om te weten dat ze een nieuw idee meestal meteen de volgende dag al kon uitbroeden. Het had geen zin om erover te discussiëren. Ook Gertrude wist dat en at daarom rustig verder. Ze merkte alleen op dat ze zich hier in de Frauentorstraat eigenlijk erg prettig voelde. De bel van de voordeur luidde en ze hoorden Henni de trap af lopen om de deur open te maken.

'Ja, dat klopt. U kunt het aan mij geven.'

Meteen daarna kwam er een reusachtig zomers boeket de woonkamer binnen, met daaronder Henni.

'Mama, hij wacht op geld.'

'O, jee!' riep Kitty en ze sprong op om de bode een fooi te geven. 'Daar komen de eerste felicitaties, Marie.'

'We hebben geen vaas voor zo'n grote bos,' bromde Gertrude die het boeket had aangepakt. 'Er zit een kaartje bij.'

Marie, die allerlei idiote en volkomen zinloze verwachtingen had gekoesterd, werd teleurgesteld. Dit boeket was niet voor haar. Het was voor Kitty.

'Wat... voor mij? Hopelijk niet van Gérard. Dan gooi ik die bloemen meteen uit het raam.'

Kitty trok het kaartje ongeduldig uit de envelop, las snel de enkele regels door en schudde vol onbegrip haar hoofd.

'Geen idee wie dat is. Er wil vast iemand een grap met me uithalen.'

Marie was niet nieuwsgierig. Ze stond op en zei dat ze zich nu ging omkleden en dan naar de Hallstraat zou lopen. Kitty stopte het kaartje terug in de envelop.

'Daar komt niets van in, Marie. We rijden samen in mijn auto. Ik ben over tien minuten klaar. Gertrude, wees zo lief en zet deze bloemen in een of andere waterkan.'

'Altijd die haast,' mopperde Gertrude. 'Het is pas tien over vijf.'

Marie hoefde niet lang na te denken wat ze aan zou trekken. Ze koos voor de zwarte, nauwsluitende jurk die tot op haar kuiten ging en een v-hals had die een tikkeltje gewaagd was. Daarbij een lange witte parelketting, dubbel om haar hals gelegd, zoals het de mode was. Zwarte pumps. Een licht, halflang jasje en een gedurfd hoedje dat scheef werd gedragen.

Kitty kwam natuurlijk in het wit. Een zijden jurk met fijn borduursel op de mouwen, op kuitlengte, met daarbij witte sandalen met riempjes en hakken. Ze keek fronsend naar Maries jurk.

'Je ziet eruit alsof je naar een begrafenis gaat. Zo helemaal in het zwart.'

Zo voelde Marie zich ook. Maar dat hoefde ze Kitty niet aan haar neus te hangen.

'En jij ziet eruit alsof je naar een bruiloft gaat,' zei ze.

Dat vond Kitty grappig. Ze grinnikte en zei dat alleen de mirtenkrans nog ontbrak. Maar die had ze sowieso nooit gedragen.

Natuurlijk had Kitty's 'autootje' weer nukken. Hij schokte, stonk naar verbrand rubber en spoot water. Marie had al spijt dat ze niet lopend was gegaan. Maar Kitty deed zo haar best om haar auto liefdevol toe te spreken en met trucjes aan de gang te krijgen, dat Marie het niet over haar hart verkreeg om uit te stappen.

'Zie je wel, we hebben het gered!' riep Kitty triomfantelijk toen ze in de Hallstraat voor het gebouw van het kunstgenootschap stopte. 'En we hebben nog een half uur tijd tot de opening.'

Er was geen mensenmassa in de Hallstraat, ook het plantsoen – voormalig eigendom van Euringer, een bankier in Augsburg – lag rustig in het warme licht van de late namiddagzon. De oude bomen hielden beschermend hun takken boven het ouderwetse paviljoen, dat nu weer voor tentoonstellingen gebruikt kon worden.

'Misschien komt er niemand,' zei Marie hoopvol.

Maar ze waren nog niet door de deur of ze hoorden al een wirwar van stemmen en rinkelende glazen. Marc kwam naar hen toe. Hij had zijn blonde haar vandaag strak tegen zijn hoofd gekamd en waarschijnlijk met pommade ingesmeerd.

'De aasgieren van de pers zijn er al. Ze willen Marie. Mevrouw Wiesler is aan de telefoon... En Roberto is stomdronken.'

Hij omhelsde eerst Kitty, toen Marie, duwde hen allebei het zijvertrek in waar de naakttekeningen hingen en een aantal jonge dames en heren in een heftige discussie waren verwikkeld. Een fotograaf probeerde met behulp van een grote flitser binnenopnames te maken.

'Mag ik u even aan iemand voorstellen? Mevrouw Marie Melzer, de dochter van de kunstenares.'

Marie werd direct van alle kanten omringd. Er werden vragen op haar afgevuurd, ze werd verblind door lichtflitsen, potloden vlogen over notitieblokken, nieuwsgierige, opdringerige, wellustige blikken werden als pijlen op haar gericht. Ineens was Marie de rust zelve. Ze koos uit wiens vraag ze beantwoordde, negeerde andere vragen, glimlachte en verzekerde telkens weer hoe blij ze was dat haar moeder eindelijk de erkenning kreeg die ze verdiende.

Tussendoor reikte iemand haar een glas champagne aan, dat ze een hele tijd in haar hand hield voordat ze er eindelijk een slokje van nam. Het was ineens vreselijk benauwd in het zijvertrek, maar toen ze zich door de menigte een weg naar de grote zaal baande, was het niet veel beter.

'Mevrouw Melzer! Het is prachtig.'

'Marie, lieverd, hallo. Wat een geweldige schilderijen.'

'Beste mevrouw Melzer. Ik ben helemaal onder de indruk. Wat een talent.'

Ze begroette allerlei kennissen en vrienden, ook mensen die ze slechts vluchtig kende of zelfs helemaal niet. Er gleden gezichten langs haar heen, ogen die groot waren van schrik, getuite monden. Ze hoorde opgewonden gefluister, zag mensen verbijsterd kijken en dames die de hand voor hun mond hielden. Sommigen draaiden zich om en zochten de uitgang.

'Mevrouw Melzer? Ik ben van de *Münchner Merkur*. Als u straks tijd hebt voor een klein interview...'

'O, u bent de dochter van de kunstenares! Nou, u bent werkelijk niet te benijden om deze erfenis...'

Advocaat Grünling stond met zenuwarts Schleicher te praten. Ze knikten beleefd toen ze langsliep. Meneer en mevrouw Manzinger, die inmiddels een aantal bioscopen bezaten, hieven hun glazen en proostten haar toe. Herrmann Kochendorf, de schoonzoon van de Manzingers, glimlachte verlegen, zijn echtgenote Gerda zei snel iets tegen hem.

'Afschuwelijk,' zei iemand naast Marie. 'Wat een bizar werk.'

'En dat noemen ze kunst? Verschrikkelijk! Echt niet normaal.'

'Ontaard.'

'Aanstootgevend!'

'Maar tekenen, dat kon ze. Bent u al in het paviljoen geweest?'

Marie dronk haar glas leeg en was blij toen ze Lisa en Sebastian Winkler in een hoekje ontdekte.

'Marie! Kom bij ons. Zo meteen wordt de laudatio gehouden,' riep Lisa naar haar.

Marie baande zich een weg door de kletsende menigte en begroette hen beiden. Lisa had zichzelf in een hemelblauwe jurk geperst die

Marie jaren geleden voor haar had genaaid. Sebastian droeg een kostuum van Johann Melzer senior.

'Ziet hij er niet goed uit? Het past als gegoten. Het zou toch eeuwig zonde zijn als dit mooie pak voor altijd in mama's verzameling zou verdwijnen, nietwaar?'

'Dat is waar. Ik denk dat papa er blij mee zou zijn geweest.'

Sebastian toonde een scheef lachje. Waarschijnlijk voelde hij zich totaal niet prettig in dit pak. Wat raar, met sommige dingen was hij koppig en niet voor rede vatbaar, en dan ineens deed hij dingen die hij niet makkelijk vond, om Lisa een plezier te doen.

'Mevrouw Wiesler heeft me weken geleden al uitgehoord,' zei Marie glimlachend. 'Ze heeft ontzettend veel moeite gedaan met de laudatio.'

'Nou, dan ben ik erg benieuwd.'

Marie ontdekte Kitty, een stralende witte vlek te midden van het gewoel. Ze zwaaide naar iemand, haar haar viel van haar voorhoofd toen ze het naar achteren gooide en luid iets over de hoofden van de omstanders riep.

'Het gaat beginnen! Toitoitoi!'

Voor het grote schilderij in het midden van de zaal – de abstracte voorstelling van een ruig, met sneeuw bedekt berglandschap – ontstond een vrije ruimte rond mevrouw Wiesler. Ze was nog weelderiger geworden. Ze had haar haar zorgvuldig geverfd, maar in de lichtgroene jurk die losjes om haar heen hing, kwamen haar vormen niet voordelig uit.

'Mijn zeer vereerde, lieve kunstvrienden,' klonk haar krachtige altstem. 'Mijn lieve vrienden. Ik heb de eer...' Ze strekte theatraal haar armen uit en een heer in een donker pak kwam uit de menigte naar voren en ging naast haar staan.

'Hartelijk dank,' zei Paul Melzer en hij maakte een lichte buiging in haar richting. Daarna draaide hij zich naar het verbaasde publiek om.

'Lieve vrienden, u zult ongetwijfeld verbaasd zijn om de laudatio voor de kunstenares Luise Hofgartner uit mijn mond te horen. Laat het mij aan u uitleggen...'

Marie staarde vol ongeloof naar deze verschijning, die eigenlijk alleen het product van haar fantasie kon zijn. Was ze toch dronken geworden, van dat ene glas champagne? Dit kon toch niet Paul zijn, die daar zo vanzelfsprekend voor de mensen stond en een laudatio wilde houden? De laudatio voor…

'De band tussen de familie Melzer en Luise Hofgartner is vele jaren geleden ontstaan. In die tijd zijn veel goede en een paar slechte dingen gebeurd, en ik zeg nu voor u allen, dat de schilderes Luise Hofgartner een lid van onze familie is. Ze is niet alleen de moeder van mijn geliefde vrouw Marie, ze is ook mijn schoonmoeder en de grootmoeder van onze kinderen.'

Hij was het. Het was geen spookverschijning en ze verkeerde niet in een roes als gevolg van de champagne. Daar, voor de blauwachtige, besneeuwde bergen stond Paul, en hij sprak voor alle mensen over Luise Hofgartner. Hij zei dingen die hij niet eens tegen haar alleen had willen toegeven. Marie voelde een lichte duizeling, haar benen waren ineens vreemd gevoelloos en ze was blij dat Sebastian Winkler haar arm pakte om haar te steunen.

'Zei ik het niet?' fluisterde Lisa. 'Wat goed dat we nog net op tijd bij haar waren.'

'Wilt u gaan zitten?' vroeg Sebastian zacht.

Marie vermande zich. Talloze bezoekers hadden zich naar haar omgedraaid, nieuwsgierige blikken doorboorden haar.

'Het gaat al. Bedankt.'

Dit was allemaal doorgestoken kaart, dacht ze. Ze hadden het geweten. Ook Kitty. Wat hadden ze zich daar in godsnaam bij voorgesteld?

'De jonge Luise Hofgartner is in Inning am Ammersee geboren, maar ging als jong meisje naar München, waar ze een jaar aan de kunstacademie studeerde. Ze voelde zich daar echter niet prettig. Talloze reizen aan de zijde van een mecenas brachten haar in heel Europa. In Parijs leerde ze Jakob Burkard kennen, haar latere echtgenoot.'

Paul liet behendig een paar onaangename details weg en begon over Luise Hofgartners kunstzinnige nalatenschap. Ze was een zeer getalenteerde kunstenares geweest, iemand die op zoek ging, die zich in verschillende richtingen had georiënteerd en op elke richting haar stempel had gedrukt.

'Wat we hier zien, is slechts een gedeelte van haar grote werk. Het is onvoltooid, omdat ze niet de tijd had een rijpere leeftijd te bereiken. Maar zelfs dit kleine deel van haar werk is indrukwekkend en mag niet in de vergetelheid raken. Haar talent leeft voort in haar dochter en – voor zover ik het kan beoordelen – ook in haar kleinkinderen. Wij allen zijn er trots op dat wij familie of aangetrouwde familie van deze buitengewone vrouw zijn.'

'Nu overdrijft hij lichtelijk,' mompelde Lisa.

Marie had moeite om overeind te blijven. Binnen in haar was het een wilde chaos van wanhoop, geluk, verontwaardiging, hoop en twijfels. Ze was niet in staat ook maar één woord uit te brengen. Haar lippen trilden alsof de thermometer naar een Siberisch dieptepunt was gezakt.

'Ik hef mijn glas op de bewonderenswaardige Luise Hofgartner en haar grote werk!'

Ze zag het fonkelende kristal in Pauls hand, zijn triomfantelijke glimlach die zo vertrouwd voor haar was en nu tot de hele zaal was gericht. Ze hoorde glazen klinken, applaus dat steeds luider werd, enkele mensen riepen zelfs bravo. De fotograaf maaide met zijn camera door de menigte en klaagde dat de mensen opzij moesten gaan. Paul glimlachte nog steeds, beantwoordde vragen en schudde handen. Toen benamen de mensen die zich op hem stortten Marie het zicht.

Plotseling was Kitty bij haar. Ze omhelsde haar onstuimig, kuste haar op beide wangen, schudde haar door elkaar.

'Deed hij dat niet fantastisch, ons Paultje? Ach, hij is zo'n geweldige spreker. Zoals hij daar stond. Zo nonchalant. Zeg nu eens wat, Marie! Zeg nu eindelijk eens wat! Hij heeft het allemaal voor jou gedaan. Gisteren heeft hij nog verschrikkelijk ruzie gehad met mama.'

'Alsjeblieft, Kitty,' kreunde Marie. 'Ik... ik wil graag een glas water.'

'O, hemel!' riep Kitty en ze legde haar arm om Maries schouders. 'Kom snel mee naar het buffet, dan kun je even gaan zitten. Ik haal een glaasje water voor je. Hier ben je wel even door van slag, nietwaar?'

'Een beetje wel, ja,' fluisterde Marie.

Ze volgde Kitty naar het achterste gedeelte van de zaal waar een paar stoelen waren neergezet voor het oudere publiek. Maar na een paar passen bleef ze staan. Was dat niet Paul, die zich door de menigte een weg baande? Kwam hij naar haar toe? Heel even wist ze niet wat ze moest doen, ze was nog te verward. Maar Paul liep niet naar haar. Hij liep richting de uitgang en was even later de zaal uit.

Ik had naar hem toe moeten gaan, dacht ze. Ik had hem moeten zeggen dat ik dit nooit van hem gevraagd zou hebben. Dat ik oneindig veel bewondering voor hem heb. Maar in het bijzijn van al die mensen... Plotseling werd ze bang. Misschien was ze wel te laat. Hij was weggegaan. Waarnaartoe? Terug naar de villa? Boos en teleurgesteld in haar? Of was hij misschien nog ergens hier op het terrein van het kunstgenootschap?

'Hier, een glaasje water, Marie. Kom naast me zitten. Straks komt er zo'n aasgier van de pers aan en...'

'Bedankt, Kitty. De pers moet je even laten wachten, alsjeblieft.' Ze draaide zich om en liep in de richting van de uitgang. Kennissen spraken haar aan, riepen haar iets toe, maar ze sloeg er geen acht op en liep snel door. Buiten was het al donker, ze zag de straatlantaarns, de verlichte ramen van de huizen, de contouren van geparkeerde automobielen. Waar was hij heen gelopen? Waarom had hij zo'n haast? Ze keek zoekend naar het verlichte paviljoen, dat in de donkere tuin als een kooi vol glimwormpjes door de takken schemerde. Zou hij daar zijn? Ze schrok, want er kwam een man over het donkere tuinpad naar haar toe gelopen. Toen hij haar zag, vertraagde hij zijn pas en ten slotte bleef hij staan.

'Marie.'

Ze stond perplex. Was dit een avond van wonderen en toverachtige toneelstukjes?

'Pardon,' zei hij. Hij nam zijn hoed af en leek net zo verward als zij. 'Ik wilde natuurlijk zeggen: mevrouw Melzer. Kent u me nog?'

Ze kwam een stap dichterbij en keek hem in het gezicht. Ongelofelijk. Hij was het inderdaad. 'Robert... Ik bedoel, meneer Scherer. Bent u hier in Augsburg?'

'Zoals u ziet.'

Een poosje stonden ze besluiteloos tegenover elkaar. Marie voelde zijn bewonderende blikken en besefte dat hij haar nog als het keukenmeisje in herinnering had.

'Ik... ik ben helaas te laat gekomen. Zou u me misschien kunnen vertellen of ik mevrouw Bräuer in het gebouw kan vinden?'

'Kitty? Ja, zeker. Ze stond zojuist nog bij het buffet.'

Hij bedankte haar haastig en wilde doorlopen, maar ze hield hem tegen.

'Hebt u misschien... mijn man gezien? Ik bedoel Paul Melzer.'

'Meneer Melzer? Ja, ik weet dat hij uw echtgenoot is. Hij is in het paviljoen.'

'O, dank u wel.'

Ze knikten en passeerden elkaar, ieder op weg naar hun eigen doel.

Dit is een droom, dacht Marie. Een midzomernachtdroom, midden in mei.

Ze boog de takken van de struiken uit elkaar en liep over het grasveld naar het paviljoen. Het gras was vochtig, de verwilderde tuin rook naar stinkende gouwe en klaver, naar warme aarde en het hars van de jeneverstruiken. Van hieruit kon ze de bezoekers achter de glazen ruiten zien. Ze liepen langs de tentoongestelde tekeningen, bleven her en der staan, wezen met hun vinger, spraken met elkaar.

Een man liep naar het raam en staarde de zwak verlichte tuin in. Hij was het. Ze zag het aan zijn lichte haar, aan zijn handen die hij onwillekeurig op de ruit legde alsof hij die wilde openschuiven, aan zijn grijze ogen die op haar gericht waren. Toen ze een beweging maakte, was hij ineens verdwenen.

Ze hoorde een deur dichtklappen, ze hoorde voetstappen, en haar hart bonkte. In deze betoverende zomernacht zou ze hem niet kunnen weerstaan, niet hier in de donkere tuin die naar zoete vruchtbaarheid rook...

'Marie.'

Hij was vlak bij haar, wachtte op een reactie, zijn ademhaling was gejaagd en nerveus. Nog voordat ze wist wat ze tegen hem wilde zeggen, begon haar mond te praten.

'Paul, het was overweldigend... Ik weet gewoon niet wat ik moet zeggen. Ik ben nog helemaal in de war.'

Ze merkte dat zijn spanning wegebde. Had hij gevreesd dat ze boos zou kunnen zijn over zijn optreden? Hij leek enorm opgelucht.

'Het heeft lang geduurd eer ik het begreep, Marie. Vergeef me. Jouw moeder hoort bij ons.'

Plotseling liepen de tranen over haar wangen. Iets wat haar zo lang had gekweld, was eindelijk weggenomen. Ze was vrij. Hij nam haar in zijn armen en ze keek hem glimlachend door de tranen heen aan.

'Ik houd van je, Marie,' hoorde ze zijn vertrouwde stem zeggen. 'Kom bij me terug. Alsjeblieft, kom...'

Hij durfde haar niet eens te kussen. Hij hield haar alleen stevig vast, alsof hij bang was dat ze het volgende moment weer weg kon lopen. 'Alsjeblieft, Marie.'

'Nu meteen?'

Hij hield haar een stukje van zich af en zag dat ze hem maar plaagde. Zijn ogen fonkelden van geluk.

'Wat denk je?' riep hij en hij pakte haar hand vast.

# 32

DIE VAGE, SCHEMERIGE TOESTAND voor het ontwaken. Beelden die voorbijkwamen, een gevoel van gewichtloosheid, van opstijgen, een pastelkleurige hemel. Flarden van gedachten die zich oplosten en als lichte linten wegzweefden. Vogelgezang dat de ochtend begroette. Marie pakte haar hoofdkussen vast en draaide zich genietend op haar andere zij.

'Ben je wakker?'

Ze voelde zijn hand op haar schouder, op haar hoofd. Hij streelde teder haar nek, kietelde haar oorschelp, gleed met twee vingers over haar kin, langs haar nek naar beneden.

'Waar ben jij mee bezig?' vroeg ze giechelend.

Hij streelde haar nu ook met zijn andere hand en toen ze op haar rug draaide, was hij niet meer te houden. Paul, de man van wie ze hield, die ze begeerde, die haar gisteravond zo hartstochtelijk genomen had. En ook zij had nog amper geweten wat ze deed, ze had een puntje van het hoofdkussen voor haar mond gehouden omdat ze zich had geschaamd voor haar lust. In de kamer naast hen sliep haar schoonmoeder, en aan de andere kant waren de kamers van Lisa en Sebastian.

Nu, in de vroege ochtend, bedreef hij aandachtig de liefde met haar. Hij genoot ervan om haar aan te raken op een manier waarvan hij wist dat zij het fijn vond en gaf zich over aan haar liefkozingen.

Ze voelde dat hij zich moest beheersen om deze aangename bezigheid zo lang mogelijk te rekken.

'Voorzichtig, mijn schat. Je hebt me te lang alleen gelaten, dat is gevaarlijk, Marie!'

Ondanks al hun moeite eindigde het spel sneller dan gehoopt, de roes waar ze allebei door gegrepen werden was nog sterker dan de avond ervoor en duurde ook langer. Daarna lagen ze een poos stil, genietend van het gevoel een te zijn, twee wezens die met elkaar versmolten, twee zielen die elkaar in liefde omarmden. Toen klonk in de kinderkamer de eisende stem van de jongste huisbewoner en ze keken elkaar glimlachend aan.

'Het heeft wel voordelen dat onze kinderen al groot zijn,' vond Marie.

'O, ik zou er niets op tegen hebben nog een keer van voor af aan te beginnen.'

'Nog een tweeling?' grinnikte ze.

'Voor mijn part een drieling.'

Ze lachten, draaiden zich op hun zij zonder elkaar los te laten. Paul streek het haar uit haar gezicht, fluisterde dat ze mooier was dan ooit, kuste haar op het puntje van haar neus en op haar mond. Vanuit de andere kamer hoorden ze Lisa geïrriteerd tegen de kinderjuffrouw mopperen. Sebastian probeerde haar te kalmeren en werd nors afgescheept. Hij liet het zich welgevallen en zweeg.

'Intiem familiegeluk,' zei Marie meesmuilend.

Ze dacht eraan dat Paul destijds al een paar dagen na de geboorte van de kinderen naar het front had gemoeten. Hij had ze niet zien opgroeien, toen hij terugkwam waren ze al vier geweest.

'Weet je dat Lisa en Sebastian in de herfst gaan trouwen?' vroeg hij.

Dat wist Marie nog niet. Lisa had haar alleen verteld dat Sebastian haar nu eindelijk een aanzoek had gedaan. Hij had het gedaan omdat hij nu een baan had en genoeg verdiende om een gezin te onderhouden.

Paul keek op om door de smalle spleet tussen de gordijnen naar buiten te kijken. De zon scheen, de stralen tekenden glanzende vlekken op de crèmekleurige gordijnen en doorkruisten de slaapkamer als smalle gouden strepen. Marie keek op de wekker en zag dat het al negen uur was.

Ze rekten zich ongegeneerd uit, genoten nog een keer van het feit dat ze weer samen waren en dat ze hier in hun slaapkamer zo onbeschroomd van elkaar konden genieten. Het was helaas te laat om de badkachel aan te steken en heel onzedelijk samen een bad te nemen. Bovendien konden ze, nu Lisa, Sebastian en de baby ook de badkamer gebruikten, daar geen lange ceremonies houden.

'Dat stellen we dan maar even uit tot vanmiddag,' stelde Paul voor. 'Als mama haar middagdutje houdt en de familie Winkler inclusief kinderjuffrouw een wandelingetje door het park maakt.'

'U bent een hoop van plan, meneer Melzer,' zei Marie vrolijk.

'We hebben ook veel in te halen, mevrouw Melzer,' antwoordde hij grijnzend.

Toen ze aangekleed waren, hij zich geschoren had en zij haar haar had opgestoken, en ze met een onschuldig gezicht de eetkamer in liepen, werd hun verschijning nogal verschillend opgevat. Alicia keek Paul verwijtend aan en wenste hem met een koele stem 'goedemorgen', waarbij Marie niet goed wist of die groet ook voor haar bestemd was. Alicia keek min of meer langs haar heen. Maar Lisa stond op om Marie en haar broer te omhelzen. Sebastian glimlachte vriendelijk maar waagde het niet om zijn mening over deze lastige familiekwestie te uiten. Wat waarschijnlijk maar goed was ook.

'Het is een beetje laat geworden gisteren,' zei Paul tegen Alicia. 'We hebben de vrijheid genomen om eens een keer goed uit te slapen. Ik hoop dat je het ons niet kwalijk neemt, mama.'

Alicia gaf geen antwoord, maar schepte wat jam op haar bord. Paul schoof Maries stoel uit zodat ze kon gaan zitten.

'Moet ik hieruit opmaken dat je besloten hebt naar je echtgenoot terug te keren?' vroeg Alicia ten slotte en ze keek Marie scherp aan.

Marie voelde Pauls hand, die hij bezorgd op haar knie legde. Ze bleef gelaten, ze had al jong geleerd om haar gevoelens zo min mogelijk te tonen.

'Dat klopt, mama. En ik hoop van harte dat jij daar ook blij mee bent. We rijden straks naar de Frauentorstraat om de kinderen en de bagage te halen.'

Alicia's blik verzachtte een klein beetje. Het was een handige zet van Marie om de kinderen te noemen. Maar Marie besefte dat de gunst van haar schoonmoeder niet zo gemakkelijk terug te winnen was.

'Mama is vast en zeker blij, Marie,' zei Paul in een poging tussen hen te bemiddelen. 'Het duurt bij haar alleen wat langer.'

Aangezien Alicia daar geen antwoord op gaf en ze haar zoon slechts met een moederlijk bezorgde blik aankeek, mengde Lisa zich in het gesprek.

'Weten jullie ook waarom Klippi gisteravond niet is gekomen? Hij is in München om zijn toekomstige bruid te helpen met haar studie. Ze moet de anatomie van de mens uit haar hoofd kennen. Ik heb eens in haar boeken gekeken – allemaal plaatjes van naakte mensen.'

Ze onderbrak zichzelf omdat Humbert binnenkwam om nog een kan koffie en versgebakken broodjes te brengen.

Hij straalde toen hij Marie zag. Toen hij haar het broodmandje aanbood, zei hij zacht: 'Wat fijn dat u er weer bent, mevrouw. Dat is de mening van alle personeelsleden. U krijgt de hartelijke groeten van mevrouw Brunnenmayer.'

'Het is goed, Humbert!' zei Alicia. 'U kunt nu gaan.'

Hij maakte een buiging, zette het broodmandje neer en verliet zonder zich te haasten de kamer.

'Toen jullie vader nog leefde, ontbeten we op zondag nog voor acht uur, om op tijd met de hele familie de mis te bezoeken,' zei Alicia terwijl ze om zich heen keek. 'Maar helaas zijn dat soort gewoontes inmiddels ouderwets. Tegenwoordig brengen de jonge mensen de heilige zondag in de slaapkamer door en verschijnen ze voor het ontbijt als het al bijna middag is.'

Marie moest een lachje onderdrukken, Paul en Lisa wisselden blikken uit, alleen Sebastian besloot nu eindelijk zijn mond open te doen.

'Dat vind ik erg spijtig, beste Alicia. Een regelmatig dagritme, ook in het weekend, is erg belangrijk voor een gezin. Vooral de kinderen hebben vaste tijden nodig en...'

Hij stopte omdat er vanuit de hal beneden geluiden en heldere stemmen klonken. Meteen daarna verscheen Julius in de deuropening die aankondigde dat de dames Bräuer waren aangekomen, met de kinderen.

'Henni, niet voordringen!' hoorden ze Dodo schelden.

'Ik was als eerste op de trap!'

De stemmen en het gestamp naderden met grote snelheid.

'Henni, je bent je vleugeltjes vergeten om te doen!' riep Kitty.

'Tante, ze heeft mijn muziekbladen gekreukeld!'

'Stil!' riep Gertrude. 'Degenen die schreeuwen gaan naar de kelder bij de muizen en ratten!'

'Een gek die het gelooft!' riep Henni minachtend.

De deur werd opengetrokken en degenen die aan de ontbijttafel zaten, kregen een golf over zich heen. Eerst Henni, die Alicia stormachtig een knuffel gaf, daarna Dodo, die naar Lisa liep. Leo aarzelde tussen zijn moeder en vader, maar koos uiteindelijk voor Paul. Daarmee had Kitty de gelegenheid zich op Marie te storten.

'Ach, Marie, mijn lieve Marie! Wat fijn om je weer met Paultje herenigd te zien. Tjonge, wat een avond gisteren. De hele stad was er. Morgen zal het in alle kranten staan. Zelfs in Neurenberg en Bamberg. En sowieso in München. Luise Hofgartner is de ontdekking van het jaar. Is dat niet geweldig? O, ik ben zo gelukkig... Goedemorgen, mama. Heb je lekker geslapen? Je ziet er erg moe uit, mamaatje.'

Alicia werd helemaal door Henni in beslag genomen, die over haar grote optreden op school vertelde.

'Ik was een engel. En Marie heeft twee vleugels voor me gemaakt, van karton en echte ganzenveren. Ik ga straks voor je dansen, grootmoeder, goed? Krijg ik dan ook een beloning, als ik mooi dans?'

Humbert en Julius dekten nog gauw voor vijf extra mensen, er werden stoelen bij geschoven en verse broodjes, melk en chocolademelk voor de kinderen gebracht.

'Ze is een van de dansende engelen in *Hans en Grietje*,' zei Leo. 'Van die man met die rare naam. Humperdink. En ik moet haar begeleiden. Helaas, papa. Omdat ze altijd moppert. Ik doe het alleen om grootmoeder een plezier te doen.'

'Dat is heel aardig van je.'

Plotseling was de eerder zo koele sfeer omgeslagen. Het was nu een vrolijke drukte. Kinderhandjes stootten melkbekers om, sneden broodjes scheef doormidden, kruimelden, knoeiden, grepen in de jam.

'Henni, pas op je jurk!' waarschuwde Kitty.

'Grootmoeder, ik wil later primel worden. Een primel ballerina... Wat? Ja, een prima ballerina.'

Leo vroeg of hij Liesl pianoles mocht geven. Kitty vertelde dat mevrouw Wiesler Pauls toespraak 'onvergetelijk' had gevonden. Ze was diep ontroerd geweest en had de rest van de avond nauwelijks meer kunnen praten.

'Dat lijkt me nogal overdreven,' zei Lisa.

Sebastian zei dat de werken van Luise Hofgartner beslist niet geschikt waren voor mensen met een zwak zenuwgestel. Je had een bepaalde rijpheid en morele standvastigheid nodig om het effect ervan op de juiste manier te ervaren.

Marie luisterde en keek telkens weer naar Paul, die nu met Leo over een muziekconcours voor kinderen praatte. Wat was hij enthousiast. Ach, het was zo fijn om te zien dat hij het grote talent van zijn zoon inmiddels waardeerde en zelfs stimuleerde.

'Een zweefvliegtuig?' vroeg Lisa nu. 'Bouw je een zweefvliegtuig?'

'Ja,' zei Dodo trots. 'Het is heel simpel. Twee vleugels, een romp en het hoogteroer op de staart. Ik heb de onderdelen uit karton geknipt. Dat heeft papa voor me meegenomen uit de fabriek.'

Sebastian wilde weten of ze een bouwtekening had gebruikt en

Dodo vertelde trots dat ze alle onderdelen in een boek had gezien en daarna had getekend.

'Helemaal alleen?'

'Papa heeft geholpen. Mama ook. Zij kan immers patronen tekenen. Maar ik heb alles zelf uitgeknipt.'

Ze was van plan haar vliegtuig naar de droogzolder van de villa te dragen, het daar in elkaar te zetten en over het park te laten vliegen.

'Maar er moet toch iemand in zitten,' zei Leo peinzend. 'Om te sturen.'

'We zetten de grote pop erin die ik met kerst heb gekregen.'

Marie was niet erg enthousiast over dit vermetele plan. Juist nu zou Alicia weinig begrip op kunnen brengen voor dit soort geintjes.

'Die mooie pop?' riep Henni ontzet. 'Ben je gek geworden?'

'Of we zetten jou erin, Henni!'

Henni boorde haar rechterwijsvinger in haar slaap, wat betekende dat ze het niet met Dodo's voorstel eens was.

'Ach, kinderen,' zuchtte Alicia en ze streek het tafelkleed glad dat door Henni's aanval was gekreukeld. 'Het is een heel ander leven als de villa zo vol mensen is. Zei je niet dat jij ook weer met Henni hier wilt komen wonen, lieve Kitty?'

Kitty had zich op de ovenwarme broodjes en de verse rauwe ham gestort. Ze kauwde gulzig, maakte met twee handen een teken dat ze zo meteen zover was en reikte naar haar koffiekopje.

'Dat ben ik inderdaad van plan, mama. Alleen al omdat Henni zo gehecht is aan Leo en Dodo. En omdat ik bij mijn lieve Marie in de buurt wil zijn.'

Ze lachte en legde teder haar arm om Marie, waarop Alicia haar schoondochter nu ook een glimlach schonk.

'Ik ben blij dat je de weg naar ons hebt teruggevonden, Marie,' zei ze bedachtzaam. 'Het waren donkere tijden voor ons allemaal. En ik hoop zeer dat we nu een betere toekomst tegemoet gaan.'

'Dat gaan we zeker,' zei Paul vrolijk en hij grijnsde jongensachtig. 'Van nu af aan zijn we allemaal één grote, gelukkige familie.'

Humbert kwam binnen en fluisterde iets tegen Lisa.

'Het hongerige kroost,' zuchtte ze. 'Excuseer me alsjeblieft.'

Daarna liep Humbert naar Kitty, die net de vleugels bij haar dochter ombond.

'Er is een bezoeker voor u, mevrouw Bräuer. Zal ik hem boven brengen?'

Kitty liet het touwtje los, de tweede vleugel hing scheef aan Henni's rug. 'Nee, Humbert. Ik kom beneden. Excuseer me alsjeblieft.'

Ze had ineens veel haast. Ze kuste Marie op haar wang, zwaaide naar Alicia, gaf Paul een klapje op zijn schouder en liep lichtvoetig weg.

'Wie is er gekomen, Humbert?'

'Een voormalige bediende, mevrouw. Meneer Robert Scherer.'

'Ach!' zei Alicia verbaasd.

Paul en Marie waren tegelijkertijd opgestaan en excuseerden zich ook. Ze liepen naar de bibliotheek, openden de witgelakte balkondeuren en stapten het balkon op.

'Ik heb gisteren kort met hem gesproken,' zei Paul. 'Hij is erg veranderd. Een selfmade man, zoals dat heet. Privé heeft hij denk ik minder geluk gehad.'

Hij legde zijn arm om Marie en trok haar dichter tegen zich aan, terwijl ze over de reling naar beneden, naar het voorplein keken. Daar stond een rode automobiel met open dak en zwarte leren stoelen. Robert hield Kitty's hand vast terwijl ze gracieus op de passagiersstoel plaatsnam. Van boven waren hun gezichten niet te zien, maar aan hun bewegingen was duidelijk dat deze rit waarschijnlijk was afgesproken.

'Hij hield toen al van haar,' zei Marie zacht.

Paul kuste teder haar nek en het stoorde hem niet dat achter hen Sebastian en Alicia het balkon op kwamen.

'Kitty is altijd goed voor een verrassing,' zei hij. 'Laten we haar geluk wensen. Ze heeft het verdiend.'